Frankfur
Bamberg
Metz
Trifels
WASGAU
Knittlingen
Bretten
ELSASS
LOTHRINGEN
Rhein
Donau
VOGESEN
Basel
Bodensee
Inn
A L P E N
Rhône
Venedig
arseille
Adria
Ligurisches Meer
Mittelmeer
Rom

ullstein

Das Buch

1494 hat Johann Georg als Sechzehnjähriger seine Heimatstadt Knittlingen verlassen. Mit vierzig Jahren kehrt er noch einmal dorthin zurück. Wie er sich damals bei seiner Flucht geschworen hat, ist er ein berühmter Mann geworden; er nennt sich »Doktor Faustus« und zieht als Heiler und Astrologe von Stadt zu Stadt. Doch ein Glücklicher, wie es der Name »Faustus« besagt, ist Johann nicht. Menschen, die ihm nahestanden, hat er durch eigene Schuld verloren, er hat verraten, gelogen und betrogen. Was niemand ahnt: Um sein enormes Wissen, seine ungewöhnlichen Fähigkeiten zu erwerben, hat Johann einst dem geheimnisvollen Magier Tonio del Moravia die Hand gereicht. Längst weiß er, dass Tonio weit mehr ist als bloß ein geschickter Zauberkünstler, dass er zahllose Masken trägt und eine Spur aus Gift, Tränen und Blut hinter sich herzieht. Immer wieder ist Johann vor seinem grausamen Lehrmeister geflohen, doch nun, am Grab seiner Mutter, wird ihm klar, dass er Tonio keineswegs entkommen ist. Die dunkle Macht, die ihn in den Abgrund ziehen will, hat ihn erneut in eine Falle gelockt. Wenn er sich und alles, was ihm lieb ist, retten will, muss er sich dem Bösen stellen.

Der Autor

OLIVER PÖTZSCH, Jahrgang 1970, arbeitete nach dem Studium zunächst als Journalist und Filmautor beim Bayerischen Rundfunk. Heute lebt er als Autor mit seiner Familie in München. Seine historischen Romane haben ihn weit über die Grenzen Deutschlands bekannt gemacht: Die Bände der *Henkerstochter*-Serie sind internationale Bestseller und wurden in mehr als 20 Sprachen übersetzt.

Von Oliver Pötzsch sind in unserem Hause bereits erschienen:

Der Spielmann

Die Henkerstochter · Die Henkerstochter und der schwarze Mönch · Die Henkerstochter und der König der Bettler · Der Hexer und die Henkerstochter · Die Henkerstochter und der Teufel von Bamberg · Die Henkerstochter und das Spiel des Todes · Die Henkerstochter und der Rat der Zwölf · Die Henkerstochter und der Fluch der Pest

Die Ludwig-Verschwörung
Die Burg der Könige

Oliver Pötzsch

Der Lehrmeister

Roman

Ullstein

Besuchen Sie uns im Internet:
www.ullstein.de

MIX
Papier
FSC® C083411

Ungekürzte Ausgabe im Ullstein Taschenbuch
1. Auflage Januar 2021

Dieses Buch wurde vermittelt von der
Autoren- und Projektagentur Gerd F. Rumler
Umschlaggestaltung: zero-media.net, München
Titelabbildung: © akg-images (Personen), Ms 367/480 fol.37
A Huntsman, his Servant and Bloodhound Examining Stag Droppings, from the ›Livre de la Chasse‹ by Gaston Phebus de Foix (1331-91) (vellum), French School, (15th century) / Musée Condé, Chantilly, France / Bridgeman (Hund), Ms 5080 fol.373r Two lepers begging, from Le Miroir Historial, by Vincent de Beauvais (vellum), French School, (14th century) / Bibliothèque de L'Arsenal, Paris, France / Archives Charmet / Bridgeman Images (Turm);
© FinePic ®, München (Pergament)
Motive des Vor- und Nachsatzes: © Angelika Solibieda, cartomedia, Karlsruhe (Karte); Medieval songbook / Buyenlarge Archive / UIG / Bridgeman Images (Schmuckrahmen)
Satz: LVD GmbH, Berlin
Gesetzt aus der Sabon
Druck und Bindearbeiten: CPI books GmbH, Leck
ISBN 978-3-548-06335-5

Für meine Kinder Niklas und Lily.
Lieben heißt auch Loslassen.

»Please allow me to introduce myself
I'm a man of wealth and taste
I've been around for a long, long year
Stole many a man's soul to waste.«

Rolling Stones: *Sympathy For The Devil*

Prolog

15. September, Anno Domini 1518,
Rom, in den Kerkern der Engelsburg

Der Heilige Vater folgte den Schreien, die ihm den Weg durch die Katakomben wiesen. Sie waren schrill und hoch und zeigten Papst Leo X., dass die Zeit gekommen war.

Mit eingezogenem Kopf eilte er durch die niedrigen Gänge, wobei seine rote Samthaube gelegentlich die schmutzige Decke streifte. Leo keuchte, er zitterte vor Vorfreude, wie immer, wenn er hier unten war, um die letzte Vernehmung persönlich vorzunehmen. Die Engelsburg am Tiberufer war ein Labyrinth aus Kammern, Sälen und Gängen, vor über tausend Jahren erbaut als Mausoleum römischer Kaiser, mit Fluchttunneln, Geheimtüren und Grabkammern. Auch jetzt noch war sie das Grab vieler bekannter und unbekannter Gefangener. Doch mittlerweile diente der Palast den Päpsten als Festung und Fluchtburg, er galt als uneinnehmbar. In den oberen Stockwerken befanden sich die päpstlichen Gemächer, herrschaftliche Zimmer, bis zur Decke vollgehängt mit Ölgemälden der berühmtesten Maler, so als wären es Tapeten. Aus bronzenen Hähnen quoll kaltes oder warmes Wasser, Diener reichten kandiertes Obst sowie Eis, geschlagen in den fernen Bergen nördlich des Apennin und gesüßt mit dem sündhaft teuren Zucker, der aus den erst jüngst entdeckten Ländern jenseits des Meeres kam, jedes Gramm davon so wertvoll wie Gold. In den oberen Sälen roch es nach Veilchen und Parfum, um den Gestank der römischen Gassen zu vertreiben, und die Mauern atmeten den Geist Gottes.

Hier unten jedoch, tief in den Katakomben, herrschten Tod und Verderben.

Papst Leo X. lauschte, als ein erneuter Schrei ertönte, diesmal noch spitzer und höher, fast wie von einem Kind. Er war eindeutig auf dem richtigen Weg. Mit vor Aufregung klopfendem Herzen beschleunigte er seine Schritte und wandte sich nach rechts, wo eine Treppe noch tiefer hinabführte. Leo war fett, er wog weit über zweihundert Pfund, seit den Tagen seiner Thronbesteigung hatte er ständig zugenommen. Ihn plagten Kurzatmigkeit und ständig wiederkehrende schmerzhafte Fisteln am Hintern. Er mochte gar nicht daran denken, wie anstrengend es erst werden würde, all die Treppen wieder hinaufzugehen. Doch die wachsende Vorfreude trieb ihn voran.

Vielleicht würde er jetzt endlich die Wahrheit erfahren!

Blakende Fackeln beleuchteten einen engen, von Ruß verdreckten Gang, gelegentlich begegnete dem Papst ein Wachmann der Schweizer Garde, der sich tief vor ihm verneigte. Leo würdigte ihn keines Blickes. Es war ohnehin nicht von Vorteil, wenn man ihn hier unten sah. Doch manchmal ließ es sich eben nicht vermeiden.

Etwa dann, wenn ein Geheimnis nicht bis an die Oberfläche dringen durfte.

Eine weitere Treppe führte noch tiefer hinab in die Finsternis. An ihrem Ende tauchten im Zwielicht des Ganges zwei Wachsoldaten auf. Sie standen links und rechts von einer mit mehreren Eisenbändern verstärkten Tür, in die auf Kopfhöhe ein kleines Gitterfenster eingelassen war. Von dort kamen die Schreie, die nun wieder anschwollen, so als wollte derjenige, der sie ausstieß, den Heiligen Vater auf eine besonders intime Weise begrüßen.

Leo verzog das Gesicht, das Geheul war wirklich kaum auszuhalten. Glücklicherweise endete es ebenso abrupt, wie es begonnen hatte.

Der vor Anstrengung keuchende Papst gab den beiden Wachen ein Zeichen, woraufhin diese die schwere Tür öffneten. Dahinter war ein Raum zu erkennen, der nur mäßig von Fackellicht erhellt wurde, ein süßlicher, rauchiger Geruch ging davon aus, der sich nun auch im Gang davor ausbreitete. Brennende Glutpfannen standen in den Ecken der nahezu quadratischen, aus groben Steinen erbauten Kammer, daran lehnten Zangen und andere Utensilien, deren Zweck Leo nur erraten konnte, auch wenn er sie hier und dort bereits gesehen hatte, zum Beispiel in Florenz, wo er herstammte. Leo nickte anerkennend. Er hatte das feiste Gesicht und auch den Starrsinn eines Bauern, sein Verstand jedoch war der eines Gelehrten. Zugleich war er skrupellos und gerissen wie alle in seiner Familie.

Wir haben die Wahrheit gut versteckt, dachte er. *Am tiefsten Punkt Roms.*

Giovanni, so sein weltlicher Name, entstammte dem Geschlecht der Medici, jener reichen Dynastie, die seit über hundert Jahren die Geschicke von Florenz, ja, von ganz Norditalien bestimmte. Sein Vater war Lorenzo de Medici, genannt »Il Magnifico«, der Prächtige. Als zweitem Sohn der Familie war für Giovanni eine kirchliche Karriere vorgezeichnet, bereits mit sieben Jahren war er zum Domherrn von Florenz ernannt worden, mit vierzehn Jahren folgte der Posten eines Kardinals. Nach dem Tod seines älteren Bruders Piero stieg er zum Herrscher der Toskana auf. Im Grunde hatte es noch erstaunlich lange gedauert, bis Giovannis Ehrgeiz, seine Machtgier, vor allem aber der Einfluss seiner Familie ihn Papst werden ließen. Fünf Jahre war das nun her, seitdem hatte Giovanni endlich die Stellung inne, die sich seine Familie, die er selbst sich seit seiner Kindheit ersehnt hatte.

Er war der mächtigste und reichste Mann der christlichen Welt.

Giovanni hatte vor, jeden einzelnen Tag seiner hoffentlich noch langen Amtszeit zu genießen. Er wollte in die Geschichte eingehen als der Papst, der Rom zu neuer Blüte verholfen hatte, indem er den neuen gewaltigen Petersdom vollendete. Die ihn preisenden Denkmäler würden aus Gold und Silber geschmiedet werden.

Für all das hatte Leo einiges auf sich genommen, auch Dinge, die ihm nachts den Schweiß auf die Stirn trieben und ihn nicht schlafen ließen. Dinge, so grausam und unsäglich, dass er hoffte, Gott werde seinetwegen die Augen davor verschließen – und sie stillschweigend billigen.

Alles geschieht zum Wohle der Kirche! Zum Wohle der Kirche und natürlich auch zu meinem Wohl. Aber gibt es da überhaupt einen Unterschied?

Der Papst rümpfte die Nase, um sich auf den zu erwartenden Gestank vorzubereiten, dann betrat er den Kerker, wobei er sein rotes Gewand raffte, damit es so wenig wie möglich mit dem mit Asche und Blut verdreckten Steinboden in Berührung kam. Der Geruch in der Kammer warf ihn fast um. Es roch warm und süßlich nach Blut, Kot und Erbrochenem.

Der Gestank der Angst. Der Angst und der Wahrheit …

Leo blickte hinüber zu der Streckbank, die sich in der Mitte des Raums befand. Darauf lag ein dürrer, leblos wirkender Mann, einzig mit einem zerrissenen Lendenschurz bekleidet. Die Arme und Beine waren mit Brandmalen von den vorhergegangenen Befragungen übersät, sein von einem struppigen Bart bedecktes Antlitz war schmerzvoll verzogen. Leo kamen Leidensdarstellungen Christi in den Sinn, denen der Gemarterte glich, er schob den Gedanken aber schnell beiseite.

»Und?«, fragte er den bulligen, stiernackigen Mann, der mit blutbefleckter Schürze und einem Schürhaken in der Hand neben der Streckbank stand. »Hast du etwas aus ihm herausbekommen?« Leo unterdrückte seine Aufregung.

»Leider nein, Heiliger Vater.« Der Kerkermeister schüttelte den Kopf. Leo kannte ihn von früheren Torturen her, er stammte aus den Marken, wo er schon dem berüchtigten Cesare Borgia zu Diensten gewesen war. Der Mann galt als einer der Besten seines Fachs, noch dazu verschwiegen wie ein Grab, doch offensichtlich war auch er mit seinem Latein am Ende.

»Er brabbelt nur noch sinnloses Zeug«, erklärte der Kerkermeister schulterzuckend. »Ehrlich gesagt, glaube ich nicht, dass er wirklich etwas gewusst hat. Er ist ein Betrüger, wie so viele vor ihm.«

»Ein Betrüger, hm? Nichts als ein verdammter, dreckiger Betrüger …«

Der Papst gab sich Mühe, seine Enttäuschung zu verbergen. Er trat näher und musterte das von schwärenden Wunden und blauen Flecken entstellte Gesicht des Gefangenen. Sämtliche Zähne waren ihm gezogen worden, einer nach dem anderen, ebenso wie die Finger- und die Fußnägel. Er hatte nichts mehr gemein mit jenem hochfahrenden, lautsprecherischen Kerl, der noch vor Kurzem auf den römischen Plätzen sein Können angepriesen hatte. Zitternd öffnete er den Mund und lallte etwas, ein dünner Faden von Speichel und Blut rann aus seinem Mundwinkel.

»Ver … Vergebung, Herr …«, brachte er mühsam hervor. »Vergebung …«

Angeekelt wandte sich Leo ab. Am liebsten hätte er der jämmerlichen Kreatur einen Tritt verpasst, doch das gehörte sich nicht für den mächtigsten Mann der christlichen Welt. Dabei hätte er sich eigentlich denken können, dass sich auch dieser Versuch am Ende als Sackgasse herausstellen würde, so wie so viele zuvor! Aber die Quellen waren vielversprechend gewesen, und er hatte sichergehen wollen. Er musste jeder möglichen Spur folgen.

Leo atmete tief durch und versuchte dabei, den infernalischen Gestank zu ignorieren. Nun, glücklicherweise gab es immer noch Hoffnung. Erst vor ein paar Tagen hatte sich ein neuer Weg aufgetan, ein besonders verheißungsvoller. Trotz der eben erlittenen Niederlage spürte Leo tief im Herzen, dass er seinem Ziel ganz nahe war. Ihm war, als hätte Gott im Traum zu ihm gesprochen. Ja, schon bald würde er das Geheimnis erfahren, er hatte es sozusagen aus erster Hand. Und nun, nachdem dieser letzte Pfad sich als Irrtum erwiesen hatte, gab es ohnehin keine andere Möglichkeit mehr. Leo konnte nur hoffen, dass keiner den Mann, den er so sehnlichst suchte, vor ihm aufspürte.

Jenen Mann, der wohl als Einziger auf der Welt das so gut gehütete Geheimnis kannte.

Nur noch kurze Zeit, dachte der Papst wehmütig. *Der Herr prüft meine Geduld …*

»Schafft *das* hier weg«, befahl er dem Kerkermeister und deutete auf das zitternde Bündel auf der Streckbank. »Und sorgt dafür, dass ihn keiner findet.«

»Gnade!«, schrie der Gefangene und rüttelte an seinen Ketten. Er versuchte, sich aufzurichten, woraufhin er vor Schmerzen erneut laut aufschrie. »Gnade! Ich … ich weiß es! Bei Gott, ich schwöre, ich weiß es! Bitte …«

»Du hattest deine Chance«, murmelte Leo im Weggehen. Gleichzeitig dachte er daran, dass er kein Risiko eingehen durfte, nicht das geringste. Die Sache war zu wichtig – für ihn, für die heilige Mutter Kirche, für die ganze Welt. Als er die Wachen passierte, winkte er einen der Soldaten zu sich heran.

Mit einer leichten Handbewegung deutete Leo auf den stämmigen Kerkermeister, der eben den Schürhaken in die Glutpfanne tauchte.

»Sein Dienst ist beendet«, raunte er dem Soldaten zu. »Für immer. Kümmert euch darum, und es soll euer Schaden nicht sein. Seinen Leichnam versenkt mit dem anderen im Tiber, verstanden? Eingenäht in einen Sack mit Steinen. Es muss so sein, als hätte er nie gelebt.«

Der Wachmann nickte schweigend, und Leo drückte ihm ein glitzerndes Goldstück in die Hand. Dann stieg er schnaufend und schwitzend die vielen Treppen wieder nach oben, wo ihn Licht, betörender Veilchenduft und die Gnade Gottes erwarteten.

O ja, es gab noch viel zu tun.

Erster Akt

Der Atem des Biests

1

20. Oktober, Anno Domini 1518,
Bretten im Kraichgau

Mit einem schrillen Pfeifen schoss der Feuerpfeil in den Abendhimmel und versprühte seine orangegelbe Ladung. Unter den Schreien der Zuschauer zog er einen funkensprühenden Schweif hinter sich her, der sich wie die Schrift eines zornigen Gottes als gebrochene Linie vor den Wolken abzeichnete. Weit oben, über den Dächern der Stadt und dem Turm der Stiftskirche, explodierte der Pfeil mit einem berstenden Knall, und glitzernde Funken regneten herab wie gefallene Sterne. Die Brettener Bürger stöhnten vor Entsetzen und wohligem Schauder.

Von ihrem Versteck hinter der Bühne aus betrachtete Greta die Gesichter der Zuschauer. Es mochten einige Hundert sein, die sich auf dem Brettener Marktplatz nahe des Brunnens versammelt hatten. Ihre Münder waren weit aufgerissen, manche hielten sich die Hände vor die Augen, doch die meisten starrten nur ungläubig auf das Schauspiel über ihnen. Unwillkürlich lächelte Greta. Der Feuerpfeil war jedes Mal aufs Neue eine Sensation, er markierte den Beginn ihrer täglichen Abendvorstellung und sorgte sofort für die nötige Aufmerksamkeit. Der Doktor stellte jeden der Pfeile eigenhändig her, nicht einmal Greta wusste, was sich im Inneren der aus geleimtem Tuch bestehenden Röhren genau befand. Sie vermutete Schwarzpulver mit verschiedenen, streng geheimen Zutaten. An den adligen Höfen des Reichs und auch in Italien und Frankreich waren diese sogenannten Raketen der letzte Schrei, nur wenige kannten das Geheimnis ihrer Herstellung, das ursprünglich wohl aus einem Land weit im Osten stammte. Es waren Dinge wie diese, welche die Vorstellungen des Doktors so erfolgreich machten, dass sich sogar Grafen und Bischöfe darum rissen, ihnen beizuwohnen. Oder eben die reichen Brettener Bürger, die ihre Blicke nun wieder auf die Bühne neben dem Brunnen richteten und unter ehrfurchtsvollem Gemurmel zusahen, wie ein einzelner Mann hinter dem Vorhang hervortrat.

»Das ist er!«, flüsterte eine ältere Frau mit Haube und hielt sich die Hand vor den Mund. »Gott steh uns bei! Es heißt, sein schwarzer Hund ist der Teufel selbst. Er hat ihn mit einem Drudenfuß beschworen, nun muss Satan ihm dienen!«

»Wie unheimlich er aussieht!«, stöhnte ein neben ihr stehendes Mädchen und fröstelte sichtlich. »Fast so, als wäre er der Teufel selbst. In Erfurt hat er die schöne Helena herbeigehext, sodass die Studenten ihr alle nachgerannt sind, bis hinaus auf die Straße. Und den alten, buckligen Dekan hat er wieder jung gezaubert.«

»Wenn er das doch nur auch bei meinem Hans machen würde!«, seufzte die Ältere und zupfte an ihrer Bluse. Dann blickte sie wieder gebannt nach vorne, wo der Mann soeben den vorderen Bühnenrand erreicht hatte.

Der Doktor war groß gewachsen und hager, er trug einen schwarzblauen Mantel, der mit im Licht der Fackeln glitzernden Sternen bestickt war. Sein nicht mehr ganz junges Gesicht, aus dem die Wangenknochen hervorstachen, wurde von einem Schlapphut beschattet. Zwei stechend schwarze Augen leuchteten aus dem Dunkel, wobei besonders das linke bedrohlich zu funkeln schien. Die Hände steckten in glatten Lederhandschuhen, was ihnen etwas Krallenhaftes gab. Nun hob er beide Arme, wie ein Priester bei der heiligen Kommunion. Irgendwo aus dem Hintergrund ertönte dazu eine laute Stimme, die nicht seine eigene war.

»Sehet und staunet, verehrte Bürger, denn kein Geringerer ist in eure Stadt gekommen als der weltberühmte Doktor Johann Georg Faustus!«, verkündete der Sprecher. »Er hat die heißen Länder jenseits des großen Meeres bereist, bei Avicenna und dem großen Albertus Magnus studiert, er entkam dem höllischen Atem der Sphinx und durfte unserem geliebten Kaiser Maximilian ein langes Leben prophezeien. Und nun ist er hier in Bretten, um auch euch seine Künste darzubieten! Wer sein zukünftiges Schicksal erfahren möchte, der mag jetzt hervortreten. Schon für zwei Heller erstellt der Doktor euer Horoskop! Denn, potz Blitz, die Sterne lügen nicht!«

Auf das vereinbarte Zeichen hin schlug Greta auf ein Stück Blech, und ein lauter Donner ertönte, mit der linken Hand drehte sie dazu eine knatternde Ratsche. Die Bühne bestand aus einigen zusammengestellten Kisten und wurde an drei Seiten von dunkelblauen, mit Pentagrammen und Fabelwesen geschmückten Stoffbahnen verhüllt.

Seit fast einer Woche gastierten sie nun schon in Bretten, etwa dreißig Meilen südlich von Heidelberg, und jede ihrer Vorstellungen auf dem Marktplatz war bis auf den letzten Platz besucht. Keiner sah, wie Greta im Schutz der Stoffbahnen mit Blech, Ratsche, Zimbeln und einer Sackpfeife den Vortrag von Fausts jungem Assistenten Karl Wagner akustisch untermalte.

»Tretet nur vor, ihr Tapferen!«, fuhr Karl fort. »Wer zaudert, wird es später bitterlich bereuen!«

Karl hatte mittlerweile von der Seite her die Bühne betreten. Der Adlatus des Doktors war Mitte zwanzig, mit glattem schulterlangen Haar, gut rasiert und von so angenehmer Gestalt, dass ein paar junge Frauen im Publikum bereits zu tuscheln begannen. Vielleicht rochen sie auch das Duftwässerchen aus Veilchenessenz, das Karl immer ein wenig zu reichlich auftrug.

»Die Ersten bekommen ein Fläschchen ›Doktor Faustus' Original Theriak‹ gratis und außerdem eine goldene Zukunft prophezeit!«, rief Karl und zwinkerte den schmachtenden Damen zu. »Wer weiß, möglicherweise erwartet die eine oder andere von euch noch in diesem Jahr ein fescher Bräutigam.«

Ehrfürchtig betraten nun einzelne Zuschauer die Bühne und ließen sich von dem berühmten Doktor Faustus, der auf einem Schemel Platz genommen hatte, aus der Hand lesen.

Greta legte Blech und Ratsche weg und bereitete sich hinter der Bühne auf ihren Auftritt vor. Sie strich ihren Rock glatt, der nach Art der Gaukler aus bunten Stoffstücken zusammengenäht war; dann schnürte sie das enge Mieder und band ihr oft störrisches blondes Haar mit einem Tuch nach hinten. Ihr Kostüm war wie eine Rüstung, ein Panzer, der ihr Inneres verbarg. Erst im letzten Frühling war sie zwanzig geworden. Manchmal, wenn keiner zusah, betrachtete Greta ihr Antlitz in dem polierten Stück Blech und fragte sich, was sie von dieser jungen Frau vor sich halten sollte. Sie mochte die Sommersprossen nicht, die vor allem in den Sommermonaten ihre Haut wie Jauchespritzer sprenkelten. Doch sie hatte einen hübsch geschwungenen Mund und eine zierliche Nase; in dem körperbetonten Mieder, das sie für die Vorstellungen trug, wirkte sie weiblicher, als sie sich eigentlich fühlte. Der Doktor sagte ihr oft, er liebe ihr Lachen. Dabei ging sein Blick manchmal ins Leere, so als hinge er einer fernen Erinnerung nach.

»Ich sehe eine große Veränderung auf dich zukommen«, raunte Faust soeben einem jungen zitternden Ding zu, wobei er die Hand des Mädchens so fest umschloss wie mit einer Kralle. »Halte dich von den falschen Kerlen fern. Der Richtige wird kommen, und zwar schon bald!« Er zog sie ganz nah zu sich heran. »Und meide die Scheunen auf den Feldern, ihre Wände sind dünner, als du denkst.« Faust zwinkerte, und wie auf frischer Tat ertappt, wich das Mädchen vor ihm zurück.

Greta kannte den Doktor nun seit über sechs Jahren. Als er sie damals in Nürnberg aus dem Kerker gerettet hatte, war sie fast noch ein Kind gewesen. Wer ihre Mutter und ihr Vater waren, wusste sie nicht. Seit jener Zeit zog sie nun mit dem berühmten Doktor Faustus durch die Lande. Für Greta war der unheimliche Mann, von dem viele glaubten, er sei mit dem Teufel im Bunde, eine Art Vater geworden, sie nannte ihn Onkel Johann. Sie hatte viel gelernt von ihm in den letzten Jahren, sie war eine geschickte Trickserin und eine wendige Akrobatin geworden, sie spielte die Sackpfeife, die Laute und die Flöte. Die Leute liebten sie für ihre freche Art, ihren anmutigen Tanz und die Kunst, noch auf dem dünnsten Seil zu balancieren. Wer sie wirklich war, wussten die Menschen nicht. Und eigentlich wusste Greta es auch selbst nicht, vieles war ihr nach wie vor ein Rätsel. Dazu gehörte auch jene unheimliche Gabe, von der sie bis heute nicht sagen konnte, ob sie Segen oder Fluch war.

In den letzten Wochen war sie ihr eher wie ein Fluch vorgekommen.

Die großen schwarzen Schwingen …

Greta schüttelte die düsteren Gedanken ab und trat hinter der Leinwand hervor. Ein kurzer Blick hinauf zum verhangenen Herbsthimmel zeigte ihr, dass es wohl bald regnen würde. Sie durften froh sein, wenn sie die Vorstellung noch vor dem Wolkenbruch beenden konnten. Gerade las Doktor Faustus einem bunt gewandeten, sichtlich ängstlichen Patrizier aus der Hand.

»Eure Schicksalslinie zeigt einen Wendepunkt in Euren Geschäften noch in diesem Jahr«, sagte Faust mit der für ihn typischen knarrenden Stimme, und die Umstehenden schwiegen ehrfurchtsvoll. »Auch die Sterne deuten darauf hin. Noch kann ich nicht sagen, ob dieser Wendepunkt Gutes oder

Schlechtes bringen wird. Ich sehe …«, er schloss kurz die Augen, »eine Stadt mit goldenen Dächern …«

»Venedig!«, hauchte der Patrizier. »Mein Gott, meine kostbare Tuchlieferung, die nach Venedig geht! Ob die Preise wohl gesunken sind?« Er stürzte davon, nicht ohne Faust noch ein paar silberne Münzen in die Hand zu drücken.

Greta hob stolz den Kopf, während sie sich unter die vielen Wartenden vor der Bühne mischte. Sie liebte diese Atmosphäre, das war die Welt, in der sie zu Hause war. Sobald sie vor den Vorhang trat, war sie jemand anders, nicht mehr das in sich gekehrte, manchmal schwermütige Mädchen, sondern Greta, die vorlaute Gauklerin, die junge Gefährtin des weitgerühmten Doktor Faustus.

Die Zuschauer musterten sie mit einer Mischung aus Respekt und Abscheu. Greta kannte diesen Blick, den die braven Bürger stets für Leute wie sie bereithielten – für Spielleute, Gaukler, Tänzerinnen, Vaganten, Jongleure, Reliquienhändler, Bärendompteure und anderes fahrendes Volk, gemieden und doch bewundert. Sie waren ehrlos und unberührbar, lebten heute hier und morgen dort, ohne Vergangenheit und Zukunft – gerade das mochte Greta so daran.

Mit einem Lächeln näherte sie sich einem Bauernburschen in den vorderen Zuschauerreihen und verneigte sich leicht. »Lust auf ein Würfelspiel, junger Herr?« Der Kerl war Greta bereits vor der Vorstellung aufgefallen, und die Blicke, die er ihr zugeworfen hatte, waren ihr nicht unangenehm gewesen. Sein verschmitztes, fast verschlagen wirkendes Gesicht war auf seltsame Weise anziehend, er hatte volles braunes Haar und einen Körper, an dem sich wohlproportionierte Muskelstränge abzeichneten.

Greta zeigte ihm ihre leeren Hände, dann griff sie in ihr rechtes Ohr und holte dort einen aus einem Rinderknochen geschnitzten Würfel hervor, aus dem linken Ohr pulte sie eine Münze. Der junge Mann lachte überrascht auf.

»Wie soll ich mit dir würfeln, wenn du die Würfel jederzeit wieder verschwinden lassen kannst?«

Greta zwinkerte ihm zu. »Keine Angst, mein Freund, du hast dein Glück selbst in der Hand.« Ihre Stimme hatte jetzt den anpreisenden, fast betörenden Klang aller Schausteller. »Du würfelst, und ich errate deine Zahl. Wenn ich recht habe, bekomme ich einen Heller, wenn du recht hast, bekommst du einen Kuss von mir. Wollen wir?« Sie hielt ihm den Würfel hin.

Der Bursche wiegte den Kopf, sein Blick glitt über ihren eigentlich eher kleinen Busen, den das eng geschnürte Mieder jedoch hervorquellen ließ. Greta wusste, dass die Männer ihr in dieser Aufmachung oft aus der Hand fraßen, ein Umstand, den sie bei den Vorstellungen durchaus gewinnbringend einsetzte.

»Ein faires Angebot, wie mir scheint«, sagte der junge Mann grinsend. Dann hob er den Finger und machte eine wichtigtuerische Miene. »Aber ich will erst ein paar Mal würfeln, damit ich sehe, dass dies kein getürktes Spiel ist.«

Greta nickte. Manche Gaukler verwendeten Würfel, in die kleine Eisenteile eingearbeitet waren, sodass sie immer auf die gleiche Seite fielen. Der Bursche knobelte ein paar Mal, schließlich verbarg er den Würfel in der Hand.

»Und nun rate«, forderte er sie auf.

»Hm, eine Eins ist es schon mal nicht, nicht wahr?«, begann Greta und kratzte sich am Kopf. »Vielleicht eine Zwei? Nein, die auch nicht. Eine Drei …?« Plötzlich hellte sich ihre Miene auf. »Nun, ich denke, es ist eine Sechs.«

Verblüfft hob der Jüngling die obere Hand. Es war tatsächlich eine Sechs.

»Verflixt, das war Glück, nichts weiter!« Er schob ihr die versprochene Münze zu. »Ich will es gleich noch einmal versuchen.«

Wieder begann Greta ihr Ratespiel, und auch diesmal lag

sie richtig. Als sie auch das dritte Mal die richtige Zahl erriet, sah der Bursche sie argwöhnisch an.

»Da ist Zauberei im Spiel«, brummte er. »Ihr ehrlosen Gaukler seid doch alle gleich, Spielleute des Teufels. Gib mir mein Geld zurück, Betrügerin!«

Gretas Lächeln verschwand. Sie hatte sich auf ein harmloses Stelldichein gefreut, doch diese Begegnung entwickelte sich eindeutig nicht in die von ihr gewünschte Richtung.

»Nein, ich denke, ich werde es morgen lieber in der Kirche spenden und dreißig Vaterunser für dein Seelenheil beten. Gott schütze dich.« Sie steckte die Münzen ein und verabschiedete sich mit einer angedeuteten Verbeugung.

Gaukler galten vielen als Abgesandte des Satans. Es gab Kirchengelehrte, die behaupteten, sie stammten von gefallenen Engeln ab, die auf der Erde Unheil anrichteten. Wie hätte Greta dem ungebildeten Klotz auch erklären sollen, dass es keine Zauberei war, was sie tat, sondern Einfühlungsvermögen und schlichtes Handwerk. Greta beobachtete genau, achtete auf jede Veränderung in der Mimik oder Gestik ihres Gegenübers. Deshalb lag sie beim Erraten der Zahlen auch fast immer richtig. Sie und Karl setzten diese Technik bei etlichen Vorstellungen ein. Greta erriet, was die Leute in ihren Taschen hatten, während ihr Karl heimlich gewisse Hinweise zuspielte.

Allerdings war da manchmal noch etwas anderes. Etwas, was sie sich lange nicht hatte eingestehen wollen: Bisweilen sah sie die Zahlen tatsächlich vor sich.

Greta war hinter die Bühne getreten, wo sie neben ihrem Wagen ein kleines Zelt aufgebaut hatten, in dem sich einige Kisten und Truhen befanden. Es diente zudem als Umkleide, etliche zweifarbige Kleidungsstücke mit Glöckchen und Fransen, wie sie bei Gauklern und Spielleuten üblich waren, lagen auf dem Boden verstreut. Obwohl es bereits Oktober war, war es im Zelt schwül und heiß, seit Stunden schon lag ein

Gewitter in der Luft. Von draußen erklang der Applaus der Brettener Bürger, die Vorstellung war wohl eben zu Ende gegangen.

Das Mieder drückte Greta die Luft ab, sie lockerte es. Eben löste sie die Schnürung ihrer Bluse, als hinter ihr ein Geräusch ertönte. Sie wandte sich um und verfluchte im gleichen Moment ihre Unvorsichtigkeit vorhin. Vor ihr stand mit verschränkten Armen der ausgetrickste Bursche. Er lächelte, doch in seinem Blick lag etwas Hungriges, Gieriges, sein wohlgestaltes Gesicht kam ihr plötzlich nur noch roh und verschlagen vor.

»Wenn ich schon mein Geld nicht wiederbekomme, dann hole ich mir eben etwas anderes«, knurrte er. »So leicht kommst du mir nicht davon, du Flittchen.«

Greta wich einen Schritt zurück. Es war immer das Gleiche. Die Männer sahen sie in ihrer Rolle als freche, sich anzüglich gebende Gauklerin und verwechselten Spiel und Wirklichkeit. Sie glaubten, dass sie wirklich leicht zu haben war.

Der Kerl trat vor, griff nach ihren Brüsten und machte Anstalten, sie nach hinten auf eine der Truhen zu ziehen. Doch Greta war gewappnet. Mit einem Ruck zog sie ihr Knie hoch und stieß es ihm genau zwischen die Beine. Es war nicht das erste Mal, dass sie sich gegen aufdringliche Mannsbilder zur Wehr setzen musste, oft reichte ein einziger Tritt, um die Kerle in ihre Grenzen zu verweisen. Greta war eher zierlich, jedoch durchaus athletisch, die Muskeln gestählt in den jahrelangen Übungen mit Seil, Kegel und Bällen.

Der Bursche stöhnte laut auf, doch er blieb stehen. Offenbar war er aus härterem Holz geschnitzt, als sie angenommen hatte.

»Na warte, du Dirne, dafür nehme ich dich besonders hart ran!« Er wischte sich den Schweiß von der Stirn und breitete seine starken, behaarten Arme aus.

Wie ein Bär warf er sich auf sie, und diesmal gelang es ihm tatsächlich, sie zu Boden zu werfen. Greta wollte schreien, doch der Kerl drückte ihr die Hand auf den Mund, sie roch den Odem von Stall und Dung. Während er ihr den Rock hochschob, suchte sie verzweifelt unter dem Mieder nach dem kleinen Messer, das sie immer bei sich führte. Da war es! Doch der Bursche drückte ihre Hände zur Seite, und die Klinge entglitt ihr. Mittlerweile hatte er seine Beinlinge bis zu den Knien hinuntergezogen, sie konnte sein steifes Glied zwischen den Beinen spüren wie einen Knüppel. Greta wand, drehte und streckte sich, endlich bekam sie eine Hand frei und griff erneut nach dem Messer.

»Ich hatte dir einen Kuss versprochen«, zischte sie. »Hier ist er!«

Mit einer schnellen Bewegung zog sie ihrem Gegner die rasiermesserscharfe Klinge über Wange und Nase, der Kerl heulte schmerzerfüllt auf.

»Du … du verfluchte Hexe!«

Augenblicklich ließ er von ihr ab und hielt sich die Nase, unter seinen Händen quoll ein breiter Strom Blut hervor. Das Blut war überall, in seinem Gesicht, auf seinen Händen, auf seinem Wams, im Zelt sah es aus wie nach einer Schlachtung.

Greta bemerkte es mit Genugtuung.

»Sieht ganz so aus, als hättest du heute keine Glückssträhne«, sagte sie und rappelte sich auf. »Und jetzt scher dich raus und such dir irgendein Bauernmädchen, bevor …«

Ein tiefes, bedrohliches Knurren ließ Greta innehalten. Sie blickte zum Zelteingang, wo ein schwarzer, fast kalbsgroßer Hund stand. Es war der Hund des Doktors, ein Monstrum von einem Tier, mit mächtigem Wolfsgebiss und roten, dämonisch glühenden Augen. Manche Leute hielten ihn tatsächlich für den Teufel, weshalb der Doktor ihn auch ›Kleiner Satan‹ getauft hatte.

Auch auf den heftig blutenden Bauernburschen verfehlte Kleiner Satan seine Wirkung nicht.

»Himmel hilf!«, keuchte er. »Was in Gottes Namen …?«

Zitternd nahm der junge Mann die Hände vom Gesicht und verschnürte hastig seine Beinlinge. Er wollte davonlaufen, strauchelte aber und fiel der Länge nach hin.

»Was hast du hier verloren?«, erklang nun eine Stimme, so tief und bedrohlich wie aus dem Reich der Hölle. »Sprich schnell, bevor dich mein Hund wie einen Feldhasen zerfleischt!«

Hinter Kleiner Satan hatte jetzt auch der Doktor das Zelt betreten, dicht gefolgt von Karl Wagner, der einige verkorkte Theriakflaschen in den Händen hielt.

»Ich … ich …«, stammelte der Bursche. Noch immer tropfte ihm das Blut von Nase und Wange, wo sich ein langer Schnitt abzeichnete. Greta hoffte, dass ihm zur Erinnerung eine Narbe zurückbleiben würde.

»Du besudelst mein Zelt.« Faust deutete auf den Boden. »Und das Blut macht den Hund rasend. Rasend und hungrig, sieh selbst.« Wie zur Bestätigung zog Kleiner Satan die Lefzen hoch und zeigte seine spitzen gelben Zähne, jeder einzelne von der Größe eines kleinen Messers.

Ein Blick hinüber zu Greta reichte dem Doktor, um die Situation zu erfassen. Er wurde kalkweiß im Gesicht, statt kühlem Verstand regierte plötzlich die nackte Wut.

»Bei den finsteren Mächten und dem fahlen Licht des Mondes«, flüsterte Faust, und seine Augen blitzten wie kleine dunkle Sterne. »Wenn du ihr irgendein Leid angetan hast, nur das geringste, dann …« Seine Stimme zitterte vor Zorn.

»Es ist nicht dazu gekommen, Onkel«, fuhr Greta dazwischen. Mittlerweile tat ihr der junge Kerl fast leid. »Er ist auch so gestraft genug. Lass ihn gehen.«

Der Doktor atmete tief durch. Kurz schien er gewillt, den

Hund loszulassen. Dann stieß er einen leisen Pfiff aus, und Kleiner Satan legte sich auf den Boden.

»Ich gebe dir genau drei Wimpernschläge, um dieses Zelt zu verlassen«, sagte Faust leise und dabei so kalt wie der Nordwind. »Und noch einmal drei Wimpernschläge, um dich in ein sehr tiefes Loch zu verkriechen. Denn glaube mir, wenn ich dich dort draußen noch einmal sehe, wird Kleiner Satan dich auf einen Happs verspeisen. Aber erst, nachdem ich dich noch in eine Ratte verwandelt habe. Denn nichts anderes bist du: eine Ratte auf zwei Beinen. UND JETZT RAUS HIER!!!«

Die letzten Worte hallten wie Donner. Greta staunte immer wieder, wie der Doktor mit seiner Stimme ganze Welten bersten lassen konnte.

Wimmernd und blutend stolperte der Bursche an Faust, Karl und dem knurrenden Hund vorbei ins Freie. Seine hastigen Schritte entfernten sich schlurfend.

Schließlich richtete Faust das Wort an Greta. Er bebte noch immer vor Wut.

»Wie oft muss ich dir noch sagen, dass du den Burschen keine schönen Augen machen sollst! Nun siehst du, wohin das führt! Eine Minute später, und dieser Kerl hätte dich bestiegen wie ein Bock.«

»Ich wäre mit dem Jungspund schon alleine fertiggeworden«, entgegnete Greta, wobei sie gelassener klang, als sie war. Sie verschnürte ihr blutbeflecktes Mieder. »Ich kann mich durchaus wehren, wie du weißt. Ihr zwei habt mir in den letzten Jahren so einiges beigebracht.«

Karl grinste. »In der Tat. Der Junge sah aus, als hätten ihn gleich drei Wirtshausschläger in der Mangel gehabt. Der kommt so schnell nicht wieder.« Im Gegensatz zum Doktor trug er ein schlichtes schwarzes Gewand, das seine zierliche Figur noch schmaler wirken ließ. Seine klugen Augen in dem fast weiblich weichen, bartlosen Antlitz verrieten einen wachen Geist. In den letzten Jahren war Karl zu Gretas engstem, ja einzigem Freund und Vertrauten geworden, er war wie ein großer Bruder für sie. Außerdem konnte Greta bei Karl sicher sein, dass er sich nicht für ihre weiblichen Vorzüge interessierte – einfach deshalb, weil ihn Frauen generell nicht anzogen, zumindest nicht in sexueller Hinsicht.

Karls Miene wurde schnell wieder ernst. »Ich fürchte, der Rüpel könnte uns noch Probleme bereiten, bestimmt hat er ein paar Freunde in der Stadt. Wenn er uns nicht gleich beim Rat als Hexer anschwärzt.« Er wandte sich an den Doktor. »Möglicherweise war es nicht besonders klug, dem Kerl zu drohen, ihn in eine Ratte zu verwandeln.«

»Die Mühe wäre vergebens, er ist bereits eine.« Faust zuckte mit den Schultern. »Außerdem werden wir ohnehin nicht länger in Bretten bleiben.«

»Wie das?«, fragte Karl und hob erstaunt die Augenbraue.

»Nun, ich habe eine Einladung erhalten, die ich wohl besser nicht ablehnen sollte. Der Brief kam per Boten, schon vor ein paar Tagen. Bislang war ich mir nicht sicher, ob ich ihr tatsächlich Folge leisten will, deshalb habe ich euch auch noch nichts gesagt.« Faust lachte leise. »Aber es ist ohnehin mehr ein Befehl.«

»Von wem sprichst du?«, fragte Greta.

Der Doktor seufzte. »Es ist eine Einladung des hochwohlgeborenen Bamberger Fürstbischofs, dem ich wohl ein Horoskop stellen soll. Er spricht von einem fürstlichen Salär, trotzdem ist mir das Ganze zuwider. So etwas wirbelt zu viel Staub auf! Und das können wir zurzeit wahrlich nicht brauchen.« Er deutete nach draußen. »Habt ihr gehört, was die Leute sich zuflüstern? Mein Ruf in dieser Gegend ist nicht der beste. Auch hier in Bretten gibt es nicht wenige, die mich einen Schwarzmagier nennen und meinen Hund den Leibhaftigen. Und jetzt legt sich Greta auch noch mit so einem Idioten an!«

»He!«, protestierte Greta. »Das klingt fast so, als hätte ich den Kerl eingeladen, mich zu vergewaltigen.«

»Ich sage ja nur, dass du dich besser in Acht nehmen solltest. Ich kann dich nicht immer heraushauen.«

»Das sollst du auch nicht«, entgegnete Greta kühl.

Faust winkte ab. »Nun, vielleicht ist Bamberg gar nicht das schlechteste Ziel. Wir brauchen ohnehin ein Winterquartier. Und es gibt wahrlich unangenehmere Unterkünfte als die Bamberger Altenburg, wo der Fürstbischof residiert.«

Greta biss sich auf die Lippen. Noch immer taten ihr die Glieder weh von dem Kampf mit dem jungen Burschen, auf ihrer Haut zeichneten sich Striemen ab. Aber fast mehr noch schmerzte die Schande, der sie nur um Haaresbreite entkommen war. Männer waren wie Tiere, vielleicht hatte sie sich auch deshalb im Grunde nie wirklich mit einem von ihnen eingelassen, auch wenn Onkel Johann etwas anderes vermutete.

»Wann willst du denn nach Bamberg aufbrechen?«, erkundigte sie sich. »Eigentlich gedachten wir ja, bis zum kommenden Markttag zu bleiben …« Auch wenn sie es nicht zugeben wollte und ihr die Einladung des Fürstbischofs nicht ganz geheuer war, war sie nach dem Vorfall doch ganz froh, nicht mehr länger in Bretten verweilen zu müssen.

»Am besten schon morgen in aller Frühe«, erwiderte Faust. »Allerdings muss ich in der Gegend noch etwas erledigen.« Seine Miene wurde düster. »Etwas, was ich schon viel zu lange aufgeschoben habe.« Ohne ein weiteres Wort verließ er das Zelt.

Greta sah Karl fragend an, doch er verdrehte nur die Augen.

»Jetzt kenne ich den Doktor schon so lange«, sagte er mit einem Seufzen. »Aber im Grunde kenne ich ihn überhaupt nicht.«

Einmal mehr fiel Greta auf, dass es ihr ebenso erging. Nach all den Jahren wusste sie noch immer nicht zu sagen, was für ein Mensch Faust eigentlich war. Der Doktor konnte sich einfühlsam und zuvorkommend zeigen und im nächsten Moment wieder kühl und abweisend sein, sein geschliffener Verstand überstrahlte alles andere, seine Arroganz war sprichwörtlich. Immer wenn Greta versucht hatte, von ihm mehr über ihn selbst, und damit auch über sich, zu erfahren, war er ihr ausgewichen. Keiner wusste, was sich hinter Fausts dunklen Augen wirklich abspielte.

Greta griff nach Karls Hand und drückte sie fest. Vermutlich konnte Karl spüren, dass sie wegen des Vorfalls gerade eben immer noch zitterte. Aber das war in Ordnung, Karl war der Einzige, dem sie voll und ganz vertraute.

»Johann Georg Faustus bleibt für uns alle wohl immer ein Buch mit sieben Siegeln«, murmelte sie und sah durch die Zeltöffnung hinaus in den regenschwangeren Abendhimmel.

Tief in ihrem Inneren musste Greta sich allerdings eingestehen, dass dies wohl auch für sie selbst galt.

Ferner Donner grollte, im Westen schoben sich die Wolken zu finsteren Klumpen zusammen. Sie schienen sich noch nicht einig zu sein, wann sie ihre schwere nasse Last herniederprasseln lassen wollten. Kein Lüftchen regte sich in den Bäumen, so als hielte die Natur den Atem an.

Den Kopf tief über den Nacken des Pferdes gebeugt, galoppierte Johann auf die kleine Stadt Knittlingen zu, die nur wenige Meilen von Bretten entfernt lag. Gleich nach dem Gespräch mit Greta und Karl war er in Begleitung von Kleiner Satan aufgebrochen, durch das Weißhofer Tor und immer an der Weißach entlang. Er schloss die Augen und versuchte, die Erinnerungen an früher auszublenden, doch es gelang ihm nicht.

Baden im Fluss, Weidenäste, die tief herabreichen … Ich ziehe mich daran hoch und springe ins Wasser. Schau her, Margarethe, schau doch, ich bin ein böser Wassermann …

Schon bald tauchte im fiebrigen Gewitterdunst die Knittlinger Stadtmauer auf, dahinter erhoben sich sanft geschwungene Weinhügel, als hätte die Zeit all die Jahre stillgestanden. Das Westtor war noch offen, der einsame Wächter winkte den unbekannten Reiter einfach durch, offensichtlich froh, angesichts des drohenden Regens nicht sein Wachhäuschen verlassen zu müssen. Vielleicht war ihm auch der große schwarze Hund nicht geheuer, der neben dem Fremden hertrabte.

Johann hielt den Kopf weiterhin gesenkt, er hob ihn erst, als er merkte, dass er der einzige Mensch in der Gasse war. Vermutlich arbeiteten die meisten Knittlinger trotz der späten Stunde draußen in den Weinhängen, um noch rechtzeitig, bevor das Gewitter losbrach, die Körbe mit den geernteten Trauben in Sicherheit zu bringen. Aus dem Augenwinkel sah Johann hinüber zum Hof des Pflegverwalters mit den Weinkeltern, dahinter lagen der Marktplatz und die kleine Leonhartskirche. Auch den Hof der Gerlachs gleich neben der Kirche konnte er sehen, jenes Haus, in dem er vor einer Ewigkeit auf die Welt gekommen war. Das zweistöckige Gebäude war frisch verputzt, die Läden waren anders gestrichen, doch ansonsten hatte sich nichts verändert.

So viele Erinnerungen …

Johann spürte einen Stich in der Brust. Seit beinahe einem Vierteljahrhundert war er nicht mehr in Knittlingen gewesen, er hatte den Ort gemieden, weil er ihn daran erinnerte, wie alles angefangen hatte. Weder Karl noch Greta wussten, dass dieser Ort seine Heimat war, im Grunde wussten sie nichts über ihn. Keiner wusste etwas. Nur einen Steinwurf weit entfernt war er aufgewachsen, zusammen mit drei Brüdern, von denen die beiden Älteren tumbe Bauerntölpel gewesen waren, und mit einem Stiefvater, der ihn immer gehasst hatte. Wer sein richtiger Vater war, wusste Johann bis heute nicht. So wie auch Greta keine Ahnung hatte, wer ihr Vater war.

Ich muss es ihr sagen, bevor es zu spät ist …

Zur Linken tauchte das altvertraute Gasthaus »Zum Löwen« auf, aus dem leises Stimmengewirr drang. An einem Balken rechts vom Eingang waren einige Pferde angebunden, in einem offenen Schuppen daneben stand ein Wagen mit rostiger Deichsel.

Unwillkürlich hielt Johann sein eigenes Pferd an und lauschte. Knittlingen lag an der Poststraße, die von den Niederlanden bis nach Innsbruck in den Alpen und darüber hinaus führte. Der greise Kaiser Maximilian hatte sie in jungen Jahren errichten lassen, um sein riesiges Reich besser kontrollieren zu können. Daher stiegen im »Löwen« oft Reisende aus fernen Ländern ab. Wie oft hatte Johann als kleiner Junge hier unter den Tischen gesessen und ihren Erzählungen gelauscht! Später hatte er diese Geschichten dann der kranken Mutter zu Hause erzählt.

Der »Löwe« war sein Fenster zur Welt gewesen, einer Welt, von der er später mehr kennenlernen durfte, als er sich je erträumt hatte. Johann hatte sich geschworen, erst dann zurückzukommen, wenn er ein gelehrter und erfolgreicher Mann war. Und eben dies war eingetroffen, wenn auch gänzlich anders als erwartet.

Aus dem kleinen, vorlauten Johann Gerlach aus Knittlingen war der berühmte Doktor Johann Georg Faustus geworden, der mächtigste Zauberer des Reiches, ein Astrologe, Chiromant und Alchimist, bewundert viel und viel gescholten.

Johann zögerte, schließlich stieg er ab und band sein Pferd neben den anderen fest. Zwar war er wegen etwas anderem nach Knittlingen gekommen, doch das Wirtshaus zog ihn beinahe magisch an, wie ein lieblicher, wehmütiger Ruf aus der Vergangenheit.

»Du bleibst hier draußen, sitz!«, befahl er Kleiner Satan, der sich augenblicklich niederlegte. Dann betrat Johann mit klopfendem Herzen das Wirtshaus. Er zog die fellgepolsterte Kappe tief ins Gesicht, obwohl es äußerst unwahrscheinlich war, dass ihn nach all den Jahren jemand erkannte. Johann hatte bereits in Erfahrung gebracht, dass sowohl seine Brüder wie auch sein Stiefvater schon vor etlichen Jahren an einem Fieber gestorben waren. Seine Familie gab es nicht mehr, das Haus war verkauft worden. Sosehr er in sich auch hineinhorchte, nie hatte er deshalb Trauer verspürt.

Weil ich immer ein Fremder gewesen bin …

Sofort, als Johann die vertraute Wirtsstube betrat, verstummten ringsum die Gespräche. An den Tischen saßen einige Reisende und wohl auch Knittlinger Bürger, die ihn aufmerksam musterten. Johann kannte keinen von ihnen, und auch sie schienen ihn nicht zu erkennen. Schnell wandten sich die Blicke wieder ab, und die Gäste widmeten sich ihren Weinbechern. Er war nur irgendein weiterer Reisender. Der junge Wirt kam an seinen Tisch.

»Was darf es sein, hoher Herr?«, fragte der Mann und machte dabei einen Diener. Johann hatte zwar nicht seinen berühmten Sternenmantel an, trug jedoch einen weiten Mantel aus Seide und Barchent und dazu die pelzgefütterte Kappe, wie sie sich nur reiche Händler oder Patrizier leisten konnten.

»Lebt denn der alte Hans Harschauber nicht mehr?«, fragte Johann, wobei er seiner Stimme einen fremdartigen Klang gab, um kein unnötiges Risiko einzugehen. »Der frühere Wirt«, fügte er erklärend hinzu. »Ich war vor Jahren schon mal hier auf Durchreise und hab ihn kennengelernt. Ein guter Mann, wusste viel von der Welt.«

»Ach, der.« Der Wirt machte eine entschuldigende Geste. »Der ist schon vor längerer Zeit gestorben. Es gab da mal ein böses Fieber …«

Johann nickte. Es war wohl das gleiche Fieber, das auch seine Familie hinweggerafft hatte. Er hatte den alten Harschauber gemocht, er war einer der wenigen im Ort gewesen, die ihn respektierten, obwohl Johann immer anders als die übrigen Knittlinger gewesen war. Aber so war es vermutlich besser. Je weniger Menschen ihn noch von früher her kannten, umso weniger lief er Gefahr, erkannt zu werden.

»Bring mir Wein«, befahl er. »Aber nicht den Fusel von den hiesigen Weinhängen. Ich will was Besseres!«

Der Wirt verschwand katzbuckelnd und kehrte schon bald mit einem Krug zurück, in dem es rötlich schimmerte. Johann schenkte sich ein und versuchte dabei, das Zittern zu unterdrücken, das wie eine Woge durch seinen Körper lief. In den letzten Tagen war es wieder schlimmer geworden, manchmal glaubte er, es nicht mehr unter Kontrolle zu bekommen. Das Zittern und die Steifheit in den Gliedern, die ihn wie ein Räuber in der Nacht überfielen. Er hoffte inständig, dass es noch keiner bemerkt hatte. Langsam stellte er den Becher wieder ab und atmete tief durch.

Immer wenn das Zittern besonders schlimm war, zog er sich in den Wagen zurück und erzählte Karl und Greta, ihn quälten Kopfschmerzen, wie so oft. Und das war nicht einmal gelogen. Das Glasauge, das er sich für teures Geld von einem venezianischen Glaser hatte machen lassen, drückte und piesackte ihn von Zeit zu Zeit. Seit jenen unheimlichen Geschehnissen vor sechs Jahren in Nürnberg fehlten Johann das linke Auge und ein Finger der rechten Hand. Aber er wusste selbst, dass das Zittern nicht daher rührte.

Er vermutete etwas ganz anderes, weitaus Schlimmeres. Wenn er doch nur …

»Ich … ich … kenne Euch …«

Johann war so in Gedanken versunken, dass ihm entgangen war, wie sich jemand genähert hatte. Es war ein Greis mit schlohweißem Haar, den Rücken schwer gebeugt, als habe er sein Leben lang die Kraxen mit den reifen prallen Trauben getragen. Er war ausgezehrt wie von einer langen

Krankheit, seine Finger bebten, als er nun auf Johann deutete.

»Ich … kenne Euch«, wiederholte er leise.

Johann lächelte verkrampft. »Gut möglich. Ich reise öfter durch diesen Ort, da kann es schon sein, dass …«

»Johann!«, flüsterte der Alte, und die kleinen Augen zwischen den Runzeln blitzten kurz auf. »Du bist der kleine Johann, nicht wahr? Natürlich, du bist es!«

Johann zuckte zusammen. Konnte es wirklich sein, dass ihn der Mann erkannt hatte? Verstohlen musterte er den Greis. Und ganz plötzlich wusste er, wer der Alte war! Er sah es an seinen Augen, sie hatten sich nicht verändert. In ihnen stand eine unaussprechliche Trauer, ein Schmerz, der seinen Ursprung vor über zwanzig Jahren hatte. Eine Schuld, die nicht wiedergutzumachen war. Johann dachte an einen dunklen Wald, an eine Teufelsrune und an wispernde Stimmen in der Dunkelheit.

Wer hat Angst vorm Schwarzen Mann …

Von einem Augenblick auf den anderen wurde ihm kalt wie in einem Eiskeller.

Mein Gott …

»Was hast du damals mit meiner Margarethe gemacht?«, fragte der Greis leise. »Meine Tochter … mein geliebter Augenstern …«

»Ihr … Ihr müsst mich verwechseln.« Johann stand abrupt auf. Es war ein Fehler gewesen, das Gasthaus aufzusuchen. Er hätte niemals herkommen dürfen! Er ließ eine Münze auf den Tisch rollen und wandte sich ab. »Ich kenne Euch nicht.« Doch die zittrige Hand des Alten packte ihn an der Schulter.

»Was hast du mit meiner Tochter gemacht?«, wiederholte er, nun schon lauter. Die ersten Gäste sahen zu ihnen herüber. »Welchen Teufel habt ihr damals im Wald gesehen?«

»Ich weiß wirklich nicht, wovon Ihr sprecht«, erwiderte Johann. »Und jetzt lasst mich los. Mein Pferd braucht Futter.«

Er eilte zum Ausgang, während die Stimme des Alten in ihm nachhallte.

Was hast du mit meiner Tochter gemacht? Welchen Teufel habt ihr damals im Wald gesehen?

Als er draußen stand, glaubte er, durch eine der Butzenglasscheiben noch einmal das zerfurchte Gesicht zu erkennen. Es war das Gesicht des alten Knittlinger Pflegverwalters, jenes Mannes, dem er damals das Herz gebrochen hatte. In den letzten zwanzig Jahren war er zum Greis gealtert.

Der Vater von Margarethe.

Was hast du mit meiner Tochter gemacht?

Das Gesicht hinter dem Fenster verschwand, und just in diesem Augenblick krachte ein gewaltiger Donner.

Gleich darauf setzte der Regen ein.

Johann blickte erst wieder auf, als er den Friedhof erreicht hatte. Wie in Trance hatte er das Pferd losgebunden und war davongaloppiert. Der Regen strömte mittlerweile so dicht, dass von den Häusern fast nichts mehr zu sehen war.

Er hätte die Wirtschaft niemals aufsuchen sollen! Von allen noch lebenden Knittlingern war der alte Pflegverwalter derjenige, dem zu begegnen er am meisten gefürchtet hatte. Furchtbare Dinge waren damals geschehen. Im Schillingswald, nicht weit von Knittlingen, hatte Johann damals seine Unschuld verloren – vor allem aber seinen kleinen Bruder Martin und das Mädchen, das er über alles geliebt hatte. Das er bis heute liebte.

Margarethe.

Was damals geschehen war, versuchte er seitdem zu vergessen. Doch es war ihm nie gelungen. In seinen Träumen holte ihn die Vergangenheit immer wieder ein.

Welchen Teufel habt ihr gesehen?

Das war eine Frage, die auch ihn bis heute quälte – obwohl er die Antwort inzwischen ahnte. Damals war der Teufel in sein Leben getreten, er hatte ihm Geld und Ruhm gebracht, er hatte ihn zu dem gemacht, was er heute war. Doch zu welchem Preis?

Johann hielt sein Gesicht in den Regen, und die Tropfen spülten die Erinnerungen fort, auch die an den alten Pflegverwalter. Die nasse Kälte tat ihm gut, sie löschte das Feuer in ihm. Sein eigentliches Ziel war der Friedhof gewesen, da wollte er hin, seit vielen Jahren schon.

Am Gatter band er das Pferd fest und betrat den Gottesacker, wo sich einzelne schiefe Grabsteine in der Dämmerung abzeichneten. Kein Mensch war um diese Stunde zu sehen, der Regen prasselte unaufhörlich, es klang wie Kiesel auf einer Trommel.

Ungeduldig drehte Johann sich zu dem großen schwarzen Wolfshund um, der ihm in einigem Abstand folgte.

»Nun komm schon, Kleiner Satan! Ich muss von jemandem Abschied nehmen, ich versprech dir auch, es wird nicht lang dauern.«

Der Hund schien kurz zu zögern, so als röche er den Tod, der an diesem Ort zu Hause war. Dann folgte er willig seinem Herrn. Johanns Mantel war mittlerweile klitschnass, das Wasser tropfte von der Krempe seines Huts wie aus einer Traufe, die feinen Lederstiefel waren schlamm- und kotbespritzt. Doch all dies nahm er nicht wahr. Mit gesenktem Kopf ging er über den Friedhof und blieb schließlich vor einem kleinen, unscheinbaren Grabstein gleich neben der Friedhofsmauer stehen. Der Stein war vermoost und stand schief, als wäre er bereits viele Hundert Jahre alt. Efeu rankte daran empor, schon lange hatte keiner mehr das Grab gepflegt. Johann bückte sich und wischte Dreck und Zweige beiseite, sodass zumindest der Name darauf lesbar war.

Elisabeth Gerlach, gestorben am 12. August, im Jahre des Herrn 1494

24 Jahre …

Johann konnte kaum glauben, dass seitdem so viel Zeit vergangen war. Damals war er ein junger sechzehnjähriger Bursche gewesen, den Kopf voller Flausen, erfüllt mit Träumen und Hoffnungen, der Stolz seiner Mutter, die hier begraben lag – und von der er ein letztes Mal Abschied nehmen wollte. Er hatte ein Mädchen aus Knittlingen geliebt und mit seinem kleinen Bruder Martin in den Weinhängen westlich der Stadt gespielt. Und nun? Das Mädchen und der Bruder waren ebenso tot wie die Mutter, und seine Träume und Hoffnungen zerstoben wie Blätter im Herbstwind. Die geliebte Mutter, vor deren Grab er nun stand, hatte ihm damals eine große Zukunft prophezeit, eine Zukunft, die ihr jemand in den Sternen gelesen hatte; sie war es auch gewesen, die ihn als Erste Faustus genannt hatte.

Faustus, der Glückliche …

Johann lachte traurig und leise, während er den Blick unverwandt auf das Grab seiner Mutter gerichtet hielt. Für dieses Glück hatte er einen hohen Preis bezahlt.

Und seit einigen Monaten glaubte er zu wissen, dass der Preis noch viel höher ausfallen würde als befürchtet.

»Denn dein ist das Reich und die Kraft und die Herrlichkeit, in Ewigkeit, Amen.«

Mühsam richtete Johann sich auf. Beten war ihm nie leichtgefallen, wohl auch deshalb, weil er nicht wirklich daran glaubte. Außerdem kam das verfluchte Zittern zurück. Trotzdem fühlte er sich nun leichter, der Besuch hatte ihm gutgetan.

Der Hund knurrte und riss Johann aus seinen Gedanken.

»Ruhig, Kleiner Satan!« Argwöhnisch sah er sich um und bemerkte eine Bewegung hinter einem der weiter entfernten Grabsteine. Ein Schemen zeichnete sich dort ab, im Rauschen des Regens glaubte Johann, ein hartes, schürfendes Geräusch zu hören. Erst nach einer Weile erkannte er das Geräusch einer Schaufel, die gegen Erde und Steine schlug.

»Wer ist da?«, rief er gegen den Wind an. Er hatte keine Lust, noch jemandem aus dem Ort zu begegnen. Das Zusammentreffen mit dem alten Pflegverwalter hatte ihm gereicht. »Wer auch immer es ist – ich habe einen Hund bei mir. Einen sehr großen Hund, der keine Überraschungen mag!«

Hinter dem Grabstein richtete sich ein Mann auf. Er hielt eine kleine, im Wind flackernde Laterne in der Hand, sodass sich seine dürre Gestalt wie ein Scherenschnitt vor dem dunklen Hintergrund abzeichnete. Ebenso wie Johann trug er einen Schlapphut, an seinem steckte eine rote Hahnenfeder. Sein Gesicht blieb unter der Krempe verborgen, am Grabstein neben ihm lehnte eine Schaufel.

Nur der Totengräber, dachte Johann erleichtert. *Gestorben wird immer, bei jedem Wetter.*

»Gott grüße Euch!«, sagte er und hob die Hand.

Der Mann verharrte kurz, dann kam er mit der Laterne langsam auf ihn zu. Er war hager wie eine Vogelscheuche, dabei ging er leicht gebückt, als hätte er einen Buckel. Eine schmutzige Augenklappe bedeckte die rechte Gesichtshälfte.

»Keine gute Zeit für einen Friedhofsbesuch«, brummte er. Seine Stimme war weich und wohltönend, und Johann fiel auf, dass sie nicht so klang, als sei er aus dem Kraichgau.

»Ein … alter Freund von mir liegt hier«, erwiderte Johann und deutete auf die Grabsteine vor sich. »Ich war auf der Durchreise, da wollte ich ein kurzes Gebet für ihn sprechen.«

Der Mann nickte, ohne die Grabsteine anzusehen. Dann musterte er schweigend sein Gegenüber.

»Ihr seid wohl nicht von hier«, stellte der Mann schließlich fest.

»Das ist wahr.« Johann zuckte mit den Schultern. »Aber ich habe früher …« Er zögerte. »Nun, ich habe früher einige Leute in Knittlingen gekannt.«

Wieder sah er das runzlige Gesicht des Pflegverwalters vor sich, und er hörte dessen Stimme.

Was hast du mit meiner Tochter gemacht? Welchen Teufel habt ihr damals im Wald gesehen?

O ja, er hatte damals große Schuld auf sich geladen …

»Ist mit Euch alles in Ordnung, mein Herr?« Der Totengräber kam noch einen Schritt auf ihn zu, und Kleiner Satan knurrte, wie er es immer tat, wenn sich Fremde seinem Herrn näherten.

Doch nun geschah etwas Seltsames: Der Totengräber beugte sich zu Kleiner Satan hinunter und tätschelte ihm den Kopf, als wäre er ein niedliches Schoßhündchen, und dieser ließ es sich zu Johanns Erstaunen gefallen. Noch nie hatte Johann gesehen, dass Kleiner Satan sich von einem anderen als ihm selbst oder vielleicht noch Greta streicheln ließ.

»Dieser … alte Freund stand Euch wohl sehr nah?«, erkundigte sich der Mann, während er den Hund hinter den Ohren kraulte.

»Näher als jeder andere Mensch«, sagte Johann zögerlich.

»Ha!« Der Mann grinste und zeigte sein erstaunlich weißes, noch völlig intaktes Gebiss. »Und trotzdem ist er jetzt nur ein Haufen modriger Knochen. Ist es nicht traurig, was aus uns wird? Gott hat uns als sein Ebenbild erschaffen, und am Ende sind wir nichts weiter als stinkende Madensäcke. Egal, ob Kaiser, Papst oder Bettler.« Der Totengräber seufzte und richtete sich wieder auf. Er sah wirklich erschreckend mager aus, so als wäre er selbst nur ein Haufen Knochen.

»Ich habe so viele Menschen in die Grube gesenkt, alte, junge, Greise und Kinder … Bei den Kindern ist es am schlimmsten.« Er zuckte die Achseln. »Ich meine, warum lässt Gott so etwas zu? Warum hat er uns nicht Mittel und Wege aufgezeigt, wie wir das Sterben aufhalten können? Vom Tag unserer Geburt an beginnen wir zu verfaulen und abzusterben. Spürt Ihr es auch? Wir sterben ständig, jeden Tag ein wenig mehr.«

Johann schwieg, wobei er sein Gegenüber aufmerksam betrachtete. Plötzlich war er sich nicht mehr sicher, ob es sich bei dem Mann mit der Augenklappe wirklich um den Knittlinger Totengräber handelte. Dafür redete er im Grunde viel zu gewählt, eher wie ein Pfarrer, wobei ein Pfaffe niemals so über Gott gesprochen hätte. Der Mann kam nun noch ein Stück näher, und Johann glaubte, einen leichten Geruch von Schwefel wahrzunehmen.

»Wisst Ihr was?«, flüsterte ihm der Fremde ins Ohr, sein Atem war feucht und stickig wie ein schmutziger Lappen. »Ich denke, das Sterben ist der Preis, den wir alle zahlen müssen, der Preis für das Leben. Alles hat seinen Preis, und jeder muss einmal bezahlen. Irgendwann, aber zahlen muss er. Begreift Ihr, wovon ich spreche?«

»Ich … ich denke, ja«, krächzte Johann. Ihn schauderte. Dieses Gespräch wurde immer unheimlicher. Nervös sah Johann sich nach Kleiner Satan um, der hinter einen der Grabsteine gekrochen war, so als hätte er große Angst. Was war nur mit dem verdammten Köter los?

Der Mann trat wieder einen Schritt zurück und lächelte breit. In seinem Mund waren spitze Zähne zu sehen, die an einen Wolf denken ließen.

»Ha! Wusste ich es doch! Es gibt nicht viele, die mich verstehen. Nicht viele, die bereit sind, weiter zu gehen als die anderen, die mehr sehen wollen, die niemals ruhen.« Er senkte die Stimme. »Seid Ihr bereit, Euren Preis endlich zu zahlen, Doktor Faustus? Seid Ihr bereit?«

Ohne auf eine Antwort zu warten, wandte sich der Mann ab und stapfte, die Laterne in der Hand, durch den Regen davon.

Johann war so verblüfft, dass er ihm erst nach einer Weile nachrief: »He! Woher kennt Ihr meinen Namen? Wer … wer seid Ihr?«

Doch in diesem Augenblick verlosch das Licht der Laterne, der Fremde war so plötzlich verschwunden, wie er erschienen war. Johann lauschte. Im plätschernden Regen glaubte er, ganz entfernt eine leise Melodie zu hören. Einzelne Flötentöne wehten von jenseits der Friedhofsmauer zu ihm herüber, vielleicht kamen sie auch aus dem Gasthaus. Es waren die Klänge eines Kinderlieds.

Suse, liebe Suse, was raschelt im Stroh? Es sind die lieben Gänslein, die haben keine Schuh …

Wie erstarrt stand Johann am Grabstein seiner Mutter. Erst nach einer Weile schrak er auf wie aus einem bösen Traum und machte sich auf den Heimweg. Er stieg auf sein Pferd und preschte durch das Unwetter, vorbei an dem verdutzten Torwächter, so schnell, als wäre ihm der Teufel auf den Fersen. Der Hund hetzte hinterher. Erst viel später fiel Johann auf, dass er sich nicht daran erinnern konnte, wie das Gesicht des Mannes eigentlich ausgesehen hatte.

Es war, als hätte der Regen es einfach weggespült.

Weit oben, zwischen Hagelwolken und dunklen Regenschwaden, zogen drei Vögel ihre Bahn. Es waren zwei Krähen und ein großer alter Rabe mit zerrupftem Gefieder und schartigem Schnabel. Als sie die leise Melodie irgendwo unter sich hörten, flogen sie krächzend zurück zu ihrem Herrn. Der hagere Mann stand noch immer zwischen den Grabsteinen, am äußersten Ende des Friedhofs, weit entfernt von der Kirche. Er mochte Kirchen nicht. Mit seinen langen, fast insektenartigen Fingern spielte er die Flöte und entlockte ihr jene Töne, denen der Rabe und die Krähen seit so vielen Jahren folgen mussten.

»Er hat sich nicht verändert, nicht wahr?«, sagte der Meister, während die Vögel auf einem frischen, dampfenden Grabhügel nach Würmern und Maden pickten. »Für mich ist er immer noch der gleiche vorlaute Bengel, auch wenn jetzt alle Welt vom großen, ach so berühmten Doktor Faustus spricht und sich dabei in die Hosen scheißt. Das Schaudern ist der Menschheit bestes Teil.« Er lachte leise. »Mein kleiner Faustus! Wann wirst du endlich begreifen, dass die Würfel längst gefallen sind? Die Sterne lügen nicht.«

Er steckte die Flöte ein, dann nahm er den Schlapphut ab, der bislang sein Gesicht verborgen hatte, entfernte die Augenklappe und wischte die Schminke fort. Schon so vieles war er gewesen, Zauberer, Spielmann, Söldner, Quacksalber, Graf, Baron und Bettler. Nun eben auch Totengräber. Im Grunde eine Rolle, die ihm ohnehin lag.

Wer mir die Hand reicht, den ziehe ich unter die Erde. Früher oder später. Irgendwann klopfe ich auch an deine Türe, Johann.

Der Meister leckte sich die blutleeren Lippen.

Der Teufel ist immer das, was du am meisten fürchtest.

»Azazel, Baphomet, Belial!«, rief der Meister seine drei Diener herbei. »Lasst das Würmerpicken, wir suchen uns was Besseres.«

* * *

In dieser Nacht blieb Johann in seiner Kammer noch lange wach, bei Kerzenschein saß er über seine Bücher gebeugt. Zusammen mit Greta und Karl hatte er drei geräumige Zimmer im Brettener Wirtshaus »Zur Krone« direkt am Marktplatz bezogen. Es war das beste Haus in der Stadt, selbst der Kaiser war hier schon abgestiegen. Die Wände von Johanns Kammer waren mit weichen Teppichen und Pelzen behängt, es gab einen eigenen Kamin und ein mit duftendem Lavendel bestreutes Himmelbett. Der Wirt war glücklich gewesen, dem weithin bekannten Astrologen sein bestes Zimmer zu überlassen – und dieser hatte sich mit einem besonders wohlwollenden Horoskop revanchiert. Doch all der Luxus konnte Johann seine innere Ruhe nicht zurückgeben. Stets musste er an den seltsamen Totengräber vom Friedhof denken.

Es war die Art gewesen, wie der Mann gesprochen hatte,

der weiche Klang seiner Stimme, so als käme er aus den Ländern westlich des Rheins. Dazu die hagere Gestalt, die spitzen Wolfszähne, wie angefeilt ... Und er hatte Johann bei seinem Namen genannt, obwohl dieser sich ihm nicht vorgestellt hatte.

Seid Ihr bereit, Euren Preis endlich zu zahlen, Doktor Faustus?

Natürlich konnte dies auch nur ein Zufall sein. Johanns Vorstellungen in Bretten hatten sich bestimmt herumgesprochen, er war in der Gegend kein Unbekannter. Der Kerl war vielleicht ein wenig seltsam gewesen, aber schließlich war er Totengräber, ein Ehrloser, der außerhalb der Gesellschaft lebte. Solche Menschen benahmen sich oft merkwürdig.

Dennoch war sich Johann fast sicher, auch wenn sich alles in ihm dagegen sträubte: Der Mann auf dem Friedhof war Tonio del Moravia gewesen, sein alter Lehrmeister.

Tonio hatte ihn damals, vor über zwanzig Jahren, auf der Straße aufgelesen, als Johanns Stiefvater ihn hinausgeworfen hatte. Mit Tonio war er eine Weile durch das Reich gezogen, und er hatte viel von ihm gelernt. Doch dann hatte Tonio del Moravia sein wahres Gesicht gezeigt.

Bis heute wusste Johann nicht, wer sein früherer Lehrer wirklich war. Tonio war ein Meister der Täuschung, ein Satanist und möglicherweise sogar mehr als das, ja, vielleicht sogar der Teufel selbst. Er schien überhaupt nicht zu altern, anders als Johann, der seine Jahre in den Knochen spürte, jedes einzelne von ihnen.

Ein erneutes Zittern übermannte ihn, es fuhr ihm in die Hand und breitete sich von dort über die gesamte linke Körperhälfte aus. Johann stand der Schweiß auf der Stirn, während er versuchte, dem Zittern Herr zu werden. So ging es nun schon seit Monaten. Es hatte mit einem leichten Zucken in den Fingern angefangen, Johann hatte zunächst vermutet, es könnten verspätete Nachwirkungen der Amputation sein –

damals in Nürnberg, als Tonio ihm zunächst den kleinen Finger abgeschnitten und dann ein Auge ausgestochen hatte. Doch das Zittern war immer schlimmer geworden, es breitete sich in Johann aus wie ein Fieber oder eine Lähmung. Manchmal, in den Nächten, wurde sein Körper hart wie ein Panzer, und er hatte Mühe, Luft zu holen.

So muss es sich anfühlen, wenn man lebendig begraben wird, dachte er, während er sich mit den Händen an der Tischplatte festkrallte.

Dann löste sich das Zittern, verschwand für dieses Mal und kroch wie ein altes Reptil zurück in seine Höhle, um ein andermal wieder über ihn herzufallen.

»Verfluchte Krankheit! Was ... was ... bist du?«, keuchte Johann.

Der Totengräber hatte vorher von einem Preis gesprochen, den jeder zu zahlen hatte. War diese verfluchte Krankheit etwa dieser Preis?

Im Laufe der Monate war Johann ohnehin zu der Ansicht gelangt, dass es weniger eine Krankheit war als ein Fluch. Ein weiterer Teil jenes Paktes, den er dereinst mit Tonio geschlossen hatte, mit einem Handschlag auf der Landstraße zwischen Maulbronn und Ulm. Vieles im Leben war ihm seither geglückt, er hatte Ruhm und Reichtum angesammelt, doch alles hatte eben seinen Preis. Und nun griff Tonio, oder wer auch immer der Meister in Wirklichkeit war, nach ihm und forderte seinen Teil.

Wie viel Zeit blieb ihm noch?

In diesem Augenblick klopfte es an der Tür, und Johann zuckte zusammen. Kam der Teufel etwa jetzt schon, um ihn zu holen? Doch da hörte er Gretas Stimme, er atmete auf.

»Ich sehe unter dem Türschlitz, dass noch Licht brennt, Onkel. Darf ich eintreten?«

Johann schloss kurz die Augen, versuchte, sich zu beruhigen. Dann sagte er, wobei er sich bemühte, gleichzeitig konzentriert und ungeduldig zu klingen, so als hätte sie ihn aus tiefer Versenkung geholt: »Nun, wenn es kurz ist. Ich … ich muss noch arbeiten.«

Die Tür öffnete sich, und Greta betrat die Kammer. Wie immer war es, als zündete jemand ein Licht in der Dunkelheit an. Gretas freundliche Art erhellte seine finstersten Stunden, wenn sie lachte, war die Welt wieder in Ordnung. Doch er wusste, dass sie auch schwermütig sein konnte, selbst für sie hatte die Welt manchmal einen schwarzen Rand.

Genau wie einst bei ihrer Mutter. Möge sie in Frieden ruhen. Ein Frieden, der mir nicht vergönnt ist …

Manchmal, wenn er Greta heimlich beobachtete, glaubte er fast, dass es Margarethe war, die dort stand. Die gleiche Haltung, die gleichen Bewegungen, das gleiche helle Lachen … Mehrmals hatte er Greta auf eine Weise berührt, die für einen Onkel nicht schicklich war. Nur kurz, dann war er jedes Mal zurückgeschreckt, als hätte ihn eine Schlange gebissen, und Greta hatte ihn erstaunt angeblickt.

»Karl und ich haben uns Sorgen gemacht, weil du nach der Vorstellung einfach weggegangen bist«, sagte Greta in vorwurfsvollem Ton, während sie an den Tisch trat. »Wo bist du so lange gewesen? Was war es, das du noch so dringend erledigen musstest, bevor wir nach Bamberg aufbrechen?«

»Eine … alte Geschichte«, erwiderte er. »Etwas, das vor deiner Zeit mit mir liegt. Nichts von Bedeutung.«

Es war eine Lüge. Aber wie hätte er sagen sollen, dass er in Knittlingen auf den Spuren seiner Vergangenheit gewandelt war?

Auch auf den Spuren deiner Mutter, mein Augenstern …

Johann war Gretas Vater. Ihre Mutter war Margarethe, seine erste große Jugendliebe, die wegen ihm als Hexe stranguliert und verbrannt worden war. Seine Schuld war so groß, dass er es bis heute nicht übers Herz gebracht hatte, Greta die Wahrheit über ihre Herkunft zu sagen. Seit über sechs Jahren wartete er auf den richtigen Moment, aber dieser kam nicht. Schon oft war er ganz kurz davor gewesen, immer war etwas dazwischengekommen. Mittlerweile glaubte er, dass er es niemals mehr sagen konnte. Vielleicht war es dafür einfach zu spät.

Es war gut, so wie es war.

Greta sah ihn aufmerksam an. Einen Augenblick glaubte Johann, in ihren Augen eine Angst aufblitzen zu sehen, die er sich nicht erklären konnte. Es kam selten vor, dass Greta vor etwas wirklich Angst hatte. Manchmal wünschte er sich sogar, sie wäre ein wenig vorsichtiger. Der Vorfall heute Nachmittag war typisch für die forsche Art, die sie bei ihren Auftritten als Gauklerin an den Tag legte. Die Männer glaubten eben, was man ihnen im wahrsten Sinne des Wortes vorgaukelte. Johann hingegen sah in Greta oft noch das kleine schüchterne Mädchen, das mit Puppen spielte und das er in Nürnberg aus den Katakomben gerettet hatte, auch wenn er wusste, dass das längst nicht mehr stimmte.

»Es ist doch irgendetwas, nicht wahr?«, fragte Greta. »Du bist so blass, fast wie eine Leiche.« Sie zögerte, dann fuhr sie fort: »Auch Karl macht sich Sorgen. Seit Monaten wirkst du immer düsterer, manchmal erscheinst du nicht einmal zu den Vorstellungen. Ständig verkriechst du dich im Wagen, mit deinen Büchern.« Sie deutete auf die Werke, die aufgeschlagen auf dem Tisch lagen. »Was hast du nur damit? Man könnte fast meinen, dass die Bücher dich, den großen Zauberer, selbst verzaubern.«

»Ich habe meine Gründe«, erwiderte Johann knapp.

»Ach ja? Gründe?« Greta verschränkte die Arme vor der Brust und funkelte ihn an. »Für die Leute magst du ja ein mächtiger Zauberer sein, aber hier hinter verschlossenen Türen sollten wir die Geheimniskrämerei doch besser sein lassen. Auch von dem Brief aus Bamberg hast du nichts gesagt! Ich bin zwanzig, manchmal glaube ich, du vergisst das.«

»Ich vergesse es nicht, ich sehe doch, was geschieht. Diese Sache vorher im Zelt …«

»Ich wäre auch gut alleine zurechtgekommen«, fuhr Greta dazwischen. »Ich weiß mich durchaus zu wehren.« Sie lächelte grimmig. »Der Kerl wird sich jedenfalls sein Lebtag an mich erinnern, wenn er sein Gesicht im Spiegel betrachtet.«

»Das mag schon sein. Aber trotzdem gefällt es mir nicht, wie du mit den Burschen poussierst.« Johann seufzte. »Was war denn mit dem schnöseligen Gecken, den du vor ein paar Monaten in Frankfurt auf der Messe kennengelernt hast? Zwei Nächte warst du verschwunden, dir hätte Gott weiß was passiert sein können …«

»Und wenn schon, das geht dich nichts an! Nur weil du wie ein Mönch lebst, muss ich selbst keine Nonne sein.«

»Freches Gör!« Johann erhob sich zornig. »Pass auf, was du da sagst! Du vergisst wohl, wer dich damals aus der Gosse gezogen hat!«

Er hob die Hand, doch sofort ließ er sie wieder sinken. Greta hatte ja recht. Sie war wirklich alt genug, um sich nicht mehr von ihm dreinreden zu lassen. Sie war eine erwachsene Frau, die vermutlich schon bald ihren eigenen Weg gehen würde. Eine Frau, nach der sich die Männer umsahen. Wenn sie mit jüngeren Spielleuten oder Gauklern ins Gespräch kam, quittierte er dies jedes Mal mit giftigen Blicken und bissigen Kommentaren. Keiner war ihm bislang recht gewesen, und er war froh, dass auch Greta den Richtigen offenbar noch nicht gefunden hatte. Doch im Grunde rechnete Johann damit, dass Greta ihn und Karl irgendwann verließ, dass sie einen Mann kennenlernte, der ihr gewachsen war, und sich einer anderen Gauklertruppe anschloss.

Dieser Tag wird der traurigste in meinem Leben sein.

Er selbst hatte keine Frau mehr geliebt, seit damals in Heidelberg seine Liebe einer Frau das Leben gekostet hatte. Ein paar Mal war er noch bei Dirnen gewesen, aber auch das hatte er nach und nach eingestellt. Er liebte seine Tochter und seine Bücher, mehr brauchte er nicht.

Und eines davon werde ich wohl schon bald verlieren …

»Lass uns nicht streiten«, lenkte er ein. »Du hast ja recht, ich hätte euch Bescheid geben sollen, als ich den Brief aus Bamberg bekam. Es wird ohnehin Zeit für ein Winterlager. Dieser Regen vorhin war der erste Vorbote, von jetzt an wird es jeden Tag kälter werden.« Er deutete auf eine Karte des Deutschen Reichs, die aufgerollt zwischen den Büchern lag. Sie war eine der besten, die je gezeichnet worden war, ein Teil der Europakarte des bekannten Kartografen Martin Waldseemüller und so viel wert wie drei Schlachtrösser. Die Karte reichte von der Nord- und Ostsee bis hinunter nach Italien, von den Ländern östlich der Elbe bis nach Burgund und Brabant. Viele dieser Gegenden hatten sie in den letzten Jahren gemeinsam bereist. Sie waren überall und nirgends zu Hause gewesen.

»Ich suche uns einen sicheren Weg nach Bamberg«, erklärte Johann. »So wie ich es immer getan habe. Du weißt, die Straßen sind derzeit sehr gefährlich.« Er versuchte ein Lächeln. »Selbst für den berühmten Doktor Faustus.«

Greta trat plötzlich auf ihn zu und drückte ihm einen Kuss auf die Wange. »Ich liebe dich, Onkel«, sagte sie leise. »Was immer auch geschieht. Ich möchte nur, dass du das weißt.«

»Ich … ich liebe dich auch«, erwiderte er, überrascht von Gretas jähem Gefühlsausbruch. Er mochte es, wenn sie ihn Onkel nannte, doch diesmal lag etwas seltsam Sorgenvolles in dem Wort.

»Ich liebe dich mehr als alles andere, Greta. Ich würde es mir nie verzeihen, wenn dir etwas zustößt.«

Die letzten Worte waren Johann herausgerutscht. Aber im Grunde kamen sie tief aus seiner Seele. Er ahnte, dass Tonio zurück in sein Leben gekommen war, um ihn in den Abgrund zu reißen, diesmal endgültig. Die verfluchte Krankheit hatte ihn im Griff, und er fühlte, dass das schöne Leben auf der Straße dem Ende entgegenging. Ihm blieb nicht mehr viel Zeit. Vor allem aber hatte er Angst um Greta. Denn wenn das Böse wieder in sein Leben kam, würde es auch vor seiner Tochter nicht haltmachen. Unwillkürlich musste Johann an den Totengräber denken und an sein wölfisches Gebiss.

Seid Ihr bereit, Euren Preis endlich zu zahlen, Doktor Faustus?

»Ich würde es mir auch nicht verzeihen, wenn dir etwas zustößt.« Greta drückte seine Hand. »Schlaf gut, Onkel.« Dann verließ sie mit einem letzten Nicken die Kammer.

Sofort war es wieder viel dunkler, die Kerze flackerte, dann blies ein Windstoß sie aus. Der allseits gefürchtete Doktor Johann Georg Faustus war allein mit seinen Büchern und seinen Ängsten.

2

Der Mann ruderte mit den Armen, taumelte. Für einen Augenblick schien er in der Luft zu schweben, dann stürzte er schreiend aus einer Höhe von über fünfzehn Schritt hinab auf die Pflastersteine, wo er wie eine zerschmetterte Puppe liegen blieb. Die zahlreichen römischen Bürger, die sich auf dem mit Steinquadern und Kalksäcken vollgestellten Petersplatz versammelt hatten, stöhnten und tuschelten miteinander. Doch schon bald kamen einige Wachen, die den leblosen Körper wegtrugen, und die Leute wandten sich wieder spannenderen Dingen zu. Nur eine Lache Blut blieb am Boden zurück, wo sie in der späten Herbstsonne schnell trocknete.

Mit angeekelter Miene wandte sich Papst Leo X. ab. So ein Unfall warf kein gutes Licht auf die Baustelle des Petersdoms, noch dazu an dem Tag, wo er dem Neubau höchstpersönlich einen Besuch abstattete. Diener hatten seine Sänfte auf einem Gerüst gegenüber dem Dom platziert, sodass er von dort aus die Fortschritte inspizieren konnte. Zu seiner Rechten stand sein persönlicher Architekt und Maler, der junge Dombaumeister Raffael Santi, der soeben zu einem längeren Monolog über den von ihm ausgearbeiteten Entwurf des neuen Tonnengewölbes angesetzt hatte. Der tödliche Unfall des Arbeiters, der offenbar ausgerutscht und von einem der höheren Gerüste gestürzt war, hatte ihn jäh unterbrochen.

»Ein höchst bedauernswerter Vorfall«, murmelte Raffael. »Vermutlich war der Kerl betrunken …«

»Wie ich höre, war dies nicht der erste Unfall«, warf Leo süffisant ein. Er war schlecht gelaunt, weil ihn seit Tagen Schmerzen quälten. Leider konnten auch die vielen seidenen Kissen und Pelze nichts daran ändern, dass ihn wieder einmal eine verfluchte Analfistel plagte, sein altes Leiden, das ihn oft zur Raserei trieb. Ungeduldig rutschte Leo mit seinem breiten Hintern hin und her in dem verzweifelten Versuch, eine angenehmere Sitzposition zu finden. »Zum Teufel! Ihr solltet Eure Arbeiter wirklich besser auswählen, Raffael.«

Der Dombaumeister, ein feingliedriger, fast feminin wirkender Mann, galt als der beste Maler Roms, wenn nicht sogar der ganzen Welt, trotzdem war auch er nicht sicher vor Leos Wutausbrüchen. Schon unter Leos Vorgänger Julius II. hatte Raffael die päpstlichen Gemächer ausgeschmückt und unvergessliche Gemälde geschaffen. Er war einer der wenigen, die es wagten, Leo öffentlich zu widersprechen.

»Bei allem Respekt, Heiliger Vater«, sagte er kühl. »Wir müssen den Männern das Äußerste abverlangen, damit wir den Bau in dem vorgegebenen Zeitraum fertigstellen können. Und jetzt, da die Zahlungen wieder einmal ausstehen, sinkt natürlich die Arbeitsmoral ...«

»Ihr bekommt Euer Geld«, zischte Leo, »darüber müsst Ihr Euch nicht sorgen. Bislang seid Ihr immer gut bezahlt worden, Meister Raffael, oder vielleicht nicht? Kümmert Euch also lieber darum, dass es mit dem Bau endlich schneller vorangeht!«

Der Neubau des Petersdoms war Leos ehrgeizigstes Projekt. Damit begonnen hatte der vorherige Papst, die Bauarbeiten zogen sich bereits fünfzehn Jahre hin. Der Dom sollte der größte und schönste Bau der Christenheit werden, koste es, was es wolle! Immerhin war an dieser Stelle kein Geringerer begraben als der Apostel Petrus, nachdem er mit dem Kopf nach unten als Märtyrer am Kreuz gestorben war. Der erste Papst in einer langen Reihe, deren letztes Glied nun Leo war.

Und ich werde es sein, der die Kirche wieder zu alter Größe zurückführt. Ein zweiter Petrus!

Jedes Jahr pilgerten Abertausende Menschen aus der ganzen Welt nach Sankt Peter. Um den Neubau zu finanzieren, kamen von überallher die Ablassgelder herein, die Leos treuer Helfer Johann Tetzel, aber auch viele andere kleine Helferlein von Neapel im Süden bis hoch zur Hanse im Norden einsammelten. Im Grunde war es ein Geschäft, an dem alle verdienten. Die gläubigen Christen verkürzten ihre Zeit im Fegefeuer, und dafür erstrahlte die Kirche in neuem, noch hellerem Licht. Vom Geld der Ablässe wurden nicht nur der Neubau des Petersdoms finanziert, sondern auch die vielen Gemälde, Altäre und Fresken, die die alte Hure Rom aufhübschten. Leo dachte zurück an den Tag, als er den päpstlichen Thron bestiegen hatte. Allein der festliche Umzug hatte hunderttausend Dukaten gekostet, ein Siebtel des päpstlichen Besitzes. Aber das war es wert gewesen.

Der Papst straffte sich in seiner mit rotem Samt überdachten Sänfte und biss die Zähne zusammen, als ihn erneut der Schmerz übermannte. Er wollte als Erneuerer der Kirche in die Geschichte eingehen! Und ausgerechnet jetzt tauchte so ein Mönchlein aus der deutschen Provinz auf und kam ihm in die Quere, wetterte gegen die Ablassbriefe, schrieb provokante Thesen und nagelte sie auch noch höchst theatralisch an eine Kirchentür. Letzteres war vermutlich nur ein Ammenmärchen, um die Angelegenheit noch zusätzlich aufzublasen. Wie auch immer – der Strom des Geldes wurde tatsächlich merklich dünner, vielleicht würde er irgendwann ganz versiegen. Es war zum Aus-der-Haut-Fahren!

Aber all das würde ja hoffentlich bald ein Ende haben, und zwar schon sehr bald.

»Berichtet mir über die Fortschritte an den südlichen Konterpfeilern«, forderte er Raffael auf.

Dieser nickte beflissen und setzte zu einem weiteren Monolog an, was es Leo erlaubte, seine Gedanken schweifen zu lassen. Warum hatte er sich überhaupt auf diese langweilige Besichtigung eingelassen? Was er brauchte, war Zerstreuung! Aber gerade jetzt war sein geliebter Hofnarr krank, und seine Kardinäle quälten ihn mit lästigen Berichten aus der deutschen Provinz, wo zu allem Überfluss auch die Bauern immer stärker zu murren begannen. Überall roch es nach Aufruhr und Veränderung, es war, als würde ein heftiger Herbstwind durch das Land blasen und es gehörig durcheinanderrütteln.

Wohin werden uns diese Jahre führen? Nach vorne ins Paradies oder zurück in die Dunkelheit?

Nun, er würde dafür sorgen, dass zumindest die Kirche den richtigen Weg ging. Aber dafür brauchte er dringend jenen Mann, auf den er nun schon so lange sehnlichst wartete! Der Einzige, der, nach all den Fehlschlägen, tatsächlich das Geheimnis kannte, welches all seine Probleme lösen würde.

»… besonders spektakulär sind die Vierungspfeiler, deren Stützung mittels einer neuen Dachkonstruktion …«, vernahm Leo wie durch eine Wolke die Ausführungen Raffaels, während er den Blick über die vielen Baugerüste gleiten ließ. Das alles dauerte schon viel zu lange! Und dazu diese Schmerzen im Hintern, es war kaum auszuhalten …

Er war überaus erleichtert, als ein Bote sich mit tiefer Verbeugung von der Seite her der Sänfte näherte. Leos Herz klopfte schneller, als er sah, dass der Mann einen Brief in der Hand hielt. Er hatte angeordnet, ihn jederzeit über gewisse Vorkommnisse im Reich zu informieren. Wieder unterbrach Raffael seine Erklärungen und konnte sich eine leicht verärgerte Miene nicht verkneifen. Leo nahm den Brief in Empfang und brach das Siegel, wobei er versuchte, ein leichtes Zittern zu unterdrücken. Hastig überflog er die Zeilen. Sie stammten von einem seiner besten Männer, dem Einzigen, dem er diese Mission zugetraut hatte – und vermutlich der Einzige, der über die nötige Verschwiegenheit verfügte.

Leos Mund verzog sich zu einem Lächeln, als er den kurzen Brief zu Ende gelesen hatte.

Herr im Himmel, gepriesen sei deine Güte!

Alles war vorbereitet. Nun musste er nur noch warten.

Bis dahin würde er sich die Zeit mit einigen interessanten Experimenten vertreiben, tief unten in der Engelsburg.

»Habt Dank für Eure hilfreichen Erklärungen, Dombaumeister«, wandte er sich an den verdutzten Raffael. »Aber wichtige Unternehmungen zwingen mich leider zum Aufbruch. Sorgt dafür, dass Eure Männer schneller arbeiten und nicht mehr so oft vom Gerüst fallen. Wenn Ihr in diesem Jahr mit den Tonnengewölben fertig werdet, werde ich Euer Gewicht in Gold aufwiegen. Wenn nicht …« Er machte eine Pause und musterte den zarten Raffael wie einen hübsch schillernden Käfer. »Nun, auch die Kerker der Engelsburg brauchen durchaus eine Erneuerung. Wenn Ihr versteht, was ich meine.«

Er klatschte in die Hände, und die vier Sänftenträger erhoben sich. Schaukelnd wie ein fettes altes Kamel schwebte Papst Leo X. über den Köpfen seiner Schäflein von dannen.

* * *

Bis Bamberg brauchten Johann, Greta und Karl zehn Tage, wobei sie die Nächte, anders als gewohnt, nicht in warmen Herbergen, sondern im zugigen Wagen verbrachten. In Franken waren die Leute besonders abergläubisch und auch dem Bier sehr zugetan, nach der Begegnung in Bretten fürchtete Faust mehr als sonst, ein besoffener Mob könnte ihnen das Leben schwer machen. Außerdem kamen sie auf diese Weise schneller voran.

Greta saß neben Faust vorne auf dem Kutschbock und genoss das sanfte Schaukeln, das ihre Reisen stets begleitete. Lose hielt sie die Zügel, das Pferd fand auch so seinen Weg.

Die Straße wand sich schier endlos durch die fränkische Hügellandschaft, die in herbstlichen Nebel getaucht war. Ihr Gefährt war eine sogenannte Kutsche, ein sündhaft teures Gefährt, im Königreich Ungarn erfunden. Bei dieser neuen Wagenart war der Wagenkasten elastisch aufgehängt und fing so die Erschütterungen der Straße zumindest ein wenig ab. Das Innere war ein Durcheinander aus Truhen, Kisten und bunten Gewändern, die neben duftenden Trockenkräutersträußen von der Decke hingen. Es roch nach Minze, Kamille und dem billigen scharfen Branntwein des Theriaks, dessen tönerne Flaschen während der Fahrt wie kleine Glöckchen klackerten. Nachts pfiff der Wind durch die dünnen Bretterwände.

Ein Buch in den Händen, die Beine in eine dicke Wolldecke gehüllt, lehnte Karl an einer der Truhen im hinteren Teil des Wagens, während Faust und Greta schweigend vom Kutschbock aus die Landschaft an sich vorüberziehen ließen. Kleiner Satan lief wie so oft neben der Kutsche her. Greta liebte diese Momente der Stille, in denen es nur die Gegenwart zu geben schien – und trotzdem wusste sie, dass diese Zeit nicht ewig währen konnte. Schon öfter hatte sie mit dem Gedanken gespielt, ihre kleine Gruppe zu verlassen. Sie war gut genug, um sich einer anderen Gauklertruppe anzuschließen, sie hoffte, vielleicht doch irgendwann den richtigen Mann zu finden und die düstere Vergangenheit, die sie mit Faust verband, endlich hinter sich zu lassen. Was sie noch hielt, war die Freundschaft zu Karl.

Und ein Wissen, das sie bislang noch mit keinem geteilt hatte, auch nicht mit Karl.

Die schwarzen Schwingen …

Greta fröstelte. Es war lange her, dass sie zuletzt in der Kutsche übernachtet hatten, in den letzten Jahren hatte der Doktor teure Wirtshäuser und die Gemächer von Schlössern und Abteien vorgezogen. Die Bamberger Altenburg, da war

Greta sich sicher, würde eine Unterkunft sein, die ganz Fausts extravaganten Wünschen entsprach. Fürstbischof Georg III. Schenk von Limpurg war einer der mächtigsten Männer des Reiches, sein Einfluss reichte weit über Bamberg hinaus. Soweit Greta wusste, war er unmittelbar dem Papst unterstellt. Nicht einmal der Kaiser konnte ihm Befehle erteilen ... Unwillkürlich spürte Greta, dass von so einem hochrangigen Treffen auch eine nicht zu unterschätzende Gefahr ausging.

»Warst du schon mal in Bamberg, Onkel?«, fragte sie. Ihre Stimme ließ Faust zusammenzucken. Offenbar war er tief in Gedanken versunken gewesen.

»O ja, und du auch«, erwiderte er und setzte dabei ein Lächeln auf. »Aber das ist schon ein paar Jahre her, deshalb kannst du dich wohl nicht mehr daran erinnern. Es ist eine schmucke Stadt, mit einem großen Dom und einem vorzüglichen Rauchbier. Doch leider werden wir von Bamberg selbst wohl nicht viel sehen. Der Bischof residiert auf der Altenburg, die ein wenig außerhalb liegt.«

»Ich denke, ein wenig Ruhe wird uns allen guttun«, entgegnete Greta. »Vor allem dir.« Sie maß ihn mit einem unbestimmten Blick, und Faust runzelte die Stirn.

»Ist da etwas, was du mir sagen willst?«

Greta wandte die Augen ab. Sosehr sie die Sache auch quälte, schaffte sie es doch nicht, Faust ihr Herz auszuschütten. Er war ein Mann des Verstandes. Sicherlich würde er ihre Ängste als Humbug abtun.

Und wenn nicht?

Diese Vorstellung war sogar noch schlimmer. Allein die Möglichkeit, dass sie recht haben könnte, ließ sie innerlich beben.

»Karl und ich werden die Winterzeit nutzen und ein paar der Kulissen auswechseln«, sagte sie stattdessen und ließ die Zügel schnalzen, woraufhin das Pferd in leichten Trab fiel.

»Daraus wird wohl nichts«, entgegnete Johann. »Ich brauche Karl für das Erstellen des Horoskops.« Er zuckte die Achseln. »Wenn es für den Bischof gedacht ist, muss es so dick wie die Bibel werden. Was man so hört, wird das kommende Jahr wohl für alle Mächtigen ein entscheidendes Jahr. Da braucht es gute, unumstößliche Horoskope.«

Den wenigen Gesprächen in den Wirtshäusern entlang ihres Weges hatten sie entnommen, dass der Fürstbischof wohl auch beim Augsburger Reichstag, der eben erst zu Ende gegangen war, eine wichtige Rolle gespielt hatte. Kaiser Maximilian hatte diesen Reichstag, bei dem alle Kurfürsten, Fürsten und Vertreter der Reichsstädte vertreten waren, vornehmlich deshalb einberufen, weil er die Wahl seines Enkels Karl als seinen Nachfolger absichern wollte. Maximilian spürte, dass es mit ihm zu Ende ging, seit einigen Jahren führte er auf Reisen stets seinen Sarg mit. Doch anders als erwartet, hatte sich in Augsburg alles nur um diesen Augustinermönch Martin Luther gedreht. Innerhalb nur eines Jahres war der kleine Mönch aus dem sächsischen Wittenberg so einflussreich geworden, dass ihn Bischöfe und Fürsten, ja selbst der Kaiser ernst nehmen mussten. Es waren wirklich seltsame Zeiten.

»Gaukler braucht es auch immer«, sagte Greta. »Egal, wie die Zeiten sind, die Leute wollen sich amüsieren.«

»Der Bischof mag keine Possenreißer, schlag dir das bloß aus dem Kopf. Wir werden uns zurückhalten müssen.« Faust schüttelte grimmig den Kopf. »Kein Tänzeln auf dem Seil, kein Jonglieren und kein Messerwerfen. Vor allem kein Poussieren mit irgendwelchen Wachen oder einem von der Dienerschaft, verstanden?«

Greta verdrehte die Augen. Seit dem Vorfall in Bretten war Faust noch strenger zu ihr. Aber wie sollte er auch wissen, dass sie im Grunde noch nie mit einem Mann geschlafen hatte? Ein paar Mal hatte sie es versucht, Gelegenheiten hatte es beileibe genug gegeben. Doch immer, wenn es fast so weit war, war sie zurückgeschreckt wie vor einer Feuersbrunst. Zu keinem Mann hatte sie bisher genug Vertrauen gehabt, nur zu Karl – und der stand nicht zur Debatte. Manchmal fragte sie sich, ob sie wirklich eine richtige Frau war. Frauen bekamen Kinder, sie gründeten Familien, sie jedoch zog mit einem doppelt so alten Zauberer und dessen sodomitischem Adlatus durch die deutschen Lande. Damit musste es bald ein Ende haben.

»Ich denke, ich bin alt genug, selbst zu entscheiden, ob und mit wem ich poussiere«, sagte sie spitz. »Du bist schließlich nicht mein Vater, du kannst mir nichts befehlen.«

Greta hatte erwartet, dass Faust zu einer weiteren Strafpredigt ansetzen würde. Doch seltsamerweise schwieg er.

»Deine ... Mutter hätte das genauso gesehen«, sagte er nach einer Weile stockend, »da bin ich mir sicher.«

»Du ... du hast meine Mutter gekannt?« Greta erstarrte, ihr Herz machte einen Sprung. Dann sah sie Faust mit großen Augen an. »Ist das ... ist das wahr? Sag das noch einmal! Warum erfahre ich das erst jetzt?«

Noch nie hatte der Doktor ihr etwas über ihre Familie erzählt. Soviel sie wusste, war sie ein Waisenkind, das bei einem entfernten Onkel namens Valentin aufgewachsen war. In Nürnberg war sie als junges Mädchen durch einige Vorfälle, die sie sich selbst nicht erklären konnte, in die Fänge der Justiz geraten. Man hatte behauptet, sie sei eine Hexe, und hatte sie in die Kerker unter dem Rathaus eingesperrt. Ihr Onkel Valentin und Faust hatten sie damals befreit. Wie genau das zugegangen war, daran fehlte ihr jegliche Erinnerung, doch allein der Gedanke daran trieb ihr jedes Mal den Schweiß auf die Stirn. Es war, als würde in den Tiefen ihres Bewusstseins ein böses Tier schlummern, das sie nicht wecken durfte. Onkel Valentin war bei ihrer Befreiung ums Leben gekommen, seitdem reiste sie mit Faust, der von sich behauptete, ein Freund ihres Onkels gewesen zu sein. Von ihren Eltern war nie die Rede gewesen.

»Was weißt du von meiner Mutter?«, drängte sie. »Warum hast du mir nie erzählt, dass du sie kennst? In all den Jahren nicht!« Sie schüttelte den Kopf, noch immer konnte sie es nicht fassen. Dutzende Fragen drängten sich ihr plötzlich auf.

»Nun, ich … ich kannte sie ja nicht wirklich …« Faust hielt den Blick starr geradeaus gerichtet. »Hab sie nur ein, zwei Mal gesehen, als dein Onkel Valentin noch ein junger Bursche war. Wir … wir haben in Heidelberg zusammen studiert, wie du weißt. Da ist sie mal aufgetaucht, um ihn zu besuchen. Das ist alles.«

»Wie sah sie aus?«

Faust schluckte sichtlich. »Sie … sie sah aus wie du. Genau wie du.«

»Und wie hieß sie?«, hakte Greta nach.

»Sie … sie hieß Margarethe, Onkel Valentin hat dich nach ihr benannt. Sie war wohl die Tochter eines Pflegverwalters und starb an einem Fieber, als du noch ein Säugling warst, ebenso wie dein Vater. Mehr weiß ich nicht.«

»Aber …«

»Nun lauf schon zu, du verfluchter lahmer Gaul!«

Faust nahm ihr die Zügel aus der Hand und schlug damit wütend auf das Pferd ein.

»Besser, wir bringen ein gutes Stück der Wegstrecke hinter uns, bevor es wieder zu regnen beginnt«, murrte er. »Und jetzt hör auf, mich ständig mit Fragen zu löchern, ich muss mich auf die bevorstehende Aufgabe konzentrieren! Man erstellt schließlich nicht jeden Tag einem leibhaftigen Fürstbischof ein Horoskop.«

* * *

Gegen Mittag des zehnten Tages erreichten sie schließlich Bamberg. Die Stadt lag auf sieben Hügeln, was ihr den Titel eines deutschen Roms eingebracht hatte. In der Mitte ragte der viertürmige Dom empor, darunter floss gemächlich das blaue Band der Regnitz. Etliche Händler reihten sich mit ihren Wagen in eine Schlange vor dem Stadttor ein und begehrten lärmend Einlass, es war Markttag. Johann bog vor den Stadtmauern mit dem Wagen nach links ab und folgte einer kleineren Straße, die hinter die Stadt führte. Dort, auf einem der sieben Hügel, thronte die mächtige Altenburg. Seit vielen Jahren schon war sie der Sitz der Bamberger Fürstbischöfe, zu deren Reich auch größere Städte wie Bayreuth und Rothenburg zählten.

Johann verfluchte sich selbst dafür, dass er Greta von ihrer Mutter erzählt hatte. Es war ihm herausgerutscht, und kurz war er tatsächlich versucht gewesen, ihr mehr zu verraten. Aber wie so oft schon hatte er es dann doch gelassen, aus Angst vor den Folgen. Immerhin war er schuld am Tod von Gretas Mutter – und wie hätte er ihr erklären sollen, dass er ihr Vater war? Das würde zu viele weitere Fragen nach sich ziehen, auch Fragen nach Tonio del Moravia, seinem Lehrmeister, und nach dem schwarzen Kern seiner eigenen Seele. Also hatte er gelogen, wie so oft in seinem Leben. Ein paar Mal noch hatte Greta auf der Reise versucht, mehr aus ihm herauszubekommen, sie hatte sogar Karl nach ihrer Herkunft ausgefragt. Doch Johann hatte Karl schon vor längerer Zeit gedroht, er werde ihn entlassen, wenn er Greta die Wahrheit erzählte. Bislang hatte Karl sich daran gehalten – wohl auch deshalb, weil er selbst fürchtete, die Wahrheit könnte zu viel bei Greta aufrühren.

In engen Serpentinen schlängelte sich die Straße den bewaldeten Hügel hinauf. Zwischen den vom Regen nassen Ästen und Zweigen war schon bald die Burg zu sehen, ein massives Bauwerk mit Wohntürmen und einem gewaltigen Bergfried. Eine Zugbrücke führte über einen von Bütteln bewachten Zwinger. Johann nannte seinen Namen, und die

Wachen öffneten das Tor. Quietschend und ächzend rumpelte der Wagen in den gepflasterten Hof.

Bei dem Anblick, der sich ihm bot, erstarrte Johann; was er sah, ließ sämtliche Sorgen um Greta zumindest vorübergehend in den Hintergrund treten.

Was in aller Welt …

Bereits vom Kutschbock aus konnte er feststellen, dass auf der Altenburg etwas sehr Großes im Gange war. Im Hof standen etliche andere Gefährte, allesamt prunkvolle Kutschen mit gestriegelten Rappen, Samtpolstern und kunstvoll geschnitzten Karosserien. Einige Bedienstete lungerten herum, die den bunten Gauklerwagen abfällig musterten. Im Hintergrund waren herausgeputzte Herolde mit Posaunen zu erkennen, die ganz offensichtlich auf mächtige Gäste warteten. Von überallher erklangen Pferdegewieher und Stimmengewirr. Was in Gottes Namen ging hier vor?

Johann stieg ab, vertrat sich die Beine und sah sich dabei um. Der Hof war von einigen Gebäuden umgeben, deren auffälligstes sicherlich der über dreißig Schritt hohe Burgturm war. Nicht weit davon entfernt stand der Palas, in dem der Bischof residierte. Hinter den Butzenglasscheiben waren die Schemen zahlreicher Menschen zu erkennen, offenbar wurde soeben ein größeres Bankett vorbereitet.

Johann bemerkte, dass die ersten Leute auf dem Hof bereits zu tuscheln begannen. Mit seinem schwarzblauen Sternenmantel und dem schwarzen kalbsgroßen Wolfshund an der Seite wurde er schnell erkannt, überall im Reich gab es gedruckte Abbilder von ihm, die Hausierer auf den Dorfplätzen zusammen mit ausgedachten Schauergeschichten für ein paar Kreuzer feilboten. Aus dem Augenwinkel sah er, dass einer der Diener mit schnellen Schritten auf den Eingang zum Palas zueilte.

Auch Karl und Greta blickten sich erstaunt um. Kaum hatten sie abgeschirrt und das Pferd einem Stallburschen übergeben, da ertönten hinter ihnen auf dem Burghof schon marschierende Schritte. Eine Abordnung Landsknechte im bunten geschlitzten Wams und mit Piken und Hellebarden bewaffnet kam direkt auf sie zu. Die Reihen öffneten sich, und aus ihrer Mitte trat kein Geringerer als der Bamberger Fürstbischof.

Johann kannte ihn von einem Kupferstich, den er erst kürzlich in einem Buch über die Fürsten des Reiches gesehen hatte. Der Bischof war eher klein gewachsen, sein feistes Gesicht und der runde Bauch gaben ihm etwas Gemütliches, beinahe Großväterliches. Dazu passten die Pelzschaube und die schlichte Kappe, nur die vielen goldenen Ringe an den Fingern und die ebenso goldene massive Kette um seinen Hals verrieten seine hohe Stellung.

»Der hochverehrte Doktor Johann Georg Faustus, wenn ich mich nicht täusche«, sagte er mit einem freundlichen Lächeln. Limpurgs Augen waren gerötet, so als würde er viel bei schlechtem Licht lesen, ein typisches Gelehrtenleiden. »Es freut mich, dass Ihr den Weg zu uns gefunden habt, Doktor.«

»Wie es scheint, bin ich nicht der Einzige«, erwiderte Johann. Er kniete nieder und küsste die fleischige, leicht nach Parfum riechende Hand des Bischofs. »Eurer Einladung entnahm ich, dass Ihr Euch von mir ein Horoskop erstellen lassen wollt? Ich wusste nicht, dass auch etliche andere mächtige Herrscher gedenken, meine Dienste in Anspruch zu nehmen.«

Der Bischof lachte leise, es klang wie das Klingeln kleiner Glöckchen. »Gut möglich, dass ich nicht der Einzige bin, der dieser Tage ein gutes Horoskop braucht.« Seine Miene wurde ernst. »Gerade jetzt, in diesen unruhigen Zeiten.«

»Wie meinen?«, fragte Johann, der noch immer kniete.

»Tja, lieber Doktor, Ihr wart eben nicht auf dem Augsburger Reichstag, sonst wüsstet Ihr, wovon ich spreche.« Limpurg seufzte. »Dieser kleine Mönch aus Wittenberg hat es wirklich geschafft, sämtliche hohe Abgeordnete in Aufregung zu versetzen. Dabei gab es eigentlich Wichtigeres zu besprechen, zum Beispiel die Nachfolge unseres hochverehrten Kaisers, der in Innsbruck auf dem Krankenbett liegt und wohl schon bald ins ewige Himmelreich eingehen wird.« Der Bischof schüttelte den Kopf. »Ich hielt es deshalb für hilfreich, gleich im Anschluss ein weiteres Treffen der hohen Gesandten hier in Bamberg abzuhalten. Zum Wohle des Reiches. Wir wollen besprechen, wie wir den Thesen Luthers die Stirn bieten können.« Er schlug kurz die Augen nieder, deren Wimpern erstaunlich lang und fast weibisch waren. »Was wir brauchen, ist Einheit, nicht Spaltung! Es gibt Leute, die halten Luthers Thesen für genauso gefährlich wie Schießpulver.«

Johann schwieg. Nun wurde ihm klar, was diese Ansammlung von Kutschen, Pferden und wichtigtuerischen Herolden und Dienern zu bedeuten hatte. Der Bischof blies zum Kampf gegen den kleinen Augustinermönch, und er brauchte dazu ganz offensichtlich ein schönes Horoskop, das seine ehrenwerten Absichten untermauerte. In was für ein Schlamassel war er da nur hineingeraten!

»Ist es nicht löblich, sich einmal mit dem überbordenden Ablasshandel auseinanderzusetzen?«, hakte Johann nach, um ein wenig Zeit zum Nachdenken zu gewinnen. »Nicht nur Luther meint, dass der Kauf göttlichen Heils geradezu unhimmlische Ausmaße angenommen hat. Wenn ich seine Thesen richtig verstanden habe, glaubt er, dass man die Gnade Gottes nicht mit Geld kaufen kann. Sie wird uns geschenkt.«

»Ein ketzerischer Gedanke, der einen flugs auf den Scheiterhaufen bringen kann«, erklang es von weiter hinten. »Leider hat Luther die Einladung des Heiligen Vaters ausgeschlagen, zu ihm nach Rom zu kommen, um diesen Gedanken weiter auszuführen. Er wird das noch bereuen.«

Johann blickte auf, als er die fremde, leicht näselnde Stimme hörte. Zwischen den Landsknechten war ein weiterer Mann hervorgetreten. Er trug ein blütenweißes Gewand, wie es bei den Dominikanern üblich war, mit einem breiten Ledergürtel, an dem ein auffällig großer Rosenkranz hing. Er mochte etwa so alt sein wie Johann, sein einst schwarzes Haupthaar war ergraut und zu einer Tonsur geschnitten, die buschigen Augenbrauen waren hochgezogen, so als würde ihm etwas zutiefst missfallen. Am auffälligsten war seine Nase, die als mächtiger Zinken aus dem bartlosen Gesicht ragte.

»Ah! Darf ich Euch, werter Doktor, einen ganz besonderen Gast vorstellen?«, sagte der Bischof. Erst jetzt schien er zu bemerken, dass Johann noch immer vor ihm kniete. Mit einer ungeduldigen Geste wies er ihn an, sich zu erheben, dann deutete er auf den Geistlichen an seiner Seite. »Dies hier ist Viktor von Lahnstein. Er war mit Kardinal Cajetan in Augsburg, um Luther davon zu überzeugen, seinen ketzerischen Thesen abzuschwören.«

Lahnstein nickte ernst. »Drei Tage lang hat der Kardinal sich bemüht, er hat auf Luther eingeredet wie auf einen störrischen Esel. Woraufhin sich der verblendete Mönch mit Flucht einem weiteren Disput entzog! Luther glaubt wohl, er kann sich hinter dem sächsischen Kurfürsten Friedrich verstecken, aber das wird ihm nicht gelingen. Der Arm Roms reicht weit, sehr weit!« Johann kam es so vor, als würde Lahnstein ihn bei diesen Worten besonders aufmerksam mustern.

»Hochwürden ist mit mir gleich von Augsburg hergereist«, erklärte Limpurg. »Es war seine Idee, dieses Treffen auf der Altenburg einzuberufen.« Er schmunzelte. »Und letztendlich war er es auch, der mir riet, Euch um ein Horoskop zu bemühen.«

»*Er* hat Euch …?« Johanns Miene gefror augenblicklich. Er blickte hinüber zu Viktor von Lahnstein, der ihn geheimnisvoll anlächelte. Wenn es Lahnsteins Idee gewesen war, ihn auf die Altenburg zu bringen, musste er das Schlimmste befürchten. Es war gut möglich, dass ihn jemand in Rom als Hexer angeschwärzt hatte und ihm nun der Scheiterhaufen drohte, genau wie diesem Luther. Wie hatte Lahnstein eben noch gesagt?

Der Arm Roms reicht weit, sehr weit …

Unwillkürlich sah Johann sich nach Karl und Greta um, doch die beiden waren verschwunden.

»Oh, wenn Ihr Euer Gefolge sucht, den jungen Adepten und das Mädchen, die hat man bereits in ihre Kammern geleitet«, sagte Limpurg, der seinen Blick richtig gedeutet hatte. »Für Euch, Doktor, haben wir ein ganz besonderes Gemach vorgesehen.« Lächelnd zeigte er nach oben, wo die Spitze des Bergfrieds aufragte. »Das Turmzimmer der Altenburg, Ihr seid dort völlig ungestört. Von dort hat man den besten Blick auf die Sterne. Und die werdet Ihr für Euer Horoskop ja wohl brauchen. Ich wünsche Euch viel Erfolg bei Eurer Arbeit, Doktor Faustus.«

Mit dem unguten Gefühl, in eine Falle gelaufen zu sein, ließ sich Johann von zwei Landsknechten hinüber zum Bergfried geleiten. Dabei glaubte er während des gesamten Weges, die Blicke des päpstlichen Gesandten im Rücken zu spüren.

Mit erhobenem Haupt und langsamen, fast gravitätischen Schritten wandelte Karl Wagner durch die Räume und Hallen der Bamberger Altenburg und beobachtete die vielen Abgeordneten, die in den Fensternischen oder vor einem der unzähligen Kamine die Köpfe zusammensteckten. Sie alle trugen warmen, wertvollen Pelz, darunter Kleider aus Barchent und bunt gefärbten Stoffen. Ein paar junge, durchaus hübsche Kerle waren auch darunter. Auch Karl hatte sein bestes Gewand an, einen engen schwarzen Rock und darüber eine leicht fleckige, aber noch tragbare Schaube, tatsächlich glich er ein wenig einem jungen, aufstrebenden Geistlichen.

Ich könnte auch so ein Gesandter sein, dachte er. *Von ir-*

gendeinem kleinen Bistum vielleicht, ein ehrgeiziger Theologe, der es irgendwann bis nach Rom auf einen Kardinalsstuhl schaffen wird …

Kurz überlegte er, wie sein Leben wohl verlaufen wäre, wenn er sein Studium in Leipzig abgeschlossen hätte. Vielleicht wäre er ja jetzt Arzt oder Advokat, in gehobener Position, möglicherweise Ratgeber für einen Baron oder Grafen. Karl wusste, dass er klug und gebildet war, gesegnet mit einem Wissen, das vielen der hier Anwesenden fehlte. Aber er wusste auch, woher er dieses Wissen hatte. In keiner Universität hätte er so viel lernen können wie in den beinahe zehn Jahren bei Doktor Johann Georg Faustus. Trotzdem erfüllte ihn der Anblick all dieser vornehmen, prächtig gekleideten Männer, die gemeinsam lachten, teuren Wein aus hauchdünnem venezianischen Glas tranken und über die große Politik debattierten, ein wenig mit Wehmut. Diese Männer führten ein Leben, das ihm nicht vergönnt war. Er war ein Ausgestoßener, und das auf gleich zweierlei Art. Als Adlatus eines Magiers und Astrologen – und als heimlicher Sodomit.

Karl liebte Männer. Das war eine Todsünde, trotzdem kam er nicht davon los. Der Doktor hatte ihn vor etlichen Jahren vor der Hinrichtung bewahrt, im allerletzten Moment, seitdem zog Karl mit ihm durch das Reich. Er hatte versucht, sein Laster in den Griff zu bekommen, doch es war ihm nicht gelungen. Nicht nur einmal war er entdeckt worden und gerade noch einer Verhaftung entronnen, was beim Doktor jedes Mal zu einem regelrechten Tobsuchtsanfall geführt hatte, weil Karl damit ihrer aller Leben in Gefahr brachte.

Gelegentlich fragte sich Karl, ob Faust eigentlich wusste, warum er bei ihm blieb, trotz der Wutausbrüche, trotz Fausts oft herablassender Art und obwohl sie in wissenschaftlichen Dingen nicht immer einer Meinung waren. Manchmal behandelte der Doktor Karl so, als wäre er immer noch jener naive junge Leipziger Student, der er damals, vor fast zehn Jahren, gewesen war. Doch selbst Greta hatte Karl den wahren Grund nie verraten, zu groß war seine Scham.

Weil ich jemanden liebe, der meine Liebe niemals erwidern wird …

In diesem Augenblick vermisste Karl Greta schmerzlich, sie weilte wohl noch in ihrer Kammer. In den letzten Jahren waren sie einander ans Herz gewachsen, sie fühlten sich wie Geschwister. Auch wenn Karl Greta nicht in all seine Geheimnisse einweihen konnte, so war sie doch seine engste Vertraute geworden. Es schmerzte ihn, dass er Greta nicht mehr über die Vorfälle damals in Nürnberg erzählen durfte, der Doktor war in dieser Hinsicht sehr deutlich gewesen. Doch gleichzeitig spürte Karl auch, dass es vielleicht so besser war. Das, was in den Katakomben dieser Stadt vorgefallen war, war so … *böse*, dass Greta das Geschehene wohl aus gutem Grunde verdrängt hatte.

Die bischöflichen Lakaien hatten ihnen zwei zugige, feuchte Zimmer in einem Nebengebäude zugewiesen, in dem Trakt, wo die Dienstboten der Gesandten untergebracht waren. Karl hatte dieses Loch kurz entschlossen verlassen, um sich unter die geladenen Gäste zu mischen. Seltsamerweise hatte ihn am Eingang zum Palas niemand aufgehalten, was wohl auch mit seiner wichtigtuerischen Miene zusammenhing.

»Sogar ein englischer Gesandter soll gekommen sein«, raunte eben ein dicklicher Herr mit einer Pelzschaube seinem Gegenüber zu. »Ebenso wie jemand aus dem Haus der Fugger, vermutlich, um die Stimmung unter den deutschen Fürsten auszuloten.« Er seufzte. »Seitdem dieser Luther seinen vermaledeiten ›Sermon vom Ablass und der Gnade‹ in deutscher Sprache drucken lässt, wollen jetzt auch noch die Bauern mitreden. Es heißt, jemand liest ihnen das Geschmier vor, und dann debattieren diese Esel im Stall wie die hohen Herren!«

»Nun, ich denke, dass sich der junge König Heinrich VIII. eher für etwas anderes interessiert als für deutsche Flugblätter«, erwiderte sein Gesprächspartner, ein dürrer älterer Mann, der sich auf einen Stock stützte und sein von der Gicht gebeugtes Kreuz am Kamin wärmte. Er lachte leise und sah sich dabei vorsichtig um. »Schon jetzt verteilen sie das Fell des Bären, obwohl der noch gar nicht erlegt ist. Und auch die französischen Froschfresser …« Erst jetzt bemerkte er Karl, der ein wenig entfernt in einer Nische stand, und brach ab. Karl senkte den Blick und ging schnell weiter.

Er durchquerte zwei weitere, mit etlichen Gemälden behängte Säle. Es waren eindrucksvolle, wenn auch ein wenig düstere Darstellungen der Madonna und des Heilands; auch ein paar Porträts einflussreicher kirchlicher Persönlichkeiten waren darunter, Darstellungen früherer Päpste, aber auch des jetzigen Papsts Leo X., dessen bullige Gestalt Karl eher an einen Wirt oder Schlachter erinnerte. Porträts waren derzeit sehr in Mode. Das lag an den reichen, selbstbewussten Bürgern, aber auch an der Kirche, die ihr üppiges Vermögen in zahllose Fresken, Gemälde und Deckenmalereien steckte, nicht nur in Rom.

Auch Karl war ein leidenschaftlicher Maler, auch wenn er sich die teuren Ölfarben, die hier verwendet worden waren, niemals würde leisten können.

An Tischen unterhalb der Gemälde saßen die Abgesandten und naschten zuckriges Gebäck und kandierte Früchte aus gläsernen Schüsseln. An ihren Gewändern erkannte Karl mindestens zwei Bischöfe, einige Äbte verschiedener Orden sowie ein paar kaiserliche Gesandte, die besonders nervös wirkten. Hier in Bamberg waren wirklich die Mächtigsten des Reiches vertreten!

Mittlerweile hatte Karl erfahren, dass das offizielle Treffen erst in ein paar Tagen stattfinden sollte, wenn die letzten Abgesandten aus entfernteren Landen eingetroffen waren. Er versuchte auszurechnen, wie viele Fässer teuren französischen Weines die Männer dann bereits getrunken hatten und wie viele mit Honig glasierte Schweine in ihre Mägen gewandert waren. Dieser Bamberger Fürstbischof musste wirklich einen Haufen Geld besitzen, vermutlich verdiente auch er am Ablasshandel.

»Ein in der Tat passender Anblick, *n'est pas?*«, erklang plötzlich eine Stimme hinter ihm. »Dem Volke hier wird jeder Tag ein Fest.«

Erstaunt drehte Karl sich um. Vor ihm stand ein dürrer Mann in schlichtem dunklen Gewand, leicht vornübergekrümmt, als hätte er einen Buckel. Das einzige Farbige an ihm war die rote Haube, an der eine bunte Hahnenfeder steckte. Sein Gesicht war totenblass, wie geschminkt, und er sprach den weichen Singsang der Länder im Westen. Der Mann deutete auf die prassenden Abgeordneten, die sich eben mit den Fingern an der Schüssel mit den kandierten Früchten bedienten.

»*Voilà!* Die einfachen Leute geben ihr bisschen Geld, um sich die Zeit im Fegefeuer zu verkürzen, und die hohen Herren fressen sich mit ebendiesem Geld die Bäuche fett. So hat jeder seinen Anteil, jeder ist glücklich. Was für eine Posse, fast geeignet für ein Schauspiel!« Der Fremde lächelte, und Karl wusste nicht, ob er sich lustig machte oder es ernst meinte. Deshalb schwieg er lieber.

»Wie unhöflich von mir. Darf ich mich vorstellen?« Der Mann verbeugte sich leicht. »Louis Cifre, einer der französischen Gesandten.« Er beäugte Karl neugierig. »Und Ihr seid …?«

»Äh, Karl Wagner, Adlatus des Doktor Johann Georg Faustus. Er ist einer der Ratgeber des Bischofs und erstellt ihm in diesen Tagen ein Horoskop.« Kurz hatte Karl überlegt, den Mann anzulügen und irgendeinen Namen und eine Stellung zu erfinden, aber das erschien ihm zwischen all den hohen Herrschaften dann doch zu gefährlich. Und ein bischöflicher Ratgeber war der Doktor ja auch in gewisser Weise.

»Ah, daran erkenn ich den gelehrten Herrn!« Der französische Gesandte hob leicht eine Augenbraue. »Von Doktor Faustus habe ich schon viel gehört. Er ist ein kluger Mann, *c'est vrai*! Der Bischof kann froh sein, ihn an seiner Seite zu wissen. Es ist in diesen Zeiten nicht leicht, Freund und Feind zu unterscheiden. Da kann ein Prophet nur nützlich sein.«

»Wie meint Ihr das?«, erkundigte sich Karl. Er griff nach einem der Weingläser, die einer der Lakaien soeben auf einem silbernen Tablett darbot.

»Nun, Ihr wisst sicher, dass wir alle hier sind, um zu überlegen, wie es mit diesem Luther und seinen Thesen weitergehen soll. Doch das ist nur die halbe Wahrheit, *mon ami.*« Der Mann senkte die Stimme. »Im Grunde sind wir hier, weil ein mächtiger Mann im Sterben liegt.«

»Ihr meint Kaiser Maximilian«, raunte Karl.

Der Gesandte nickte, auch er hatte, wie durch Zauberhand, nun ein Glas in der Hand. »Die Ärzte meinen, Seiner kaiserlichen Hoheit sind nur noch wenige Monate vergönnt, vielleicht nur noch Wochen. Eine Geschwulst im Darm, was man so hört, eine böse Geschichte. Da hilft jegliches Beten nichts mehr.« Er seufzte tief. »Maximilian selbst will unbedingt seinen Enkel Karl auf dem Thron wissen. Doch das ist nicht das, was die deutschen Kurfürsten wollen, die den neuen König wählen werden. Carlos ist Spanier, kein Deutscher, seine Mutter ist Johanna von Aragon, genannt die Wahnsinnige, und sein Vater Philipp der Schöne war bis zu seinem frühen Tod kein Geringerer als der König von Kastilien. Nicht nur der Papst fürchtet eine Übermacht in Europa, wenn Karl den Thron besteigt, schließlich würde der neue deutsche König dann über ein Reich herrschen, das von Kastilien bis hinauf an die Nordsee reicht, ja, und im Westen sogar bis in die fernen Länder jenseits des Meeres. *Compris?*«

Karl nippte an seinem Rotwein und bemühte sich, möglichst souverän zu wirken. Er hatte zwar nur die Hälfte von dem verstanden, was der Gesandte gesagt hatte, aber er wollte sich nicht blamieren. Politik schien ein fast so kompliziertes Handwerk zu sein wie die Malerei.

»In der Tat eine verzwickte Angelegenheit«, sagte er.

»*C'est vrai.*« Der Gesandte wiegte den Kopf und fuhr fort: »Tja, Kurfürst Friedrich der Weise von Sachsen wäre auch kein schlechter deutscher König.« Er lächelte maliziös. »Ganz zu schweigen natürlich von meinem obersten Gebieter.«

»Euer oberster ...?« Karl verschluckte sich an seinem Rotwein, er räusperte sich. »Der ... der französische König als deutscher Herrscher? Ist das Euer Ernst?«

Louis Cifre zuckte mit den Schultern. »Warum nicht? Franz I. ist jung und ehrgeizig, die deutschen Kurfürsten mögen ihn. Und das Deutsche Reich ist durch die ständigen Unruhen und vor allem jetzt durch diesen Luther brüchig wie ein alter Krug.« Cifre nahm einen Schluck von seinem Wein, und kleine rote Tropfen perlten von seinen Lippen. Karl fiel auf, dass der Gesandte erstaunlich spitze weiße Zähne hatte.

»Franz ist ja nicht der einzige europäische Herrscher, der sein Interesse bekundet hat«, fuhr Cifre fort. »Auch der englische König Heinrich wirft möglicherweise seinen Hut in den Ring. Wie gesagt, auf uns kommen wahrlich spannende Zeiten zu! Und man sollte sich gut überlegen, auf welcher Seite man steht.« Er hob sein Glas und zwinkerte seinem Gegenüber zu. »Auf welcher Seite steht Ihr, Meister Wagner?«

Karl brummte der Kopf vor lauter Namen und machtpolitischen Strategien. Was sollte er bloß antworten, um den anderen nicht vor den Kopf zu stoßen? »Ich stehe auf der Seite meines Herrn, des Doktor Faustus«, wand er sich schließlich heraus. »Wer auf der Seite der Propheten steht, hat immer recht. Nicht wahr?«

»Gut gesprochen!« Monsieur Cifre lachte und stieß mit

ihm an. »Wie geht es dem Herrn Doktor eigentlich? Ich habe ihn noch gar nicht gesehen. Ist er wohlauf?«

»Nun ... er ist ...«

»Hier steckst du also! Ich habe dich schon überall gesucht! Hatten wir nicht gesagt, wir treffen uns draußen beim Wagen, um die zerrissenen Leinwände in Augenschein zu nehmen?«

Karl zuckte zusammen, als sich mit lauter heller Stimme Greta näherte. Sie trug ein rotes Kleid mit grünen Schlitzen, das hervorragend zu einer Gauklerin passte, in diesen Hallen aber, wie Karl fand, äußerst unschicklich wirkte, zumal ihr Mieder nur sehr nachlässig geschnürt war. Tatsächlich hatten sich schon einige der älteren Herren nach Greta umgedreht, wohl auch deshalb, weil das Kleid ihre weiblichen Rundungen gut zur Geltung brachte. Karl spürte, wie er sich für Gretas vorlautes Benehmen schämte.

»Eine, äh ... Dienerin des Doktors«, erklärte er dem französischen Gesandten leise, in der Hoffnung, dass Greta ihn nicht gehört hatte. Doch Greta hatte Ohren wie ein Luchs.

»*Dienerin*? Bist du noch bei Trost?« Greta rauschte auf ihn zu, erst jetzt schien sie den Mann neben Karl überhaupt zu bemerken. Dieser grinste und zeigte dabei seine spitzen weißen Zähne.

»Eine hübsche Dienerin, fürwahr. Und nicht auf den Mund gefallen.«

Greta musterte Monsieur Cifre mit sichtlichem Abscheu, wobei sie betont die Nase rümpfte. Dann zog sie Karl mit sich fort. »Ihr entschuldigt uns. Die *Dienerin* hat dem hohen Herrn hier etwas Wichtiges mitzuteilen.«

In einer stillen Fensternische, von der man über die Wälder und bis hinunter nach Bamberg sehen konnte, blieben sie schließlich stehen.

»Bist du wahnsinnig?«, zischte Karl Greta zu. »Das war der französische Gesandte! Dein Benehmen kann uns noch den Kopf kosten!«

»Ich mochte ihn nicht, er roch komisch«, entgegnete Greta. »Ist dir das nicht aufgefallen? Wenn es ein Parfum war, wie es diese Froschfresser ja wohl gern benutzen, dann sollte er es besser weglassen. Deines gefällt mir viel besser.«

Tatsächlich hatte Karl vorher einen seltsamen Geruch bemerkt, fast wie Schwefel, dem aber keine große Aufmerksamkeit geschenkt. Er war viel zu hingerissen gewesen, dass er mit dem französischen Gesandten über die große Politik plaudern durfte.

»Monsieur Cifre ist ein äußerst interessanter Gesprächspartner«, bemerkte er verbittert. »Ich hätte mich gerne noch ein wenig länger mit ihm unterhalten.«

»Karl, was soll das?« Greta sah ihn an. »Wir zwei gehören nicht hierher! Für mich sah das eher so aus, als wollte dieser Kerl dich aushorchen.«

»Aushorchen? Mich?« Karl lachte. »Warum sollte er das tun? Wir haben über Politik geredet. Und ja, er wollte auch etwas über den Doktor wissen. Wer will das nicht? Schließlich ist der Doktor Faustus im ganzen Reich bekannt.« Er funkelte sie böse an. »Es mag dir nicht gefallen, aber ich fühle mich hier sehr wohl. Endlich müssen wir mal nicht mehr wie ehrlose Gaukler durch die Lande ziehen, endlich …«

»Karl, hör auf.« Greta seufzte. »Meinst du, ich merke nicht, wie du dich immer mehr von uns entfernst? Ich kann dich ja verstehen. Du bist kein Gaukler, kein Spielmann, im Grunde bist du ein Wissenschaftler. Du solltest zurückgehen an deine alte Universität, du wärst ein guter Magister, ein Doktor gar …«

»Du vergisst, dass ich Leipzig damals verlassen musste, weil ich als Sodomit gesucht wurde«, erwiderte Karl kühl.

»Es muss ja nicht Leipzig sein. Außerdem ist das so lange her, ich denke nicht, dass du noch etwas befürchten musst.«

Karl verschränkte die Arme vor der Brust und blickte zum

Fenster hinaus auf die Stadt unter ihnen. Die Abenddämmerung senkte sich über die Häuser, in den Fenstern brannte hier und da bereits Licht. »Man könnte fast meinen, du möchtest, dass ich euch verlasse«, murrte er.

Er würde Greta auch jetzt nicht gestehen, warum er eigentlich blieb, warum er vom Doktor nicht loskam.

Weil ich ihn liebe ... schon seit Jahren. Auch wenn er diese Liebe nie erwidern wird.

»Und was unsere kleine Gruppe angeht ...« Er wandte sich wieder Greta zu. »Dasselbe könnte ich von dir auch sagen. Du bist jung und schön, Greta, kein kleines schüchternes Mädchen mehr, wie damals, als du dich uns angeschlossen hast. Und als Gauklerin und Trickserin durchaus begabt ...«

»Meinst du, ich hätte nicht schon daran gedacht, wegzugehen?«, erwiderte Greta mit leiser Stimme. »Ein paar Mal war ich ganz knapp davor! Kommender Winter, dachte ich zuletzt, das wäre ein guter Zeitpunkt. Zumal der Doktor immer knurriger und einsilbiger wird. Nichts will er mir erzählen, weder über meine verstorbenen Eltern noch über sich selbst. Aber dann ...« Sie stockte.

»Was dann?«, hakte Karl nach.

Greta schluckte sichtlich. »Es ist ...« Wieder zögerte sie. Schließlich ließ sie sich auf einen der gepolsterten Schemel fallen und vergrub das Gesicht in den Händen. Ein Beben ging durch ihren Körper. Als sie sich wieder aufrichtete, sah Karl, dass sie geweint hatte, ihre Augen waren gerötet.

»Ich wollte es dir eigentlich bei einer anderen Gelegenheit sagen«, begann sie, »einer günstigeren. Aber es gibt wohl keine günstige Gelegenheit für so etwas.«

»Was meinst du?«, fragte Karl, der nun immer ängstlicher wurde. »Was willst du mir sagen? Nun sprich schon!«

Greta nahm seine Hand und drückte sie fest. Dann erst sprach sie.

»Karl, es tut mir so leid. Aber ich weiß, dass der Doktor schon sehr bald sterben wird.«

Im obersten Gemach des Bergfrieds ging Johann auf und ab, unruhig wie ein Raubtier im Käfig. Er blickte hinaus durch das kleine vergitterte Fenster, wo man im Abendlicht die Altenburg, Bamberg und dahinter bis zum Horizont Wälder und brachliegende schwarze Felder sehen konnte. Eine weit entfernte Hügelkette verschwand fast im Dunst. Der Ausblick war grandios, trotzdem fühlte sich Johann wie ein Gefangener.

Die Landsknechte hatten sein Gepäck die vielen Stufen hinaufgeschleppt, nicht ohne sich lautstark zu beklagen, was für schwere Gerätschaften der Doktor da mit sich führte. Tatsächlich befanden sich in den Kisten diverse Apparaturen, darunter auch das seltsame Sternenrohr, das Johann damals von Tonio mitgenommen hatte und mit dem man den Himmel so nah sehen konnte wie mit einer göttlichen Brille. Und natürlich die vielen Bücher, die er so liebte.

Johann erinnerte sich, wie er als Kind in der Maulbronner Bibliothek gestöbert hatte wie in einem exotischen Zaubergarten, jedes Werk eine unbezahlbare Kostbarkeit. Später hatte er einen Großteil seines Vermögens in Bücher investiert, was auch einen gewissen Schutz vor Diebstahl darstellte. Schließlich wussten nur die wenigsten Galgenvögel, dass zum Beispiel die illustrierte *Schedelsche Weltchronik* mehr wert war als drei Schlachtrösser. Und glücklicherweise hatten weder Diebe noch Landsknechte eine Ahnung von den doppelten Böden der Kisten, in denen sich Gold- und Silbermünzen in den verschiedensten Währungen befanden. Sie waren Johanns Absicherung, falls er irgendwann als Ketzer und Zauberer gesucht wurde und deshalb verschwinden musste.

Er ging hinüber zu einer der Truhen und öffnete sie. Vorsichtig hob er daraus einen in gewachstes Tuch gewickelten

Gegenstand hervor. Es war ein einzelnes Buch, sein liebster und wertvollster Besitz.

Achtsam entfernte Johann das Tuch und fuhr über den vorderen Buchdeckel, so als würde er ein Schatzkästchen öffnen. Der handdicke Foliant war in Leder gebunden, die Seiten aus feinstem Pergament, hergestellt aus sorgfältig gegerbtem Ziegenleder. Die Zeichnungen darin zeigten verschiedenste Ansichten vom Inneren des menschlichen Körpers, einzelne Gliedmaßen und Organe. Dabei waren sie so perfekt gefertigt, dass Johann jedes Mal glaubte, wirklich Muskeln, Sehnen und Eingeweide vor sich zu sehen. Fast meinte er, das Blut riechen zu können.

Das Buch hieß auf Italienisch *De figura umana*, was Johann mit »Von der menschlichen Gestalt« übersetzte. Verfasst und gestaltet war es von keinem Geringeren als dem großen Maler und Erfinder Leonardo da Vinci, dessen Arbeiten Johann seit vielen Jahren bewunderte. Schon damals in Venedig, als junger Gaukler, war er mit Leonardos Werken in Berührung gekommen. Johann hatte das Buch vor zwei Jahren für Unsummen vom Bischof in Speyer erworben, der es wiederum vom Herzog von Mailand geschenkt bekommen hatte.

Im Grunde war es nur eine Sammlung loser Blätter, die ein Buchbinder eher schlecht als recht zusammengenäht hatte, die Seiten waren teils unterschiedlich groß und nicht beschnitten. Johann vermutete, dass Leonardo da Vinci sie nicht hatte drucken lassen, weil das Sezieren von Leichen bis auf wenige Ausnahmen verboten war. Der Künstler musste selbst etliche Sektionen vorgenommen haben, anders war die Detailtreue der Zeichnungen nicht zu erklären. Viele Krankheiten waren ausführlich beschrieben, die weiße und die schwarze Pest, die Fallsucht, das Antoniusfeuer, der Katarakt und das überaus schmerzhafte Steinleiden, das nur die besten Ärzte beheben konnten. Die Erklärungen dazu waren, wie so oft bei Leonardo, in Spiegelschrift verfasst, was ihre Entzifferung ein wenig mühselig machte. Johann hatte gehofft, in diesem Buch vielleicht einen Hinweis auf seine eigene seltsame Krankheit zu finden, bislang vergeblich.

Wie auf ein Zeichen hin fing seine linke Hand wieder zu zittern an. Johann legte das Buch zur Seite und griff in die Kiste mit den Theriakflaschen. Alkohol war die einzige Möglichkeit, das Zittern wenigstens einigermaßen unter Kontrolle zu bringen. Er entkorkte eine der Flaschen und nahm einen tiefen Schluck, und das Zittern ließ nach. Er konnte nur hoffen, dass Karl und Greta noch nicht bemerkt hatten, dass sich die Theriakflaschen auf ihrer Reise wie von Zauberhand leerten.

Geistesabwesend blickte er hinab in den Hof, wo eben eine weitere Kutsche eintraf. Wiehern und Pferdegetrappel waren zu vernehmen, die laute Stimme eines Herolds pries irgendeinen Gesandten an. Seufzend legte Johann das Buch auf den Tisch und begann mit dem Auspacken.

Im Lauf ihrer Reise hatte er sich mit der Einladung des Bischofs arrangiert, die ihm zumindest die Gelegenheit geben würde, sich in aller Ruhe mit seiner seltsamen Krankheit zu befassen. Doch das kurze Gespräch vorhin mit dem päpstlichen Gesandten hatte alles geändert. Lahnstein höchstpersönlich hatte dem Bischof geraten, Johann hierherzubringen! Dafür konnte es eigentlich nur eine Erklärung geben: Rom war auf den berühmten Doktor Faustus aufmerksam geworden, und das ließ das Schlimmste erwarten.

Gerade öffnete Johann eine weitere seiner Bücherkisten, als auf den Stufen des Bergfrieds erneut Schritte zu hören waren. Hastig schlug er den Truhendeckel zu, da klopfte es auch schon an der Tür.

»Wer da?«, fragte Johann.

Statt einer Antwort öffnete sich quietschend die schwere, mit Eisenbändern verstärkte Tür. Im Treppenhaus stand Viktor von Lahnstein und neben ihm der riesigste Kerl, den Johann je gesehen hatte. Er war so groß, dass er sich in dem engen Turmgewölbe wie ein Hering krümmen musste. Der Hüne trug ein blau-gelb-rot gefärbtes Wams und ebensolche Beinlinge, außerdem einen zerkratzten Kürass mit Schulterpanzer und einen Kammhelm, der sein bärtiges, von Pockennarben gezeichnetes Gesicht zur Hälfte verdeckte. Auf den Rücken geschnallt hatte er einen Bihänder, so lang und schwer, dass Johann ihn vermutlich nicht mal heben, geschweige denn damit hätte kämpfen können. Lahnstein bemerkte Johanns verdutzten Blick und lächelte.

»Beeindruckend, nicht wahr? Hagen ist ein Schweizer Reisläufer, er gehört zur neuen Palastgarde, die der Vorgänger des jetzigen Heiligen Vaters, der hochverehrte Julius II., eingeführt hat. Jeder dieser Schweizer Landsknechte ist ein erfahrener Kämpfer und dem Papst bis in den Tod treu ergeben. Seine Heiligkeit hat mir Hagen als persönliche Leibwache an die Seite gestellt, der Weg durch das Reich ist ja nicht ganz ungefährlich.«

»Wem sagt Ihr das«, murmelte Johann.

Der Landsknecht musterte ihn mit ausdruckslosem Gesicht, und Johann fragte sich kurz, ob es ein Fehler gewesen war, Kleiner Satan unten im Hof bei Greta zu lassen, wo er mehr Auslauf hatte.

»Darf ich eintreten?«, fragte Viktor von Lahnstein.

Während Hagen draußen vor der Tür wartete, betrat der päpstliche Gesandte das Turmgemach. Lahnstein sah die vielen Bücher auf dem Tisch liegen und nickte. »Ich sehe, Ihr habt Euch schon ein wenig eingerichtet.« Sein Blick fiel auf Leonardo da Vincis *Figura umana*, und seine Miene verhärtete sich. »Ach, schau an, ein Werk dieses gottlosen Mailänder Erfinders! Wusstet Ihr, dass Leonardo bis vor einigen Jahren noch in Rom für den Heiligen Vater gearbeitet hat? Papst Leo hat ihn nie sonderlich gemocht, wenn er auch zugegebenermaßen ein genialer Künstler ist, geradezu vom Teufel selbst beseelt.« Lahnstein schüttelte sich voller Abscheu. »Der Heilige Vater hat wohl gespürt, dass Leonardo im tiefsten Inneren seines Herzens ein Ketzer ist. Man sagt, er habe etliche Leichen seziert. Nachweisen konnte man ihm leider nie etwas.«

Johann schob das Buch unter die anderen. Er hoffte, dass Lahnstein nicht auf die Idee kam, darin zu blättern. »Ihr seid sicher nicht gekommen, um mit mir über Leonardo da Vinci zu diskutieren«, sagte er.

»In der Tat nicht.« Lahnstein trat einen Schritt näher, er blickte aus dem Fenster, die Hände hinter dem Rücken verschränkt. »Ihr seid ein kluger Mann, Doktor, ebenso wie ich. Deshalb brauchen wir zwei keine Spielchen zu spielen. Als ich dem Bischof riet, Euch einzuladen, tat ich dies natürlich mit einem Hintergedanken.« Er wandte sich plötzlich um und sah Johann direkt an. »Ich möchte, dass Ihr mich nach Rom begleitet.«

Johann stöhnte lautlos. Seine schlimmste Ahnung bewahrheitete sich also. Trotzdem setzte er ein schmales Lächeln auf. »Will denn nun auch der Papst ein Horoskop von mir? Einer nach dem anderen, der Bischof hat zuerst gefragt.«

»Macht keine Scherze über Seine Heiligkeit!«, blaffte Lahnstein. »Papst Leo X. geht es um etwas anderes.« Er senkte seine Stimme. »Um etwas viel Größeres.«

»Ich denke, Ihr überschätzt meine Fähigkeiten, Euer Eminenz. Ich bin ein einfacher Astrologe und Doktor, als Antichrist tauge ich nicht allzu viel. Da nehmt lieber diesen Luther. Wenn Ihr mich also der Ketzerei bezichtigen ...«

»Mumpitz!« Mit einer ungeduldigen Handbewegung hieß Lahnstein ihn zu schweigen. »Ketzerei, ach was! Der Papst weiß sehr wohl, dass Ihr im Grunde nichts weiter als ein elender Betrüger und Quacksalber seid. Aber ihm ist auch zu Ohren gekommen, dass Ihr über ein, nun ja ...«, Lahnstein zögerte, »über ein sehr spezielles Wissen verfügt, das nur wenige besitzen. Ein Wissen, an dem der Papst sehr interessiert ist. Betrachtet die Einladung als ein Gespräch unter Gleichgesinnten.«

Johann runzelte die Stirn. Diese Begegnung hatte plötzlich eine sehr unerwartete Wendung genommen, von der er nicht wusste, ob sie ihm gefiel. »Was für ein Wissen?«, fragte er schließlich.

Wieder blickte Lahnstein aus dem Fenster. Er schwieg eine Weile, erst dann sprach er leise weiter, wobei er den Blick über die dunklen Wälder hinter Bamberg schweifen ließ. Draußen war es mittlerweile Nacht geworden.

»Es ist das Wissen eines Mannes, der vor langer Zeit geboren wurde«, sagte Lahnstein. »Eines sehr mächtigen und zugleich abgrundtief bösen Mannes. Sein Name ist Gilles de Rais.«

Von einem Moment auf den anderen wurde Johann eiskalt. Ihn fröstelte, als wäre plötzlich der Winter ausgebrochen.

Gilles de Rais …

Hörte dieser Albtraum denn niemals auf?

»Ich … ich weiß nicht, wovon Ihr sprecht«, sagte Johann nach einer Weile.

»O doch, das wisst Ihr.« Lahnstein wandte sich wieder zu ihm um. Er streckte den Finger aus und deutete auf Johann. Seine hakenförmige Nase ließ ihn im Zwielicht wie einen riesigen Raubvogel wirken. »Es gibt ein Geheimnis, das Gilles de Rais umgibt, und Ihr kennt dieses Geheimnis, Doktor Faustus! Wir wissen es aus sicherer Quelle.« Er wies zum Fenster. »Was Ihr dort draußen im Reich treibt, welchen Fusel Ihr verkauft, wie Ihr die einfachen Leute zum Narren haltet, all das ist Rom egal. Rom ist nur an *echtem* arkanen Wissen interessiert, ein Wissen, das Ihr mit Gilles de Rais teilt. Und wisst Ihr, warum?« Er senkte den Kopf, seine Stimme war jetzt nur noch ein Flüstern. »Weil er es Euch selbst mitgeteilt hat.«

»Aber das … das ist doch Unsinn!«, begehrte Johann auf. »Ihr wisst selbst, dass der Mann, von dem Ihr sprecht, seit fast achtzig Jahren tot ist! Wie sollte er mir da etwas mitteilen?«

»Ist er das wirklich? *Tot?* Ich wäre mir da nicht so sicher.« Lahnstein lächelte schmal. »Warum plötzlich so bescheiden, Doktor Faustus? Es heißt, Zauberer wie Ihr könnten mit den Toten sprechen. Behauptet Ihr das in Euren Vorstellungen nicht immer wieder selbst?«

Der päpstliche Gesandte ging langsam zur Tür, während die Schatten der Nacht sich in der Kammer ausbreiteten. »Macht Euer hübsches Horoskop, Doktor, wie es sich der Bischof wünscht. Und dann begleitet mich nach Rom. Papst Leo X. brennt darauf, Euch näher kennenzulernen. Euch und Eure vielen Geheimnisse. Er will sich mit Euch über Gilles de Rais und dessen arkanes Wissen unterhalten, bevor es andere mächtige Männer tun. Ihr seid ein gefragter Mann, Johann Georg Faustus, gerade in diesen unruhigen Zeiten.« An der Tür wandte Lahnstein sich noch einmal zu Johann um.

»Ach ja, eines noch … Ich werde dem Bischof mitteilen, Eure Arbeit nehme Euch so in Anspruch, dass Ihr dieses hübsche Turmzimmer nicht verlassen wollt. Für Euer leibliches Wohl wird gesorgt sein, und wenn Ihr darüber hinaus etwas braucht, wird Euer Gesinde das für Euch erledigen. Schließlich seid Ihr ein Gast des Bischofs. Zu Eurer eigenen Sicherheit wird Hagen vor dem Gemach Wache halten. Gott schütze Euch.«

Mit diesen Worten verließ der päpstliche Gesandte die Kammer. Hinter der Tür konnte Johann noch kurz den riesigen Schweizer Reisläufer sehen, der ihn so ausdruckslos musterte wie einen Käfer.

Dann wurde der Riegel vorgeschoben, und Johann war allein.

Das Zittern überfiel ihn, kurz nachdem Lahnstein gegangen war. Es war viel stärker als zuvor, so stark wie noch nie, er musste sich auf den Stuhl setzen, um nicht hinzufallen. Johanns linker Arm schlug aus wie eine zuckende Schlange, Schweißtropfen perlten von seiner Stirn, und er zwang sich, ruhig zu atmen. Eine gefühlte Ewigkeit verstrich, während die Gedanken wie Blitze durch seinen Kopf rasten.

Gilles de Rais … Gilles de Rais … Gilles de Rais …

Zum ersten Mal war Johann sich sicher, dass seine Krankheit tatsächlich ein Fluch war. Wie ließ sich sonst erklären, dass die Erwähnung jenes unheilvollen Namens einen Anfall bei ihm auslöste? Erst war Tonio del Moravia, sein alter Lehrmeister, in sein Leben zurückgekehrt, und nun auch noch Gilles de Rais!

Wer bist du? Was hast du mit mir zu tun?

Bis heute wusste Johann nicht, wie Gilles und Tonio zusammengehörten, sie waren beide Mosaiksteine in einem Bild, das sich ihm noch nicht erschloss. Gilles de Rais war ein mächtiger französischer Ritter gewesen, ein verschwendungssüchtiger Marschall, der vor beinahe hundert Jahren der Hexerei und dem Satanismus verfallen war. Er hatte Kinder wie Hasen gefangen und umgebracht, nicht nur zwei oder drei, sondern Hunderte – allesamt Opfer, die ihm dazu dienten, in grausigen Ritualen den Teufel zu beschwören. De Rais' Taten spukten als unheimliche Erzählungen bis heute in den Köpfen der Menschen, und das, obwohl er schon vor vielen Jahren am Galgen in Nantes gehängt worden war, hingerichtet als der gottloseste Ketzer und grausamste Mörder, der je gelebt hatte. Lahnsteins Frage von vorhin kam Johann wieder in den Sinn.

Ist er das? Wirklich tot? Ich wäre mir da nicht so sicher …

Das Zittern wurde immer stärker. Wie nach einer rettenden Leine griff Johann nach einigen der Bücher auf dem Tisch, doch er bekam sie nicht zu fassen, polternd fielen die dicken Wälzer zu Boden. Auch sie konnten ihm jetzt nicht helfen, auch sie würden nichts über den wahnsinnigen Ritter mit den Engelsaugen verraten, der ihn einst aus einem Becken voller Blut angeschaut hatte. Damals in Nürnberg, als Tonio ihn hatte opfern wollen, um damit ein dunkles Wesen zu beschwören.

Johann schloss die Augen und spürte den kalten Schweiß auf seiner Stirn. Ein Krachen und Bersten ertönte. Erst nach einer Weile merkte er, dass er auf den Dielen lag und dass es sein eigener Körper gewesen war, der diesen Lärm verursacht hatte. Er hatte sich wohl am Tisch aufstützen wollen und war samt Tisch, Schemel und Büchern zu Boden gestürzt. Johann öffnete den Mund, Speichel troff ihm von den Lippen wie einem tollwütigen Köter. Die Worte kamen nur bruchstückhaft.

»Gilles ... Tonio ... verfluchter ... Pakt ...«

Johann dachte an den jungen aufgeweckten Burschen, der damals einem Zauberer die Hand gegeben hatte. Einen Jungen, der es im Lauf seines Lebens zu Ruhm, Wissen und Reichtum gebracht hatte und der nun, nach so vielen Jahren, dafür büßen musste.

Es gab kein Entkommen.

Mit diesem letzten Gedanken wurde ihm schwarz vor Augen.

»*Was* sagst du da?« Karl starrte Greta mit großen Augen an. »Der Doktor wird sterben? Wie ... wie kannst du ...?«

Greta zitterte, sie versuchte mit aller Kraft, sich zu beruhigen. Im Grunde hatte sie gewusst, dass dieser Tag irgendwann einmal kommen musste, sie konnte dieses schreckliche Geheimnis nicht ewig für sich behalten.

»Ich will dir nichts vormachen, Karl«, sagte sie und drückte erneut seine Hand. »Vielleicht täusche ich mich ja auch. Aber ich glaube nicht, ich habe es ganz deutlich gesehen.«

Karl lachte verzweifelt. »Was soll das heißen, du hast es gesehen? Im Traum vielleicht? Ich glaube nicht an Träume, ich bin sicher, sie sind nichts weiter als Trugbilder.«

»Ich habe es in seiner Hand gesehen! Verstehst du?«

»Soll das heißen, du ... du kannst in den Händen eines Menschen sehen, ob er stirbt?« Karls Gesicht wurde kalkweiß. »Ich ... ich dachte immer, das wäre nur so ein Hokuspokus. Man erzählt den Menschen das, was sie hören möchten. Und überhaupt, du hast doch schon seit Jahren keinem mehr aus der Hand gelesen!«

Greta seufzte. »Eben deshalb. Weil es manchmal so schrecklich ist.«

Schon seit Jahren trug sie dieses dunkle Geheimnis mit sich herum. Sie war noch jung gewesen, als Faust sie in die Chiromantie, die Kunst des Handlesens, eingeführt hatte. Die lange verästelte Lebenslinie, die an der Handfurche endete, die rätselhafte Schicksalslinie, die Herzlinie, der Venushügel, die sogenannte Affenfurche ... Anfangs hatte es ihr großen Spaß gemacht, doch eines Tages, vor drei Wintern, war etwas geschehen.

Sie hatte in der Hand eines Menschen das Nahen des Todes gesehen.

Es war ein stetes Pulsieren gewesen. Kurz, nur für einen Augenblick, begann die Lebenslinie zu leuchten, und etwas legte sich über die Hand, wie die schwarze Schwinge eines Vogels. Von da an wusste Greta mit Gewissheit, dass dieser Mensch bald sterben würde.

Zunächst hatte sie das als Einbildung abgetan, als Teil jener Schwermut, die sie von Zeit zu Zeit überfiel, doch dann waren sie den Winter über im thüringischen Erfurt geblieben. Eine junge Frau hatte sie gebeten, ihr aus der Hand zu lesen, Greta hatte es getan und die schwarze Schwinge des Vogels gesehen. Eine Woche später war die Frau an einem Fieber erkrankt und gestorben.

Die schwarzen Schwingen …

»Der Doktor ist in den letzten Monaten immer mürrischer geworden«, begann sie stockend. »Du hast doch auch bemerkt, dass ihn irgendetwas bewegt. Und dann dieses seltsame Zittern, das er vor uns zu verbergen versucht.«

Karl nickte. »Vielleicht ist es der Alkohol. Er trinkt viel in letzter Zeit, meist heimlich …«

»Was immer es auch ist, er redet ja nicht mit einem! Also bin ich nachts zu seiner Bettstatt geschlichen und habe mir, während er schlief, seine Hand angesehen. Er nimmt die Handschuhe ja nie ab, außer in der Nacht.« Sie sah Karl aufmerksam an. »Du hast mir nie erzählt, warum ihm eigentlich der kleine Finger der rechten Hand fehlt und warum das linke Auge.«

Karl schwieg, und Greta fuhr leise fort: »Als ich seine Hand genommen habe, spürte ich etwas. Es war etwas Dunkles, Böses! Und weißt du, was auch merkwürdig war? Seine Linien waren fast nicht zu erkennen, so als wären sie verblasst, als … als würden sie nach und nach *ausgelöscht* werden! Ich habe so etwas bisher in noch keiner anderen Hand gesehen.« Greta presste die Lippen aufeinander. »Und dann passierte es! Die Lebenslinie leuchtete dunkelviolett auf, ein schwarzer Schatten, wie die Schwinge eines Vogels, legte sich darüber. Es war das gleiche Pulsieren, das ich früher schon bei anderen wahrgenommen hatte. Und alle sind kurz darauf gestorben!« Sie schloss kurz die Augen. »Ich hätte es nie tun dürfen, doch nun ist es zu spät.«

»Ich … ich denke, du täuschst dich«, erwiderte Karl matt. Doch Greta sah, dass er ihr etwas verschwieg. Damals in Nürnberg waren schlimme Dinge geschehen, so schlimm, dass sie alles aus ihrem Bewusstsein verdrängt hatte. An vieles, was sich davor ereignet hatte, erinnerte sie sich nur noch verschwommen, wie durch eine trübe Linse. Manchmal erblickte sie in ihren Träumen sich selbst, nackt auf einem

Steinaltar liegend. Ein Choral von Stimmen murmelte eine unheilvolle Litanei, ein Messer blitzte in der Dunkelheit …

O Mephistopheles, o Satanas …

»Karl, du musst mir endlich sagen, was damals in Nürnberg wirklich geschehen ist!«, drängte Greta. »Der Doktor meinte, man habe mir einen Trank eingeflößt, der mich ohnmächtig werden ließ. Was war das für ein Trank? Meine ganze Kindheit … sie ist wie ausgelöscht! Faust verschweigt mir etwas, ich kann es deutlich spüren. Auch du verschweigst mir etwas! Karl, bitte sprich mit mir!« Sie drückte seine Hände. »Wer sind meine Eltern?«

»Es ist besser, wenn du es nicht weißt«, erwiderte Karl düster. »Glaub mir. Wir sollten nicht an das rühren, was damals geschehen ist.«

»Ja, das ist es, was ihr zwei am besten könnt, du und der Doktor!«, sagte Greta mit bitterer Stimme. »Nicht daran rühren! Und auch jetzt willst du es nicht wahrhaben: Dem Doktor droht große Gefahr, er wird vermutlich sterben! Irgendetwas unsäglich Böses greift nach ihm, ich fühle es!«

»Und ich sage, dass nichts bewiesen ist«, entgegnete Karl. »Ich bin Wissenschaftler, Greta! Ich glaube nicht an Hexen, Spuk und Teufelswerk und auch nicht daran, dass man den Tod in der Hand eines Menschen sehen kann. Nicht, solange …«

Er stockte, als sich ein Schatten über sie beide legte. Greta sah auf und blickte in das Gesicht eines riesenhaften geharnischten Landsknechts, der ein Schwert auf dem Rücken trug.

»Seid ihr das Gesinde von diesem Doktor Faustus?«, knurrte der Hüne. Er sprach im Tonfall der Schweizer Eidgenossen, es klang so hart, als würde er Nüsse knacken.

Greta nickte wortlos.

»Dann folgt mir schleunigst! Euer Herr braucht Euch.« Der große Kerl stieß ein zorniges Brummen aus, das an einen Bären erinnerte. »Verflucht, wenn es nicht schon zu spät ist!«

Gemeinsam mit Karl folgte Greta dem schnell ausschreitenden Riesen durch die Gänge der Altenburg.

In diesem Augenblick ahnte sie, dass das Unheil nun eingetreten war.

In aller Eile rannten sie die Treppe hinauf zum Turmgemach. Als sie außer Atem oben ankamen, stellte Greta zu ihrer Verwunderung fest, dass die Tür von außen verriegelt war.

»Ihr ... Ihr habt den Doktor eingesperrt?«, wandte sie sich keuchend an den Landsknecht. »Aber warum?«

Der riesige Söldner antwortete nicht, sondern öffnete schweigend die Tür.

Dahinter herrschte trübes Zwielicht, nur ein paar Kerzen brannten in einem Leuchter auf dem Tisch. Faust lag am Boden zwischen seinen Büchern, von denen einige in Fetzen zerrissen waren, er zuckte und wand sich, als würden hundert unsichtbare Teufel an ihm ziehen. Speichel und Erbrochenes liefen ihm aus dem Mund, dabei lallte er Unverständliches wie ein Betrunkener.

»Mein Gott!«, schrie Greta und stürzte auf den Doktor zu. »Was ist mit ihm geschehen?«

»Verflucht, woher soll ich das wissen? Ich hab ihn so aufgefunden.« Der Landsknecht zuckte mit den Schultern. Er beäugte Faust wie einen zertretenen Käfer. »Wenn Ihr mich fragt, ist Euer Herr vom Teufel besessen oder von irgendeinem Dämon. Eins aber weiß ich ganz genau: Wenn er jetzt abkratzt, wird *mein* Herr, der päpstliche Gesandte, nicht eben erfreut sein. Und das werden wir alle zu spüren bekommen. Also tut gefälligst was!«

»Wenn wir ihm nicht bald helfen, wird er an seinem eigenen Erbrochenen ersticken!« Karl eilte hinzu und hielt Faust fest, während Greta ihm Mund und Rachen reinigte. Dabei sprach sie besänftigende Worte, wie zu einem Kind. Immer noch zuckte Faust, sein Kopf schwang wild hin und her.

Doch nach und nach wurde das Zucken schwächer, das Pendeln des Kopfes hörte auf.

»Ich dachte zuerst, er spielt mir was vor, hörte ihn dort drinnen toben«, brummte der Riese, »aber dann wurde es immer schlimmer. Also hab ich Hilfe geholt, nicht dass er mir noch wegstirbt.«

»Was soll das hier alles?«, brauste Karl auf und deutete auf den Ausgang. »Wer seid Ihr überhaupt? Und warum war die Tür versperrt?«

»Es … es ist in … Ordnung«, erklang die leise Stimme des Doktors. »Mir … mir geht es schon wieder besser.« Mit kalkweißem Gesicht lag er auf dem Rücken, der Anfall schien vorüber zu sein. Er wandte sich an den Landsknecht. »Lass uns jetzt allein, Hagen.«

Der Riese zögerte kurz, dann ging er nach draußen und schloss die Tür hinter sich ab, der Riegel rastete krachend ein. Karl wollte bereits zur Tür eilen und wütend klopfen, doch Faust hielt ihn zurück. »Lass es sein. Ich … ich erkläre euch alles. Helft mir zunächst, mich auf den Schemel zu setzen.«

Gemeinsam hoben sie Faust hoch wie einen lahmen Greis und schoben ihn auf den Stuhl. Es war befremdlich für Greta, den Doktor so schwach zu sehen. Seit sie ihn kannte, war er stark und kraftvoll gewesen, an Körper und an Geist. Nichts schien ihn aufhalten zu können; was er wollte, das gelang ihm auch. Und nun kauerte er auf dem Schemel wie eine Puppe, der man die Fäden durchgeschnitten hatte. Wenigstens blickten seine Augen schon wieder lebhaft, seine Kräfte schienen langsam zurückzukehren.

Greta erschauderte. Tatsächlich hatte Faust vorher so ausgesehen, als wäre er vom Teufel besessen. War das möglich? Sie musste an das Zittern denken, das sie in den letzten Wochen an ihm beobachtet hatte. Und auch daran, was sie Dunkles, Böses in seiner Hand gesehen hatte. Spontan entschied sie sich, ihm nichts von ihrem Wissen, von dem nächtlichen Handlesen zu erzählen. Sie hatte zu viel Angst davor, es könnte wirklich eine böse Macht sein, die vom Doktor Besitz ergriffen hatte.

In der Kammer war es kalt wie im Winter, wieder glaubte Greta, den leichten Geruch von Schwefel wahrzunehmen, wie schon zuvor bei diesem seltsamen französischen Gesandten. Fröstelnd blickte sie zum Fenster, hinter dem tiefste Nacht herrschte. Ein dunkler Schwaden zog draußen vorbei, wie die Schwingen eines gigantischen, monströsen Vogels.

Du siehst schon Gespenster …

»Was ist geschehen?«, fragte sie schließlich sanft, während Karl den Puls maß und die Stirn des Doktors trocknete. »Es war nicht das erste Mal, dass so etwas passiert ist, nicht wahr?«

Faust stöhnte leise. »Ich hätte mir denken können, dass es dir bereits aufgefallen ist.« Er versuchte ein Lächeln. »Einer Frau bleibt eben nichts verborgen.«

»Auch ich habe es bemerkt«, sagte Karl. »Dieses Zittern, vor allem abends … Zuerst dachte ich ja, es wäre der viele Theriak, aber das hier …« Er schüttelte den Kopf. »Hm, es könnte die Fallsucht sein oder das Antoniusfeuer oder …«

»Verflucht, glaubst du, ich hätte nicht selbst schon versucht herauszufinden, was mich plagt!«, entgegnete Faust barsch. »Dutzende Bücher habe ich gewälzt, aber dieses Krankheitsbild kommt in keinem der üblichen Almanache vor.«

»Wie lange geht das schon so?«, erkundigte sich Greta.

Faust zuckte die Achseln. »Ein … ein halbes Jahr vielleicht.« Einmal mehr hatte Greta das Gefühl, dass er ihr etwas verheimlichte. Er schloss die Augen und atmete tief durch. »Doch das ist nicht das Schlimmste …«

»Nicht das Schlimmste?« Karl lachte verzweifelt. »Ich wüsste nicht, was schlimmer sein könnte als das, was wir hier eben erleben durften.«

»Man will mich als Schwarzmagus zum Papst bringen«, sagte Faust knapp. »Deshalb steht dieser Riese vor der Tür, und deshalb ist die Tür abgesperrt. Es ist ein Befehl Viktor von Lahnsteins. Gleich nachdem ich dem Bischof sein Horoskop gestellt habe, wird Lahnstein mich in Ketten nach Rom bringen lassen!« Er schnaubte. »Ich weiß nicht, was besser ist: dass mich diese seltsame Krankheit vorher noch umbringt oder dass ich auf dem päpstlichen Schafott gefoltert, gevierteilt und verbrannt werde.«

Karl stöhnte. »Deshalb also die Einladung nach Bamberg! Das Horoskop war nur ein Vorwand. Ich hatte befürchtet, dass das irgendwann einmal geschehen wird. Den Doktor Faustus kennt man im ganzen Reich, warum also nicht auch in Rom? Vielleicht, wenn der Bamberger Bischof für Euch …«

Faust machte eine unwirsche Handbewegung. »Der hat anderes zu tun, als einen der Schwarzmagie und Nekromantie verdächtigten Quacksalber in Schutz zu nehmen.« Er zählte an den Fingern ab. »Dieser Luther, ein todkranker Kaiser, aufständische Bauern … Das Reich brennt an allen Ecken und Enden! Nein, wir müssen uns schon selbst helfen. Verdammt …«

Er schwieg und biss sich auf die Lippen. Greta wusste, dass der Onkel immer so aussah, wenn er scharf nachdachte.

»Man müsste ausbrechen«, murmelte er. »Wenn ich hier rauskomme, kenne ich jemanden, der mir vielleicht helfen kann. Wenn nicht er, wer dann …?«

»Aber wie willst du hier wegkommen?«, fragte Greta und sah sich um. »Ausbrechen aus einem Turmzimmer, dreißig Schritt über dem Erdboden?« Sie deutete auf das schmale, vergitterte Fenster, weit unten im Hof glommen ein paar Lichter. »Die Tür ist mit einem Riegel von außen versperrt, und dieser schreckliche Kerl vor der Tür sorgt zusätzlich dafür, dass du dein Gemach nicht verlassen kannst. Bis zur Fertigstellung des Horoskops bleibst du sicher eingesperrt, und dann …«

»Sag das noch mal!« Faust packte fest ihre Hand, und Greta sah ihn erstaunt an. War das etwa ein Rückfall? Sie betrachtete den Doktor genau.

»Was meinst du?«, fragte sie vorsichtig.

Faust lächelte grimmig, seine Augen funkelten vor neuer Entschlossenheit. »Ha! Du sagtest, bis zur Fertigstellung des Horoskops bleibe ich hier eingesperrt. Das ist richtig. Aber irgendwann werde ich dieses Horoskop dem Bischof präsentieren müssen, selbst wenn es nur ein Vorwand ist. Der Bischof ist eitel, ich hab es ihm angesehen, er möchte etwas Großartiges von mir hören. Und diese Präsentation wird sicher nicht in dem kargen Turmgemach stattfinden, sondern vermutlich im Palas, vor allen anderen Gesandten. So eine Vorstellung lässt sich der Bischof sicher nicht entgehen.«

»Das bringt uns nicht weiter«, bemerkte Karl düster. »Ich fürchte, man wird Euch auch weiterhin gut bewachen, vor allem im Palas. Wie sollen wir fliehen, bei all den päpstlichen Landsknechten, die diesem Lahnstein vermutlich zur Verfügung stehen?«

»Indem wir sie ablenken.« Faust nickte. »Und zwar mit einem ganz bestimmten Apparat.« Er erhob sich immer noch leicht zitternd und ging hinüber zu den Büchern auf dem Boden. Dort kniete er nieder und begann zu wühlen. »Verflucht, irgendwo muss es doch sein, ich habe es schon gesehen … Ah, hier!« Triumphierend zog er ein ganz bestimmtes Buch hervor, das er vor Greta und Karl auf den Tisch legte.

»Wir bauen eine neue Laterna Magica!«, verkündete er.

»Die Laterna …« Karl seufzte leise. »Ich dachte, dass wir diesen Teufelsapparat nie mehr wieder brauchen werden. Glaubt Ihr wirklich, dass …?«

»O ja, das glaube ich.« Faust grinste und deutete zum Fenster. »Dort unten tagt das gesamte Deutsche Reich, und ich finde, ich bin meinem Ruf etwas schuldig.« Er schlug das

Buch auf und blätterte, bis er eine ganz bestimmte Seite gefunden hatte, die Seite mit einer Zeichnung, die einen Kasten, ein Rohr und die Konturen eines teuflischen Wesens an einer Zimmerwand zeigte. Er deutete darauf und schob das Kinn vor, wie er es immer tat, wenn er es der Welt einmal wieder beweisen wollte.

»Eines ist sicher«, knurrte er. »Der Bischof und die Gesandten werden das größte und atemberaubendste Spektakel erleben, das dieses Reich je gesehen hat. Keiner legt sich mit Doktor Faustus an!«

Die Idee war Johann ganz plötzlich gekommen, als er zuvor das Buch am Boden entdeckt hatte. Ebenso wie Leonardo da Vinci hielt er seine Gedanken und Überlegungen auf einzelnen Blättern fest, die er später binden ließ. Manche dieser Notizen reichten zurück bis in seine Zeit als Heidelberger Student. Damals hatte er zusammen mit seinem besten Freund Valentin eine solche Laterna Magica gebaut. Er war blind vor Ehrgeiz gewesen, und letzten Endes hatte der Apparat dazu geführt, dass seine große Liebe der Hexerei angeklagt und hingerichtet worden war. Der Gedanke daran ließ ihn abermals erzittern, und er atmete tief durch.

Margarethe … Mein Ein und Alles …

Trotzdem hatte er die Laterna Magica auch später noch zusammen mit Karl Wagner in öffentlichen Vorführungen verwendet, bis sie in den Nürnberger Katakomben schließlich zu Bruch gegangen war. Mit dem Apparat war es möglich, auf Glasplatten gemalte Bilder überlebensgroß an eine Wand zu werfen. Eine nie vorher da gewesene Sensation, sie hatten Säle und Hallen im ganzen Reich damit gefüllt! Die Konstruktionspläne hatte Johann behalten. Es würde vielleicht eine Weile dauern und einiges kosten, bis sie die Einzelteile beieinanderhatten, aber immerhin war er Gast des Bamberger Fürstbischofs. Er arbeitete am Horoskop von Georg III. Schenk von

Limpurg, und das würde für den Bischof bestimmt nicht billig werden.

Gleich nachdem er Karl und Greta seinen Plan erklärt hatte, hatte Johann mit den Planungen begonnen. Mittlerweile war es bereits der Vormittag des nächsten Tages, und er hatte die ganze Nacht durchgearbeitet, wobei er nur kurze Zeit auf das eigentliche Horoskop verwendet hatte. Er saß am Tisch und feilte an den Zeichnungen und Berechnungen, so wie er es früher oft gemacht hatte. Sie würden einen Hohlspiegel brauchen, die Linsen konnte er aus dem Sternenrohr nehmen, vor allem aber benötigten sie Glasplatten, die Karl bemalen konnte, so wie früher auch, der Junge hatte durchaus Talent. Nach anfänglichem Zögern war Karl von der Idee mehr und mehr angetan gewesen, wohl auch deshalb, weil er wieder malen durfte, und zwar etwas Anspruchsvolleres als die schlichten Bühnenleinwände, die sie für die Vorstellungen benötigten.

Johann nickte grimmig, während er der Zeichnung auf dem Tisch ein paar neue Details hinzufügte. Es würden Bilder werden, die die Gesandten nie vergessen würden.

Gleich früh am Morgen hatte er dem Bischof sein Anliegen erklärt. Georg III. von Limpurg war zu ihm ins Turmzimmer gekommen, ganz offensichtlich war er neugierig, welche Bücher der gelehrte Doktor Faustus mit sich führte. Nach einem anregenden Gespräch über Aristoteles, Roger Bacon und Albertus Magnus war Johann schließlich auf sein eigentliches Thema gekommen.

»Euer Exzellenz, ich habe vor, Euer Horoskop auf ganz besondere Art und Weise zu präsentieren«, sagte er, nachdem er dem Bischof ein von eigener Hand geschriebenes Gedicht des großen Dante zum Geschenk gemacht hatte.

Der Bischof ließ den Kneifer sinken, mit dem er das Gedicht auf seine Echtheit hin überprüft hatte. »Und zwar wie?«

»Nun, ich habe eine Methode gefunden, meine Horoskope ein wenig … unterhaltsamer zu gestalten. Ich verwende einen Apparat, der bunte Bilder hervorzaubert, die jeder verstehen kann.« Johann wiegte den Kopf. »Horoskope zu lesen ist oft sehr mühselig, ein Haufen komplizierter Zahlen und Tabellen. Auf meine Weise kann man viele Menschen daran teilhaben lassen. Jeder hat etwas davon, und die Welt erfährt aus erster Hand, welchen Weg die Sterne Euch und Eurer Kirche weisen. Auch, was diesen Mönch Luther angeht …«, fügte Johann bedeutungsschwer hinzu.

»Bunte Bilder, soso.« Der Bischof lächelte und legte den Kneifer beiseite. Mit seinen vom Lesen kleinen, geröteten Augen betrachtete er Johann amüsiert. »Die Zeiten ändern sich schneller, als sich das unsereins als junger Mann je hätte vorstellen können. Im Grunde habt Ihr ja recht, Doktor. Die Thesen dieses Mönchs sind so schlecht nicht, sie kommen nur gerade äußerst ungelegen. Das Reich kann sich weitere Unruhe nicht leisten, wir werden also hart durchgreifen müssen. Es wäre schön, wenn das Horoskop etwas Derartiges andeuten könnte.« Er hob den Finger. »Ich kann das natürlich nur erlauben, wenn es sich nicht um irgendeine Hexerei handelt! Im günstigsten Falle wäre ich sogar bereit, mehr zu zahlen. Ich hoffe, Ihr versteht, was ich meine.«

»Meine derzeitigen Berechnungen deuten auf eben solch ein epochales Ergebnis hin«, erwiderte Johann mit ernster Miene. »Und ich kann Euch versichern, dass dieser Apparat nichts mit Hexerei zu tun hat, sondern allein mit simpler Mechanik.«

»Wie schön, dass wir uns verstehen.« Georg III. erhob sich mit leisem Stöhnen, er war nicht mehr der Jüngste. »Ihr bekommt alles, was Ihr benötigt, Doktor. Die Kosten spielen keine Rolle.« Er zögerte. »Wenn Ihr allerdings hofft, ich könnte Euch deshalb den Gang nach Rom ersparen, muss ich Euch leider enttäuschen. Der päpstliche Gesandte hat seinen

Willen mir gegenüber klar zum Ausdruck gebracht. Der Heilige Vater ist wohl sehr daran interessiert, Eure Bekanntschaft zu machen. Und wie Ihr wisst, bin ich niemandem unterstellt, außer …« Er zuckte entschuldigend die Achseln.

»Dem Heiligen Vater«, ergänzte Johann. »Jaja, ich weiß. Nun, ich habe ein reines Gewissen und somit nichts zu befürchten.«

Georg III. klopfte ihm mit seinen fleischigen Fingern auf die Schultern. »Gesprochen wie unser Heiland, das lob ich mir.«

Vom Bischof bekam Johann Glas, einen Hohlspiegel und alles Weitere. Fünf Tage und fünf Nächte arbeitete er im Turmzimmer, während Karl Wagner sich derweil mit Greta um die Bilder kümmerte. Das Schrauben, Feilen und Hantieren an dem kupfernen Kasten, dem Rohr und der Öllampe half Johann, seinen Geist zu beruhigen. Er hatte nun ein klares Ziel vor Augen: Er würde hier herauskommen mit einem letzten großen Knall. Das Reich sollte ihn noch lange in Erinnerung behalten.

Und er kannte auch schon das Ziel seiner Flucht.

Im Grunde war Johann froh, dass er die Krankheit vor Greta und Karl nicht mehr verheimlichen musste. Es wäre ohnehin nicht mehr länger möglich gewesen. Auch jetzt, wenn er sich bei trübem Kerzenlicht über Linsen und Hohlspiegel beugte, überkam ihn gelegentlich das Zittern, wenngleich nicht so schlimm wie zu dem Zeitpunkt, als ihn Viktor von Lahnstein auf Gilles de Rais angesprochen hatte. Seitdem überlegte Johann, was der Papst wohl meinte, wenn er von einem Geheimnis sprach, das er, Johann, mit dem wahnsinnigen Ritter teilte. Was für ein Interesse hatte die Kirche an einem Ketzer und Massenmörder wie Gilles de Rais? Und was meinte Viktor von Lahnstein damit, dass auch andere Mächte an Johanns Geheimnissen interessiert seien?

Eine Frage aber quälte Johann mehr als alle anderen.

Woher wusste der Papst überhaupt von seiner Verbindung zu Gilles de Rais? Nie hatte Johann jemandem davon erzählt, auch Greta und Karl nicht.

Zwei Mal war Viktor von Lahnstein bisher bei ihm gewesen. Der päpstliche Gesandte war nicht eben erfreut, dass Johann die Erstellung des Horoskops so lange hinauszögerte, er schien zu spüren, dass etwas nicht stimmte. Aber Lahnstein wagte es auch nicht, sich über den Wunsch eines Fürstbischofs hinwegzusetzen. Und so ließ er weiterhin den Landsknecht Hagen vor der Tür Wache halten.

Bis zum sechsten Tag, als die Laterna Magica fertig war und die Vorstellung endlich beginnen konnte.

3

Karl Wagner spähte durch den Vorhang auf die Menge, die in mehreren Stuhlreihen in der verdunkelten Halle des Palas wartete. Am Kopfende des lang gezogenen Gewölbes war eine kleine Bühne aufgebaut, die durch einen von der Decke hängenden Damastteppich quer in zwei Hälften geteilt wurde. Zu dritt warteten sie in der Finsternis hinter dem Vorhang, bis auch die letzten der bischöflichen Gäste eingetroffen waren. Der Doktor stand in aller Seelenruhe neben Greta, die den hechelnden Kleinen Satan an der Leine hielt und auf das verabredete Zeichen wartete.

Es war Karl ein Rätsel, wie die beiden so ruhig bleiben konnten, während ihm das Herz fast bis zum Hals klopfte. Es war wohl die Gelassenheit der Spielleute, die ihm als Wissenschaftler immer fehlen würde. Er mochte noch nicht glauben, dass ihr Plan wirklich aufgehen konnte. Wenn sie scheiterten, wurden sie vermutlich alle drei gesotten und gerädert, das übliche Urteil für Schwarzmagier und Nekromanten.

Ich hätte mich nie darauf einlassen sollen!, dachte Karl. Aber im Grunde hatte es ihn doch gereizt, mit der Laterna Magica und den von ihm gestalteten Glasbildern wieder einmal eine große Vorstellung zu geben. Dies hier war ein Spuk nach seinem Geschmack, ein Spuk, der sich wissenschaftlich erklären ließ. Und das Malen war Karls große Leidenschaft.

Einst hatte er davon geträumt, ein Künstler zu werden, so wie der berühmte Albrecht Dürer. Doch sein Vater hatte eine medizinische Laufbahn für ihn vorgesehen, bis er das Studium abbrechen musste. Seitdem malte Karl keine Madonnen oder Heiligen mehr, sondern Kulissen und Leinwände. Manchmal zeichnete er heimlich Bilder nackter Jünglinge, die er jedoch sofort wieder verbrannte.

Ein Großteil der Mächtigen des Heiligen Römischen Reiches nebst einiger anderer Länder und der Kirche schienen in dem mit teurem Damast und glänzenden Rüstungsteilen geschmückten Gewölbe versammelt. Karl erkannte die prächtigen Ornatsgewänder von Äbten und Domherren, er sah weit gereiste Gesandte und Patrizier der Freien Reichsstädte in samtenen Wämsern und pelzverbrämten Schauben, dazwischen mischten sich alte Haudegen und Ritter mit Kürass und gegürteten Degen, wie Boten einer vergangenen Zeit. Nur den französischen Gesandten Louis Cifre konnte Karl nirgendwo entdecken. In der ersten Reihe saß der Bamberger Fürstbischof auf einem hölzernen Thron, umstanden von Wachen, die eine Art Baldachin wie ein Dach über ihm aufgespannt hatten. Neben dem Bischof, auf einem nicht minder imposanten Stuhl, kauerte griesgrämig der päpstliche Gesandte Viktor von Lahnstein. Der riesige Schweizer Reisläufer stand hinter ihm wie ein steinernes Denkmal, die Hände auf den Knauf seines Bihänders gestützt.

Karl spürte, dass ihm der Schweiß auf der Stirn stand, vor lauter Aufregung konnte er kaum atmen. Sie hatten schon etliche große Vorstellungen gegeben, auch vor Grafen, Baronen und Bischöfen, aber dies hier war dann doch etwas anderes. Mittlerweile waren alle Gesandten des Reichs auf der Altenburg eingetroffen, und die Beratungen hatten begonnen. Zur Unterhaltung hatte der Bischof seine Gäste an diesem Abend in den Saal geladen, wo der berühmte Doktor Faustus das bischöfliche Horoskop präsentieren würde. Georg III. von Limpurg hatte von einer Überraschung gesprochen, und so blickten nun alle Anwesenden erwartungsvoll nach vorne. An den Wänden blakten zahlreiche Fackeln, ansonsten wurde der Saal nur von einem riesigen Kronleuchter erhellt, der in der Mitte von der Decke hing.

»Seid ihr bereit?«, flüsterte Faust seinen beiden Mitstreitern zu. Karl und Greta nickten schweigend.

»Dann los!«

Das Gemurmel verstummte abrupt, als Doktor Faustus den Vorhang zur Seite schob und mit erhobenem Haupt den vorderen Teil der Bühne betrat. Erst jetzt bemerkte Karl, dass an den Ausgängen weitere Wachen postiert waren, die offenbar zu Lahnsteins Männern gehörten. Er war davon überzeugt, dass sie auf einen Wink Lahnsteins hin die Vorstellung sofort beenden würden, falls auch nur der leiseste Verdacht auf Flucht bestand. Mittlerweile hatte auch Karl die Bühne betreten, vor sich her schob er auf einem rollbaren Tisch einen kupfernen Kasten, aus dem vorne ein Rohr herausragte. Ein weiteres Rohr befand sich an der Oberseite des seltsamen Apparats.

Langsam ließ Faust seinen Blick über die Versammlung schweifen. Karl wusste, dass die dunklen stechenden Augen des Doktors stets ihre Wirkung taten. Außerdem waren Horoskope der letzte Schrei, selbst der Papst hatte sich eines erstellen lassen, das, wie man munkelte, nicht gerade zu seinen Gunsten ausgefallen war.

»Hochverehrter Fürstbischof, allergnädigste Exzellenzen, ehrwürdiger päpstlicher Gesandter, es ist mir eine große Ehre, in diesem illustren Kreise auf der Bamberger Altenburg empfangen zu werden«, begann Faust mit lauter Stimme, wobei er viel tiefer und bedrohlicher klang als im üblichen Gespräch. »Mein Name ist Doktor Faustus, und ich nehme an, der eine oder andere im Saal hat schon einmal von mir gehört.« Die Leute tuschelten aufgeregt, mancher kirchliche Würdenträger schlug ein Kreuz. Karl bemühte sich, ein Grinsen zu unterdrücken. Der Doktor wusste, was er dem Publikum schuldete.

»Wir alle blicken gespannt auf das kommende Jahr 1519, welches bereits der große Albertus Magnus und der allwissende Hermes Trismegistos als ein schicksalhaftes Jahr bezeichnet haben«, fuhr Faust fort. »Ein Jahr, in dem sich entscheidet, wohin Gott die Menschheit führt. Und ich darf Euch verraten, die Gelehrten hatten recht! Auf Wunsch des von mir hochverehrten Fürstbischofs habe ich ein äußerst interessantes Horoskop erstellt.« Mit theatralischer Geste zog der Doktor das von ihm errechnete Horoskop unter dem schwarzblauen Sternenmantel hervor, welches Karl zuvor noch mit blutroter Tinte auf einen armlangen Pergamentbogen geschrieben hatte.

»Jupiter und Saturn stehen gemeinsam im dritten Haus, und auch die Venus neigt ihr Haupt nach Osten, was auf schicksalsträchtige Ereignisse schließen lässt«, erläuterte Faust mit düsterem Ton. Es folgte eine Auflistung von Sternenkonstellationen und lateinischen Begriffen, die hauptsächlich dazu dienten, das Publikum zu beeindrucken.

Unterdessen hatte Karl die Laterna Magica an den Rand der Bühne geschoben und so ausgerichtet, dass das Seitenrohr zum Vorhang zeigte. Faust deutete nach oben, und die Blicke der Gäste folgten ihm.

»Bislang war es uns nur möglich, eintretende Ereignisse in den Sternen zu sehen. Die Antwort erhielten wir stets in komplizierten Formeln und Tabellen. So blieben dem Laien die Deutungen meist verborgen.« Mit weit ausholender Gebärde wies Faust nun auf das kupferne Gehäuse neben ihm, das im Licht der Fackeln und des Kronleuchters wie ein Zauberding glitzerte. »Mittels dieser von mir erbauten Apparatur ist es nun endlich möglich, die zukünftigen Ereignisse für jeden anschaulich zu machen. Wir holen die Sterne herab auf die Erde!«

Mit diesen Worten warf Faust eine Handvoll Schwefel und eine Prise Schießpulver in die Glutpfanne, die sich am Rande der Bühne befand. Es knallte, zischte und rauchte, was zu weiterem Gemurmel und aufgeregten Schreien im Publikum führte. Verborgen hinter den Dämpfen legte Karl nun die erste Glasplatte ein und entzündete die im Kasten verborgene Öllampe. Sie hatten diese Vorstellung in ihren früheren Jahren so oft gegeben, dass ihm sämtliche Bewegungsabläufe noch so vertraut waren, als wäre es erst gestern gewesen. Auf Fausts Zeichen hin löschten die Wachen die letzten Fackeln. Nur der Kronleuchter brannte noch.

»Wohlan, lasset die Sterne sprechen!«, rief Faust in die große Halle hinein.

Ein Raunen ging durch den Saal, als plötzlich auf der Stoffbahn hinter dem Doktor wie durch Zauberhand ein waberndes Bild erschien, blass und durchscheinend, wie nicht von dieser Welt. Es waren vier Reiter auf klapprigen Pferden. Der erste von ihnen war ein dürrer, knochiger Greis, zwei trugen Schwert und Bogen, der vierte eine Waage. Karl hatte die vier apokalyptischen Reiter erst gestern von einem Stich Dürers kopiert. Er liebte dieses Gemälde, das er gern selbst geschaffen hätte, doch er wusste mittlerweile, dass er ein besserer Kopist als Maler war.

»Sehet hier die vier Plagen, die das Land im nächsten Jahr heimsuchen werden, wenn wir uns ihnen nicht entgegenstellen!«, tönte Faust. Mit seinem Sternenmantel stand er im Schwefelrauch, sein langes schwarzes, von grauen Strähnen durchzogenes Haar offen, die Hände ausgebreitet wie ein Hexenmeister. Der Auftritt tat die erhoffte Wirkung, die Gäste ächzten und stöhnten, selbst der Fürstbischof und Viktor von Lahnstein starrten wie gebannt auf das wabernde Bild an der Wand. Karl grinste verstohlen. Im Grunde war die Apparatur äußerst simpel. Gebündeltes Licht, das durch eine Röhre fiel und die Glasbilder überlebensgroß an die

Wand projizierte. Doch wie so oft musste man erst einmal auf die Idee kommen.

»Krieg, Pest, Hunger und Tod!«, rief Faust. »Das ist es, was uns erwartet, wenn wir der Unruhen im Reich nicht Herr werden! Doch wir sollten Blut nicht mit Blut, Krieg nicht mit Krieg vergelten. Die Sterne verheißen eine Einigung, wenn sie denn friedlich vonstattengeht!« Mahnend hob er den Finger. »Wenn wir *alle* unter dem Schutzschirm der heiligen römischen Kirche zusammenhalten! Einheit, nicht Spaltung, muss unser Leitspruch sein!«

Der Bischof nickte entschlossen, und Karl verkniff sich ein weiteres Grinsen. Nun hatte der Doktor sein Publikum an der Angel.

»Nicht die Bauern sind unsere Gegner, sondern ein Mann, der sie aufwiegelt mit seinen ketzerischen Reden!«, fuhr Faust fort. »Er nennt sich Christ und Mönch. Dabei ist er doch nichts weiter als ein Schwein, das in den Trögen der Kirche wühlt!«

Der Doktor gab Karl ein Zeichen, der daraufhin die Glasplatten austauschte. Nun erschien statt der vier Reiter der Mönch Luther, im Ornat der Augustiner, jedoch verziert mit Schweineschnauze und Ringelschwanz, das Gesicht verzerrt zu einer Grimasse der Gier und des Hasses.

Die Wirkung war enorm. Die Gäste, größtenteils hartgesottene Luther-Gegner, schrien laut auf vor Hass, sie klatschten und johlten. Auch Karl war von seiner Zeichnung angetan, die er nach der Vorlage eines billigen Drucks vom Augsburger Reichstag angefertigt hatte. Sie war ihm wirklich gut gelungen, besonders die Schweineschnauze.

Faust hob die Hand. »Dieser Luther hat die Bauern aufgewiegelt, auch wenn er etwas anderes behauptet! Ich sehe für das kommende Jahr große Unruhen in Glaubensdingen. Nur wenn wir diesen Streit beilegen, werden wir die vier apokalyptischen Reiter besiegen können. Und die Sterne sagen uns auch, wer uns dabei als unser aller Führer voranschreitet.« Er machte eine dramatische Pause. »Schaut selbst!«

Wieder wechselte das Bild. Nun war ein Porträt von Papst Leo X. zu sehen. Das feiste, fast bäuerliche Gesicht, die von Tränensäcken umrandeten Augen, darüber die rote Samthaube, der hermelinverbrämte Mantel ... Karl hatte den Papst gut getroffen, auch wenn er nicht viel Zeit gehabt hatte und das Bild fast ein wenig zu realistisch ausgefallen war. Er sah hinüber zu Lahnstein, der unruhig auf seinem Stuhl hin und her rutschte. Offenbar war sich der päpstliche Gesandte nicht sicher, was er von dieser Lobhudelei halten sollte. Vermutlich argwöhnte er, dass dahinter irgendeine Finte des Doktors steckte.

Und du hast verdammt recht, dachte Karl. *Gleich wirst du dein blaues Wunder erleben ...*

»Unter der starken Hand unseres Heiligen Vaters wird es uns gelingen, die Kirche wieder zu einen und die apokalyptischen Reiter zu vertreiben!«, rief Faust mit lauter Stimme. »Die Sterne lügen nicht, und deshalb zeigen sie Euch die Wahrheit. Die ganze Wahrheit ...« Er machte eine kleine Pause, dann fuhr er fort: »Auch die Wahrheit darüber, wer in Zukunft in Rom regieren wird, wenn uns die Einheit nicht gelingt ... So schauet denn und fürchtet, was uns dann alle erwartet!«

Mit weit ausholender Geste warf der Doktor eine weitere Portion Pulver in die Feuerschale. Doch anders als beim ersten Mal ertönte diesmal eine ohrenbetäubende Explosion, dichter Nebel stieg auf. Dies war das vereinbarte Zeichen. Karl wechselte erneut das Bild, und diesmal erschien auf dem Vorhang kein Luther und kein Papst, sondern ein so grauenhaftes Wesen, dass die Leute vor Entsetzen wie aus einem Mund aufschrien.

Es war ein riesiger Drache mit feurigem Schwanz, dessen gehörnter Kopf dem Betrachter zugewandt war, er nahm fast den ganzen Vorhang ein. Sein zahnbewehrtes Maul war weit aufgerissen, die Augen schienen zu glühen, aus den Nüstern quoll Rauch. Stolz betrachtete Karl sein Werk. Er fand, dass das Bild durchaus mit Dürers Reitern mithalten konnte, wenn es nicht sogar besser war. Zumindest war es genauso angsteinflößend. Ein weiterer Knall folgte, und diesmal erhob sich über der Schale ein gewaltiger Feuerball. Für die Zuschauer sah es so aus, als würde der Drache tatsächlich Feuer speien.

»Und ich sah ein Tier aus dem Meer steigen, das hatte sieben Häupter und zehn Hörner, und auf seinen Hörnern zehn Kronen, und auf seinen Häuptern Namen der Lästerung!«, rief Faust gegen den Lärm an. »Die Apokalypse des Johannes! Ja, fürchtet Euch, denn das Ende ist nah!«

Nun erst trat Greta hinter dem Vorhang hervor. Mit der linken Hand hielt sie nach wie vor Kleiner Satan an der Kette, mit der rechten Hand schwang sie ein Wurfmesser, das sie nun im Schutze des allgemeinen Chaos in einer pfeilgeraden Bewegung in Richtung Kronleuchter schleuderte. Das Messer traf genau eines der Taue, an denen der Leuchter aufgehängt war. Es gab einen Ruck, dann rauschte das tonnenschwere Ding zu Boden und begrub einige der schreienden Gesandten unter sich, gleichzeitig wurde es stockdunkel. Nur vorne auf der Bühne prasselten weiter die Flammen in der Feuerschale, Nebelschwaden zogen durch das Gewölbe, es roch nach Schwefel und beißendem Rauch.

»So schauet und fürchtet die Apokalypse, das Tier ist nahe …«, schrie Faust mit weit ausgebreiteten Armen. Er sah nun wirklich aus wie ein leibhaftiger Hexenmeister. Seine weiteren Worte wurden vom Geschrei der Gäste übertönt, die allesamt aufgesprungen waren und zum Ausgang eilten. Stühle fielen krachend um, jemand betete lautstark zum Erzengel Michael, mittlerweile hatte das Feuer der Glutpfanne auf den Vorhang übergegriffen, der sogleich in Flammen aufging. Von dort breitete sich das Feuer schnell über die benachbarten Wandteppiche aus, schon bald stand auch der Baldachin des Fürstbischofs in Flammen, der mit den übrigen Gästen zum hinteren Ausgang geeilt war. Nur Viktor von Lahnstein und sein Landsknecht Hagen verharrten im Tumult. Hagen hob sein mächtiges Langschwert, während Lahnstein hasserfüllt mit dem Finger nach vorne deutete.

»Von wegen Apokalypse, das ist nichts weiter als ein billiger Trick!«, zeterte er. »Wachen, ergreift diesen Ketzer! Er will nur …« Ein schwarzer Schatten löste sich plötzlich aus dem Nebel, dazu ertönte ein böses Knurren.

Greta hatte Kleiner Satan von der Leine gelassen.

Wie ein finsterer Engel sprang der Wolfshund aus dem Rauch auf Hagen zu, der eben mit erhobenem Schwert die Bühne enterte. Kleiner Satan schnappte nach Hagens Kehle, doch dieser tauchte ab, machte einen Ausfallschritt und stand im nächsten Moment vor Faust, die Schwertspitze auf dessen Brust gerichtet. Der Hund verschwand weiter hinten in der Dunkelheit.

»Ihr geht nirgendwohin, Doktor«, knurrte der Landsknecht. »Hübsch hiergeblieben!«

Karl fluchte leise. Sie hatten die Rechnung ohne diesen riesigen Schweizer Reisknecht gemacht! Ein einzelner Mann genügte, um ihren ganzen Zauber auffliegen zu lassen. Panisch sah Karl hinüber zu Greta, die eben nach einem Schürhaken neben der Feuerschale griff und ihn wie einen Degen hielt. Karl bezweifelte, dass Greta, ja, dass sie selbst zu dritt etwas gegen den Hünen mit dem Langschwert ausrichten konnten. Dieser schien ihre Gedanken erraten zu haben. Hagen grinste und drückte die Schwertspitze nur noch fester gegen Fausts Brust, sodass der Stoff des Sternenmantels einriss und sich ein Fleck Blut darauf ausbreitete.

»Eine falsche Bewegung, Liebchen«, zischte Hagen in Richtung von Greta, ohne den Blick von Faust abzuwenden.

»Nur ein Wimpernzucken, und ich spieß deinen werten Doktor auf wie einen Hasen. Wirst sehen, das …«

Er brach ab, als hinter ihnen ein infernalischer Schrei erklang. Im Schein des Feuers, das sich nun immer mehr ausbreitete, sah Karl Kleiner Satan, der Lahnstein vor der Bühne angefallen hatte. Mit seinen handtellergroßen Tatzen drückte der kalbsgroße Wolfshund den sich in Todesangst windenden Gesandten zu Boden.

»Weg, weg!«, schrie Lahnstein immer wieder. »Gottverfluchte Töle! Hagen, so hilf mir doch, hilf …«

Lahnsteins Schreien ging über in ein Kreischen und Gurgeln, noch immer war Kleiner Satan über ihm. Hagen zögerte kurz, dann senkte er fluchend das Schwert, wandte sich von Faust ab und sprang von der Bühne, um seinem Herrn zu Hilfe zu eilen.

»Dafür werdet Ihr brennen, Faustus!«, keifte Lahnstein, während er mit dem Hund rang. »Brennen werdet Ihr, bei lebendigem Leib!«

»Vielleicht«, keuchte Faust und wischte sich den Schweiß von der Stirn. »Aber nicht hier und nicht jetzt.« Er wandte sich an Karl und Greta. »Raus hier!«

Während Lahnstein hinter ihnen noch tobte und brüllte, eilten Faust, Karl und Greta durch beißenden Rauch und Nebel zu einer kleinen seitlichen Tür unweit der Bühne. Ein winziger Keil, den Greta letzte Nacht noch angebracht hatte, hatte verhindert, dass sie zugefallen war. In der gleichen Nacht war es Greta auch gelungen, zum Kronleuchter hinaufzuklettern und die Taue so anzufeilen, dass ein einziger gezielter Wurf ausgereicht hatte, den Leuchter herabstürzen zu lassen.

Ein dunkler, von Dunstschwaden durchzogener Gang führte hinaus in den Burghof, wo das blanke Chaos herrschte. Wachen liefen durcheinander und trugen Löscheimer hinüber zum Palas, aus dem schwarzer Rauch quoll, Gesandte eilten hustend zu ihren Gemächern, um ihre Habseligkeiten zu retten, bevor das Feuer auch auf die anderen Gebäude übergriff. Das Burgtor stand weit offen, etliche Leute flüchteten mit wehenden Gewändern hinaus auf die Landstraße.

Hinten im Marstall stand der Gauklerwagen, vor dem bereits das Pferd angeschirrt war. Eben wollte Karl aufsteigen, als durch den Rauch der Wolfshund zu ihnen in den Stall getrottet kam, ganz so, als wäre nichts gewesen. Seine Schnauze war rot von Blut.

»Kleiner Satan!«, rief Faust erfreut. »Und ich dachte schon, dieser Hagen hätte dir den Garaus gemacht.« Er streichelte den Hund und hielt plötzlich verdutzt inne. »He, was ist das? Aus, Satan! Gib es mir, was immer es auch ist!« Mit sichtlichem Ekel zog er etwas aus dem Maul des Hundes. Karl erkannte das Ding erst auf den zweiten Blick, und ihm wurde übel.

Es war eine menschliche Nase, oder vielmehr das, was davon übrig war. Ein blasser, knorpliger Hautfetzen.

»Wenn ich mich nicht täusche, ist das der Zinken von diesem päpstlichen Gesandten«, sagte Greta, die bereits auf dem Kutschbock Platz genommen hatte. »Pfui, Satan! Du hast wirklich keinen Geschmack.«

»Sie war ohnehin viel zu groß.« Faust warf das blutige Stück Fleisch in einem weiten Bogen von sich. »Ich fürchte nur, wir haben uns gerade einen Feind fürs Leben gemacht. Zeit, dass wir von hier wegkommen.«

Mit diesen Worten sprang er neben Karl auf den Kutschbock, Greta kletterte nach hinten in den Wagen. Der Schimmel wieherte und galoppierte los, auf das offene Burgtor zu, während hinter ihnen die Altenburg lichterloh brannte.

Wie der Doktor prophezeit hatte, war soeben die Apokalypse ausgebrochen.

* * *

Zwischen den rauchenden und knisternden Stühlen im Burgsaal stand ein einzelner Mann und zischte einen leisen Fluch. Wachen rannten an ihm vorbei, Gäste klagten, beteten und schrien, irgendwo läuteten wild die Glocken. Doch der Mann schien von alldem nichts zu bemerken. Durch ein brennendes Fenstergitter starrte er hinaus auf den Hof, wo der Doktor eben mit seinem Wagen durch das Tor preschte. Was für eine Ironie des Schicksals! Faustus hatte den Teufel beschworen und war ihm auf diese Weise entronnen. Der Mann nahm die Haube mit der roten Feder ab und warf sie ins Feuer. Er war zu ungeduldig gewesen, nun brauchte er einen neuen Plan.

»*Merde!*«, sagte der Meister leise, und es klang wie das Fauchen einer Katze. Es war die Sprache seiner Kindheit und Jugend, aus der Zeit, bevor er zu einem ewig Reisenden geworden war, immer hungrig, immer auf der Suche, beinahe so wie der Doktor.

»*Dieu, je te maudis!*«

Ganz in der Nähe fiel ein brennender Balken von der Decke und begrub einen unvorsichtigen Wachsoldaten. Einer der Gäste, ein fetter Abt, lief heulend und schreiend mit brennender Kutte vorüber, wie eine lebendige Fackel. Das Feuer kroch über die Treppen und fraß sich gierig in den ersten Stock der Burg.

Der Meister nickte anerkennend. Der junge Johann hatte wirklich einiges gelernt in den letzten Jahrzehnten, mehr als ihn jede Universität, ja mehr, als er selbst ihn hätte lehren können. Das Leben hatte den kleinen Johann Georg Faustus reifen lassen wie guten Wein. Und vielleicht war es gut, dass er ihm jetzt einmal mehr entkam. Bislang hatte sich immer noch alles gefügt.

Alles hat seine Zeit. Eine Zeit zum Wachsen, eine Zeit zum Sterben …

Mit langsamen Schritten, ein Lied auf den Lippen, schritt

der Meister auf den Ausgang zu, während um ihn herum die Welt unterging. Er liebte das Chaos, es war sein Lebenselixier.

Denn alles, was entsteht, ist wert, dass es zugrunde geht.

Es würde sich alles fügen, und wenn nicht heute, dann eben in naher Zukunft.

Oben am Himmel, verborgen hinter schwarzen Rauchschwaden, folgten ihm drei Vögel.

* * *

Ächzend und quietschend jagte der Wagen hinunter nach Bamberg. Wie besessen schlug Johann mit der Peitsche auf das Pferd ein, das im wilden Galopp über die Straße fegte. Mehrmals drohte der Wagen in den steilen Kurven umzukippen, Kleiner Satan lief mit heraushängender Zunge neben ihnen her. Johann wusste, dass sie nicht viel Zeit hatten. Selbst wenn Viktor von Lahnstein beim Angriff des Hundes ums Leben gekommen war, gab es immer noch Hagen und den Bamberger Bischof. Vermutlich war bereits eine halbe Armee Soldaten unterwegs, um sie abzufangen. Was ihnen dann drohte, mochte Johann sich nicht ausmalen.

Trotz ihrer verzweifelten Lage musste er unwillkürlich grinsen. Was sie auf der Altenburg geboten hatten, war des Doktor Faustus wahrlich würdig. Eine Beschwörung des Tiers aus der Apokalypse des Johannes, und das vor allen Abgesandten, samt Bischof und päpstlichem Nuntius! Diese Geschichte würde sich wie ein Lauffeuer im ganzen Reich verbreiten.

Und deshalb sind wir auch nirgendwo im Reich mehr sicher …

Als sie den Fuß des Hügels erreicht hatten, rumpelte der Wagen noch eine Weile durch den Wald, die Deichsel ächzte bedrohlich. Schließlich ließ Johann das Pferd anhalten. Das

Fell des Schimmels war klitschnass, und er keuchte wie ein uralter Klepper, vermutlich wäre er demnächst zusammengebrochen.

»Was habt Ihr vor?«, fragte Karl, der bislang schweigend und mit kalkweißem Gesicht neben seinem Herrn auf dem Kutschbock gesessen hatte. Auch Greta, die hinter ihnen im Wagen kauerte, sah nervös aus. Etwas an ihrem Blick irritierte Johann, er hatte sie in dieser Situation selbstbewusster erwartet, zumindest mutiger als Wagner. Oder gab es etwas anderes, was sie verunsicherte?

»Helft mir, Pferd und Wagen in den Wald zu führen«, befahl Johann in knappem Ton. »Wir müssen weg von der Straße.«

Gemeinsam zogen sie das erschöpfte Pferd samt Gespann über eine mit Weißdornbüschen bewachsene Böschung, die als natürliche Hecke diente. Dahinter schloss ein lichter Eichenwald an, unter dessen herbstlich schütterem Blätterdach sie Schutz fanden. Nur kurze Zeit später war von der Straße her das Galoppieren vieler Pferde zu hören. Alle drei hielten sie den Atem an, doch nach einer Weile herrschte wieder Ruhe. Die Landsknechte waren vorbeigezogen.

»Ich sage euch, was wir jetzt tun werden«, sagte Johann leise und bestimmt. »Wir nehmen nur das Allernötigste mit. Wenn wir von hier aus nordwärts marschieren, kommen wir nach Hallstadt, das ist nur ein paar Meilen entfernt. Sollten wir Glück haben, dann war noch keiner der Soldaten da, und wir bekommen im Gasthaus frische Pferde. Damit bringen wir schnell viel Strecke zwischen uns und Bamberg.«

»Und was ist mit dem Wagen?«, fragte Greta.

»Der bleibt hier, ebenso der alte Klepper.«

»Aber … aber meine Kulissen!«, protestierte Karl. »Das Theater, meine Skizzenbücher, die wissenschaftlichen Aufzeichnungen …«

»Jeder packt nur eine Tasche«, unterbrach ihn Johann.

»Nicht mehr …« Er zuckte kurz zusammen, weil ihn die Stelle schmerzte, wo ihn Hagen mit dem Schwert verletzt hatte, doch es war glücklicherweise nur eine oberflächliche Wunde. »Die wertvollsten Dinge mussten wir ohnehin im Turm der Altenburg zurücklassen. Das Sternenrohr, meine vielen schönen Bücher …« Seufzend zog er ein paar zerfledderte, leicht angesengte Lederbände unter seinem Mantel hervor. »Wenigstens habe ich Leonardos *Figura umana* rausschmuggeln können und ein paar meiner eigenen Aufzeichnungen. Auch Geld habe ich genug.«

Tatsächlich hatte er noch etliche Goldmünzen in seinen Mantel eingenäht. Doch sämtliche Bücher außer der *Figura umana* waren oben im Turmzimmer geblieben, wie auch der größte Teil seines Vermögens, er hatte fast alles verloren. Johann blickte die beiden anderen entschlossen an. Was er jetzt sagen musste, tat ihm weh, doch er wusste, dass es kein Zurück gab.

»Hört zu, ihr wisst, ihr müsst nicht mit mir gehen. Von nun an werde ich ein Gejagter sein, bis an alle Ecken und Enden des Reiches. Der Einfluss des Bamberger Fürstbischofs reicht weit, von dem päpstlichen Gesandten ganz zu schweigen. Sollte Lahnstein noch leben, werden er und die gesamte Kurie nach uns suchen, vor allem dieser Riese, den er als Leibgarde eingestellt hat. Ich fürchte, unsere schönen Zeiten als Gauklertruppe sind ein für alle Mal vorbei. Wir sind tief gefallen, und ich weiß nicht, ob es je wieder aufwärtsgeht.« Johann machte eine bedeutungsvolle Pause, bevor er leise fortfuhr: »Vielleicht ist das der Moment, an dem wir uns trennen sollten.«

Tatsächlich hatte er schon länger mit dem Gedanken gespielt, ob es nicht besser wäre, wenn er Karl und auch Greta verließ. Solange seine Tochter sich an seiner Seite aufhielt, war sie in Gefahr! Er hatte sie beschützen wollen, doch stattdessen hatte er sie nur immer tiefer mit sich in den Abgrund gezogen. In der vergangenen Nacht war Johann klar geworden, dass er diesen Weg allein gehen musste, zumindest das letzte Stück. Das hier war eine Sache zwischen ihm und Tonio. Tonio del Moravia, sein alter Meister, hatte ihm diese Krankheit geschickt, so viel war Johann mittlerweile klar geworden.

Und es gab nur einen, der ihm im Kampf gegen Tonio helfen konnte.

Karl Wagner und Greta sahen ihn lange an, schließlich sprach Karl mit fester Stimme: »Ich lasse Euch nicht im Stich, Doktor. Ich bin damals in Nürnberg, unten in den Katakomben, bei Euch geblieben. Und ich werde auch jetzt bei Euch bleiben. Ihr … Ihr bleibt mein Lehrer, jetzt und immerdar.«

»Danke.« Johann schluckte. »Du weißt, ich kann dir nichts bieten außer Blut, Schweiß und Tränen.«

Karl lächelte. »Das ist schon mal mehr, als mir mein eigener Vater und die Leipziger Professoren jemals bieten konnten. Ich nehme die Herausforderung an. Es ist mir eine Ehre, mit dem berühmten Doktor Faustus zu reisen.« Er sah Johann fürsorglich an. »Außerdem braucht Ihr jemanden, der sich um Euch kümmert, wenn diese vermaledeite Krankheit weiter voranschreitet.«

Hastig fuhr sich Johann über die Augen und hoffte, dass es die anderen nicht bemerkten. Wie oft war er ruppig gewesen gegenüber seinem Assistenten, wie oft ungeduldig und streng. Karl Wagners Worte rührten ihn mehr, als er zugeben wollte. Und Karl konnte ihm tatsächlich noch nützlich sein, er war klug und belesen, gesegnet mit vielen Talenten, wenn Johann ihm das auch niemals sagen würde. Zögernd wandte er sich an Greta.

»Und … was ist mit dir?«

Greta seufzte, dann kam sie auf ihn zu und umarmte ihn fest. Johann war sich sicher, dass es die letzte Umarmung vor ihrem Abschied war, dem Abschied von seiner Tochter, die er immer versucht hatte, vor all dem Bösen dort draußen in der Welt zu beschützen. Und der er immer noch nicht die Wahrheit gesagt hatte. Eine Weile standen sie so, eng umschlungen, während der Regen auf die wenigen verbliebenen Blätter des Waldes tropfte. Irgendwo klagte eine Nachtigall, es war stockdunkel.

»Ich gehe mit dir«, sagte Greta schließlich. »Aber nur, wenn du mir verrätst, was du vorhast.«

Johann zitterte, es fiel ihm schwer zu sprechen. Dass Greta ihn trotz allem nicht im Stich ließ, hatte er nicht erwartet. Ihre Entscheidung, ihn zu begleiten, war fast mehr, als er ertragen konnte. Er wusste, dass sie ohne ihn vermutlich sicherer war – trotzdem schaffte er es nicht, ihr Angebot abzulehnen. Greta war der Mensch, den er auf dieser Welt am meisten liebte, sogar mehr als sich selbst.

»Danke …«, war alles, was er schließlich hervorbrachte.

Greta löste sich von ihm und sah ihn abwartend an. »Also? Wohin soll es jetzt gehen?«

»Ihr … ihr habt gesehen, wie krank ich bin«, sagte Johann zögerlich. »Die gelegentlichen Anfälle, das Zittern und Toben … Man nennt mich einen gelehrten, einen weisen Mann, allwissend gar. Aber auch ich weiß nicht, was mich quält und wie viel Zeit mir noch bleibt. Also werden wir jemanden aufsuchen, der mir vielleicht helfen kann. Es ist ziemlich weit von hier, wir werden also lange unterwegs sein.«

Karl Wagner nickte. »Ihr wollt sicher nach Paris an die dortige Universität. Oder nach Córdoba, wo auch nach der Niederlage der Osmanen immer noch die besten Ärzte ihr Handwerk ausüben, oder …«

»Nein. Ich fürchte, auch die besten Ärzte können mir jetzt nicht mehr helfen.« Johann schüttelte den Kopf. »Wir werden dorthin reisen, wo der klügste Mann lebt, den ich kenne. Ja, der vielleicht klügste und belesenste Mann der Welt.« Er lächelte schmal. »Und ihr wisst, das sage ich nicht gern. Immerhin halte ich mich selbst für nicht gerade dumm.«

Dann nannte er ihnen den Namen des Mannes.

4

In der Dunkelheit einer sternlosen Nacht machten die drei sich erneut auf den Weg. Sie wanderten auf eingewachsenen Wildwechseln, als einziges Licht diente ihnen eine flackernde Laterne. Den Wagen hatten sie zurückgelassen, und auch das alte Pferd, dem Faust einen Klaps gegeben hatte, damit es davontrabte. Greta hoffte, dass es irgendwo eine neue Bleibe fand und nicht von wilden Tieren gerissen wurde, sie hatte den müden Klepper in den letzten Jahren ins Herz geschlossen. Kleiner Satan schnupperte an den Bäumen und hob hier und da sein Bein. Greta fand, dass er im Gegensatz zu den Menschen ziemlich glücklich wirkte.

Noch immer verstand sie selbst nicht ganz, warum sie sich entschieden hatte, den Doktor und Karl weiter zu begleiten. Sie mochte Faust, ja, sie verehrte ihn, und seitdem sie seine Hand gelesen hatte, fürchtete sie um sein Leben. Doch da war auch immer etwas an Faust gewesen, das sie erschreckte. Wie Feuer, das wärmt und anzieht, dem man aber dennoch nicht zu nahe kommen sollte, um sich nicht zu verbrennen. Seit Monaten schon hatte Greta mit dem Gedanken gespielt, Karl und den Doktor zu verlassen. Dass sie es trotzdem nicht getan hatte, lag vermutlich auch daran, dass Faust ihr von ihrer Mutter erzählt hatte. Greta wollte mehr wissen, sie ahnte, dass er ihr etwas verheimlichte. Wenn sie jetzt ging, würde sie niemals erfahren, was mit ihren Eltern geschehen war und was sich damals in Nürnberg wirklich zugetragen hatte.

Immer wieder blieben sie stehen, weil sie irgendwo Geräusche hörten, nahmen Umwege in Kauf, doch die Landsknechte des Bischofs tauchten nicht wieder auf. Auch nicht, als sie am frühen Morgen schließlich den Markt Hallstadt erreichten, wo Faust für etliche Golddukaten drei gute, wenn auch völlig überteuerte Pferde und unscheinbare Pilgerkleidung erstand. In aschgrauem Rock und Wollmantel sah Greta aus wie ein einfaches Mädchen vom Lande. Das bunte Gauklerkostüm, das sie noch in Bamberg getragen hatte, vergrub sie in einem Misthaufen. Der Wirt musterte sie alle drei misstrauisch, und Faust legte als Schweigegeld noch einen weiteren Dukaten auf den Tisch. Es war durchaus möglich, dass der Wirt von den gestrigen Vorfällen auf der Altenburg bereits erfahren hatte.

Nach einem hastigen Mahl in der Dorfschenke galoppierten sie davon, hinein in einen frostigen Novembertag. Der Himmel hing tief über den Wäldern, und die Wolken waren schwer von Regen. Faust blickte starr nach vorne, während Kleiner Satan vor ihm die Straße entlanglief, die sich durch Wälder und Moore schlängelte, hinter ihm preschten Greta und Karl auf ihren Pferden. Das Geklapper der Hufe war das einzige Geräusch auf der einsamen Landstraße, die nach Westen führte.

Mittlerweile hatte ihnen Faust mehr über ihre bevorstehende Reise erzählt. Vor vielen Jahren, noch vor der Zeit mit Greta, hatten er und Karl einen gelehrten Mann kennengelernt, mit dem Faust bis heute eine enge Freundschaft verband. Die beiden hatten sich seit jener Zeit zwar kaum gesehen, doch sie schrieben sich regelmäßig. Es war die Korrespondenz zwischen zwei der klügsten Männer des Reiches, aber vermutlich auch der eitelsten.

Heinrich Cornelius Agrippa von Nettesheim war ein wenig jünger als Faust, und im Gegensatz zum fahrenden Doktor kam er aus gutem Haus. Mit seinen zweiunddreißig Jahren war Agrippa bereits einer der berühmtesten Gelehrten Europas, er war Doktor der Medizin, Theologie und der Jurisprudenz und besaß autodidaktisches Wissen in den Gebieten der Astrologie, der Mechanik und Optik, der jüdischen Kabbala und vor allem der Magie. Sein Frühwerk *De occulta philosophia* galt noch immer als das Standardwerk über jede Form von Zauberei. Nachdem Agrippa einige Jahre als Agent am englischen Hofe verbracht hatte, war er mittlerweile mit seiner Familie nach Metz gezogen, eine Stadt nahe der französischen Grenze. Warum gerade Agrippa ihm vielleicht helfen konnte, darüber hatte sich Faust bislang jedoch ausgeschwiegen.

»Und Ihr glaubt wirklich, Agrippa weiß etwas über diese rätselhafte Krankheit?«, fragte Karl, der mit Greta zum Doktor aufgeschlossen hatte. Noch immer regnete es, das nasse Pilgergewand hing an Greta herab, als wäre sie in einen Fluss gefallen.

»Nun, wenn nicht er, wer dann?«, erwiderte Faust ausweichend. »Heinrich Agrippa ist der größte Gelehrte des Reiches, was er leider auch weiß und nur allzu gerne hört.« Er seufzte. »Ehrgeizig und vorlaut und von sich selbst mehr als überzeugt.«

»Eigenschaften, die mir durchaus bekannt vorkommen«, bemerkte Greta lächelnd.

»Ich weiß. Vielleicht kommen wir deshalb auch am besten in unseren Briefen miteinander aus, da kann keiner dem anderen ad hoc widersprechen.« Faust wandte sich ihr zu. »Agrippa ist so etwas wie die verschollene Bibliothek von Alexandria, ein Leuchtturm des Wissens. Außerdem brauchen wir ohnehin ein sicheres Winterlager, außerhalb des Einflussbereichs von Rom und des Bamberger Bischofs. Metz ist eine Freie Reichsstadt, nicht weit von Frankreich entfernt. Die Metzer Bürger haben sich noch nie etwas sagen lassen, von keinem Bischof und auch nicht vom Kaiser und vom Papst. Dort sollten wir eine Weile unterschlupfen können.«

Greta hoffte, dass Faust von weiteren Anfällen wie dem auf der Bamberger Altenburg verschont blieb. Tatsächlich kamen sie die ersten Tage gut voran, nur gelegentlich klagte der Doktor über Kopfschmerzen. Ihr Weg führte sie auf den alten Reichsstraßen, die teilweise noch von den Römern angelegt worden waren, immer weiter nach Westen. Gras und Unkraut sprossen zwischen den ausgefahrenen Steinplatten, gelegentlich waren Grenzsteine mit lateinischen Inschriften zu erkennen. In diesen Landen, dem Herz des Deutschen Reichs, waren etliche Reisende und Händler unterwegs. Weiler und Dörfer reihten sich wie Perlen auf einer Kette, von dem riesigen Wald, der diesen Teil Europas einst bedeckt hatte, war nicht mehr viel übrig. Rodungen und rauchende Kohlemeiler zogen sich entlang der Straße, in den letzten Jahrhunderten hatten sich die Menschen hier ausgebreitet wie Fliegen auf einem Misthaufen.

Um die Bischofsstadt Würzburg machten sie einen großen Bogen, um nicht auf Landsknechte oder Vertraute des Papstes zu stoßen, nirgendwo blieben sie länger als eine Nacht. Auf Nachfragen gaben sie sich als einfache Jakobspilger aus, unterwegs nach Santiago de Compostela, der Stadt im fernen Galizien, in der sich das Grab des Apostels Jakobus befand.

Hinter Würzburg ging es am Main entlang der Rheinebene zu, und schließlich gelangten sie nach Mainz, jene Stadt, in der ein gewisser Johannes Gutenberg vor knapp hundert Jahren mit dem Drucken von Büchern begonnen hatte. Gern wäre Greta ein wenig länger geblieben, doch Mainz war ebenso wie Bamberg eine Bischofsstadt, es war sehr wahrscheinlich, dass man auch hier nach ihnen suchte. Schon vor dem Stadttor hatte eine Abordnung bischöflicher Landsknechte argwöhnisch zu den drei Reitern herübergeblickt, und so setzten sie noch am gleichen Tag auf einem Lastenfloß voll mit gackernden Hühnern, Salzblöcken und stinkenden Heringsfässern über den breiten, träge dahinfließenden Rhein.

Auf der westlichen Seite des Flusses wurde die Gegend immer einsamer und unwirtlicher, die wenigen Straßen waren so schlammig, dass die drei froh waren, den Wagen zurückgelassen zu haben. Sie erreichten den Wasgau, ein schier endloses hügeliges Waldgebiet zwischen dem Deutschen Reich und Frankreich. Auf den Gipfeln thronten verfallene Burgen, stille Wächter einer fernen Zeit, als der legendäre Kaiser Barbarossa hier noch auf Jagd gegangen war. Die Straße verlief durch schattige Täler, schmale Holzbrücken führten über reißende Flüsse und Bäche, verwachsene Eichen und Buchen breiteten sich nach allen Richtungen hin aus. Die Bäume standen so dicht, dass sie fast kein Tageslicht durchließen, es herrschte ständiges Zwielicht. Kaum noch Reisende waren in diesem Niemandsland unterwegs, nur gelegentlich passierten sie einen fast vergessenen Grenzstein und mussten Zoll an halb verwilderte Burgmannen entrichten.

Hier im Wasgau bekam Faust schließlich einen weiteren Anfall.

Mittlerweile war es Ende November. Erster Schnee fiel in wässrigen grauen Flocken auf die nackten Wipfel der Bäume, die Mäntel der Reisenden waren ständig feucht und klamm und Greta klapperte mit den Zähnen. Zuvor war das Zittern, das Faust von Zeit zu Zeit überkam, eher schwach gewesen, doch nun wurde es von Tag zu Tag heftiger. Greta und Karl kümmerten sich um ihn. Doch egal, was sie auch versuchten – heißer Efeusud mit Weidenrinde, getrocknetes Johanniskraut oder nasse Wickel, getränkt in Schwefelwasser –, das Zittern blieb. Oft konnte Faust abends kaum den Löffel halten, nur morgens beruhigten sich seine Hände manchmal für ein paar Stunden.

Sie hatten eben einen Hohlweg passiert, und die nächste Herberge war noch etliche Meilen entfernt, als eine Gruppe Männer vor ihnen aus dem Wald trat. Greta erkannte sofort, dass es sich um Wegelagerer handelte, die hier in den Bergen so zahlreich waren wie Schmeißfliegen. Sie trugen zerrissene Hosen und Hemden, ihre Bärte waren lang und struppig, die Haut von Schorf überzogen. Vermutlich waren sie früher einmal Bauern gewesen, Armut und Hunger hatten sie in die Wälder getrieben. Jetzt waren sie nicht mehr viel mehr als Tiere.

»Eure Pferde und euer Geld«, knurrte der Vorderste von ihnen, ein einäugiger älterer Mann, dem gelber Eiter unter seiner Augenklappe hervorquoll. Er schwang einen rostigen Dussack, die Waffe der Bauern und Tagelöhner, geeignet zur Ernte wie auch zum Morden. »Nun macht schon! Dann lassen wir euch laufen.«

Greta blickte sich nach Karl und Faust um, die ihre Pferde zügelten, ein Durchkommen schien unmöglich. Sie alle wussten, dass sie trotz der Worte des Anführers diesen Wald ohne Widerstand nicht lebend verlassen würden. Es war nicht das erste Mal, dass sie es mit Räubern zu tun bekamen. Bislang hatte sie immer Fausts Ruf als Zauberer geschützt, vor allem aber Kleiner Satan, dessen Anblick allein ausreichte, jeden halbwegs vernünftigen Banditen in die Flucht zu schlagen. Doch offenbar waren Hunger und Elend in dieser Gegend so groß, dass auch der riesige Wolfshund die Männer nicht abhielt. Kleiner Satan knurrte und legte die Ohren an, er spürte sofort, wenn seinem Herrn Gefahr drohte. Die Bauern wichen einen Schritt zurück, doch sie blieben mit erhobenen Sensen, Messern und Piken auf der Straße stehen. Breit lächelnd hob Faust die Hände.

»Wir sind nur einfache Pilger«, sagte er. »Bei uns gibt es nichts zu holen. Gott schützt uns, und er wird diejenigen strafen, die sich an unschuldigen Christen vergehen.«

»Ich scheiß auf deine Worte, Pfeffersack!«, entgegnete der Anführer barsch. »Dein Gott ist nicht mein Gott. Ich brauch nur dein Gesicht und deine feinen Hände ansehen, und ich weiß, du bist keiner von uns! Wir glauben an den Gott der Armen, von eurem und unserem Geld baut der Papst sich einen goldenen Abort! Dieser Luther hat schon recht, wenn er dem Papst das Geld nicht mehr in den Arsch schieben will.« Er trat einen Schritt vor und griff nach Fausts Zügel. »Also gebt es besser uns, da ist es gut aufgehoben.«

»Nimm deine dreckigen Finger weg!«, ließ sich nun Karl vom Sattel aus vernehmen. Er langte nach dem Hirschfänger, der an der Seite seines Pferdes baumelte. »Weißt du Klotz überhaupt, mit wem du sprichst? Dieser Mann ist der berühmte Doktor Faustus! Wenn er will, verwandelt er dich auf der Stelle in eine schleimige Kröte!«

»Der Doktor Faustus? Hm …« Kurz schien der Mann verunsichert. Er legte seine Stirn in Falten und rieb sich die Nase. »Von dem hab ich gehört. Ist wohl ein mächtiger Zauberer.« Dann grinste er und zeigte eine Reihe schwarzer Zahnstumpen. »Ha! Aber ich sehe hier keinen Zauberer, ich sehe nur zwei verweichlichte Pfeffersäcke und ein Weibsbild.«

»Ein Weibsbild, das dich gleich in die Hölle schicken wird, wenn du uns nicht passieren lässt.« Greta öffnete ihren Mantel. Sie hatte die Faustbüchse, die sie mit ihren wenigen Habseligkeiten aus dem Wagen mitgenommen hatte, unter dem Gürtel hervorgezogen. Drohend richtete sie die Waffe auf die Bauern. »Na, wem von euch soll ich als Erstem den Schädel wegpusten? Dir oder einem deiner stinkenden Kameraden?«

Wieder wichen die Männer ein paar Schritte zurück, zögernd wie hungrige Wölfe. Sie murrten und beäugten ihre Beute. Greta hoffte schon, sie würden sich zurückziehen. Doch da flog plötzlich ein Stein, gleich darauf folgten die nächsten, ein Hagel von Lehmklumpen und Felsbrocken ging auf die Reisenden hernieder. Einer der Steine traf Greta am Kopf, sie ließ die Faustbüchse kurz sinken. Das reichte den Bauern, um über ihre Opfer herzufallen.

»Mir gehört das Weib!«, knurrte einer von ihnen.

Eine haarige Hand griff Greta in die Zügel und zerrte sie vom Pferd, die Waffe entglitt ihren Händen; andere Kerle stachen mit ihren Piken nach dem Doktor und nach Karl, der mit seinem Hirschfänger nach allen Seiten hin austeilte und dabei einem der Bauern die Halsbeuge aufschlitzte. Der Mann schrie, Blut schoss aus der Wunde und färbte den Boden rot. Karls Pferd wieherte panisch und stellte sich auf die Hinterbeine, mit letzter Kraft konnte Karl sich am Zügel festhalten. Mittlerweile machten sich gleich zwei der Bauern mit heruntergelassenen Hosen über Greta her. Einer riss an den Schnüren ihrer Bluse, während ein anderer ihren Rock hochschob. Sosehr sie auch schrie und sich wehrte, sie wurde fest zu Boden gedrückt.

»Kleiner Satan, fass!«, rief Faust.

Wie ein schwarzer Blitz warf sich der Wolfshund auf die zwei Bauern und verbiss sich im nackten Gemächt des einen; der andere nahm schreiend Reißaus. Doch nicht einmal jetzt, angesichts der tödlichen Gefahr, gaben die Männer auf, im Gegenteil: Sie befanden sich in einer Art Blutrausch, vermutlich hatten sie seit Tagen nichts mehr gegessen außer Eicheln und Rinde. Wütend und geifernd wie Tiere, rissen sie an Fausts Satteltasche, einige der wertvollen Aufzeichnungen fielen in den Kot der Straße, nackte Füße trampelten darüber. Die Bauern durchwühlten die Tasche auf der Suche nach Gold oder etwas Essbarem. Mit einem tiefen Knurren sprang Kleiner Satan seinem nächsten Opfer an die Brust.

In diesem Augenblick sah Greta, wie Faust wie von einem unsichtbaren Schwerthieb getroffen wurde.

Es war wie ein gewaltiger Schlag, der ihn vom Pferd wischte. Im nächsten Moment lag er auf dem Waldboden und wand sich wie ein Besessener. Speichel rann ihm aus dem Mund, er zuckte, seine Gliedmaßen schlugen nach allen Richtungen hin aus. Die verbliebenen Bauern hielten im Kampf inne und starrten ihn an wie einen Geist, selbst Kleiner Satan spitzte die Ohren. Winselnd näherte er sich seinem Herrn, der keuchende Laute ausstieß.

»To … To … Tonio del Moravia …«, konnte Greta heraushören. »Verfl … fluchter …«

»Mein Gott, der Teufel hat von ihm Besitz ergriffen!«, schrie einer der Bauern und deutete auf den Doktor. »Seht doch!«

Fausts Gesicht verzerrte sich zu einer abscheulichen Grimasse, die in der Tat fast nichts Menschliches mehr hatte. Seine Haut spannte sich, als würde etwas von innen dagegen drücken, die Zunge schoss hervor wie eine fette Kröte.

»Es ist wirklich der unselige Doktor Faustus!«, jammerte ein Weiterer der Wegelagerer. »Herr im Himmel! Flieht, bevor der Teufel aus ihm gefahren kommt!«

In Panik hasteten die Männer in den Wald, wobei sie ihre Piken und Dussacks zurückließen. Einen ihrer Kameraden schleppten sie mit sich, drei weitere Männer blieben tot oder schwer verletzt liegen. Einem der Vergewaltiger hatte Kleiner Satan tatsächlich die Manneskraft weggebissen, er stöhnte, wimmerte und wälzte sich am Boden. Greta, die aus einer Stirnwunde blutete, rannte auf Faust zu.

»Onkel!«, rief sie. »Mein Gott, Onkel, komm zu dir!«

Sie griff nach seiner Hand und hielt sie fest. Sein Körper bäumte sich auf, wurde steif wie ein Brett. Greta spürte ein Pulsieren in Fausts Handfläche, und obwohl sie es nicht wollte, warf sie einen Blick darauf. Was sie diesmal in seiner Hand las, war etwas so unendlich Böses, so Entsetzliches, dass sie intuitiv zurückschrak, wie vor dem Biss einer Schlange.

»Tonio del Moravia …«, flüsterte Faust. »Der Pakt ist besiegelt, er … er kommt mich holen …« Seine Lippen zitterten jetzt so stark, dass nur noch lallende Laute aus seiner Kehle drangen.

»Wer holt dich?«, fragte Greta. »Wer?«

Doch Faust antwortete nicht mehr.

In ihrer Hilflosigkeit tat Greta das Erstbeste, was ihr einfiel: Sie kniete sich neben den Doktor und betete.

Seit ihrer frühen Kindheit glaubte Greta an die Macht von Gebeten. Gebete hatten ihr damals Kraft gegeben, als sie wochenlang in den Tiefen der Nürnberger Katakomben eingesperrt war und nicht wusste, ob sie jemals wieder das Licht der Sonne erblicken würde. Gebete waren wie ein Lichtstrahl, der sie mit ihrer Kindheit verband. Sie sprach das erste Gebet, das ihr in der Not einfiel. Mit bebender Stimme kamen ihr die uralten Worte über die Lippen.

»Der Herr ist mein Hirte, er weidet mich auf einer grünen Aue und führet mich zu frischem Wasser …«

Im gleichen Moment schwanden Faust die Sinne, seine Augen schlossen sich, und sein Atem wurde ruhiger.

Als Johann wieder erwachte, lag er an einem Feuer im Wald. Es war mitten in der Nacht, über ihm funkelten die Sterne. Ihm war kalt, er war erschöpft wie nach einem tagelangen Ritt, seine Glieder schmerzten. Erst nach und nach erinnerte er sich, was geschehen war, doch die Bilder waren verzerrt, sie zeigten das Geschehen aus einer anderen Perspektive, so als wäre er selbst nicht daran beteiligt gewesen. Neben ihm saß Greta, Karl Wagner sortierte wenige Meter entfernt einige der Bücher, zerfledderte Seiten lagen am Boden, darunter ein zerrissener Einband.

»Die *Figura* …«, sagte Johann matt und versuchte, sich zu erheben.

»Ist in Sicherheit.« Greta drückte ihn sanft zurück auf die Liegestatt aus Blättern und Zweigen. »Die Seiten sind schmutzig, aber nicht zerrissen«, erwiderte sie mit einem müden Lächeln. »Außerdem solltest du dir mehr Sorgen um dich als um deine Aufzeichnungen machen. Dieser Anfall war noch viel schlimmer als der in der Altenburg.«

»Wenigstens hat er dafür gesorgt, dass die Halunken das Weite gesucht haben. Wir haben überlebt. Du …« Johann zögerte, als ihm etwas einfiel. Er räusperte sich. »Du hast vorhin meine Hand gehalten. Was … was hast du gemacht?«

»Was ich gemacht habe?« Greta zögerte, dann fuhr sie leise fort: »Ich … nun, ich habe für dich gebetet.«

»Was hast du?«

»Ich habe für dich gebetet. Ist das denn so ungewöhnlich?« Greta atmete tief durch. »Man hätte ja wirklich meinen können, der Teufel wäre in dich gefahren. Es war jener Psalm, den mir Onkel Valentin früher öfter vorgetragen hat, als ich noch ein Kind war. Ich … ich konnte mich plötzlich wieder erinnern. Ob du nun daran glaubst oder nicht, aber danach ging es dir besser.«

»Du … du hast für mich gebetet.« Johann presste die Lippen zusammen, er lächelte schwach. Greta war seine Tochter, noch nie hatte er das so sehr gespürt wie in diesem Moment. Und sie fing an, sich wieder an frühere Zeiten zu erinnern. Wie lange konnte er ihr die Wahrheit noch verschweigen? Doch wenn er ihr das jetzt sagte, musste er ihr auch alles andere beichten. Seine große Schuld, den Tod ihrer Mutter, den Pakt mit Tonio und vor allem das, was damals in Nürnberg geschehen war. Und die vielen kleinen und großen Lügen seitdem …

Er brachte es nicht übers Herz.

»Du hast während deines Anfalls einen Namen erwähnt«, brach Greta ihr Schweigen. »Ich glaube, er lautete … Tonio del Moravia oder so ähnlich. Ein seltsamer Name. Mir kommt es so vor, als hätte ich ihn schon mal gehört … Du meintest, er käme, um dich zu holen. Du sprachst von einem Pakt.« Sie zögerte, als suchte sie nach einem Ankerpunkt für den rätselhaften Namen. »Wer ist dieser Tonio? Müsste ich ihn kennen?«

Karl sah zu ihnen herüber, er warf Johann einen fragenden Blick zu. Wieder schwiegen sie eine Weile.

»Er ist niemand von Bedeutung«, sagte Johann schließlich leise. »Nur ein … ein alter Bekannter. Ich bin jetzt müde, ich möchte schlafen.«

Als er die Augen schloss, hörte er ein Krächzen wie von Krähen oder Raben, und er wusste nicht, ob es Traum oder Wirklichkeit war.

* * *

Nach ein paar weiteren Tagen ließen sie den Wasgau endlich hinter sich. Die Landschaft wurde flacher, und so erreichten sie schließlich das Land Lothringen, eine liebliche Landschaft, durchzogen von vielen Flüssen und voll mit tiefgrünen Teichen, auf die sich bereits eine dünne Eisschicht gelegt hatte.

Johann erinnerte sich daran, wie er als Kind das erste Mal von diesem Land gehört hatte. Die Enkel des berühmtesten aller Kaiser, Karls des Großen, hatten damals das Frankenreich in drei gleiche Teile aufgeteilt. Der älteste Enkel Lothar hatte den mittleren Teil erhalten, der einst bis an die Nordsee reichte; davon übrig geblieben war allein dieser schmale Streifen Landes hinter dem Wasgau, wo Städte, Grafschaften und Herzogtümer miteinander in einem ewigen Wettstreit lagen. Von all den winzigen Herrschaftsgebieten an der Westgrenze des Deutschen Reichs war die Stadt Metz das mächtigste, eine breite, gut ausgebaute Handelsstraße führte durch die sandige Ebene direkt darauf zu.

Die Freie Reichsstadt lag an der Mosel, einem Fluss, der in den Vogesen entsprang und nach zahllosen Kurven entlang steiler Weinhänge schließlich bei Koblenz in den Rhein floss. Bei ihrer Ankunft in Metz schneite es so heftig, dass die Reisenden von den hohen Stadtmauern nur Schemen erkennen konnten. Obwohl es erst Nachmittag war, kroch bereits die Dämmerung über die Dächer der Stadt. Pünktlich mit dem Beginn des Monats Dezember, und damit früher als in den letzten Jahren, war der Winter hereingebrochen, und Johann war froh, dass sie nun endlich ihr Winterlager erreicht hatten. Er hoffte nur, dass es weit genug weg war, um vor den päpstlichen Häschern sicher zu sein.

Metz war eine der größten Städte des Reichs, reich geworden durch Geld- und Kreditgeschäfte. Eine kilometerlange Festungsmauer umschloss ein Areal, in dem über zwanzigtausend Menschen wohnten. Im Schneegestöber erblickte Johann etliche Türme und dahinter die Dächer von Klöstern und Kirchen, etwas entfernt war die Turmspitze der Metzer Kathedrale zu sehen, deren gelber Kalkstein im letzten Licht des Tages leuchtete. Wie so viele andere Kathedralen war auch diese noch nicht fertiggestellt, eine ewige Baustelle zu Ehren Gottes.

Gemeinsam mit einer Karawane Händler aus Straßburg betraten die drei Reisenden die Stadt über eine Steinbrücke, an die ein bulliges, schmales Tor anschloss, flankiert von zwei Wachtürmen. Zahlreiche Menschen drängten ihnen entgegen, und Johann vernahm den weichen französischen Zungenschlag, der ihn immer an Tonio del Moravia erinnerte. Aber auch Deutsch und die »Lingua franca«, das Kauderwelsch aller Händler vom fernen Zarenreich bis nach Konstantinopel und ans Rote Meer, wurden gesprochen. Die Gespräche drehten sich um Bankgeschäfte, die letzte Ernte vor dem Winter, aber auch um einen großen Umzug, der demnächst stattfinden sollte und zu dem man Gäste aus anderen Städten erwartete. Die Rede war von einem Drachen, einem schrecklichen Untier, und Johann konnte sich keinen rechten Reim auf das Gerede machen.

Trotz Kälte und Dämmerung war in den Gassen noch einiges los, auf den vielen Marktplätzen boten Verkäufer blökende Lämmer und gackernde Hühner an, und sogar Fische, die sie in großen Holzkübeln hielten. Unter den Arkaden am Rande der Plätze saßen die Geldwechsler und tauschten

Gold-, Silber- und Kupfermünzen, fremde Währungen, die von weit her kamen, aus Italien, Kastilien oder dem tiefen Süden Frankreichs. Gefrorener Matsch und Kot bedeckten die Gassen, und Johann fragte sich, wie es hier wohl im Sommer roch. Schon jetzt im Winter war der Gestank, der sich mit dem beißenden Rauch der vielen Öfen in den Häusern mischte, kaum auszuhalten.

Es dauerte nicht lange, bis Johann bei einem der Geldwechsler in Erfahrung bringen konnte, wo Heinrich Agrippa wohnte. Der Gelehrte war in der Stadt kein Unbekannter, man wies ihnen den Weg zur anderen Seite der Mosel, wo ein vornehmeres Viertel lag. Hier ging es beschaulicher zu, die Gassen waren sauber, und es roch deutlich besser.

In einem zweistöckigen Steinhaus, mit Garten zum Fluss hin, residierte Heinrich Cornelius Agrippa von Nettesheim. Johann wusste aus ihren gelegentlichen Briefen, dass der Freund erst in diesem Jahr in Metz eine Stelle als städtischer Advokat angenommen hatte, ein ruhiger Posten, der es ihm ermöglichte, sich mehr um seine kleine Familie zu kümmern. Johann hatte sein Eintreffen in einem Schreiben bereits vor einigen Tagen angekündigt, und so dauerte es auch nicht lange, bis der berühmte Gelehrte die breite, mit weichen Teppichen bedeckte Wendeltreppe heruntergeeilt kam und sie im Vorraum empfing, der mit teurem Damast und Pelzen behängt war. Ganz offensichtlich ließ sich die Stadt Metz die Anstellung des berühmten Gelehrten einiges kosten.

»Johann Georg Faustus, werter Kollege und alter Freund!«, rief Agrippa und breitete die Arme aus. Noch immer sprach er den breiten Dialekt seiner Geburtsstadt Köln. Und wie früher liebte er es, sich möglichst gedrechselt auszudrücken. »Dann ist es also wahr! Ihr habt den weiten Weg auf Euch genommen, allein, um mich zu sehen!« Er zwinkerte Johann zu. »Oder gibt es vielleicht einen anderen Grund?«

Agrippa war kleiner gewachsen als Johann. Obwohl er

sich im eigenen Hause befand, trug er Barett und Talar wie in einer Vorlesung der Universität. Wie bei ihrem letzten Treffen fielen Johann die wachen Augen und die spitze Nase auf, die dem Freund das Aussehen eines listigen Fuchses gaben. Agrippas Haare waren trotz seiner jungen Jahre bereits leicht ergraut. Er deutete auf Kleiner Satan, der offensichtlich kurz davor war, an das teure Mobiliar zu pinkeln. »Ist das etwa das gleiche Monstrum, das Ihr schon bei Eurem ersten Besuch in Köln dabeihattet?«

»Sein Nachfolger«, sagte Johann und zerrte den Hund von der Damastdecke. »Er heißt Kleiner Satan.«

»Sehr passend, fürwahr! Ein echtes Teufelsvieh. Warum legt Ihr Euch nicht mal einen kleinen harmlosen Pudel zu?« Agrippa sah ihn verschmitzt an. »Erzählt mir bloß nicht, Ihr wärt nur gekommen, weil Ihr für Euch und den Hund ein Versteck braucht, um dem Bamberger Fürstbischof zu entwischen.« Er drohte Johann mit dem Finger. »Euer Aufenthalt hier in Metz wird Euch teuer zu stehen kommen, Johann Faustus. Mich dürstet nach anregenden Gesprächen, stellt Euch also auf lange Nächte ein!«

Johann lächelte. »Dann hat sich unser kleines Bamberger Abenteuer bereits herumgesprochen?«

»Kleines Bamberger Abenteuer?« Agrippa lachte laut auf. »Ha! Das ganze Reich spricht von nichts anderem als davon, wie der berühmte Schwarzmagus Doktor Faustus in Anwesenheit aller deutschen und ausländischen Gesandten den Teufel auf der Altenburg beschworen hat!«

»Nun, um genau zu sein, es war nicht der Teufel, sondern das Tier aus der Apokalypse des Johannes.« Johann deutete auf Karl und Greta, die noch immer in der Tür standen. »Meine beiden Assistenten waren so freundlich, mir bei der Herstellung der Laterna Magica zur Seite zu stehen. Meinen Adlatus Karl Wagner kennt Ihr ja bereits, von ihm stammt auch das Glasbild der Apokalypse, er ist sehr begabt.«

»Und die hübsche junge Frau ist …?«, erkundigte sich Agrippa.

»Eine entfernte Nichte«, entgegnete Johann. »Davon abgesehen eine talentierte Gauklerin und Trickserin, die es in ihrem Metier noch weit bringen wird.«

Agrippa nickte den beiden zu und grinste. »Die Laterna Magica also mal wieder. Ich erinnere mich an unterhaltsame Vorführungen, damals in Köln, als Ihr leider viel zu kurz bei mir weiltet. Was Ihr diesmal allerdings damit bezweckt habt, ist mir schleierhaft. Im Reich könnt Ihr Euch jedenfalls auf längere Zeit nicht mehr blicken lassen.«

»Das ist mir bewusst, es ging nicht anders«, erwiderte Johann mit einem Achselzucken. »Aber das ist eine lange Geschichte.«

»Oh, ich liebe lange Geschichten!« Agrippa klatschte in die Hände. »Diese Stadt ist so öde, dass ich vor Langeweile beinahe verdorre. Ihr müsst mir unbedingt von dem Treffen auf der Altenburg erzählen, und auch von diesem Luther, der gerade alles durcheinanderwirbelt. Ich freue mich auf die Nächte mit Euch am Kaminfeuer, Doktor Faustus.« Er lächelte breit. »Und vor allem auf Eure Geschichten.«

Schon in der darauffolgenden Nacht saßen die beiden Gelehrten oben im ersten Stock im Kaminzimmer. Draußen tobte ein Sturm, die Scheite prasselten, wie damals in Köln roch es nach fauligen Äpfeln, Altmännerschweiß und Pergament. Und außerdem nach etwas anderem, das Johann zunächst nicht einordnen konnte. Er beobachtete, wie Agrippa einen etwa unterarmlangen hohlen Holzstiel hervorzog, an dem sich vorne ein kleines Töpfchen befand. Agrippa nahm einige trockene Blätter aus einer Schatulle, zerkrümelte sie beinahe andächtig und stopfte sie in den Topf. Dann hielt er einen brennenden Holzspan daran, und Rauch stieg auf, den er durch den Stiel einsog.

»Ich habe diesen Zeitvertreib in einem Hafen unten in Portugal gesehen«, erklärte er schmauchend. »Ein Seemann, der eben aus der Neuen Welt kam, hatte das sogenannte Rauchtrinken von den dortigen Ureinwohnern gelernt. Ich habe dem Kerl sofort ein Fässchen des Krauts abgekauft und mir selbst so einen Stiel schnitzen lassen. Am Anfang schmeckt es ein wenig seltsam, aber man kann damit hervorragend nachdenken.«

»Nun, wenn Ihr meint.« Johann wedelte den stinkenden Rauch mit der Hand weg. »Wenn es zum Nachdenken anregt, soll es mir recht sein.«

»Erzählt mir von diesem Treffen auf der Altenburg«, hob Agrippa an und nahm einen kräftigen Zug. »Wenn ich recht informiert bin, waren Abgesandte aus dem ganzen Reich da. Es ging wohl um diesen Mönch Luther, nicht wahr?«

Johann nickte. Er berichtete seinem Freund von der Versammlung und von Lahnsteins Befehl, ihn nach Rom zu begleiten. Agrippa lächelte wissend.

»Deshalb also die überstürzte Flucht. Nun, ich kann Euch gut verstehen. Noch jeder, der sich als möglicher Ketzer der römischen Kirche auslieferte, hat es bereut. Der Böhme Jan Hus wurde damals auf dem Konzil von Konstanz verbrannt, und diesem Luther wäre es in Rom sicher ebenso ergangen. Ich finde seine Schriften übrigens gar nicht so übel, habe sie mir gleich kommen lassen. Dieser Ablass ist wirklich ein Unding! Geld zur Vergebung der Sünden, das ist göttliche Korruption!« Er zwinkerte Johann zu. »Bislang war so etwas ja wohl eher Sache der weltlichen Fürsten.«

»Spielt Ihr auf etwas Bestimmtes an?«, fragte Johann.

»Nun, es ist kein Geheimnis, dass der deutsche Königsthron wohl einiges kosten wird. Wenn Kaiser Maximilian schon bald das Zeitliche segnet, werden die Kurfürsten einen neuen König wählen. Und Ihr glaubt doch nicht im Ernst, dass sie jemanden nehmen, der sich nicht erkenntlich zeigt?«

Agrippa lachte leise und rieb die Finger aneinander. »Die Fugger werden wohl einiges berappen müssen, wenn sie ihren Liebling Karl, den Enkel Maximilians, auf den Thron hieven wollen. Sie hoffen, dass er ebenso wie sein Großvater nach ihrer Pfeife tanzt. Aber wenn die Franzosen mehr zahlen … Tja, wer weiß, was dann passiert?« Agrippa zuckte mit den Schultern.

Ganz plötzlich beugte er sich mit der Pfeife nach vorne. »Genug der Plänkeleien, alter Freund. Ich sehe doch, dass Euch etwas quält. Ihr seid nicht zu mir gekommen, weil Ihr ein sicheres Winterquartier braucht oder weil wir so schön über Politik diskutieren können, nicht wahr?«

Johann blickte eine Zeit lang in den von der Pfeife aufsteigenden Rauch, schließlich antwortete er: »Nein, in der Tat. Ich bin in der Hoffnung zu Euch gekommen, dass Ihr mir helfen könnt. Ich …«, er zögerte, »nun, ich leide an einer Krankheit, für die ich keine Heilung finde. Alles habe ich schon versucht.« In stockenden Worten schilderte er Agrippa, was ihm in den letzten Monaten widerfahren war, und sein Freund hörte schweigend zu. Als er schließlich geendet hatte, nickte Agrippa.

»Hm, das klingt mehr als beunruhigend«, sagte er nachdenklich. »Es könnte sich um die Fallsucht handeln oder um das Antoniusfeuer. Vielleicht habt Ihr ein Brot gegessen, dessen Mehl von Mutterkorn befallen war? Ich habe schon gehört, dass Menschen sich danach noch wochenlang wanden, ja, sogar wie wild zuckten und tanzten.«

Auch Johann kannte das Mutterkorn. Es war ein Pilz, der auf Roggen wuchs und die Opfer schlimmste Höllenqualen durchleiden ließ. Sie fantasierten, wähnten sich gar in der Hölle. Johann dachte an die schlimmen Träume, die ihn quälten. Eine Pilzvergiftung wäre ihm lieber gewesen, doch er wusste, dass dies nicht stimmte.

»An das Antoniusfeuer hat mein Adlatus Wagner auch

schon gedacht«, erwiderte er. »Aber eigentlich stimmen die Symptome damit nicht ganz überein, außerdem dauert es schon viel zu lange.«

»Vielleicht ist der Pilz ja irgendwo an Eurer Kleidung«, gab Agrippa zu bedenken. »Es könnte auch der Biss einer Spinne sein. Es gibt Leute, die glauben, dass der verfluchte Veitstanz auf solch einen Spinnenbiss zurückzuführen ist, die Tarantula …«

Johann schüttelte den Kopf. »Nein, ich denke, es ist etwas anderes.« Er senkte die Stimme. Bislang hatte er auch Greta und Karl nicht erzählt, was er eigentlich genau von Agrippa wollte. Nun rückte er endlich mit der Wahrheit heraus.

»Ich … ich denke, es hat etwas mit einem bösen Zauber zu tun«, begann er zögerlich. »Deshalb bin ich hier, Heinrich. Weil Ihr der größte Kenner von Zauberei seid. Ihr habt die *Occulta philosophia* geschrieben, es gibt kein besseres Werk über die Magie.«

Heinrich Agrippa lächelte, er fühlte sich sichtlich geschmeichelt. »Es ehrt mich, dieses Lob aus dem Mund des berühmtesten Zauberers des Reichs zu hören. Aber Euch ist bewusst, dass ich stets versuche, die Zauberei auf wissenschaftlichem Weg zu erklären …«

»Und doch gibt es Dinge zwischen Himmel und Erde, die sich nicht erklären lassen!«, fuhr Johann dazwischen. Er beugte sich nach vorne. »Habt Ihr mich nicht selbst ermahnt, nicht an gewisse dunkle Dinge zu rühren?«

Agrippa kaute nervös an seiner Pfeife. »Ich weiß nicht, wovon Ihr sprecht.«

»O doch, das wisst Ihr! Ich spreche von Gilles de Rais. Einst in Köln habt Ihr mir weisgemacht, Ihr kenntet ihn nicht. Doch in Euren späteren Briefen habt Ihr mich vor ihm gewarnt! Ihr meintet, Ihr hättet neue Erkenntnisse.«

»Ihr solltet meine Warnung ernst nehmen«, entgegnete Agrippa kühl. »Ihr habt recht, mein Freund, es gibt Dinge, so uralt und böse, dass sie sich nicht auf wissenschaftlichem Wege ergründen lassen. Gilles de Rais gehört eindeutig dazu. Ich rate Euch dringend, Euch nicht darauf einzulassen.«

»Was aber, wenn meine Krankheit mit ebendiesem Gilles de Rais zusammenhängt?«, beharrte Johann. »Wenn ich mir sicher bin, dass ich die Krankheit nur besiegen kann, indem ich mehr über ihn erfahre?«

»Wie meinen?« Agrippa runzelte die Stirn und paffte weiter an seiner Pfeife. »Was soll Eure Krankheit mit Gilles de Rais zu tun haben? Der Kerl ist vor langer Zeit in Nantes gehängt worden, seine verderbte Seele sei auf alle Zeit verflucht. Ihr sprecht in Rätseln, werter Freund.«

Johann schwieg. Der Rauch aus Agrippas Pfeife stieg in Schwaden zur Decke, wie ein giftiger Odem, der aus der Hölle kam. Draußen heulte der Sturm und rüttelte an den Fensterläden.

»Ich denke, es geht um einen Pakt«, sagte er schließlich. »Um einen Pakt, den ich einst geschlossen habe. Und nun ist es an der Zeit, dass ich meinen Teil des Pakts erfülle.« Johann sah seinen Freund mit düsterem Blick an, dann sagte er: »Heinrich, es graut mir, so wie noch nie zuvor in meinem Leben! Der Teufel holt mich, ich spüre es, er zerrt bereits an meiner Seele.«

Unten in der Wohnstube lag Kleiner Satan in der schmalen Ritze zwischen Kachelofen und Wand und winselte im Schlaf. Greta saß mit Karl am Tisch, wo sie schweigend Karten spielten. Das Spiel hieß Tarocchi, eines der beliebten Kartenspiele, die sich in den letzten Jahren wie eine Seuche über Europa ausgebreitet hatten, sehr zum Leidwesen der Kirche. Agrippas Gattin Elsbeth, eine kleine, runde Person mit freundlichen Augen, hatte ihnen noch ein wenig kalten Braten und Wein hingestellt und dann den erst vierjährigen Sohn Paul ins Bett gebracht. Doch Greta hatte keinen Appetit, und sie konnte sich auch nicht recht konzentrieren. Als sie zum dritten Mal den Herzkönig mit der Dame verwechselt hatte, legte sie die fleckigen Karten beiseite und starrte aus dem Fenster, wo in der Dunkelheit einzelne Schneeflocken vorbeitrieben.

»Es ist wegen des Doktors, nicht wahr?«, fragte Karl mitfühlend und schenkte ihnen beiden Wein ein.

Greta nickte und nahm einen Schluck. »Dieser Anfall im Wasgau ... Es wird immer schlimmer.« Sie fröstelte trotz der Wärme des Kachelofens. »Und da ist noch etwas.«

»Du hast wieder in seiner Hand gelesen«, sagte Karl leise. »Ich habe es gesehen. Als er den Anfall hatte, hast du dich über ihn gebeugt.«

»Da ... da war wieder dieses dunkle Pulsieren«, erwiderte Greta. »Eine Aura, die so böse ist, dass ich dachte, mich würde der Schlag treffen.« Sie schüttelte sich. »Und seine Linien werden immer schwächer, Karl! Ich meine, jeder Mensch hat Linien auf der Hand. Warum verblassen seine immer mehr?«

»Du hast für ihn gebetet«, sagte Karl.

»Ja, und daraufhin ließ das Zittern nach. Es war wie ...« Greta zögerte. Sie hatte das Gefühl, als hätte das Gebet nicht nur Faust, sondern auch ihr neue Kraft gegeben. »Es war, als wäre das Gebet eine Arznei. So kam es mir vor. Wie eine Arznei.«

»Ich fürchte, Gebete helfen dem Doktor nicht mehr«, bemerkte Karl düster. »Er braucht echte Arzneien, und zwar schnell.«

Gretas Blick ging ins Leere, erneut sah sie den Doktor zuckend am Boden liegen, geifernd wie ein tollwütiger Köter. »Dieser Name, den er erwähnt hat: Tonio ... Tonio del Moravia.«

Ein Scheit knackte im Feuer, und sie zuckte zusammen. Warum machte dieser Name sie nur so nervös?

»Was hat es mit diesem Namen auf sich?«, fragte sie Karl, der sich sichtlich unwohl fühlte. »Ich sehe es dir doch an! Da ist etwas, was ihr mir beide verschweigt. Es hat mit dem zu tun, was damals in Nürnberg war, richtig? Verdammt!« Sie fegte die Karten vom Tisch. »Ich bin es leid, ständig irgendwelche Ausflüchte zu hören. Ich will jetzt endlich wissen, was damals geschehen ist!«

Karl schwieg. »Ich habe dem Doktor versprochen …«, begann er. Dann seufzte er tief und machte eine wegwerfende Gebärde. »Ach Gott, was soll's! Warum sollst du es nicht erfahren? Ich finde, du hast ein Recht darauf.«

»*Was* soll ich nicht erfahren?«

»Tonio del Moravia war einst der Lehrmeister des Doktors«, erklärte Karl stockend. »Er hat Faust wohl mitgenommen, als dieser noch ein kleiner Junge war. Später hat der Doktor dann erfahren, wie abgrundtief böse dieser Tonio eigentlich ist, und er ist vor ihm weggelaufen.« Er senkte die Stimme. »Tonio hat Kinder geopfert für irgendwelche grausigen satanischen Riten, viele Kinder …«

»Auch in … in Nürnberg?«, fragte Greta. Vor ihrem inneren Auge sah sie wieder das Messer herabsausen, sie hörte die Choräle.

Meine zerrissene Puppe am Boden eines Kerkers, ein bitterer Saft, der mir durch die Kehle rinnt … Ich will nicht trinken, aber ich muss. Der große Mann mit den totenschwarzen Augen flüstert mir ins Ohr, er sagt, ich muss … Er sagt, wenn ich es nicht tue, wird er mich hinabziehen in die Tiefe, in sein Reich …

Die Erinnerung rauschte auf sie ein, ihr wurde übel.

Karl nickte. »Auch in Nürnberg. Tonio hatte dich als Geisel genommen, um den Doktor in seine Gewalt zu bekommen, und ein Trank hat dir dein Gedächtnis geraubt. Es … es gab ein Opferungsritual, bei dem Faust sein Auge und seinen kleinen Finger verloren hat. Diese Leute in den Katakomben …« Er zögerte. »Sie wollten wohl etwas beschwören.«

»Was?«, fragte Greta. »*Was* wollten sie beschwören? Nun red schon!«

Wieder verging eine Weile, von draußen war der Wind zu hören, er heulte wie ein Tier.

»Den … den Teufel.« Karl schluckte. »Ich vermute, sie wollten den Teufel beschwören.« Er hob die Hand. »Nicht dass ich glaube, es wäre ihnen gelungen. Meiner Meinung nach ist der Teufel ein viel zu abstraktes Wesen, um ihn zu beschwören. Aber man kann ihn anbeten, so wie Gott.«

»Du sagtest, dieser Tonio hat mich als Geisel genommen, um an den Doktor heranzukommen«, sagte Greta. »Also kannte Faust mich wohl schon vorher, ich muss ihm etwas bedeutet haben. Was ist mit meiner Mutter? Meinem Vater?«

Karl zögerte. »Ich denke, du solltest mit Faust reden«, sagte er schließlich. »Und zwar schon bald. Er ist der Einzige, der dir sagen kann, was wirklich passiert ist.«

Die Scheite knackten, und Kleiner Satan winselte, als hätte ihn im Traum etwas ungeheuer Schreckliches heimgesucht.

»Was für ein teuflischer Pakt soll das denn sein?«, fragte Heinrich Agrippa oben im Kaminzimmer. Eben hatte er seine erkaltete Pfeife ein weiteres Mal entzündet. »Nicht dass ich daran glaube. Aber Ihr habt mich zumindest neugierig gemacht.«

»Als ich noch ein junger Bursche war, habe ich einmal einem Mann die Hand gereicht«, erzählte Johann. »Er hat mich als seinen Lehrjungen aufgenommen, und er sprach von einem Pakt, den nur er selbst wieder lösen könne. Sein Name war Tonio del Moravia.«

Agrippa runzelte die Stirn. »Sprecht weiter.«

»Seit diesem Tag sind in meinem Leben viele Dinge geschehen, schreckliche, aber auch schöne. Ich habe Weisheit, Ruhm und Reichtum erlangt, ich bin der berühmteste Zauberer und Astrologe des Reiches geworden. Doch erst jetzt in der Rückschau fällt mir auf, wie oft … ja, wie oft sich Hindernisse vor mir plötzlich in Luft auflösten. Häufig konnte ich im letzten Augenblick vor abergläubischen Stadtwachen fliehen, weil ich von irgendeinem Unbekannten einen Hinweis bekam, Gegner und Konkurrenten starben an seltsamen Krankheiten, Städte, die mir nicht wohlgesinnt waren, wurden von einer Feuersbrunst heimgesucht …« Johann zuckte mit den Schultern. »Das mögen alles Zufälle sein. Aber an den Zufall glaube ich nicht mehr so recht. Ich denke, es war der Pakt zwischen mir und Tonio, ein Pakt, der mir dieses Leben ermöglicht hat. Und nun muss ich den Preis dafür zahlen.«

»Und was hat das alles mit Gilles de Rais zu tun?«, fragte Agrippa und nahm einen tiefen Zug von der Pfeife.

»Nun, ich … ich denke, Tonio del Moravia und Gilles de Rais sind ein und dieselbe Person.« Johann stockte. »Ich weiß, das klingt verrückt! Gilles de Rais wurde in Nantes vor fast achtzig Jahren hingerichtet, und doch bin ich mittlerweile davon überzeugt, dass er mir immer noch folgt. Ich weiß nicht, wie er es anstellt, welche zauberischen Mittel er verwendet. Möglicherweise hat es etwas mit diesen vielen Kindermorden zu tun. Gilles hat Hunderte von Kindern auf grausigste Art geopfert, und Tonio hat es auch getan. Manchmal denke ich, dass er der Teufel selbst ist.« Johann beugte sich nach vorne und sah Agrippa eindringlich an. »Ich kann die Augen nicht mehr davor verschließen, Heinrich! Es gibt diesen Pakt zwischen mir und Tonio, zwischen mir und Gilles de Rais.« Er zögerte. »Und da ist noch etwas: Auch der päpstliche Gesandte hat von Gilles de Rais gesprochen. Von einem Geheimnis, das er mir verraten haben soll.«

Agrippa wurde aschfahl. »Rom weiß von Eurer Verbindung zu diesem Unhold?«

Johann nickte. »Offenbar geht der Papst davon aus, dass ich über ein bestimmtes Wissen, über ein großes Geheimnis verfüge. Das ist der eigentliche Grund, warum ich nach Rom kommen sollte. Aber, bei Gott, ich habe keine Ahnung, was dies für ein Geheimnis sein soll!« Er sah Agrippa bittend an. »Wenn Ihr also mehr wisst, dann sagt es mir! Nur so glaube ich, diese schreckliche Krankheit noch aufhalten zu können. Sprecht, bevor ich an ihr zugrunde gehe und mich der verfluchte Pakt in die Hölle reißt. Mich und alle, die mir nahestehen!«

Agrippa schwieg lange. Die Pfeife wurde kalt, doch er schien es nicht zu bemerken.

»Ich bin sicher, wenn ich Euch verrate, was ich weiß, ist das Euer Untergang, Doktor«, sagte er schließlich. »Ich mag noch immer nicht so recht an das glauben, was Ihr da erzählt. Vielleicht *will* ich es auch nicht glauben. Vor allem die Verwicklung der Kirche, das wäre …« Er schüttelte den Kopf. »Gebt mir noch ein wenig Bedenkzeit, mein Freund.« Seufzend legte er die Pfeife beiseite. »Und nun lasst uns bitte über etwas anderes reden. Ich hasse es, gerade jetzt über so unergründliche böse Dinge debattieren zu müssen, wo ich doch eben versuche, das Böse auf wissenschaftliche Weise aus dem Weg zu räumen.«

»Was meint Ihr damit?«, erkundigte sich Johann.

Agrippa verdrehte die Augen. »Nicht mal ein Jahr bin ich hier in Metz, und schon jetzt frisst mich die Langeweile auf. Kleine Prozesse, Nachbarsstreitigkeiten, Reden auf irgendwelchen bedeutungslosen Empfängen … Ich hatte meiner Frau Elsbeth ein wenig Ruhe versprochen, doch im Grunde bin ich heilfroh, dass es damit nun vorbei ist.« Er beugte sich vor. »Es geht um einen Hexenprozess, bei dem mich die Stadt als Anwalt hinzubestellt hat. Die verdächtigte Frau kommt aus Woippy, ein Dorf ein wenig außerhalb von Metz. Anscheinend haben es die Nachbarn auf ihr Grundstück abgesehen und sie deshalb der Hexerei bezichtigt. Und der verdammte Metzer Bischof hat nichts Besseres zu tun, als sie ohne jeglichen Beweis einzusperren! Dabei sind schon bei ihrer ersten Vernehmung so viele Prozessfehler begangen worden, dass jeder Student der Juristerei sich mit Grausen abwenden würde!«

»Das wird der armen Frau nicht viel helfen«, bemerkte Johann, der hoffte, dass Agrippa bald wieder auf seinen eigenen Fall zu sprechen kam.

»Vermutlich.« Agrippa nickte. »Ihr wisst ja, wer einmal vor der Inquisition steht, der kommt nicht mehr frei. Dabei ist doch völlig offensichtlich, dass man alles gesteht, wenn man nur lange genug gefoltert wird! Diese Vorgehensweise ist ein Jammer, ja, ein großer moralischer Fehler unserer Zeit! Noch zu Zeiten von Thomas von Aquin wäre man hingerichtet worden, wenn man gesagt hätte, es *gebe* Hexen und Zauberer. Und jetzt das!«

»Ihr glaubt nicht an Hexerei, und doch habt Ihr selbst das beste Werk darüber geschrieben«, bemerkte Johann mit schmalem Lächeln.

»Ich habe nur aufgeschrieben, was die Menschheit sich dazu hat einfallen lassen. Dabei möchte ich gar nicht bestreiten, dass es Magie vielleicht wirklich gibt. Aber doch nicht auf solch alberne Weise! Flüge mit dem Besen, Hagel und Mäusefraß ... Ich bitte Euch!«

Agrippa schüttelte den Kopf. »Im Grunde will die Stadt nur, dass ich als Anwalt den Prozess begleite und die Hinrichtung absegne, wie ein dummes Lamm. Aber da haben sie die Rechnung ohne Heinrich Cornelius Agrippa von Nettesheim gemacht. Ha!« Er lachte grimmig. »Ich habe beschlossen, diese Frau aus dem Kerker herauszuholen, und zwar mit juristischen Mitteln.«

»Das ist unmöglich«, sagte Johann.

»Ebenso unmöglich wie ein französischer Ritter, der nach über hundert Jahren immer noch sein Unwesen treibt, mit Wissen der Kirche.« Agrippa klopfte die kalt gewordene Pfeife aus. »Ich mache Euch einen Vorschlag, Doktor. Ihr helft mir, diese Frau freizubekommen, und ich werde Euch dafür im Gegenzug erzählen, was ich über Gilles de Rais weiß. Das ist mein letztes Wort. *D'accord?*«

Er hielt Johann die Hand hin.

»Einverstanden«, sagte Johann zögerlich. »Wenn ich auch kaum glaube, dass wir Erfolg haben werden.«

Als er die Hand seines Freundes drückte, musste er wieder an den Handschlag mit Tonio denken, damals, vor langer Zeit, als er noch ein junger Bursche mit Träumen und Idealen und nicht der berühmte Doktor Johann Georg Faustus war.

Jener Mann, der vermutlich von einem unaufhebbaren Fluch besessen war.

* * *

Am folgenden Morgen zog etwa zweihundert Meilen von Metz entfernt ein kleinerer Tross Landsknechte durch die verschneiten deutschen Wälder. Er wurde angeführt von einem halben Dutzend Reitern, die als Vorhut dienten, es folgten etliche Fußsoldaten, bewaffnet mit Piken und Hellebarden und gekleidet in den gelb-rot-blauen Farben der Schweizer Garde. In der Mitte des Trosses rumpelte ein Wagen über die schlammige Landstraße, der von vier edlen schwarzen Rössern gezogen wurde, jedes so viel wert wie ein Wirtshaus. Der Verschlag des Wagens war verschlossen, einzig ein paar wenige Sichtluken ließen Licht herein, und auch diese waren mit schwarzem Samt verhängt.

Darin, gebettet auf weichen Kissen gegen das Geschaukel der Fahrt, saß der päpstliche Gesandte Viktor von Lahnstein und betete, dass Gott ihm ein Zeichen sendete. Der Verband, der sein Gesicht fast zur Gänze bedeckte, juckte und scheuerte. Die Haut darunter, vielmehr das, was davon noch übrig geblieben war, brannte, doch das war nichts gegen das Feuer des Hasses, das in ihm loderte.

Auge um Auge, Zahn um Zahn, dachte Lahnstein. Ihm war das Alte Testament immer näher gewesen als das Neue, das an einigen Stellen doch die nötige Härte vermissen ließ. Er selbst glaubte an einen Gott der Strafe, nicht der Sanftheit. Als Zweitgeborener eines deutschen Ritterguts hatte Lahnstein immer darunter gelitten, dass sein Vater in ihm nicht den zukünftigen Erben gesehen hatte, dabei war er der weitaus Begabtere gewesen. Lahnstein hatte sich gerächt, indem er in der Kirche Karriere gemacht hatte. Als sein Vater schließlich verarmt auf dem Sterbebett lag und sein älterer Bruder das Gut in den Ruin getrieben hatte, war er bereits in Rom gewesen, als enger Vertrauter des Papstes. Er hatte dem Vater keine Träne nachgeweint. Lahnstein verdankte der Kirche alles, und er würde alles dafür tun, sie zu stärken.

Doch im Moment fiel ihm das unsäglich schwer. Gott prüfte ihn wie noch nie zuvor in seinem Leben.

Jeden Morgen ließ sich Lahnstein den Verband abnehmen, um die Wunde zu reinigen. Er hatte es bislang vermieden, dabei in den Spiegel zu schauen. Doch die entsetzten Blicke seiner Diener sagten mehr als tausend Worte. Lahnsteins Finger wanderten zu der Stelle des Verbands, wo einmal seine Nase gewesen war, dort befand sich nur noch ein knochiger Stumpen. Dieser verfluchte schwarze Höllenhund hatte aus seinem Gesicht eine blutige Kraterlandschaft gemacht. Fausts gottverfluchter Hund!

Viktor von Lahnstein schloss die Augen und stellte sich vor, wie Doktor Faustus in Rom brennen würde. Er hörte Fausts Schreie, er roch sein verbranntes Fleisch. Diese Vorstellung linderte die eigenen Schmerzen ein wenig, doch nur für kurze Zeit. Denn Lahnstein wusste sehr gut, dass der Papst ihn nicht ausgeschickt hatte, um den Doktor auf den Scheiterhaufen zu zerren. Viel wahrscheinlicher war, dass er selbst brennen oder in den Kerkern der Engelsburg elendig verrotten würde. Nämlich dann, wenn es ihm nicht gelang, den Doktor ausfindig zu machen. Der Heilige Vater hatte unmissverständlich klargemacht, dass er Faust in Rom sehen wollte. Und zwar, noch bevor andere auf ihn aufmerksam wurden, auf ihn und auf jenes kostbare Geheimnis, welches Faust wohl hütete.

Lahnstein machte sich nichts vor. Wenn er ohne Faust nach Rom zurückkehrte, konnte er sich gleich selber anzünden und mit der Garotte erdrosseln. Zumal ihm der Heilige Vater verraten hatte, von welcher Art Fausts Geheimnis war. Ein Geheimnis, das den Lauf der Welt verändern konnte. Er selbst war ein Mitwisser, und der Mitwisser entledigte man sich, wenn man sie nicht mehr brauchte – oder wenn sie versagt hatten.

Wo zum Teufel bist du, Faustus?

Das Gerüttel des Wagens ging Lahnstein durch Mark und Bein. Über zwei Wochen hatte er auf der Altenburg im Fieber gelegen, seltsame Fantasien und Traumbilder hatten ihn heimgesucht, Bilder der Hölle und des Satans mit feurigem Schweif, vermutlich Nachwirkungen jener diabolischen Vorstellung, die der Doktor im großen Saal gegeben hatte. Alle waren sie auf Fausts Scharade reingefallen, selbst der Bischof, nur er nicht!

Nach vielen Tagen der Ohnmacht und der Schmerzen auf dem Krankenbett war Lahnstein schließlich überstürzt aufgebrochen. Er hatte Boten in alle Richtungen ausgeschickt, der Bamberger Fürstbischof hatte ihm, nachdem er seinen Irrtum erkannt hatte, jegliche Hilfe zugesichert. Auch Georg Schenk von Limpurg war auf Rache aus, nachdem dieser verfluchte Zauberer sie alle im ganzen Reich bis auf die Knochen blamiert hatte. In den Herbergen, die Lahnstein und sein Tross passierten, redeten die Leute von nichts anderem als davon, wie der berühmte Doktor Johann Faustus sämtlichen Gesandten des Reiches eine Nase gedreht hatte.

Ein Ruck ging durch den Wagen, dann blieb er jäh stehen. Viktor von Lahnstein richtete sich auf und lauschte. Stimmen waren zu hören, ein Pferd wieherte. Was war dort draußen los? Wurden sie, eine bis an die Zähne bewaffnete Delegation des Papstes, etwa von Räubern angegriffen? Nervös griff der päpstliche Gesandte zu dem kleinen Dolch, den er immer mit sich führte, wohl wissend, dass er ihm nicht viel nützen würde.

In diesem Augenblick klopfte es an den Verschlag.

»Ja?«, sagte Lahnstein zögerlich.

Der Laden öffnete sich, dahinter war die Gestalt eines Mannes zu sehen. Er war so groß, dass er das Tageslicht aus dem Wagen gänzlich aussperrte.

»Hagen!«, rief Lahnstein erleichtert. »Ich dachte schon, du lässt dich gar nicht mehr blicken.«

»War viel unterwegs«, brummte der riesige Landsknecht im harten Tonfall der Schweizer Reisläufer. »Hab überall gefragt, in Wirtshäusern und hier und da, in ganz Franken und darüber hinaus. Manchmal musste ich … nachhelfen.« Hagens Augen leuchteten kalt, und der päpstliche Gesandte spürte leise Furcht in sich aufsteigen. Dieser Riese war ihm unheimlich, aber Lahnstein musste zugeben, dass Hagen der beste Kämpfer war, den er je gesehen hatte, im Töten so präzise wie eine dieser neuen Uhren, die jetzt überall an den Rathäusern prangten.

»Und?«, fragte er, wobei er Mühe hatte, seine Aufregung zu zügeln. »Bringst du gute Nachricht?«

»O ja.« Hagen grinste, was in seinem pockenversehrten Gesicht aussah, als würde ein monströser Walfisch lächeln. »Ich habe ihn gefunden. Vielmehr, ich weiß, in welche Richtung er unterwegs ist. Auf Frankreich zu, über den Wasgau. Er und die zwei anderen haben sich als einfache Pilger verkleidet, aber man hat sie erkannt. Diesen schwarzen Hund vergisst niemand so schnell.«

»Ein wahres Wort«, zischte Lahnstein. Er nickte Hagen zu. »Gib den Landsknechten Bescheid, von nun an geht es nach Westen. Fünf Golddukaten für den, der mir den Doktor und seinen Hund bringt. Und auch die zwei anderen. Ich will sie lebend! Verstanden?«

Lahnstein schloss die Augen und schickte ein Dankgebet zum Himmel. Es war jammerschade, dass er den Doktor unversehrt in Rom abliefern musste. Aber das Geheimnis war es wert. Der Papst hatte ihm einen hohen Lohn versprochen und zudem einen Kardinalsposten in Aussicht gestellt. Und dann gab es ja immer noch den jungen Mann und dieses Mädchen, das Faust geholfen hatte. Wer war sie überhaupt? Eine Gauklerin oder vielleicht gar eine Hexe? Nun, er würde es herausfinden.

Dafür hatte er seine Mittel. Und er hatte Hagen.

Viktor von Lahnstein lehnte sich in den Kissen zurück. Zum ersten Mal seit Langem waren die Schmerzen für kurze Zeit verschwunden.

Rache ist eine süße Medizin …

Rumpelnd setzte sich der Wagen wieder in Bewegung.

5

Die kommenden Tage verbrachte Johann damit, die Akten des Falles Corbin zu studieren und mit Heinrich Agrippa oben im Kaminzimmer an ihrer Verhandlungstaktik zu feilen. Dabei rauchte Agrippa so viel von diesem neuartigen Tabak, dass Johann davon ganz schwindlig wurde. Er hatte mittlerweile akzeptiert, dass er von Agrippa nur etwas über Gilles de Rais erfahren würde, wenn er ihm bei diesem im Grunde aussichtslosen Prozess half.

Josette Corbin war eine einfache Bäuerin, deren einziges Pech ganz offensichtlich war, dass die Nachbarn ein Auge auf ihr Grundstück geworfen hatten. Sie hatten sie der Schadenszauber bezichtigt, sogenannter »*plaga universalis*«, wie das in Hexenprozessen oft geschah. Laut etlicher Dorfbewohner, die als Zeugen auftraten, hatte Josette Corbin einen Hagel herbeigehext, hatte die Milch sauer werden lassen und Tausende Mäuse herbeigerufen, um die Felder zu verheeren. Außerdem war in der näheren Umgebung ein totes Kalb mit zwei Köpfen geboren worden. Der örtliche Richter, ein gewisser Jean Leonard, hatte die arme Frau zunächst den abergläubischen Bauern überlassen, die sie ohne bischöfliche Anordnung brutal gefoltert hatten. Trotzdem hatte Josette Corbin nicht gestanden.

Bislang war es Heinrich Agrippa noch nicht einmal möglich gewesen, die Angeklagte in den Kerkern des Hotel de la Bulette zu besuchen, einem düsteren Gefängnisbau auf dem höchsten Hügel von Metz. Dem Bischof und dem Domkapitel war das Eingreifen der Stadt ein Dorn im Auge, und so bekamen Agrippa und Johann die Angeklagte erst zu Gesicht, als sie eine Woche später im Palais des Treize, dem Metzer Rathaus nahe dem Dom, in Ketten in den Verhandlungsraum geschleift wurde. Josette Corbin mochte etwa dreißig Jahre alt sein, doch in ihrem zerrissenen Kleid und mit dünnen nackten Armen und Beinen, an denen sich die Spuren der Folter zeigten, wirkte sie zerbrechlich wie ein Kind. Man hatte ihr die langen blonden Haare abgeschnitten, darunter war ein verhärmtes, ängstliches, aber stolzes Gesicht zu sehen.

Johann nickte anerkennend. Diese Frau mochte vielleicht nicht die Klügste sein, doch sie war wohl ebenso stur wie ihre Kühe. Nur so war zu erklären, dass sie bis jetzt durchgehalten hatte.

Und doch wirst du irgendwann gestehen, dachte er. *Jeder gesteht unter den Torturen der Inquisition.*

Karl und Greta standen unter den vielen Zuschauern, die hinter einer Absperrung im Rathaussaal warteten und gafften. An den Fenstern und Türen waren Wachen postiert, die mit herrischen Gesten die Neugierigen zurückdrängten. An einem langen Tisch saßen sowohl die Vertreter der Anklage wie auch die der Verteidigung, dazwischen der Bürgermeister und zwei weitere Ratsherren. Johann wusste, dass Josette Corbin ein Geständnis ablegen musste, damit sie verurteilt werden konnte. Je länger sich der Prozess hinzog, umso öfter würde sie gefoltert werden, es war nur noch eine Frage der Zeit. Schon jetzt konnte sie kaum aufrecht stehen, zwei der Stadtwachen mussten sie von Zeit zu Zeit aufrichten, wenn sie zusammenzubrechen drohte.

Der Prozess selbst war eine Farce, abgehalten teils in Französisch, teils in Deutsch und Latein. Als Inquisitor trat ein in der Region berüchtigter Dominikaner namens Savini auf, ein dürrer Kerl mit langen, klauenartigen Fingern, die er immer wieder gegen die Angeklagte ausstreckte.

»Wir haben die Aussagen von acht aufrechten Männern, dass diese Frau eine Hexe ist!«, zeterte er. »Acht Männer, die bezeugen, dass Josette Corbin die Felder rund um Woippy mit Hagel und Unwetter verheert und das Vieh geschändet hat. Und trotzdem leugnet sie frech! Ich schlage vor, dass wir die Tortur noch heute fortsetzen.«

Den letzten Satz hatte Savini auf Französisch gesprochen und sich dabei mit leise drohender Stimme zur Angeklagten gewendet. Josette Corbin stöhnte und fiel auf die Knie, sie murmelte Gebete, doch sie gestand nicht.

»Euer Gnaden, ich möchte Euch darauf aufmerksam machen, dass vier dieser ach so aufrechten Zeugen ihre Aussage bereits wieder zurückgezogen haben«, sagte Heinrich Agrippa. Er wedelte mit einem Schriftstück in Richtung des Metzer Bürgermeisters. »Sie alle gelten im Dorf als rechte Säufer und Aufschneider und deshalb als nicht besonders glaubwürdig. Außerdem sind ihre Aussagen nicht, wie eigentlich üblich, vom Domkapitel aufgenommen worden, sondern vom örtlichen Richter Leonard.« Agrippa wies auf einen feisten älteren Mann mit roter Säufernase und fleckigem Wams, der am rechten Rand des Tisches saß. Bis zu seinem Platz konnte Johann dessen Fahne riechen. »Jean Leonard hat damit eindeutig seine Kompetenzen überschritten.«

»Ich habe das Verfahren im Nachhinein genehmigt«, erklärte Savini hochfahrend. »Alles hat seine Richtigkeit, werter Herr Kollege.«

Der weitere Prozess an diesem Tag wurde dann zum größten Teil in Latein abgehalten, sodass ihm Johann gut folgen konnte. Sein Latein war beinahe so gut wie sein Deutsch, auch sein eingetrocknetes Französisch kam nach und nach zurück. Nachdem die Anklage ihre Vorwürfe vorgetragen hatte, hob er nach einer Weile die Hand.

Savini musterte ihn mit kleinen argwöhnischen Augen.

»Es ist eigentlich nicht üblich, dass jemand anders als der Anwalt für die Angeklagte spricht«, murrte er.

»Wie Ihr bereits wisst, ist Doktor Lamberti ein alter Studienkollege aus Köln«, erklärte Agrippa kühl. »Ich habe mir die Genehmigung, ihn als meinen Adlatus einzusetzen, gestern bei der Stadt geben lassen.« Er lächelte. »Ihr seht, auch hier hat alles seine Richtigkeit, werter Herr Kollege.«

Johann und Heinrich Agrippa hatten sich darauf geeinigt, dass keiner Johanns wahren Namen erfahren sollte. Zwar war Metz eine Freie Reichsstadt, fern von Bamberg oder Nürnberg, doch bestimmt hatte der legendäre Doktor Faustus auch hier nicht den besten Ruf – schon gar nicht als Anwalt. Johann befürchtete allerdings, dass sie die Scharade nicht lange durchhalten konnten. Dafür war er im Reich dann doch zu bekannt.

Johann klopfte auf die Tischplatte und räusperte sich. »Ihr spracht vorher von den ›*plaga universalis*‹«, wandte er sich an Savini, »den allgemeinen Schadenszaubern, die Eurer Ansicht nach stattgefunden haben. Verzeiht, aber ich habe meine Kindheit in einem Ort von Weinbauern verbracht. Die Trauben erfroren gelegentlich, Früchte wurden durch Hagel zerschlagen, aber nie war die Rede von Schadenszaubern. Und wenn das Vieh starb, war es alt oder es hatte verdorbenes Futter gegessen.« Er setzte ein einfältiges Gesicht auf. »Oder waren dort etwa auch Hexen am Werk, und ich wusste es nicht?«

»Es mag gelegentlich natürliche Ursachen geben«, räumte Savini ein. »Doch in diesem Fall eben nicht.«

»Wie könnt Ihr Euch da so sicher sein?«, bohrte Johann nach. »Und gestattet mir noch eine weitere Frage: Wenn diese arme Frau hier wirklich eine Hexe ist, warum zaubert sie sich dann kein Fleisch auf den Tisch oder macht, dass die gebratenen Täubchen zum Fenster hereinfliegen? Warum begnügt sie sich mit kindischen Wetterzaubern, die auch die Früchte ihres eigenen Gartens zerschlagen?«

Gemurmel und auch Gelächter erhoben sich unter den Zuschauern. Johann warf einen Blick hinüber zu Agrippa, der ihm verstohlen zuzwinkerte. Zumindest brachten sie Savini gemeinsam ins Schwitzen.

Als die Unruhe immer mehr in Tumult ausartete, schlug der Bürgermeister mit dem Hammer auf den Tisch. »Ruhe!«, rief er. »Oder ich lasse den Saal räumen!« Offenbar hatte die Angeklagte auch etliche Wohlgesinnte unter den Zuschauern, die nun feixten und mit den Füßen trampelten.

»He, Josette!«, rief einer von ihnen. »Wo bleiben unsere gebratenen Tauben? Oder bekommt die alle der versoffene Richter Leonard?« Die anderen lachten und klatschten in die Hände.

»Verdammt noch mal, Ruhe, habe ich gesagt!«, befahl der Bürgermeister erneut. Nachdem wieder einigermaßen Ordnung eingekehrt war, wandte sich Savini mit zornrotem Gesicht an Johann.

»Für Euch, der Ihr von weit her kommt, mag das ja alles komisch sein. Doch glaubt mir, für die Leute hier ist es das ganz und gar nicht! Erst heute früh ist mir zu Ohren gekommen, dass nun auch noch Kinder in der Gegend von Metz verschwunden sind. Wie lange sollen wir noch warten, bis wir diese Hexe endlich dem reinigenden Feuer übergeben?«

»Seit wann werden die Kinder denn vermisst?«, hakte Agrippa nach.

Savini runzelte die Stirn. »Nun, es sind die Kinder von fahrenden Leuten. Ich habe es heute erst erfahren, es wird wohl ein paar Tage her sein.«

»Dann kann unsere Angeklagte ja wohl kaum etwas damit zu tun haben«, bemerkte Agrippa spitz. »Josette Corbin sitzt schon viel länger im Kerker.«

»Sie mag Helfershelfer haben.« Der Inquisitor ließ den Blick über die Menge gleiten. »Vielleicht auch hier im Saal.«

Die Leute murmelten, und der Bürgermeister klopfte ein weiteres Mal mit dem Hammer auf den Tisch. »Bitte bleibt bei der Sache, Hochwürden! Wir verhandeln hier den Fall Corbin. Solange die Angeklagte keine weiteren Helfer nennt, wollen wir es dabei belassen. Es ist schon so schlimm genug.«

»Wie Ihr meint, Monsieur«, entgegnete Savini mit schmalen Lippen. Er schien zu merken, dass die Stimmung sich gegen ihn wendete.

Beim Verlassen des Saals am späten Nachmittag kamen Johann und Heinrich Agrippa an der Angeklagten vorbei, die ihnen einen hoffnungsvollen Blick zuwarf. Josette Corbin hatte vermutlich kaum etwas verstanden von dem, was die hohen Herren am Tisch da beratschlagten. Doch sie spürte wohl, dass diese beiden Männer die Einzigen im Saal waren, die sie noch vor dem Scheiterhaufen retten konnten.

»Das war kein schlechter Schachzug«, sagte Agrippa, als sie wieder bei ihm zu Hause in der Kammer mit ihren Büchern saßen. Er lachte leise. »Kindische Wetterzauber … Da muss man erst mal draufkommen!« Er zündete sich eine Pfeife an und atmete gierig den Rauch ein.

»Und doch ist es nur eine Verzögerung«, mahnte Johann. »Ihr habt es selbst gesagt: Wen die Inquisition einmal in ihren Klauen hat, den lässt sie nicht mehr los. Ich fürchte, wir werden der Frau nicht helfen können.« Er senkte die Stimme. »Und dann sind da noch diese verschwundenen Kinder, die Savini erwähnt hat. Habt Ihr davon gewusst?«

»Ich habe davon gehört, ja.« Agrippa zuckte mit den Schultern. »Doch ich denke nicht, dass sie im Prozess eine Rolle spielen werden. Es sind ja nur zwei, drei Kinder von fahrenden Leuten – Scherenschleifer, Hausierer, Zigeuner … Vermutlich sind sie einfach weitergezogen oder vielleicht vor ihren Eltern geflohen, auf der Suche nach einem besseren Leben. Das weiß im Grunde auch Savini. Deshalb setzt er lieber auf die Aussagen der Bauern.«

Johann fröstelte. Bei verschwundenen Kindern musste er immer an Tonio denken und an den Turm nahe den Alpen, in dem er damals Blut und einen Haufen Kinderkleider gefunden hatte. Und an eine schreckliche Nacht damals in der Nähe von Nördlingen.

Kleine wimmernde Bündel, die in den Bäumen hängen …

»Ha, ich weiß, was wir machen, wir ändern unsere Taktik!« Heinrich Agrippas laute Stimme riss Johann aus seinen Grübeleien. Der Gelehrte kramte zwischen einigen Büchern am Tisch, schließlich zog er mit angewiderter Miene eines davon hervor, das er mit spitzen Fingern in die Höhe hielt. »Der verfluchte *Hexenhammer* von Heinrich Kramer, den die Inquisition neuerdings immer zitiert. Dieser deutsche Dominikaner hat versucht, dem blutigen Treiben einen scholastischen Anstrich zu verpassen.« Agrippa grinste. »Und genau das ist unsere Chance.«

»Was meint Ihr damit?«, fragte Johann stirnrunzelnd.

»Nun, wir werden diese Weißkutten mit ihren eigenen Mitteln schlagen!«, erwiderte Agrippa. »Ich weiß selbst, dass, wer die Hexerei leugnet, selbst schnell als Hexer gilt. Aber wir können der Inquisition Verfahrensfehler nachweisen. Es ist immerhin ein gerichtlicher Prozess, abgehalten nach dem alten römischen Recht. Dieser Richter ist ein alter Säufer und Savini nicht annähernd so schlau wie wir zwei.« Er nickte entschieden. »Wir werden sie mit juristischen Finessen vor uns hertreiben. Ihr werdet sehen, mein Freund, dieser Prozess wird in die Geschichte eingehen. Niemand legt sich mit Heinrich Cornelius Agrippa von Nettesheim und Doktor Faustus an!«

Tatsächlich nutzten sie die nächsten Prozesstage dazu, die Gründe für Jeanne Corbins Verhaftung und die nachfolgende Anklage in ihre Einzelteile zu zerpflücken. Was Savini auch ins Feld führte, Johann und Agrippa hatten eine Antwort darauf. Wenn der Dominikaner lateinische Bibelstellen zitierte, konterten sie mit der korrekten Übersetzung aus dem Hebräischen. Als Savini aus den Verhörprotokollen zitierte, wiesen sie den Bürgermeister darauf hin, dass diese Verhöre unrechtmäßig zustande gekommen waren. Savini wurde von Prozesstag zu Prozesstag unsicherer. Und auch Richter Leonard machte das ewige Nachbohren zu schaffen.

»Ihr habt die Angeklagte also, nachdem sie schon in Metz in Haft war, wieder den Bauern übergeben?«, hakte Agrippa nach. »Auf welcher gesetzlichen Grundlage?«

Der Richter stöhnte, nervös rieb er sich die Hände, es war offensichtlich, dass er bald wieder etwas zu trinken brauchte. »Auf ... auf der Grundlage von ...«, nuschelte er. »Von ...«

»Von Geld? Kann es sein, dass Ihr Geld bekommen habt?«, unterbrach ihn Agrippa. »Geld von den Bauern, die sich Josette Corbins Grundstück unter den Nagel reißen wollten?«

Die Zuschauer pfiffen und johlten, ein paar der Zeugen liefen rot an, und wieder einmal ließ der Bürgermeister den Saal räumen.

Johann lächelte schmal. Er war froh, dass ihn Agrippas juristische Winkelzüge von seinen eigenen Sorgen ablenkten. Wenn der Freund auch bislang kein Gegenmittel gegen den Fluch gefunden hatte, so half er ihm wenigstens, seine Krankheit für eine Weile zu vergessen.

So vergingen die Tage, es wurde Januar. In den Gassen lag der Schnee knöchelhoch und verdeckte den schlimmsten Schmutz. Mittlerweile war der alte Kaiser Maximilian gestorben, auf einer seiner vielen beschwerlichen Reisen. Zuvor hatte er sich noch selbst das Leichenhemd angezogen und befohlen, man solle ihn nach seinem Tod geißeln, ihm die Haare scheren und die Zähne herausbrechen, als Zeichen der

Buße. Die Leute erzählten es sich auf den Straßen, und man spekulierte, wer denn nun der neue deutsche König werden würde. Maximilians Enkel Karl, der in Spanien wohnte, oder doch der französische König Franz?

Johann bekam von alldem kaum etwas mit. Er hatte auch kaum Gelegenheit, die vielen Metzer Kirchen und Paläste zu bewundern, die teilweise noch aus der Zeit der Römer stammten. Karl und Greta sah er oft nur noch beim Abendessen, und auch da war er über Bücher gebeugt. Er löffelte seine Suppe, die ihm Agrippas Gattin Elsbeth kochte, während er mit den Gedanken irgendwo anders war, in der Welt von Thomas von Aquin, Albertus Magnus und anderen Theologen, immer auf der Suche nach einem Passus, der ihnen im Prozess vielleicht helfen könnte. Greta betrachtete ihn von Mal zu Mal nachdenklicher.

»Als es hieß, dass wir unser Winterlager hier in Metz aufschlagen, dachte ich nicht, dass du dich nur von Büchern und dünnem Pergament ernähren würdest«, sagte sie einmal, als sie unten in der Speisekammer neben der Küche allein zu Tisch saßen. »Karl und ich wüssten gerne, ob du bei Agrippa schon etwas über deine Krankheit in Erfahrung bringen konntest.«

»Noch nicht.« Johann schüttelte den Kopf und kaute gedankenverloren an einem Stück Brot. »Aber eines ist seltsam. Seitdem ich mich mit diesem Fall befasse, sind die Anfälle bis auf ein gelegentliches Zittern verschwunden …«

»Und doch werden sie wiederkommen, das weißt du!«, erwiderte Greta. Sie drückte seine Hand. »Karl hat mir übrigens erzählt, was damals in Nürnberg geschehen ist.«

Johann fuhr auf. »Was hat er dir erzählt?«

»Nun, ich weiß, dass es einen Pakt gab zwischen dir und diesem Tonio del Moravia, der wohl dein alter Lehrmeister war. Dass Tonio in Nürnberg den Teufel beschwören wollte und dass du glaubst, dieser Pakt wäre der Grund für deine Krankheit.«

Johann seufzte leise. Sein Adlatus hatte Wort gehalten, er hatte Greta nicht verraten, dass Faust ihr Vater war, und auch nicht, was genau in Nürnberg vorgefallen war. Trotzdem wusste Greta mehr, als ihm lieb sein konnte. Er spürte, dass er sie nicht mehr lange hinhalten konnte.

Gedankenverloren wischte Johann mit dem Brotkanten den letzten Rest von Elsbeths Suppe aus dem Teller.

»Es stimmt«, sagte er schließlich. »Es gibt da einige Dinge, die du … nun, die du wissen solltest. Schon bald. Lass mich diesen Prozess hier beenden, ja? Dann … dann haben wir Zeit, alles in Ruhe zu bereden.« Er stand abrupt auf. »Und jetzt entschuldige mich bitte, ich muss mit Agrippa noch ein paar alte Prozessakten durchsehen.«

* * *

Einige Wochen später saßen Karl und Greta in einem Wirtshaus nahe der Mosel vor einem Krug Wein und blickten durch die dreckigen Butzenglasscheiben hinaus auf die Gasse. Es war später Nachmittag, schon begann es zu dunkeln, und das, obwohl es bereits Anfang Februar war, der Monat des Karnevals. Noch immer hatte Josette Corbin nicht gestanden. Zehn Prozesstage und ebenso viele Torturen hatte die Bäuerin nun hinter sich, sie wurde von Mal zu Mal schwächer, doch sie hielt durch.

Anfangs waren Karl und Greta noch mit im Gerichtssaal gewesen, aber als sich die Verhandlung immer mehr in die Länge zog und in juristischen Scharmützeln verlor, waren sie schließlich ferngeblieben und stattdessen lieber durch die Stadt gestreift. Karl hatte gemalt, während Greta ein paar ihrer Gaukeleien verfeinerte und sich ansonsten zu Tode langweilte.

Agrippas Frau Elsbeth hatte sich liebevoll um sie gekümmert, fast wie eine ältere Schwester. Doch schnell hatte Greta gespürt, dass sie zu der rundlichen, immer freundlichen Frau keinen rechten Zugang fand. Elsbeth hatte ein Kind, sie kochte, wusch, kümmerte sich um ihren vergesslichen Mann, sie hingegen war eine fahrende Gauklerin, im Grunde ohne Ziel … Greta fragte sich gelegentlich, ob der Weg, den Elsbeth beschritt, den so viele Frauen beschritten, vielleicht doch der bessere war.

Der Schnee war klammer Feuchtigkeit gewichen, einem frostigen Nebel, der in die Kleider kroch und einen frösteln ließ wie von Fieber. Von draußen waren Geschrei und Musik zu vernehmen, das dumpfe, monotone Stampfen einer Pauke, außerdem etliche Sackpfeifen und Flöten, die eine schwermütige Melodie bliesen. Dazu ertönten die festen Schritte vieler Menschen, die eben am Wirtshaus vorbeimarschierten.

Vom starken Wein bereits leicht angetrunken, stellte Greta den Becher ab und sah sich in der Wirtsstube um. Karl und sie waren fast die einzigen Gäste, die meisten Bürger waren draußen auf den Straßen, wo eben der jährliche Umzug des »Graoully« stattfand, einer Sagengestalt, die angeblich vor Urzeiten in Metz gehaust hatte. Man hatte die überlebensgroße Holzpuppe aus einem Abstellraum der Kathedrale hervorgeholt, die Schuppen des Drachen erneuert und seine rot gefärbten Glasaugen poliert. Nun liefen die Metzer Bürger in ihren besten Gewändern lachend und singend im Takt der Musikanten durch die Gassen, immer dem schrecklichen Untier nach. Gerade zog die monströse Puppe des Drachen vorbei, und Greta wich unwillkürlich vom Fenster zurück.

»Ich frage mich, wie lange wir in dieser verfluchten Stadt noch bleiben müssen«, murmelte Greta und schenkte sich selbst und Karl nach. In den letzten Tagen hatten sie Faust nur noch beim Abendessen gesehen, und dort auch nur kurz. Sein Versprechen, Greta mehr von früher und auch von ihrer Mutter zu erzählen, hatte er noch immer nicht wahr gemacht.

Karl zuckte mit den Schultern. »Ich finde, wir hätten es schlimmer treffen können. Die Fenster der Kathedrale sind wirklich sehr schön, sie leuchten geradezu. Elsbeth ist eine ausgezeichnete Köchin, es gibt gutes Essen und nebenbei weitaus besseren Wein als in Bamberg.« Er lächelte, doch sofort wurde seine Miene wieder ernst. »Aber du hast ja recht. Seinem Ziel, mehr über diese unheimliche Krankheit zu erfahren, ist der Doktor noch keinen Deut näher gekommen. Agrippa lässt ihn am langen Arm verhungern.«

Greta trank den Becher leer und wischte sich über den Mund. »Verdammt, wenn ich nicht dieses Pulsieren in seiner Hand gesehen hätte, ich wäre schon längst auf und davon!« Der letzte Satz war ihr herausgerutscht, auch weil sie zu viel getrunken hatte, wie so oft in den letzten Wochen. Sie trank ihre Sorgen weg, doch sie kamen jedes Mal wieder und wurden nur noch größer.

»Und was ist eigentlich mit dir?«, fragte sie Karl. »Der Doktor schaut dich doch nicht einmal mehr an. Und trotzdem läufst du ihm wie ein Hündchen nach!«

»Du verstehst das nicht.« Karl senkte den Blick. »Es ... es geht nicht anders. Zwischen dem Doktor und mir ...« Er stockte.

Greta sah ihn mitfühlend an, plötzlich begriff sie, und ihre harschen Worte taten ihr leid.

»Mein Gott, du liebst ihn, nicht wahr?«, sagte sie leise. »Natürlich! Das ist es, was dich hält!« Sie lächelte traurig, ihr Rausch verflog so schnell, wie er gekommen war. »Ich hätte es schon viel früher merken müssen. All die Jahre ... du Armer!« Sie schüttelte den Kopf. »Wie schlimm muss es sein, jemanden zu lieben und ihm diese Liebe nicht gestehen zu können, ja, nie von ihm zurückgeliebt zu werden?«

»Es verzehrt einen. Es ist wie der Docht einer Kerze, der flackert und doch niemals erlischt.« Karls hübsches, fein geschnittenes Gesicht war ernst und schmal. Greta dachte daran, wie viele Mädchen Karl schon hätte haben können, Dutzende waren ihm nachgelaufen. Aber die eine Liebe, nach der er sich sehnte, blieb für ihn unerreichbar.

Er versuchte ein Lächeln. »Und doch ist es nicht so schlimm, wie du meinst. Immerhin bin ich bei ihm, und wenn die Krankheit zurückkommt, wird er mich brauchen. Ich werde immer für ihn da sein.«

Und ich?, dachte Greta. *Werde ich für ihn da sein, wenn die Krankheit zurückkommt?*

Der Zug mit dem Drachen und den vielen Menschen war vorübergezogen, mit einem Mal herrschte eine fast tonlose Stille.

»Es gibt noch etwas anderes, über das wir reden müssen«, sagte Karl in die Stille hinein. »Etwas, das dringlicher ist als das kleine Unglück eines Sodomiten. Ich habe es erst heute früh auf dem Markt aufgeschnappt. Es geht um diese verschwundenen Kinder auf dem Land, du erinnerst dich. Savini hat im Prozess davon erzählt …« Er schluckte. »Nun werden wohl auch ein paar Kinder aus der Stadt vermisst. Am Anfang habe ich ja noch geglaubt, dass es ein Zufall ist, aber mittlerweile bin ich mir da nicht mehr so sicher.«

Greta stockte der Atem. »Du meinst doch nicht etwa …?«

Karl hob die Hand. »Ich meine gar nichts. Ich bin Wissenschaftler, ich stelle nur fest. Wir reden von Tonio del Moravia, und Kinder verschwinden. So wie damals in Nürnberg und auch schon davor, als der Doktor mit seinem Lehrmeister im Reich unterwegs war. Es ist auf alle Fälle, nun ja … merkwürdig. Tonio ist damals nicht besiegt worden, auch seine Jünger gibt es noch. Sie mögen sich verkrochen haben, aber sie sind noch da, ebenso wie ihr Meister.«

»Du machst mir Angst.« Greta erhob sich mühsam. »Für derlei Schauergeschichten habe ich heute schon zu viel getrunken.«

Sie ging zur Tür, und Karl folgte ihr, nachdem er dem Wirt

ein paar Münzen auf den Tisch gelegt hatte. Draußen war es so kalt, dass sich vor dem Mund kleine Dunstwolken bildeten. Von fern hörten sie die Musik und die Schreie der Menge, die mittlerweile wohl an der Kathedrale angekommen war. Feuchter Nebel stieg von der Mosel auf und legte sich wie ein Leichentuch über die Gassen. Nicht weit entfernt schlug die Glocke der Kirche Saint-Livier; im Dunst des Flusses zeichneten sich die Umrisse einiger Mühlen ab, deren Räder träge in der Strömung quietschten.

Ein beklemmendes Gefühl beschlich Greta. Eilig wandte sie sich nach Westen, wo die sogenannte Pont des Morts auf die andere Seite des Flusses führte, dorthin, wo Agrippa wohnte. Ihr schauderte. Warum mussten die Metzer ihren Brücken auch so schreckliche Namen geben!

Brücke der Toten …

Eben wollten sie von der Gasse auf die Brücke treten, als Greta im Schatten der Steinbögen auf der anderen Flussseite einen seltsamen Umriss wahrnahm. Es sah beinahe so aus, als ob an dieser Stelle ein zusätzlicher Pfeiler aus der Brücke herausragte. Greta blinzelte, dann erstarrte sie.

Der Pfeiler bewegte sich, wie das tastende Bein einer monströsen Spinne.

Wie gelähmt verharrte Greta auf den ersten Stufen der Brücke. Spätestens jetzt war sie stocknüchtern.

»Was hast du?«, fragte Karl.

Schweigend deutete sie hinüber zum anderen Ufer. Nun war es deutlich zu sehen: Aus der Finsternis unter der Brücke war ein Mann hinausgetreten. Er zog etwas hinter sich her, was Greta zunächst für einen Sack hielt. Erst dann erkannte sie mit Entsetzen, was es wirklich war.

Ein lebloses Kind.

Greta gefror das Blut in den Adern. Es war, als würden ihre schlimmsten Albträume plötzlich wahr.

»Schnell!«, rief sie Karl zu.

Gemeinsam eilten sie über die Brücke, während Gretas Gedanken sich überschlugen. Ein Erlebnis tauchte in ihrem Kopf auf, das sie lange verdrängt hatte und das doch in ihren Träumen immer wiederkehrte. Es war damals in Nürnberg gewesen. Jemand, an dessen Gesicht sie sich nicht mehr erinnerte, hatte sie unter die Nürnberger Spitalbrücke gelockt. Auch dort hatte ein Kind gelegen.

Ein Kind, dem jemand die Kehle durchgebissen hatte wie ein Wolf.

Kurz darauf hatten die Stadtwachen sie an jener Stelle entdeckt und in den Kerker gesperrt. Sie hatten in ihren Taschen einen magischen Talisman gefunden, den ihr wohl jemand zugesteckt hatte.

Der Mann ohne Gesicht.

Zum ersten Mal sah Greta ihn wieder deutlich vor sich.

Wenn der Faust nicht mit mir kommt, dann nehm ich dich, mein Liebchen. Auf dem Blocksberg werden wir es treiben, wenn du alt genug bist …

Die Worte fuhren ihr wie Blitze durch den Kopf, eine lang vergessene Erinnerung. Gretas Herz klopfte heftig. In ihrem tiefsten Inneren wusste sie, dass dort unten dieselbe Kreatur kauerte wie damals in Nürnberg, das Scheusal, das ihr einst unbeschreibliche Dinge angetan hatte, Dinge, die sie bis heute tief in sich versteckt hatte. Und die jetzt wie Maden wieder hervorgekrochen kamen.

Küsse meine schuppige Haut … Spüre die Nähe des Tiers …

Außer ihr und Karl war kein Mensch auf der Brücke zu sehen, alle liefen bei diesem vermaledeiten Umzug mit, der sich mittlerweile irgendwo hinter der Kathedrale befand. Neben der Brücke führten Stufen hinunter zum glitschigen, mit Tang bewachsenen Ufer der Mosel. Sie waren eisig und rutschig, trotzdem nahm Greta gleich mehrere Schritte auf einmal.

Der Mann, oder was auch immer es war, trug einen schwarzen Mantel mit aufgestelltem Kragen, sodass von seinem Kopf nichts zu sehen war. Er hatte sich inzwischen tief über das Kind gebeugt, es sah aus, als wollte er es liebkosen. Greta stand wie gebannt, die Angst vor dem Ungetüm nagelte sie förmlich fest. Die alten Erinnerungen waberten um sie wie giftige Schwaden, umschwirrten sie wie wütende Hornissen. Es war fast zu viel, ihr wurden die Beine weich, während die Szenen der Vergangenheit auf sie einprasselten.

Küsse meine schuppige Haut ... Wenn der Faust nicht mit mir kommt ... Auf dem Blocksberg, auf dem Blocksberg, auf dem ...

»Weg von dem Kind, du Monstrum!«, schrie Greta. Wut und Hass gaben ihr neue Kraft. Sie zog den Dolch, den sie immer an ihrer Seite trug, und stürzte sich auf den Mann im Mantel. Doch die merkwürdige Gestalt wandte sich so schnell ab wie eine Schlange, tauchte unter die Torbögen der Brücke und war schon bald nicht mehr zu sehen. Zurück blieb das leblose Kind.

Greta warf einen kurzen Blick darauf und wich entsetzt zurück.

Es war ein kleines, etwa fünfjähriges Mädchen, das mit leeren, eindeutig toten Augen in den Nebel über ihm starrte. Jemand hatte dem armen Ding die Kehle durchgebissen, die bleiche Haut war zerfetzt wie nach einem Wolfsangriff, aus einer klaffenden Wunde floss frisches Blut auf das Pflaster. Das Rot des Blutes war der einzige Farbpunkt im Grau und Schwarz der steinernen ›Brücke der Toten‹.

»Da ist der Kerl!«, ertönte über ihr die Stimme Karls. »Er versucht zu entkommen!«

Greta zögerte nur kurz, dann wandte sie sich von dem blutüberströmten Kind ab und stürzte die Treppe wieder hinauf. Der Mann war in der Zwischenzeit auf der anderen Seite der Brücke die Stufen hochgeeilt und rannte nun an Karl vorbei auf die Kathedrale zu, die nicht weit hinter der

Brücke aufragte. Karl und Greta folgten ihm eilig. Die Musik erklang nun viel näher, tatsächlich schienen sich die meisten Metzer Bürger auf dem Platz vor der Kathedrale versammelt zu haben. Auch hier waberte der Nebel; obwohl es noch nicht ganz Abend war, brannten bereits zahlreiche Fackeln und erleuchteten die düstere Szenerie vor der Kirche. Genau in der Mitte des Platzes schwankte, von einigen jungen Burschen an Stäben gehalten, der hölzerne, fast drei Schritt große Drache. Ein tiefes Gemurmel erklang, während die Menge mit geneigten Köpfen auf den Eingang der Kathedrale zuschritt. Dort drinnen sollte das Untier mit Weihwasser besprengt werden.

Der Mann hatte die Versammlung nun fast erreicht, er hastete auf die dicht gedrängten Menschen zu. Sein schwarzer Mantel wehte hinter ihm her wie die Flügel einer Fledermaus. Ganz plötzlich drehte er sich um, und Greta sah nun zum ersten Mal sein Gesicht.

Es war totenblass, wie geschminkt, nur die Lippen leuchteten blutrot, und dahinter glaubte Greta spitze Zähne zu erkennen, fast wie die eines Wolfs. Der Mann trug eine rote Haube mit einer Hahnenfeder, die bislang hinter dem hohen Kragen seines Mantels verborgen gewesen war. Das Unheimlichste aber waren seine Augen, sie waren schwarze Löcher, uralte, tiefe Krater, auf deren Grund das Böse schimmerte wie eine ölige Pfütze.

Er hob die Hand und winkte, wobei er den Mund zu einem bösen Lächeln verzog.

Dann drehte er sich wieder um und war schon bald im Menschengetümmel verschwunden.

Wer bist du?, fragte sich Greta. *Ein Mensch oder etwas anderes? Egal, was du bist, ich werde dich jagen. Noch einmal wirst du mich nicht in den Abgrund ziehen!*

»Ihm nach!«, rief sie Karl zu. »Er darf uns nicht entkommen!«

Doch Karl stand mit offenem Mund da, erst mit einiger Verzögerung setzte er sich in Bewegung und folgte ihr. Sie stießen Männer und Frauen zur Seite, die murrend nach ihnen schlugen, blindlings hasteten sie nach vorne, bis sie direkt vor der riesigen Puppe des Drachen standen, die mit roten Augen auf sie herabglotzte. Doch alle Mühe war vergebens.

Der Mann blieb verschwunden.

»Verflucht, wenn du nicht so plötzlich stehen geblieben wärst, hätten wir ihn vielleicht noch erwischt!«, keuchte Greta. Sie bahnte sich einen Weg durch die Menge und setzte sich schließlich auf eine der Stufen am Rande der Kathedrale. »Was war denn nur los mit dir?«

Noch immer war Karl leichenblass, er schüttelte den Kopf. »Dieser Kerl …«, murmelte er. »Ich kannte ihn, aber … aber das ist unmöglich!«

»Du kanntest ihn?« Greta packte Karls zitternde Hände. »Dann red schon, wer ist es? Verflucht, Karl, der Unhold hat ein Kind auf dem Gewissen, und vermutlich nicht nur dieses eine! Wer oder was ist es?«

Karl räusperte sich. »Hast du ihn nicht erkannt? Es war der französische Gesandte von der Bamberger Altenburg, es war Louis Cifre.«

»Natürlich, du hast recht!« Greta schloss die Augen, sie erinnerte sich gut an den Mann, auch wenn sie ihn in Bamberg nur kurz gesehen hatte. Beinahe glaubte sie, wie damals einen leichten Schwefelduft wahrzunehmen. Im Nebel und im Dunkel der Nacht hatte sie ihn zunächst nicht genau erkennen können. Es war Louis Cifre, und doch wieder nicht, wie eine fette Larve, die sich soeben aus ihrem Kokon geschält hatte und nun ihr wahres Antlitz zeigte.

Irgendwo, nicht weit entfernt, erklang ganz leise die Melodie einer Flöte.

Sie spielte ein altes Kinderlied.

»Dieser Savini ist doch schlauer, als ich dachte, aber nicht so schlau wie wir!«

Heinrich Agrippa blies eine weitere Wolke Tabakrauch in das Kaminzimmer, sodass Johann die Augen tränten. Es kam ihm so vor, als würden sie schon seit Wochen hier oben in Agrippas Studierkammer sitzen und stickigen Qualm einatmen. Gelegentlich brachte ihnen Agrippas Frau Elsbeth kalten Braten oder ein Stück Käse, was sie ohne viel Appetit verzehrten und mit einem Glas verdünntem Wein herunterspülten, dann arbeiteten sie weiter. Meist schnappte sich irgendwann Kleiner Satan ein übrig gebliebenes Bratenstück und verzehrte es laut kauend unter dem Tisch. Gern lag der Hund danach neben dem warmen Kachelofen, wo er im Schlaf leise winselte.

Nach draußen gingen die beiden Gelehrten eigentlich nur an den Prozesstagen, und ein solcher stand schon bald wieder an. Am vorangegangenen Verhandlungstag hatte Savini plötzlich ein Ass aus dem Ärmel gezogen. Triumphierend hatte er verkündet, dass schon Josette Corbins Mutter der Hexerei angeklagt worden war, es gab dazu wohl ein altes Dokument, das plötzlich wieder aufgetaucht war. Die Hexerei, so Savini, liege demnach in der Familie, ein unauslöschbarer Makel, eine Art Urschuld, die nur mit dem Feuer zu tilgen sei. Daraufhin hatte Agrippa um eine erneute Vertagung des Prozesses gebeten, wohl wissend, dass Josette Corbin am Ende ihrer Kräfte war. Der Metzer Scharfrichter, der der Stadt auch als Folterknecht diente, leistete ganze Arbeit.

»Dieses Dokument ist sicher eine Fälschung«, sagte Johann und griff nach der Weinkaraffe. Entfernt drangen die Geräusche von Musik und Lärm zu ihnen herein, die Abenddämmerung war längst angebrochen. Heute gab es wohl einen Umzug für die einfachen Leute, irgendetwas mit einem Drachen. Agrippa hatte Johann davon erzählt, doch sie hatten sich nicht weiter darum gekümmert. Es gab Wichtigeres zu tun.

»Selbst wenn es eine Fälschung ist, wird uns das nichts nutzen«, entgegnete Agrippa seufzend. »Der Bürgermeister will diesen Prozess endlich hinter sich bringen, dafür akzeptiert er jeden noch so hanebüchenen Beweis.«

»Da mögt Ihr recht haben.« Johann nickte müde, auch ihm hatte dieser Prozess viel Kraft geraubt. Er hatte die letzten Nächte nur wenig geschlafen. Wenn er nicht theologische Bücher wälzte, hatte er sich in Agrippas umfangreicher Bibliothek zum wiederholten Mal nach Arzneibüchern umgesehen, jedoch keine neuen Erkenntnisse über seine Krankheit gewonnen. Doch im Grunde schien die Krankheit ja auch verflogen. War es möglich, dass er geheilt war? Dass ihn dieser Hexenprozess so sehr ablenkte, dass sich die Heilung von ganz allein eingestellt hatte? Johann dachte daran, wie er vor langer Zeit mit seinem Freund Valentin in Heidelberg zum ersten Mal die Laterna Magica konstruiert hatte. Auch damals war er nur von einem einzigen Gedanken, einem unbändigen Willen beseelt gewesen. Die Forschung, das Studium, das stete Suchen nach Neuem hatten alles andere verdrängt.

Doch am Ende war das Mädchen tot gewesen, das er am meisten liebte.

Und es war meine Schuld.

»… würde sich eher eine theologische Argumentation aufbauen lassen«, vernahm Johann die Stimme Agrippas, der wie so oft laut nachdachte. Johann fuhr kurz auf, doch dann fiel ihm Greta ein. Wann hatte er sie und Karl eigentlich das letzte Mal gesehen? Was war, wenn der Fluch nun auf sie übergegangen war, weil sie seine Tochter war? So wie auch Josette Corbin nun der Hexerei angeklagt war, weil ihre Mutter bereits den Fluch in sich getragen hatte?

»Sie ist unschuldig«, murmelte er. »Nichts weiter als ein unschuldiges Kind …«

»Wie meinen?« Agrippa sah ihn irritiert an. »Was redet Ihr da?« Plötzlich hellte sich seine Miene auf. »Natürlich, Ihr habt recht! Josette Corbin hat als Kind die Taufe empfangen, sie kann das Böse also gar nicht in sich tragen, selbst wenn ihre Mutter der Hexerei angeklagt war! Sonst wäre die Taufe, dieses heilige Sakrament der Kirche, ja unwirksam, alle getauften Kinder sind schließlich unschuldig! Ha!« Er klopfte Johann auf die Schulter. »Hab ich es nicht gesagt, alter Freund, gemeinsam können wir die Welt …«

Die Tür flog krachend auf. Kleiner Satan knurrte, doch er beruhigte sich sofort wieder, als er sah, wer ihnen da einen Besuch abstattete. Im Flur standen Karl Wagner und Greta, deren zornig funkelnde Augen nichts Gutes verhießen. Beide atmeten schwer, als wären sie eine längere Strecke gerannt.

»Wir müssen reden«, sagte Greta keuchend. »Ich bin dieses elende Versteckspiel leid.«

»Was meinst du?«, fragte Johann erstaunt. Trotz des überstürzten Besuchs war er mit einem Mal sehr froh, seine Tochter wiederzusehen.

»Ich will endlich wissen, was es mit dieser verdammten Krankheit und unserer Flucht wirklich auf sich hat!«, sagte Greta und betrat zusammen mit Karl das Kaminzimmer. Mit zitternden Fingern wies sie auf Johann. »Dort draußen werden Kinder umgebracht, von irgendeinem Scheusal, das vermutlich *du* nach Metz gelockt hast! Ein Monster, das ich damals als Kind in Nürnberg gesehen habe und das uns gefolgt ist. Und ihr zwei Sesselpupser sitzt hier und wälzt irgendwelche verstaubten Prozessakten!«

»Von was redest du da, Mädchen?«, meldete sich nun Agrippa. »Was für tote Kinder?«

»Es sind Kinder verschwunden«, erklärte Karl.

Agrippa hob die Hände. »Aber das wissen wir doch schon. Ich sagte bereits …«

»Verdammt, hört doch einmal zu!«, unterbrach ihn Greta. »Während ihr beide hier euch gegenseitig eurer Klugheit versichert, gehen immer mehr Kinder verloren, auch hier in der

Stadt! Vermutlich sind sie alle tot. Tot wie das eine Kind, das wir eben gefunden haben. Und wir haben auch seinen Mörder gesehen!«

In knappen Worten berichtete Greta den beiden Gelehrten, was sie und Karl gerade beobachtet hatten. Johann hörte schweigend zu, seine Hände und Füße wurden plötzlich kalt wie Eis.

»Wie ... wie sah dieser Mann aus?«, fragte er stockend.

»Bleich, dabei fast so geschminkt wie eine Frau«, erklärte Karl. »Er war hager und trug eine rote Haube mit einer Hahnenfeder. Seine ganze Erscheinung hatte etwas ...« Er suchte nach den richtigen Worten. »Etwas Spinnenartiges.«

Johann stöhnte. »Es ist tatsächlich Tonio! Er ist uns gefolgt. O Gott, hört dieses Grauen denn nie auf!«

»Schluss mit der Geheimniskrämerei!« Abrupt setzte sich Greta neben Johann auf einen Schemel. Mit einer einzigen Handbewegung räumte sie alle Bücher vom Tisch und sah den Doktor ernst an. »Du warst immer mein Lehrer und mein Vorbild, Onkel«, begann sie. »Doch wenn ich dir weiter vertrauen soll, dann lass uns jetzt einander endlich die Wahrheit sagen. Auch ich war nicht ganz ehrlich zu dir. Ich ...« Sie nahm seine Hände und sah ihn mitfühlend an. »Ich habe in deiner Hand gelesen, du weißt, ich kann das. Und ich habe etwas furchtbar Böses darin gesehen, damals im Wasgau ...«

Johann erstarrte. Er hatte es geahnt, aber nicht weiter nachgefragt. Auch weil er es nicht wissen *wollte*.

Sie hat es von mir geerbt. Ich hätte es wissen müssen ...

»Deshalb bin ich an deiner Seite geblieben, um dich zu beschützen«, fuhr Greta fort. »Und ich werde auch weiterhin bei dir bleiben. Aber nur, wenn auch du ehrlich zu mir bist! Willst du das tun, ja? Keine Lügen mehr. Versprochen?«

Johann nickte, noch immer gezeichnet von dem, was ihm Greta soeben eröffnet hatte.

Sie hat meinen Tod gesehen … Der Pakt wird erfüllt, so wie damals bei Peter, dem rothaarigen Fiedler …

»Tonio ist mir auf den Fersen«, sagte er leise, mehr zu sich selbst. »Im Grunde habe ich es schon die ganze Zeit gewusst.«

»Aber das kann doch nicht sein!«, protestierte Greta. »Ich meine, der Mann, den wir unter der Brücke sahen, war noch nicht sehr alt. Tonio müsste mittlerweile viel, viel älter sein!«

»Oh, das ist er auch«, sagte Johann mit einem traurigen Lächeln. »Glaub mir, ich weiß es. Aber du siehst es ihm nicht an. Ich vermute sogar, dass Tonio in Wahrheit noch viel älter ist, als du es dir überhaupt vorstellen kannst.« Er blickte sie durchdringend an. »Dass er in Wahrheit nämlich der von Gott verfluchte Gilles de Rais ist, der grausamste und wahnsinnigste Mörder aller Zeiten, der bereits in der ersten Hälfte des vergangenen Jahrhunderts lebte. Der Teufel auf Erden!«

Von der Kathedrale erklangen die Glocken, die sich mit dem dumpfen Pochen einer Pauke mischten. Offenbar zogen die Menschen eben von der Kathedrale herüber zur anderen Seite der Mosel, dorthin, wo auch Agrippas Haus lag.

Johann wandte sich an Agrippa. »Ich glaube, dass es nun endlich an der Zeit ist, dass Ihr mir sagt, was Ihr über Gilles de Rais wisst.«

Heinrich Agrippa legte seine mittlerweile erkaltete Pfeife weg. Johann bemerkte, dass sein Freund äußerst blass war, und er vermutete, dass es nicht daran lag, dass er zu wenig geschlafen hatte.

»Diese verschwundenen Kinder, das tote Mädchen unter der Brücke …«, murmelte Agrippa. »Mein Gott, Faustus! Wenn das stimmt, dann habt Ihr das Monster tatsächlich hierher nach Metz gelockt.«

»Welches Monster?«, fragte Karl skeptisch. »Was meint Ihr damit? Sprechen wir von einem Menschen oder von einem Spukwesen?« Mittlerweile saßen sie alle um den Kachelofen.

Die Bücher lagen am Boden, wie weggeworfen, als könnte ihnen alles Wissen der Welt jetzt nicht mehr helfen. Dazwischen döste der große Hund.

»Als ich Euch in meinen früheren Briefen geschrieben habe, Ihr sollt Euch nicht weiter mit Gilles de Rais befassen, tat ich das in der guten Absicht, Euer Leben, ja, Eure Seele zu retten«, begann Agrippa. »Doch nun haben wir das Tier offenbar geweckt, es hat Eure Spur aufgenommen …« Er zögerte, bevor er weitersprach: »Tatsächlich beschäftige ich mich schon länger mit Gilles de Rais und seinen Untaten, im Grunde seit vielen Jahren. Wie Ihr alle wisst, hat der Kerl, immerhin einst ein bekannter und beliebter französischer Marschall, versucht, den Teufel zu beschwören, um Macht und Reichtum zu erlangen. Der große Krieg, der damals zwischen den Engländern und den Franzosen tobte, hat etwas in ihm freigelegt, was zuvor verborgen gewesen war. Gilles lebte auf großen Fuß. Als ihm das Geld ausging, versuchte er, mithilfe des Teufels an Gold zu kommen. Stattdessen jedoch holte der Teufel ihn. Niemals zuvor und danach hat es einen Menschen gegeben, der so abgrundtief böse war wie jener Gilles de Rais.«

»Woher wisst Ihr das alles?«, fragte Karl. »Das Ganze ist doch nun schon über hundert Jahre her.«

»Nun, es gibt nach wie vor die Prozessakten, deshalb ist der Fall auch so detailliert überliefert«, entgegnete Agrippa. »Gilles' erstes Opfer war ein Bauernjunge, den er mit bloßen Händen erwürgte und ihm dann die Hände abschlug. Er riss ihm das Herz heraus und benutzte das Blut als Tinte, um die Worte niederzuschreiben, die es braucht, um den Teufel zu beschwören. Ein ehemaliger Priester hat ihm wohl dabei geholfen, sein Name war Prelati. Danach hat Gilles de Rais Hunderte von Kindern mithilfe seiner Schergen umbringen lassen! Er hat sie gefoltert, erhängt, aufgeschlitzt und geschändet, er hat Spaß daran gehabt, es mehr und mehr genossen. Und dadurch, ja, dadurch …« Agrippa stockte. Der große Gelehrte rang um Worte.

»Ich kann es nicht beweisen, aber ich fürchte, dadurch ist der Marschall selbst zum Teufel geworden.«

»Ihr … Ihr meint, Gilles de Rais ist der Leibhaftige?«, fragte Karl ungläubig. »Das ist doch nicht Euer Ernst!«

»Er war es, er ist es, und doch ist er es nicht«, erwiderte Agrippa.

Karl legte die Stirn in Falten. »Ihr sprecht in Rätseln.«

»Nun, ich gebe zu, es übersteigt unseren menschlichen Verstand, und nicht einmal ich bin mir sicher, ob ich es wirklich begreife oder ob es nicht doch nur ein albernes Ammenmärchen ist. Der Teufel tritt in vielerlei Gestalt auf, in allen Kulturen und Gegenden der Erde. Er ist eins und doch viele, und er ist immer das, was wir am meisten fürchten.«

»Ein Monstrum, das Kinder schändet und tötet«, flüsterte Greta. »Kinder sind unser höchstes Gut.«

Agrippa nickte. »Es könnte sein, dass der Teufel diesen Gilles de Rais wie eine Hülle benutzt hat. Wie ein Kostüm, das man sich überstreift. Vermutlich braucht Satan, um auf der Erde zu wandeln, eine menschliche Gestalt. Zwar ist er dann verletzlich, doch er kann die Menschen verführen. Seit Urzeiten macht er das so, Beschreibungen davon finden sich in den ältesten Schriften, im Talmud der Juden, in Persien, dem alten Babylon und natürlich in der Bibel. Diabolos, nannten ihn die Griechen, den ›Durcheinanderwerfer‹, den großen Chaosstifter. Er sucht sich Menschen, die ihm verfallen sind. Zauberer, Hexenmeister, Dämonenbeschwörer …«

»So wie Gilles de Rais«, sagte Johann leise. »So wie Tonio del Moravia …«

»So wie Tonio del Moravia.« Agrippa wandte sich seinem Freund zu. »Als Gilles de Rais in Nantes am Galgen starb, suchte sich der Teufel womöglich eine neue Hülle. Ich habe mittlerweile ein wenig über diesen Tonio del Moravia in Erfahrung bringen können. Was ich in den alten Schriften herausfand, ist ebenso erstaunlich wie beängstigend. Tonio war wohl ein Spielmann und Zauberer, der in der Gegend von Konstantinopel aufwuchs, noch bevor es die Osmanen eroberten. Er war eigentlich nur einer der vielen reisenden Quacksalber, der sich zudem ein wenig mit babylonischer Hexerei beschäftigt hatte, vermutlich, um die leichtgläubigen Leute zu beeindrucken. Doch dann muss er tiefer in die Materie eingedrungen sein. Möglich, dass Tonio den Teufel mit irgendwelchen alten babylonischen Riten beschwor – und dass dieser ihm wirklich erschien. In Konstantinopel hat man ihm damals den Prozess gemacht, er wurde zum Tod auf dem Scheiterhaufen verurteilt, doch wie durch Zauberhand konnte er entkommen. Seitdem taucht sein Name überall in Europa auf, interessanterweise immer dann, wenn von verschwundenen und getöteten Kindern die Rede ist. Ein übler Geselle und, nun ja …«, Agrippa seufzte, »vielleicht des Teufels neues Gewand. Es scheint, als bräuchte Satan das Blut von unschuldigen Kindern, um auf der Erde wandeln zu können. Nur der Teufel selbst weiß, in wie vielen Hüllen er bereits unter uns Menschen weilte. Tonio del Moravia ist nur eine von vielen, nach ihm werden andere kommen.«

»Augenblick mal.« Karl sah skeptisch in die Runde. »Ich glaube durchaus an den Teufel, ich glaube sogar, dass er in jedem von uns steckt. Aber es ist doch immer der Mensch, von dem das Böse ausgeht! Gilles de Rais war so ein Mensch. Und auch damals in Nürnberg waren es Menschen, die diese armen Kinder umgebracht haben, für irgendein grausiges Ritual. Den echten Teufel habe ich nie gesehen. Warum sollte er auch auf der Erde wandeln? Er verführt die Menschen durch das, was sie bereits in sich tragen, allein durch ihre Triebe und ihre Gedanken. Alles andere sind doch nichts weiter als Schauergeschichten.«

»Den Teufel spürt das Völkchen nie, und wenn er sie am Kragen hätte«, murmelte Johann.

Agrippa hob die Hände. »Wie gesagt, das sind alles nur Theorien. Ich kann es nicht beweisen. Manchmal bete ich, dass ich unrecht habe.«

Von draußen, vor dem Fenster, waren Geräusche zu hören, fernes Schreien, marschierende Schritte, doch niemand achtete darauf.

»Damals in Nürnberg sprach Tonio von einem Kleid«, sagte Johann nachdenklich. »Er meinte, ich sei dieses Kleid.« Er schloss die Augen und versuchte, sich zu erinnern. »*Und wenn der Tag kommt, und das große Tier erwacht, dann gebt ihm ein Kleid.* Das waren seine Worte! Ihr sprecht von einer Hülle. Bin ich …?«

»Die kommende neue Hülle des Teufels?« Agrippa wiegte den Kopf. »Wenn ich ehrlich bin, ich weiß es nicht, werter Freund. Aber Ihr habt selbst gesagt, dass Euch Euer Meister vieles gelehrt hat. Er hat sich einiges von Euch versprochen und muss nun maßlos enttäuscht sein. Aber vielleicht ist es auch etwas ganz anderes.«

»Wenn der Doktor nicht als Hülle dienen sollte«, fragte Greta, »als was war er dann vorgesehen? Was könnte schlimmer sein, als Satan seinen Körper zu geben?«

Agrippa runzelte die Stirn. »Nun, ich denke, noch schlimmer wäre es, wenn der Teufel nicht nur einen Körper hätte. Bislang ist er nur ein einzelner Mensch. Zwar einer, der nicht altert und große Macht besitzt, der aber dennoch verletzlich bleibt. Nichts, was die Welt wirklich aus den Angeln heben könnte.« Agrippa griff nach der erkalteten Pfeife. Er klopfte sie aus, und graue Asche rieselte auf den Tisch.

»Was aber wäre, wenn die ganze Welt nicht mehr Gott gehört, sondern dem Teufel? Was, wenn Tonio mit dem Ritual damals in Nürnberg genau das bezweckte? Ebenjenen Zustand der Welt, den der Apostel Johannes bereits in der Apokalypse verkündete. Und den Tonios dunkle Jünger herbeisehnen. Was, wenn er jetzt wieder versucht, dieses teuflische Reich zu erschaffen?«

Heinrich Cornelius Agrippa von Nettesheim machte eine kurze Pause, bevor er weitersprach. »Seine Jünger erwarten die ewige Herrschaft des Bösen, den Teufel in seiner wahren Gestalt. Lasst uns alle darum beten, dass sie sich irren. Dass ich mich irre. Dass das Tier tief unten in der Hölle bleibt und nicht auf die Erde zurückkehrt und uns als seine Sklaven unterwirft. Die Rückkehr des Tiers ist die Rückkehr des Chaos. Es ist der Geist, der stets verneint.«

Ein berstendes Geräusch ertönte. Johann duckte sich instinktiv und sah aus dem Augenwinkel, wie ein Stein durch die zersplitternde Scheibe flog. Von draußen erklangen wütende Schreie. Etwas Warmes floss über sein Gesicht. Er berührte es und spürte, dass es Blut war.

Die Rückkehr des Tiers …, klang die Stimme Agrippas in ihm nach. *Die ewige Herrschaft des Bösen …*

Dann streckte das große Nichts seine schwarzen Schwingen nach ihm aus.

»Achtung!« Greta tauchte unter den Tisch, als zwei weitere Steine durch das geborstene Fenster in den Raum flogen. Aus dem Augenwinkel sah sie, wie der Doktor zur Seite kippte. War er etwa getroffen? Und was ging dort draußen vor?

Gebückt eilte sie zum Fenster und warf einen vorsichtigen Blick hinaus. Unten vor dem Haus standen etwa zwanzig Männern und Frauen, allesamt einfach gekleidet, in zerschlissenen Gewändern. Manche hielten Knüppel in der Hand, andere brennende Fackeln, ein paar bückten sich eben nach neuen Steinen. An ihrem schwankenden Gang war zu erkennen, dass viele von ihnen wohl betrunken waren, vermutlich kamen sie eben vom Umzug zur Feier des Graoully. Als sie

Greta oben am Fenster sahen, begannen sie, wütend zu gestikulieren und zu rufen.

»Schickt uns den Hexendoktor raus!«, schrie ein breit gebauter, bärtiger Mann, der einen schweren Knüppel schwang. Greta erkannte den Wirt des Gasthauses, in dem sie mit Karl vor Kurzem noch gesessen hatte. »Her mit dem Doktor, oder wir holen ihn uns!«

Einen kurzen Augenblick glaubte sie, dass der Wirt ihren Onkel meinte und sich herumgesprochen hatte, wer Agrippas neuer Adlatus in Wirklichkeit war. Doch dann trat Heinrich Agrippa neben sie ans Fenster, und augenblicklich wurden die Schreie noch lauter, noch zorniger.

»Agrippa, schwarzer Zauberer!«, riefen einige Leute. »Steckst mit der Hexe unter einer Decke!«

»Was redet ihr da?«, fragte Agrippa barsch. Trotz der bedrohlichen Situation schien er keine Angst zu haben. »Ich bin ein von der Stadt berufener Anwalt und kein Zauberer. Was fällt euch Pack denn ein? Schert euch davon, bevor ich nach den Wachen rufe!«

Im Zwielicht des Abends glaubte Greta unter dem Volk einige Wachsoldaten zu sehen. Sie griffen nicht ein, im Gegenteil, sie schienen sogar Teil des wütenden Mobs zu sein. Greta beschloss, Agrippa vorerst nichts davon zu sagen.

»Ihr sorgt als Anwalt dafür, dass die Hexe nicht verbrannt wird, sondern weiter Unheil sät und mordet!«, knurrte der breitschultrige Anführer. »Was hat sie Euch dafür gegeben? Einen Liebestrank, hä? Ein Alraunenmännlein, das Eure Wünsche erfüllt? Spuck's schon aus, Anwalt des Teufels!« Wieder flogen ein paar Steine und Eisklumpen, und Agrippa duckte sich.

»Der Bursche hat mal einen Prozess gegen die Stadt verloren, bei dem ich Anwalt war«, flüsterte Agrippa Greta zu, während sie gebückt unter dem Fenstersims den nächsten Steinhagel abwarteten. »Nun glaubt er wohl, sich auf diese

Weise rächen zu können.« Als draußen wieder ein wenig Ruhe einkehrte, richtete Agrippa sich vorsichtig auf und wandte sich mit lauter Stimme abermals an die Menge.

»Wen soll die Hexe denn ermordet haben?«

»Unsere Kinder!«, zeterte eine jüngere Frau, die in der zweiten Reihe stand, sie hatte Tränen in den Augen. »Meine kleine Marie haben sie tot am Pont des Morts gefunden, gerade eben, mit zerfleischter Kehle. Und zwei andere Kinder aus der Stadt sind spurlos verschwunden, so wie zuvor schon auf dem Land. Das war die Hexe, diese verfluchte Corbin, und Ihr schützt sie auch noch! Gott strafe Euch dafür!«

Greta fluchte leise. Wie zu erwarten war, hatten die Leute das tote Mädchen bereits gefunden und waren schnurstracks hierhergeeilt. Vermutlich stand ein weiterer Mob zur gleichen Zeit vor dem Gefängnis am Place Sainte-Croix und forderte dort mit Steinwürfen, dass die Wachen Josette Corbin herausgaben.

Agrippa hob die Hände. »Wie soll die Hexe denn die Kinder ermorden, wenn sie im Kerker sitzt?«, fragte er spitz.

Die Menschen schwiegen, einige murrten leise. »Sie ist eben eine Hexe!«, schrie ein dürrer alter Mann, der eine Sense schwang und selbst wie der Schnitter Tod aussah. »Hexen können so was. Wahrscheinlich zaubert sie sich für jeden Mord aus dem Gefängnis heraus!«

»Hm, wenn das so ist, dann ist sie jetzt sicher nicht mehr in ihrer Zelle«, entgegnete Agrippa. »Und ich kann auch nicht dafür sorgen, dass sie euch übergeben wird. Dann hat sie sich schon längst weggezaubert, vielleicht ja auf den fernen Blocksberg, wo sie mit den anderen Hexen tanzt.«

So viel Logik war zu viel für die einfachen Leute, die zum größten Teil ungebildete Tagelöhner waren, noch dazu müde und betrunken. Der Furor legte sich ebenso schnell, wie er entstanden war. Schimpfend und murrend standen die Menschen in der Kälte beisammen, gerade wollten die ersten wieder abziehen, als Karl Greta an der Schulter berührte.

»Du musst mir helfen!«, raunte er ihr zu. »Der ... der Doktor ...«

Greta wandte sich um und sah zu ihrem Entsetzen, dass ihr Onkel wild zuckend auf dem Boden lag. Offenbar hatte er einen neuen Anfall. Wie beim letzten Mal rann ihm der Speichel aus dem Mund, seine Arme und Beine wirkten wie erstarrt, nur um im nächsten Moment wild um sich zu schlagen. Dabei gab er lallende Töne von sich, er stöhnte und schrie wie ein Besessener. Neben seinem Herrn kläffte Kleiner Satan, als müsste er die Toten aufwecken.

»Was ist dort oben los?«, wollte der Anführer der Menge jetzt wissen. Er griff erneut zu seinem großen Prügel.

»Ihr habt meinen Jungen aufgeweckt«, entgegnete Agrippa kühl. »Er träumt oft schlecht. Und das ist ja auch nicht weiter verwunderlich bei dem Spektakel, das ihr hier veranstaltet. Jetzt geht wieder nach Hause, morgen ist der nächste Prozesstag, da wird sich alles aufklären. Auch das mit euren Kindern. Ich verspreche euch, wenn die Corbin eine Hexe ist, dann ...«

Wieder ertönte hinter ihm ein klagender, lang gezogener Schrei, gefolgt vom Bellen des Hundes. Greta war derweil zu Faust geeilt und hielt ihn am Boden fest. Doch der Doktor wand sich und zuckte wie ein Fisch auf dem Trockenen. Unten begann die Menge erneut zu murren.

»Wir müssen etwas unternehmen!«, zischte Karl. »Sonst stürmen sie noch das Haus!«

Greta nickte. Sie beugte sich über Faust, nahm seine Hand und murmelte beruhigende Worte.

»Alles wird gut, Onkel«, flüsterte sie. »Du hast nichts zu befürchten.«

Wieder schlug Faust wild um sich und traf Greta am Kopf.

Sie wurde weggeschleudert, unten vor dem Haus begannen die Menschen erneut zu schreien und zetern.

»Hört ihr das? Sie haben den Teufel dort oben!«, rief die jüngere Frau. »Sicher ist es dieser andere Doktor, der ihn eben beschwört. Denkt nur an seinen großen schwarzen Hund, der Kerl ist mit dem Satan im Bunde!«

Wieder flogen Steine und Eisbrocken, jemand rüttelte an der Eingangstür, und Greta hörte, wie Agrippas Frau Elsbeth vor Entsetzen laut aufschrie. Sie war mit dem Jungen im Erdgeschoss und stand vermutlich Todesängste aus. Eine brennende Fackel wurde auf das Hausdach geschleudert, doch sie rutschte über die feuchten Schindeln und fiel auf die Gasse, ohne Schaden anzurichten. Schon erhob einer der Männer in der Menge die nächste Fackel.

In ihrer Verzweiflung warf sich Greta auf Faust und hielt ihn ganz fest, dabei tat sie das, was sie schon im Wasgau getan hatte, sie sprach ein Gebet. Es waren Verse, die ihr einst Onkel Valentin beigebracht hatte und die jetzt wieder zum Vorschein kamen, wie glänzende Muscheln bei Ebbe.

»Herr, von allen Seiten umgibst du mich und hältst ... hältst deine Hand über mir«, murmelte sie, zunächst stockend, dann immer sicherer. »So wäre auch Finsternis nicht finster bei dir, und die Nacht leuchtete wie der Tag. Und Finsternis wie das Licht ...«

Und erneut geschah das Wunder.

Der Doktor beruhigte sich. Mit jedem Wort des uralten Psalms wurde Faust ruhiger, seine hastigen Zuckungen erlahmten nach und nach, bis er schließlich erschöpft in Ohnmacht fiel.

»... und sieh, ob ich auf bösem Wege bin und leite mich auf ewigem Wege«, endete Greta mit zitternder Stimme. »Amen.«

Plötzlich schlug Faust die Augen wieder auf. Es war, als würde er für einen kurzen Moment wieder klar sehen. Er streckte die Hände nach Greta aus und streichelte ihr über das Haar.

»Meine Tochter«, murmelte er so leise, dass nur Greta es hören konnte. »Mein Augenstern, verlass mich nicht. Meine einzige, über alles geliebte Tochter … Bleib bei mir …«

Dann fielen ihm die Augen wieder zu, und diesmal blieben sie geschlossen. Greta saß neben ihm wie erstarrt. Sie konnte nicht fassen, was sie eben gehört hatte. Hatte der Doktor im Fieber geredet, hatte er nur wirres Zeug gesprochen? Und doch ergäbe dadurch vieles, was in den letzten Jahren geschehen war, auf einmal einen Sinn. Es fiel ihr nur unglaublich schwer, diese Vorstellung zu akzeptieren.

Meine Tochter …

Greta war, als setzten sich viele Einzelteile in nur einem Augenblick zu einem Ganzen zusammen. Lautlos, mit bebenden Lippen, wiederholte sie Fausts Worte. Sie veränderten ihre Welt.

Meine Tochter … meine einzige, über alles geliebte Tochter.

»Ihr hört es selbst, mein Junge ist trotz eurer Schreierei wieder eingeschlafen«, wandte sich Heinrich Agrippa an die betrunkene Menge. »Und nun geht heim, bevor ich diesen Vorfall der Stadt melden muss. Wer jetzt geht, hat nichts zu befürchten.«

Mit Nachdruck schloss er den Fensterladen, dann lauschte er aufmerksam. Tatsächlich schienen sich die Leute zurückzuziehen. Nachdenklich musterte Heinrich Agrippa Greta, die noch immer auf Knien über Faust gebeugt war. Sie war schweißgebadet, zitterte wie von einer schweren Arbeit. Doch weder Karl noch Agrippa hatten gehört, was Faust eben leise zu ihr gesagt hatte.

Meine einzige, über alles geliebte Tochter … mein Augenstern.

»Ich muss dir danken, Mädchen«, sagte Agrippa.

Greta hörte ihn kaum. Als sie sich schließlich zu ihm umdrehte, bemerkte sie, dass auch der Gelehrte leicht zitterte, seine gespielte Gelassenheit war verschwunden. »Du hast meine Familie gerettet. Wenn ich es nicht mit eigenen Augen gesehen und mit meinen eigenen Ohren gehört hätte, würde ich es nicht glauben.« Er schüttelte den Kopf. »Du hast Gott angerufen, und er hat uns geholfen! Der Teufel war in Fausts Leib gefahren, doch du hast ihn vertrieben und deinen Onkel gerettet. Es gibt also tatsächlich göttliche Wunder.«

Agrippa wusste nicht, dass es noch ein weiteres Wunder gab, eines, das Greta eben widerfahren war.

Oder war es eher ein Fluch?

* * *

Johann träumte.

Er stand auf einer weiten öden Ebene, über die der Wind pfiff und heulte wie tausend wild gewordene Gespenster. Plötzlich mischte sich ein anderes Geräusch darunter, erst leise, dann immer stärker vernehmbar. Es war das Galoppieren von Pferden. Nun tauchten weit entfernt am Horizont, am Rande der Ebene, drei schwarze Punkte auf, die schnell näher kamen.

Drei Reiter hielten direkt auf Johann zu. Gleichzeitig setzte ein prasselnder Regen ein, der ihn wie mit Geißeln peitschte.

Der eine Reiter war bleich, fast wie geschminkt, und er trug eine rote Kappe mit Hahnenfeder, der zweite Reiter war ein Ritter mit blonden Haaren und einem Gesicht so schön wie ein Engel.

Der dritte Reiter hatte kein Gesicht.

Dort, wo das Gesicht sein sollte, kräuselte sich schwarzer Rauch, Würmer und Schlangen wanden sich statt der Haare. In der rechten Hand hielt er ein langes Schwert, das er nun über den Kopf hob und schwang. Mit einem metallischen Sirren fuhr es hernieder …

Der Teufel ist auf der Erde, und er wandelt unter euch Sterblichen …

Mit einem heiseren Schrei wachte Johann auf.

Agrippa beugte sich eben zu ihm herab und wischte ihm mit einem Lappen den Schweiß von der Stirn. Als er erkannte, dass Johann die Augen geöffnet hatte, lächelte er.

»Willkommen zurück im Reich der Lebenden, mein Freund. Ich dachte schon, Ihr würdet gar nicht mehr aufwachen.«

»Ich … ich hatte einen weiteren Anfall?«, wollte Johann wissen.

Agrippa nickte. »Gerade in dem Augenblick, als der Mob unten vor meinem Haus stand. Aber alles ist gut gegangen.«

»Wie … wie lange habe ich geschlafen?« Johanns Kopf schmerzte, als hätte ihn das Schwert aus seinem Traum wirklich getroffen.

Heinrich Agrippa legte den Kopf schräg und musterte ihn mit dem geübten Blick eines Arztes. »Zwei ganze Tage. Wie fühlt Ihr Euch?«

»*Zwei Tage?*« Johann fuhr auf. »Aber der Prozess …«

»Er hat nicht stattgefunden.« Agrippa drückte ihn wieder auf die Liegestatt zurück. »Ihr habt also nichts verpasst. Nun, jedenfalls nicht den Prozess …«, fügte er bedeutungsschwanger hinzu.

Sie befanden sich in einer Schlafkammer des weitläufigen Anwesens der Familie Agrippa. Ein Feuertopf brannte, Pelze und Teppiche waren auf dem Boden ausgebreitet. Johann lag in einem Himmelbett, in dessen gewundene Pfeiler Figuren geschnitzt waren. Es waren Bilder vom Jüngsten Gericht. Oben am Baldachin flogen die himmlischen Heerscharen, während unten an den Sockeln haarige Teufel den Sündern das Fleisch vom Leib rissen.

Kein Wunder, dass ich schlecht geträumt habe, dachte Johann.

»Was ist mit dem Prozess …«, hob Johann erneut an.

»Wieso …?« Doch in diesem Augenblick betrat Agrippas Frau Elsbeth die Kammer. Auf einem Tablett brachte sie einen Krug mit heißem, dampfendem Gewürzwein sowie eine Schüssel Suppe, die sie beide auf einem kleinen Tisch neben dem Bett abstellte. Aufmunternd lächelte sie dem Kranken zu.

»Ah, du kommst gerade recht, Elsbeth!«, sagte Agrippa. »Unser Patient ist eben aufgewacht und hat sicher Hunger. Äh, sag, ist unser Bub zurück von seinen Spielkameraden?« Johann glaubte, in der Stimme eine gewisse Sorge herauszuhören.

Agrippas Frau nickte. »Schon seit einer guten Stunde, es ist bereits nach Mittag.«

»Dann ist es gut. Lass uns jetzt wieder allein, ich komme gleich zum Essen hinunter.«

Elsbeth Nettesheim schloss leise die Tür, und die beiden Männer schwiegen eine Weile.

»Wie geht es Euch?«, wollte Agrippa schließlich wissen.

»Ich fühle mich, als wäre eine Felslawine über mir niedergegangen«, sagte Johann und streckte sich. »Außerdem bin ich erschöpft wie von einem Fieber. Aber ansonsten geht es mir gut, denke ich.« Sein Gesicht verdüsterte sich. »Das, was Ihr gesagt habt, bevor ich in Ohnmacht fiel … über Gilles de Rais und Tonio …«

Agrippa seufzte. »Ich hatte schon gehofft, Ihr hättet es vergessen. Hört zu, das sind reine Mutmaßungen! Dumme Theorien eines sesselpupsenden Gelehrten, nichts weiter. Ich habe mich da vermutlich in etwas verrannt, manchmal trägt mich die Gedankenflut eben davon. Ihr kennt das sicher auch, nicht wahr?«

Agrippa zwinkerte ihm zu, und doch kam es Johann so vor, als ob sein Freund ihm etwas verheimlichte.

»Natürlich«, murmelte er.

»Warum ist der Prozess ausgefallen?«, fragte er dann nach

einer Weile. »Doch wohl kaum, weil der Adlatus des Anwalts krank geworden ist.«

»Nein, in der Tat.« Agrippa zögerte. »Es haben sich, nun ja … seltsame Dinge ereignet. Noch in der Nacht, nachdem Ihr den Anfall hattet.«

»Was meint Ihr mit seltsamen Dingen?«

»Tja … wo fange ich an?« Heinrich Agrippa stand auf und ging nachdenklich im Zimmer auf und ab. »Als ich am Morgen zum Palais de Treize gehen wollte, kamen einige Wachen zu mir und baten mich, das Haus des Richters Leonard aufzusuchen. Der Richter lag tot in seinem Bett, wohl ein plötzlicher Schlagfluss. Viel erstaunlicher war allerdings der von ihm unterzeichnete Brief, den er wohl unmittelbar vor seinem Tod noch geschrieben hat und der sich auf seinem Nachttisch befand. Darin gesteht Leonard, dass er bestochen wurde und dass an den Vorwürfen gegen die Corbin nichts dran ist. Die Nachbarn haben nachweislich gelogen, und er hat sie protegiert.«

Johann fuhr im Bett hoch. »Das hat er zugegeben und ist dann kurz darauf gestorben?«

»Ja, seltsam, nicht wahr?« Agrippa zuckte die Achseln. »Daraufhin hat die Stadt den Prozess jedenfalls eingestellt und Josette Corbin aus der Haft entlassen. Sie hat schwere Verletzungen durch die Folter davongetragen, aber sie wird wohl wieder genesen. Wegen des toten Mädchens und der verschwundenen Kinder hat man nun ein paar Zigeuner in Verdacht, die die Stadt aber schon wieder verlassen haben.« Er seufzte. »Wir haben gewonnen, alter Freund. Wenn auch nicht so, wie ich mir das gewünscht hätte.«

»Und der Richter ist tatsächlich eines natürlichen Todes gestorben?«, erkundigte sich Johann argwöhnisch.

»Nun, ich als der Arzt, der ihn untersucht hat, konnte jedenfalls nichts Gegenteiliges feststellen. Ein Schlagfluss, wie gesagt, nichts Ungewöhnliches für einen notorischen Säufer.«

Heinrich Agrippa sah Johann fest an, doch für einen kurzen Moment flackerte der Blick des Gelehrten.

»Da ist noch etwas, was ich Euch sagen möchte«, sagte Agrippa hastig. »Ich bin erst gestern darauf gestoßen, aber ich denke, es könnte nützlich für Euch sein.«

»Sprecht«, sagte Johann, der Agrippa nun nicht mehr aus den Augen ließ.

»Es gibt einen Mann, der über ähnliche Symptome klagt wie Ihr«, fuhr Agrippa fort und ließ sich wieder neben dem Bett auf einem Schemel nieder. »Ich habe gestern ein paar alte Briefwechsel durchgesehen, dabei habe ich es entdeckt.« Er schüttelte den Kopf. »Ich hätte schon viel früher daran denken können, aber da war dieser Prozess und …«

»Wer ist dieser Mann?«, fragte Johann ungeduldig. Noch immer schmerzte ihn der Kopf, als hätte ihm jemand einen Hammerschlag versetzt.

»Tja, es ist Leonardo da Vinci.«

»Leonardo …« Johann blieb vor Staunen kurz der Mund offen stehen, er saß nun kerzengerade im Bett. »Ihr … Ihr habt einen Briefwechsel mit Leonardo da Vinci? Und davon habt Ihr mir nie etwas erzählt?«

»Nun, äh, ich führe Korrespondenzen mit vielen großen Männern in Europa«, wand sich Agrippa. »Mit Königen, Gelehrten, Bischöfen …« Er lachte. »Ja, auch mit Euch! Und gelegentlich eben auch mit Leonardo da Vinci. Er ist wirklich ein Genie, bewandert auf vielen Gebieten und hellwach, auch wenn er beileibe nicht mehr der Jüngste ist. Die Malerei ist leider eines der Talente, das mir nicht gegeben ist. Vielleicht sollte ich …«

»Was schreibt Leonardo da Vinci über die Krankheit?«, fuhr Johann dazwischen.

»Nicht viel«, entgegnete Agrippa achselzuckend. »Er berichtete von einem Zittern in der Hand, das er nicht mehr unter Kontrolle bekommt. Außerdem quälen ihn wohl von

Zeit zu Zeit Anfälle, die den Euren gleichen. Lähmungen, verzerrte Gesichtszüge … Auch Leonardo konnte sich zunächst keinen Reim darauf machen. Doch in seinem letzten Brief hat er angedeutet, dass er vielleicht weiß, was dahintersteckt …«

Johanns Herz schlug schneller. »Als ich das letzte Mal von ihm hörte, arbeitete er in Rom für den Papst«, sagte er nachdenklich. »Aber das ist schon eine Weile her. Wo er jetzt ist …«

»Ihr habt recht.« Agrippa räusperte sich. »Er ist seit zwei Jahren nicht mehr in Rom. Der französische König hat ihm wohl ein Angebot gemacht, das er nicht ablehnen konnte. Franz I. hat Leonardo ein Schloss versprochen, wo er seinen Lebensabend genießen kann. Er ist ja nun schon sehr alt und …«

»Wo ist dieses Schloss?«, unterbrach ihn Johann.

»Ha! Ich wusste, dass Ihr danach fragen werdet!« Agrippa lachte leise. »Nun, es ist im Loiretal, westlich von Orleans. Die Stadt heißt Amboise. Eine ausgemacht hübsche Gegend, wohl auch deshalb ist der König oft dort. Es gibt eine Menge prächtiger Schlösser und gute Weine und …«

»Habt Ihr Pferde?«, unterbrach ihn Johann nun mit wachsender Ungeduld. Er spürte, wie seine Kraft zurückkehrte. Die Kraft und auch die Hoffnung. Er hätte schon viel früher darauf kommen müssen! Eigentlich schon in den Tagen, als er die *Figura umana* so eifrig studiert hatte. Leonardo da Vinci war der beste Beobachter des Körpers, jenes wunderlichen Apparats, der sich Mensch nannte. Und nun plagte ihn eine ähnliche Krankheit wie Johann selbst! War es möglich, dass auch dieser berühmte Mann von einem Fluch besessen war? So oder so, Leonardo mochte Beobachtungen angestellt haben. Beobachtungen, die Johann vielleicht helfen konnten.

Noch ist nicht alles verloren!

Heinrich Agrippa musterte ihn neugierig. »Das heißt, Ihr wollt ins Loiretal reisen?«

»Warum nicht? Ich werde jede Chance nutzen, die sich mir bietet, jede! Und wenn ich dazu in die Hölle hinabsteigen müsste.« Johann wollte bereits in sein Hemd schlüpfen, doch Agrippa hielt ihn zurück.

»Vielleicht solltet Ihr das zunächst mit Euren beiden Begleitern besprechen, vor allem mit der jungen Frau.« Agrippa reichte Johann die Schüssel mit der Suppe. »Sie wartet schon seit einer ganzen Weile draußen vor der Tür, offenbar in einer ernsten Angelegenheit. Ich sagte ihr, dass Ihr bald aufwachen werdet.« Er schmunzelte. »Dieses Mädchen ist übrigens eine ganz erstaunliche Person. Keine einfache Gauklerin, beileibe nicht! Wisst Ihr, dass allein ihre Gebete Euch aus der Hölle zurückgeholt haben?«

Johann zuckte zusammen. Eine vage Erinnerung tauchte in seinem Kopf auf. Während seines Anfalls hatte er Greta übers Haar gestreichelt, und er hatte …

Er hatte ihr gesagt, dass sie seine Tochter war! Oder hatte er das nur geträumt?

Mein Augenstern …

Plötzlich war Johann sich sehr sicher, dass er Greta endlich die Wahrheit gesagt hatte. Wie hatte sie wohl reagiert? Immerhin war sie noch geblieben, trotz seiner lebenslangen Lüge, sie wartete vor der Tür. Sein Mund war plötzlich ganz trocken.

»Sie … sie will mit mir sprechen?«, fragte er.

Agrippa lachte. »Warum sollte sie sonst draußen warten? Darf ich sie jetzt hereinbitten?«

»Nein, ich meine … bitte, wartet noch …« Johann trat der Schweiß auf die Stirn. All die verschobenen Versuche, die verdrängten Lügen holten ihn jetzt ein. Keine Prüfung vor der hohen Heidelberger Universität war so schwer wie jene, die ihm jetzt bevorstand.

»Fühlt Ihr Euch wieder schlechter?«, fragte Agrippa besorgt.

»Es … es geht schon«, sagte Johann und ordnete sein Haar »Holt sie herein. Ich glaube, ich muss mit ihr reden.«

Agrippa nickte. »Das glaube ich auch. Ich wollte sie eigentlich auf morgen vertrösten, aber als ich ihr entschlossenes Gesicht sah, wusste ich sofort: Dieses Mädchen hat einen sehr starken Willen, fast so stark wie der Eure.«

Als Greta kurz darauf eintrat, sah Johann sofort, dass seine Ahnung ihn nicht getäuscht hatte: Sie wusste es, es war ihr ins Gesicht geschrieben. Ihre Augen musterten ihn, als würde sie ihn zum ersten Mal seit Jahren richtig sehen. Agrippa hatte sie beide allein gelassen, und so stand Greta nun kerzengerade vor seinem Bett, wie eine Reisende kurz vor dem Abschied. Eine ganze Weile schwiegen sie.

»Ich habe es dir gesagt, nicht wahr?«, durchbrach Johann schließlich die Stille. »Während meines Anfalls. Du weißt, dass ich … dass ich …«

»Dass du mein Vater bist«, vollendete Greta den Satz für ihn. »Selbst jetzt fällt es dir noch schwer, es laut auszusprechen.« Ihre Stimme klang bitter. »Und doch kann ich es kaum glauben.«

»Es ist wahr, Greta«, erwiderte er leise. »Du bist meine Tochter.«

»Und warum hast du all die Jahre nichts gesagt? Warum habt ihr, du und Karl, mich die ganze Zeit über angelogen? All die Jahre! Es ist so … so widerwärtig!« Sie blickte abfällig auf ihn herunter, es war keine Liebe in ihrem Blick. »Eigentlich bin ich nur gekommen, um es aus deinem Mund noch einmal zu hören. Weißt du, wie ich mich fühle? Als wäre mein ganzes bisheriges Leben nicht echt gewesen. Ja, du hast mich meines wahren Lebens beraubt!«

»Es … es gab Gründe«, wich Johann aus.

»Was für Gründe kann es geben, seine Tochter zu verleugnen?« Greta winkte ab. »Ach, ich will sie gar nicht hören.

Vielleicht ist es besser, ich glaube weiterhin daran, dass du nur irgendein fremder Onkel bist, der mich ganz zufällig gerettet hat. Aber vielleicht stimmt auch das nicht, wer weiß? Du bist ein ebenso großer Lügner wie Zauberer.«

»Es stimmt, Greta! Ich bin dein Vater.«

»Dann liefere mir Beweise! Wie kann ich sicher sein, dass du diesmal die Wahrheit sprichst und nicht schon wieder lügst? Dass ich wirklich deine Tochter bin?«

Johann hätte ihr von den Blicken erzählen können, den vielen Gesten, die ihn so sehr an ihn selbst erinnerten, er hätte ihr das große herzförmige Muttermal zeigen können, das er ebenso wie sie auf der rechten Schulter trug, an ihren Hang zur Schwermut … Doch dann fiel ihm etwas ein.

»Du hast meinen Tod gesehen«, sagte er. »Das Böse, das du in meinen Händen gesehen hast, war mein Tod.«

Greta stutzte. »Woher weißt du …?«

»Weil du diese Fähigkeit von mir geerbt hast, Greta! Auch ich kann in den Händen von Menschen deren Tod erkennen, es ist eine furchtbare Gabe. Ich war noch keine achtzehn, als ich sie das erste Mal spürte.«

»So … so war es bei mir auch.« Greta setzte sich auf den Schemel neben dem Bett.

»Es ist ein Pulsieren, richtig? Linien, die zu leuchten beginnen, und dann eine schreckliche Ahnung, die einen wie ein Hammer trifft.«

Johann griff nach ihrer Hand. »Ich habe es vor langer Zeit bei einem geliebten Menschen gesehen, bei Peter, dem Fiedler, dem Anführer unserer kleinen Gauklertruppe. Und auch ich habe damals nicht gewagt, ihm die Wahrheit zu sagen. So wie du nicht gewagt hast, mir davon zu erzählen. Nicht wahr?«

Greta nickte schweigend.

»Glaubst du mir jetzt, Greta? Ich bin dein Vater! Und ich könnte es gut verstehen, wenn du jetzt aus dieser Tür hinausgehen würdest und mich nie mehr wiedersehen wolltest. Aber dann kann ich es auch nicht mehr gutmachen. Nie mehr!«

Greta sah auf. »Wie willst du das, was du getan hast, je wiedergutmachen?«

»Indem ich dir alles erzähle, Greta. Ich verspreche dir, es wird keine Geheimnisse mehr zwischen uns geben!« Die Worte sprudelten aus Johann heraus. Er wusste, dass es besser wäre, wenn sie sich hier in Metz trennten, er war eine Gefahr für Greta, für alle, die mit ihm reisten. Doch er brachte es nicht übers Herz. Greta war alles, was er von ganzem Herzen liebte!

»Ich muss nach Frankreich, den Grund werde ich dir gleich erklären«, fuhr er fort. »Wenn du mich begleitest, werde ich dir alles erzählen. Wir haben eine lange Reise, und wir werden viel Zeit zum Reden haben! Auch über Tonio … und … und über deine Mutter.«

»Über meine Mutter?« Greta blickte ihn düster und mit verschränkten Armen an, sie zögerte sichtlich. Doch in ihren Augen stand auf einmal echtes Interesse, gemischt mit der Angst vor der Wahrheit.

»Nun, dann fang am besten gleich damit an«, sagte sie schließlich.

* * *

Etwa zur gleichen Zeit ging Heinrich Cornelius Agrippa von Nettesheim durch die Flure seines Anwesens hinüber in das Esszimmer. Sein Gesicht war bleich und eingefallen, so als wäre er in den letzten Tagen um Jahre gealtert.

Und vielleicht bin ich das auch, dachte er. *Jeder zahlt seinen Preis.*

Er wusste nicht, was das junge Mädchen von Faust wollte. Doch es hatte ihn große Mühe gekostet, Doktor Faustus gegenüber den Schein zu wahren. Er machte sich nichts vor:

Der Doktor war kein Idiot, sicher würde auch er sich seine Gedanken machen und entsprechende Schlüsse ziehen.

Heinrich Agrippa korrespondierte mit vielen großen Männern in Europa, mit dem König von England, auch mit dem gelehrten Abt und Magiekundigen Johannes Trithemius bis zu dessen Tod, ja, seit Kurzem sogar mit diesem Luther, aber eben nicht mit Leonardo da Vinci. Ein Umstand, der ihn immer ein wenig geärgert hatte, aber der alte Meister schien auf Agrippas gelehrte Einlassungen einfach keinen Wert zu legen. Das war schade, aber sei's drum.

Und ich hoffe, dass er nie herausfindet, was ich getan habe …

Agrippa hatte Faust genau das erzählt, was ihm der Mann mit der roten Kappe und der Hahnenfeder aufgetragen hatte. Noch in der Nacht nach Fausts Anfall hatte es bei Agrippa an der Tür geklopft. Mit dem Mann waren ein eiskalter Wind und der Geruch von Schwefel ins Haus gekommen. Er hatte ihm versprochen, Agrippa werde den Prozess gewinnen, wenn er Faust diese eine Information zukommen lasse.

Es gibt einen Mann, der über ähnliche Symptome klagt wie Ihr. Sein Name ist Leonardo da Vinci …

Heinrich Agrippa hatte keine Ahnung, ob diese Information stimmte und was der Mann damit bezweckte. Er wollte auch nicht wissen, warum Richter Leonard am nächsten Morgen mit gebrochenem Genick im Bett lag und warum seine schreckensstarren Augen so aussahen, als hätte er den Teufel selbst erblickt. Er wusste nur eines: Vor zwei Nächten war das Böse in sein Haus gekommen, er hatte seinen Atem gerochen, und er war heilfroh gewesen, als der Mann sein Haus wieder verlassen hatte.

Alle seine Theorien hatten sich als wahr herausgestellt. Doch anders als sonst empfand der eitle Gelehrte darüber keine Freude. Nun, zumindest hatte er den Prozess gewonnen. Und sein Ruhm würde wachsen, vielleicht würde man in vielen Hundert Jahren noch von ihm reden, als einem der klügsten Männer seiner Zeit.

Wir sind uns ähnlicher, als du denkst, Johann Georg Faustus …

Vor der Tür zum Esszimmer blieb Heinrich Agrippa noch einmal kurz stehen, die Hand bereits auf der Klinke. Er hob die Hand und schnupperte an den Fingern, als könnte er den Schwefel noch immer riechen. Seine Hand hatte noch Stunden geschmerzt wie verbrannt, nachdem er sie dem Mann gereicht hatte.

Wir haben einen Pakt, Heinrich Agrippa. Vergesst das nie …

Er mochte den Doktor Faustus wirklich! Es gab keinen anderen, mit dem er solch interessante Gespräche führen konnte. Und gemeinsam hatten sie eine der Hexerei verdächtigte Frau vor dem Scheiterhaufen gerettet, die ersten Anwälte, denen das gelungen war! Wenn auch mit einer gewissen Mithilfe … Unwillkürlich zuckte Agrippa zusammen, als hätte ihn ein kalter Wind berührt. Plötzlich bekam der Ausdruck Advocatus Diaboli eine völlig neue Bedeutung.

Doch trotz ihrer Ähnlichkeiten gab es einen großen Unterschied zwischen ihm und dem Doktor. Faust hatte keine Familie, er schon.

Und seine Familie war Agrippa heilig.

Der Mann mit der Hahnenfeder hatte ihm sehr deutlich zu verstehen gegeben, wer das nächste Kind sein könnte, das mit zerrissener Kehle unter einer Brücke lag.

Heinrich Agrippa öffnete die Tür und lächelte, als er seine Frau und den kleinen, erst vierjährigen Paul gemeinsam am Tisch sitzen sah. Was nutzte ihm alle Klugheit, alles Wissen der Welt, wenn es keinen gab, den man liebte und der einen liebte?

»Papa!«, krähte der Kleine und streckte die Ärmchen nach ihm aus.

»Lass uns essen, Elsbeth«, sagte Agrippa leise und setzte

sich zu seiner Familie an den Tisch. »Ich habe einen Bärenhunger.«

Als er diesmal die Hände zum Gebet faltete, ließ er seinen Sohn den täglichen Psalm aus dem Alten Testament sprechen. Trotz seiner jungen Jahre trug der Bub ihn mit heller, stockender Stimme vor, und dem großen Gelehrten Heinrich Cornelius Agrippa von Nettesheim standen Tränen in den Augen.

Zweiter Akt

Der Fluss der Könige

6

Die folgenden Tage und Wochen kam es Greta vor, als wäre sie neu geboren. Alles, was sie in den vergangenen Jahren erlebt hatte, erschien ihr plötzlich in neuem Licht. Und wo vorher nur ein schwarzer Fleck gewesen war, breitete sich jetzt ihre Kindheit aus wie ein tiefes, schattiges Tal.

Sie ritt neben dem Mann, der ihr jahrelang Lehrer, Freund und Beschützer gewesen war und sich nun als ihr Vater erwiesen hatte. Zugleich jedoch war er derjenige, der schuld war am Tod ihrer Mutter. Ein Mann, der ihr eigentlich vertraut war und ihr doch fremd erschien, vielleicht sogar noch fremder als je zuvor.

»So viele verpasste Gelegenheiten, bei denen du mir die Wahrheit hättest sagen können«, wandte sie sich an Faust, als sie einmal vorausritten, während Karl sich hinter ihnen hielt. »Oft habe ich in deinen Augen gesehen, dass du mir etwas verschweigst. Ich dachte, es wäre, um mich zu schützen vor … vor schlimmen Dingen, die sich in Nürnberg ereignet hatten.«

»So war es ja auch«, erwiderte Faust. »Du warst vierzehn, Greta! Noch Wochen danach warst du völlig verstört. Karl und ich hielten es für das Beste, deine Erinnerungen nicht aufzuwühlen.«

»Jetzt bin ich zwanzig! Wie lange hättest du noch gewartet? Ich denke, du warst einfach feige.«

Greta gab sich alle Mühe, zu verstehen, warum er ihr die

Wahrheit so lange verschwiegen hatte. Vermutlich hatte er sie wirklich schützen wollen, zumindest am Anfang. Doch sie konnte ihm sein Schweigen nicht vollständig verzeihen, ihm und auch Karl nicht, der die ganze Zeit über Bescheid gewusst hatte. Trotzdem reiste sie nun mit den beiden nach Frankreich.

Sie kannte ihre Gründe für diese Entscheidung genau: Sie tat es, weil Faust ihr Vater war und weil er vielleicht bald starb, weil der Vater alles war, was sie an Familie besaß, und weil Karl ihr einziger Freund war. Und vor allem, weil Faust sein Versprechen einlöste, ihr mehr über ihre Mutter, über ihre Kindheit, über den toten Onkel Valentin und auch über sich selbst zu erzählen. Faust war ein guter Erzähler, immer hob er sich einen Teil der Geschichte für den nächsten Reisetag auf, dann für den übernächsten und so fort …

Ihr gemeinsamer Weg führte stetig nach Westen, auf Frankreich zu, jenes Land, von dem Faust hoffte, dort mehr über seine Krankheit und über den Fluch zu erfahren. Sie waren unterwegs zu einem Mann, von dem auch Greta schon viel gehört hatte. Leonardo da Vinci war sogar noch bekannter als ihr Vater. Karl hatte ihr von Leonardos wenigen Gemälden erzählt, die in ganz Europa gerühmt wurden. Vor allem aber hatte sich Leonardo einen Ruf als Erfinder gemacht, er galt als Universalgenie und war auch bewandert in Medizin und Anatomie, hatte bereits an etlichen Höfen gedient. Es war also gut möglich, dass er etwas über die seltsame Krankheit wusste.

Das viele Tauwasser, das mit dem März von den Bergen herunterkam, machte die Straßen schlammig und gelegentlich unpassierbar, sodass sie Umwege in Kauf nehmen oder auf schmale Wildwechsel ausweichen mussten. Agrippa hatte ihnen schnelle Pferde besorgt und ihnen den Weg ins ferne Loiretal gewiesen. Die Stadt, in der Leonardo wohnte, hieß Amboise, auch ein Schloss des Königs befand sich dort. Da sie immer noch fürchten mussten, dass ihnen jemand folgte, reisten sie unter falschen Namen und in der unscheinbaren Pilgerkleidung, die Greta schon von der Reise nach Metz her kannte. Sie mieden Herbergen und verzichteten damit auf die behagliche Wärme und das verführerisch duftende lothringische Essen.

Mit Faust und Karl saß Greta abends meist auf Waldlichtungen am Lagerfeuer und lauschte den Erzählungen ihres Vaters, während ein von Karl erlegter und mit Wildzwiebeln und Kräutern gefüllter Hase am Bratspieß brutzelte. So vieles gab es, was sie wissen wollte, und Faust erzählte ihr alles. Auch über die schrecklichen Vorkommnisse damals in Nürnberg, als Tonio del Moravia Greta als gerade einmal vierzehnjähriges Mädchen als Lockvogel benutzt hatte, um ihren Vater in die Katakomben zu zwingen. Manchmal, wenn sie in die prasselnden Flammen starrte, tauchten Erinnerungsbilder auf, zunächst nur blass, doch mit jeder neuen Erzählung wurden sie deutlicher.

Ein hoher Raum wie eine Kirche, die an- und abschwellende Litanei der Gläubigen, ein Kreuz, das verkehrt herum hinter dem Altar hängt, auf dem Altar gefesselt und ausgestreckt ein kleines Mädchen.

Ich …

Seit der Begegnung in Metz war Tonio zurück in Gretas Leben gekommen. Und auch wenn sie es sich nur schwer eingestehen konnte, sie wollte mehr erfahren über den Mann mit den schwarzen Augen, die tief wie uralte Krater waren. Jenen Mann, der wie eine blutige Wunde in ihrem Leben klaffte, ebenso wie im Leben ihres Vaters. Greta ahnte, dass Tonio sich bei ihr eingenistet hatte wie ein bohrender Stachel – und dass sie erst wieder ruhig schlafen konnte, wenn dieser Stachel entfernt war.

Und Greta erfuhr alles über ihre Mutter, die blonde Margarethe.

Ihr Vater hatte Margarethe gekannt, seitdem sie Kinder gewesen waren. Doch sein Ehrgeiz und seine Skrupellosigkeit hatten sie beide ins Verderben gerissen. Durch Fausts Schuld war Margarethe in Worms auf dem Scheiterhaufen verbrannt worden, nachdem sie zuvor in den bischöflichen Kerkern Greta auf die Welt gebracht hatte.

»Deine Mutter war mir der liebste Mensch auf Erden«, murmelte Faust und starrte dabei ins Feuer, als könnte er Margarethe dort noch immer sehen. »Ihr Lachen war die Arznei, die mich retten konnte, das einzige Mittel, mich aus meinen ewigen Grübeleien zu reißen. Es war dieses Lachen, das mich so manches Mal beschützt hat.« Er hob den Kopf und lächelte Greta an. »Du bist ihr sehr ähnlich.«

»Dir bin ich wohl auch ähnlich«, bemerkte Greta. »Auch wenn es mir schwerfällt, das einzugestehen.«

»Nun ja, ich habe nicht nur schlechte Seiten«, erwiderte Faust und grinste.

Die Wut auf ihren Vater und auf Karl verrauchte nach und nach, schließlich kannte Greta die beiden schon viel zu lange. Ihr Zorn verging, wenn er auch unterschwellig weiterschwelte. Manchmal war es schon fast wieder so wie früher. Aber eben nur fast.

»Die Gabe, den Tod in den Händen von Menschen zu sehen, diese Gabe, die ich von dir geerbt habe …«, sagte Greta zögerlich. »Sie ist wie ein Fluch, ein beinahe ebenso großer wie der, der dich nun plagt!«

»Und doch muss der Tod nicht unbedingt eintreten. Ich habe es selbst ein paar Mal erlebt. Nicht oft, zugegeben. Aber manchmal bin ich dem jeweiligen Menschen später noch einmal begegnet. Ja, er war gezeichnet, schlimme Dinge hatten sich ereignet, aber er lebte.« Faust nahm ihre Hand, die Bewegung fiel ihm durch die Lähmung, die sich in seinem linken Arm ausbreitete, sichtlich schwer. »Vielleicht ist es bei mir auch so. Wenn es mir nur gelingt, diese verfluchte Krankheit endlich aufzuhalten!« Greta spürte, dass er am ganzen Körper zitterte, wie so oft an den Abenden.

»Um mehr über Eure Krankheit zu erfahren, sollten wir wirklich auf dem schnellsten Weg zu Leonardo da Vinci reisen«, sagte Karl, der etwas abseits am Feuer saß und dort in seinen Aufzeichnungen blätterte. Karl hatte sich in Metz eine dieser neuartigen Brillen zugelegt, wie sie an den Klöstern und Universitäten jetzt immer öfter zu sehen waren. Sie gaben ihm das Aussehen eines gelehrten Adonis.

Greta vermutete, dass es die Liebe zum Doktor war, was Karl daran gehindert hatte, ihr mehr über die Vergangenheit zu verraten. Schon vor ihrer Abreise hatte Greta ihm heftige Vorwürfe gemacht, nun war ihre Beziehung deutlich abgekühlt. Trotzdem war Karl immer noch der einzige Freund, den sie besaß.

»Wobei ich Córdoba immer noch für die bessere Idee gehalten hätte«, fuhr Karl fort. »Es gibt dort ganz hervorragende Ärzte, und Leonardo da Vinci, sosehr ich ihn bewundere, ist eben kein Arzt, sondern Erfinder und Maler.«

»Aber er hat wohl die gleiche Krankheit wie ich«, bemerkte Faust. »Und Agrippa meinte, dass Leonardo etwas über sie weiß. Vielleicht weiß er ja auch etwas …«, er stockte einen Moment, »über den Fluch.«

»Ihr glaubt also weiterhin, dass es sich um einen Fluch handelt?«, fragte Karl skeptisch.

»O ja, das glaube ich.« Faust und Karl hatten dieses Gespräch schon öfter geführt, seit sie Metz verlassen hatten.

Karl legte den Federkiel zur Seite. »Was Agrippa erzählt hat, kann ich immer noch nicht glauben. Tonio ist also der Teufel selbst? Ich meine, wo sind die Beweise? Wenn er wirklich der Teufel ist, warum holt er sich Euch nicht einfach?«

»Auch der Teufel muss uralten Gesetzen folgen«, sagte Faust leise. »Außerdem, von Tonio mal abgesehen, in Frankreich sind wir auch sicher vor den Spürhunden des Papstes.«

»Der wohl glaubt, dass du mit Tonio alias Gilles de Rais unter einer Decke steckst«, ergänzte Greta und starrte ins Feuer, wo blaue Flammen wie Irrlichter tanzten. »Welches Geheimnis könntest du von ihm erfahren haben? Es muss schon etwas sehr Besonderes sein, dass sich sogar der Papst dafür interessiert.«

Karl nickte. »Das ist in der Tat eine spannende Frage.«

»Was immer es auch ist, ich kenne es nicht«, sagte Faust mit düsterer Miene. »Trotzdem, so oder so ist es besser, wenn zwischen uns und Lahnstein samt seinen Schergen so viele Meilen wie möglich liegen.«

Greta zuckte zusammen, als hinter ihnen im stockdunklen Wald ein paar Zweige knackten, etwas schnaubte. Kleiner Satan, der neben ihnen lag und an einem Knochen nagte, spitzte die Ohren. Auch er hatte etwas gehört. Irgendein großes Tier bahnte sich wohl seinen Weg durch das Unterholz, vermutlich ein Hirsch oder ein Eber.

Oder etwas anderes, dachte Greta und rückte noch näher ans Feuer.

So vergingen die Tage und Wochen. Sie ritten durch Nancy, die prächtige Hauptstadt des Herzogtums Lothringen, einen Außenposten des Deutschen Reichs. Schließlich erreichten sie den großen, quirligen Markt von Bar-sur-Aube, eine Stadt in der Grafschaft Champagne, wo blökende Lämmer, Ziegen und Kälber durch die staubigen Gassen getrieben wurden. Ohne es zu merken, hatten sie die Grenze zu Frankreich überquert. Schon länger sprachen die Menschen kein Deutsch mehr, sondern jene weiche poetische Sprache, die Greta bereits von einigen Liedern her kannte und die sich so sehr vom harten Deutsch unterschied. Sie selbst konnte zwar ebenso wie Karl ein paar Brocken, doch die Verständigung war mühsam. Aber bald stellte Greta fest, dass sie offenbar ein Talent für das Erlernen fremder Sprachen hatte. Sie hörte zu, wenn ihr Vater wegen eines Quartiers verhandelte oder Besorgungen in den kleinen Städten entlang ihres Reisewegs machte, und schon bald konnte sie selbst sich zumindest stockend mit den Einheimischen austauschen.

Greta fiel auf, dass ihr Vater immer wieder den Himmel beobachtete. Sobald ein Schwarm Vögel über ihnen kreiste, wurde er merklich unruhig. Es waren vor allem Rabenvögel, die ihn aus irgendeinem Grund zu ängstigen schienen. Doch wenn Greta ihn darauf ansprach, winkte er ab.

»Eine alte Gewohnheit«, sagte er. »Ich habe diese Biester noch nie leiden können.«

Eilig, in Trab und Galopp, durchstreiften sie die grünen Ausläufer des Herzogtums Burgund, jenes einst großen Reiches, das sich in Flecken über halb Europa ausbreitete und seit einigen Jahren zu Frankreich gehörte. Für die Bewohner waren sie dabei stets Pilger auf dem Weg zum Kloster Fontevrault. Das Kloster lag in der Grafschaft Anjou, nicht weit entfernt vom Loiretal, und war eines der größten und bekanntesten Klöster in ganz Frankreich. Es war Fausts Idee gewesen, ihre kleine Gruppe als eine tiefgläubige Metzer Goldschmiedfamilie auftreten zu lassen, ein Vater mit Sohn und jüngerer Tochter. Die Tochter sollte, so ihre gemeinsame Geschichte, als Nonne im Kloster bleiben und damit ein Gelübde der Familie erfüllen.

»Ich finde, die Pilgertracht steht dir«, sagte Karl, der neben Greta ritt. Er zwinkerte ihr zu. In den letzten Wochen hatten sie sich einander nach und nach wieder angenähert. »Wobei ich mir dich nicht so recht als Nonne vorstellen kann. Ein Leben ganz ohne Gaukelspiel, Musik und Farben. Wie traurig!«

Greta schnaubte. Sie trug einen schlichten braunen Wollmantel, dazu einen breitkrempigen Hut, wie er bei Pilgern üblich war. »Das hätte Faust wohl gerne, dass ich im Kloster versauere.« Nur selten nannte sie ihn Vater, das Wort kam ihr nur schwer über die Lippen. »Seitdem er mir gestanden hat, dass ich seine Tochter bin, ist er beinahe noch eifersüchtiger.«

»Du darfst ihm das nicht übel nehmen.« Karl schmunzelte. »Du bist eben sein größter Schatz.«

»Ja, sein Schatz, so komme ich mir vor. Kein Mensch, sondern ein Schatz, den es gilt, mit Krallen und Zähnen zu verteidigen. Wenn er sich da nur nicht täuscht! Davon abgesehen, habe ich zurzeit ohnehin anderes im Kopf als eine französische Liebschaft.«

Greta trat ihrem Pferd in die Seite und galoppierte davon.

In Gien, einem hübschen kleinen Städtchen mit bunten Fachwerkhäusern und einem neu erbauten Schloss, erreichten sie schließlich die Loire. Sie ließen die Pferde auf einer Anhöhe grasen und blickten hinunter auf den breiten Strom, der als glitzerndes grünes Band in der Morgensonne lag. Jetzt im Frühling schien der Fluss noch gewaltiger zu sein als ohnehin schon, in seinen von Gischthäubchen gekrönten Fluten wirbelten Treibholz, Blätter und abgerissene Äste. Er war breiter als die meisten Flüsse, die Greta kannte, fast so breit wie der Rhein.

»Die Loire ist der größte Fluss Frankreichs«, sagte Faust und wies mit der Hand nach Süden. »Sie entspringt in den Tiefen der Berge und mündet hinter Nantes im Atlantik. Manche sagen, die Loire sei die pulsierende Ader des Landes. Auf jeden Fall teilt sie dieses große Reich in den Norden und den Süden, wohl auch deshalb haben sich die französischen Könige im Loiretal immer am wohlsten gefühlt. In dem langen Krieg gegen die Engländer, als Paris sich in den Händen des Feindes befand, haben sie sogar ihren Regierungssitz hierher verlegt.« Er grinste. »Und auch jetzt noch hält sich Franz I. wohl lieber in seinen prächtigen Schlössern an der Loire auf als im stinkenden, schnöden Paris. Er geht viel auf die Jagd.«

»Woher weißt du das alles?«, fragte Greta.

Faust zuckte die Achseln. »Ich lese eben viel, auch diese neuen Flugblätter, die man Zeitungen nennt. Ich gebe zu, es steht viel Unsinn darin, von Erdbeben, Sternenhagel und dem Zorn Gottes. Aber auch das eine oder andere Interessante. Zurzeit dreht sich alles um die Wahl des neuen deutschen Königs, nachdem Maximilian das Zeitliche gesegnet hat. Darüber wollen auch die Franzosen Bescheid wissen, zumal ihr König in diesem Spiel kräftig mitmischt.«

Er ließ den Blick über den breiten Fluss schweifen, der irgendwo hinter den nächsten Hügeln verschwand. »Es gibt im Loiretal eigentlich nur eine Art des Reisens.«

»Und die wäre?«

»Nun, natürlich mit dem Schiff.« Faust zwinkerte ihnen beiden zu. »Und ich weiß auch, wo wir eine solche Schiffspassage bekommen können. So wie ich euch beide kenne, werdet ihr den quirligen Ort lieben. Die Stadt heißt Orleans. *Allez!*«

Er klatschte seinem Pferd auf den Hintern, und gemeinsam mit Kleiner Satan preschte der Gaul den Hügel hinunter, der Straße zu, die nach Westen führte.

* * *

Faust hatte nicht zu viel versprochen, Orleans war tatsächlich eine Stadt ganz nach Gretas Geschmack. Sie war nicht so düster wie Metz, sondern licht und hell, so als leuchtete hier im Süden eine andere Sonne als im kalten grauen Lothringen.

Von Orleans ab war die Loire schiffbar, und so waren am nördlichen Ufer die unterschiedlichsten Boote, Flöße und Schiffe an den Molen festgezurrt. Eine große Brücke mit einer Insel in der Mitte führte über das Wasser. Erstaunt bemerkte Greta, wie einige der Schiffe ihre Masten einklappten, um unter der Brücke hindurchzufahren. Hinter den wehrhaften Stadtmauern waren die Türme eines Doms zu erkennen, der jedoch offensichtlich noch nicht fertig gebaut war. Dort am Ufer, wo die Schiffe vertäut lagen, herrschte ein Getümmel wie auf einem Jahrmarkt. Die Stimmen der Schiffer auf ihren flachen Booten, aber auch die der Tagelöhner, die die Lasten von den Kähnen in die Stadt brachten, klangen bis zu ihnen herüber.

Sie hatten noch in Gien den Fluss überquert, sodass sie sich Orleans nun über die große Brücke näherten. Ein bulliger Torturm diente als Einlass. Er war gezeichnet von Ruß, Einschüssen und Scharten, die wie tiefe Wunden an seinen Mauern zu erkennen waren.

»Im Krieg haben die Engländer mehrmals versucht, Orleans einzunehmen«, erklärte Faust, während sie unter dem Tor hindurchritten. »Die Stadt war ein wichtiger Brückenkopf, um auch den Süden des Reichs unter Kontrolle zu bekommen. Es ist einer einzelnen Frau zu verdanken, dass es den Engländern nicht gelang. Sie hieß Johanna, Tochter des Bauern Jacques Darc, und wird in Frankreich verehrt wie eine Heilige. Die Franzosen nennen sie Jeanne d'Arc.«

Greta erinnerte sich jetzt, dass auf ihrer Reise durch Lothringen und Burgund gelegentlich kleine Tonfiguren am Wegesrand gestanden hatten. Sie hatte sie für Marienstatuetten gehalten, doch in Wirklichkeit waren sie wohl dieser berühmten Johanna gewidmet, die dort in der Nähe geboren war. Auch auf der Brücke, die sie nun passierten, hatten ihr die Menschen ein Denkmal errichtet.

»Was ist mit Johanna geschehen?«, fragte Greta und betrachtete die Statue, die eine kniende Frau mit Rüstung und langen Haaren zeigte. Gemeinsam mit dem französischen König betete sie eine Pietà an.

»Sie hat das gleiche Schicksal erlitten wie deine Mutter«, erwiderte Faust einsilbig. »Die Jungfrau von Orleans wurde auf dem Scheiterhaufen als Ketzerin verbrannt. Von den Engländern, die sie so erst zur Märtyrerin machten.«

Auf der mit Gras und Büschen bewachsenen Insel in der Mitte der Brücke, wo etliche Schafe weideten, befand sich auch ein Hospital für Pilger, das über eine Herberge verfügte. Dort bezogen sie Quartier. Die Zimmer waren einfach, die Kissen gefüllt mit flohverseuchtem Stroh, die Fenster zugig, kein Vergleich zu den Quartieren, die der Doktor sonst bevorzugte. Doch Faust wollte kein Aufsehen erregen, denn es war gut möglich, dass man ihn auch in Frankreich von Erzählungen her kannte. Schnell versorgten sie die Pferde und ließen ihr weniges Gepäck beim Wirt, dann machten sie sich auf in die Stadt. Es war bereits später Nachmittag, aber noch immer erklang vom nördlichen Ufer der Lärm der Schiffer und Fuhrleute.

»Wir brauchen eine Schiffspassage, die uns die Loire hinunter bis nach Amboise bringt«, sagte Faust, während sie über die Brücke dem belebten Hafen zustrebten, der sich zur Rechten hin ausbreitete. »Es ist nicht mehr weit, vielleicht zwei, drei Tagesreisen. Denkt immer daran, wir sind einfache Pilger! Das Ganze darf also nicht allzu viel Geld kosten.«

Kurz darauf hatten sie den Hafen erreicht, wo der festgetretene Lehmboden schlüpfrig war von Fischblut und dem trüben Wasser, das über die Molen schwappte. Es roch nach verschüttetem Wein, Rauch und herben Gewürzen, die aus fernen Ländern kamen. Schwitzende Tagelöhner schleppten Kisten zu den Booten hinüber und wichen dabei übernächtigt aussehenden Rottleuten auf ihren Fuhrwerken aus, die aus dem Norden, teilweise sogar aus Paris angereist waren, um hier ihre Fracht loszuwerden. Die Männer gestikulierten lautstark, manche stritten, es herrschte Lärm und Geschrei wie auf einem Viehmarkt. Unmittelbar an die Stadtmauer gebaut waren etliche Wirtshäuser und Lagerschuppen, in denen sich Fässer, Kisten und Tuchballen stapelten. Obwohl der Atlantik noch viele Meilen entfernt war, kam Greta sich vor wie in einem großen Seehafen.

Nach einer Weile beschlossen sie, sich aufzuteilen und getrennt nach einer Schiffspassage Ausschau zu halten. Schon bald stellte sich heraus, dass dies gar nicht so leicht war. Gerade jetzt im Frühling, nach der langen Winterpause, waren die Boote gut gefüllt mit Fracht, für Reisende war kein Platz, und wenn, dann nur zu sündhaft teuren Preisen. Eben wollten sich Faust und Greta den letzten kleinen Kähnen westlich der Brücke zuwenden, als Karl aufgeregt winkend auf sie zugeeilt kam. An seiner Seite ging ein junger Mann, dessen wallendes feuerrotes Haar aus der Menge hervorstach. Er trug keinen Hut, dafür ein eng geschnittenes Lederwams und ebenso enge lederne Beinlinge, in seinem glatt rasierten Gesicht tummelten sich etliche Sommersprossen. Karl stellte ihn den anderen beiden vor.

»Das ist John Reed, ein Händler aus Schottland, der an der Loire Geschäfte macht. Er wäre bereit, uns bis nach Amboise mitzunehmen.«

»Meinetwegen auch bis ans Ende der Welt, wenn Ihr genug zahlt«, sagte Reed mit breitem Lächeln und zeigte dabei zwei vollständige Reihen weißer Zähne. Er sprach Deutsch mit einem schwach ausgeprägten englischen Akzent. »John Reed, stets zu Diensten. Reed wie rot, ich denke, Ihr seht selbst, weshalb man mich so nennt.«

»Wir haben nicht sehr viel Geld«, erwiderte Faust, ohne auf Reeds Geplauder einzugehen. »Bis nach Amboise reicht uns vollauf. Wie viel verlangt Ihr?«

»Euer Begleiter meinte, Ihr kommt aus Metz und seid zum Kloster Fontevrault unterwegs?«, fragte der junge Händler. »Was wollt Ihr dann in Amboise? Besser wäre es, nach Tours oder gleich weiter nach Angers zu fahren. Ich könnte Euch …«

»Das lasst nur unsere Sorge sein«, bemerkte Faust knapp.

John Reed musterte die Reisenden neugierig, insbesondere Greta. Ihr fiel auf, dass der junge Mann mit den wachen, spitzbübischen Augen äußerst athletisch gebaut war, was durch das enge Wams noch betont wurde. Dabei war er nicht groß, sondern eher klein und drahtig. An seinem Gürtel hing ein langes Messer, fast von der Größe eines Kurzschwerts.

»Meine erwachsenen Kinder und ich sind auf einer Pilgerreise«, erklärte Faust, der wohl merkte, dass es einer ausführlicheren Erklärung bedurfte, mit würdevoller Miene. »Meine liebe Frau, Gott hab sie selig, ist vor einigen Monaten in Metz gestorben. Sie bat uns, in Fontevrault am Grab der gelehrten Eleonora von Aquitanien Abbitte für ihre und unsere Sünden zu leisten. Vorher besuchen wir noch Verwandte in Amboise. Meine Tochter wird dann als Nonne im Kloster bleiben.«

»Wie überaus schade«, sagte John Reed, und sein Blick streifte erneut Greta. Er grinste, und ihr fiel auf, dass seine Nase leicht schief war, vermutlich von einer alten Verletzung. »Da entgeht der Welt und vor allem den Männern ein echtes Kleinod. Nun, vielleicht findet Ihr ja in Amboise am Schloss des Königs noch einen betuchten Grafen, den Ihr mit dieser Schönheit verloben könnt, bevor sich die Klostertore für immer hinter ihr schließen.«

Greta spürte, wie sie errötete, und verfluchte sich gleichzeitig dafür. Der Kerl hatte so eine ganz bestimmte charmante Selbstgefälligkeit, die ihr an Männern immer missfiel, die sie aber gleichzeitig anzog. Außerdem musste sie zugeben, dass er durchaus ansehnlich war, wenn auch nicht im klassischen Sinne hübsch, die roten Haare und die leicht schiefe Nase gaben ihm etwas Verwegenes. Nun wurde ihr auch klar, warum Karl so aufgeregt gewesen war. Der junge Mann schien auch ihm zu gefallen.

»Ich kann Euch vierzehn Livre für die Fahrt bezahlen«, sagte Faust, wobei er die Schmeicheleien gegenüber seiner Tochter ignorierte. »Vier für jeden von uns und zwei für die Verpflegung des Hundes. Es ist ein ziemlich großer Hund, wie Ihr seht.«

»Verflucht groß …« John Reed kratzte sich den roten Lockenkopf und betrachtete dabei Kleiner Satan, der sich eben in aller Ruhe das Gemächt leckte. »Vierzehn Livre sind wahrlich nicht viel, wenn man bedenkt, dass ich dafür einträgliche Fracht in Orleans lassen muss. *Bloody hell*, was soll's!« Er zwinkerte Greta zu und machte einen Diener. »Euer reizender Anblick wird mich dafür entlohnen.«

»Schaut lieber nach vorne auf den Fluss, bevor wir noch Schiffbruch erleiden«, entgegnete sie kühl. Der Bursche ging ihr jetzt schon auf die Nerven. Wie sollte das erst auf der gemeinsamen Schifffahrt werden? Dummerweise schien ihm das egal zu sein.

»Nun denn, wie auch immer«, entgegnete er weiter lächelnd. »Wir sehen uns dann morgen früh bei Sonnenaufgang am Hafen. Mein Boot liegt in der Nähe der Brücke. Die *Étoile de Mer*, Ihr werdet sie nicht verfehlen.« Reed hielt die Hand auf. »Die Hälfte zahlt Ihr jetzt, die andere Hälfte, wenn wir in Amboise ankommen.«

»Ihr bekommt die erste Hälfte morgen auf dem Schiff, keine Stunde früher«, erwiderte Faust. »Ich mag eine Landratte sein, aber ich bin nicht dumm. Und nun gehabt Euch wohl, Master Reed. Wir werden uns jetzt zum Gebet zurückziehen.«

»Natürlich, zum Gebet.« John Reed grinste erneut. »Dann schließt nur auch den heiligen Nepomuk mit ein, den Schutzpatron der Schiffer und Flößer, damit uns auf der Reise keine Unbill erwartet. *God bless you!*«

Aus irgendeinem Grunde hatte Greta das Gefühl, dass ihnen der junge Händler die Geschichte mit der Wallfahrt nicht ganz abnahm. Aber bevor sie ihn noch ein weiteres Mal mustern konnte, war er mit einer letzten Verbeugung in der Menge verschwunden.

Am Abend saßen Karl Wagner und Faust in einem der Wirtshäuser unten am Hafen, tief über ein Schachbrett gebeugt.

Greta war derweil unterwegs, um sich die Stadt anzusehen. Ihr Vater war darüber nicht eben glücklich gewesen, aber er hatte einsehen müssen, dass er ihr nichts mehr befehlen konnte. Also hatte er sich brummend von ihr verabschiedet und sie nur gebeten, nicht allzu spät zurückzukommen.

Orleans war eine große, belebte Stadt, Karl konnte durchaus verstehen, dass Greta einmal andere Leute als ihn und ihren eifersüchtigen Vater sehen wollte. In Nachhinein schalt er sich selbst dafür, dass er Greta die Wahrheit so lange verschwiegen hatte. Es tat ihm weh, dass sich Greta von ihm entfernt hatte, aber er hoffte darauf, dass die Zeit die Wunden heilte.

Er selbst hatte die Reise von Metz nach Frankreich durchaus genossen, was vor allem daran lag, dass die Aussicht bestand, dem großen Leonardo da Vinci persönlich einen Besuch abzustatten. Karl hatte bereits einige Gemälde des großen Meisters bewundern dürfen, darunter ein Wandgemälde in einem Kloster in Mailand, welches das Abendmahl Christi und seiner Jünger darstellte. Karl verehrte Leonardos Technik, vor allem die Art, wie er Licht erzeugte, so als könnte er die Sonne vom Himmel holen. Ob Leonardos Fähigkeiten als Mediziner ebenso groß waren, wagte Karl jedoch zu bezweifeln.

Mittlerweile war die Sonne untergegangen, auf den Tischen im Gastraum standen nach Tran stinkende Kerzen. Faust und Karl hatten sich etwas abseits niedergelassen, wo sie von den übrigen Gästen nicht gestört wurden. Dafür sorgte natürlich auch der große schwarze Wolfshund, der unter dem Tisch an einem Schinkenknochen nagte.

Faust liebte das Schachspiel, und auch Karl hatte über die Jahre daran Gefallen gefunden. Mittlerweile gewann er sogar hin und wieder, was beim Doktor jedes Mal zu heftigem Stirnrunzeln und Lamentieren führte. Es machte Karl stolz, wenn er Faust in einem Spiel bezwang, das als das Spiel des kühlen

Intellekts galt, das Spiel der Könige. Zudem fühlte er sich dem Doktor in diesen Momenten so nah wie sonst nie, es war wie ein Liebesspiel, das mit Figuren statt mit Küssen ausgetragen wurde – die einzige Leidenschaft, die Faust zwischen ihnen beiden zuließ. Im Schach und in ihren wissenschaftlichen Gesprächen, auch über die Anatomie und Leonardos *Figura umana*, fanden diese beiden ungleichen Charaktere zusammen.

»Schach«, sagte Karl und schob einen seiner Läufer nach vorne. Faust schmunzelte, als hätte er diesen Zug bereits geahnt. Er rückte seinen Bauern ein Feld vor, was Karl erneut ins Grübeln brachte. Mit diesem Zug hatte er nicht gerechnet, der Bauer stand völlig ungedeckt. Er rückte seine Brille zurecht und beugte sich über das Schachbrett.

»Dieser Reed«, unterbrach Faust nach einer Weile Karls Konzentration. »Was hältst du von ihm?«

»Was …?« Karl schreckte auf. »Nun, ich denke, er ist ein hübscher, aufgeweckter Bursche, vielleicht ein wenig vorlaut, aber …«

Ungeduldig winkte Faust ab. »Was du von ihm hältst, möchte ich wissen, nicht, ob du mit ihm ins Bett willst. Ich habe doch gesehen, dass dir der Kerl gefällt. Mach nur keine Dummheiten!« Er dämpfte die Stimme. »Wie oft muss ich dir noch sagen, dass deine Eskapaden uns noch mal ins Verderben führen! Vergiss nicht, Sodomiten fristen ihr Dasein im siebten Kreis von Dantes Hölle, zusammen mit den Ketzern und Wucherern.«

»Das müsst Ihr mir nicht sagen«, entgegnete Karl, getroffen von Fausts ätzendem Spott, der immer wieder zum Vorschein kam. »Ich kenne die Bamberger Halsgerichtsordnung ebenso gut wie Ihr. Und auch Dantes *Inferno*.«

»Es tut mir leid, ich wollte nicht grob sein.« Faust seufzte. Er spielte gedankenverloren mit einer der bereits geschlagenen Schachfiguren. »Ich meinte, ob du diesen Reed für vertrauenswürdig hältst?«

Karl zuckte die Achseln. »Warum nicht? Er ist ein schottischer Händler, der ein wenig dazuverdienen will.«

»Ein schottischer Händler, der auffallend gut Deutsch spricht«, entgegnete Faust grimmig. »Die Summe, die ich ihm geboten habe, ist lachhaft niedrig. Trotzdem hat er nicht gehandelt, nicht ein bisschen! Er hat sofort zugesagt.«

»Vielleicht, weil ihm Greta gut gefällt?«, warf Karl ein. »Man hat ja sofort gesehen, dass er sich für sie interessiert …« Er hoffte, dass Faust nicht den wehmütigen Klang in seiner Stimme hörte. Es war nicht das erste Mal, dass Karl ein Auge auf junge Männer geworfen hatte, die sich dann ausschließlich um Greta kümmerten.

»Wie hast du ihn am Hafen kennengelernt?«, wollte Faust wissen.

»Er … er … nun, er kam auf mich zu und …« Karl zögerte. Erst jetzt wurde ihm bewusst, dass nicht er es gewesen war, der Reed angesprochen hatte, sondern andersherum. John Reed hatte *ihn* gefragt, ob er vielleicht eine Schiffspassage suche. Das Lächeln des jungen hübschen Mannes hatte Karl sofort für ihn eingenommen.

Faust deutete sein Zögern richtig.

»Ich denke, wir sollten zumindest vorsichtig sein«, sagte er und starrte dabei auf das Schachbrett, als wäre ihr weiterer Weg dort aufgezeichnet. »Wer sagt uns, dass Tonio uns nicht bis nach Orleans gefolgt ist?«

»Ihr … Ihr meint, John könnte in Wirklichkeit Tonio sein?«, fragte Karl verblüfft. »Dann wäre er wirklich gut verkleidet. Bedenkt doch, Reed ist viel jünger, er hat feuerrote Haare und …«

»Und macht meiner Tochter schöne Augen.« Faust lachte leise. »Du hast recht, ich sehe schon Gespenster. Vermutlich bin ich nur eifersüchtig. Trotzdem …« Er wurde augenblicklich wieder ernst. »Hat der französische Gesandte vielleicht ausgesehen wie der Tonio, den du in Nürnberg kennengelernt hast? Vielleicht hat er ja schon wieder seine Gestalt gewechselt, außerdem ist er ein Meister der Maskerade. Ich weiß genau, wovon ich rede«, fügte er düster hinzu.

Karl schwieg. Mittlerweile war er sich nicht mehr sicher, ob die Gestalt in Metz wirklich der französische Gesandte Louis Cifre gewesen war. Überhaupt kam ihm dieses ganze Gerede vom Teufel und seinen Masken so fantastisch vor, dabei war er doch im Grunde seines Herzens Wissenschaftler. Neue Zeiten brachen an, das hier war das dunkle Mittelalter!

»Habt Ihr Euch schon mal überlegt, ob all diese Geschichten nicht auch eine Ausgeburt Eurer eigenen Ängste sein könnten?«, entgegnete Karl schließlich und machte dabei seinen nächsten Zug. »Euch plagt eine furchtbare Krankheit, Ihr sucht einen Schuldigen, das ist verständlich. Und nun habt Ihr dafür den Teufel gefunden. Was aber, wenn es wirklich nur eine Krankheit ist? Bislang gibt es keinen Beweis, dass Tonio uns folgt, und schon gar nicht, dass er für alles verantwortlich ist. Keinen einzigen!«

»Er ist es«, brummte Faust.

»Und die Beweise? Wo sind die Beweise?«, wiederholte Karl. »Wir sollten uns eher Gedanken machen, warum der Papst hinter Euch her ist. Das ist eine echte Gefahr, nicht irgendwelche Schauergeschichten über den Teufel!« Er schüttelte den Kopf. Er konnte immer noch nicht verstehen, wie sein Herr, der sonst der vernünftigste Mensch der Welt war, sich so im Okkulten verlieren konnte.

»Was für einen Grund sollte Tonio haben, uns zu folgen?«, hakte Karl nun besänftigend nach. »Gut, nehmen wir mal an, er hat Euch wirklich diesen Fluch geschickt, vielleicht als Erinnerung an Euren Pakt. Warum sollte er dann jetzt hinter Euch herschnüffeln wie ein Hund? Das ergibt doch keinen Sinn.«

»Weil er nicht hinter mir her ist, sondern hinter *ihr*.« Faust schob seine weiße Dame einige Felder nach vorne, ganz in die Nähe des schwarzen Königs. »Hinter Greta! Damals in Nürnberg hat Tonio mir gesagt, dass er das Ritual auch mit ihr durchführen könnte. Er würde ein Kind mit ihr zeugen. Ein Kind des Teufels …«

»Das ist doch nicht Euer Ernst!«, protestierte Karl.

»Wer mit dem Teufel tanzt, muss auf alles gefasst sein«, sagte Faust. »Ich habe die Vögel am Himmel beobachtet. Auch früher schon hat Tonio seine Vögel als Beobachter ausgeschickt, zwei Krähen und einen alten Raben.« Sein Blick ging ins Leere. »Ich glaube, ich habe sie wiedergesehen. Wo die Vögel sind, ist Tonio nicht weit. Und jetzt mach deinen nächsten Zug.«

Ohne recht nachzudenken, schob Karl seinen Turm auf eine neue Position. Er hatte anderes im Kopf als Schach. Der Doktor entglitt ihm, er lebte mehr und mehr in seiner eigenen Welt – und das tat Karl unendlich weh. In seinen Ängsten war Faust für ihn nicht mehr erreichbar. Dabei hätte sich Karl so gern um ihn gekümmert.

»Ich habe mich vorhin mit ein paar Leuten unterhalten, auch über den großen Krieg, der hier vor hundert Jahren stattgefunden hat«, sagte Faust, ohne den Blick vom Schachbrett zu heben. »Der Krieg ist in dieser Gegend immer noch ein Thema, vor allem natürlich diese Jeanne d'Arc. Wusstest du, dass Gilles de Rais genau zu dieser Zeit Marschall von Frankreich war? Er begleitete Johanna, als sie gegen die Engländer zog, er war ihr bester Mann.«

Karl stutzte. »Gilles de Rais und diese Märtyrerin kannten sich?«

»O ja, und mehr als das! Agrippa hat mir die alten Akten gezeigt. Der Unhold war immer an ihrer Seite, auch später noch in den Schlachten von Jargeau und Patay. Ihr treuer Vasall und Leibwächter. Es gab damals Leute, die behaupteten, die beiden seien ein Paar. Gilles war Johanna zumindest treu ergeben, bis zu dem Tag, als man sie in Rouen auf dem Scheiterhaufen verbrannte.«

»Der Teufel und die Heilige.« Karl schüttelte den Kopf. »Die Wirklichkeit ist manchmal bizarrer als jedes Ammenmärchen. Ich bin nur froh …«

Er stockte, als er bemerkte, dass der Doktor zitterte. Fausts linke Hand hob sich einen Fingerbreit über den Tisch, offenbar versuchte er verzweifelt, eine der Figuren zu erreichen. Doch es gelang ihm nicht. Sein Arm war steif wie ein Brett.

»Euer Arm, er ist gelähmt!«, rief Karl erschrocken aus, so laut, dass andere Gäste kurz zu ihnen herübersahen.

»Verflucht!«, zischte Faust und ließ die Hand wieder sinken. Schweiß stand ihm auf der Stirn. »Ja, in Gottes Namen, ich habe eine Lähmung! Schon seit einigen Wochen im linken Arm, sie kommt und geht. Am Abend ist es meist schlimmer. Greta hat sie längst bemerkt …«

Er schwieg, und Karl wusste, was sie beide dachten. Wenn die Lähmung weiter voranschritt, würde der Doktor irgendwann nur noch eine steife Puppe sein.

»Nun, das spornt uns nur an, schneller zu reisen«, keuchte Faust. Er lehnte sich zurück, sein Gesicht war kalkweiß. »Bestell mir Wein.«

»Ich denke, Ihr solltet nicht …«

»Bestell mir Wein, hab ich gesagt! Wenn ich schon nicht Schach spielen kann, dann will ich wenigstens saufen.«

Eben wollte Karl aufstehen und dem Wirt winken, als er eine Bewegung hinter dem Fenster wahrnahm.

Es war Greta, die ihr entsetztes Gesicht an die Scheibe presste und wild dagegenklopfte. Sie sah aus, als hätte sie ein Gespenst gesehen.

* * *

Zwei Stunden zuvor hatte sich Greta zum ersten Mal seit Langem wieder frei gefühlt.

Nachdem sie sich von Karl und ihrem Vater verabschiedet hatte, war sie zunächst durch die Gassen von Orleans gebummelt, über kleine belebte Plätze, vorbei an den vielen Wirtshäusern und den bunt gestrichenen Fachwerkhäusern, aus deren geöffneten Fenstern das Leben dröhnte. Sie trank ein, zwei Gläser Wein, ließ sich treiben und schnappte das eine oder andere französische Gespräch auf. Ihr Vater hatte recht gehabt. Mittlerweile hatte sich auch in Frankreich herumgesprochen, dass der deutsche Kaiser gestorben war. Der französische König hatte eigens einen seiner vielen Jagdausflüge unterbrochen, um sich mit seinem Hof zu besprechen, immerhin wurde er als möglicher neuer deutscher König gehandelt. Offenbar hatte Franz I. bereits einen Haufen Geld bezahlt, um die deutschen Kurfürsten, die den König wählten, zu bestechen. Geld, das in Frankreich fehlte – nicht wenige Bürger murrten deshalb.

Vieles, was in den Wirtshäusern besprochen wurde, konnte Greta nicht ganz verstehen, sie wollte auch nicht zu auffällig lauschen. Auch vermied sie es, sich in irgendein Techtelmechtel verwickeln zu lassen. Eigentlich hatte Faust ja verlangt, sie solle Kleiner Satan mitnehmen, doch das hatte sie abgelehnt. Mit dem riesigen schwarzen Wolfshund an ihrer Seite wäre sie stets im Mittelpunkt der Aufmerksamkeit, und das wollte sie nicht.

Als die Stadttore schlossen, verspürte sie Lust, noch ein wenig am Hafen entlangzuschlendern. Die Sonne ging soeben unter und spiegelte sich rötlich auf den Wellen der Loire. Verträumt betrachtete Greta den mächtigen Strom, der an dieser Stelle fast dreihundert Schritt breit war. Auch jetzt zogen noch Schiffe und kleinere Barken vorüber. Einige der jungen Matrosen warfen ihr anzügliche Blicke zu, ein oder zwei pfiffen ihr sogar nach, doch Greta hatte nur ein schmales Lächeln für sie übrig. Die meisten dieser Burschen waren jünger als sie selbst, taten aber bereits so, als wären sie richtige Kerle. Es war immer das Gleiche mit den Männern – entweder sie waren noch grün hinter den Ohren, oder sie waren alt und fett und bildeten sich Gott weiß was auf ihre prall gefüllten Börsen ein. Vermutlich gab es den richtigen Mann für sie gar nicht. Unwillkürlich dachte Greta an Elsbeth, die freundliche, mit sich zufriedene Ehefrau Agrippas, und an ihren Sohn. Ob sie je selbst eine Familie gründen würde? Ein kleiner Stich fuhr Greta durchs Herz.

Vielleicht bin ich meinem Vater ja gar nicht so unähnlich, dachte sie, während sie den Hafen allmählich hinter sich ließ. *Ich werde immer allein bleiben.*

So in Gedanken versunken war Greta, dass sie gar nicht merkte, wie die Häuser immer weniger wurden. Die Rufe der Bootsleute wurden leiser, die Molen endeten. Kurz hinter der Stadt ging das schlammige Ufer in Marschland über, Schilf und braune Rohrkolben standen mannshoch im Wasser, ein paar aufgeschreckte Reiher stiegen auf. Die Abenddämmerung senkte sich über den Fluss und verwandelte das satte Grün der Fluten erst in Grau und schließlich in Schwarz.

Greta wollte gerade umkehren, als sie zwischen den Schilfgräsern eine Bewegung wahrnahm. Kurz blitzte dort etwas Rotes auf, dann waren huschende Schritte im Schilf zu hören. Sie zuckte zusammen, doch dann entspannte sie sich wieder. Sicher war es nur dieser John Reed mit seinen feuerroten Haaren, der ihr nachspionierte. Vermutlich glaubte er, dass seine kecke Art und ein paar Sprüche ausreichten, um sie hier im Schilf abzufangen und zu vernaschen. Aber da hatte er die Rechnung ohne sie gemacht! Der freche Kerl wäre beileibe nicht der Erste, der sich bei ihr eine blutige Nase holte.

»Nun komm schon raus, du Feigling!«, rief sie und stemmte die Hände in die Hüften. »Ich weiß, dass du es bist, John Rotschopf. Hat dir mein Vater nicht gesagt, dass ich ins Kloster gehe? Also bemüh dich nicht. Aber wenn du willst, kannst du ja gerne mit mir den Rosenkranz beten!«, fügte sie spöttisch hinzu.

Nichts geschah. Im Schilf knisterte und raschelte es ganz in ihrer Nähe, die braunen Kolben wiegten sich im Wind.

Im gleichen Moment fiel Greta auf, dass überhaupt kein Wind wehte. Die Kolben bewegten sich, weil jemand im Schilf unterwegs war, einer oder sogar mehrere! Nun wurde sie doch unruhig. Sie griff nach ihrem Messer und sah sich nach allen Seiten hin um.

»Wenn du glaubst, du kannst mir Angst einjagen, dann hast du dich getäuscht!«, rief sie in die Dunkelheit hinein. »Alles, was du dir bei mir holst, sind ein paar Ohrfeigen.«

Wieder herrschte Schweigen. Nur von fern wehten noch die Geräusche des Hafens zu ihr herüber. Leises Gelächter, Rufe und auch der ferne Klang eines Liedes. Jemand spielte eine Melodie auf einer Flöte. Greta kannte das Lied, und sie wunderte sich, dass es in einem Wirtshaus gespielt wurde. Es war ein altes vertrautes Kinderlied.

Suse, liebe Suse, was raschelt im Stroh …

Greta lauschte. Kam die Melodie überhaupt vom Hafen her? Sie war so leise, nur ein feiner Flötenton, gespielt auf einem Weidenpfeiflein, wie es die Schäferbuben manchmal benutzten. Und plötzlich war sie sich sicher, dass die Melodie gar nicht vom Hafen her erklang.

Sondern aus dem Schilf.

Suse, liebe Suse, was …?

Von einem Augenblick auf den anderen brach die Melodie ab, beinahe so, als hätte man dem Flötenspieler die Kehle durchgeschnitten. Greta sah sich um und lauschte erneut. Da! Nicht weit entfernt war wieder etwas Rotes zu erkennen. Ja, es musste ein Haarschopf sein, der dort aus dem Schilf hervorstach! Doch gleich darauf war er wieder verschwunden. Die Kolben wogten, dabei ertönte ein Sausen, Sirren und Rauschen, als würde von irgendwoher ein Sturm aufziehen.

Mit einem Mal war Greta sich nicht mehr sicher, ob dort im Schilf wirklich John Reed hockte oder etwas …

… anderes.

Greta begann zu rennen. Sie lief den schmalen Trampelpfad zurück, den sie hergekommen war. Vor ihr waren bereits die ersten Lichter des Hafens zu sehen, nur etwa hundert Schritt entfernt, trotzdem kamen ihr die Lichter unendlich weit weg vor. Links und rechts rauschten und wisperten die Kolben im Schilf, fast so, als würden sie mit ihr sprechen.

Greta … Greta … Verlasssss unsssss nicht … Verlasssss … unsssssss nicht …

Während sie panisch weiterrannte, wurde ihr mit einem Mal bewusst: Die Kolben bewegten sich mit ihr! Irgendetwas, irgendjemand lief neben ihr her, ganz nah, verborgen im Schilf.

Verlassssss unssssss nicht …

Sie rannte schneller, stolperte über eine Wurzel, fing sich wieder und hetzte weiter.

Das Schilf rauschte, flüsterte und wisperte.

Verlassssss unsssss nicht …

Außerdem war nun auch ein anderes Geräusch ganz in der Nähe zu hören.

Ein Keuchen.

Greta rannte, als wäre der Teufel hinter ihr her. Schilf schlug ihr ins Gesicht, ganz plötzlich spürte sie Kies unter den Füßen, dann das rutschige Holz der Bohlen. Sie hatte die Hafenmolen erreicht! Trotzdem blieb sie nicht stehen, sondern rannte, rannte, rannte, bis das erste erleuchtete Wirtshaus vor ihr auftauchte. Nun erst hielt sie inne, beugte sich vor und rang um Atem. Das Herz schlug ihr bis zum Hals, es klopfte fast lauter als der Lärm, der aus der Wirtsstube drang. Noch einmal blickte sie zurück zum Schilf, das nun ganz schwarz war und sich als zackiger Scherenschnitt vor der dunklen Nacht abzeichnete. Kurz kam es ihr so vor, als würden die Kolben immer noch hin und her schwanken, wie im Sturm, wie winkende Hände.

Lebe wohl, Greta …

Greta schüttelte sich. Was war nur mit ihr los gewesen? Sie war doch sonst nicht so ängstlich. Was aber, wenn …

Eine Hand packte sie an der Schulter. Greta schrie auf.

»Kann ich dir helfen? Du siehst aus, als hättest du einen Geist gesehen.«

Sie drehte sich um und starrte in das Gesicht von John Reed. Sein rotes Haar wurde erleuchtet von der flackernden Laterne über der Wirtshaustür, sodass es aussah wie Feuer. Er musste soeben aus einer der schmalen Nebengassen herausgetreten sein.

Oder er war ganz nahe hinter ihr gewesen.

Gretas Hand wanderte zu dem Dolch an ihrer Seite.

»Danke, ich komme schon allein zurecht«, sagte sie und sah sich dabei vorsichtig um. Einige lachende Männer gingen an ihnen vorüber und warfen ihr Blicke zu. Im Gegensatz zu vorhin war sie froh um die Kerle, so war sie mit dem unheimlichen Schotten wenigstens nicht allein.

Johns Gesicht verdüsterte sich. »Mädchen, ich weiß ja nicht, was du von mir hältst. Aber eins lass dir sagen: Ich bin keiner von den Burschen, die sich eine Frau nehmen wie eine Kuh oder ein Schaf.« Er schnitt eine Grimasse. »Und so hübsch bist du auch wieder nicht. Bild dir bloß nichts ein, Prinzessin!« Er sah das Messer in ihrer Hand und runzelte die Stirn. »Mein Gott, wie misstrauisch bist du bloß? Da kann ich ja froh sein, dass du mich nicht gleich abgestochen hast wie einen dahergelaufenen Straßenräuber.«

Neben ihnen öffnete sich die Tür zum Wirtshaus, und ein junger, sichtlich angetrunkener Mann steckte neugierig den Kopf heraus. Als er John zusammen mit Greta sah, grinste er.

»Ah, deshalb kommst du gar nicht mehr zurück!«, sagte er lachend. »Wir dachten schon, du wärst in die Latrine gefallen.« Er zwinkerte den beiden zu. »Braucht ihr zwei noch länger? Dann würfle ich gern für dich weiter, John.«

»Nein, wir zwei sind fertig miteinander«, sagte John schmallippig. Er verabschiedete sich mit einem kurzen Nicken. »Bis morgen am Kai, holde Prinzessin. Und steckt nur Euren Brieföffner weg, Ihr könntet Euch und anderen damit noch wehtun.« Mit diesen Worten ging er mit dem anderen Mann zurück ins lärmende Wirtshaus.

Greta blieb draußen wie angewurzelt stehen, sie kam sich plötzlich furchtbar dumm vor. Sie hatte sofort angenommen, dass es John Reed gewesen war, der sie im Schilf verfolgt hatte. Dabei war er im Wirtshaus beim Würfeln gewesen, der andere Bursche hatte es eben bestätigt. Oder war er schon vor längerer Zeit nach draußen gegangen und ihr gefolgt? Dann hätten seine Freunde wohl aber schon viel früher nach ihm gesucht. Greta seufzte leise. Sie wusste einfach nicht mehr, was sie glauben sollte.

Als sie langsam zurück zur Herberge ging, in der Karl und ihr Vater auf sie warteten, hatte sie ständig das Gefühl, verfolgt zu werden. Doch wenn sie sich umdrehte, war da nichts. Keine Gestalt, nichts Rotes.

Rot …

Greta hielt den Atem an und blieb stehen.

Eben als sie die Herberge erreicht hatte und schemenhaft Karl und ihren Vater hinter den Butzenglasscheiben am Tisch sah, fiel ihr ein, wem der rote Schopf auch gehört haben könnte.

Küsse meine schuppige Hand … Lebe wohl, Greta …

Und mit einem Mal wusste sie auch, woher sie das Lied kannte, das im Schilf zu hören gewesen war.

»Es war Tonio! Ich habe Tonio gesehen!«

Greta blickte die beiden Männer mit flackernden Augen an, schon lange hatte Johann seine Tochter nicht mehr so verängstigt erlebt. Eigentlich nicht mehr, seit sie ein vierzehnjähriges Mädchen und in einem Kerker in Nürnberg viele Tage lang eingesperrt gewesen war. Zitternd hielt sie sich an einem Becher Wein fest.

Gleich nachdem Greta ans Fenster geklopft hatte, war sie in die Wirtsstube gestürmt. Jetzt saß sie bei ihnen am Tisch, kreidebleich, das Kleid trotz der Kälte draußen nass von Schweiß. Ihren hastigen Schilderungen entnahm Johann, dass sie verfolgt worden war. Seine schlimmsten Befürchtungen schienen sich zu bewahrheiten.

Tonio streckte die gierigen Finger nach seiner Tochter aus! Der Schreck drang so tief, dass er für eine Weile den Anfall zurückhielt.

»Ich hatte dir doch gesagt, dass es gefährlich ist, alleine dort draußen herumzustromern!«, schimpfte Johann, ganz so, als könnte er durch die Beiläufigkeit des Gesprächs seine Furcht vertreiben. »Keiner hat dir erlaubt, dich am Hafen rumzutreiben! Warum hast du nicht wenigstens den Hund mitgenommen?«

»Sprich nicht mit mir, als wäre ich ein Kind!«, gab sie unwirsch zurück. »Du hast mir gar nichts zu befehlen!« Johann wollte etwas erwidern, aber er schwieg. Zumindest hatte Greta ungeachtet der Angst ihren Trotz und ihre Willensstärke nicht verloren.

»Ich weiß selbst, dass es ein Fehler war, ins Schilf zu gehen«, gab sie zu. »Aber ich konnte doch nicht ahnen …«

»Was macht dich so sicher, dass es Tonio war?«, unterbrach sie Karl.

»Es war seine rote Haube«, erwiderte Greta. »Die Haube, die er als französischer Gesandter getragen hat und dann auch später in Metz! Erinnerst du dich, Karl? Zuerst dachte ich ja, es wäre dieser John Reed, der mir nachsteigt, aber dann …« Sie hielt fröstelnd inne.

»Was hast du?«, fragte Johann.

»Ich habe ein leises Lied im Schilf gehört«, flüsterte sie. »Gespielt auf einer Flöte, es war ein Kinderlied, und plötzlich ist es mir wieder eingefallen ...«

»*Was* ist dir eingefallen?«, drängte sie Karl. Doch Greta schwieg und umklammerte mit beiden Händen den Becher mit dem dampfenden Gewürzwein.

Ungeduldig schlug Johann mit der Hand auf den Tisch, sodass einige der Gäste an den Nachbartischen kurz zu ihnen herübersahen. »Nun red schon! Was ist dir eingefallen?«

»Damals in Nürnberg ...«, begann Greta. »Du weißt, dass mich jemand unter die Brücke am Heiliggeistspital gelockt hat, zu dem toten Kind. Wo mich die Wachen dann fanden, mit diesem Talisman, und mich in den Kerker steckten. Dort unten am Flussufer war ein Mann ... Er spielte auf einer Flöte. Er spielte ... dieses Lied.« Greta hob den Kopf und sah Johann fest an. »Es war Tonio, damals und heute! Ich hatte die Begegnung von damals vergessen, ich ... ich *wollte* sie vergessen. Aber an dem Lied habe ich ihn wiedererkannt. Auch später im Kerker, als er mir den Trank gereicht hat, der mich ohnmächtig werden ließ, hat er das Lied gesummt. Er ... er meinte, wenn der Faust nicht käme, dann ...«

»Dann nimmt er dich statt meiner«, murmelte Johann. »Dieser verfluchte Rattenfänger!« Sein Hass auf Tonio wuchs ins Unermessliche. Ja, vielleicht hatte er mit dem Meister damals einen Pakt geschlossen. Aber seine Tochter war unschuldig!

»Und du bist dir ganz sicher, dass du dir das alles nicht eingebildet hast?«, hakte Karl nach. »Ich meine, das Rauschen im Schilf, dieses Wispern und Pfeifen. Es kann auch der Wind gewesen sein. Wenn er pfeift, klingt das manchmal so ähnlich wie das Spiel auf einer Weidenpfeife. Unsere Ängste gaukeln uns die unmöglichsten Dinge vor.«

Johann schüttelte den Kopf. »Nein, ich denke, es war wirklich Tonio. Der Unhold ist uns tatsächlich gefolgt. Aus irgendeinem Grund will er verhindern, dass wir Leonardo da Vinci aufsuchen. Doch er wird uns nicht aufhalten! Nicht, wenn wir …« Eben wollte er Gretas Hand drücken, als er merkte, dass er seinen Arm nicht bewegen konnte.

»Was ist mit dir?«, fragte Greta erschrocken.

»Die Lähmung«, flüsterte Karl ihr zu. »Sie schreitet voran.«

Johann schwieg. Er hatte Greta geschworen, sie nicht mehr anzulügen. Und dennoch hatte er es wieder getan. Er hatte ihr erzählt, dass er aus eigener Erfahrung Fälle kenne, bei denen er den Tod in den Händen von Menschen gesehen hatte, die dann doch nicht gestorben waren. Damit wollte er seiner Tochter Mut machen, ihr nicht die letzte Hoffnung rauben. Doch es war nicht die Wahrheit.

Die Hände verrieten immer die Zukunft.

Er würde sterben.

Ein Funken Hoffnung blieb ihm noch, und das war Leonardo da Vinci, der in Amboise wohnte. Wenn der große Künstler auch mit dieser Krankheit geschlagen war, wie Agrippa ihm berichtet hatte, konnte er ihm möglicherweise helfen.

Vielleicht hat auch Leonardo einen Pakt mit Tonio … Vielleicht weiß er, wie man den Teufel besiegt …

»Wir haben nicht mehr viel Zeit«, sagte Johann und betrachtete dabei seinen linken Arm, der wie ein totes Stück Fleisch an seiner Seite herabhing. »Wollen wir hoffen, dass dieser Reed ein schnelles Boot hat. Das Spiel beginnt. *Rien ne va plus.*«

Mit der zuckenden Hand fegte er mit einer einzigen Bewegung alle Schachfiguren vom Tisch.

* * *

Im Schatten einer Hauswand stand ein Mann und leckte sich die Lippen. Im aufsteigenden nächtlichen Nebel war seine Schminke zerlaufen, darunter zeigten sich runzlige Haut, eingefallene Gesichtszüge und zwei böse leuchtende Augen, glühende Kohlen in einem Totenschädel. Der Gaumen des Mannes war trocken, die Zunge fühlte sich verdorrt an wie eine alte Wurzel. Vielleicht war sie das auch schon seit vielen Jahren, nichts weiter als eine alte Wurzel. Der Mann wartete auf Nachricht, darauf, dass seine geflügelten Boten zurückkamen und ihm Bericht erstatteten. Zum wiederholten Mal hob er den Kopf, als drei schwarze Punkte, noch schwärzer als die Nacht, sich am Himmel auf ihn zubewegten.

»Azazel, Baphomet, Belial!«, rief der Meister den zwei über ihm kreisenden Krähen und dem alten Raben zu. »Da seid ihr ja endlich! Wo habt ihr so lange gesteckt?«

Die Vögel krächzten und landeten auf dem ausgestreckten Arm des Meisters. Ihre Schnäbel klapperten, fast schien es, als würden sie mit ihm reden. Der Meister schloss die Augen und nickte.

»Gut, gut«, sagte er schließlich. »Alles läuft nach Plan, alles … He, was habt ihr?« Die Vögel schlugen unruhig mit ihren Flügeln, und der Meister lachte. »Natürlich, ihr seid hungrig. Wie dumm von mir! Wir brauchen dringend etwas zu essen und zu trinken. Der Hunger frisst sich auch durch meine Eingeweide.«

Beinahe liebevoll setzte er den Raben und die beiden Krähen am Boden ab, wo sie sich sofort um einen verfaulten Fisch stritten. Der Meister musterte sie amüsiert.

»Igitt, doch nicht das! Besseres Fleisch. Viel besseres! Und jüngeres.«

Er spitzte die Lippen und pfiff ein Lied.

Suse, liebe Suse, was raschelt im Stroh …

»Lasst uns jagen gehen.« Wie ein Phantom schälte er sich aus dem Schatten und trat hinaus auf die Gasse, wo die Häuser dicht nebeneinanderstanden. Hinter vielen der Fenster brannte noch Licht. »Hmmm, ich kann sie riechen in ihren kleinen weichen Bettchen. Riecht ihr sie auch?«

Die Vögel krächzten, und der Meister gluckste vor Vergnügen. »Der Himmel hängt voll mit frischen Trauben. Wie sagt man so schön? *Vivre comme Dieu en France!*«

7

Der Becher aus feinstem venezianischen Glas flog im hohen Bogen durch die Luft und landete genau auf den Brüsten der zierlichen, halbnackten Tänzerin, wo er in Hunderte einzelner Scherben zersprang. Auf der Haut waren rötliche Schlieren zu sehen, eine Mischung aus Blut und Wein. Weinend und zitternd kauerte sich die Frau auf den Boden, die Hände über dem Kopf aus Furcht vor weiteren Angriffen.

»Das ist kein Tanz, das ist ein wildes Herumgehopse! Selbst die Affen in meiner Menagerie können das besser!«

Papst Leo X. war von seinem Thron aufgesprungen und sah sich nach neuen Wurfgeschossen um. Glücklicherweise hatten die Bediensteten alle Trinkgefäße bereits außer Reichweite geschafft. Die Wutanfälle des Heiligen Vaters waren legendär, aber sie verrauchten ebenso schnell, wie sie kamen. Der gesamte vatikanische Hofstaat hielt den Atem an, Diener, Höflinge und auch die Musikanten waren einige Schritte zurückgetreten, sodass die junge Frau allein mit gesenktem Haupt auf dem Boden verharrte, als hätte sie eine ansteckende Krankheit. Selbst Leos Hofnarr schwieg, was wirklich selten genug vorkam. Neben dem Papst räusperte sich Don Arturo de Acuña, der spanische Gesandte. Als Einziger schien er den Mut zu haben, dem mächtigsten Herrscher der Christenheit die Stirn zu bieten.

»Heiliger Vater, ich bitte Euch«, begann er. »Denkt an Euer Herz …«

»Schafft mir dieses Weib aus den Augen, bevor ich sie meinen Panthern zum Fraß vorwerfe!«, knurrte Leo, nun schon wieder etwas ruhiger. Sein mit einem seidenen Baldachin überdachter Thron stand in einem der vielen Innenhöfe des Cortile del Belvedere, wo der Papst wichtige ausländische Besucher empfing, wie den spanischen Gesandten, der neben ihm saß, allerdings ein wenig tiefer.

Leo griff nach einer Schüssel mit eisgekühlten kandierten Früchten und lehnte sich zurück in die mit Pfauenfedern verzierten Polster. Sein Thron war umgeben von Käfigen mit kreischenden Papageien, dösenden Löwen und Leoparden, zähnebleckenden Affen, einem räudigen Bären und einer sogenannten »Giraffe«, die aussah wie ein gefleckter Esel mit monströs langem Hals.

Die Menagerie war Leos ganzer Stolz. Viele der Tiere waren die Geschenke von Adligen, Kardinälen und Fürstbischöfen, von Herrschern aus der ganzen Welt, die dem Papst damit ihre Ergebenheit beweisen wollten und sich so ganz nebenbei ihre Pfründe sicherten. Leo schätzte jedes einzelne der Tiere, sein Liebling war der Elefant Hanno gewesen, ein Präsent des portugiesischen Königs Emanuel I. Der weiße Riese war allerdings schon vor einigen Jahren an Verstopfung gestorben, nachdem man ihm ein mit Gold angereichertes Abführmittel verabreicht hatte; ein als Ersatz gesandtes Nashorn war leider auf dem Weg nach Rom mit dem Schiff untergegangen, sehr zum Leidwesen des Papstes.

Eigentlich mochte er Tiere viel lieber als die Menschen, die ihn doch nur alle hintergehen oder sich bei ihm einschmeicheln wollten. Auch dieser de Acuña war so einer. Um den Papst geneigt zu stimmen, hatte ihm der spanische Gesandte ein paar wertvolle Papageien aus der Neuen Welt als Geschenk überreicht. Sie huldigten Leo in fünf unterschiedlichen Sprachen – keine schlechte Idee, das musste man den spanischen Habsburgern lassen. Auch wenn Leo ganz genau wusste, warum de Acuña eigentlich gekommen war.

»Ehrlich gesagt, bin ich ganz froh, dass wir nun endlich Zeit finden, uns ein wenig länger zu unterhalten«, säuselte der Gesandte. »Sosehr ich Eure Vorstellungen auch liebe. *¡Por Dios!* Sie sind wie ein perfektes Kunstwerk!«

»Die Kunst ist lang, und kurz ist unser Leben«, entgegnete Leo. »Wenn Ihr also etwas zu sagen habt, beeilt Euch damit.«

De Acuña neigte sein Haupt. »Ihr habt wie immer recht, Heiliger Vater.« Er trug einen engen, fast korsettartigen Rock mit Halskrause, wie es bei den Spaniern Mode war, sein Zierdegen taugte höchstens zum Erlegen einer Ratte. »Habt Ihr Euch noch einmal besonnen, was die anstehende Wahl des deutschen Königs angeht?«

Leo lächelte schmal. »Seit wann hat der Papst bei dieser Wahl eine Stimme?«

»Nun, äh ... wohl keine Stimme im eigentlichen Sinne, aber Euer Wort hat doch einiges Gewicht«, antwortete de Acuña vorsichtig. »Gerade die kurfürstlichen Bischöfe schauen zu Euch auf.«

»Ihr kennt meine Meinung«, sagte Leo knapp und sah dabei zu, wie Schweizer Gardisten die weinende Tänzerin endlich wegzerrten. De Acuña hatte recht. Nachdem Kaiser Maximilian im Januar gestorben war, stand die Wahl des neuen deutschen Königs an. Gewählt wurde er von den sieben Kurfürsten, den mächtigsten Männern des Landes, drei von ihnen waren Bischöfe und damit dem Papst verbunden. Doch Leo hatte schon vor längerer Zeit deutlich gemacht, dass er den französischen König Franz I. favorisierte und nicht Maximilians Enkel Karl. Mit einem Habsburger König, der sowohl in Spanien als auch im Deutschen Reich und in Norditalien regierte, befände Rom sich in einem tödlichen Klammergriff.

»Nun, vielleicht ließe sich Seine Heiligkeit ja durch das eine oder andere Geschenk ...«, begann de Acuña.

»Noch mehr Papageien?« Leo lachte laut auf. »Machen wir uns nichts vor, werter de Acuña. Der junge Karl braucht gerade alles Geld der Welt, wenn er die Königswahl zu seinen Gunsten beeinflussen will. Und soweit ich weiß, sind sich die Fugger noch nicht einig, ob sie den Habsburgern überhaupt noch weitere Summen vorstrecken wollen.«

Der Papst naschte ein paar Trauben und gab das Zeichen, mit der Musik fortzufahren, was ihm die Gelegenheit gab, die Augen zu schließen und nachzudenken. Über Dinge, die zurzeit sogar noch wichtiger waren als eine Königswahl. Erst heute Morgen hatte ihm ein Bote einen weiteren Brief seines vatikanischen Gesandten überbracht. Darin hieß es, Viktor von Lahnstein und seine Männer suchten weiterhin nach Johann Georg Faustus, es gebe eine Spur, die nach Westen führe. Leo konnte es kaum fassen, dass es diesem windigen Doktor gelungen war zu entwischen – was man so hörte, in Anwesenheit des halben Reiches auf der Bamberger Altenburg! Faust hatte ihnen allen eine Nase gedreht. Seitdem hatte sich Lahnstein an die Fersen des Doktors geheftet, der wohl irgendwo in Frankreich untergetaucht war. Ausgerechnet in Frankreich! Dabei lief Leo die Zeit davon. Und statt der dringend nötigen Ablenkung, derer er bedurfte, musste er sich de Acuñas ölige Schmeicheleien anhören.

»Habt Ihr schon von den Ereignissen in Bamberg gehört?«, ließ sich Don de Acuña eben vernehmen. Er klang teilnahmslos, doch Leo hörte die leise Bosheit dahinter. »Dieser Doktor Faustus, von dem im Reich alle sprechen, hat Euch ganz schön zum Narren gehalten. Das Tier aus der Apokalypse regiert schon bald in Rom …« Er lachte leise. »So viel Frechheit muss man erst mal besitzen.«

»Dieser Doktor wird seine gerechte Strafe bekommen«, zischte Leo. »Lasst das nicht Eure Sorge sein.«

»Wirklich? Was man so hört, ist er spurlos verschwunden, eben wie ein echter Zauberer. Und das ist wohl nicht die einzige Kunst, die er beherrscht«, fügte der Spanier listig hinzu.

»Wie … wie meint Ihr das?« Leos Kopf fuhr herum, die Musik und das Gelächter der anderen waren plötzlich wie ausgeblendet.

Was weißt du?

Don de Acuña zuckte mit den Schultern und tat ahnungslos. »Nun, Faust ist ein Magier, ein Astrologe und, ja, auch ein Alchimist. So einer ist schwer zu fassen, er beherrscht … vielerlei Künste.« Er erhob sich von seinem Platz und verneigte sich tief. »Ihr entschuldigt mich, der Tag war lang.«

Leo streckte ihm seine fleischigen Finger hin, und de Acuña küsste den Ring. Als der spanische Gesandte sich entfernte, vorbei an silbernen Löwenkäfigen und Vogelvolieren, sah ihm der Papst noch lange nach.

Was weißt du? Was wissen die Habsburger?

Verflucht, es wurde wirklich Zeit, dass Lahnstein den Doktor endlich zu fassen bekam, bevor es jemand anderes tat. Die Zeit lief ihnen davon. Er brauchte den Doktor hier in Rom, jetzt!

Seufzend ließ sich Leo in die Kissen fallen. Es dürstete ihn nach Ablenkung, und zwar nach Besserem als diesem läppischen Tanz. Fast heidnisch hatte die Melodie geklungen, und dazu diese Verrenkungen! Wenn er auch zugeben musste, dass das Mädchen einen hübschen Körper hatte. Diese kleinen festen Brüste, fast wie Zitronen …

»Warum regt Ihr Euch auf, wenn so ein possierliches Ding vor Euren Augen ihren Balztanz aufführt?«, ertönte eine feine Stimme hinter ihm. »Geht die einst so gepriesene Manneskraft dahin? Macht Euch wütend, dass sich unter dem päpstlichen Gewande nichts weiter bläht als heißer Wind?«

»Was fällt dir …« Empört wandte sich Leo um, doch dann seufzte er. Es war nur sein Hofnarr Luvio, der sich von hinten angeschlichen hatte und nun mit seinem Schellenkranz bimmelte. Der Narr verbeugte sich tief, was seinen absurd großen Buckel und das lächerliche bunte Kostüm nur noch mehr zur Geltung brachte. »Stets zu Diensten, Eure Heiligkeit, zu Scherz und Spiel bin ich bereit!«

Leo lächelte, zum ersten Mal an diesem Tag. Wenigstens war der gute Luvio wieder genesen, er hatte sich schon Sorgen gemacht, der hässliche Narr mit Warzen und Buckel könnte an dem Sumpffieber sterben, das halb Rom den Winter über lahmgelegt hatte. Hunderte Tote hatte es gegeben, auch Luvio hatte mehrere Wochen im Spital gelegen, doch sein Narr war eben ein echtes Stehaufmännchen.

Genau wie ich, dachte er.

Der Papst atmete tief durch und lauschte der Musik, einem fröhlichen Rondo, vorgetragen von Flöten, Harfe und Geigen, viel vertrauter als dieses schrille Zeug vorhin. Die sanften Töne beruhigten ihn. Sein Schicksal war vorgeschrieben, er würde in die Geschichte eingehen als jener Papst, der Rom wieder zur alten Größe verholfen hatte. Daran konnten weder Habsburg noch Frankreich etwas ändern. Sicher hatte er sich getäuscht. Don de Acuña wusste nichts, woher auch?

Er beugte sich zu Luvio hinab. »Du hast recht, Narr«, sagte er leise. »Vorhin hat mich der Zorn übermannt.«

Luvio grinste. »Narren sprechen immer die Wahrheit, Eure Heiligkeit. Wie die Huren.«

»Sorge dafür, dass diese kleine Hure heute Nacht in mein Schlafgemach kommt. Ich werde dir und ihr beweisen, dass unter meinem Gewand noch immer ein mächtiger Sturm tobt. In der ganzen Engelsburg werdet ihr sie schreien hören.«

Der Narr klingelte mit seinen Glöckchen und verbeugte sich noch einmal tief. »Oh, daran habe ich überhaupt keinen Zweifel.«

Mit einem letzten tiefen Paukenschlag endete die Musik.

* * *

Ein abgegriffenes Bündel Spielkarten in der Hand, saß Greta auf einer Truhe am Heck des Schiffes und ließ die Karten durch ihre Finger gleiten. Dabei bewegte sie jeweils nur eine einzelne Karte, wie durch Zauberhand huschten sie von links nach rechts, eine nach der anderen. Am Ende nahm Greta das ganze Bündel auf, bog es und ließ los, sodass die Karten in einem wilden Reigen und mit einem zischenden Geräusch durch die Luft schossen. Geschickt fing sie den Stoß mit der anderen Hand wieder auf.

»Nicht schlecht. Früher habe ich das auch gekonnt, ich war einer der Ersten mit diesem Trick, denke ich. Ich habe ihn deiner Mutter oft vorgeführt. Damals gab es noch nicht so viele gedruckte Karten wie heute, aber schon zu meiner Zeit hat die Kirche deshalb Zeter und Mordio geschrien. ›Spiel des Teufels‹ haben sie es genannt.«

Greta sah auf und erblickte Faust, der sich ihr lautlos genähert hatte und nun lächelnd vor ihr stand. Noch immer fiel es ihr schwer, ihn als ihren Vater zu betrachten. Für sie war er einer der klügsten und gelehrtesten Männer der Welt, berühmt und berüchtigt, Hauptfigur vieler Geschichten, wahrer und erlogener … Aber ihr Vater? Wie viel Ähnlichkeit gab es zwischen ihnen? Sie befürchtete jedoch, dass es mehr war, als sie sich eingestehen wollte.

»Ich habe lange dafür geübt«, sagte Greta und packte die Karten weg. »Erstaunlich, dass es dir erst jetzt auffällt.«

Schweigend standen sie am Heck und blickten von dort aus auf den Fluss, der sich träge wie eine riesige Schlange durch die Landschaft wälzte, vorbei an Wäldern, sanften Hügeln, Dörfern und auch Schlössern, die manchmal in der Ferne zu sehen waren. Es ging auf Mittag zu, seit dem Ablegen in Orleans waren sie bereits einige Stunden unterwegs. Das Loiretal war eine liebliche Landschaft, so als hätte Gott sich bei seiner Erschaffung besonders viel Mühe gegeben. Trotzdem konnte sich Greta nicht recht dafür begeistern. Noch immer spukte ihr die unheimliche Begegnung gestern Abend durch den Kopf. War es wirklich Tonio gewesen, der sie im Schilf verfolgt hatte? In der Nacht darauf hatte in ihren Träumen ein Wesen mit Augen tief wie Krater seine schuppige Hand nach ihr ausgestreckt. Plötzlich hatte sich das Gesicht des Wesens geändert, und vor ihr hatte ihr Vater gestanden, der sie in den Abgrund zog.

Küsse meine schuppige Hand, mein Liebchen, wir werden die Welt verändern …

Mit einem Schrei war sie in ihrem Bett hochgefahren, schweißgebadet, einen bitteren Geschmack wie von Asche in der Kehle. Gleichzeitig hatte sie sich seltsam angeregt gefühlt, auf fast schon unkeusche Weise. Was machte dieser Tonio nur mit ihr?

Fausts linker Arm hing noch immer leblos herab. Als ihr Vater Gretas Blick bemerkte, verschwand sein Lächeln.

»Es ist nicht schlimmer geworden, wenn du das wissen willst. Aber auch nicht besser. Ich habe Reed gebeten, schneller zu fahren, habe ihm sogar mehr Geld geboten. Aber er will davon nichts wissen. Meinte, er müsse diese Nacht ohnehin in dem Städtchen Blois bleiben und dort weitere Fracht laden. Vielleicht hätten wir doch die Pferde nehmen sollen.« Faust seufzte. »Doch dafür ist es nun zu spät.«

Sie hatten die Pferde noch in Orleans verkauft, weil sie die Tiere nicht mit aufs Schiff nehmen konnten. Die *Étoile de Mer*, wie John Reed sein Boot großspurig getauft hatte, war nichts weiter als eine flache, etwa zehn Schritt lange einmastige Barke, die schon bessere Zeiten gesehen hatte. Etliche Löcher waren nur notdürftig geflickt, das Holz war wurmzerfressen, und die Mannschaft bestand aus drei finsteren Gesellen, die Karl, Faust und Greta behandelten, als wären auch sie nichts weiter als Truhen und Stoffballen, die im Weg herumstanden. Nur vor Kleiner Satan hatten die Männer Respekt, ihm wichen sie aus, was auf dem schmalen Boot gar nicht so einfach war. Der junge Bursche, mit dem John gestern gewürfelt hatte, war nicht bei der Mannschaft. Überhaupt ähnelten die Männer eher grimmigen, durchtrainierten Soldaten als Bootsleuten.

Auch John war längst nicht mehr so freundlich wie gestern, bislang hatte er Greta keines Blickes gewürdigt. Die meiste Zeit saß er vorne am Bug und hielt mit einer Stange Ausschau nach Untiefen, von denen es hier in der Gegend wohl etliche gab. Es tat Greta leid, wie sie gestern mit John umgegangen war. Sie hatte sich wirklich wie ein dummes kleines Mädchen verhalten.

Doch all das war unwichtig. Wichtig war nur das, was vor ihnen lag.

»Was hast du vor, wenn wir Amboise erreichen?«, fragte sie ihren Vater. »Es wird nicht so einfach sein, zu Leonardo da Vinci vorzudringen. Er ist ein berühmter, viel beschäftigter Mann.«

Faust zuckte mit den Schultern, was wegen seines gelähmten Arms eigentümlich hilflos wirkte. »Berühmt und viel beschäftigt bin ich auch. Mal sehen, von wem die Leute in ein paar Hundert Jahren noch reden werden.« Er lächelte schmal. »Ich hoffe einfach, dass mir der große Leonardo eine Audienz gewährt. Mittlerweile habe ich mich umgehört. Man sagt, der französische König sei ganz vernarrt in ihn. Franz I. hat Leonardo vor einigen Jahren von Rom hierher an die Loire geholt und ihm das prächtige Anwesen zur Verfügung gestellt, in dem er selbst seine Kindheit verbracht hat. Es heißt Schloss Cloux, wenn es auch kein wirkliches Schloss ist.« Faust blickte hinüber zum Ufer. Es kam Greta so vor, als würde er den Schilfsaum nach einer möglichen Bedrohung absuchen.

»Wenn der König in Amboise weilt, sieht er Leonardo fast jeden Tag«, fuhr ihr Vater fort. »Franz behandelt Leonardo, als wäre er sein Vater. Es wird tatsächlich nicht leicht sein, zu ihm vorzudringen.« Er biss die Zähne zusammen und hielt sich mit einer Hand an der Reling fest. »Und doch muss ich es versuchen! Dieses Buch, das Leonardo geschrieben hat …«

»Die *Figura umana* …«

Faust nickte. »Es beweist, dass Leonardo sich viel mit dem menschlichen Körper beschäftigt hat, vielleicht mehr als die meisten Wissenschaftler. Er ist wirklich ein Genie! Erst letzte Nacht habe ich wieder in der *Figura* gelesen. Glaube mir, wenn einer weiß, was es mit dieser verfluchten Krankheit auf sich hat und ob es vielleicht ein Mittel gegen Tonio gibt, dann Leonardo da Vinci. Ich hätte ihn schon viel früher aufsuchen sollen.«

Fausts Blick glitt über den Himmel, wo Wolken wie große Drachen gegeneinanderstießen.

»Keine Vögel«, seufzte er erleichtert. »Vielleicht haben wir ihn ja abgehängt.«

Es folgte keine weitere Erklärung, stattdessen berührte ihr Vater sie sacht mit seiner rechten Hand. »Ich werde mich jetzt ein wenig hinsetzen, ich bin müde. In etwa zwei Stunden werden wir Blois erreichen. Wollen wir hoffen, dass dieser Reed sich beeilt.«

Mit einem aufmunternden Lächeln verabschiedete er sich von ihr und ging hinüber zu Karl.

Greta sah ihm hinterher. Ihr Vater schien alt geworden zu sein in den letzten Jahren, nicht so sehr vom Äußeren her, mehr innerlich. Er sah aus, als würde ihn etwas auszehren, irgendein Schmarotzer, der sich seiner bediente. Greta dachte an die Linien in Fausts Hand, die immer mehr verblassten – und an das Pulsieren, das sie dort gesehen hatte, an die finstere Aura, die davon ausgegangen war.

Wer bist du wirklich, Vater? Und was hast du mit Tonio zu schaffen?

Um sich abzulenken, ging sie an den vielen Truhen, Ballen und Kisten vorbei nach vorne, wo John Reed saß. In seinen starken Armen hielt er die Stange, mit der er nach Untiefen stocherte. Eine Weile sah sie ihm dabei zu, dann räusperte sie sich.

»Ich möchte mich entschuldigen«, sagte sie.

Er schwieg und starrte in die Fluten, als würde dort eben etwas unglaublich Interessantes vorüberziehen. Schließlich brummte er, ohne den Kopf zu heben: »Für was?«

»Dafür, dass ich mich gestern Abend wie eine Närrin verhalten habe. Ihr seid kein Straßenräuber und auch keiner der Männer, die jungen Mädchen in der Nacht auflauern.«

»Oh, jetzt tut Ihr mir unrecht. Ein Schlitzohr bin ich durchaus.« John hob den Kopf, und Greta sah, dass er schief grinste. »Das liegt mir wohl im Blut. Wir Schotten sind ein kleines störrisches Volk, wir müssen immer darauf achten, dass wir uns mit List und Tücke gegen den großen Nachbarn behaupten können. Aber ich wüsste schon, wie du es wiedergutmachen kannst.« Er legte die Stange hinter der Reling ab und trat neben sie.

Greta zögerte. Was hatte dieser Kerl jetzt nur wieder vor? »Und das wäre …?«

»Zum einen: Sprich mit mir nicht wie mit irgendeinem Schnösel, ich bin John, ganz einfach John! Einverstanden?« Er reichte ihr die Hand, lächelte und zeigte dabei einmal mehr seine weißen Zähne. »Zweitens: Du gehst heute Abend in Blois mit mir einen Schoppen Wein trinken. Ich kenne eine nette, schummrige Herberge, sie machen dort ein Stew, fast so gut wie in den schottischen Highlands. Schön einfach, pampig und salzig, kein Chichi, wie sonst in diesem Land der Froschfresser und Austernschlürfer.«

»Einverstanden«, erwiderte Greta lachend. »Allerdings unter einer Bedingung.« Sie deutete hinüber zu Faust, der Kleiner Satan gerade einen Fleischbrocken zuwarf, den dieser mit weit geöffnetem Rachen auffing. »Diesmal nehme ich den Hund mit. Kleiner Satan wird darauf achten, dass mir kein Leid geschieht.«

John stutzte. »Der Hund heißt Kleiner Satan? Wirklich?« Er lachte laut auf. »Der Teufel passt auf das Nönnlein auf! *For heaven's sake!* Nun, dann wird dir und mir wohl sicher nichts passieren.«

Am frühen Abend erreichten sie Blois. Der Fluss machte eine letzte Biegung, und die Hügel gaben den Blick frei auf eine Stadt, so schön, dass Greta zu träumen glaubte. War Orleans schon prächtig gewesen, dann war Blois der Inbegriff königlichen Prunks. Über der Loire thronte ein großes, dreiflügeliges Schloss mit Erkern und Türmchen, in der Sonne spiegelten sich Fensterreihen. Umgeben war es von terrassenförmig angelegten Gärten. Unten am Fluss standen schiefergedeckte Häuser, etliche breite Treppen führten hinauf zu einer großen Kirche und zu weiteren Häusern. Von fern konnte Greta im Abenddunst palastartige Gebäude erkennen, die wohl Adligen oder höfischen Beamten gehörten. In dieser Stadt, so schien es ihr, gab es nichts Hässliches, keine Armut, keine Niedertracht und keinen Schmutz.

Auch Karl wirkte beeindruckt.

»Wenn ich da an die dreckigen Löcher bei uns zu Hause denke«, murmelte er, während das Boot den Hafen ansteuerte, in dem bereits etliche Schiffe dümpelten. Viele von ihnen hatten die Fahne des französischen Königs gehisst, einen feuerspeienden Salamander. »All die bitterarmen deutschen Raubritter auf ihren zugigen Burgen. Der Adel hier weiß wirklich zu leben. *Savoir vivre*, das ist es ja wohl, was man den Franzosen nachsagt.«

»Nicht schlecht, was?« John Reed grinste. Er stand vorne am Bug, ein Tau in der Hand, bereit zum Anlegen, wenn das Schiff die Hafenmolen erreicht hatte. »Von diesen Schlössern werden wir in den nächsten Tagen noch mehr zu sehen bekommen, das ganze Loiretal ist voll von ihnen. Aber Schloss Blois ist sicher eines der schönsten. Blois war die Hauptresidenz des vorherigen Königs Ludwig XII., und auch Franz I. weilt hier oft, obwohl ihm Amboise vielleicht sogar ein wenig mehr liegt. Seine Frau Claude hat ihre Kindheit in Blois verbracht.«

»Spart Euch Eure umständlichen Erklärungen«, erwiderte Faust knapp. »Mich interessiert vor allem, wie lange wir hier vor Anker liegen werden.«

»Nun, sicherlich bis morgen Mittag, ich habe einige Geschäfte zu tätigen. Ihr könnt ja in der Früh die Messe in der Église Saint-Nicolas besuchen. Als frommer Pilger solltet Ihr dort unbedingt die Reliquien des heiligen Laudomar berühren. Er war ein brummiger Einsiedler, ganz nach Eurem Geschmack.« John Reed zwinkerte dem Doktor zu, doch dieser ging auf den Spott nicht ein. Greta hatte ihm bereits erzählt, dass sie mit John abends ein Wirtshaus aufsuchen werde. Faust war nicht sonderlich erfreut gewesen. Erst als er gehört hatte, dass Greta den Hund mitnehmen wollte, hatte er sein Einverständnis gegeben, wohl auch, weil er wusste, dass er seiner Tochter im Grunde ohnehin nichts verbieten konnte. »Du wirst es tun, ob ich es dir nun erlaube oder nicht«, hatte er zu ihr gesagt. »Aber sei zumindest vorsichtig.«

Die Bootsleute warfen die Taue hinüber zur Mole, wo sofort ein paar Tagelöhner danach griffen und das Schiff längs zogen. Eine Planke wurde ausgefahren, und die angebliche Pilgerfamilie ging an Land. Ihr weniges Gepäck ließen sie auf dem Schiff zurück, wo auch die Mannschaft über Nacht blieb. Sofort eilten geschäftstüchtige Einheimische herbei, die den Fremden ein Zimmer in einer Wirtsstube vermitteln wollten. Doch John wimmelte sie alle ab.

»Ihr übernachtet im ›Hotel Tambour‹«, sagte er bestimmt. »Das ist das beste Haus, in dem Ihr für einen angemessenen Preis unterkommen könnt. Folgt mir.«

Einige Soldaten des Königs lungerten am Hafen herum

und kontrollierten eher gelangweilt die frisch eingetroffene Ware, vor einem Tisch saß der Hafenmeister und schrieb die jeweilige Fracht in ein kleines Buch. Für die drei Reisenden hatte der unrasierte Mann mit der rotblauen Beamtenhaube nur einen müden Blick übrig. Karl und Faust waren bereits vorausgegangen, als Greta eine Menschentraube am Ufer bemerkte, ein wenig abseits, wo die Fischerboote lagen. Lautes Jammern und Weinen ertönte von dort, eine Frau schrie schrill. Greta blieb stehen und horchte.

»Was ist dort drüben los?«, wollte sie wissen.

»Hm, vielleicht ein Unfall …« John kniff die Augen zusammen, konnte im Abendlicht aber auch nicht mehr erkennen. Er ging auf die Gruppe zu und kam schon bald darauf mit betrübter Miene wieder zurück.

»Sie haben ein totes Kind aus dem Wasser gefischt«, erklärte er. »Einen kleinen Buben. Er stammt wohl aus einem Dorf flussabwärts und wurde hier angetrieben, der Arme ist in einem Fischernetz hängen geblieben und ertrunken. Die Mutter ist eben eingetroffen.«

Wieder ertönte ein gellender Schrei, der Greta bis ins Mark erschütterte. Die Frau weinte und klagte, nun waren auch einzelne Worte unter den Schreien zu verstehen.

»L'ogre!«, klagte sie immer wieder. *»Mon Dieu, l'ogre mange nos enfants! L'ogre!«*

Gretas Französisch war mittlerweile gut genug, um den Sinn ungefähr zu verstehen.

»Der Oger frisst unsere Kinder«, murmelte sie. Sie wandte sich an John. »Was soll das bedeuten?«

John zuckte mit den Schultern. »Ich bin Schotte, kein Franzose. Vermutlich eine Redewendung, wenn die Loire sich ein Kind holt. Das kommt immer wieder vor, beim Spielen, beim Toben, wenn die Mütter die Wäsche im Fluss waschen …« Er wandte sich ab und ging die Allee hinauf zum Stadttor. »Nun ist aber Schluss mit diesen Schauergeschichten! Blois ist eine

Residenz des Königs, schon vergessen? Da ist Trauer bei Todesstrafe verboten.«

Während sie John Reed folgten, ertönte noch einmal hinter ihnen der Schrei der Mutter, hoch und schrill, wie von einem sterbenden Tier.

Nur wenig später saßen Greta und John in einem Wirtshaus vor einem irdenen Topf, dessen braunen, zähflüssigen Inhalt John begierig in sich hineinlöffelte. Kleiner Satan lag unter dem Tisch und bekam von Zeit zu Zeit einen Brocken ab. Es handelte sich um eine Speise mit unaussprechlichem Namen, bei der zäher Hammel offenbar eine der Hauptzutaten war. Hinzu kamen Innereien, Graupen und Rüben, die zusammen mehrere Stunden über dem Feuer geköchelt hatten. Das Ganze roch ein wenig muffig, woran auch die vielen Küchenkräuter nichts änderten. Greta glaubte sogar, ein wenig Minze herauszuschmecken.

John hatte ihr begeistert von diesem Gericht erzählt, doch sie selbst konnte daran keinen rechten Gefallen finden. Ohne Appetit rührte sie mit ihrem Löffel im Topf, knabberte ein wenig am harten Gerstenbrot, das dazu gereicht wurde, und blieb ansonsten recht schweigsam. Das lag keinesfalls an John. Der junge Händler gab sich reichlich Mühe, ihr zu gefallen, und das durchaus mit Erfolg – er war charmant, redselig, ohne dabei aufdringlich zu sein, und er sah trotz seiner schiefen Nase und den Sommersprossen ziemlich attraktiv aus. Wenn Greta ehrlich war, hatte sie den jungen Haudegen mittlerweile ins Herz geschlossen, auch wenn sie ihm das niemals verraten würde. Dafür war John doch zu sehr von sich überzeugt.

Das Wirtshaus lag inmitten eines Gewirrs kleinerer steiler Gassen und in der Nähe einer Kirche auf einem der Hügel, auf denen Blois erbaut war. John hatte Greta beim Hineingehen auf die vielen Schnitzereien an der Fassade hingewiesen, darunter auch die Figuren von Gauklern und Musikanten. Das Lokal hieß »Le Coq Rouge« und war bei den Einheimischen wohl recht beliebt, es wurde viel gelacht und in einer Ecke auch musiziert. Doch bei Greta mochte keine rechte Stimmung aufkommen, denn immer, wenn der Flötenspieler zu einem neuen Lied ansetzte, musste sie an die Flötenmusik denken, die sie gestern Abend im Schilf gehört hatte.

Suse, liebe Suse, was raschelt im Stroh …

Und auch etwas anderes konnte sie nicht vergessen.

»Dieser tote Junge …«, unterbrach sie John, der eben zu einem weiteren Lobgesang auf das muffige Stew ansetzte. »Der Satz der Mutter geht mir nicht mehr aus dem Kopf. Der Oger frisst unsere Kinder. Gib zu, du weißt, was er bedeutet. Ich habe es dir angesehen!«

»*Touché* …« John seufzte und legte seinen Löffel weg. »Ich wollte dich nicht mit alten Geschichten ängstigen. Dachte, das wäre kein guter Beginn für einen netten Abend zu zweit. Aber nun gut, wenn du es wirklich wissen willst: Der Oger ist eine uralte Sagengestalt. Man erzählt, dass der Oger kleine Kinder frisst. Er behängt sich mit ihren Knochen und trägt ihre Schädel als Amulette. Hier im Loiretal drohen die Eltern ihren Kindern mit ihm.« Er hob den Finger, wobei er seine Stimme tief und bedrohlich klingen ließ. »Wenn du nicht brav bist und dein versalzenes Stew aufisst, kommt der Oger und frisst dich mit Haut und Haar.«

»Darüber macht man keine Scherze«, mahnte Greta. »Kommen denn …« Sie zögerte. »Kommen denn öfter Kinder hier in dieser Gegend um?«

»Wie meinst du das?« John sah verwirrt drein. »Nun, auch nicht mehr als anderswo, möchte ich meinen. Aber jetzt, wo du es sagst …«

Greta spürte, wie sich ihr die Nackenhaare sträubten. »Ja …?«

»Ich kann mich an ein paar Gräuelgeschichten erinnern,

allerdings weiter unten im Südwesten, in der Bretagne. Händler haben davon berichtet. Kinder verschwinden oder werden mit aufgeschlitzter Kehle aufgefunden. Die Leute sagen, dass kein Tropfen Blut mehr in ihnen ist, fast so, als hätte sie irgendwer oder irgendetwas ausgeschlürft wie eine Auster.« John schüttelte den Kopf. »Das ist natürlich Unsinn. Wahrscheinlich sind diese Kinder Strolchen zum Opfer gefallen. In den Wäldern hausen etliche üble Gesellen, Verrückte, Aussätzige ... Oder Sklavenhändler haben sie mitgenommen. Das kommt immer wieder vor, der Atlantik ist nicht weit.«

»Wie lange geht das denn schon so?«, wollte Greta wissen.

»Was weiß ich? Bin schon seit ein paar Jahren auf der Loire unterwegs, da hört man halt so dies und das.« John runzelte die Stirn. »Aber warum willst du das alles wissen?«

»Ach, nur so. Vermutlich hast du recht, das sind Schauergeschichten, die man nicht an einem Abend zu zweit erzählen sollte. Vor allem nicht bei versalzenem, zähem Hammelstew.« Greta versuchte ein Lächeln, das ihr jedoch nicht so recht gelang. »Ich hoffe, du nimmst es mir nicht übel, dass ich trotz deiner Lobreden nicht unbedingt in Begeisterungsstürme über das Essen ausbreche.«

John lachte laut auf. »Dein Blick vorhin hat mir schon gereicht. Die schottische Küche ist wohl doch sehr speziell. Du kannst es wiedergutmachen, wenn wir nicht mehr über so schreckliches Zeug reden.«

»Einverstanden.« Greta nickte. Trotzdem arbeitete es in ihr. Konnten diese grausigen Vorfälle etwa mit Tonio zusammenhängen? Sie dachte an die verschwundenen Kinder in Metz, an das tote Mädchen unter der Brücke, an das Monstrum, das sich an dessen Blut gelabt hatte ... Aber die Morde, von denen John berichtete, waren teilweise vor langer Zeit geschehen. Wenn Tonio ihnen erst jetzt nach Frankreich gefolgt war, konnte er nicht dafür verantwortlich sein. Sie beschloss, Faust vorerst nichts davon zu erzählen. Vielleicht hatte Karl ja recht, und sie verlor sich nur in ihren alten Ängsten. Im Grunde war Karl der einzig Vernünftige unter ihnen.

Er und John.

»Reden wir nicht mehr darüber.« Sie schob den Topf mit dem mittlerweile kalt gewordenen Stew zur Seite. »Ich bin satt. Wenn es dir nichts ausmacht, bräuchte ich jetzt ein wenig frische Luft.«

»Ganz und gar nicht. Die Nachspeise hier ist ohnehin nichts Besonderes. Mit Honig gesüßtes Bier.« John pulte grinsend ein Stückchen Fleisch zwischen den Zähnen hervor. »Ich denke nicht, dass das deinen Geschmack trifft. Und ich gebe zu, das Stew war auch schon mal besser. Sie haben zu wenig Nieren verwendet, und der Hammel war wohl älter als die Lämmer Abrahams.« Er stand auf. »Komm, lass uns nach draußen gehen. Ich kenne einen Ort, den du nie vergessen wirst. Das wird dich auf andere Gedanken bringen.«

Er nahm sie an der Hand und führte sie nach draußen, der Hund schlich ihnen nach. Greta wunderte sich, dass sie John so willig folgte. Gestern Nacht noch hatte sie gefürchtet, er könnte ihr wie ein Straßenräuber auflauern, nun ging sie mit ihm durch die finsteren Gassen von Blois. Doch an seiner Seite fühlte sie sich geschützt. Die Begegnung im Schilf vor Orleans hatte ihr wieder einmal gezeigt, dass sie nirgendwo sicher war, nicht vor ihren dunklen Träumen und nicht vor Tonio. Von fern leuchteten die Fenster des Schlosses, viele Dutzend, und Greta fragte sich, wie viele Kerzen dort wohl brennen mochten.

So viele wie Sterne am Himmel, dachte sie. *Was für ein wunderliches Flusstal ist das nur? Göttlich und teuflisch zugleich.*

»Wohin gehen wir?«, fragte sie John. Doch dieser lächelte nur geheimnisvoll.

»Lass dich überraschen, du wirst es mögen.«

Sie gingen geradewegs aufs Schloss zu, das auf dem gegenüberliegenden Hügel lag. Als sie die unteren Mauern erreicht hatten, schlug John einen Bogen. Schließlich standen sie vor einem weiteren efeuumrankten Mauerwerk, das leicht brüchig wirkte. Als John den Efeu zur Seite räumte, konnte Greta dahinter einen Spalt erkennen, gerade breit genug, um durchzuschlüpfen.

Grinsend hielt John einen halb abgenagten Knochen hoch, den er bislang in seiner Tasche verborgen hatte. »Nun, für eines ist der alte Hammel immerhin noch gut, das hier wird uns für eine Weile den Hund vom Leib halten.« Er warf Kleiner Satan den Knochen zu, den dieser geschickt auffing. Sofort begann er darauf herumzukauen. Unterdessen glitt John wie ein Aal durch den Spalt, von der anderen Seite hörte sie seine Stimme.

»Und jetzt du.«

Greta kam sich vor, als wäre sie wieder zehn Jahre alt. Eine verblasste Erinnerung kam ihr in den Sinn. Damals hatte sie mit Onkel Valentin in Nürnberg bei den Deutschrittern gewohnt. Ein gleichaltriger Junge, Sohn eines Gürtlers, hatte sie manchmal besucht, indem er über die Mauer der Komturei geklettert war. Mit ihm hatte sie heimlich nachts die Nürnberger Gassen erkundet, die schmutzigen Höfe, die Brücken, die verlassenen Friedhöfe. Mit John kam sie sich vor, als wäre sie wieder ein kleines Mädchen.

Und ebenso wie früher machst du Dummheiten, schalt sie sich.

Trotzdem schlüpfte sie durch den Spalt. Auf der anderen Seite wartete John auf sie. Gemeinsam standen sie zwischen beschnittenen Buchsbaumbüschen, die im Mondlicht wie fantastische Fabelwesen aussahen. Weiter hinten rankten Rosensträucher, an denen erste Knospen saßen, es roch nach Blüten und Frühling. Obwohl eine kühle Brise wehte, war Greta nicht kalt.

»Der königliche Garten«, erklärte John flüsternd. »Ich habe das Loch in der Mauer erst kürzlich entdeckt.«

»Und wie viele Mädchen hast du seitdem hierher mitgenommen?«, spottete Greta. Sie wollte selbstsicher klingen, doch es gelang ihr nicht ganz. Stattdessen ließ sie sich von John an Rosenbüschen und frisch geharkten Beeten vorbei zu einer hüfthohen Ziegelmauer führen. Dahinter ging es steil nach unten, wie ein schwarzes Band aus Seide lag die Loire vor ihnen. Darüber standen die Sterne und der Mond und beleuchteten den Garten, die Lichter des Schlosses funkelten mit ihnen um die Wette. John zwinkerte ihr zu.

»Na, hab ich dir zu viel versprochen?«

Er ergriff ihre Hände und zog sie zu sich hin. Kurz zögerte Greta. Was fiel diesem frechen Kerl nur ein? Glaubte er, sie ließe sich verführen wie irgendein dahergelaufenes Flittchen? Doch dann ließ sie es mit sich geschehen. So viel Schlimmes war in den letzten Wochen passiert, so viel Tod und Verderben, doch hier im Park schien sie sich in einer anderen Welt zu befinden, in einer besseren, sicheren Welt, beschützt von John Reed, diesem rothaarigen, prahlerischen Schotten mit der leicht schiefen Nase und den blitzenden Augen. Er gab ihr das Gefühl, dass es noch ein normales Leben gab neben all dem Grauen. Sie roch seinen Schweiß, der sie an einen jungen Fuchs erinnerte, und ihre Lippen fanden die seinen.

»Ich ... ich bin nicht so eine, wie du glaubst, dass ich bin ...«, sagte Greta zwischen zwei Küssen.

John lachte leise. »Und ich bin auch nicht so einer. Da haben wir zwei ja schon was gemeinsam.«

Seine Zunge war feucht und fordernd, er spielte mit ihr, doch sie ließ es sich gefallen. Es war, als würde John ihr die ganze Angst der letzten Tage und Wochen nehmen. In seinen Armen konnte sie alles vergessen – Tonio del Moravia, ihren Vater, das ganze Grauen und die Angst davor, was die Zukunft brachte.

Wenn es denn unbedingt sein musste, würde sie morgen noch genug Zeit haben, ihre Schwäche zu bereuen.

8

Bis Amboise waren es nur noch etwa zwanzig Meilen, doch sie kamen Johann vor wie eine Ewigkeit. Jede einzelne Meile zog sich in die Länge, als müssten sie sich durch Sumpf und Schlick kämpfen. Nebel lag über dem Fluss und tauchte die Landschaft in milchiges Weiß, das alles zu verschlucken schien.

Schon kurz nach ihrer vormittäglichen Abreise aus Blois hatte Johann sich nach vorne zum Bug begeben und von dort Ausschau gehalten, als könnte er ihre Fahrt auf diese Weise beschleunigen. Einmal hatte er geglaubt, in den Ästen einer Weide einen alten Raben mit zerrupftem Gefieder zu sehen, aber er mochte sich auch getäuscht haben. Damals, vor vielen Jahren, hatte ihn Tonio von seinen Krähen und dem Raben verfolgen lassen. Gut möglich, dass er es auch jetzt wieder tat.

Hunderte Zweifel und Überlegungen gingen Johann durch den Kopf. Was, wenn Leonardo sich zurzeit gar nicht in Amboise aufhielt? Wenn er ihn nicht empfing? Und selbst wenn Johann zu dem großen Genie vorstieß, wer sagte denn, dass Leonardo wirklich etwas über diese verfluchte Krankheit wusste, ja, dass er überhaupt noch krank war? Vielleicht war die Krankheit ja bereits wieder verflogen, wie eine Magenverstimmung. Dann wäre auch diese Reise vergebens gewesen.

Und Johanns Lebenskraft schwand, täglich, beinahe stündlich wurde er schwächer.

Wie viel Zeit bleibt mir noch? Wer wird Greta beschützen,

wenn ich nicht mehr da bin? Vielleicht Karl? Ich werde zumindest mit ihm reden müssen.

Johann hasste es, wenn er von anderen abhängig war. Er war immer frei gewesen, hatte allein seine Entscheidungen getroffen. Doch jetzt brauchte er zum ersten Mal Hilfe von anderen. Die Lähmung hatte sich über Nacht weiter ausgebreitet, Johanns linker Arm war nur noch ein lebloses Stück Fleisch, und er hatte das Gefühl, als würden nun manchmal auch seine Gesichtszüge für einen kurzen Moment einfrieren. Er hoffte, dass Greta noch nicht bemerkt hatte, wie es um ihn stand. Es half nichts, wenn sie sich noch mehr Sorgen machte. Wobei sie zurzeit allerdings mit etwas anderem beschäftigt schien.

Vielmehr mit jemand anderem.

Gelegentlich sah Johann nach hinten, wo Greta bei diesem John Reed stand und mit ihm poussierte. Johann war nicht verborgen geblieben, dass sich das Verhalten der beiden seit der letzten Nacht verändert hatte, auch wenn sie versuchten, sich nichts anmerken zu lassen. Es gab gewisse Momente zwischen ihnen, ein Lächeln hier, eine flüchtige Berührung dort … Nun, damit würde schon bald Schluss sein. Amboise war nicht mehr weit, ihre Reise mit der *Étoile de Mer* ging dem Ende entgegen.

Auf Nimmerwiedersehen, John Reed …

»Wenn Blicke töten könnten, wäre unser John vermutlich schon längst über die Reling gestürzt. Aber das unterscheidet Euch halt dann doch von einem echten Zauberer.«

Es war Karl, der neben Johann getreten war. Er lächelte schmal. »Ich hatte bereits befürchtet, dass Greta sich für den Burschen interessieren könnte. Mittlerweile kenne ich ja ihre Vorlieben. Er hat dieses gewisse Etwas. Kein Adonis, fürwahr, aber das macht er mit Charme und Frechheit wieder wett.«

»Du fandest ihn noch gestern auch ganz liebreizend«, giftete Johann. »Ehrlich gesagt, wäre es mir lieber gewesen, du hättest dich mit ihm eingelassen und nicht meine Tochter. Ich habe dir schon mal gesagt, ich traue dem Kerl nicht weiter, als ich spucken kann. Ich hätte die zwei gestern Abend niemals alleine lassen sollen!«

»Ihr vergesst einmal mehr, dass Greta kein Kind mehr ist«, bemerkte Karl spöttisch. »Und das mit der Vaterschaft habt Ihr zu lange verheimlicht, um ihr jetzt noch etwas befehlen zu können. Außerdem glaube ich, dass Ihr zu misstrauisch seid. John Reed ist sicher ein Schlitzohr, aber ...«

»Nun, in Amboise werden sich unsere Wege ohnehin trennen«, entgegnete Johann. Abrupt wandte er sich ab. Er traute diesem Reed nicht, das stimmte. Aber wenn er ehrlich war, nagte an ihm auch die Eifersucht. Während er bei lebendigem Leib langsam verfaulte, amüsierte seine Tochter sich mit diesem Windhund!

Noch nie in seinem Leben hatte er sich so hilflos gefühlt! Ein Krüppel ohne Plan. Wo war nur der berühmte Doktor Faustus geblieben, mit seinem klaren Verstand, der für alles eine Lösung wusste?

Ein Fanfarenstoß riss ihn aus seiner Apathie. Er war von irgendwo aus dem Nebel vor ihnen gekommen. Kurz darauf ertönte eine zweite Fanfare, und am linken Ufer zeichnete sich, verschwommen im weißlichen Dunst, ein weiteres Schloss ab, das größte bislang. Es lag auf einer terrassenähnlichen Anhöhe, ein Traum aus Türmen, Zinnen und Erkern, so wie auch Blois und das eine oder andere kleinere Schlösschen auf ihrer Reise entlang der Loire. Wieder einmal fiel Johann die ihm mittlerweile vertraute Bauweise auf. Die französischen Könige hatten sich ihre Baumeister offensichtlich aus Italien kommen lassen und doch etwas ganz Eigenes hinzugefügt. Etwas Verträumtes, was zu den Sümpfen und der milchigen Sonne passte, die hier unten an der Loire schien. Märchenschlösser, feenhaft und unheimlich zugleich.

Amboise, dachte Johann, und sein Herz schlug schneller. *Jetzt gilt es!*

Wieder legten sie an einem Hafen an, der ebenso wie der in Orleans und Blois voller Leben war. Johann konnte es kaum erwarten, bis das Boot vertäut war. Als es endlich so weit war, nahm er sein Bündel auf, in dem sich auch die *Figura umana* befand, und drückte John Reed ein paar Münzen in die Hand.

»Habt Dank, wir werden Eure Dienste nicht mehr weiter benötigen.«

Reed sah ihn verblüfft an. »He, nicht so schnell! Geduldet Euch doch wenigstens, bis …«

»Ich fürchte, der Besuch bei unseren Verwandten hier in Amboise kann nicht länger warten. Ich wünsche Euch weiterhin gute Geschäfte.«

Johann hob kurz den Pilgerhut und ging von Bord, Karl folgte ihm eilig. Einen Moment lang stand Greta noch oben bei John, dann lief sie ihrem Vater hinterher.

»Was soll das?«, fauchte sie und zog ihn am Ärmel. »Wir haben viele Wochen hierher gebraucht, und nun muss alles ganz schnell gehen?« Sie sah sich nach John Reed um, der noch immer an der Reling stand und ihnen nachstarrte. Er winkte kurz, und Greta winkte zurück.

»Es ist wegen ihm, nicht wahr?«, fuhr sie verbittert fort. »Du magst es nicht, dass ich mich mit ihm treffe. Du willst nicht, dass ich mich mit irgendjemandem treffe!«

»Ich gebe gern zu, dass ich den Kerl nicht leiden kann. Aber dir gefällt es ja offenbar, wenn dir ein dahergelaufener Hafenschläger den Hof macht. Zumal du in deiner Verkleidung als künftige Nonne ohnehin …«

»Das hättest du wohl gerne! Dass ich eine Nonne werde, mit dir als einzigem Gott. Weißt du eigentlich, wie verbohrt und selbstsüchtig du bist, du … du alter, kranker Mann!«

Die letzten Worte hatte Greta herausgespuckt, und sie taten ihr ganz offensichtlich schon gleich darauf leid. Sie blieb stehen und sah ihren Vater traurig an. »Ach Gott, ich weiß ja auch nicht, wie es weitergeht. Mit mir, mit uns … mit …« Sie sah hinüber zu John Reed. »Alles … alles ist so unklar wie der verfluchte Nebel hier! Vielleicht brauche ich auch einfach nur ein wenig Ablenkung von all diesen unheimlichen Ereignissen …«

»Die bekommst du«, entgegnete Johann. »Wir besuchen den berühmtesten Maler und Erfinder der Welt, schon vergessen?« Er ging auf sie zu und berührte sie sachte. »Tut mir leid, wenn ich einmal mehr ruppig zu dir war. Dein John bleibt sicher heute noch tagsüber hier im Hafen. Du kannst später noch einmal zu ihm, einverstanden?«

Greta zögerte kurz und warf einen Blick zurück, wo John Reed noch immer an der Reling stand. »Gib mir eine Minute«, sagte sie.

Sie ging zu John und wechselte einige Worte mit ihm. Johann sah, dass ihre Hände sich länger berührten, als es sich geziemte. Schließlich kam Greta wieder zu ihm zurück.

»In Ordnung.« Sie nickte. »John muss sich ohnehin um die Ladung kümmern, wir können uns später sehen. Es ist ja nicht so, dass ich nicht auch diesen berühmten Mann kennenlernen will, dieses Genie, von dem alle Welt spricht. Es kommt selten vor, dass ich jemandem begegne, der noch bekannter und klüger ist als mein Vater.«

»Nun, vermutlich ist er auch nicht halb so verbohrt wie ich«, erwiderte Johann lächelnd.

Amboise war eine Stadt, die ihren Aufschwung ganz eindeutig zwei Bauwerken zu verdanken hatte: dem Schloss, das sich wie ein riesiger Schatten direkt über dem Ort erhob, und einer breiten Brücke, die an dieser Stelle, unterbrochen von einer sumpfigen Insel, über die Loire führte. Es war die erste Brücke seit Orleans, dementsprechend groß war der Verkehr.

Karren rumpelten über die Holzbohlen, dazwischen trotteten Pferde und Esel, die mit Säcken und Ballen behängt dem Markt zustrebten.

Die Stadt selbst war zwischen die Loire und einen kleineren Fluss gezwängt, sie war schmal und bestand eigentlich nur aus ein paar parallel verlaufenden Gassen, gesäumt von Fachwerkhäusern und stattlichen Steingebäuden, wo vermutlich Beamte des Königs residierten. Der Nebel hatte sich mittlerweile gelichtet. Als die kleine Reisegruppe samt Hund durch das Stadttor schritt, bemerkte Johann über ihnen in einem Glockenturm eine Uhr mit Minutenzeiger. Uhren wie diese konnten sich nur wirklich reiche Städte leisten; die Bürger, die ihnen entgegenkamen, trugen dementsprechend feines Tuch in bunten Farben. Sie rannten mehr, als dass sie gingen, den Blick starr geradeaus gerichtet, als verrichtete jeder einzelne von ihnen eine ganz besonders wichtige Arbeit.

Es war nicht schwer, das Haus Leonardo da Vincis zu finden. Schon der erste Bürger, den sie fragten, wies ihnen den Weg. Sie verließen den Ort durch das hintere Stadttor und passierten etliche Tuffsteinhäuser, die wie Höhlen in den Fels hineingegraben waren. Die staubige Straße führte an der Anhöhe entlang, auf der das Königsschloss thronte. Nach etwa einer Viertelmeile tauchte hinter einer Wehrmauer ein zweistöckiges Haus aus roten Ziegeln und grauem Tuffstein auf, an das einige Wirtschaftsgebäude anschlossen. Im Gegensatz zum Schloss, das noch immer im Hintergrund zu sehen war, wirkte das Haus schlicht, eher passend für einen höheren Verwalter als für eines der größten Genies der Christenheit.

Dass sie trotzdem richtig waren, erkannte Johann an der Traube von Menschen, die sich vor dem Tor versammelt hatten, sie schienen so ehrfürchtig zu warten wie die Jünger eines Messias. Darunter waren etliche in staubiger Kleidung und zerdrückten Hüten, die allesamt aussahen, als hätten sie eine längere Reise hinter sich. Auch einige königliche Beamte, an ihrer Livree zu erkennen, hatten sich unter die Wartenden gemischt, sie waren begleitet von einer Abordnung Soldaten. Die mit Hellebarden bewaffneten Männer schritten die Reihe ab und erkundigten sich offensichtlich bei jedem nach seinem Begehr. Johann fiel auf, dass die Leute sich alle leise unterhielten, fast so wie auf einer Beerdigung.

»Ist hier immer so ein Trubel?«, fragte Karl und sah sich um. »Ich meine, Leonardo ist ein berühmter Maler und Erfinder, aber das hier …« Er tippte einen der Umstehenden in nächster Nähe an, einen älteren Mann, der in seiner schwarzen Tracht und den leicht entzündeten Augen wie ein Schreiber wirkte. »Wollen alle diese Leute zu Leonardo da Vinci?«

»Nun, eingelassen werden wohl die wenigsten«, entgegnete der Mann achselzuckend. »Aber alle wollen sie dem großen Künstler ihre Ehrerbietung zollen, bevor es zu spät ist.«

»Wie meint Ihr das?«, fragte Johann abrupt.

Der Mann blickte ihn verwundert an. »Ja, wisst Ihr das denn nicht? Leonardo da Vinci ist schwer erkrankt, die Ärzte meinen, er wird nicht mehr lange unter uns weilen. Der König war bereits bei ihm, um sich zu verabschieden. Seine Hoheit wäre wohl gerne länger geblieben, schließlich liebt er Leonardo wie einen Vater, aber wegen dieser Königswahl im Deutschen Reich …«

»Ich muss zu ihm«, fuhr Johann dazwischen und versuchte, sein Entsetzen zu verbergen. Gleichzeitig fühlte er sich seltsam leer.

Das darf nicht sein! Herrgott, mach, dass es nicht wahr ist!

»Zu Leonardo da Vinci?« Der Mann stutzte, dann lachte er leise. »Seht Euch doch um!« Er deutete auf die vielen Menschen, die vor dem versperrten Tor standen. »Hier sind viele, die sich Leonardo verbunden fühlen. Etliche kommen von weit her, schließlich war der Meister sowohl in Rom wie auch in Mailand und Florenz tätig. Ich selbst bin aus Romorantin angereist, wo wir noch immer auf ein Kanalsystem zur Trockenlegung der Sümpfe hoffen, welches der große Leonardo erdacht hat. Ich bin dort der zweite Bürgermeister.« Mit weit ausholender Gebärde wies er auf die Umstehenden. »Was Ihr hier seht, sind Patrizier und Beamte, aber auch einfache Leute, denen der Meister mit einer kleinen Skizze oder einem Gemälde in einer Kirche Freude verschafft hat, andere wollen ihn um einen Rat ersuchen oder hoffen, dass sie Einblick in seine berühmten Notizbücher erhalten, wo viele seiner Erfindungen notiert sind. Es gibt so vieles, was der Meister weiß, es wäre traurig, wenn es nach ihm in Vergessenheit geriete …«

»In der Tat«, erwiderte Johann leise. Plötzlich fühlte er sich sehr alt. Er war den ganzen weiten Weg aus dem verschneiten, kalten Deutschen Reich hierhergereist, von Bamberg nach Metz und dann weiter nach Frankreich, und nun stand er hier vor versperrten Toren. Der Mann, von dem er sich so sehnlichst eine Antwort erhoffte, lag im Sterben, vielleicht aus dem gleichen Grund wie er! Wie viel Zeit blieb ihm noch? Tage, Wochen …? Auch in dieser Hinsicht waren er und Leonardo sich ähnlich, der Tod streckte die Finger nach ihnen aus. Wie hatte er nur glauben können, der große Leonardo da Vinci würde ihn so einfach empfangen, einen gottverdammten Niemand … Johann zögerte.

Einen Niemand.

Erneut wandte er sich an den Bürgermeister aus Romorantin.

»Wen muss ich sprechen, wenn ich vorgelassen werden möchte?«

Der Bürgermeister zuckte mit den Schultern, dann deutete er auf einen jungen Mann mit langen blonden Haaren und einer etwas zu breiten Nase. Mit wichtigtuerischer Miene hielt er eine Schriftrolle in den Händen, auf die er ab und zu einen Namen schrieb. Dann schritt er weiter die Reihen ab. Bislang hatte er noch keinen Einzigen der Wartenden zum Tor geleitet. »Das ist Francesco Melzi, so etwas wie der Haushofmeister auf Schloss Cloux. Aber gebt Euch keine Mühe, der Kerl ist unbestechlich und auch sonst ein rechtes Ekel. Er wacht wie der Höllenhund Cerberus darüber, wer zu dem großen Meister vordringen darf.«

»Habt Dank.« Ohne ein weiteres Wort wandte sich Johann ab und ging schnurstracks auf den Haushofmeister zu.

»Was hast du vor?«, zischte ihm Greta zu, während sie mit Karl neben ihm herlief. »Willst du der Hofschranze vielleicht drohen?«

»Ich hoffe, das wird nicht nötig sein.« Johann zog die *Figura umana* unter dem Rock hervor. Von der langen Reise waren die Seiten zerfleddert und verschmutzt, die Bindung hatte sich teilweise gelöst. »Reiß es in der Mitte durch«, befahl er Karl. »Ich habe nicht die Kraft dazu.«

»Die *Figura*?« Karl Wagner sah ihn entsetzt an. »Das ist nicht Euer Ernst!«

»Mein voller. Wenn wir zu Leonardo da Vinci vordringen wollen, müssen wir Opfer bringen. Meine linke Hand ist gelähmt, ich brauche deine Hilfe. Also reiß es durch.«

Karl seufzte tief. Dann nahm er das Buch und riss es in zwei Hälften, der Vorgang schien ihm geradezu körperliche Schmerzen zu bereiten.

»Danke.« Johann nahm beide Teile an sich, dann räusperte er sich mehrmals so laut, dass sich der Haushofmeister schließlich verärgert nach ihm umdrehte.

»Was wollt Ihr?«, fragte Francesco Melzi, wobei er sich bereits wieder seiner Schriftrolle zuwendete und Johann keines weiteren Blickes würdigte. »Ihr seht selbst, wie lange die Schlange ist. Wenn Ihr ein Geschenk für den Meister habt, dann gebt es bei der Dienerschaft ab. Ansonsten kommt morgen wieder, oder besser noch nächste Woche.«

»Ich habe in der Tat ein Geschenk«, erwiderte Johann. »Doch ich werde es dem Meister nur persönlich überreichen.« Er reichte Melzi die eine Hälfte der *Figura umana*.

»Das ist die Originalausgabe eines Werks von Leonardo da Vinci«, erklärte Johann. »Er hat es selbst geschrieben. Bringt ihm das Buch und sagt ihm, dass sich die zweite Hälfte im Besitz eines ebenso berühmten Mannes befindet, der draußen auf ihn wartet.«

Melzi runzelte die Stirn, sein Blick wanderte zwischen der zerrissenen Buchhälfte in seinen Händen zu Johann und wieder zurück. »Und wer soll dieser berühmte Mann sein?«

»Doktor Johann Georg Faustus, eigens angereist aus dem Deutschen Reich, um Leonardo da Vinci seine Aufwartung zu machen.« Johann verneigte sich. »Ich denke, der Meister kennt mich. Und er wird auch sein Werk erkennen.«

»Doktor Faustus? *Ihr* seid der berühmte Doktor Faustus?« Francesco Melzi musterte ihn von Kopf bis Fuß, seine Stimme triefte vor Spott. »Seit wann ist ein Zauberer und Astrologe als ärmlicher Pilger unterwegs?« Er beäugte Fausts linken Arm, der schlaff herabhing. »Als ... verzeiht den Ausdruck ... Krüppel?«

»Seit wann stellt ein Untergebener dumme Fragen und vergeudet so die wertvolle Zeit seines Herrn?«, gab Johann barsch zurück. »Und nun sputet Euch, oder muss ich erst beim König selbst vorsprechen?«

Melzi maß sie alle drei mit einem letzten prüfenden Blick, wobei er jedoch besonders den großen schwarzen Hund ins Auge fasste. Dann begutachtete er ein letztes Mal die Hälfte der *Figura umana*, wandte sich ab und ging mit den zerrissenen Seiten zum Tor, wo man ihn nach einigem Klopfen einließ.

»Ich dachte, wir wollen nicht erkannt werden?«, flüsterte Karl nach einer Weile Johann zu. Sein Adlatus sah sich in der Menge um, wo die Ersten bereits zu tuscheln anfingen und mit dem Finger auf die kleine Gruppe zeigten. »Nach diesem Auftritt weiß bald Gott und die Welt, dass der berühmte Doktor Faustus in Frankreich weilt. Gut möglich, dass auch der Papst davon erfährt! Leo und der französische König pflegen gute Kontakte.«

»Es gab keine andere Möglichkeit«, erwiderte Johann. »Wir können nur hoffen, dass wir unsere Feinde mittlerweile abgehängt haben. Dieses Treffen ist zu wichtig.«

»Und du glaubst wirklich, dass Leonardo da Vinci dich empfängt?«, erkundigte sich Greta.

Johann wiegte den Kopf, der ihm wegen der Lähmung schief auf den Schultern saß. »Wenn er so beschaffen ist, wie ich annehme, dann hat Leonardo eine ganz besondere Eigenschaft, die wir beide teilen.«

»Und die wäre?«, fragte Karl.

Johann lächelte. »Neugierde. Wer kann schon widerstehen, wenn ein Zauberer ihn besucht?«

In diesem Augenblick öffneten sich erneut die Torflügel, und der mürrische Haushofmeister winkte sie ungeduldig zu sich.

»Kommt rein«, befahl Francesco Melzi. Seine Stimme war tief vor Bedauern. »Es ist mir ein Rätsel. Aber der Meister will Euch tatsächlich sehen.«

Mit klopfendem Herzen folgte Karl Wagner dem Doktor. Bislang hatte er eigentlich nicht damit gerechnet, dass Leonardo da Vinci Faust wirklich empfangen würde. Die plötzliche Nachricht von Leonardos bevorstehendem Tod hatte Karl fast so verstört wie seinen Herrn. Leonardo da Vinci war neben dem viel jüngeren Raffael, der zurzeit in Rom von sich reden machte, und dem verschrobenen Michelangelo, der vor etlichen Jahren die Sixtinische Kapelle ausgestaltet hatte, der größte Maler der Christenheit. Ihm zu begegnen kam für Karl, der selbst gern ein berühmter Maler geworden wäre, einer Audienz beim Papst gleich! Und nun lag dieser Mann, dessen Kunstwerke ihn schon zu Lebzeiten unsterblich gemacht hatten, tatsächlich im Sterben?

Keiner ist unsterblich, dachte Karl wehmütig. *Leonardo nicht, ich nicht und auch der Doktor nicht …*

Er sah hinüber zu Greta, die nicht ganz so betroffen wirkte wie er. Vermutlich war sie in Gedanken noch bei John Reed. Die Berührungen der beiden vor dem Abschied am Hafen waren mehr als nur herzlich gewesen. Eine leise Eifersucht beschlich Karl, und er verfluchte sich dafür, weil er erleichtert war, dass sie Reed wieder verließ.

Hinter der Mauer schloss ein riesiger parkähnlicher Garten an. Das Herrenhaus präsentierte sich von dieser Seite viel prächtiger als von vorne. Es bestand aus einem zweiflügeligen Hauptgebäude, gekrönt von Giebeln und einem achteckigen Turm; einige Stufen führten hinauf zu einem Eingangsportal, vor dem ein alter Diener in einem abgetragenen, schmutzigen Leinenkittel stand. Er sah eher aus wie ein Gärtner als wie ein Lakai und stützte sich müde auf einen Stecken, der ihm als Gehhilfe diente.

»Der gute Battista wird Euch in den Empfangssalon führen«, sagte Francesco Melzi mit schmalen Lippen. »Ich habe Anweisung erteilt, dass das Gespräch nicht länger als eine Viertelstunde dauern darf. Keine Minute mehr! Der Meister ist äußerst schwach. Weiß der Teufel, warum er Euch überhaupt empfangen will. Einen Schwarzmagier, ha! Nun, das wird ihn auch nicht retten.« Kopfschüttelnd machte er sich auf den Weg zurück zum Tor.

Der alte Diener verbeugte sich und geleitete die Reisenden humpelnd ins Innere. Die Zimmer, die sie passierten, waren schlicht und sauber, kein Pomp und kein Prunk. Es roch nach eingemachtem Kraut und Ofenfeuer.

»Ich hätte wirklich nicht gedacht, dass Euer Ruf so weit reicht«, flüsterte Karl dem Doktor zu. »Ob uns Leonardo wohl ein paar seiner Gemälde zeigt? Es heißt, er habe einige der schönsten nach Frankreich mitgenommen. Ich wüsste wirklich zu gerne, wie er dieses Sfumato …«

»Ich bin nicht wegen irgendwelcher Lichteinfälle und Pinselstriche hier«, knurrte Faust.

»Das weiß ich selbst«, gab Karl seufzend zurück. »Leider fürchte ich noch immer, dass der große Leonardo mehr über die Malerei weiß als über die Medizin.«

»Wir werden sehen«, erwiderte der Doktor.

Sie betraten einen lang gezogenen Raum, an dessen anderem Ende ein Kaminfeuer prasselte. Auf einem Tisch, der fast die gesamte Länge des Zimmers einnahm, standen irdene Vasen mit frischen Blumen, durch die hohen Fenster fiel das Abendlicht. Der Diener, der nur mühsam stehen konnte, setzte sich schweigend auf einen Schemel in der Ecke. Es kam Karl so vor, als würde er Faust heimlich mustern. Doch immer, wenn er sich nach dem Alten umdrehte, hielt dieser den Blick gesenkt.

So verging eine ganze Weile. Als Karl sich schon an den Diener wenden wollte, quietschte eine Tür, und ein gebeugter alter Mann trat ein. Karl nahm seinen Pilgerhut ab, seine Knie zitterten, als wäre er ein junges Mädchen vor der Hochzeit. Den berühmten Meister von Angesicht zu Angesicht zu sehen war mehr, als er sich je zu erträumen gewagt hatte.

Leonardo da Vinci trug ein knielanges rosenfarbiges Gewand und dazu eine gelbe Kappe, allesamt bunte, grelle Farben, die man eher an einer Frau erwartet hätte. Das Auffälligste aber waren sein Bart und die schulterlangen weißen Haare, die ein runzliges Gesicht umrahmten. Unter ungemein buschigen Brauen leuchteten zwei wache jugendliche Augen, die so gar nicht zu einem Greis passen wollten. Seltsamerweise erinnerten sie Karl an die Augen des Doktors. Sie versprühten Geist und Witz, als würden sie alles, was sie betrachteten, mit kindlicher Neugierde aufnehmen. Doch während Fausts Augen dunkel, fast schwarz waren, waren die Augen dieses Mannes hell, von einem blassen Blau wie der

Himmel an einem schönen Märztag. Der Greis breitete die Arme aus und lachte leise.

»Drei verstaubte Reisende und ein großer schwarzer Hund«, wandte er sich an den Doktor, der sich tief verbeugte. Karl und Greta taten es ihm gleich. »Von dem Hund habe ich schon gehört, aber seinen Herrn habe ich mir eigentlich immer anders vorgestellt. Irgendwie ...«, er schmunzelte, »imposanter, unheimlicher, nun ja ... schwarzmagischer.«

»Wir wollten kein Aufsehen erregen«, erwiderte Faust, wobei er dem Blick des Alten standhielt.

»Und das, obwohl man Euch so bewundert?«

Faust grinste. »Nun, bewundert viel und viel gescholten.«

Der Greis trat näher, sie standen sich nun genau gegenüber. Karl betrachtete seine beiden Idole. Es war wie das Zusammentreffen zweier gleich starker Kräfte, zweier Pole, die sich gleichzeitig anzogen und abstießen.

»Soso, ein Doktor Faustus, der kein Aufsehen erregen will«, brach Leonardo das Schweigen. »Wie überaus schade. Ich dachte, Ihr kommt immer mit Blitz, Donner und Rauch. So hat man es mir jedenfalls berichtet. Es heißt, Ihr habt sämtliche Gesandten des Reichs in Bamberg mit einem Drachen in die Flucht gejagt?«

»Nun, das ist ein wenig übertrieben.« Johann lächelte, das Eis schien gebrochen, zumindest herrschte eine Art Waffenstillstand. »Ich kann übrigens auch nicht fliegen, falls Ihr das annehmen solltet. Weder auf Besen noch auf Drachen.«

»Dann ist es umso erstaunlicher, dass Ihr den weiten Weg hierher auf Euch genommen habt, nur um einen alten Mann zu sehen, der auf sein Ende wartet«, entgegnete Leonardo da Vinci. Seine Stimme klang hell, fast fraulich. Er sprach mit dem Doktor Italienisch, eine Sprache, die Karl fast so gut verstand wie Latein. Greta hingegen konnte dem Gespräch vermutlich kaum folgen, sie bückte sich und streichelte Kleiner Satan, der eben begonnen hatte, den Diener anzuknurren.

»Es ist also wahr, was man sich draußen erzählt?«, wandte sich Faust mit betrübter Miene an sein Gegenüber. »Eure Lebenszeit neigt sich dem Ende zu. Dabei macht Ihr keinen sehr gebrechlichen Eindruck, wenn Ihr gestattet.«

Leonardo winkte ab. »Es geht mir nicht so schlecht, wie manche denken oder wie mir die Ärzte einreden wollen. Und trotzdem, ich fühle, dass meine Zeit gekommen ist. Ich … habe meine Gründe.«

Karl betrachtete Leonardo genauer. Soweit er wusste, war der große Künstler Ende sechzig, allerdings wirkte Leonardo weit älter, beinahe ausgezehrt, als hätte ihn irgendeine dämonische Kraft vorzeitig seiner Kräfte beraubt. Zum ersten Mal fiel Karl auf, dass Leonardos rechte Hand schlaff herabhing, die ganze rechte Seite schien leicht versteift. Auch der Doktor schien es zu bemerken.

»Hat Euer Zustand vielleicht mit dieser Lähmung zu tun?«, fragte Faust. Er deutete auf Leonardos Arm. »Man hat mir davon berichtet.« Er räusperte sich und deutete auf seine eigene gelähmte Hand. Dann fuhr er leise fort: »Ich denke, uns beide verbindet so einiges, Meister Leonardo. Und beide haben wir nicht mehr viel Zeit.« Karl hörte die Nervosität in der Stimme seines Herrn. »Ist es … ist es möglich, dass wir vom gleichen Leiden geplagt werden?«

Leonardo schwieg eine ganze Weile, von draußen erklang das leise Tschilpen einer Amsel, die Zeit schien stillzustehen. Der Kopf des alten Dieners war nach vorne gesunken, vermutlich war er eingeschlafen.

»Nun, vielleicht«, sagte Leonardo schließlich. Dabei musterte er Faust sehr aufmerksam. »Die Krankheit, die mich plagt, ist allerdings sehr selten, nur wenige sind davon betroffen. Ehrlich gesagt, wärt Ihr der Erste, dem ich in meinem Leben je begegnet bin. Ist das der Grund, der Euch hierherführt, Eure Lähmung?«

»Ich gebe zu, ich hoffte, hier in Cloux eine Erklärung für

diese seltsame Krankheit zu finden«, erwiderte Faust. »Vielleicht sogar die Möglichkeit einer Heilung ...«

»Die Wege des Menschen sind endlich, und nicht alles lässt sich ergründen, Doktor Faustus, jedenfalls nicht mit den herkömmlichen Methoden und der uns bemessenen Zeit.«

Unter seiner Kutte zog Leonardo die abgerissene Hälfte der *Figura umana* hervor und hielt sie Faust hin, es war eine fast feminine Geste. Mit Edelsteinen besetzte Ringe schmückten seine langen, feingliedrigen Finger. »Ich hätte nicht gedacht, dieses Werk einmal wiederzusehen. Ich war damals in Geldnot, der Herzog von Mailand war so freundlich, mir auszuhelfen. Eigentlich nahm ich an, er würde die Schrift verbrennen.«

»Es ist mir eine Ehre, sie Euch zurückzugeben«, sagte Faust. »Das, was ich erfahren möchte, steht ohnehin nicht darin.«

»Manche Dinge sollte man nicht aufschreiben, sie sind zu schrecklich, zu ...«, Leonardo zögerte, »zu absonderlich. Die Menschen würden sie niemals glauben.« Er legte das zerrissene Manuskript beinahe liebevoll zwischen ihnen auf den Tisch.

»Dann erzählt mir von diesen Dingen.« Sorgfältig legte Faust die zweite Hälfte des Buches dazu, sodass es aussah, als wäre es nie zerrissen worden. »Manchmal müssen sich Gedanken ergänzen, damit sie ein Ganzes bilden.«

»Ein wahres Wort, fürwahr.« Ein fast spitzbübisches Lächeln breitete sich auf Leonardos runzligem Gesicht aus. »Ich denke, wir zwei können wirklich einiges voneinander lernen, Doktor Faustus. Zwei Brüder im Geiste.« Er machte eine Pause und betrachtete Fausts gelähmten Arm. »Und vielleicht sogar mehr als das.«

Nur wenig später eilte Greta zurück zum Hafen von Amboise.

Ihr Herz klopfte, und das lag nicht nur an den schnellen Schritten. Die Begegnung mit Leonardo da Vinci war beeindruckend gewesen, trotzdem war sie längst nicht so berührt gewesen wie Karl. Die Männer hatten miteinander in einem sehr schnellen Italienisch gesprochen, sie hatte sich ausgeschlossen gefühlt. Sehr bald war ihr klar geworden, dass Leonardo mit ihr offenbar nicht allzu viel anfangen konnte. Faust hatte sie als seine Tochter vorgestellt, doch mehr als ein freundliches Nicken hatte Leonardo für sie nicht übriggehabt, und schnell waren die Gespräche zu wissenschaftlichen Themen und zur Malerei übergegangen. Zumindest hatte Greta verstanden, dass sie wohl alle drei in Schloss Cloux wohnen durften, sehr zum Missfallen von Francesco Melzi. Der schweigsame alte Diener hatte ihr eine Kammer gezeigt, eine ebenso betagte Magd hatte ihr heißes Wasser gebracht. Gleich nachdem Greta sich den Staub aus dem Gesicht gespült hatte, war sie an dem verdutzten Melzi vorbei wieder zum Tor hinausgeschlüpft.

Hinunter zum Hafen, wo John Reed auf sie wartete.

John …

Der rothaarige, sommersprossige, ständig grinsende Bursche ging ihr nicht mehr aus dem Kopf, wie eine summende Fliege schwirrte er durch ihr Bewusstsein. Was sie anzog, waren sein Charme und sein Witz, aber vor allem die Leichtigkeit, mit der er die Dinge sah. Eine Leichtigkeit, die ihrem Vater, aber auch ihr selbst abging.

Gretas Schuhe schlugen hart auf das Pflaster; jetzt, da es auf den Abend zuging, waren die Gassen nicht mehr ganz so belebt. Die Geschäfte waren getan, die vielen Beamten und Höflinge saßen bei einem Glas Wein im königlichen Schloss oder in ihren Villen. Seit ihrem überhasteten Abschied vor wenigen Stunden hatte Greta immer wieder an die letzte Nacht denken müssen. Sie war sehr schön gewesen, ja, mehr als das. Sie und John hatten sich in den königlichen Gärten von Blois stundenlang geliebt, sie hatte die Kälte nicht gespürt und auch nicht die Steine und das taunasse Gras unter sich. In Johns Armen hatte Greta zum ersten Mal seit Langem wieder gut geschlafen, ohne Albträume von toten Kindern und einem bleich geschminkten Mann unter einer Brücke.

Wenn er gemerkt haben sollte, dass es für sie das erste Mal war, dass sie sich einem Mann ganz hingab, hatte er sich das nicht anmerken lassen. Greta war verwirrt. Sie kannte John kaum, und doch kam er ihr sehr vertraut vor. Sie dachte zurück an seine Berührungen und Küsse und lief noch schneller. Währenddessen überschlugen sich ihre Gedanken. Im Grunde war es unvorstellbar, dass sich Johns Wege und die ihren jetzt schon wieder trennen sollten. Sie hätte so gern mehr über ihn erfahren, ihn noch einmal, noch oft so geliebt wie in der vergangenen Nacht. Und nun blieb sie hier auf Schloss Cloux bei ihrem Vater und Karl, und er fuhr weiter, auf den Atlantik zu.

Der Atlantik …

Greta blieb mitten auf der Straße stehen. So lange hatte sie gezögert, doch jetzt glaubte sie sicher zu wissen, was sie tun musste: Wenn John es wollte, dann würde sie mit ihm reisen! Sie konnte ebenso arbeiten wie ein Mann, das Schiff würde sie weit wegbringen, weg von all dem Grauen, den düsteren Erinnerungen. John würde sie in eine bessere Welt mitnehmen! Was hatte sie schon groß zu verlieren? Ihr Vater war am Ziel seiner Reise angelangt, vielleicht konnte ihm Leonardo da Vinci ja wirklich helfen. Und Karl würde auch ohne sie zurechtkommen. Die beiden würden es verstehen. Eigentlich hatten sie alle gewusst, dass es irgendwann geschehen würde.

Die Zeit des Abschieds war gekommen, ihr Leben bekam eine neue Richtung.

Leichten Herzens betrat Greta den Hafen, wo die Schiffe vertäut an der Mole dümpelten. Ein paar schwitzende Tagelöhner schleppten Kisten an ihr vorbei, es roch nach modrigem Flusswasser und schon ein ganz wenig nach der weiten Welt. Greta zählte die Schiffe; es waren mehr als noch heute Vormittag, ein unübersichtliches Gewirr aus Masten und Segeln. Dort hinten, hinter der großen Barkasse, musste die *Étoile de Mer* liegen. Sie lief darauf zu …

Und blieb wie angewurzelt stehen.

Das Schiff war fort.

Greta sah sich um. Sie musste sich getäuscht haben. Vielleicht war Johns Schiff ja weiter hinten vertäut? Doch so sehr sie auch suchte, die *Étoile de Mer* war nicht mehr da. Schließlich hielt sie einen der Tagelöhner an und fragte ihn in ihrem schlechten Französisch nach dem Schiff. Der Mann sah sie zunächst fragend an, dann erhellte sich plötzlich sein Gesicht.

»*Aah, l'*Étoile de Mer!«, sagte er. »*Elle departait, il y a deux heures.*«

Greta fragte mehrmals nach, doch der Mann blieb dabei.

Die *Étoile de Mer* war schon vor über zwei Stunden ausgelaufen.

Plötzlich fühlte sich Greta so erschöpft wie nach einem tagelangen Marsch. Sie setzte sich auf einen Pfosten an der Mole und starrte hinaus auf den Fluss, wo die Schiffe im frühen Abendlicht vorbeizogen. Sie wusste nicht, ob sie lachen oder weinen sollte. Sie kam sich so dumm vor, so entsetzlich einfältig und naiv wie ein junges Ding vom Lande! Sie hatte einen Fehler gemacht, der ihr noch nie zuvor in ihrem Leben unterlaufen war.

Sie hatte sich auf einen Mann verlassen.

Und war entsetzlich enttäuscht worden.

9

Noch oft würde Johann sich in den kommenden Wochen und Monaten an die Zeit zurückerinnern, die er mit Leonardo da Vinci auf Schloss Cloux verbracht hatte. Jede Minute davon kostete er aus, jedes Wort des berühmten Künstlers schien ihm Kraft zu geben, und auch Leonardo blühte sichtlich auf, trotz seines Alters und seiner Krankheit. Es war, als hätten zwei Hälften zueinandergefunden, die einst ein Ganzes gewesen waren: auf der einen Seite Fausts analytischer, kristallklarer Verstand und sein Ehrgeiz; auf der anderen Seite die kreative, ungeordnete Denkweise Leonardos, der alles mit den Augen eines Kindes zu betrachten schien und Zusammenhänge herstellte zwischen Dingen, die vor ihm noch kein anderer bemerkt hatte. So wie einst Tonio del Moravia Johanns Lehrmeister gewesen war, so war es jetzt Leonardo da Vinci. Johann saugte jede seiner Äußerungen förmlich auf.

Oft gingen sie zusammen durch Leonardos Garten, der so groß war wie ein Park. Vor einigen Jahren war hier noch Sumpf gewesen, doch den hatte man mit Kanälen trockengelegt. Nun sprudelten muntere Bäche durch einen schattigen Wald, auf Wiesen weideten Lämmer und Schafe, es gab einen Gemüsegarten, ein Gewächshaus, in dem Leonardo seltene Pflanzen züchtete, dazu ein lichtdurchflutetes Atelier mit Hunderten kleiner Glasfenster und einen Kräutergarten, in dem Küchenkräuter wuchsen, aber auch Gift- und Heilpflanzen, mit denen Leonardo von Zeit zu Zeit Experimente anstellte.

Leonardo hatte Johann, Karl und Greta gleich am ersten Abend eingeladen, auf Schloss Cloux zu bleiben, und aus Tagen waren schließlich Wochen geworden. Ihre Spaziergänge wurden oft unterbrochen, weil dem großen Künstler im Garten immer wieder etwas Neues auffiel: der schwerfällige Flug einer Hummel, Wasser, das in Kaskaden in einen Teich strömte, die Bewegungen der Wolken über ihnen, die komplizierte Struktur eines summenden Bienenstocks … Dann zog Leonardo sein kleines Notizbuch hervor, das immer an seinem Gürtel hing, machte einige Aufzeichnungen oder zeichnete Skizzen. Da er Linkshänder war, störte ihn dabei seine Lähmung nicht. Überhaupt gab es Zeiten, da Leonardo fast gesund wirkte. Doch dann überkam ihn wieder ein Zittern, er musste sich setzen, und die Krankheit und sein baldiger Tod standen ihm ins Gesicht geschrieben.

»Seht Ihr die Libelle dort drüben?«, wandte er sich an Johann, als sie eben über die Möglichkeiten einer Wasseruhr sprachen, bestehend aus vierundzwanzig einzelnen Gefäßen, die sich stündlich füllten und wieder leerten. »Sie fliegt mit vier Flügeln. Jedes Mal, wenn sich das vordere Flügelpaar hebt, fallen die hinteren Flügel herunter, wie ein kleiner, von Gott konstruierter Apparat. Erstaunlich, nicht wahr?«

Johann blinzelte. »Ich kann ehrlich gesagt nicht viel erkennen. Wie könnt Ihr bei dem wilden Sirren nur einzelne Bewegungen ausmachen?«

»Ich sehe sie einfach.« Leonardo zuckte mit den Schultern. »Offenbar nehmen meine Augen mehr auf als die anderer Menschen.« Er hielt im Gehen inne. »Hm, wenn eine Libelle mit vier Flügeln einen derartigen Auftrieb hat, so müssten dementsprechend größere Flügel beim Menschen … Oh, seht nur, wie sich das Sonnenlicht in dem kleinen Wasserfall dort drüben bricht! Das Wasser wirkt wie ein Filter, der die einzelnen Farben voneinander trennt. Höchst interessant!« Er raffte seinen Mantel und eilte auf den Wasserfall zu, wie ein kleiner Junge auf der Jagd nach Libellen. Dort zückte er sein Skizzenbuch und vertiefte sich mit dem Kohlestift in eine zeichnerische Studie.

Johann blickte ihm verblüfft hinterher. So war es eigentlich immer, Leonardo war an so vielen Dingen zugleich interessiert, dass er sich nur schwer länger als einige Stunden auf eine einzelne Sache konzentrieren konnte. Mit ihm die Tage zu verbringen war, als würde man durch einen Wald von Ideen laufen und doch niemals anhalten. Johann hatte viele große Gelehrte getroffen, der Klügste davon sicher Heinrich Agrippa, aber auch Agrippa war ein Mann des Geistes, er setzte sich die Welt im Kopf zusammen. Leonardo hingegen studierte die Welt, die direkt vor ihm lag, er roch, schmeckte, fühlte und betastete sie. Egal, was ihm Johann erzählte und beschrieb, ob nun einfache Gaukeleien, Probleme der Astrologie, raffinierte Kartentricks, die Möglichkeiten der Alchimie oder die stinkenden Feuerpfeile, die Johann für seine Vorführungen im Reich herstellte, der Alte war an allem interessiert.

»In Mailand habe ich eine Maschine entwickelt, die Pfeile zu Hunderten auf den Gegner schießen kann«, sagte Leonardo nachdenklich, als sie an einem lauen Aprilabend wieder einmal durch den Garten spazierten. Auch Karl Wagner war dabei, während Greta es offenbar vorzog, durch die Stadt zu wandern, wie sie es in den letzten Tagen oft tat. Überhaupt machte sie einen verschlossenen, ja fast mürrischen Eindruck. Von John Reed hatte sie nicht mehr gesprochen, offenbar war die Sache doch nicht so ernst gewesen, wie Johann befürchtet hatte.

Leonardo schien Gretas Abwesenheit nicht weiter aufzufallen, dafür fragte er oft nach Karl, der sie beide bei ihren Gängen gern begleitete. Mit seiner mit Ringen behängten linken Hand nahm Leonardo einen Stein auf und warf ihn in den Teich. Kleiner Satan, der die drei Männer häufig begleitete, sprang bellend hinterdrein.

»Alle Pfeile fliegen die gleiche elliptische Bahn«, fuhr Leonardo in seinen Ausführungen fort. »Dasselbe gilt übrigens auch für Kanonenkugeln, die ja nun immer öfter verwendet werden. Wer in der Lage ist, ihre Bahnen genau zu berechnen, kann einen Krieg entscheiden.«

»Habt Ihr Euer Wissen denn jemals einem der Herrscher Europas zur Verfügung gestellt?«, fragte Karl. »Gerade jetzt, da die Osmanen immer weiter vordringen, müsste man Euch doch Erfindungen wie diese Pfeilmaschine aus den Händen reißen.«

Leonardo schwieg lange, schließlich antwortete er mit Bedacht, wobei er jedes Wort abzuwägen schien: »Einst dachte ich, um das Hauptgeschenk der Natur, nämlich die Freiheit, zu bewahren, müsse jedes Mittel recht sein. Mittlerweile bin ich anderer Ansicht. Manche Gedanken sollten nicht skizziert, ja, nicht einmal laut ausgesprochen werden. Sie sind zu gefährlich.«

»Aber sollten nicht alle Gedanken frei sein?«, hakte Johann nach.

»Ein Dilemma, in der Tat.« Leonardo seufzte. »Ich fürchte, dieses Thema wird die Menschheit in Zukunft immer mehr beschäftigen. Gedanken, Erfindungen, all die vielen Möglichkeiten wachsen immer schneller an den Bäumen unserer Fantasie!« Er sah Johann lange und prüfend an. »Wie können wir dafür sorgen, dass unsere Ideen uns nicht am Ende in den Abgrund stürzen? Ich sehe ein düsteres Bild vor mir. Die Menschen machen sich die Erde untertan, und auf der Erde, unter der Erde und im Wasser wird nichts übrig bleiben, was sie nicht verfolgen, aufstöbern und vernichten.«

In diesen Momenten war Leonardo so schwermütig, wie

Johann das auch von sich selbst in seinen dunklen Stunden kannte.

Es war wie ein Rausch, die Tage flogen dahin. Oft bekam Johann Greta nur am Abend oder am Morgen kurz zu Gesicht, dann vertiefte er sich mit Leonardo und Karl wieder in wissenschaftliche Gespräche. Was seine Tochter tagsüber tat, wusste er nicht. Es war wie in Metz, als er mit Agrippa an dem Hexenprozess gearbeitet hatte, oder wie damals in Heidelberg, als er mit seinem Freund Valentin die Laterna Magica baute. Die Diskussionen, die Arbeit und die vielen neuen Anregungen beflügelten seinen Geist. Und ließen ihn alles andere vergessen, auch die Menschen, die er liebte.

Eines jedoch war seltsam: Als Johann Leonardo auf Heinrich Agrippa ansprach, kannte dieser seinen Kollegen zwar vom Namen her. Doch er wusste nichts von Briefen, die sie einander geschrieben hatten. Johann vermutete, dass Leonardo den Briefwechsel mit Agrippa schlicht vergessen hatte. In Leonardos Bibliothek lagerten Tausende von Briefen, Notizen und Zetteln, manche waren sogar zweifach beschrieben worden, um Papier zu sparen. Es kam vor, dass der große Meister an einem Tag einen genialen Gedanken hatte, von dem er am nächsten schon nichts mehr wusste, weil ihm in der Zwischenzeit bereits drei neue Gedankenblitze gekommen waren.

Nur über eines redeten sie in dieser ersten Zeit nie: über ihre gemeinsame Krankheit. Immer wenn Johann Leonardo darauf ansprach, wich ihm der alte Mann aus oder antwortete höchst nebulös.

»Die Kirche meint, dass es im Leben für alles eine Zeit gibt«, sagte Leonardo einmal, als sie beim Abendessen zusammensaßen. »Eine Zeit des Wachsens, eine Zeit des Sterbens, eine Zeit des Nehmens und eine Zeit des Zahlens.« Die Köchin Matturina stellte schweigend den Eintopf auf den

Tisch und setzte sich dann still in die Ecke, wo sie wie so oft auf weitere Anweisungen wartete. Sie und der alte Diener Battista waren immer in Leonardos Nähe, wohl um sich seiner anzunehmen, sollte der Greis stürzen oder seine Lähmung ihn in irgendeiner Weise behindern.

»Mag sein, dass jetzt die Zeit des Zahlens gekommen ist«, fuhr Leonardo fort. Zitternd löffelte er mit der linken Hand den Eintopf, er wurde nun von Tag zu Tag sichtlich schwächer. Eine silberne Kette mit einem Anhänger, eine der vielen Ketten, die Leonardo trug, hing ihm fast in den Teller. »Was meint Ihr, Doktor? Habt Ihr alle Eure Rechnungen beglichen? Oder ist Eure Krankheit solch eine offene Rechnung? Eine Rechnung, die Ihr mit jemandem habt, der mächtiger ist als Ihr?« Es kam Johann so vor, als würde ihn sein Gegenüber einmal mehr sehr aufmerksam mustern. In den letzten Tagen und Wochen war Johann immer mehr zu der Überzeugung gelangt, dass auch Leonardo da Vinci einen Pakt geschlossen hatte.

All dein überbordendes Talent, diese Klugheit, das Glück … Woher kommt es, alter Mann? Ist es gottgegeben, oder hat auch dir der Teufel ein Angebot gemacht, das du nicht ablehnen konntest?

Beinahe war er so weit, Leonardo darauf anzusprechen, doch hinter ihnen lauerte stets die Köchin Matturina, die begierig jedes Wort aufzusaugen schien.

»Ich habe Eure *Figura umana* studiert, wie Ihr wisst«, erwiderte Johann stattdessen. »In Euren Skizzen erscheint es mir, als wäre der menschliche Körper eine Art Maschine, so wie ein kompliziertes Uhrwerk. Vielleicht muss bei uns beiden ja nur eine kleine Feder oder ein Schräubchen ausgetauscht werden.«

»Ein Schräubchen, das bei uns beiden locker ist?« Leonardo grinste, kurz zeigte sich noch einmal der kindliche Schalk in seinen Augen. »Das Bild gefällt mir! Im Großen und Ganzen kann ich Euch zustimmen, Doktor Faustus. Aber vielleicht gibt es auch Krankheiten, die sich nicht kurieren lassen, weil …«, er zögerte, »weil die Rechnung sich nur auf eine ganz bestimmte Weise zahlen lässt.«

Johanns Hand verharrte über dem Teller. »Wie meint Ihr das?«

Doch Leonardo da Vinci gab keine Antwort, sondern aß schweigend weiter seinen Eintopf.

Francesco Melzi, der Haushofmeister, der Johann am Anfang so oft spöttisch gemustert hatte, lief ihnen gelegentlich in dem großen Anwesen über den Weg. Mittlerweile wusste Johann, dass es sich bei Melzi um einen jungen italienischen Maler handelte, der Leonardo seit Jahren treu verbunden war und ihn hierher nach Frankreich begleitet hatte. Offenbar umgab sich Leonardo gern mit hübschen Männern; ein weiterer junger Maler, dessen Spitzname »Salai«, also »Teufelchen« lautete, reiste zurzeit durch Italien. Melzis Hauptaufgabe war es, die vielen Notizen zu sortieren, die Leonardo im Lauf der Jahrzehnte angesammelt hatte. Zum Malen war er schon lange nicht mehr gekommen.

Es ärgerte Melzi sichtlich, dass sein Patron den Doktor Faustus und dessen Freunde als Gäste beherbergte, besonders Karl Wagner war ihm ein Dorn im Auge. Melzi schien eifersüchtig zu sein auf Karl, dem Leonardo immer wieder eindeutige Blicke zuwarf. Sehr schnell hatte Johann erkannt, dass wohl auch Leonardo ein heimlicher Sodomit war. Hatte er deshalb vor einigen Jahren Rom Hals über Kopf verlassen müssen?

Von Zeit zu Zeit ließ Francesco Melzi Leute zu einer Audienz vor, darunter auch einige Adlige, denen Leonardo wohl den einen oder anderen Automaten für ihre höfischen Feste gebaut hatte. Nur der König zeigte sich nicht. Es hieß, er halte sich weiter nördlich auf, wo er wegen der Wahl zum deutschen König verhandelte. Dafür schickte er mit Blattgold versiegelte Briefe und erkundigte sich mehrmals wöchentlich nach Leonardos Befinden.

In all der Zeit kam Johann in seiner eigenen Angelegenheit keinen Schritt weiter. Auch in den vielen Büchern und Notizen Leonardos, die er in dessen Bibliothek studieren durfte, fand er keinen Hinweis, weder auf seine Krankheit noch auf Tonio. Zumindest verschlimmerte sich seine Lähmung nicht weiter. Doch immer öfter griff er nun zum Theriak, der ihn vor schlimmeren Schmerzen bewahrte und von dem er immer ein Fläschchen unter dem Bett verwahrte, wo Karl es nicht sehen konnte.

Johann fragte sich, ob wohl auch Leonardo da Vinci zu solchen Hilfsmitteln griff. Oder wie ließ sich sonst dessen Gemütsruhe angesichts des nahenden Todes erklären?

An einem Abend, als Leonardo noch in seinem Atelier malte, saß Johann nebenan in der Bibliothek. Hier bei Kerzenschein zu lesen und zu studieren war wie eine Reise, bei der man nie wusste, wohin sie einen führte. Die Bücher waren nicht geordnet, weder nach Autoren noch nach Themen oder Titeln. Die Folianten stapelten sich in den Regalen und auf den Tischen, verstaubte Berge von Wissen; dazwischen lagen Pergamentrollen und einzelne zerknitterte Zettel, die zu Leonardos berühmter Zettelsammlung gehörten. Zu allem, was er sah, schrieb der große Meister seine Gedanken auf oder zeichnete etwas dazu. Verwundert betrachtete Johann eine Art Schirm, an dem ein Mann hing, der damit offenbar zu Boden segelte. Auf einem anderen erkannte Johann eine riesige Armbrust, groß wie ein Schiff. Es gab Menschen mit Vogelflügeln, Zahnräder, Sichelwagen, bewegliche Brücken, Dutzende Kanonen in einer Reihe, Männer, die wie Monster aussahen und offenbar unter Wasser atmen konnten, aber auch etliche Zeichnungen, die sich Johann nicht erklären konnte, darunter grausige Kriegsszenen mit Toten und Verletzten.

Eine Skizze fiel Johann in die Hände, die ihn besonders entsetzte: Eine Burg war darauf abgebildet, die auf keinem Berg, sondern auf Knochen und Schädeln stand; je länger man die Zeichnung anblickte, desto mehr erschien es einem, als ob die Burg selbst ein einziger großer menschlicher Schädel wäre, der einen anstarrte. Darüber war ein einziges Wort geschrieben.

Seguaffit.

Johann konnte sich keinen Reim darauf machen, er hatte das Wort noch nie gehört. Doch auf irgendeine Weise erschien es ihm genauso schrecklich wie die Schädelburg.

Seguaffit ... Was in Gottes Namen ...?

»Ihr solltet so spät nicht mehr lesen, es ist nicht gut für die Augen.«

Johann erschrak. Als er sich umdrehte, sah er Leonardo da Vinci in der Tür stehen. Er hatte den Eindruck, dass ihn der alte Mann schon länger beobachtete. Leonardo hielt den Pinsel in der linken Hand, seiner Zeichenhand, die rechte hing schlaff herab.

»Das Gleiche gilt wohl auch für den Maler nebenan«, sagte Johann lächelnd. Er schob das Papier mit der seltsamen Zeichnung zur Seite, beinahe so, als hätte ihn Leonardo bei etwas Verbotenem ertappt.

»Ihr habt recht, ich wollte ohnehin gerade aufhören. Melzi hat mir eben eine schlechte Nachricht überbracht.«

Sofort wurde Johann ernst. »Was ist geschehen?«

»Nun, mein junger Pferdeknecht, der gute Silvio, ist beim Reiten vom Pferd gefallen. Er hat wohl in der Dämmerung einen Ast übersehen. Leider stürzte er so unglücklich, dass er sich dabei das Genick brach.« Leonardo seufzte. »Ich hätte nicht gedacht, dass Silvio noch vor mir das Zeitliche segnet. Übermorgen ist die Beerdigung, so lange liegt die Leiche drüben in der Scheune und …« Er zögerte und musterte Faust.

»Ihr habt einmal davon gesprochen, dass der Mensch eine Maschine sei«, sprach er schließlich weiter. »Fürwahr, ein überaus ketzerischer Gedanke. Zumal er sich ja nur überprüfen ließe, wenn man in das Innere des Menschen schauen könnte … was die Kirche jedoch verbietet.«

»Die Kirche verbietet vieles«, erwiderte Johann vorsichtig. »Nicht alles ergibt in meinen Augen einen Sinn.«

»Hm, auch ich ziehe das eigenständige Denken der Religion vor. Bald werde ich wohl wissen, ob das ein Fehler war. Fragt mich noch einmal, wenn ich auf der anderen Seite bin.« Leonardo grunzte abfällig. »Ich denke, ich würde Euch gerne etwas zeigen, Doktor.«

»Was?«, fragte Johann.

»Kommt mit Eurem jungen Assistenten morgen Nacht in die Scheune, um Mitternacht, wenn alles schläft«, sagte Leonardo, ohne auf Johanns Frage einzugehen. »Vielleicht finden wir ja dann endlich eine Antwort auf die Frage, die uns beide schon so lange quält. Ist unsere Krankheit nur ein loses Schräubchen oder doch ein …«, er stockte, »ein unheilbarer Fluch. Ich bin müde, lasst uns jetzt zu Bett gehen.«

Leonardo wartete noch, bis Johann die Bibliothek verlassen hatte. Als Johann am nächsten Tag noch einmal einen Blick auf die Zeichnungen werfen wollte, auch auf die schreckliche Skizze mit dem rätselhaften Wort *Seguaffit*, war die Bibliothek verschlossen.

Für Johann sollte sie sich erst viele Wochen später wieder öffnen.

Zusammen mit vielen anderen Besuchern strebte Greta am nächsten Morgen der kleinen Kirche Saint-Denis oberhalb der Stadt zu.

Die Kirche lag etwas außerhalb von Amboise an einer breiten Straße, die von der Loire hinauf auf einen Hügel führte. Es war Sonntag, Greta hatte Schloss Cloux noch vor dem Frühstück verlassen und war zunächst durch die Gassen gestromert, wie sie es nun schon seit fast zwei Wochen tat. Dabei hatte sie mehrmals das Gefühl, beobachtet zu werden, aber sie mochte sich täuschen. Zur Sicherheit hatte sie bei ihren Gängen ohnehin meist Kleiner Satan dabei, der mehr wert war als drei ausgebildete Leibwächter.

Greta hatte eine ganze Weile gebraucht, um darüber hinwegzukommen, dass John Reed sie versetzt hatte. Sie hatte wirklich geglaubt, die Nacht in Blois wäre auch für ihn etwas Besonderes gewesen, so wie für sie. Doch vermutlich war sie nur eines der vielen Mädchen, die er jede Woche entlang der Loire aufgabelte. Ein nettes Abenteuer, ein kurzes Vergnügen, mehr nicht. Sie hatte sich für die Abfuhr und ihre naive Sehnsucht so geschämt, dass sie auch Karl nichts davon erzählt hatte. Ohnehin waren die beiden Männer ständig mit Leonardo zugange, für Greta interessierte sich auf Schloss Cloux niemand. Es wurde wirklich Zeit, dies alles hinter sich zu lassen!

Aber wohin sollte sie gehen? Greta machte sich keine Illusionen. Als alleinstehende junge Frau in einem fremden Land war sie Freiwild, und ihr Französisch war leider nicht gut genug, um sich einer Gauklertruppe anzuschließen. Sie hatte sich selbst einige Tage Bedenkzeit gegeben, um zu entscheiden, was sie nun tun wollte.

Um sich abzulenken von John, aber auch von all den anderen düsteren Gedanken, erkundete sie zusammen mit Kleiner Satan das Städtchen Amboise, den Hafen, die nahe gelegenen Tuffsteinhöhlen, vor allem aber das herrschaftliche Schloss, wobei sie jedoch nie weiter kam als bis zu den oberen Schlosstoren.

Wenn sich am Morgen der Nebel über der Loire hob wie ein weißes Laken, schien das Schloss über der Stadt zu schweben. Im Inneren eines Turmes führte eine steinerne Gasse in Serpentinen nach oben, so breit, dass selbst Karren und Kutschen hindurchpassten. Adlige und höfische Beamte gingen ein und aus, nur der König war noch nicht eingetroffen. Er hielt sich immer noch irgendwo im Norden auf, wo er versuchte, die Wahl zum deutschen König zu seinen Gunsten zu beeinflussen.

In einer der Tuffsteinhöhlen am Fuß des Hügels hatte Greta eine kleine Kapelle entdeckt, in die sie nun öfter zum Beten ging, sie war ihr Lieblingsplatz geworden, ihr Refugium. Seit sie ihrem Vater zweimal auf wundersame Weise mit einem Gebet hatte helfen können, war ihr Glaube wieder stark geworden. Erinnerungen kamen zurück an Onkel Valentin und gemeinsame Kirchgänge mit ihm damals in Nürnberg. Die Gebete gaben Greta Kraft, sie vertrieben die Angst und den Zweifel. Das war auch der Grund, warum sie heute die Kirche Saint-Denis aufsuchte. Den Hund hatte sie ausnahmsweise in Cloux gelassen, als Kirchgänger war er eher ungeeignet.

Sobald die Glocken läuteten, betrat Greta mit den übrigen Gläubigen das kühle Innere und setzte sich in eine der hinteren Bänke. Niemand beachtete sie. Der Geruch von Weihrauch, der bereits jetzt am Anfang der Messe durch das Gewölbe waberte, beruhigte sie fast augenblicklich. Die Bürger von Amboise stimmten in ein einfaches Kirchenlied ein, das wie ein Kinderlied klang. Greta summte leise mit.

»Mon Dieu, je croix … Protège nos enfants …«

Herr, beschütze unsere Kinder.

Auch hier in Amboise erzählte man sich Geschichten von jenem kinderfressenden Oger, wie schon in Blois weiter flussaufwärts. Mehrfach hatte Greta an den Wirtshaustischen das Wort ›*Ogre*‹ aufgeschnappt, die Leute hatten dabei ängstlich und bedrückt gewirkt. Und ein anderes Wort war fast ebenso oft gefallen wie ›*Ogre*‹.

Tiffauges …

Was es damit auf sich hatte, ob es ein weiteres Monstrum, ein Ort oder nur ein Name war, wusste Greta nicht. Sie hatte überlegt, Karl danach zu fragen. Aber der war so sehr mit Leonardo da Vinci beschäftigt, dass sie den Gedanken wieder fallen ließ.

Der Gesang der Gläubigen schwoll an, und Greta sang die einfachen Worte mit.

»Je croix, je croix, je croix …«

Eben kniete sie sich zum Gebet mit den anderen nieder, als sie spürte, dass jemand sie beobachtete. Es war dieses vage Gefühl, das sie schon öfter hier in Amboise gehabt hatte, wie eine Stelle im Rücken, die einen juckte und an der man sich nicht kratzen konnte. Vorsichtig wandte sie sich um. Sie kniete in den Reihen der Frauen, die sämtlich ihr Kopftuch tief ins Gesicht gezogen hatten, manche hatten sich zudem in einen Schleier gehüllt. Greta blickte hinüber nach rechts, wo die Männer saßen. Auch sie knieten, den Kopf gebeugt. Doch einer dieser Köpfe, so schien es ihr, hatte sich erst gerade eben gesenkt. Der Mann befand sich in den Bänken im Seitenschiff, im Dämmerlicht der Kirche war von ihm nicht mehr zu erkennen als ein Schatten.

Mit klopfendem Herzen wartete Greta das Ende des Gottesdienstes ab. Hier in der Kirche fühlte sie sich sicher, unangreifbar. Das Böse konnte ihr nichts anhaben. Als der Pfarrer mit weit geöffneten Armen den Abschlusssegen sprach, stand sie auf und ging mit den anderen Frauen nach draußen. Doch anders als die Übrigen wandte sie sich nach rechts und blieb hinter einer Ecke der Kirche stehen. Das Glockenläuten und das Gemurmel der Menge gaben ihr die nötige Gelassenheit. Wenn ihr hier etwas geschah, konnte sie jederzeit um Hilfe rufen.

Nach einer Weile waren Schritte zu hören, jemand näherte sich ihrem Versteck. Greta nahm ihren ganzen Mut zusammen und trat aus der Nische hervor.

Ein Mann wäre fast in sie hineingelaufen.

Als Greta ihn erkannte, fehlten ihr für einen Moment die Worte.

»John?«, fragte sie verblüfft. Sie trat einen Schritt zurück und musterte ihn. Er war unrasiert und blass, so als hätte er nicht viel geschlafen in den letzten Nächten. Ansonsten schien er jedoch ganz der Alte. Greta war so überrascht, dass sie den Zorn auf ihn für einen Moment vergaß.

Auch John machte kurz einen verwirrten Eindruck, doch dann lächelte er müde. »Schau an, die kleine Prinzessin! Und ich dachte, du wohnst auf deinem Schloss, zusammen mit diesem seltsamen Zausel von Maler und deinem Vater, dem alten Drachen.«

»Und ich dachte, du bist schon längst mit deinem Schiff irgendwo auf dem Atlantik unterwegs, mit Kurs auf Pfefferland.« Greta verschränkte die Arme. »Nach unserem kurzen Abschied vor zwei Wochen bin ich noch einmal zurück zum Hafen wie vereinbart. Aber du warst nicht da.«

»Wir … wir müssen uns wohl verpasst haben«, wich er aus. »Musste noch mal weg. Die Geschäfte laufen schlecht.«

»So schlecht, dass du ohne Lebewohl verschwinden musstest?«, hakte Greta nach. »Ich habe dein Boot nirgendwo im Hafen gesehen. Stattdessen bist du hier, in einem Gottesdienst. Betest du etwa für besseres Wetter?«

»Meine Männer und ich, wir hatten …« John zögerte. »Wir hatten unterschiedliche Ansichten über die weiteren Geschäfte. Also haben wir uns getrennt.«

»Deine Mannschaft nimmt das Schiff und lässt dich hier allein zurück? Das kannst du deinen Flittchen und Hafenhuren erzählen. Für wie blöd hältst du mich eigentlich?«

»Für wie blöd hältst du *mich*?« John funkelte sie an. »Du hast erzählt, ihr seid einfache Pilger auf dem Weg zum Kloster Fontevrault. Und dann erfahre ich, dass derjenige, der sich als dein Vater ausgibt, in Wirklichkeit ein im ganzen Reich und darüber hinaus bekannter Magier, Sternendeuter und Alchimist ist. Und ganz zufällig schlüpft ihr auch noch bei keinem Geringeren als Leonardo da Vinci unter.«

»Oho, ich sehe, du hast dich bereits ausgiebig nach mir erkundigt.« Greta ging einen Schritt auf ihn zu und betrachtete ihn argwöhnisch. Offenbar wusste John nicht, dass sie tatsächlich Fausts Tochter war, das hatte ihr Vater nur Leonardo erzählt. Doch ansonsten kannte er sich gut aus. »Du hast mich beobachtet, gib es zu! Was soll das? Warum spionierst du mir hinterher?«

John öffnete den Mund, er schien etwas sagen zu wollen, dann ließ er die Arme sinken. »Was soll's, dann erzähle ich es dir eben. Irgendwann kommt es ohnehin ans Licht.«

Greta trat nun ganz nah an ihn heran, seltsamerweise hatte sie keine Angst, nicht vor John. »*Was* erzählst du mir?«

Mit einer Geste bat er sie, sich neben ihn auf eine der verwitterten Steinstufen vor der Kirche zu setzen. Die meisten Kirchgänger waren mittlerweile auf dem Rückweg in die Stadt, nur noch ein paar ältere Frauen scharten sich um den Ausgang, wo sie sich tuschelnd unterhielten. Von dem jungen Paar nahm keiner Notiz. Greta zögerte kurz, dann setzte sie sich auf den kühlen harten Stein, wobei sie ein wenig von John abrückte.

Umständlich fing John an: »Wir … wir hatten nie vor, euch bis nach Amboise mitzunehmen.«

»Was soll das heißen?«

»Äh, du musst wissen, wir sind keine Händler, sondern … sondern …« John knetete seine Hände. »Nun … eben Leute, die es mit der Steuerlast nicht so genau nehmen.«

»Ihr seid *Schmuggler*?«, fragte Greta verblüfft.

»Ein hartes Wort.« John hob die Hände, er wirkte beinahe beleidigt. »Alles, was wir tun, ist, das Stapelrecht zu unterlaufen. Eigentlich müssen alle Schiffe ihre Fracht in jeder großen Stadt an der Loire zum Verkauf anbieten und dort auch

Steuern zahlen. Unsere Waren aber gehen ohne Umweg zum Atlantik und sind deshalb wesentlich billiger.« Er zwinkerte Greta zu. »Die schnucklige *Étoile de Mer* ist größer, als sie aussieht, sie hat einen ziemlich dicken Bauch.«

»Aber warum habt ihr uns dann …?«

»Als ich euch drei in Orleans sah, dachte ich, dass man euch melken könnte. Verstehst du? Einfache Pilger, ha!« John lachte leise. »Ich hab euch das nie abgenommen, sondern vermutet, dass ihr reiche Händler seid mit irgendeiner sehr wertvollen Fracht, die ihr versteckt. Edelsteine, Perlen oder dergleichen, eingenäht in eure Gewänder. Eigentlich wollten wir euch ja schon in Blois ausrauben und dann noch vor dem Morgengrauen ablegen. Aber dann …« Er stockte.

»Was war dann?«, fragte Greta.

»Ach, verflucht, diese Nacht mit dir … Mir ist so etwas noch nie passiert! Ich bekenne mich schuldig, Greta.« John machte eine Pause, er senkte den Kopf. »Schuldig, mich in dich verliebt zu haben.«

Sie lief rot an, ihr Herz schlug schneller. »Du hast dich in mich …?«

John rückte ein Stück näher, und Greta spürte, wie ihr heiß wurde. Eigentlich hätte sie wütend sein müssen, mehr noch, sie hätte diesem betrügerischen Kerl eine Ohrfeige verpassen und auf der Stelle gehen sollen. Doch sie konnte nicht. Greta roch Rauch, Wein und herben Männerschweiß, er schien sich schon länger nicht mehr gewaschen zu haben. Doch seltsamerweise störte sie das nicht, ganz im Gegenteil.

»Ja, ich habe mich Hals über Kopf in dich verliebt«, fuhr er leise fort. »Zum Teufel, und das mir! Oben in den Schlossgärten von Blois ist es passiert, wie ein Blitz aus heiterem Himmel. Danach … danach war alles anders. Also bat ich meine Männer, mit dem Raub noch ein wenig zu warten. Ich brauchte Zeit. Zeit, um mir zu überlegen, wie es weitergehen sollte mit … mit uns beiden. Aber dann hat dein Vater mir plötzlich den Laufpass gegeben, und du hast mich am Hafen stehen lassen wie einen dummen Ochsen. Es kam zum Streit mit der Mannschaft, die sich um ihren Anteil betrogen sah, ich hab mich besoffen wie ein Flickschuster, und die anderen sind mit dem Schiff auf und davon und haben mich hier zurückgelassen, die gottverfluchten Bastarde! Seitdem sitze ich in Amboise fest. Und … und …«

»Du hast mich verfolgt, nicht wahr?«, ergänzte Greta. »Deshalb weißt du auch, dass wir bei Leonardo da Vinci untergekommen sind.«

John hob die Hand. »Auch hier muss ich meine Schuld eingestehen.« Verlegen fuhr er sich durch sein verstrubbeltes rotes Haar. »Wobei ich da nicht groß spionieren musste. Die halbe Stadt spricht ja davon, dass der berühmte Doktor Faustus bei Leonardo da Vinci zu Gast ist. Ich wollte dich schon mehrmals ansprechen, aber ich hatte Angst, dass du mich wegjagen könntest. Weil du herausgefunden hast, was für ein Mistkerl ich eigentlich bin.« Plötzlich hob er den Kopf und sah sie an, seine Stimme war fest. »Keine Lügen mehr, Greta! Hier stehe ich vor dir, ein Schmuggler, Dieb und Narr, der sich rettungslos in dich verliebt hat.«

»Wenn du mir das alles früher gesagt hättest, wäre vieles ein wenig einfacher gewesen«, gab sie ruppig zurück. Doch sie spürte, wie ihr innerer Wall bröckelte. Es war wie in einem Traum, eigentlich zu schön, um wahr zu sein. Greta hoffte nur, dass sie keiner wachrüttelte.

»Du sahst übrigens in der Messe eben wunderschön aus. Wie ein vom Himmel gefallener Engel.« John lächelte breit, es war dieses leicht schiefe, verlegene Lächeln, das sie endgültig besiegte. Der Platz vor der Kirche war jetzt ganz leer, es gab nur noch sie beide.

Greta seufzte leise und hoffte, dass John es nicht gehört hatte. Sie musste daran denken, dass sie von ihrem Vater erst kürzlich gefordert hatte, immer die Wahrheit zu sagen. Wie konnte sie John dafür verurteilen, wenn er es jetzt tat? Es tat so gut, ihn wieder bei sich zu haben. Seine Nähe hatte etwas Vertrautes, so als würden sie sich eigentlich schon viel länger kennen. Und der Beruf des Schmugglers hatte ja durchaus etwas Romantisches.

»Du … du selbstsüchtiger, dummer …«, begann sie.

Der Rest des Satzes ging in einen langen Kuss über. Greta sträubte sich zunächst, doch dann erwiderte sie Johns Kuss mit ihrer ganzen Leidenschaft. John hatte ein Feuer in ihr entzündet, das auch nach seinem Verschwinden noch geglommen hatte und jetzt neu entfacht worden war. Doch diesmal würde sie nicht das schwache Mädchen sein, das sich verführen ließ. Abrupt drehte sie den Kopf zur Seite und stand auf.

»Was hast du vor?«, fragte John erstaunt.

Greta lächelte. »Es mag uns vielleicht gerade keiner sehen, aber das da hinter uns ist immer noch eine Kirche. Ich kenne einen verwilderten Obstgarten ganz in der Nähe. Er ist vielleicht nicht so prächtig wie der Schlossgarten von Blois, aber mindestens ebenso schön.« Sie zog John zu sich hoch und führte ihn am Ärmel, was er beinahe willenlos mit sich geschehen ließ. Arm in Arm liefen sie die schmale Gasse entlang, die zu den Weinhängen und Gärten außerhalb der Stadt führte.

Deshalb sah Greta auch nicht den alten Raben, der oben im Kirchengemäuer saß und mit roten, fast hasserfüllten Augen auf sie herabstarrte.

Auch als Greta am Abend mit beschwingten Schritten zurück nach Schloss Cloux eilte, blickten ihr aus einer der Tuffsteinhöhlen am Wegesrand zwei Schatten nach. Es war dunkel in der Höhle, sodass im Umriss ihrer Körper nur das Weiß ihrer Augen zu sehen war, wobei der eine Schatten hinter dem anderen aufragte wie ein Fels.

»Das ist sie!«, zischte Viktor von Lahnstein. »Diese Göre vom Doktor.«

»Soll ich sie mir schnappen, damit wir sie aushorchen können?«, brummte Hagen und rückte sein langes, blutbeflecktes Schwert auf dem Rücken zurecht. »Die Gelegenheit ist günstig, sie hat ausnahmsweise diesen Köter nicht dabei.« Mit einem sirrenden Geräusch zog er die Klinge aus der Scheide. Zu seinen Füßen lag noch der tote Bettler, der das Pech gehabt hatte, sich ausgerechnet diese Höhle zum Ausschlafen seines Rausches ausgesucht zu haben. Wenigstens hatte er nicht viel gespürt.

Lahnstein überlegte kurz, dann schüttelte er den Kopf. »Nein, dann müssten wir sie danach beseitigen, ebenso wie den armen Teufel hier. Und wer weiß, ob sie uns überhaupt etwas verrät. So ein Verschwinden wirft Fragen auf. Und der Doktor macht sich aus dem Staub. Es muss eine andere Lösung geben.«

»Wir könnten sie als Geisel nehmen«, warf Hagen ein. Sein Schweizer Dialekt klang hart und knorrig wie brüchiges Holz. »Wie wäre das?«

»Dummkopf!«, fauchte Lahnstein. Noch immer konnte er nur mit Mühe sprechen. Eine Binde aus roter Seide bedeckte die Öffnung, wo früher seine Nase gewesen war, Wundflüssigkeit sickerte durch den Stoff. Die Schmerzen, vor allem in der Nacht, machten ihn fast wahnsinnig. Mittlerweile hatte Lahnstein entschieden, dass dies alles eine Prüfung Gottes sein musste. Wenn der Hass ihn mal wieder zu übermannen drohte, griff er nach dem Rosenkranz, der immer um seinen Hals hing. O ja, Gott würde ihn dafür belohnen, dass er zum Wohle der Kirche seine Rache hintanstellte!

»Dieser Faust ist ein schlauer, skrupelloser Kerl. Das Leben dieses Mädchens ist ihm vermutlich nicht mehr wert als das einer Fliege! Wer ist sie schon? Vermutlich nur eine Dirne oder eine seiner Gespielinnen. Außerdem weiß sie wahrscheinlich nicht viel, sie ist bloß irgendein dummes Gör, das ihm gefällig ist.« Lahnstein rückte die Binde zurecht, sodass er nun ein wenig besser zu verstehen war. »Nein, lass uns lieber noch abwarten. Ich will wissen, was der Bastard bei Leonardo da Vinci verloren hat. Ausgerechnet bei Leonardo, das kann doch kein Zufall sein!«

Viktor von Lahnstein biss die Zähne zusammen und dachte angestrengt nach, während sich die Dunkelheit über das Tal senkte. Es hatte sie fast zwei Monate gekostet, den Doktor ausfindig zu machen. In Metz hätten sie ihn fast geschnappt, aber die Landsknechte des Papstes hatten in der Freien Reichsstadt keine Befugnis. Also hatte Lahnstein heimlich mit den Behörden verhandeln müssen. Und dann war Faust ganz plötzlich wieder verschwunden gewesen, gerade dann, als Lahnstein sich endlich die Genehmigung zur Festnahme besorgt hatte. Es war zum Aus-der-Haut-Fahren!

Erst hier im Loiretal hatten sie ihn wieder aufgestöbert. Im Hafen von Orleans hatte ein reisender Händler erzählt, der berühmte Doktor Faustus habe um eine Audienz bei dem todkranken Leonardo da Vinci gebeten. Lahnstein konnte es zuerst nicht glauben – ausgerechnet bei Leonardo da Vinci, dem alten Ketzer! Noch vor wenigen Jahren war Leonardo Gast des Papstes gewesen. Aber der Heilige Vater hatte ihn nie wirklich leiden können, was den Maler und Erfinder schließlich in die Arme des französischen Königs getrieben hatte. In Rom war die Rede gewesen von ruchlosen Leichensektionen und so manch anderer Teufelei, außerdem galt Leonardo als Sodomit.

Was, in Gottes Namen, hatte Faust bei diesem zwielichtigen Alten verloren?

Wie vom Teufel gejagt waren sie nach Amboise geritten, und Lahnstein hatte Erkundigungen eingezogen. Das Mädchen war der letzte Hinweis gewesen, sie hatten den Doktor endlich gefunden.

Ein kühler Wind streifte Lahnsteins Wange. Vermutlich brachte er jetzt im April den Geruch der Wiesen und Felder mit. Lahnstein wusste es nicht, denn mit seiner Nase hatte er auch seinen Geruchssinn verloren. An dessen Stelle waren die Schmerzen getreten.

Und dafür wirst du büßen, Doktor! Tausendfach! Aber nicht jetzt. Das Wohl der Kirche, ja, der gesamten Christenheit ist wichtiger als mein eigenes.

»Wir warten ab«, sagte Viktor von Lahnstein schließlich und trat zurück ins Dunkel der Höhle. Er wandte sich an Hagen, der brummend sein Schwert in die Scheide zurückschob und den Leichnam des Bettlers nach hinten zerrte, wo ihn schon bald Raubtiere finden und bis auf die Knochen abnagen würden. Nichts würde von ihrer Anwesenheit nach außen dringen, vor allem der französische König durfte nichts davon erfahren.

»Ich werde dem Heiligen Vater schreiben, der Brief muss noch heute mit Boten Richtung Rom gehen. Wir brauchen neue Anweisungen.« Lahnstein lächelte grimmig, was ihn mit seiner verunstalteten Nase und der Seidenbinde aussehen ließ wie einen seltenen Raubfisch aus den tiefsten Tiefen der Meere. »Ich denke, Leo wird mehr als erstaunt sein, den Doktor Faustus just bei Leonardo da Vinci zu wissen. Er wird daraus seine Schlüsse ziehen, ebenso wie ich.«

10

Pünktlich mit dem nächtlichen Zwölfuhrläuten der nahe gelegenen Dorfkirche standen drei ganz in Schwarz gekleidete Gestalten im Fackelschein um eine Leiche.

Mit ruhiger Hand griff Karl zum Skalpell. Von den Schlüsselbeinen aus schnitt er bis zum Brustbein und von dort weiter hinab zum Schambein. Er durchtrennte Haut und Fleisch und legte den Brustkorb darunter frei, der Karl jedes Mal an ein abgenagtes Hähnchen erinnerte. Er legte das Skalpell weg, griff zu einer Säge und durchtrennte die Rippen. Unter ihnen schimmerten zwei rosa Lappen, die sich bis vor Kurzem noch bei jedem Atemzug gehoben und gesenkt hatten. Wie so oft trug Karl auch jetzt seine Brille, was bei den schlechten Lichtverhältnissen durchaus von Vorteil war.

»Hm, die Lungenflügel sehen frisch aus«, erklärte Leonardo und beugte sich tief über den geöffneten Torso, sodass sein silberner Anhänger wie ein Pendel über dem blutigen Loch baumelte. Mit dem Finger tippte er auf einen der Lungenlappen. »Bestens durchblutet. Man kann gut erkennen, dass es sich bei dem Toten um einen jungen Mann handelt. Ich erinnere mich an einen Greis, fast hundert Jahre alt, den ich einmal in Florenz im Krankenhaus Santa Maria Nuova aufgeschnitten habe. Die Arterie, welche das Herz und andere Körperteile ernährt, war ganz vertrocknet, so zusammengeschrumpft und welk wie ein brüchiger Pflanzenstängel.«

Doktor Faustus, der neben Leonardo stand, nickte nachdenklich. »Vermutlich lässt das Alter die Arterien vertrocknen, auch an anderen Stellen. Es wäre ja auch gut möglich, dass eine solche Vertrocknung zu einer Lähmung führt. Was meint Ihr?« Doch Leonardo gab keine Antwort, stattdessen wandte er sich an Fausts Adlatus: »Lasst uns jetzt sein Herz ansehen. *Scalpellum minimum*.«

Faust reichte Karl ein weiteres jener scharfen Messer, die Leonardo da Vinci für die Sektion vorgesehen hatte und die nun auf einem Schemel neben dem Leichnam bereitlagen. Karl begann, die beiden Lungenflügel herauszutrennen und sorgfältig zur Seite zu legen.

»Vorsichtig bitte!«, mahnte Faust. »Wir wollen so wenig wie möglich zerstören.«

»Das ist nicht meine erste Sektion«, gab Karl zurück. »Ich weiß, was ich tue.« Er bemühte sich, kühl zu klingen, aber auch er konnte eine gewisse Aufregung nicht verbergen. Er hoffte, dass Faust im Fackelschein nicht den Schweiß sah, der ihm von der Stirn rann.

Es mochte nicht Karls erste Leichensektion sein, aber die erste, die er vollkommen allein ausführte, und das unter den Augen der beiden Männer, die er am meisten bewunderte. Faust und Leonardo da Vinci waren aufgrund ihrer fortgeschrittenen Lähmung nicht mehr in der Lage, ruhig ein Skalpell zu halten, sodass sie ihm lediglich assistierten. Zu dritt standen sie in der Scheune hinter Leonardos Anwesen, zwischen ihnen auf einem mit Wachstuch bedeckten Holzblock die Leiche des jungen Pferdeknechts, der erst vor zwei Tagen auf tragische Weise ums Leben gekommen war. Eingehend betrachtete Karl den Toten, dessen Gesicht wie das einer Wachspuppe wirkte. Noch vor Kurzem hatte der junge, durchaus ansehnliche Mann geatmet, gelacht, geliebt, gegessen und getrunken, jetzt war er nur noch eine Hülle, eine abgeworfene Larvenhaut.

Es war mitten in der Nacht. Gehüllt in dunkle Gewänder, waren sie wie Diebe aus ihren Schlafkammern geschlichen und hatten sich hier getroffen, wo ihnen Leonardo den nicht mehr ganz frischen Leichnam präsentiert hatte. Vor Anstrengung ächzend, hatte Karl den kalten Körper aus dem Sarg gehoben und auf den Holzblock gelegt. Sie hatten nicht viel Zeit, schon im Morgengrauen würden die Totengräber die schlichte Holzkiste für die Beerdigung auf den Friedhof von Notre-Dame-en-Grève abholen. Bereits jetzt stank der Leichnam so stark, dass sich Karl gelegentlich die Hand vor Mund und Nase pressen musste. Was Leonardo mit dieser Sektion bezweckte, hatte er ihnen noch nicht verraten.

Karl unterdrückte einen Brechreiz und räusperte sich. »Eure wievielte Sektion ist das eigentlich?«, wandte er sich an Leonardo, während er wie ein Schlachtergeselle Muskeln und Adern durchtrennte.

»Hm, ich weiß nicht, sicher habe ich schon einige Dutzend vorgenommen«, erwiderte Leonardo, wobei sein Blick ins Leere ging. »Die meisten davon in Florenz, dort war man dieser Art des Studiums gegenüber sehr aufgeschlossen. Ich denke, die Sektionen sind für Mediziner, aber auch für uns Zeichner ebenso notwendig wie der lateinische Ursprung der Worte für Grammatiker.« Er zögerte. »In Rom war man von dieser Überlegung jedoch nicht sehr angetan.«

»Was ist geschehen?«, fragte Faust.

»Nun, ich hatte wohl einen Verräter in der eigenen Werkstatt. Der Papst hat herausgefunden, dass ich drei Leichen enthäutet habe.«

»Und hat Euch entlassen?«, hakte Faust nach.

»Es gab noch einige andere Meinungsverschiedenheiten. Man verlangte … Dinge von mir, die ich nicht zu leisten bereit war. Glücklicherweise war der französische König so freundlich, mir Asyl zu gewähren. In einem einfachen Karren floh ich über die Berge.« Leonardo lächelte. »Seitdem bin ich hier. Meine Lieblingsgemälde habe ich mitnehmen können, darunter auch meine geliebte ›La Gioconda‹. Es war nicht einfach, das Mädchen über die Alpen zu bringen. Hier lässt mich der König gewähren, ich bin wohl so etwas wie sein Hofnarr, der ihm ab und an einen lustigen Automaten baut oder ein Feuerwerk veranstaltet. Von dieser Sektion allerdings wäre er wohl auch nicht sehr begeistert. Der König will es sich mit der Kirche nicht verscherzen.«

Karl nickte schweigend. Auch er und der Doktor hatten schon die eine oder andere Sektion vorgenommen. Meist waren es Hingerichtete gewesen, auf die keiner mehr Anspruch erhob und die auch nicht in geweihter Erde bestattet wurden. Für die Kirche war das Sezieren von Leichen Sünde, nur in Ausnahmefällen wurde es an den Universitäten gestattet. Gott allein hatte den Menschen geschaffen, sein Werk durfte nicht zerstört werden, der menschliche Leib war ein Abbild des gesamten Universums. Aber wie sollte man Gottes Werk verstehen, wenn man es nicht auseinandernehmen und betrachten durfte? Wie sollte man erkennen, was Krankheiten, Leiden und schließlich den Tod verursachte?

Leonardo da Vinci trat näher an die Leiche heran. »Lasst uns jetzt einen Blick auf sein Herz werfen.«

»Ich hoffe doch sehr, dass wir damit der Antwort auf die Frage näher kommen, die uns beide beschäftigt«, murmelte Faust.

»Es ist so, wie Sokrates sagt«, erwiderte Leonardo lächelnd. »Oft sind Lehrer nur die Hebammen für unsere Antworten. Auf die Welt bringen müssen wir sie selbst.«

Gemeinsam mit dem Doktor legte Karl die Lungenflügel vorsichtig in eine Wanne. Es war wichtig, dass sie in der Scheune keine Spuren hinterließen. Selbst ein so geachteter Mann wie Leonardo da Vinci war nicht gegen einen Prozess gefeit, wenn es um Leichenfledderei ging. Und zumindest Karl und Faust würde in so einem Fall der Scheiterhaufen drohen.

Im geöffneten Torso des Pferdeknechts war nun das Herz zu erkennen, ein faustgroßer Muskel, der sich nicht sonderlich vom Herzen eines Schweines unterschied. Karl nahm ein Stück altes Tuch und wischte das geronnene Blut fort, dabei spürte er den Blick Leonardos auf sich ruhen. Nicht zum ersten Mal ahnte Karl, dass ihn und Leonardo etwas ganz Bestimmtes verband. Die bunten Gewänder, die femininen Gesten, Leonardos Faible für junge Maler ... Sie waren ohne Zweifel Gleichgesinnte, doch jeder von ihnen würde sich hüten, dies laut auszusprechen. Karl überlegte, ob und wann er endlich den Mut finden würde, dem Doktor seine Liebe zu gestehen.

Vermutlich niemals ...

»Es gibt diese zwei Kammern hier«, erklärte Leonardo und deutete mit dem Messer auf das Herzinnere, das Karl mittlerweile freigelegt hatte. Karl war froh, dass ihn die Sektion von den Gefühlen ablenkte, die ihn überfluteten. Die feine, fast weibliche Stimme des alten Mannes beruhigte ihn.

»Der große Avicenna schreibt, dass das Blut erst in die eine Kammer läuft und dann in die andere.«

»Schade, dass wir das Herz nicht beobachten können, während es Blut pumpt«, bemerkte Faust. »Es wäre interessant zu sehen, wie es arbeitet.« Mit seiner gesunden Hand, die wie so oft in einem Handschuh steckte, wies er auf den geöffneten Leichnam. »Der griechische Arzt Herophilos von Chalkedon hat seine Versuche noch an lebenden Menschen ausgeführt, vornehmlich an Strafgefangenen. Nur so könnten wir Einblick gewinnen.«

»Ich denke, es geht auch anders«, erwiderte Leonardo. »Man müsste ein Modell aus Glas herstellen, in das man hineinsehen kann. Ich habe dazu schon einmal vor längerer Zeit Skizzen angefertigt.« Er streckte seinen vom gebeugten Stehen schmerzenden Rücken durch. »Aber Ihr habt recht. Wir werden wohl nie erfahren, was das Herz genau antreibt.«

»Oder den Menschen an sich«, fügte Faust mit düsterer Miene hinzu. »Eine Seele habe ich in so einem blutigen Haufen Fleisch jedenfalls noch nie entdeckt.« Er wandte sich an Leonardo. »Sosehr es mich freut, mit Euch eine Sektion vorzunehmen, wüsste ich doch langsam gerne den Grund für dieses geheime Treffen.« Er sah sein Gegenüber beinahe flehend an. »Wir haben nicht mehr viel Zeit, keiner von uns beiden!«

Leonardo betrachtete weiter den geöffneten Torso.

»Als ich jung war, dachte ich wie Ihr, der Mensch sei eine Maschine«, sagte er schließlich. »Ich suchte nach dem Generalprinzip, nach dem der Kosmos funktioniert, ja, und auch nach dem Sitz der Seele.«

»Ich denke, dass die Seele nach dem Tod nicht mehr im Körper weilt«, entgegnete Faust. »Sie entweicht wie Luft.«

»Ja, aber wo fliegt sie dann hin? In den Himmel oder in die Hölle? Was ist mit Eurer Seele, Doktor? Mit meiner? Wo wandert sie hin nach dem Tod?« Mit der Messerspitze hob Leonardo ein weißes Band an, das bislang im Fleisch des Leichnams verborgen gewesen war. »Schaut Euch nur die Sehnen an! Sie erinnern mich jedes Mal an Schnüre, so wie solche, an denen Puppen hängen. Aber wer bewegt die Schnüre, wer ist der Puppenmeister, der uns alle zappeln lässt?«

»Ich … ich denke, es ist Gott«, bemerkte Karl zaghaft.

»Wenn wir an das Prinzip Gott glauben, dann müssen wir wohl auch an den Teufel glauben, der mit Gott um diese Welt ringt, nicht wahr?«, erwiderte Leonardo mit einem bitteren Lächeln. Mit blutigen Fingern strich er über das Amulett an der dünnen Silberkette. Erst jetzt erkannte Karl, dass es einen winzigen Globus darstellte. Ein seltsamer Gedanke kam ihm.

An Leonardo hängt die ganze Welt …

»Ihr glaubt also auch, dass uns der … der Teufel diese Krankheit geschickt hat?«, fragte Faust leise und kraftlos.

»Was Euch betrifft, so könnt Ihr Euch diese Frage wohl selbst am besten beantworten. Eines ist sicher: Wer mit dem

Teufel tanzt, der braucht gute Schuhe.« Mit drei gezielten Schnitten löste Leonardo die Haut vom Gesicht des jungen Mannes und zog sie ab, darunter kam eine rote Fratze zum Vorschein, die sie mit weißen Augen wie milchige Glasmurmeln anglotzte.

»Der Teufel ist ein guter Geschäftsmann«, murmelte er und betrachtete dabei die im Tod erstarrte Grimasse. »Er holt sich immer seinen Anteil. Aber bei Gott, man kann ihm ein Schnippchen schlagen.«

»Ich fürchte, ich verstehe nicht«, sagte Faust.

»Wenn Ihr's nicht fühlt, Ihr werdet's nicht erjagen, Doktor.« Ohne ein weiteres Wort wandte Leonardo sich ab und wusch sich die Hände in einer Wanne mit Wasser, wobei sich Schlieren roten Blutes lösten, wie kleine todbringende Wolken.

In den Tagen darauf eilte Greta immer schon am frühen Morgen einer lang gezogenen Insel in der Loire zu, dicht gefolgt von Kleiner Satan, der sie wie meistens begleitete.

Die *Île d'Or*, die »Goldinsel«, wie die Einheimischen sie nannten, befand sich zwischen den zwei Brückenteilen, welche die Ufer miteinander verbanden. Nur wenige Häuser standen darauf, darunter ein Hospital für Aussätzige, die hierher verbannt wurden, um die übrigen Bürger aus Amboise nicht anzustecken – und den König bei seinen gelegentlichen Besuchen mit ihrem Anblick nicht zu belästigen. Direkt hinter dem großen Gebäude schloss sumpfiges Weideland an, ein paar Trampelpfade schlängelten sich durch Unkraut, Büsche und Schilfinseln.

Greta verließ die Brücke, und sofort war sie umgeben vom monotonen Summen der Moskitos, die zu Abertausenden durch die Luft schwirrten. Gemeinsam mit dem großen schwarzen Hund sprang sie über Pfützen und Sumpflöcher und bahnte sich ihren Weg zum äußersten Zipfel der Insel.

Dort stand eine kleine bullige Kirche, die kaum genutzt wurde, ein altes Bauwerk, das so uneinnehmbar wirkte wie eine Burg. Vor Vorfreude klopfte ihr Herz wie wild, ihre Knie wurden weich. Hier war ihr gemeinsames Versteck, wo sie niemand störte.

Ihr Liebesnest.

Für Greta waren die vergangenen Tage die schönsten der letzten Jahre gewesen. Die Begegnung mit John vor der Kirche Saint-Denis hatte alles verändert, seitdem trafen sie sich beinahe täglich hier. Zwischen ihnen war etwas gewachsen, was Greta fast nicht mehr für möglich gehalten hatte.

Echte Liebe.

Die Liebe zu John hatte Greta überrollt wie eine Lawine. Wenn sie bei ihm war, flatterten Tausende Schmetterlinge in ihrem Bauch, und wenn er fern war, fühlte sie sich schrecklich leer und einsam. Es war, als könnte sie nur in seinem Dunstkreis atmen. Und ihm schien es ebenso zu ergehen. Sie lebten gemeinsam in ihrer eigenen Welt, alles andere war in den Hintergrund getreten. Tonio, der Fluch, die Angst um ihren Vater … All das gab es zwar noch immer, wie schwarze Schatten vor dem Fenster, doch wenn Greta mit John zusammen war, befand sie sich im Inneren eines warmen, hellen Hauses, das Böse blieb draußen. Daran änderte auch nichts, dass er sie zuvor belogen hatte – sie hatte ihm verziehen.

Mittlerweile hatte sie die kleine, efeuumrankte Kirche erreicht. Sie sah sich um, konnte John aber nirgendwo entdecken. Er hatte das alte, unbenutzte Gebäude schon ein paar Tage vor ihrer ersten Begegnung gefunden. Es war das perfekte Versteck für sie beide, wo sie zudem Schutz fanden vor den Wolkenbrüchen, die diese Gegend in den Apriltagen häufig heimsuchten. Greta hütete sich, ihrem Vater von diesen Ausflügen zu erzählen, auch Karl hatte sie sich nicht anvertraut. Sie hatte Angst, dass auch ihr alter Freund ihr von diesen Treffen abraten würde.

Sie betrat die stille Kirche mit dem schlichten Steinaltar, über dem ein aus Kirschholz geschnitztes Kruzifix hing. Das Abendlicht fiel durch die zerbrochenen Fenster.

Jemand räusperte sich, ganz nah an ihrem Ohr, und Kleiner Satan bellte wie wild.

»Mein schönes Fräulein, darf ich wagen …?«, erklang eine vertraute Stimme.

Als Greta sich erschrocken umblickte, stand John direkt hinter ihr und lächelte. Dieses Spiel trieb er öfter mit ihr. Es war wirklich unheimlich, wie geschickt er sich unbemerkt anschleichen konnte. Selbst der Hund schien ihn nicht gehört zu haben.

»O John!« Sie verdrehte die Augen. »Hab ich dir nicht gesagt, dass du mich nicht immer so erschrecken sollst? Wie ein Dieb in der Nacht …«

»Ich *bin* ein Dieb, schon vergessen?« Er zwinkerte ihr zu und hob die Arme in einer entschuldigenden Geste. »Aber meinetwegen, ich werd's nicht mehr tun, versprochen.«

»Warum nur hören sich Versprechungen aus deinem Mund nicht sehr überzeugend an?« Sie lachte und fiel ihm in die Arme, als hätten sie sich wochenlang nicht gesehen. Dabei war sie nur eine Nacht von ihm getrennt gewesen.

Greta schlug ein Tuch auseinander, in das sie einen Laib Brot und etwas Käse gewickelt hatte. John griff hungrig zu. Er hatte fast sein gesamtes Geld aufgebraucht. Sie wunderte sich manchmal, warum er immer noch so fröhlich war. Schließlich hatte er wegen ihr Mannschaft und Schiff verloren, doch er schien keine Angst vor der Zukunft zu haben.

»Was gibt es aus der großen Welt zu berichten?«, fragte er zwischen zwei Bissen und wischte sich über den Mund. »Welche Bilder malt der werte Meister? Gibt es neue Erfindungen? Zum Beispiel irgendeinen Flugapparat, der uns gemeinsam von hier wegbringt …«

Sie lächelte traurig. »Du weißt, dass Leonardo mich eigentlich gar nicht wahrnimmt. Für ihn bin ich nur irgendein junges Ding, vermutlich denkt er, ich bin Fausts Dienerin.«

Bislang hatte Greta John noch nichts erzählt über den eigentlichen Grund, warum sie hier in Amboise waren. Sie hatte behauptet, dass Faust dem berühmten Leonardo da Vinci lediglich einen Besuch abstatte, ein Treffen zweier großer Männer auf Augenhöhe. Auch dass sie Fausts leibliche Tochter war, wusste John immer noch nicht. Er ging davon aus, dass sie irgendeine entfernte Nichte war.

»Ha, eine Dienerin?« John riss die Augen weit auf. »Du bist eine Prinzessin!« Er verbeugte sich vor ihr. »Euer Hoheit, lasst Euch von mir entführen, an irgendeinen Ort, wo wir gemeinsam neu anfangen können!«

Sie lachte. »Nur zu gerne!«

»Und warum dann nicht gleich? Dein Onkel kann sich wahrlich um sich selbst kümmern, außerdem hat er ja noch seinen hübschen Adlatus. Und wenn er dich nicht freiwillig ziehen lässt, dann gehst du eben ohne seine Einwilligung. Was hält dich?«

»Das … das verstehst du nicht.« Im Grunde verstand es Greta ja selbst nicht. Sie wollte gehen, und dennoch zögerte sie den Abschied Tag für Tag hinaus. So viele Jahre war sie mit Faust und Karl gereist, und auch nachdem sie wusste, wie lange er sie belogen hatte, dass er Schuld am Tod ihrer Mutter trug, konnte sie sich nicht von ihm lösen. Sie war sicher, wenn sie ihn jetzt verließ, würde sie ihn nie wiedersehen.

Weil er vermutlich schon bald sterben wird, wenn Leonardo da Vinci keine Lösung findet, dachte sie. *Und danach sieht es zurzeit nicht aus.*

»Dann erklär es mir!«, forderte John sie auf. »Warum kannst du nicht …?«

»Ein andermal.« Sie gab ihm einen langen Kuss, der seinen Protest erstickte. Neugierig sah Kleiner Satan ihnen zu, wie sie eng umschlungen auf den Steinboden der Kirche sanken.

Kurz überlegte Greta, ob es eigentlich eine Sünde war, sich unter einem Kruzifix zu lieben. Doch dann schob sie alle Gedanken beiseite und erwiderte Johns Küsse.

Aber tief in ihrem Innersten wusste sie, dass sie John schon bald erzählen musste, warum sie eigentlich hier in Amboise waren.

Weil ihr Vater einen Pakt mit dem Teufel hatte.

In den nächsten Tagen ging es Leonardo da Vinci zusehends schlechter. Er wurde immer schwächer und schlief viel. Nur noch selten hielt er sich in seinem Arbeitszimmer auf, in dem er nach wie vor an einigen Gemälden arbeitete. Darunter war auch das der schönen Frau mit dem seltsam traurigen Lächeln, das gleichzeitig so wissend wirkte, als kennte sie das Schicksal der Welt. Manchmal fragte sich Johann, ob es nicht Leonardo selbst war, der da lächelte, so als wüsste er ein Geheimnis, das er für sich behielt.

Nach der Sektion in der Scheune hatten sie den Leichnam wieder verschlossen, sorgfältig vernäht und zurück in den Sarg gelegt. Auch auf mehrmaliges Drängen hin hatte Leonardo kein weiteres Wort über den Teufel oder die Krankheit verloren, und noch immer rätselte Johann über Leonardos Andeutungen.

Der Teufel ist ein guter Geschäftsmann. Er holt sich immer seinen Anteil …

Von Zeit zu Zeit gab es wohl Menschen, mit denen Satan sich auf einen Handel einließ. Er ließ sie Außerordentliches erreichen, aber irgendwann einmal zahlten sie den Preis dafür. So wie er, Johann, so wie Leonardo … Dennoch wirkte der alte Mann gelöst, scheinbar versöhnt am Ende seines Lebens. Vielleicht hatte das auch mit seiner letzten Äußerung zu tun?

Aber bei Gott, man kann ihm ein Schnippchen schlagen!

Was hatte Leonardo damit gemeint? Gab es doch noch

einen Ausweg? Auch Johann hatte Tonio, seinem alten Meister, damals ein Schnippchen geschlagen. In Nürnberg war das gewesen, sein bester Freund Valentin hatte sich für ihn und Greta geopfert. War Leonardo etwas Ähnliches gelungen?

Würde es Johann noch mal gelingen?

Seine Hoffnung schwand von Tag zu Tag. Die Bibliothek blieb verschlossen, die Spaziergänge im Garten hörten nach und nach auf. Manchmal fragte sich Johann, ob er Leonardo vielleicht enttäuscht hatte. Warum sprach der alte Mann nur immer in Rätseln? Um seinen Verstand zu prüfen? Leonardos Äußerungen während der Sektion in der Scheune waren beinahe ebenso mysteriös wie das Wort *Seguaffit*, das Johann auf dem Zettel in der Bibliothek gefunden hatte.

Francesco Melzi deutete all dies als willkommenes Zeichen, dass Johann beim Meister nicht mehr gelitten war. Eines Mittags beim Essen nahm er ihn zur Seite.

»Ich denke, Ihr seht selbst, dass der Moment Eures Abschieds naht«, flüsterte er ihm zu, während Leonardo am Tisch weiter zitternd seine Suppe löffelte. Das Gesicht des großen Malers war grau und eingefallen, im Bart hingen noch Reste des Haferbreis vom Frühstück. In der letzten Woche schien der große Leonardo da Vinci um Jahre gealtert. Auch seine hellblauen Augen flackerten müde, sie schienen langsam zu erlöschen, wie Glut in einem Ofen. Kleiner Satan kauerte wie so oft unter dem Tisch und sah aus wie der schwarze Teufel, der auf die ihm versprochene Seele wartete.

»Der Meister braucht jetzt unbedingt Ruhe«, fuhr Melzi mit wichtigtuerischer Miene fort. »Er hat mir selbst gesagt, dass er Eure ständigen Fragereien nicht mehr erträgt.«

Johann glaubte zu wissen, dass dies eine Lüge war, doch er schwieg. Es tat ihm weh zu sehen, wie Leonardo welkte wie eine Blume im Spätherbst. Und er ahnte, dass er tatsächlich Abschied nehmen musste.

Was willst du mir sagen, alter Mann? Ist es die Angst, die dich schweigen lässt? Vor wem oder was fürchtest du dich?

»Packt Eure Sachen«, befahl Melzi nun knapp. »Battista wird Euch dabei helfen. Morgen früh will ich Euch hier nicht mehr sehen.«

»Ich möchte noch einmal mit ihm sprechen«, sagte Johann leise. Er sah hinüber zu Leonardo, doch dieser starrte teilnahmslos vor sich hin. »Diese Bitte könnt Ihr mir nicht abschlagen!«

»Also gut. Wenn Ihr mir versprecht, dass Ihr dafür morgen früh weg seid.« Melzi seufzte. »Wenn er später in seinem Bett liegt, mögt Ihr ihn noch einmal aufsuchen. Aber haltet Euch mit Euren neugierigen Fragen zurück, sie regen ihn nur auf! Ich werde Battista bitten, dass er Euch im Auge behält.«

Zur Abendstunde erklomm Johann ein letztes Mal die Treppe hinauf zum Schlafgemach des großen Künstlers und Erfinders. Keuchend zog er sich am Geländer empor. Die Lähmung, die in den letzten Wochen zum Stillstand gekommen war, schien sich nun auch auf sein linkes Bein auszubreiten. Das Steigen von Treppenstufen fiel ihm nun immer schwerer, er bewegte sich wie ein uralter Greis. Leonardo da Vinci war seine letzte Chance! Wenn Leonardo ihm nicht helfen konnte, sah er keinen Ausweg mehr.

Was willst du mir sagen?

Wie alle anderen Räume des Anwesens war auch Leonardos Schlafzimmer schlicht gehalten. Es gab einen Kamin mit einem massiven Tisch davor, dazu als einziges anderes Möbelstück an der Stirnseite des Raumes ein großes Himmelbett, das mit Schnitzereien verziert war. Darin lag, begraben zwischen Kissen, Decken und Pelzen, der große Leonardo da Vinci. In dem riesigen Bett wirkte er winzig, er erinnerte an ein mumifiziertes Küken. Er hatte die Augen geschlossen, sein schmächtiger Brustkorb hob und senkte sich, wobei ein hässliches Rasseln erklang.

So einer wie er wird nie wieder kommen, dachte Johann. *Nicht in tausend Jahren.*

Auf einem Schemel in der Ecke hockte der alte Diener Battista. Er stützte sich auf seinen Gehstock und musterte den Gast mit seinen kleinen, immer leicht geröteten Augen. Johann würdigte ihn nur eines kurzen Blickes. Musste dieser Kerl denn immer um den alten kranken Mann herumschleichen! Ebenso wie die Köchin, die beiden waren wirklich eine Plage.

Johann trat vorsichtig zum Bett. Eben als er es erreicht hatte, schlug Leonardo die Augen auf, fast so, als habe er ihn erwartet.

»Ah, Doktor Faustus!«, sagte er mit einem müden Lächeln. »So wie es aussieht, werde ich nun schon bald erfahren, ob die Religion der Philosophie vorzuziehen ist. Schade, dass man aus dem Jenseits keine Briefe schreiben kann. Oder? Das kann man doch nicht?« Seine Stimme klang brüchig wie eine gesprungene Glocke.

»Wir müssen schon morgen früh aufbrechen«, sagte Johann, ohne auf Leonardos seltsame Bemerkung einzugehen. »Ich wollte Euch nur sagen, dass es mir eine große Ehre …«

Leonardo machte eine ungeduldige Kopfbewegung. »Spart Euch die Lobpreisungen, dafür habe ich keine Zeit mehr. Wie ich hörte, kommt wohl bald der König höchstpersönlich, um sich von mir zu verabschieden, und ich muss auch noch mein Testament machen.« Er lachte und hustete zugleich. »Ich wusste gar nicht, dass Sterben so anstrengend ist.«

»Euer großes Wissen sollte allen gehören.« Johann verneigte sich. »Der ganzen Welt. Ebenso wie Eure Gemälde und Notizen.«

»Meine Schriften erbt Francesco Melzi«, erwiderte Leonardo. »Ich weiß, Ihr mögt ihn nicht sonderlich. Er Euch übrigens auch nicht. Aber das werdet Ihr ja schon gemerkt haben.« Er lachte kurz und trocken. »Lasst Euch davon nicht verdrießen. Francesco ist eigentlich ein guter Kerl, nur eben schrecklich eifersüchtig. Er wird dafür sorgen, dass meine Schriften in die richtigen Hände geraten. Um mich macht Euch keine Gedanken, ich will eine schlichte Beerdigung, kein Spektakel wie für einen König.«

Johann räusperte sich. Nun war der Moment gekommen, die allerletzte Möglichkeit, vielleicht doch noch etwas zu erfahren.

»Ihr … Ihr meintet vor einiger Zeit, Ihr könntet mir meine Frage beantworten«, begann er. »Diese Antwort seid Ihr mir bislang schuldig geblieben. Meine Krankheit ist ein Fluch, nicht wahr?«

»In der Tat, ein Fluch. Wir beide wissen doch, was dahintersteckt.« Leonardo schloss die Augen und nickte. Krampfhaft, wie unter Schmerzen, drückten seine Finger den winzigen Silberglobus, der an einer Kette um seinen runzligen Hals hing. »Ein Fluch lässt sich nicht so einfach wegschneiden wie eine Warze, er bleibt. Glaubt mir, ich habe es versucht, habe wirklich alles versucht!« Er hustete erneut, dann lächelte er plötzlich. »Ha! Doch immerhin habe ich ihm einen Streich gespielt. Auch der Teufel ist nicht allmächtig, man kann ihn überlisten! Er bekommt nicht alles, was er will.«

Leonardo da Vinci bedeutete Johann, noch näher zu kommen. Johann musste sich tief hinabbeugen, um den alten Mann zu verstehen.

»Erinnert Ihr Euch an unser Gespräch im Garten?«, flüsterte Leonardo ihm ins Ohr. »Damals, als wir über die Kriegsmaschinen sprachen?«

Johann überlegte kurz. »Ihr sagtet damals, manche Gedanken sollten nicht skizziert, ja, nicht einmal laut ausgesprochen werden. Ist es das, was Ihr meint?«

Leonardo nickte. »Man muss sie mit ins Grab nehmen, dort sind sie am sichersten. *Ins Grab.*« Er hustete trocken.

»Manchmal droht die Gefahr just von der Seite, von der wir sie am wenigsten erwarten. Der ... der Teufel, er spielt gern.«

Plötzlich zog der alte Mann Johann ganz nah an sich heran, seine Lippen kitzelten Johanns Ohr. »Die Nacht, die wir gemeinsam im Schuppen bei der Leiche verbrachten ... Da haben wir in das Innerste geschaut, das war es, was ich Euch zeigen wollte. Die größten Geheimnisse sind stets im Innersten verborgen. Habt Ihr verstanden? Im *Innersten* ...«

»Ich ... ich weiß nicht, ob ...«, erwiderte Johann. Der Sterbende schien im Fieber zu reden. Johann wollte noch etwas hinzufügen, doch Leonardo schob ihn fort.

»Manche Gedanken müssen verbrannt werden«, sagte er jetzt wieder lauter. »Sie dürfen niemals ans Licht kommen! Ich denke, es wird ein großes Feuer geben, bevor ich sterbe, und ich werde meine gichtigen Finger ein letztes Mal an meinen vielen Ideen wärmen. Ich möchte jetzt allein sein. Gehabt Euch wohl, Doktor. Und grüßt mir Euren hübschen Adlatus. Schade, dass ich ihn nicht in jüngeren Jahren kennenlernen durfte.« Zitternd hob er die Hand zum Abschiedsgruß. »Ich betrachte Euch als einen Bruder im Geiste. Geht Euern weiteren Weg mit Bedacht.«

Er sank zurück auf die Bettstatt, schloss die Augen und sprach kein Wort mehr. Der Diener Battista kam auf Johann zu und wies schweigend zur Tür.

»Danke, ich finde selbst hinaus«, murmelte Johann.

Mit einem letzten Kopfnicken verabschiedete er sich von Leonardo da Vinci, dem größten Genie, das die Welt je hervorgebracht hatte, und trat hinaus in die Diele. Hinter ihm schloss sich quietschend die Tür.

Und mit ihr schloss sich der letzte Spalt Hoffnung, dass Johann seinem Schicksal vielleicht doch noch entrinnen könnte.

Es gab keine Rettung.

Er war verloren.

Als Greta am folgenden Abend zur *Île d'Or* eilte, kamen ihr das Schilf und der Sumpf unheimlich vor, wie feindliche Wesen. Die Abendsonne warf einen letzten roten Schein über die Bäume, über den matschigen Boden krochen schon die Schatten. Der Zauber, der von der Insel ausgegangen war, schien verflogen. Die schlechte Nachricht, die sie heute erhalten hatte, rief die alten Ängste wach, wie eine verschorfte Wunde, die wieder aufbrach.

Diesmal erwartete John sie schon vor der Kirche, das Gesicht gram vor Sorge.

»Wo hast du den ganzen Tag gesteckt?«, fragte er und kam auf sie zu. »Ich habe gedacht, es ist Gott weiß was passiert!«

»Es ist auch etwas passiert«, sagte Greta leise. John umarmte sie und wartete, dass sie mehr erzählte. Doch sie brauchte noch eine Weile, sie war zu aufgewühlt.

Bereits in aller Frühe hatten sie Schloss Cloux verlassen, auf Befehl Melzis. Leonardo da Vinci lag auf dem Sterbebett, vielleicht war er auch schon tot. Die Kunde hatte Karl, für den Leonardo eines seiner größten Idole war, schwer getroffen. Aber noch viel schlimmer stand es um ihren Vater. Er hatte den ganzen Tag in der Dachkammer eines Wirtshauses unterhalb des Schlosses verbracht, ohne etwas zu essen, und die Decke angestarrt. Dabei murmelte er seltsames Zeug, während Karl über ihn wachte. Es war, als hätte ihr Vater aufgegeben, als warte er in diesem Bett nur noch auf seinen Tod – oder auf das, was danach kam. Sein Zustand hatte vermutlich auch mit dem hochprozentigen Theriak zu tun, den er in großen Mengen zu sich nahm.

Eben noch hatte Greta die Linien in der Hand ihres Vaters betrachtet, sie waren wieder schwächer geworden, wie die Bahnen von Leuchtkäfern, die langsam in der Nacht verblassten.

Er wird sterben, dachte sie. *Es gibt keinen Ausweg mehr.*

»Was ist geschehen?«, fragte John noch einmal. Sanft führte

er sie in die Kirche, wo einige Kerzen auf dem Altar brannten. Greta erblickte ihr gemeinsames Lager, und sie wusste, dass nun die Stunde gekommen war, da sie sich endgültig entscheiden musste. Im Grunde hatte sie sich schon entschieden: Sie würde weggehen, mit John, dem Mann, den sie liebte.

Warum nur fiel es ihr so schwer, diesen Schritt zu tun? Weil sie immer noch etwas an ihren Vater band, mehr, als sie sich selbst eingestehen wollte?

Weil seine Geschichte auch die meine ist …

»Ich … ich bringe wahrlich keine guten Nachrichten«, begann sie. Stockend erzählte sie John, was in den letzten Stunden geschehen war. »Ich wusste, dass es so kommen wird«, endete sie verbittert. »Ich wollte es nur nicht wahrhaben. Diese ganze Reise war doch von vornherein zum Scheitern verurteilt! Vielleicht jagen wir ja auch nur einem Phantom hinterher, ich hätte meinem Vater niemals folgen sollen …«

»Deinem *Vater*?« John sah sie verblüfft an. »Der berühmte Doktor Faustus ist wirklich dein Vater?«

»Ja, das ist er. Und er ist noch viel mehr …« Greta zitterte. Es fiel ihr schwer, weiterzusprechen.

»Ich denke, es ist an der Zeit, dass du mir endlich verrätst, was der eigentliche Grund für eure Reise ist«, sagte John und nahm ihre Hand. »Keine Ausflüchte mehr, Greta. Und keine Lügen! Das haben wir uns gegenseitig hier in dieser Kirche versprochen, erinnerst du dich? Ich bin ein Schmuggler, aber wer bist du, Greta? Im Grunde weiß ich nichts von dir!«

Noch einmal zögerte sie, dann hob sie an: »Damals in Blois, in diesem Wirtshaus … Du hast mir erzählt, dass die Leute hier von einem Oger sprechen, der kleine Kinder frisst …«

John verdrehte die Augen. »Jetzt fängst du schon wieder damit an! Sag bloß nicht, dein Vater glaubt an diese Ammenmärchen und traut sich deshalb nicht mehr aus dem Haus. Ich meine, er ist Doktor Faustus, da sollte er wirklich …«

»Was, wenn es solche Oger wirklich gibt?«, unterbrach

Greta seinen Redefluss. »Wenn mein Vater von genau so einem Oger verflucht wurde?«

»Verflucht?« John sah sie mit offenem Mund an. »Von was in Gottes Namen redest du da?«

Zunächst zögernd, dann mit immer festerer Stimme begann Greta zu erzählen. Sie berichtete von Tonio und dem Pakt, den ihr Vater mit ihm vor langer Zeit geschlossen hatte, von Fausts Krankheit und auch von der Vermutung, dass es sich bei Tonio um ein uraltes Wesen handelte, ja, vielleicht sogar um den Teufel selbst. Es brach aus ihr heraus wie ein sprudelnder Quell, es war, als wäre John ihr Beichtvater, dem sie sich anvertraute, um von ihm Trost und Absolution zu erfahren. John hörte schweigend zu, schließlich schüttelte er den Kopf.

»Das klingt alles so sonderbar. Ich weiß wirklich nicht, was ich davon halten soll. Dieser Tonio, ein uralter Pakt mit dem Teufel ...«

»Du musst es nicht glauben, und ich habe selbst keine Ahnung, was davon wirklich wahr ist. Aber nun weißt du wenigstens, warum wir Leonardo da Vinci aufgesucht haben. Mein Vater vermutete, dass auch Leonardo so einen Pakt mit dem Teufel hat, dass er vielleicht weiß, was man dagegen tun kann. Aber Leonardo schweigt, und nun hat uns dieser Melzi vor die Tür gesetzt!« Ihre Stimme zitterte. »Ich habe es in den Händen meines Vaters gesehen, er ... er stirbt! Damit könnte ich mich noch abfinden, nicht aber, wenn ihn wirklich der Teufel holt!«

»Und du hast wirklich den Tod in seinen Händen gesehen? Du kannst so etwas?« John hielt ihr seine rechte Hand hin. »Möchtest du auch bei mir ...?«

»Nein!« Greta schrie fast, sie wich zurück, als wäre die ausgestreckte Hand eine giftige Natter. »Nie wieder werde ich jemandem aus der Hand lesen! Es ist ... Danach ist nichts mehr so, wie es zuvor war. Ich will nicht wissen, wann dein

Ende naht, John. Ich ... ich will nur mit dir zusammen sein. Aber ich will auch meinem Vater helfen, auch wenn er mich so viele Jahre belogen hat, verdammt ...«

Plötzlich schüttelte es sie, sie kämpfte gegen die Tränen an. Sie, die sonst so stark war, verlor mit einem Mal jeglichen Halt, all die Ereignisse der letzten Monate schlugen über ihr zusammen. John legte seine Arme um Greta und hielt sie fest. Sie spürte seine Wärme, doch anders als sonst gab ihr seine Nähe keinen Halt.

»Es wird alles gut, Greta«, flüsterte er. »Alles wird gut, mit mir und Gottes Hilfe.«

»Mit Gottes Hilfe?« Greta lachte verzweifelt. »Wo ist Gott? Ich sehe nur das Böse um mich herum, das Böse in Menschengestalt! In der Hülle eines Tonio del Moravia wandelt das Böse auf der Welt, wie zuvor in der Hülle von diesem ... diesem schrecklichen Unhold Gilles de Rais und davor noch in unzähligen anderen Verkleidungen. Es ist immer da ...«

»Gilles de Rais?« John runzelte die Stirn. »Augenblick mal! Was hat denn Gilles de Rais damit zu schaffen?«

»Du ... du kennst ihn?« Greta schluckte. Ihr fiel ein, dass sie John noch nicht von Gilles de Rais erzählt hatte. Nur von Tonio und dem Teufel, nicht aber von Agrippas und Fausts Vermutung, dass es sich bei Tonio und dem früheren französischen Marschall um die gleiche Person handelte.

John nickte. »Natürlich kenne ich Gilles de Rais. Hier im Loiretal kennen ihn alle, dieser Bastard hat damals auch in dieser Gegend Kinder gemordet! Tatsächlich gibt es nicht wenige Leute, die glauben, dass Gilles de Rais dieser menschenfressende Oger ist, von dem auch du gehört hast. Dass er sich noch immer Kinder holt, bis heute. Sein einstiges Schloss ist ja nicht allzu weit entfernt von hier im Südwesten, unten in der Bretagne.«

»Was sagst du da?« Greta starrte ihn mit offenem Mund

an. Sie brauchte einen Moment, um zu begreifen, was Johns Worte bedeuteten.

Sein altes Schloss ist ja nicht allzu weit entfernt …

John zuckte mit den Schultern. »Ehrlich gesagt, halte ich das Ganze nur für ein Märchen, mit dem man die kleinen Kinder ängstigt, ebenso wie mit diesem Oger.«

Greta war wie erstarrt. Plötzlich bekam alles einen Sinn. Die Verfolgung in Orleans, die stete Bedrohung … Tonio war ihnen gar nicht gefolgt.

Er war hier zu Hause.

Ein Stein polterte, und Greta zuckte zusammen. Irgendwo im Gebälk krächzte ein Rabe. Auch Kleiner Satan knurrte nun und stellte die Ohren auf, doch es geschah nichts weiter. Schnell beruhigte Greta sich wieder. Die Kirche war ein altes Gemäuer, vermutlich hatte sich im Kirchturm nur ein Ziegel gelöst. Der Turm war teilweise eingefallen, deshalb hatten sie es bislang auch nicht gewagt, nach oben zu gehen, obwohl die Aussicht bestimmt grandios gewesen wäre. Über die Insel, die Loire, hinüber zum Schloss und dahinter …

Tonios Heimat.

»Wie … wie heißt dieses Schloss?«, fragte sie leise.

»Eigentlich ist es eher eine Burg. Sie heißt Tiffauges und liegt in der Baronie Retz. Man sagt, sie sei verflucht, auch noch nach den vielen Jahren, die seitdem vergangen sind.«

Greta schloss kurz die Augen.

Tiffauges …

Sie dachte daran, was sich die Leute in den Wirtshäusern erzählten. Sie hatte von diesem Schloss gehört, aber sie hatte sich keinen Reim darauf machen können. Jetzt erst wusste sie Bescheid.

Und sie wusste auch, was zu tun war.

Entschlossen packte Greta Johns Hand und zog ihn zur Kirchentür.

»He! Was hast du vor?«, fragte John erstaunt. »Du schuldest mir mindestens noch einen Kuss.«

»Ich möchte, dass du mich begleitest«, erwiderte Greta mit entschlossener Miene. »Ob mein Vater dich nun leiden kann oder nicht, aber diese Geschichte wird ihn wach rütteln.« Noch einmal sah sie zurück zum Kreuz über dem Altar.

»Tiffauges«, murmelte sie leise, fast nicht hörbar. Das Wort schmeckte sauer, wie ranzige Milch, wie ein stinkender unterirdischer Fluss, der plötzlich an die Oberfläche bricht. Und doch bot es ihr einen Ausweg.

Es war, als hätte ihnen Gott einen neuen Pfad gewiesen.

Oben im verfallenen Glockenturm der Kirche fuhr sich Viktor von Lahnstein mit der Zunge über die spröden Lippen. Er gab Hagen ein Zeichen, still zu sein. Beinahe hätte der grobschlächtige Riese sie beide verraten, und sie hätten das eben Gehörte nie erfahren. Oder nur unter viel mehr Aufwand, verbunden mit störenden Schreien und lautem Gejammer.

So war es viel einfacher.

Als die Schritte unten in der Kirche verklungen waren, richtete sich der päpstliche Gesandte auf dem staubigen, mit Mäusekot, toten Fliegen und mumifizierten Vögeln bedeckten Boden auf. Er zog seinen Mantel zurecht und ging zum Fenster. Von dort aus sah er, wie die beiden Turteltäubchen die Kirche verließen. Sein Plan war aufgegangen. Nachdem Faust in einem Wirtshaus in Amboise abgetaucht war, hatten sie sich an die Fersen des Mädchens geheftet, das sich nun tatsächlich als Fausts Tochter entpuppte. Ein hübsches Balg, für das sich bestimmt schon bald Verwendung finden ließ.

Sieh an, der Doktor ist also doch nicht so prüde, wie er gerne tut. Wer Kinder hat, hat auch Sorgen, heißt es nicht so?

Lahnstein lächelte unter seinem seidenen Wundverband, allerdings nur kurz, jede Regung seiner Gesichtsmuskeln verursachte ihm nach wie vor Schmerzen. Nur gut, dass er noch eine letzte Brieftaube besaß. Mit dem Wissen, über das er jetzt verfügte, war ihm der Posten eines Kardinals sicher.

Denn eines war nach diesem Gespräch klar: In Tiffauges befand sich ebenjenes Geheimnis, das der Heilige Vater so dringend in seinen Besitz bekommen wollte.

Eigentlich hatte Lahnstein ja gedacht, dass er Faust nach Rom bringen müsste. Doch nun würde der Doktor sie selbst zu dem Geheimnis führen, wie ein dummer Esel, dem man eine Mohrrübe an einer Rute vor die Nase hielt. Und was das Beste daran war: Danach brauchte man keinen Doktor Faustus mehr. Er war überflüssig wie Unkraut, das man mit Stumpf und Stiel ausreißen konnte. Nichts würde mehr an ihn erinnern. Sein Name würde ausgetilgt werden aus den Chroniken. Ja, Gott war gerecht! Nach all den Prüfungen würde er, Viktor von Lahnstein, Gottes treuester Diener, nun doch noch zu seiner Rache kommen.

Auge um Auge …

Noch lange starrte der päpstliche Gesandte hinaus in die Dunkelheit. Lahnstein hätte gern ein Liedchen gesummt, doch das tat zu weh. Seine Gesichtsmuskeln würden wohl nie mehr richtig verheilen. Dafür fielen ihm bereits etliche Dinge ein, die man mit dem Doktor, seiner Tochter und diesem jungen Adlatus anstellen konnte.

»Ruf die Männer zusammen«, wandte er sich an Hagen. »Unsere Reise wird schon bald ein Ende finden.«

O ja, die drei würden die Hölle bereits hier auf Erden erleben.

Johann schwamm in warmem Wasser, sein Leib dümpelte wie ein Korken auf der Oberfläche, gefühllos, ohne Schmerzen. Ab und zu wischte ihm jemand den Schweiß von der Stirn. Er vermutete, dass es Karl war, doch er konnte es nicht sagen, denn dafür hätte er die Augen öffnen müssen, und das wollte er nicht. Lieber wollte er noch etwas trinken.

»Theriak«, murmelte er. »Nur noch einen Schluck.«

»Ihr habt genug Theriak gehabt für Euer ganzes Leben«, erklang eine Stimme, die wohl die von Karl war. »Meint Ihr, ich habe nicht gemerkt, wie Ihr in den letzten Wochen Eure tägliche Dosis erhöht habt?«

»Guter Karl.« Johann lächelte. »Dir bleibt wohl nichts verborgen. Wärst ein hervorragender Arzt geworden, aber du musstest ja mit dem verfluchten Faustus durch die Lande ziehen. Ob man auch deine Geschichte später mal erzählt?«

Tatsächlich hatte Johann, um das Zittern zu bekämpfen, mehr und mehr von der Arznei zu sich genommen, der neben Bilsenkraut und Stechapfel auch Schlafmohn beigemengt war. Es war nicht der harmlose, überteuerte Fusel, den seine Patienten bekamen, sondern seine höchsteigene Flasche, die er mittlerweile immer mit sich führte. Zuerst hatte er die Portionen nur tropfenweise abends zu sich genommen, mittlerweile mischte er sich drei, vier Löffel in ein Glas Weinbrand, und das mehrmals täglich. Heute hatte er die Flasche ganz ausgetrunken. Es linderte die Schmerzen und das Zittern, vor allem aber half es zu vergessen.

Er würde in die Hölle fahren, und dann würde sich Tonio seine Tochter holen.

Auf dem Blocksberg werden wir es mit ihr treiben, Fäustchen … Durch sie wird das Böse eine neue Hülle auf Erden bekommen.

Etwas zerrte an ihm. Zunächst glaubte Johann, es wäre der schartige Schnabel eines Raben. Er hatte in den letzten zwei Tagen öfter einen alten Raben auf dem gegenüberliegenden Hausdach gesehen, so als würde das Mistvieh auf ihn warten. Johann knurrte ärgerlich wie ein Wolf, doch das Zerren hörte nicht auf.

»Verdammt, geh weg, böses Vieh!«, schrie er. »Sag deinem Meister, dass ich nicht mit ihm komme! Noch nicht jetzt!«

Schließlich öffnete er die Augen.

Es war kein Rabe. Über ihn gebeugt sah er Greta und dahinter eine weitere, nur verschwommen erkennbare Gestalt, die sich im Hintergrund hielt, als wollte sie sich nicht zeigen. Ihr Haar war eine rot lodernde Flamme. War der Teufel nun also persönlich gekommen, um ihn zu holen?

»Greta!«, flüsterte er. »Verzeih mir, ich … ich wollte dich schützen …«

»Himmelherrgott, wach auf, Vater!« Ein kalter Schwall Wasser traf ihn ins Gesicht, dann gab ihm jemand eine Ohrfeige. Erschrocken fuhr er auf und erblickte ausgerechnet John Reed mit seinen feuerroten Haaren, der die Hand zu einem weiteren Schlag erhoben hatte.

Ein unbeschreiblicher Zorn durchfuhr Johann. Die Wut war so stark, dass sie ihm half, halbwegs nüchtern zu werden.

»Was fällt dir Kerl ein!«, rief er. »Und überhaupt, was machst du hier? Du hast hier nichts verloren, schlag dir meine Tochter aus dem Kopf!«

John grinste und wandte sich an Greta und Karl, die neben ihm standen. »Hab ich es euch nicht gesagt? Zorn ist manchmal eine hervorragende Medizin. Ich kann ihm gerne noch eine verpassen, wenn …«

»Ich denke, es reicht, John«, unterbrach ihn Greta. Sie sah ihren Vater eindringlich an. »Kannst du mir jetzt folgen?«

»Ich bin kein Greis und auch kein Narr«, blaffte Johann. »Sag, was du zu sagen hast, und dann lasst mich wieder in Ruhe.«

»Tonio ist hier in der Nähe!«, begann Greta.

Johann stöhnte. »Aber das weiß ich doch. Ich habe immer gesagt, dass …«

»Er war es schon immer, sein Schloss ist nicht weit von hier, in der Bretagne«, unterbrach ihn Greta. »Es ist das Schloss von Gilles de Rais!« Sie nahm Johanns Hand. »Verstehst du, Vater? Er ist uns nicht gefolgt. Stattdessen haben wir uns seinem Reich genähert, ohne es zu ahnen!«

»Was sagst du da?« Wie vom Blitz getroffen, fuhr Johann auf. Kleiner Satan, der bislang ruhig neben dem Ofen gelegen hatte, spitzte die Ohren und knurrte leise.

»Es ist so, wie Eure Tochter sagt«, ließ sich John vernehmen. »Dieser Gilles de Rais, von dem Ihr sprecht, lebte einst auf Tiffauges in der Baronie Retz, es war sein Stammsitz. Es gibt eine Menge unheimlicher Geschichten, die man sich über diese Burg erzählt. Damals, als man Gilles den Prozess machte, fand man in den Kellern des Schlosses die Knochen von Hunderten von Kindern. Dazu große Öfen, in denen seine Helfer die kleinen Leichen verbrannten. Bis heute ist es ein Ort, den man besser meidet.«

Johanns Schädel brummte, es fiel ihm schwer, sich zu konzentrieren. Er dachte daran, was ihm vor vielen Jahren einmal der große Gelehrte Conrad Celtis über Gilles de Rais erzählt hatte. Celtis hatte auch die Schlösser des dunklen Marschalls erwähnt, doch deren Namen hatte er verschwiegen.

»Wie heißt diese Burg noch mal?«, fragte Johann. Der Name hatte etwas in ihm zum Klingen gebracht.

»Tiffauges«, wiederholte John. »Das liegt in der Bretagne und …«

»*Seguaffit!*«, unterbrach ihn Johann aufgeregt. »Natürlich, *Seguaffit*!«

»Ich fürchte, du fieberst.« Greta legte ihm die Hand auf die Stirn, doch Johann wischte ihre Hand beiseite.

»*Seguaffit*, dieses Wort hat Leonardo auf eines der vielen Blätter in seiner Bibliothek geschrieben!«, berichtete er aufgeregt. »Darunter war eine Burg auf einem Berg aus Schädeln und Knochen aufgemalt. Ich konnte mit dem Wort nichts anfangen, dabei hatte ich nicht bedacht, dass Leonardo ja fast alles in Spiegelschrift schreibt. Nur dass er diesmal die Buchstaben korrekt geschrieben hat, aber von hinten nach vorne, deshalb ist es mir nicht aufgefallen! Seguaffit ist Tiffauges,

Leonardo kennt diesen Ort. Also weiß er auch von Gilles de Rais!«

Johann erinnerte sich jetzt, dass Leonardo ihn in der Bibliothek eine Weile lang beobachtet hatte. Vermutlich hatte er gesehen, was Johann dort entdeckt hatte, danach war der Raum versperrt worden. Weil Leonardo nicht wollte, dass er mehr herausfand? Nun, es war zu spät, ihn danach zu fragen. Aber es zeigte, dass sie auf dem richtigen Weg waren.

»Wie weit ist dieses Tiffauges von hier entfernt?«, erkundigte sich Karl.

John rieb sich die Nase. »Hm, noch ein gutes Stück, über hundert Meilen bestimmt. Ist keine gute Gegend dort unten. Hab gehört, dass auch jetzt wieder Kinder verschwinden oder tot aufgefunden werden. Man erzählt sich wohl so einiges, ist aber nur abergläubisches Zeugs, wenn Ihr mich fragt.«

Zitternd erhob sich Johann von der stinkenden Bettstatt. Die Nachricht hatte ihn im wahrsten Sinne des Wortes ernüchtert. Er wankte, trotzdem schaffte er es, sich an den Tisch zu setzen.

»Bringt mir eine Schüssel Wasser!«, befahl er. »Ich will mich waschen. Und ein frisches Hemd!«

Karl hob entsetzt die Hände. »Ihr wollt doch nicht etwa dorthin, zu diesem Schloss? In Eurem Zustand!«

»Es ist meine letzte Chance, ich hätte sie schon viel früher nutzen sollen.« Johann lachte leise, es war eher ein heiseres Keuchen. Doch er spürte, wie seine Kräfte langsam, aber stetig zurückkamen. »Da heißt man mich Magister, Doktor gar, und trotzdem sehe ich den Wald vor lauter Bäumen nicht. Tonio alias Gilles de Rais sitzt wie die Spinne in ihrem Netz, und das Zentrum dieses Netzes heißt Tiffauges! Wir haben uns seiner Heimat genähert, ohne es zu ahnen.«

»Nun gut, selbst wenn Tiffauges einst der Stammsitz von Gilles de Rais gewesen ist, warum sollten wir uns dorthin begeben?«, warf Karl ein. »Was erhofft Ihr Euch davon?«

»Hast du nicht gehört?«, fuhr ihn Johann unwirsch an. »Der Bastard ist immer noch da, auch wenn er jetzt Tonio heißt! Die verschwundenen Kinder beweisen es. Und auch … auch etwas anderes.« Er dachte an den alten schwarzen Raben oben auf dem Dach und an die schwarzen Vögel, die ihnen seit Wochen gefolgt waren. Auch sie waren Vorboten gewesen. »Ich muss Tonio bezwingen! Ich hätte das schon viel früher versuchen sollen. Viel zu lange bin ich vor ihm geflohen.« Johann nickte grimmig. »Einst war er mein Lehrmeister, doch im Grunde war er immer mein Erzfeind, meine Nemesis. Ich muss mich ihm stellen, ein für alle Mal, das ist die einzige Möglichkeit, diesen Fluch aufzuheben!«

»Aber das ist doch Wahnsinn!«, protestierte Karl. »Ihr seid krank. Ihr braucht einen Arzt. In Córdoba …«

»Hör endlich auf mit deinem verdammten Córdoba!« Johann wischte mit seiner gesunden Hand die leere Theriakflasche vom Tisch, sie zerbrach mit lautem Geklirr. »Ich war beim klügsten Gelehrten und später beim größten Erfinder der uns bekannten Welt, und keiner von beiden hat mir helfen können. Und warum? Weil ich mir nur *selbst* helfen kann! Ich muss Tonio in Tiffauges herausfordern und besiegen!«

»Du … du willst den Teufel besiegen?«, fragte Greta mit stockender Stimme. »Ist das dein Ernst? Das ist unmöglich!«

»Den lieb' ich, der Unmögliches begehrt«, erwiderte Johann und lächelte schmal. Er wusste selbst, dass sein Plan Wahnsinn war. Doch hatte er eine andere Möglichkeit?

»Der Teufel ist ein guter Geschäftsmann, er holt sich immer seinen Anteil«, wiederholte er Leonardos Worte. »Aber bei Gott, er lässt sich überlisten! Es ist mir schon einmal gelungen, damals unten in den Kerkern von Nürnberg. Warum nicht wieder?« Er sah Karl herausfordernd an. »Die Frage ist nur, ob ich alleine gehe.«

Eine Weile sagte keiner etwas. Schließlich trat Karl vor.

»Ich werde Euch begleiten, Doktor«, sagte er leise. »Auch

wenn ich diese Reise im besten Fall für reine Zeitverschwendung halte. Ich habe Euch immer begleitet, auch hierher nach Frankreich. Und wenn Ihr unbedingt glaubt, ins Verderben rennen zu müssen, dann … dann renne ich eben mit.«

Johann sah, dass John und Greta einander verstohlene Blicke zuwarfen. Dann reckte der rothaarige Bursche entschlossen sein Kinn vor.

»Wer auch immer die Kinder unten in der Bretagne umbringt, ob Teufel oder Mensch, er ist gefährlich. Zu gefährlich für zwei schwächliche Gelehrte. Das Mindeste, was ich tun kann, ist, Euch als Leibwache zu dienen.«

Greta wirkte verblüfft, offenbar hatte sie eine andere Antwort erwartet. »John, bist du dir sicher, dass du das wirklich willst?«, fragte sie.

»Er ist dein Vater, nicht wahr? Du kannst ja hier in Amboise warten, bis die Sache geklärt ist. Ich denke, es wird nicht lange …«

»Das ist ja wohl nicht dein Ernst!« In Gretas Augen zeigte sich jenes Funkeln, das Johann stets bei seiner Tochter gefürchtet hatte. »Warum glaubt ihr Männer eigentlich immer, ihr könntet über uns bestimmen? Zuerst mein Vater und jetzt du! Wenn du unbedingt meinst, du müsstest den Helden spielen, nun gut. Aber ich werde sicher nicht hier auf dich warten!«

John zögerte. »Das heißt, du …?«

»Das heißt, dass ich euch begleite, verdammt!«

Johann stöhnte. Er kannte Greta nun schon viel zu lange, er wusste genau, dass sie immer ihren Willen durchsetzte. »Sei doch vernünftig, Liebes«, versuchte er es dennoch. »Es ist meine Krankheit, ich habe diesen Pakt mit Tonio, nicht du. Geh zurück nach Hause und …«

»Nach Hause? Wo soll das sein? Ich bin deine *Tochter*, schon vergessen?«, brach es aus Greta heraus. »Die Tochter des ewig umherziehenden Doktor Johann Georg Faustus! Ich habe kein Zuhause! Dieser Tonio ist auch Teil meiner Geschichte. Wenn man so will, ist er auch mein Fluch.«

Johann schüttelte entschlossen den Kopf. »Ich will nicht, dass du mich begleitest. Es war schon ein Fehler, dich hierher mitzunehmen. Es ist viel zu gefährlich! Tonio weiß, dass du meine Tochter bist. Wenn ich scheitere, wird er sich an dir rächen. Schlimmer noch: Er wird dich für seine abgrundtief bösen Zwecke benutzen. Du bist noch jung, Greta! Ich hingegen habe mein Leben gelebt, und was für eines.« Er senkte die Stimme. »Du hast die Linien in meiner Hand gesehen. Du weißt, was sie bedeuten.«

»Hast du mir nicht selbst gesagt, dass sie nicht unbedingt das Ende bedeuten müssen? Außerdem werde ich John nicht verlassen.« Greta drückte Johns Hand. »Wir sind ein Paar, ebenso unzertrennlich wie du und Karl. Wo John hingeht, da gehe auch ich hin.«

Johann musterte Gretas Gefährten kühl. »Ich will weder, dass du mitgehst noch dein ach so lieber John«, entgegnete er barsch.

John sah ihn trotzig an, das feuerrote Haar hing ihm ins Gesicht.

»Jetzt hört mal zu, Herr Doktor, ich weiß durchaus, dass Ihr mich nicht mögt. Aber Ihr müsst wissen, dass die Baronie Retz eine gefährliche Gegend ist. Es gibt dort nicht nur Geschichten über einen Oger, dort gibt es auch andere unheimliche, teilweise tödliche Gefahren. Große Wölfe, die aus den Bergen kommen, Irrlichter und falsche Pfade in den Sümpfen, Räuberbanden, die sich in den Wäldern herumtreiben ... die ganze Gegend ist nach dem langen Krieg mit den Engländern noch immer nicht zur Ruhe gekommen.« Raunend fuhr John fort: »Ich habe von Schloss Tiffauges gehört. Der eigentliche Besitzer weilt wohl zurzeit noch in Italien, um dort für den König zu kämpfen. Und sein Vogt, der in seiner Abwesenheit die Aufsicht hat, nun ...« Er zögerte. »Ich weiß nichts Genaues und bin weiß Gott nicht abergläubisch. Aber auf dieser Burg scheint wirklich einiges nicht mit rechten Dingen zuzugehen.«

»Tonio«, knurrte Johann. »All das hat mit Tonio zu tun, ich bin mir sicher.«

John winkte ab. »Ob nun Tonio oder was auch immer, Ihr braucht Unterstützung. Ich kenne die Gegend, und ich weiß mich zu wehren. Der Hund alleine wird Euch nicht retten.« Er grinste. »Und so wie es aussieht, habt Ihr ohnehin keine Wahl.«

Johann zögerte, doch schließlich gab er auf.

»Verflucht, dann soll es eben so sein. Ich kann euch beide ja schlecht festbinden.« Er hob den Finger. »Aber glaubt nur nicht, dass ich Euch dafür noch einmal bezahlen werde!«

John zeigte lächelnd seine weißen Zähne, dabei legte er seinen Arm fest um Greta. »Oh, keine Sorge, Doktor. Die Liebe Eurer Tochter ist mir Lohn genug.«

Dritter Akt

Die Höhle des Ogers

11

Mai, Anno Domini 1519,
in den Wäldern südlich der Loire

Durch tiefe dunkle Eichen- und Kastanienwälder zog eine kleine Gruppe Reisender stetig nach Südwesten.

Voran ging ein hübscher junger Mann, den man trotz der schlichten Pilgerkleidung für einen Gelehrten halten mochte, vielleicht einen Studenten oder Magister der Artes Liberales. Im Gehen blätterte er in einem Buch, wobei er eines dieser neuartigen Augengläser auf der Nasenspitze balancierte. An seiner Seite schritt eine ebenso junge Frau, das Haar tugendhaft verhüllt unter einer Haube. Nur ein paar blonde Strähnen ließen sich nicht bändigen und fielen ihr in die Stirn. Auf den ersten Blick wirkte sie wie eine einfache fromme Pilgerin, doch wer genauer hinsah, bemerkte einen kraftvollen, muskulösen Körper und einen stolzen Gang, der eher dem einer Gräfin glich. Dahinter ritt auf einem Esel ein älterer gebeugter Mann, offenbar der Vater der beiden ungleichen Geschwister. Den Schluss bildete ein kräftiger rothaariger Mann mit breiten Schultern, an dessen Gürtel ein langes Messer und ein Sack hingen; vermutlich war er der gedungene Bewacher der kleinen Familie. Ein riesiger schwarzer Hund huschte wie ein Schatten durch das Dickicht.

Ein leiser Pfiff ertönte. Greta schaute nach hinten, wo John Reed die Gruppe aufforderte, stehen zu bleiben. Der Schotte deutete auf Kleiner Satan, der mit einem fetten Fasan im Maul aus dem Unterholz gerannt kam und ihn vor John ablegte. Der Vogel flatterte noch schwach. John hob ihn auf und drehte ihm mit einer raschen Bewegung den Hals um.

»Ein Lob auf Euren Hund, er jagt besser als jeder Terrier.« Lachend stopfte John den Fasan in seinen Sack, der bereits prall gefüllt war. »Drei Kaninchen im Laufe des Tages und nun noch dieser stolze Fang, der schwarze Bastard ist wirklich ein ganz ausgezeichneter Jäger!« Er zwinkerte Greta zu. »Auf alle Fälle besser als dieser junge Gelehrte hier, der den Kaninchen beim Studieren eher auf die Stummelschwänze tritt.« Er wandte sich spöttisch an Karl. »Liegt das an den komischen runden Dingern vor Euren Augen?«

»Diese runden … Dinger, wie Ihr sie nennt, verschaffen mir in anderer Hinsicht den Durchblick«, bemerkte Karl. »Nicht jeder ist zum Jäger geboren. Außerdem macht es in einer Pilgergruppe nicht den schlechtesten Eindruck, wenn zumindest einer von uns ganz in sich versunken ist und nicht nur den lieben langen Tag Tiere umbringt.«

Greta musste schmunzeln. Die kleinen Sticheleien zwischen John und Karl gehörten mittlerweile zu ihren Alltagsplaudereien wie die Gespräche über das Wetter. Dabei vermutete Greta, dass die beiden einander eigentlich schätzten, auch wenn Karl auf John womöglich ein wenig neidisch war. John war all das, was Karl nicht war, männlich, laut, zupackend, während Karl über höhere Bildung und Feingefühl verfügte, was John völlig abging. Greta liebte sie beide, doch John war der Mann, den sie begehrte.

Noch immer konnte sie nicht ganz verstehen, warum John angeboten hatte, ihren Vater zu begleiten. Es musste mit seiner Vorstellung von Ehre zu tun haben, dass man einen älteren kranken Mann, der noch dazu der Vater der Geliebten war, nicht allein durch die Wildnis laufen ließ. Und auch sie selbst hatte gemerkt, dass sie noch nicht von Faust lassen konnte.

Weil auch ich wissen will, was es mit Tonio auf sich hat. Weil Tonio auch Teil meines Lebens ist …

Stöhnend drückte Greta ihr Kreuz durch, sie waren schon den ganzen Tag unterwegs. »Müssen wir denn heute Nacht unser Lager wieder im Wald aufschlagen?«, fragte sie müde.

»Wir werden sehen.« John wiegte den Kopf. »Es gibt hier in der Gegend nicht allzu viele Herbergen. Aber ich hoffe, dass wir zumindest morgen Nacht wieder ein Wirtshaus finden. Bei Azay le Rideau gibt es eine Pilgerherberge.«

»Ich sage ja, wir hätten mit dem Schiff weiterfahren sollen«, sagte Faust mürrisch. Er wippte auf dem Esel wie ein Sack nach vorne und nach hinten. »Das wäre auch angenehmer gewesen. In Tours ...«

»Hätten sie dem hochverehrten Doktor vermutlich schon im Hafen einen würdevollen Empfang bereitet«, unterbrach ihn John. »Ich denke, wenigstens unter den Händlern der Gegend hat es sich längst herumgesprochen, dass der weit gereiste Doktor Faustus das schöne Loiretal besucht. Greta hat mir erzählt, Ihr hättet in Amboise vor Leonardos Haus das große Wort geführt und das unter einem ganzen Haufen anderer Reisender. Aber fürs Lamentieren ist es nun zu spät. Wenn wir überhaupt unerkannt weiterreisen wollen, dann übers Land und durch die Wälder. Und Ihr wollt doch unerkannt bleiben, nicht wahr?«

Faust schwieg, und Greta sah in seinem Gesicht, dass er sehr wohl wusste, dass John recht hatte, auch wenn er es sich nicht eingestehen wollte. Der Doktor war schon an vielen Orten der Welt gewesen, doch diese Gegend war ihm völlig fremd. Außerdem konnten sie einen Beschützer wie John wirklich gut gebrauchen. Auch Faust war klar, dass die Wälder entlang der Loire nicht ungefährlich waren, selbst mit Kleiner Satan an ihrer Seite.

Greta hatte ihrem Vater und Karl mittlerweile von Johns Tätigkeit als Schmuggler erzählt, was Fausts Meinung über ihn nicht unbedingt verbesserte. Dennoch hatten die beiden eine Art Waffenstillstand geschlossen, wohl auch deshalb, weil Faust es sich nicht mit seiner Tochter verscherzen wollte. Aber es war ihm anzusehen, was er von Gretas Beziehung zu John hielt. Selbst jetzt, auf dieser beschwerlichen und vielleicht letzten gemeinsamen Reise, fiel es dem Doktor sichtlich schwer zu akzeptieren, dass seine Tochter ihre Liebe gefunden hatte. Besonders abends am Lagerfeuer konnte er sich den einen oder anderen bissigen Kommentar nicht verkneifen, was schon oft zu Streit zwischen ihm und Greta geführt hatte.

Seit über einer Woche zogen sie nun schon durch die Wälder Frankreichs, immer in die Richtung, wo Tiffauges lag, das Schloss, in dem einst Gilles de Rais seine grässlichen Untaten verübt hatte. Sie nächtigten teils in Herbergen, teils im Wald und kamen nur langsam voran. Fausts Lähmung, die sich in Cloux kurzzeitig gebessert hatte, war mittlerweile wieder schlimmer geworden, sie reichte sich nun über die ganze linke Seite bis ins Bein, sodass der Doktor leicht hinkte. Längere Strecken zu Fuß waren ihm nicht mehr möglich, der Esel war deshalb die beste Wahl gewesen, zumal sie sich vier Pferde ohnehin nicht mehr leisten konnten. Von Zeit zu Zeit kippte Fausts Kopf zur Seite wie bei einer Puppe, die Gesichtsmuskeln hatten sich versteift, was ihn noch grimmiger dreinblicken ließ als ohnehin schon. Wenigstens hatte seine Krankheit den Vorteil, dass ihnen jeder die Pilgergruppe abnahm, unterwegs zum Kloster Fontevrault, wo der sichtlich geschwächte ältere Mann auf dem Esel Heilung erhoffte. Die Baronie Retz, in der Tiffauges lag, befand sich nicht weit davon entfernt.

Nach zwei weiteren Stunden Fußmarsch schlugen sie endlich ihr Nachtlager auf. John rupfte den Fasan, füllte ihn mit wilden Karotten und Kräutern und briet ihn zusammen mit den gehäuteten Kaninchen am Spieß. Als er das duftende Fleisch zerteilte, warf er Kleiner Satan die Knochen zu, die dieser gierig verschlang. Der Hund gehorchte John beinahe so gut wie Faust, was den Doktor nicht eben milder stimmte.

Während die Zweige im Feuer knisterten und das Fett ihre Gesichter glänzen ließ, erzählte John den anderen, was er über diese Gegend wusste.

»Dieses Land war über viele Jahrzehnte, ja, fast ein ganzes Jahrhundert lang Kriegsgebiet«, begann er. »Als mit Karl IV. der letzte Kapetinger-König starb, ohne einen männlichen Erben zu hinterlassen, kam es zum Streit, wer in Frankreich König werden sollte. Die Engländer erhoben Ansprüche und besetzten den gesamten Norden des Landes. Genau hier an der Loire verlief die Grenze.« John dämpfte seine Stimme. »Man sagt, dass diese Gegend so viel geblutet hat wie keine zweite in Frankreich; die Geister der toten Soldaten streifen noch heute durch die Wälder.«

»Hört auf mit diesen albernen Spukgeschichten«, befahl Faust. »Ihr seid unser Führer, kein Gaukler und Hofnarr.«

»Ach, will der Herr Doktor vielleicht seine eigene Spukgeschichte erzählen?«, spottete John. »Von einem über hundertjährigen Ritter, der im Loiretal nach wie vor sein Unwesen treibt?«

»Ich muss John recht geben«, sagte Karl und wandte sich an Faust. »Ihr braucht medizinische Hilfe und nicht die Burg eines Unholds, der vor über hundert Jahren gestorben ist. Das Ganze ist … absurd!« Er schüttelte den Kopf. »Ihr seid ein Mann des Verstands, des Intellekts, und nun sucht Ihr tatsächlich den Teufel hier auf Erden! Ich hatte so gehofft, dass Leonardo da Vinci Euch auf die rechte Bahn zurückführt.«

Noch immer schmerzte es Karl sichtlich, dass sie den großen Leonardo auf dem Sterbebett zurückgelassen hatten. Vermutlich wäre er gern noch viel länger in Cloux geblieben. Stattdessen jagten sie nun einem Phantom hinterher.

Oder Satan selbst.

Greta glaubte allerdings mittlerweile, dass ihr Vater recht hatte. Zu vieles ließ sich nicht erklären, jedenfalls nicht mithilfe des Verstandes, den Karl bevorzugte. Sie betete nun täglich und dachte dabei an ihre Mutter, die gegen Ende ihres Lebens zu Gott gefunden hatte – und doch auf dem Scheiterhaufen verbrannt worden war, wie Jeanne d'Arc, die eine Gefährtin von Gilles de Rais gewesen war.

Gott und der Teufel, sie bilden immer eine Einheit, dachte Greta. *Wie zwei Seiten einer Medaille. Auf welcher Seite steht mein Vater?*

Wenn sie ehrlich war, wusste sie es nicht.

Gegen Mittag des kommenden Tages erreichten sie eine kleinere Abtei mit einer Herberge. Schon seit den frühen Morgenstunden regnete es in Strömen, und so waren sie froh, wenigstens für kurze Zeit ihre Glieder aufwärmen und die feuchten Sachen am Feuer trocknen zu können. Außer ihnen hatten noch ein paar andere Reisende Schutz in der engen, verrußten Wirtsstube gesucht, es gab dampfenden Hammeleintopf, Käse und einen herben, jedoch wohlschmeckenden Wein. Greta sah, dass die Leute in der Herberge immer wieder zu Faust herüberstarrten. Seine Lähmung war nicht mehr zu übersehen, der schiefe Kopf und das leichte Zittern, wenn er den Löffel zum Mund führte, machten ihn zu einem Aussätzigen, einem Unberührbaren. Ihr schien es fast, als spürten die Menschen, dass der Mann in ihrer Mitte verflucht war. Faust hingegen würdigte die anderen Gäste keines Blickes. Als er seine Mahlzeit beendet hatte, nahm er sich mit zitternden Händen eines seiner Bücher und begann umständlich, darin zu lesen. Es war die *Figura umana*, die Faust in Cloux wieder zusammengeflickt hatte. Das zerfledderte Werk war die letzte Erinnerung, die ihm von dem großen Leonardo da Vinci geblieben war.

Sie dösten ein wenig am Kamin. Der Schlot schien schon lange nicht mehr gereinigt worden zu sein, sodass der Rauch nur schlecht abzog. Schließlich entschloss sich Greta, ein wenig frische Luft zu schnappen. Sie trat vor die Tür und starrte hinaus in den Regen. Drüben am Stall sah sie John mit einigen Männern stehen. Greta blinzelte. Sie mochte sich täuschen, aber zwei der Männer glichen Johns früheren Bootsleuten fast aufs Haar. Als John Greta in der Tür stehen sah, verabschiedete er sich mit einem schnellen Nicken von seinen Gesprächspartnern und kam zu ihr herüber. Er umarmte sie fest.

»Das sind Zimmermänner aus Tours, die das Dach der Abtei neu decken«, erklärte er. »Auch sie berichten von verschwundenen oder tot aufgefundenen Kindern, vor allem unten in der Baronie Retz.« John schüttelte den Kopf. »Zum Teufel, ich wüsste wirklich gern, wer dahintersteckt!«

»Wenn es kein Oger ist, wer dann?«, fragte Greta.

»Nun, ich vermute, es ist eine Bande von Menschenhändlern. Vielleicht entführen sie einige der Kinder und verkaufen sie als Sklaven an die Osmanen, und wer zu schwach ist, den bringen sie um. Das wäre nicht das erste Mal, der Atlantik ist nicht weit.« John runzelte die Stirn. »Aber es könnte wirklich sein, dass dies alles mit Tiffauges zu tun hat. Die Zimmermänner erzählen, der Vogt habe ein paar seltsame Leute ins Schloss gelassen. Seitdem sei nichts mehr so, wie es vorher war.«

»Diese Männer aus Tours scheinen sich ja wirklich gut auszukennen«, sagte Greta.

John winkte lachend ab. »Ja, da ist sicher auch viel Gerede dabei. Aber eines stimmt zumindest: Es gibt eine Menge Wölfe in der Gegend, seit Jahren sind sie eine echte Plage. Wir sollten also vorsichtig sein.«

Wie zum Beweis ertönte ein Heulen aus dem Wald, in das gleich darauf ein weiteres Heulen einfiel. John nickte grimmig. »Wir bleiben diese Nacht noch in der Herberge. Ich will nichts riskieren.«

Als sie am nächsten Morgen aufbrachen, hatte der Regen aufgehört. Die Sonne brach durch die Wolken, und schon bald war es im Wald so schwül wie im Hochsommer. Feuchter Dunst waberte durch das Gehölz, die Mücken fraßen sie schier auf. Besonders Karl, dessen Blut offenbar besonders süß war.

Zum bestimmt hundertsten Mal fragte sich Karl, was er hier eigentlich machte. Der Doktor litt an irgendeiner schlimmen Krankheit, und sie tasteten sich durch die Wildnis auf der Suche nach einem Schloss, in dem ein Geist hausen sollte, ein untoter Massenmörder, der vor langer Zeit gehängt worden war. Das war doch alles komplett irrsinnig! Und trotzdem folgte er dem Doktor, weil ... weil er nicht anders konnte.

Weil ich ihn liebe ...

Karl würde bei Faust bleiben bis zu dessen letztem Atemzug, das hatte er sich geschworen, nachdem auch Leonardo ihnen nicht hatte helfen können. Der große Leonardo! Was hätte Karl noch alles von ihm lernen können! Allein die Pinselführung, das Spiel mit dem Licht ... Nur ein paar Mal war es Karl vergönnt gewesen, dem Meister beim Malen über die Schulter zu schauen. Ob Leonardo noch lebte? Sein Testament hatte er jedenfalls noch am Abend vor ihrer Abreise gemacht.

Von der Herberge aus führte eine Straße nach Westen, die sie jedoch bald verließen. Sie bogen in einen schmalen, eingewachsenen Pfad ein, den Karl allein niemals entdeckt hätte. Er bewunderte John Reed, der sich in dieser Wildnis wie zu Hause fühlte und ihm auch in anderer Hinsicht überlegen war. Die Bewunderung war gepaart mit stiller Eifersucht. Greta und er waren immer die besten Freunde gewesen, es tat ihm weh, dass sie sich jetzt langsam von ihm löste, auch wenn er es gut verstehen konnte. Überhaupt schien Greta in den letzten Wochen ein anderer Mensch geworden zu sein.

Sie war noch stiller, noch ernster als zuvor. In dem Pilgergewand wirkte sie tatsächlich wie eine zukünftige Nonne, die im Kloster Fontevrault ihr Gelübde ablegen sollte.

Schon bald waren Karls über Nacht am Kamin getrocknete Kleider wieder feucht, diesmal von seinem eigenen Schweiß. Der Boden war sumpfig, und die Straße stand teilweise knöcheltief unter Wasser. Die Weiler, die sie in den folgenden Stunden passierten, waren öde Orte, bevölkert von wenigen Bauern in zerrissenen Gewändern, die ihnen dumpf wie Untote entgegenstarrten.

Als sie an diesem Abend auf einer gerodeten, von Unterholz überwachsenen Lichtung ihr Lager aufschlugen, waren alle so erschöpft, dass sie schon nach kurzer Zeit einschliefen. Nur Karl, der die erste Wache übernommen hatte, hielt mühsam die Augen auf. Nach einer Weile erklang erneut das Heulen der Wölfe, diesmal viel näher als noch gestern Abend. Karl glaubte, ein tiefes Knurren zu hören, nicht weit von ihrer Lichtung entfernt. Vermutlich war es Kleiner Satan, den er schon länger nicht mehr gesehen hatte. Er nahm ein brennendes Scheit und ging vorsichtig auf die Bäume zu, die wie eine schwarze Wand vor ihm aufragten. Zwischen den Ästen glühte ein Augenpaar. Mit Schwung warf Karl das Holzstück in die Richtung, und die Augen verschwanden. Dafür entdeckte er jetzt etwas anderes.

Ein Mann stand zwischen den Bäumen.

Karl sah seine Umrisse ganz deutlich, er war nur ein paar Schritte von ihm entfernt, geduckt hinter einem Baum. Schon wollte Karl ihn anrufen, doch in diesem Moment schien der Mann auch ihn gesehen zu haben. Blitzschnell verschwand er zwischen den Stämmen, ein letztes Rascheln, dann war es so, als ob er nie da gewesen wäre. Mit bebendem Herzen eilte Karl zurück zum Lager und weckte John Reed.

»Ich habe jemanden gesehen!«, zischte er ihm zu. »Ganz nah am Lager!«

John war sofort hellwach. Er griff nach seinem langen Messer und erhob sich leise.

»Ihr bleibt hier«, flüsterte er. »Weckt die anderen! Ich werde nach dem Rechten sehen.«

Einen Augenblick später war John im Wald untergetaucht. Wieder heulten die Wölfe, etwas raschelte und knisterte im Gehölz, und Karl spitzte die Ohren. Vielleicht war es John, vielleicht aber auch jemand anderes.

Oder etwas *anderes*, dachte Karl. Dann schalt er sich selbst einen Narren. Dieses Gerede über diesen untoten Ritter machte ihn noch ganz verrückt!

Er schlich hinüber zu Greta und rüttelte sie, ein paar Augenblicke später war auch Faust wach. Gemeinsam lauschten sie, doch außer dem Heulen der Wölfe war nichts weiter zu hören. Eine ganze Weile verharrten sie so, schweigend und horchend, doch John kam nicht zurück. Weitere endlose Minuten verstrichen.

»Was mag mit John geschehen sein?«, fragte Greta. Ihr Gesicht war blass, das Haar zerzaust. »Warum kommt er nicht mehr?«

»Verdammt, ich weiß es nicht!«, sagte Karl. »Ich weiß nur, dass da jemand im Wald war, irgendein Kerl.«

»Tonio?«, erkundigte sich Faust. »Glaubst du, es könnte Tonio gewesen sein?«

»Es war zu dunkel, um mehr zu erkennen. Außerdem …« Karl verstummte, als wieder Schritte zu hören waren, Zweige knisterten. Schon wollte Karl erleichtert nach John rufen, doch dann hielt er inne. Im Wald, ganz in ihrer Nähe, befanden sich ganz eindeutig mehrere Menschen! Erst jetzt fiel Karl auf, dass auch der Hund nicht wieder aufgetaucht war.

»John?«, rief Greta. »Herrgott, John, wo bist du?« Doch niemand antwortete.

Karls Hand ging zu der Faustbüchse, die er unter seiner Decke verwahrte. Er fluchte leise, als ihm einfiel, dass er sie am Abend nicht geladen hatten. Was nutzte ihm eine nicht geladene Pistole?

Nun, allerdings wissen mögliche Angreifer nicht, dass sie nicht geladen ist, dachte er.

Abrupt stand er auf, die Waffe in der Hand. »Ich werde nach dem Rechten sehen. Ich bin gleich wieder hier.«

»Verflucht, es bringt nichts, wenn wir uns jetzt alle trennen«, sagte Faust. »Wir müssen zusammenbleiben …«

Doch Karl war bereits zwischen die Bäume getreten. Kaum hatte er die vom Feuer erleuchtete Lichtung verlassen, war alles um ihn herum tiefschwarz, wie in Tinte getaucht. Erneut huschten Schritte durch den Wald, ein Knurren ertönte, und diesmal glaubte Karl tatsächlich, Kleiner Satan zu erkennen.

»Satan!«, zischte er. »Bei Fuß!« Die Erwähnung des unheilvollen Namens erschien Karl in stockdunkler Nacht wie ein böses Omen. Mit der Hand umklammerte er den Griff der Faustbüchse, die er wie ein Schutzamulett vor sich hielt, das kühle Holz gab ihm Sicherheit. Er lauschte noch eine Weile. Als nichts weiter geschah, ging er zurück zur Lichtung.

Und erstarrte.

»Was zum Teufel …?«, keuchte er.

Greta und der Doktor waren verschwunden.

Am noch glimmenden Feuer befanden sich nur noch die Felle und Decken, eines der Bücher lag aufgeschlagen neben Fausts Lager, die Seiten flatterten im Wind. Es sah aus, als wären die beiden nur kurz weggegangen, doch Karl war klar, dass sie nicht wiederkommen würden.

Jemand oder etwas hatte sie geholt.

Im gleichen Moment hörte Karl hinter sich ein Geräusch, ein leises Zischen wie von einer Schlange, ein Riemen zog sich um seinen Hals und schnürte ihm die Luft ab.

Dann wurde ihm schwarz vor Augen.

Johann dämpfte seinen Atem und versuchte zu überleben, so gut es ging.

Die Panik schwappte in hohen Wellen durch sein Inneres, mit jeder neuen Woge fiel ihm das Atmen schwerer, er drohte zu ersticken. Das hatte vor allem mit dem Knebel zu tun, einem stinkenden Lappen, der in seinem Mund steckte. Ein weiteres Tuch bedeckte Augen und Nase, sodass Johann durch ein Meer der Finsternis glitt. Vor allem aber konnte er sich nicht bewegen.

So wird es sein, dachte er. *Schon bald. Wie lebendig begraben.*

Er zuckte wild hin und her, wie ein Fisch auf dem Trockenen. Dafür bekam er einen Schlag auf den Kopf. Für den Hieb war er fast dankbar, er erinnerte ihn daran, dass er nicht gelähmt war, sondern nur entführt und gefesselt. Bäuchlings war er auf den Rücken eines Pferdes gebunden, das stete Wiegen und gelegentliche Schnauben beruhigten ihn ein wenig. Sein Atem ging jetzt wieder gleichmäßiger. Durch das Tuch vor seiner Nase drang nur wenig Luft, doch sie reichte aus, um nicht in Ohnmacht zu fallen. Wie lang ging dieser Ritt schon – Minuten, Stunden? Er hatte jegliches Zeitgefühl verloren.

Das Letzte, woran er sich erinnerte, war das Knacken eines Asts hinter ihm. Er hatte sich soeben erhoben, um Karl aus dem Wald zurückzuholen, als jemand hinter ihn trat. Ein Riemen hatte sich um seinen Hals gelegt und war mit brutaler Kraft zugezogen worden, dann war Johann wohl ohnmächtig geworden. Wer auch immer für diese Entführung verantwortlich war, die Männer verstanden ihr Handwerk. Sie wollten ihn nicht umbringen, sondern nur außer Gefecht setzen. Kurz darauf war er auf dem Pferd wieder aufgewacht, fest verschnürt wie ein Ballen Stoff.

Neben sich hörte er ein leises, helles Wimmern, und er atmete erleichtert auf. Das musste Greta sein! Vermutlich war man mit ihr ebenso verfahren wie mit ihm. Krampfhaft überlegte Johann, wer ihre Häscher sein konnten. Am wahrscheinlichsten war, dass ihn Viktor von Lahnstein nun doch entdeckt hatte. Wollten sie ihn auf diese Weise bis nach Rom schaffen? Oder waren es Tonio und seine Leute? Doch irgendwie passte dieser Überfall nicht zu Tonio, dafür war er zu grob und gleichzeitig zu wenig … bösartig gewesen.

Gelegentlich hörte Johann leise Stimmen, es waren die von Männern. Sie unterhielten sich auf Französisch, doch Johann konnte immer nur wenige undeutliche Brocken verstehen. Wie ein Sack Mehl hing er mit dem Kopf nach unten, das Blut staute sich in seinen Beinen, die immer tauber wurden. Ihm war, als würde sich die Lähmung nun endgültig in seinem Körper ausbreiten. Wieder überkam Johann eine unsägliche Angst. Er kam sich vor wie ein Stück totes Holz mit Mund und Augen, starr und leblos, und doch bekam er alles um sich herum mit.

So wird es sein … Schon bald.

Er bemühte sich, an etwas Schönes zu denken. An seine Tochter, die ihm das Liebste auf der Welt war, auch wenn sie gerade mit diesem prahlerischen Schotten poussierte. Ob John Reed noch lebte? Oder hatten ihn die Entführer beseitigt, und Karl vielleicht auch? Zu seinem eigenen Entsetzen bemerkte Johann, dass er darüber keine rechte Trauer empfand.

Auch mein Herz wird taub. Oder war es das schon immer?

Nach einer gefühlten Ewigkeit veränderten sich die Geräusche, das Getrappel der Hufe klang nun heller, als würden die Pferde über Pflastersteine traben und dann über Holz. Schließlich blieben sie stehen. Jemand rief etwas, ein Quietschen und Rasseln ertönten, wieder ging es voran, ein kühler Wind wehte und zerrte an Johanns Kleidern. Sein Rücken schmerzte, als hätte jemand mit einem Knüppel darauf eingeprügelt.

Endlich hielt sein Pferd erneut an, Männer stiegen lachend ab, dann packte ihn jemand und zerrte ihn vom Sattel herunter. Kurz konnte er durch einen winzigen Schlitz oberhalb der Augenbinde einen dunklen Burghof erkennen, nur von wenigen Fackeln erhellt; ein kalter Nachtwind wehte, als wären sie oben auf einem Berggipfel. Man schnitt ihm die Fesseln an den Knöcheln durch, zog ihn hoch und gab ihm einen heftigen Schubs, so als wollte man einen alten Esel zum Gehen auffordern. Johanns Beine knickten unter ihm weg, schließlich wurde er über etliche Stufen treppaufwärts geschleift, wobei seine Bewacher lautstark auf Französisch fluchten. Noch immer war er an den Händen gefesselt und hatte das Tuch über dem Gesicht.

Nach einer Weile hatten sie wohl eine Art Kammer erreicht, es war kalt, und es hallte. Man drückte Johann auf eine steinerne Bank, dann geschah eine ganze Zeit lang nichts. Nur am Stöhnen zu seiner Linken und Rechten erkannte er, dass er wohl nicht der einzige Gefangene war. Er glaubte, mindestens zwei weitere Menschen neben sich zu hören, und betete, dass es Greta und Karl waren.

Schließlich klappte irgendwo eine Tür auf, leise Schritte ertönten, die sich ihm näherten.

»*Ouvrez le bander des yeux …*«, befahl eine sanfte Stimme.

Grobe Finger entfernten seinen Knebel und rissen ihm die Binde vom Gesicht. Das wenige Fackellicht strahlte so hell wie die Sonne, sodass Johann zunächst nichts Genaues erkennen konnte. Männer, gekleidet in blank polierte Harnische, entfernten sich, eine Tür wurde zugeschlagen. Johann blinzelte und rieb sich die Augen. Eine Gestalt, groß wie ein Bär, schob sich in sein Sichtfeld. Er hob den Kopf und blinzelte noch einmal, um sicherzugehen, dass er träumte. Doch es war kein Traum.

Vor Johann stand der König von Frankreich.

12

Es gab keinen Zweifel.

Johann kannte König Franz I. von etlichen Gemälden her. Der junge französische Herrscher hatte ein ausdrucksstarkes Gesicht, in dem vor allem die große Nase hervorstach, die bei den Damen als Ausdruck seiner Männlichkeit galt. Sein schwarzer Vollbart war der Mode nach kurz geschnitten, die Augen blickten unter tief hängenden Lidern beinahe schläfrig auf Johann herab. Franz war ein Riese von über sechs Fuß, mit mächtigem Brustkorb und einem athletisch gebauten Körper. Wenn es noch Zweifel an seiner Identität gab, wurden diese durch das königliche Gewand zerstreut, das aus feinster grüner Seide war, auf dem versilberten Brustpanzer prangte als königliches Signum der feuerspeiende Salamander.

»Willkommen auf Schloss Chinon, werter Doktor«, sagte der König. Er sprach ein weiches, sonores Französisch, fast wie ein Barde. »Ich hoffe, Eure Anreise war nicht allzu unkomfortabel.«

»Die Federung der Kutsche ließ etwas zu wünschen übrig«, krächzte Johann. Er blickte nach links und rechts, wo tatsächlich Greta und Karl wie er selbst auf einer Art Steinsims saßen, von John Reed war nichts zu sehen. Eine unendliche Erleichterung überkam Johann, doch er ließ sich nichts anmerken. Auch Greta und Karl schienen den Mann vor ihnen erkannt zu haben und starrten ihn mit einer Mischung aus

Überraschung, Furcht und Respekt an. Es kam nicht alle Tage vor, dass einer der mächtigsten Herrscher der Welt leibhaftig vor einem stand.

»Nun, zumindest war ich in bester Gesellschaft«, fügte Johann hinzu. »Ich reise nur äußerst ungern ohne meine Tochter und meinen Adlatus.«

Franz schmunzelte. »Freut mich, dass Ihr Euren Humor nicht verloren habt, Doktor. Euer Französisch ist übrigens ganz ausgezeichnet.«

»Das gilt auch für einige Eurer Dichter, die ich gerne lese und aus deren Büchern ich Eure Sprache gelernt habe«, sagte Johann. »Jean Molinet, François Villon …«

»Je suis Francoys, dont il me poise …«, murmelte Franz I. Er nickte. »Villon ist auch einer meiner Lieblingsdichter. *Ne de Paris empres Pontoise, et de la corde d'une toise …«*, fuhr er in sanftem Singsang fort. »Villon hat man übrigens des Öfteren in einen Kerker gesperrt, er entkam dem Tode ein paar Mal nur im letzten Augenblick. Er war wohl ein rechter Betrüger und Scharlatan, aber eben auch ein Genie. Kommt Euch das bekannt vor, Doktor?«

Johann schwieg und nutzte stattdessen die Gelegenheit, sich umzusehen. Sie befanden sich in einer runden steinernen Kammer, die offenbar Teil eines Turms war. Es gab drei schmale Schießscharten, jedoch kein Fenster und auch kein Mobiliar, zu dritt saßen sie gefesselt auf einem gemauerten Absatz an der Wand. Der König stand direkt vor ihnen, erleuchtet von wenigen Fackeln, die in rostigen Haltern steckten. Erstaunlicherweise befanden sich keine Wachen in dem Raum. Franz deutete Johanns Blick richtig.

»Diese Unterhaltung ist nicht für jedermann bestimmt. Es gibt ohnehin schon zu viele Ohren, die mithören.« Er legte die königliche Stirn in Falten. »Aus diesem Grund musste ich Euch auch auf so unkomfortable Weise hierherbringen lassen. Ich bitte vielmals um Entschuldigung.«

»Wo ist John?«, meldete sich nun Greta. »Was habt Ihr mit ihm gemacht?« In ihren Haaren hingen Blätter und Zweige, ihr Gesicht war schmutzig wie das eines Köhlers, doch sie schien unverletzt und hatte nichts von ihrem Selbstbewusstsein eingebüßt.

»Wer?« Irritiert wandte sich Franz der jungen Frau zu, er war es offenbar nicht gewohnt, dass man so respektlos mit ihm sprach. »Wenn Ihr den großen Hund meint, den haben wir in Gewahrsam genommen. Er befindet sich im königlichen Zwinger. Ein wirklich außerordentlich schönes …«

»Ich meine nicht den Hund, sondern den dritten Mann in unserer Gruppe!«, unterbrach ihn Greta. Sie funkelte den König an. »Wo ist er? Wo ist John?«

»Ach, Jean!« Franz lachte, als hätte Greta eben einen guten Witz erzählt. »Man hat mir schon gesagt, dass der fesche Kerl ein Auge auf Euch geworfen hat. Und wohl auch umgekehrt, wie ich jetzt feststellen muss.« Er winkte ab. »Keine Sorge, es geht ihm gut. Ihr sollt ihn schon bald wiedersehen. Zuerst aber möchte ich mich mit dem Doktor unterhalten. Und zwar über einen gemeinsamen Freund.« Er wandte sich wieder Johann zu. »Ich denke, Ihr wisst, wen ich meine.«

»Leonardo da Vinci«, sagte Johann leise.

Franz' Miene verdüsterte sich. »Er ist in meinen Armen gestorben, drei Tage ist das nun her. Leonardo war für mich wie ein Vater, und mehr noch. So einer wie er kommt nicht wieder!«

»Auch ich werde ihn vermissen«, erwiderte Johann und sackte in sich zusammen. Es tat ihm weh, von Leonardos Tod zu hören, wenn er auch gewusst hatte, dass dieser Moment bald kommen würde. Nun war einer der größten Männer der Menschheit tatsächlich Geschichte.

Und mit ihm wohl auch das eine oder andere Geheimnis, dachte Johann.

»Es wird Euch vielleicht freuen zu hören, dass Leonardo

am Ende Euren Namen erwähnt hat. Und auch den Eures hübschen Adlatus.« Franz zwinkerte Karl zu. »Er mochte ihn offenbar recht gern, und ich kann nun auch sehen, warum. Wisst Ihr, was er kurz vor seinem Tode noch gesagt hat?«

Der König beugte sich hinunter zu Johann. »Er meinte, der Doktor Faustus kenne das Geheimnis. Seltsam, nicht wahr? Das waren tatsächlich seine allerletzten Worte, bevor er starb. *Doktor Faustus kennt das Geheimnis.*« Von einem Augenblick auf den anderen wirkte Franz gar nicht mehr schläfrig, sondern hellwach, er musterte Johann aufmerksam. »Ich frage mich, was das für ein Geheimnis ist, Doktor. Könnt Ihr es mir sagen? Meine Gelehrten haben Leonardos Dokumente durchforstet, Blatt für Blatt, doch sie wurden nicht fündig.«

Johann erstarrte.

»Welches Geheimnis?«, wiederholte Franz seine Frage.

»Wenn ... wenn es zu Ende geht, sprechen Menschen oft im Fieber«, erwiderte Johann zögerlich.

»Und trotzdem sagen sie die Wahrheit.« Franz' Gesicht war jetzt ganz nahe vor seinem, Johann roch das strenge Veilchenparfum, von dem ein Flakon vermutlich mehr kostete als ein Schlachtross. »Welches Geheimnis teilt Ihr mit Leonardo, Doktor Faustus? Ich bin nicht dumm! Meine Leute beobachten Euch schon, seitdem Lahnstein und sein Bluthund Euch auf den Fersen sind.«

»Ihr ... Ihr wisst von dem päpstlichen Gesandten?« Johanns Gedanken überschlugen sich. Wusste der König etwa auch von ihrer Suche nach Gilles de Rais? Was für ein Spiel wurde hier gespielt?

»Natürlich.« Franz erhob sich lächelnd. »Rom und Frankreich mögen derzeit vielleicht Verbündete sein im Kampf gegen das übermächtige Habsburger Reich, doch das kann sich jederzeit wieder ändern. Jeder in Italien spielt sein eigenes Spiel. Und so wie der Papst seine Spione hat, habe ich eben die meinen. Deshalb weiß ich auch, dass der dicke Leo schon lange ein Auge auf Euch geworfen hat. Er wollte Euch nach Rom bringen lassen, nicht wahr? In Bamberg seid Ihr ihm gerade noch entwischt. Lange habe ich mich gefragt, warum Ihr danach nach Frankreich geflohen seid. Warum nicht nach England, nach Spanien, in die Niederlande?« Der König straffte sich.

»Als Ihr dann nach Amboise kamt, wurde es mir klar. Was für einen Grund könnte es schon geben, dass der berühmte Doktor Faustus den ebenso berühmten Erfinder Leonardo da Vinci aufsucht? Eben um von ihm jenes Geheimnis zu erfahren, von dem der Papst annimmt, dass Ihr es bereits kennt. Aber Ihr kanntet es noch gar nicht! Jedenfalls nicht ganz, ein paar letzte Rätsel waren noch geblieben, nicht wahr? Also habt Ihr Leonardo danach gefragt. Und jetzt, da Leonardo tot ist, seid Ihr der Einzige auf der Welt, der es besitzt!«

»Und … und welches Geheimnis soll das sein?«, fragte Johann zögerlich. Er ahnte, dass er nun endlich erfahren würde, warum Lahnstein ihn nach Rom bringen lassen wollte. Was der eigentliche Grund für ihre lange Flucht gewesen war, die sie bis in dieses Schloss und vor den französischen König geführt hatte.

»Nun, welches Geheimnis wohl?« Der König schmunzelte. »Stellt Euch nicht dumm, Doktor. Eben jenes, das alle Welt zurzeit so brennend interessiert, vor allem den Papst, diesen fetten Gierschlund, der Euch deshalb sucht. Und jetzt verratet Ihr es eben mir! Das Schicksal der Welt mag davon abhängen.«

Franz beugte sich erneut zu Johann hinunter und hauchte ihm ins Ohr: »Das Geheimnis des *lapis philosophorum*.«

* * *

Viele Hundert Meilen entfernt stieg Papst Leo X. eine schmale Treppe hinunter in sein Allerheiligstes.

Der Raum, den er aufsuchte, lag direkt unterhalb seiner Gemächer in der Engelsburg, und doch war er besser verborgen und geschützt als die päpstliche Kasse. Um zu der geheimen Kammer zu gelangen, musste man hinter einen Wandteppich treten. Dort befand sich ein einzelner Mauerstein, der sich von den Steinen um ihn herum nicht weiter unterschied. Wenn man ihn drückte, schob sich ein Teil der Wand lautlos zur Seite. Die Treppe dahinter führte zu einer eisernen Tür, die mit gleich drei Schlössern verriegelt war. Der Schlüsselmacher, der sie hergestellt hatte, lebte nicht mehr, ebenso wenig der Baumeister der Kammer. Außer Leo gab es nur eine einzige Person, die diesen Raum kannte.

Leo zog den Schlüsselbund hervor und öffnete die einzelnen Schlösser, eines nach dem anderen. Dann drückte er gegen die schwere Tür, die sich knarrend öffnete. Der Gestank von Schwefel und Quecksilber drang in seine Nase. Für Leo war es ein wohlriechender Duft, betörender als jedes Parfum. Er betrat den kleinen würfelförmigen Raum, an dessen Wänden sich Tische und Regale reihten, vollgestellt mit Tiegeln, Retorten und Phiolen. Auf einem Steintisch in der Mitte, den schon zahlreiche Flüssigkeiten angeätzt hatten, stand eine gläserne Destille, daneben glomm noch schwach ein Feuer. Zwischen mumifizierten Salamandern und getrockneten Seepferdchen, die in einem uralten Steinmörser vor sich hin moderten, lagen etliche in vergilbtes Leder gebundene Bücher. Leo kannte sie alle, vieles darin konnte er auswendig.

Zerreibe den getrockneten Bezoar einer Ziege und vermische das Pulver mit dem Gift einer Natter ... Lasse Quecksilber verdampfen, sodass eine Wolke zum Himmel steigt ... Vermische ein Quartel Mäuseblut mit Wein aus dem Burgund und dem Urin eines Einhorns ...

Etliche Jahre bevor er den Papstthron bestieg, hatte Leo die Alchimie für sich entdeckt. Er war ein kluger Mann, ein Gelehrter und kein Scharlatan, und befasste sich daher auch ernsthaft und auf wissenschaftliche Weise mit diesem Thema. Er hatte gelernt, die Lüge von der Wahrheit zu scheiden, so wie man Eisen von Schlacke scheidet. Die Alchimie war ein viel zu wichtiges Feld, um sie Spinnern und Zauberern zu überlassen. Große Männer hatten sich mit ihr beschäftigt – Demokrit, Avicenna, Albertus Magnus, Nicolas Flamel, Roger Bacon … Sie alle hatten sich an der Transmutation versucht, dem komplizierten Handwerk, eine Materie in eine andere zu verwandeln. Es ging dabei nicht um ketzerische schwarze Magie, sondern um weiße Magie oder das, was neuerdings einfach Wissenschaft hieß. Unter den Alchimisten gab es sogar höchst ehrenwerte Kirchenväter. Geschafft hatte die Transmutation noch keiner, wenn auch hier und da kleine Erfolge zu verzeichnen waren. Doch sie hatten eben nicht die großen Zusammenhänge gesehen, jeder hatte nur in seinem Stall gemistet.

Leo trat an den Ofen, in dem es noch immer schwach glühte. Darüber war eine Eisenwanne eingehängt, auf deren Boden sich ein rötliches Pulver befand. Leo griff zu einem Blasebalg und pumpte Luft in die Glut, schon bald standen ihm Schweißtropfen auf der Stirn. Er atmete heftig, die Quecksilberdämpfe machten ihn benommen und schärften zugleich seine Sinne. Alles schien so leicht, die Lösung lag vermutlich direkt vor ihm, warum bloß sah er sie nicht? Warum nur?

Doch es gab einen, der sie kannte. Einer, der tot war und doch lebte.

In alten Unterlagen, tief unten in den vatikanischen Archiven, war der Papst auf Gilles de Rais gestoßen, jenen französischen Marschall, der vor über hundert Jahren in Saus und Braus gelebt hatte, bis ihm schließlich das Geld ausgegangen war. In seiner Verzweiflung hatte der Marschall sich der Alchimie verschrieben, und die Unterlagen hatten Leo gezeigt, dass Gilles das Geheimnis offenbar am Ende tatsächlich gelöst hatte.

Wenn auch mithilfe ziemlich grausiger Methoden.

Doch wenn das Schicksal der Kirche auf dem Spiel stand, durfte man eben nicht zimperlich sein.

Leo pumpte weiter Luft in die Glut, die nun hellrot aufleuchtete. Der Papst keuchte, sein fetter Leib bebte wie unter Krämpfen der Wollust. Es war wie eine Geißelung. Oft überkam es ihn des Nachts, und er stieg hier hinunter, wälzte Bücher, rührte, pumpte, wog, zerstampfte, verbrannte, es schäumte und brodelte ... Manchmal war der *Andere* mit ihm hier, er, dessen Weisheit so viel größer war als seine, der sie jedoch gut verbarg und der ihn erst auf die Notizen des dunklen Marschalls aufmerksam gemacht hatte. Leo war sich sicher, dass Gott durch den Mund dieses *Anderen* sprach. Er hatte ihm von Gilles de Rais erzählt und davon, dass Doktor Faustus, der berühmte Zauberer und Nekromant, dessen Seele beschworen hatte.

Damals hatte Gilles de Rais dem Doktor das Geheimnis verraten!

Leo pumpte noch schneller, das rote Pulver in der Eisenwanne löste sich, es wurde klebrig, dann flüssig, Dämpfe stiegen auf, und jetzt war der *Andere* bei ihm, er legte ihm die Hand auf die Schulter, er flüsterte ihm ins Ohr.

Kennst du den Faust, den Doktor, meinen Knecht? Bring ihn mir ...

So viele Alchimisten hatte Leo befragen lassen, auf der Streckbank, in Ketten, er hatte ihnen die Glieder zerquetschen und zerreißen lassen, um die Wahrheit zu erfahren. Doch alle waren sie Scharlatane gewesen, der Doktor war seine letzte Hoffnung. Und der *Andere* hatte ihm verraten, dass Faust der Richtige war!

Während Leo die blubbernden Blasen in der Wanne betrachtete, dachte er an den letzten Brief seines persönlichen Gesandten, der ihn erst vor drei Tagen erreicht hatte. Faust war bei Leonardo da Vinci gewesen, ausgerechnet bei diesem

Ketzer! Und nun zog er weiter nach Tiffauges … Leo war sich sicher, dass Faust dort noch einmal den dunklen Marschall beschwören würde, dass er hoffte, von ihm weitere Geheimnisse zu erfahren. Der *Andere* hatte also recht gehabt, der Doktor war tatsächlich derjenige, der ihm, der Kirche, ja, der ganzen Welt dienen würde.

Doch dafür musste er Faust erst einmal hierherholen, zu sich nach Rom.

Leo mochte sich gar nicht ausmalen, was geschehen würde, wenn der französische König oder auch dieser junge Habsburger davon Wind bekamen. Die Waage des Schicksals würde sich plötzlich zur anderen Seite neigen. Und das durfte nicht passieren, niemals! Es ging um den Fortbestand der christlichen Welt, Denkmäler mussten errichtet, neue Kirchen gebaut werden, um den dummen Menschen die Herrlichkeit Gottes vor Augen zu führen. Gerade jetzt, in diesen unruhigen Zeiten, da nicht wenige vom wahren Glauben abfielen, brauchte die Kirche das.

Es … darf … nicht … passieren …

Mit jedem einzelnen Wort pumpte Leo einen weiteren Stoß Luft in den Ofen, das Flüstern an seinem Ohr war heiß wie die orangefarbene Glut.

Bring mir den Faust … Den Doktor … Meinen Knecht …

Mit einem letzten Keuchen brach der Heilige Vater vor dem Ofen zusammen.

Und mit den beißenden Dämpfen erhob sich über ihm ein Wesen, viel größer, älter und böser als alles, was die Menschheit sich je in ihren schlimmsten Albträumen ausgemalt hatte.

* * *

»Den *lapis philosophorum*, den Stein der Weisen?«

Johann hatte eine Weile gebraucht, um zu begreifen, was der französische König von ihm wollte. Es kostete ihn einige

Mühe, nicht in hysterisches Gelächter auszubrechen. »Ihr … Ihr glaubt also, ich kann Gold machen?«

»Stein der Philosophen, roter Löwe, großes Elixier, Astralstein … Nennt es, wie Ihr wollt.« König Franz I. zuckte nicht einmal mit der Wimper. »Seit den Zeiten des großen Hermes Trismegistos suchen die Alchimisten nach jener Substanz, die unedle Stoffe in Gold verwandeln kann. Wenn es nur eine einzige, alles durchdringende göttliche Seelensubstanz gibt, die unendlich mannigfaltige Gestalt annehmen kann, dann muss auch eine solche Transmutation möglich sein. Habt Ihr das in Euren vielen Vorlesungen nicht immer wieder selbst behauptet?«

Johann stöhnte leise. Der Stein der Weisen gehörte zur Alchimie wie das Horoskop zur Astrologie, tatsächlich hatte er den Leuten immer wieder weisgemacht, dass er ihn kenne, doch das war eine Lüge. Er mochte nicht ganz ausschließen, dass es eine solche Substanz tatsächlich gab, auch wenn Avicenna und andere große Gelehrte das immer wieder bezweifelt hatten – allein, er kannte diese Substanz nicht und wusste auch keinen, der darüber verfügte.

Er erinnerte sich an das, was ihm Agrippa erzählt hatte: nämlich, dass Gilles de Rais auch in der Alchimie bewandert gewesen sei. Das musste der Grund sein, warum Viktor von Lahnstein seinen Namen damals in Bamberg erwähnt hatte! Irgendjemand hatte dem Papst von Johanns Verbindung zu dem toten französischen Marschall erzählt, und nun dachte Leo, der Magier Doktor Faustus habe von Gilles de Rais das Geheimnis erfahren, das Geheimnis des *lapis philosophorum*. Das war absurd! Andererseits, hatte Johann nicht auch immer alles dafür getan, seinen Ruf als rätselhafter Alchimist zu befördern? Nun, so schien es, bezahlte er dafür die Zeche.

»Das also ist der Grund, warum der Doktor nach Rom gebracht werden sollte?«, warf Karl Wagner ungläubig ein. »Weil der Papst glaubt, Faust könnte Gold herstellen?«

König Franz nickte. »Leo ist in arger Geldnot. Sein Hof verschlingt Unsummen, im Jahr sind es satte 100 000 Dukaten, mehr als doppelt so viel wie bei seinen Vorgängern! Außerdem will Leo die römische Kirche mit jeglichem Pomp und Prunk ausstatten, der Bau des enormen Petersdoms ist da nur der Anfang. Er glaubt, dass die Menschen große christliche Denkmäler brauchen, um ihren Glauben zu festigen. Und just in dieser schwierigen Zeit kommt da so ein kleines deutsches Mönchlein und spuckt ihm in die Suppe.« Der König lachte leise. »Zuerst hat der Heilige Vater diesen Luther ja nicht ernst genommen, doch nun fehlt das Geld an allen Ecken und Enden, und die Ablassbriefe werden immer weniger. Wenn das so weitergeht, wird Leo noch im Armenhemd beerdigt werden.«

»Ich wüsste nicht, dass Euch das gleiche Schicksal droht«, spottete Johann.

»Ihr habt recht, ich kann mich eigentlich nicht beklagen. Allerdings brauche ich gerade ebenfalls mehr Geld, als Ihr Euch vorstellen könnt …« Franz machte eine kleine Pause, bevor er fortfuhr: »Um genau zu sein, fast eine Million Gulden.«

»Eine … *Million* Gulden?« Karl blieb der Mund vor Staunen offen. »Aber … aber … Ich meine, warum …?«

»Ich denke, ich weiß, warum«, meldete sich Greta. Sie taxierte den König mit aufmerksamen Blicken, ihr Französisch war mittlerweile gut genug, um dem Gespräch zu folgen. »Die Spatzen pfeifen es doch von den Dächern, schon in Orleans haben die Leute davon geredet. Seine Majestät ist der König von Frankreich, aber noch nicht der König der Welt. Dafür braucht er noch den deutschen Königsthron und natürlich die Kaiserwürde.«

Franz schmunzelte, er wandte sich an Johann. »Sie ist Eure Tochter, nicht wahr? Ein kluges Kind, fürwahr. Ich habe immer gesagt, dass es die Frauen in der Politik weit bringen könnten, wenn man sie denn ließe. Meine Claude zum Beispiel …«

»Ihr wollt Euch den deutschen Thron kaufen?«, unterbrach ihn Johann, der im Moment so verwirrt war, dass ihm diese Majestätsbeleidigung gar nicht weiter auffiel. Nachdenklich nickte er. »Natürlich … Der alte deutsche Kaiser Maximilian ist tot, die Wahl zum neuen König steht an. Entweder wird es der Habsburger Karl oder Ihr. Aber dafür bräuchtet Ihr die Stimmen der sieben deutschen Kurfürsten …«

»Vier würden schon reichen. Der brandenburgische Kurfürst ist der Gierigste. Ich habe ihm eine französische Prinzessin versprochen, aber er ist ihr wohl zu hässlich. Sie hat sich in die Arme des Herzogs von Savoyen geflüchtet.« Franz seufzte und spielte mit den Ringen an seinen Fingern. »Zugegeben, auch der junge ehrgeizige Karl aus dem Hause Habsburg hat nicht so viel Geld, um die Kurfürsten zu kaufen, aber er hat eben die mächtigen Fugger, das Handelsgeschlecht, das schon seinen Großvater ausgehalten hat. Und die Fugger wollen Karl als ihre Marionette, damit ihre alten Schuldscheine an die Habsburger nicht verfallen, also geben sie ihm das Geld. Auch wenn der alte Jakob Fugger und Karl, den die Spanier Carlos nennen, einander eigentlich in gegenseitiger Abneigung verbunden sind.«

Kurz überlegte Johann, ob wohl auch die Habsburger dem Märchen Glauben schenkten, er könne Gold machen. So wie es aussah, war er zu einem Spielball der Weltmächte geworden, ein Opfer seiner eigenen Prahlereien und vor allem eines Papstes, der sich in eine irrsinnige Vorstellung verrannt hatte. Eine Idee, die nun auch der französische König teilte. Es war kompletter Wahnsinn und doch zugleich logisch, die Konsequenz seiner vielen Behauptungen und Trickereien in den letzten Jahren.

Doktor Johann Georg Faustus, der größte Magier und Alchimist auf Erden …

Johann räusperte sich.

»Eure Majestät, es tut mir leid, Eure Pläne durchkreuzen zu müssen, aber ich bin nicht der, für den Ihr mich haltet. Ich bin vermutlich kein schlechter Astrologe. Wenn Ihr ein Horoskop haben wollt, seid Ihr bei mir goldrichtig. Und ich bin auch bewandert in der Medizin und Alchimie. Aber der *lapis philosophorum* …«

»*Taisez-vous!*«, zischte Franz. Er winkte ungeduldig ab. »Meine Spione konnten einige Gespräche in den päpstlichen Gemächern belauschen, erzählt mir also keine Märchen. Ihr seid nicht irgendein dahergelaufener Scharlatan, sondern der große Doktor Johann Georg Faustus! Eure Taten sind auch hier in Frankreich bekannt.«

»Aber das sind doch Geschichten, die man sich erzählt, und zum größten Teil Lügen und Übertreibungen!«, begehrte Johann auf.

»Und warum habt Ihr dann Leonardo da Vinci aufgesucht? Was für einen Grund könnte es geben, dass der berühmteste Zauberer des Reichs den berühmtesten Erfinder unserer Zeit aufsucht, wenn er nicht ein Geheimnis ergründen will?« Franz' Augen waren nun ganz schmal. »*Doktor Faustus kennt das Geheimnis*, das waren Leonardos letzte Worte. Sollte er etwa gelogen haben? Verkauft mich nicht für dumm, Doktor! Ich bin kein tumber Bauer, sondern der König von Frankreich!«

Johann schwieg. Er wollte dem König nicht den wahren Grund seiner Reise verraten. Offenbar hatte Franz noch nicht bemerkt, dass er linksseitig gelähmt war. Vermutlich führte er Johanns verkrümmte Haltung und den schmerzvollen Blick auf die Fesseln und den langen Ritt zurück. Außerdem wusste Johann selbst nicht, was Leonardo da Vinci mit seinen letzten Worten gemeint hatte.

Welches verfluchte Geheimnis kannte er?

»Die Festung Chinon, in der Ihr Euch befindet, hat übrigens eine lange Geschichte«, wechselte König Franz plötzlich das Thema. »Einst gehörte sie dem englischen König, der in Frankreich etliche Besitztümer hatte. Sie ist, wenn man so will, der Ursprung des langen unseligen Krieges zwischen unseren beiden Ländern. Der berühmte Richard Löwenherz ging hier ein und aus. Und Jeanne d'Arc traf in diesen Gemäuern auf Karl II., den Dauphin von Frankreich. Die Jungfrau überzeugte ihn, den Kampf gegen die Engländer erneut aufzunehmen. Chinon gilt als uneinnehmbar.« Franz breitete die Arme aus. »Ein großartiger, ein geschichtsträchtiger Ort, fürwahr! Aber auch ein düsterer. Hier im Turm Coudray wurden einst die Templer rund um ihren Großmeister Jacques de Molay eingekerkert, bevor sie zur Hinrichtung nach Paris gekarrt wurden. Wusstet Ihr das? Ich hoffe, Doktor, dass es mit Euch nicht so weit kommt. Ich gebe Euch Zeit, in ebenjenem Kerker darüber nachzudenken, was Leonardo mit dem Geheimnis wohl gemeint haben könnte. Ach, und bevor ich es vergesse …« Franz lächelte. »Zumindest für einen von Euch wartet hinter dieser Tür noch eine kleine, nun ja … *surprise*. Oder sollte ich sagen, für eine?« Er ging zur Tür und klopfte dreimal dagegen. *»Mettez-les dans le cachot!«*

Die Tür öffnete sich, und einige Wachen traten ein. Nun, da Johann wieder besser sehen konnte, erkannte er im Fackellicht auch ihre Uniformen. Sie waren grün, genau wie das Gewand des Königs. Ganz vorne ging in ebenjener Uniform ein athletischer, aber nicht sonderlich großer Mann, der Johanns Blick auswich. Trotzdem erkannte Johann ihn sofort.

Der Mann hatte feuerrote Haare.

»John!«

Trotz ihrer Fesseln sprang Greta auf, als sie John in der Uniform vor sich stehen sah, stolperte und schlug mit dem Knie auf. Sie erkannte sofort, was das bedeutete, trotzdem wollte sie es nicht wahrhaben. Es kam ihr vor, als würde sie in ein unendlich tiefes Loch fallen, als würde sie plötzlich vor aller Welt nackt dastehen. Vielleicht gab es ja doch noch eine überzeugende Erklärung, es musste eine Erklärung geben!

Als sie sich wieder aufgerappelt hatte, war John an sie herangetreten. Er blickte traurig auf sie herab.

»Sag mir, dass das nicht wahr ist!«, schrie Greta. »Du … du …«

»Ich weiß, Jean kann sehr charmant sein, wenn er will«, sagte der König, der nun hinter John Reed stand. Er schmunzelte. »Auch deshalb habe ich ihn erst letztes Jahr zum Anführer meiner persönlichen Leibgarde in Amboise gemacht, trotz seiner noch jungen Jahre. Davon abgesehen, ist er ein fähiger Kämpfer, der für seinen König in den Tod gehen würde. Wie alle anderen hier.« Er deutete auf die schwer bewaffneten Männer ringsumher. »Sie alle sind Schotten wie Jean. Die Schotten sind unserem Haus von jeher verbunden, und sie hassen die Engländer genauso sehr wie wir.«

Greta starrte John an. Sie fühlte sich, als hätte man ihr eine schallende Ohrfeige verpasst. Alles, was sie für John empfunden hatte, für ihn, den einzigen Mann, den sie je wirklich geliebt hatte, zerbröselte plötzlich zu Staub.

Vor ihr stand ein Verräter.

Zuerst spürte sie unendliche Trauer, doch gleich darauf wallte ein noch stärkeres Gefühl auf: Zorn. Zorn und Hass. Wie konnte sie sich nur so blenden lassen?

»Es tut mir leid, Greta«, murmelte John. »Glaub mir, ich habe das so nicht gewollt. Aber mein Auftrag …«

»Ich spucke auf deinen Auftrag!«, fauchte Greta. »Das war ich also für dich, nur ein *Auftrag*! Warum war ich nur so blöd? Selber geißeln möchte ich mich für meine Dummheit!«

Karl neben ihr seufzte leise. »Dein Vater hatte also recht gehabt. Wir hätten diesem Kerl niemals trauen dürfen.«

»So lautet meine oberste Regel«, sagte der König und sah Greta beinahe mitleidig an. »Ich traue nie jemandem, damit fahre ich ganz gut. Nimm es als Lehre, Mädchen. Das Leben ist oft nichts weiter als Trug und Trick, das solltest du als Gauklerin doch am besten wissen.« Er lachte leise. »Du siehst, Jean hat mir einiges über dich erzählt. Als ich über meine Spione erfahren habe, dass der legendäre Doktor Faustus in Frankreich weilt, habe ich sofort meinen besten Mann auf euch angesetzt. In Orleans hat Jean sich dann an eure Fersen geheftet, ich wollte wissen, was ihr vorhabt.«

Hinter John erkannte Greta nun einige andere Soldaten, die ihr vertraut vorkamen. Es waren die Bootsleute der *Étoile de mer*, die sie grimmig anstarrten. Ihr war, als würde ihr jemand eine Binde von den Augen ziehen. Alles ergab plötzlich einen völlig neuen Sinn. Die zufällige Begegnung im Hafen von Orleans, ihr Schäferstündchen in den Gärten von Blois, Johns seltsames Verschwinden im Hafen von Amboise und auch, dass er sie in der Kirche beobachtet hatte. Dass er ohne Schiff und Mannschaft bei ihr geblieben war.

»Die Nacht in Orleans, als mir jemand im Schilf gefolgt ist, das warst doch du, nicht wahr?«, zischte sie John zu. »Ich dachte, es wäre jemand anderes, jemand mit einer roten Haube, aber es waren doch deine feuerroten Haare!« Greta erinnerte sich an die Flucht durch das Schilf und an das unheimliche Flötenlied, das ihr vermutlich nur ihre Ängste vorgegaukelt hatten. Tatsächlich war sie davon überzeugt gewesen, Tonio sei ihr auf den Fersen.

John nickte. Sein Gesicht war wie versteinert, kein Triumph war darin zu erkennen. »Ich wollte herausfinden, was du dort im Schilf treibst«, sagte er leise. »Doch dann hast du mich entdeckt, und ich musste fliehen. Ich kam gerade noch rechtzeitig zum Wirtshaus. Meine Männer haben mich gedeckt.« Er stöhnte. »Glaub mir, Greta, ich habe nicht gewollt, dass das passiert.«

»Genug der Worte«, unterbrach sie der König. »Bringt die drei ins Verlies.« Noch einmal wandte er sich an Faust.

»Denkt nach, Doktor. Denn eines schwöre ich, der deutsche Königsthron wiegt schwerer als jedes Leben. Auch das Eure. Es war ein Fehler des Templergroßmeisters Jacques de Molay, dass er damals glaubte, er sei unersetzlich. Er brannte lange, und danach war von ihm nichts mehr übrig als Asche im Wind. Begeht nicht den gleichen Fehler.«

Er schnippte mit den Fingern, und Soldaten packten die drei Gefangenen und zerrten sie von der Bank herunter, um sie in den Kerker zu bringen. Sie gehorchten widerstandslos, wie Rinder auf dem Weg zur Schlachtbank.

In der steilen Felswand unterhalb der Burg schob sich eine Gestalt langsam, aber stetig nach oben. Wie eine monströse Spinne kroch sie Meter für Meter voran, fand hier ein Loch für die Hand, dort eine überhängende Felsnase oder einen schmalen Sims, an dem sie sich entlanghangeln konnte. Hinter dem muskulösen Rücken ragte eine Lederscheide auf, in der ein mächtiges Langschwert steckte.

Hagen verharrte für einen kurzen Moment in der Wand und atmete durch. Dabei vermied er es, nach unten zu sehen. Es war zwar mitten in der Nacht, Wolken hatten sich über den fahlen Mond geschoben, doch er wusste, dass ihn die Tiefe beinahe magisch anzog. Wie viele Fuß war er schon emporgeklettert? Hundert, zweihundert? Sein Blick glitt kurz nach links, wo weitere schwarz gekleidete Gestalten in der Wand hingen. Sie waren rund ein Dutzend, Hagen hatte seine besten Männer für die Mission ausgesucht. Bislang war noch keiner von ihnen abgestürzt, was an ein Wunder grenzte.

Als Viktor von Lahnstein ihm vor einigen Stunden den Befehl erteilt hatte, in die Festung Chinon einzubrechen, hatte Hagen dies zunächst für einen schlechten Scherz gehalten. Die Burg lag auf einer lang gezogenen Anhöhe aus drei Felsspornen, die jeweils mit Brücken verbunden waren. Auf der

Seite, wo die Vienne gemächlich auf die Loire zufloss, ragten die Festungsmauern steil und uneinnehmbar hinter der Stadt auf. Ein wenig besser sah es auf der Nordseite der Burg aus, wo Weinberge in einen immer steiler werdenden Hang übergingen. Trotzdem war auch hier noch eine hohe Mauer zu überwinden, von etlichen Türmen aus achteten Wachmannschaften darauf, dass von dieser Seite kein Angriff erfolgte. Die ganze Angelegenheit war ein einziger Irrsinn, trotzdem hatte Lahnstein darauf beharrt. Also hatten sie sich nach einigem Zögern für die Nordseite entschieden.

Hagen biss die Zähne zusammen und kletterte weiter. Die Steine waren feucht und glitschig. Er gab sich alle Mühe, sich immer mit drei seiner vier Gliedmaßen irgendwo festzuhalten, so wie er das auch schon an vielen anderen Burgmauern getan hatte. Doch diese war besonders schwer zu erklimmen. Als er eben mit der rechten Hand nach oben griff, rutschten ihm die Beine weg.

Verflucht!

Nur mit einer Hand am Fels, schwebte Hagen über dem Abgrund. Er zwang sich zu Besonnenheit und hielt Ausschau nach einer Felsspalte, einem winzigen Schlitz vielleicht, der ihm Halt versprach. In seinen vielen Jahren auf den Schlachtfeldern Europas hatte er gelernt, dass Hektik meist zum Tod führte. Hagen kam aus einer armen Bauernfamilie, die bei Bern einem Trupp burgundischer Söldner zum Opfer gefallen war. Vater und Mutter waren von den Landsknechten sofort am Dachbalken aufgehängt worden; die ältere Schwester durfte noch ein wenig länger leben, mehrere Männer nahmen sie, bevor ihr der Anführer schließlich die Kehle aufschlitzte. Nur den kleinen, aber kräftigen Buben hatten die Söldner mitgenommen und ihm das Kriegshandwerk beigebracht. Mit zwölf Jahren war Hagen schließlich größer als der Anführer ihres Trupps gewesen. Er hatte dem Drecksack das Schwert in den Bauch gerammt, ihn dabei fest angeschaut und den Namen seiner Schwester geflüstert. Seitdem kämpfte Hagen auf eigene Rechnung, ein Landsknecht des Todes, der Beste seines Fachs. Ein treuer Diener desjenigen, der ihm am meisten bezahlte.

Auch wenn das zu Himmelfahrtskommandos wie diesem hier führte.

Kalter Schweiß stand ihm auf der Stirn, als er endlich eine Lücke entdeckte, in die seine Hand passte. Mit schier übermenschlicher Anstrengung wuchtete Hagen seine über zweihundert Pfund Körpergewicht nach oben, bis seine Beine wieder einen Vorsprung fanden und er schließlich auf einem schmalen Sims in der Wand stehen konnte. Keuchend hielt er inne. Er konnte nur hoffen, dass dieser gottverdammte Doktor Faustus das alles hier wert war. Vielmehr das Geheimnis, das er hütete.

Das Geheimnis, wie man Gold macht …

Hagens Körpergröße, seine geradezu tierische Kraft und seine Einsilbigkeit ließen die Leute vermuten, er sei dumm wie ein Ochse. Doch das war er nicht, ganz und gar nicht. Wer dumm war, schaffte es nicht in die höchsten Reihen der Schweizer Garden, die dem Papst als persönliche Leibwächter dienten; wer dumm war, kam vorher um oder landete in den Verliesen der Engelsburg, was im Grunde viel schlimmer war. Hagen war schlau, sein Verstand geschärft durch viele politische Intrigen, in denen er den Mächtigen zur Seite gestanden hatte. Deshalb hatte er sehr schnell begriffen, warum der Doktor so wertvoll war.

Und warum er auf keinen Fall in die Hände des Feindes geraten durfte.

Hagen hatte Lahnstein gewarnt, dass es ein Fehler sei, den Doktor so ausgiebig zu beobachten, sie hätten schon längst zuschlagen sollen! Doch Lahnstein hatte abwarten wollen, um zu ergründen, was der Doktor in diesem verdammten Tiffauges vorhatte, anstatt ihn gleich nach Rom zu schaffen.

Und jetzt waren ihnen die verdammten Froschfresser zuvorgekommen!

Mit einem herben Schweizer Fluch auf den Lippen kletterte Hagen weiter. Er war jetzt bereits so weit oben, dass er in den Wachtürmen einzelne Soldaten ausmachen konnte. Sie lachten und wärmten sich die Hände an ihren Glutpfannen, keiner sah die schwarzen, fast unsichtbaren Gestalten, die sich nicht weit von ihnen entfernt wie Eidechsen an der Wand hinaufschoben.

Noch zweimal wäre Hagen beinahe abgestürzt, jedes Mal fand er gerade noch einen Griff, eine Lücke, dann hatte er endlich die Burgzinnen erreicht und zog sich daran hoch. Lautlos sprang er in den Hof dahinter und sah sich um. Ein großes Gebäude erhob sich vor ihm, vermutlich der Palas der Hauptburg, zur Linken führte der Weg über eine Brücke. Rechts ging eine weitere Brücke zum dritten Felssporn, wo einige bullige Türme zu erkennen waren.

Wo bist du, Doktorlein …?

Mittlerweile waren auch die anderen Schweizer Landsknechte über die Zinnen geklettert. Alle waren sie erfahrene Kämpfer, bewaffnet mit langen Messern und Armbrüsten, nur Hagen hatte trotz des zusätzlichen Gewichts sein deutsches Langschwert mitgenommen. Sie kannten sich aus früheren Kriegen, hart gegerbte Reisknechte, die dieselbe Sprache sprachen und sich zur Not auch allein über Gesten verständigen konnten. Die Schweizer Garde galt als Elitetruppe, und diese hier waren die Besten der Besten. Hagen gab ein paar Handzeichen, dann schlichen sie entlang der Zinnen in Richtung Westen.

Hagen grinste, als er sah, dass der Mond nun ganz hinter den Wolken verschwunden war, der Himmel war auf ihrer Seite. Wenigstens hatte Lahnstein seine Hausaufgaben gemacht und für ein paar Münzen unten im Ort in Erfahrung gebracht, wo der Burgkerker lag. Er war im Turm Coudray, der sich unmittelbar hinter der zweiten Brücke befand. Im Fackelschein standen dort etliche schwer bewaffnete Wachleute, eine Außentreppe führte hinauf zum zweiten Stockwerk des Turms, dessen Zugang zusätzlich mit einem Pechschacht gesichert war. Hagen zählte fünf, sechs Männer am unteren Wachhaus, sie selbst waren doppelt so viele. Wenn sie schnell und leise waren und nichts Unerwartetes geschah, würden sie den Feind vielleicht ausschalten, bevor irgendjemand Alarm rufen konnte.

Eben wollte Hagen seinen Leuten erneut ein Zeichen geben, als er eine Bewegung unterhalb der Brücke wahrnahm. Er kniff die Augen zusammen.

Dort war jemand!

Hagen sah die Gestalt ganz deutlich, sie kauerte wie eine riesige schlafende Fledermaus im Gebälk. Nun glaubte Hagen, auch einige andere schwarz gekleidete Männer zwischen den Balken zu erkennen. Sie machten sich eben daran, auf die Brücke zu klettern.

Wer zum Teufel ...?

Hagens Gedanken überschlugen sich. Es waren sicher keine Franzosen. Warum hätten diese in aller Heimlichkeit ihre eigene Brücke erklimmen sollen? Es waren auch nicht seine eigenen Leute, die befanden sich hinter ihm und warteten auf weitere Befehle.

Wer seid ihr?

Als die Ersten der Unbekannten über das Brückengeländer kletterten und auf das Wachhaus zuschlichen, dämmerte es Hagen, dass ihnen nicht mehr viel Zeit blieb. In seinem schweren Harnisch rannte er gebückt los, wobei er versuchte, so wenig Lärm wie möglich zu machen. Gerade als er die Brücke erreicht hatte, stieg eine weitere Gestalt über die Brüstung. Sie war ganz in Schwarz gekleidet und trug wie die anderen eine dunkle Binde, die ihr Gesicht verbarg, nur zwei weiß leuchtende Augen waren zu sehen. Der Mann schien ebenso überrascht wie Hagen selbst. Doch er machte einen entscheidenden Fehler.

Er sprach Hagen an.

»Amigo o enemigo?«, flüsterte der Fremde.

Diese wenigen Worte reichten Hagen, um sich ein Bild zu machen. Er gab dem Mann einen Stoß vor die Brust, woraufhin dieser den Halt verlor und schreiend in die Tiefe stürzte.

Nur einen Moment später brach auf der Brücke Chaos aus.

Männer brüllten und liefen mit Schwertern und Messern aufeinander zu, Armbrustbolzen zischten und trafen ihr Ziel. Auch die Soldaten aus dem Wachhaus kamen nun zur Brücke gerannt. Hagen vernahm ein Wortgemisch aus Französisch, Spanisch und hartem Schwiizerdütsch, er wandte sich um, als soeben ein weiterer der Maskierten mit erhobenem Kurzschwert auf ihn zustürmte. Mit einem Ausfallschritt zog Hagen sein Schwert aus der Scheide und drehte sich dann ganz plötzlich weg. Als der Mann ins Leere lief, holte der riesige Schweizer Reisknecht aus und enthauptete seinen Gegner mit einem einzigen Streich. Der kopflose Torso lief noch ein paar Meter weiter, bevor er endgültig zusammenbrach.

Ein Bolzen fuhr in Hagens muskulösen Oberschenkel, er biss die Zähne zusammen und wehrte einen weiteren Angriff mit seinem Bihänder ab. Dies hier war seine Welt, die Welt des Krieges. Das Blut rauschte in seinen Ohren, und er spürte eine Erregung, die mächtiger war als alles, was Frauen ihm bieten konnten.

Mein Reich!

Im Dunkel der Nacht wusste er nicht genau, ob es gerade ein Franzose oder ein Spanier war, der ihm gegenüberstand. Während er routiniert die Schläge abwehrte, dachte er darüber nach, was eigentlich geschehen war. Offenbar hatten auch die Habsburger Wind von der Sache bekommen und ihre spanischen Söldner geschickt. Ebenso wie sie selbst mussten sie den Doktor schon länger beobachtet haben, und nun, da die Franzosen ihn in Chinon eingekerkert hatten, hatten sie wie Lahnstein beschlossen, Doktor Faustus zu befreien.

Hagen ließ das fast vier Fuß lange Schwert über seinem Kopf kreisen, was ihm eine kurze Verschnaufpause verschaffte. Überall in seiner Nähe schrien und starben Soldaten, von den anderen Türmen erklangen jetzt Hörnerschall und Alarmrufe.

Hagens Sinne waren geschärft wie immer, wenn er sich auf einem Schlachtfeld befand. Er sah, hörte und roch mehr als andere, das hatte ihn schon oft vor dem Sterben bewahrt. Doch diesmal schien die Lage aussichtslos. Schon sehr bald würden sämtliche Wachleute der Burg hier eintreffen, dann war es im Grunde nur noch eine Frage der Zeit, bis sie alle tot am Boden lagen. Am meisten ärgerte Hagen, dass Viktor von Lahnstein verschont bleiben würde – dabei hatte ihnen der Pfaffe mit seinem Zögern diesen ganzen Schlamassel erst eingebrockt! Doch Lahnstein saß vermutlich gemütlich im Wirtshaus unten im Ort bei einem Schoppen Wein, während man ihnen die Köpfe abschlug. Ja, sie würden alle sterben, es sei denn …

Hagen verharrte erneut, und ein weiterer Bolzen zischte nur knapp an seinem Hals vorbei.

Es sei denn, wir haben eine wertvolle Geisel …

Mit einem wütenden Schrei warf sich der Riese seinen Gegnern entgegen. Mit zwei mächtigen Streichen fällte er einen, einen anderen warf er von der Brücke, sodass dieser schreiend in der Tiefe verschwand.

Dann stürmte Hagen auf den Turm zu, in dem sich mit größter Wahrscheinlichkeit der Doktor befand.

Unten im Kerker starrte Greta die gegenüberliegende Wand an, an der schleimiger grüner Schimmel klebte, es stank nach Kot und Fäulnis. Seitdem sie hier eingesperrt waren, hatte

Karl mehrmals versucht, sie anzusprechen, doch Greta hatte alles an sich abprallen lassen. Noch immer konnte sie nicht fassen, dass sie sich so getäuscht hatte. Der Mann, den sie geliebt, den sie begehrt hatte, war ein Verräter. Er hatte sie nur benutzt, um Zugang zu ihrem Vater zu erhalten. All seine Liebe, sein Charme und Witz, seine Zuneigung waren nur gespielt gewesen! Sie kam sich entsetzlich dumm vor, gleichzeitig erfüllte sie eine unglaubliche Leere. Ihr war, als hätte ihr jemand das Herz herausgerissen. Wie hatte sie John nur so blind vertrauen können! Schon im Hafen von Amboise, als er so plötzlich verschwunden war, hätte sie es wissen müssen. Aber die dumme Liebe war stärker gewesen.

Auf wanzenverseuchtem Stroh kauerten sie zu dritt in einem kreisrunden Schacht, unterhalb des Turms Coudray. Etliche Einkerbungen und Kritzeleien zeugten von den vielen Unglücklichen, die hier über die Jahrhunderte eingekerkert gewesen waren, darunter auch so mächtige Männer wie der frühere Templergroßmeister Frankreichs. In etwa vier Schritt Höhe befand sich, unerreichbar, eine Tür in der Wand. Die Leiter, auf der sie zuvor nach unten gestiegen waren, hatten die Wachen wieder mitgenommen. Es war feucht und dazu kalt wie im tiefsten Winter, doch Greta spürte die Kälte nicht, der Zorn ließ sie innerlich glühen.

Neben ihr räusperte sich Karl, er lehnte ihr gegenüber neben ihrem Vater. Auch Faust hatte, seitdem sie hier unten waren, kein Wort gesprochen. Er hielt die Augen geschlossen, wie er es oft tat, wenn er sich konzentrierte.

»Glaub mir, Greta, ich habe ihm auch vertraut«, sagte Karl und lächelte dabei traurig. Seine Stimme hallte in dem Schacht wie in einem tiefen Brunnen. »Ein hübscher Kerl und darüber hinaus sehr einnehmend. Du musst dir keine Vorwürfe machen. Ich dachte wirklich …«

Mit einer Handbewegung brachte Greta ihn zum Schweigen.

»Es hat jetzt auch keinen Sinn, wenn du …«, versuchte es Karl erneut.

Diesmal war es Faust, der ihn unterbrach.

»Lass sie in Ruhe«, befahl er müde. »Es wird eine Zeit dauern, bis sie sich davon erholt hat, da hilft alles Reden nicht. Davon abgesehen, hätte auch ich vorsichtiger sein sollen. Nun ist zumindest klar, warum der Hund im Wald nicht angeschlagen hat. John hatte ihn weggelockt. Mir kam der Kerl ja von Anfang an verdächtig vor! Aber für meine Tochter musste es gleich die große Liebe sein …«

»Ach, sei doch still, Vater!«, zischte Greta. »Was weißt du schon von der Liebe? Die einzige Frau, die du geliebt hast, starb auf dem Scheiterhaufen, und zwar durch deine Schuld! Erzähl mir du also nichts von Liebe!«

Faust schien etwas erwidern zu wollen, doch dann schwieg er. Greta fragte sich, ob sie zu weit gegangen war. Ihr Vater wirkte plötzlich sehr alt und müde.

»Reden wir nicht mehr darüber«, sagte er schließlich, sein Gesicht steingrau, den Kopf zur Seite geneigt. »Lasst uns lieber überlegen, was der König von uns will. Ich weiß nicht, von welchem verfluchten Geheimnis er spricht. Ich kann kein Gold machen, das ist Unsinn!«

»Und doch hat Leonardo da Vinci am Totenbett wohl davon gesprochen, dass Ihr ein Geheimnis kennt«, erwiderte Karl. »Was kann er damit gemeint haben?«

»Verdammt, wie oft muss ich es noch sagen? Ich weiß es nicht!« Faust schlug mit seiner linken Hand gegen die schimmelbedeckte Wand. »Als ich das letzte Mal bei ihm war, da … da hat er nur wirres Zeug gesprochen, wie im Fieberwahn. Er meinte, die größten Geheimnisse seien stets im Innersten verborgen, im *Innersten*! Das hat er mehrmals betont. Doch was er damit gemeint hat, kann ich beim besten Willen nicht sagen.« Er seufzte. »Selbst wenn mir Leonardo etwas verraten haben sollte – ich habe keine Ahnung, was er mir sagen wollte! Und ich wüsste übrigens auch nicht, warum er das hätte tun sollen.«

»Weil er in Euch einen Gleichgesinnten sah«, konstatierte Karl. »Vielleicht seid Ihr in seinem Testament bedacht worden?«

»Nun, zumindest nicht im herkömmlichen Sinne«, sagte Faust. »Sonst hätte der König sicherlich davon gewusst.« Er presste die Lippen zusammen. »Ich zermartere mir schon die ganze Zeit den Kopf, was Leonardo gemeint haben könnte, doch mir kommt keine Idee! Und solange ich es nicht weiß, werden wir hier unten verrotten. Der König war in dieser Hinsicht sehr deutlich. Die einzige gute Nachricht ist: Ich werde Franz vermutlich einen Strich durch die Rechnung machen, indem ich schon vorher krepiere.«

»Ist die Lähmung schlimmer geworden?«, fragte Greta. Sie wollte an etwas anderes denken und sich so ein wenig von der Grübelei über Johns Verrat ablenken lassen. Immerhin hatten sie durchaus andere handfeste Probleme. Die Handlinien hatten ihr gesagt, dass der Tod ihres Vaters nicht mehr fern war.

Vielleicht ist es ja jetzt bald so weit, dachte sie.

»Ich denke schon lange nicht mehr an mich, Greta«, antwortete ihr Vater, und seine Stimme war leise und traurig. »Ich denke an dich.«

»Wie … wie meinst du das?«

Faust schien etwas sagen zu wollen, doch in diesem Augenblick waren von oben her Geräusche zu vernehmen. Greta lauschte. Kamen etwa schon jetzt die Wachen, um ihren Vater zur Folter abzuholen? Doch die Geräusche klangen anders, eher wie … Sie runzelte die Stirn.

Wie Schlachtgetümmel.

Sie hörte die Schreie von vielen Männern, dazu Waffenklirren, ein dumpfes Poltern. Der Lärm wurde lauter, kurz darauf knarrte über ihnen die Tür. Als Greta nach oben blickte, sah sie im Fackelschein ebenjenen Menschen stehen, den sie im Moment am meisten verabscheute.

John Reed.

Er war außer Atem, Schweiß stand ihm auf der Stirn. In den Händen hielt er ein Schwert, von dem Blut in den Schacht tropfte.

»Ihr müsst hier raus«, keuchte er, »schnell!« Noch während er redete, begann er bereits, die hölzerne Leiter nach unten zu schieben.

»Was soll das werden, John?«, sagte Greta kalt. »Wenn du glaubst, dass ich dir noch irgendwohin folge, dann …«

»Verdammt, wir haben keine Zeit für lange Erklärungen!«, rief John. »Da draußen ist der Teufel los! Wenn du willst, dass dein Vater und ihr die nächsten Minuten überlebt, dann macht ihr jetzt genau, was ich sage!«

Die Leiter stieß unten am Boden auf. Karl griff danach und warf John einen misstrauischen Blick zu. »Ist das wieder irgendeine Finte von Euch?«

»Ich schwöre bei Gott und meiner toten Mutter, es ist keine Finte, sondern mein voller Ernst! Jemand greift den Turm Coudray an. Ich vermute, es sind irgendwelche Söldner, die es auf den Doktor abgesehen haben.«

»Lahnsteins Männer!«, zischte Faust.

»Dort draußen kämpft jeder gegen jeden!«, fuhr John gehetzt fort. »Wir können die Verwirrung nutzen und fliehen. Ich kenne einen geheimen Gang an der Nordseite …«

»*Wir* können fliehen?«, höhnte Greta. »Das ist doch nicht dein Ernst! Warum wartest du nicht in aller Ruhe ab, bis eure Leute dort draußen für Ruhe gesorgt haben? Das ist doch nur ein weiterer Trick, damit mein Vater dir mehr erzählt.«

John sah flehentlich zu ihr hinab, er streckte ihr die Hand entgegen. »Glaub mir oder nicht, aber ich wollte das alles nicht. Ich … ich liebe dich, Greta! Und ich möchte, dass du das weißt, also helfe ich euch hier raus. Ich werde nicht zulassen, dass du in diesem Loch verfaulst. Eine bessere Chance zu fliehen wird es nicht mehr geben. Es ist eure einzige Möglichkeit, eure letzte!«

»Ach, zum Henker …« Faust erhob sich und machte sich daran, die Leiter hochzuklettern, wobei ihm John half. Er konnte nur mit einer Hand klettern, die andere hing leblos herab. »Wir haben ohnehin nichts zu verlieren. Dann folgen wir eben diesem Scharlatan.«

Hinter ihm erklomm Karl die schmierigen Sprossen. Nur Greta blieb unten hocken.

»Ich gehe nicht mit«, sagte sie. »Nicht mit diesem …«

»Verdammt, wir haben keine andere Möglichkeit, sieh das doch ein!«, blaffte Faust. »Wenn es denn unbedingt sein muss, kannst du ihm doch hinterher noch die Augen auskratzen.«

Greta ballte die Fäuste, schließlich stand sie auf. Zumindest gab ihr der Zorn neue Kraft. Als sie oben angelangt war, funkelte sie John hasserfüllt an. »Glaub nur nicht, dass ich noch einmal auf dich reinfalle!«

»Was du hinterher tust, ist mir egal, ich will nur, dass du am Leben bleibst.« John war bereits vorausgerannt. »Bleibt dicht hinter mir!«, rief er ihnen über die Schulter zu. »Dort draußen tobt das Chaos. Egal, was passiert, ihr folgt mir!«

Schon bald hatten sie die inneren Stufen zum zweiten Stockwerk erklommen und befanden sich nun wieder in der Kammer, in der sie vor einigen Stunden erst den König getroffen hatten. Der Lärm war jetzt deutlich vernehmbar, er kam von jenseits der Tür, die nach draußen führte.

»Seid ihr bereit?«, fragte John und umklammerte fest sein Schwert. Die anderen nickten schweigend. »Dann los!«

Er öffnete die Tür, und der Krieg fiel über Greta her.

Im Dunkel der Nacht kämpften draußen im Hof etliche Dutzend Männer. Einige von ihnen waren schwarz vermummt, andere trugen die grünen Waffenröcke des Königs,

Kampfrufe ertönten von überall her. Es lagen bereits viele Tote und Verletzte am Boden, jemand schrie vor Schmerzen. Greta hörte Waffengeklirr, einen zischenden Schwertstreich, dann ein Röcheln. Zu ihrem Entsetzen bemerkte sie, dass auf der Treppe unter ihr zwei Männer im Todeskampf ineinander verkeilt waren, beide hatten ihr Messer in den Bauch des anderen gebohrt. John stürmte auf sie zu und verpasste ihnen einen Tritt, sodass sie, immer noch eng umschlungen, von der Außentreppe in den Graben fielen. Nun war der Weg in den Hof frei.

Aus dem Augenwinkel nahm Greta das Kampfgeschehen um sich herum wahr. Zur Linken befand sich ein Wachhäuschen, vor dem weitere Männer miteinander fochten. Die meisten hatten Schwerter, Äxte oder Messer, doch auf den Türmen standen auch einige Armbrustschützen, die von dort aus ihre tödlichen Schüsse abgaben. Greta roch den Gestank des Todes, eine Mischung aus frischem Blut, Exkrementen und Angst, der wie ein exotisches Parfum in der Luft lag. Sie stolperte mehr, als dass sie ging, trotzdem folgte sie beharrlich John, der sich mit seinem Schwert einen Weg durch die Menge bahnte. Hinter ihnen stützte Karl den Doktor, der kaum noch laufen konnte.

»Mir nach!«, rief John gegen den Schlachtenlärm an.

Einige Male stellte sich ihm einer der schwarz Maskierten in den Weg, doch John war ein geschickter Kämpfer, der den Hieben stets auswich und im Vorüberlaufen mit seinem Schwert nach links und rechts Streiche austeilte. Dabei vermied er es, sich in ein längeres Gefecht verwickeln zu lassen. Ein Armbrustbolzen zischte nur knapp an Greta vorbei, dann tauchte vor ihr in der Dunkelheit ein Gesicht mit schreckensweiten weißen Augen auf, das jedoch gleich wieder verschwand. Es war wie in einem Albtraum. Tief geduckt hasteten Karl und ihr Vater neben ihr her, den Toten und den Kämpfenden ausweichend. Sie hatten den hinteren Teil des

Hofes fast schon erreicht, als eine hart klingende Stimme wie Donner über den Platz grollte.

»Der Doktor! Er darf nicht entkommen!«

Greta sah sich um und erblickte zu ihrem größten Entsetzen den gewaltigen Hünen, der den päpstlichen Gesandten bereits in Bamberg begleitet hatte. Schon damals hatte er versucht, sie an der Flucht zu hindern, und diesmal sah er aus, als wäre er bereit, eher in die Hölle zu gehen, als sie ziehen zu lassen.

Über das mit stöhnenden Verletzten und Sterbenden übersäte Feld rannte der Riese auf ihre kleine Gruppe zu. In den Händen hielt er sein tödliches Langschwert, er sah aus wie ein Racheengel, ein pechschwarzer Scherenschnitt des heiligen Michael. Sein Harnisch war blutbespritzt, und er bleckte die Zähne wie ein Wolf. Obwohl er leicht hinkte, wusste Greta, dass sie diesem Riesen niemals entkommen würden.

Auch John hatte Hagen jetzt gesehen. Er zögerte kurz, dann blieb er stehen und wandte sich ihrem Gegner zu.

Ohne den Kopf zu drehen, zischte er Greta zu: »Am westlichsten Zipfel der Mauer! Dort ist ein kleines Ausfallgatter, es führt zu einem Schacht, der euch hinunter zu den Weinhängen bringt.« Er kramte einen Schlüssel unter seinem Rock hervor und warf ihn ihr zu. »Wartet nicht auf mich.«

Greta wollte etwas erwidern, doch John presste ihr seinen blutigen Finger auf die Lippen. »Ich habe vieles falsch gemacht«, flüsterte er. »Lass mich einmal etwas richtig machen.«

Dann wandte er sich um, packte sein Schwert und ging in Position. Einen Moment lang betrachtete Greta die beiden ungleichen Kämpfer, den eher kleinen, athletischen John Reed, der mit seinen roten Haaren wie ein tanzender Feuergeist wirkte, und den schwarzen Riesen, der nun laut brüllend auf John zustürmte. Greta sah, wie John sein Schwert mit beiden Händen hochhielt, die Klinge des Riesen prallte klirrend dagegen, und John wurde zurückgeschleudert. Er fing sich wieder, täuschte rechts an und machte von links einen Ausfall, den der Riese wie eine Wand an sich abprallen ließ. Trotzdem wirbelte John weiter um ihn herum wie eine Fliege, die um die Nase eines zornigen Stiers schwirrt.

»Lauf, Greta!«, schrie er ihr zu. »Lauf! Es ist eure einzige Chance!«

Gretas Hand umklammerte den kleinen Schlüssel, dann rannte sie mit Karl und ihrem humpelnden Vater auf das äußerste Ende der Mauer zu.

Die nächsten Minuten erlebte Greta wie durch einen Schleier. Hinter ihr ertönten weiter Schreie und Gefechtslärm. Ohne es zu wollen, lauschte sie, ob auch Johns Schreie darunter waren, doch sie konnte ihn nicht mehr hören.

Nach einigem Suchen stießen sie tatsächlich auf ein schmales rostiges Gatter in der Mauer. Zitternd steckte Greta den Schlüssel ins Schloss, er passte. Die Tür schwang auf, dahinter schloss ein niedriger, nach Schwarzpulver stinkender Gang mit Schießscharten an. Zu dritt rannten sie den Tunnel entlang, bis er tatsächlich vor einer Luke endete. Karl öffnete den eingerosteten Riegel, unter dem Deckel führten rutschige Eisensprossen in einen schier unendlich tiefen Schacht, aus dem ihnen ein kalter, heulender Wind entgegenwehte.

»Da sollen wir runter?«, fragte Karl, der noch immer Faust stützend am Arm hielt. »Dein Vater wird das niemals schaffen!«

»Mach dir um mich mal keine Sorgen«, knurrte Faust. »Wenn ich es nicht schaffe, bin ich so oder so tot.« Er gab Greta ein Zeichen, sie stieg in den Schacht und begann, die Sprossen hinabzuklettern.

Ihre Finger klammerten sich um das rostige Eisen, und sie tastete sich halb blind nach unten. Von Zeit zu Zeit fehlten Sprossen, und ihre Füße suchten in der Dunkelheit nach einem

Halt. Über sich hörte sie Karl und ihren Vater nachkommen. Faust keuchte und stöhnte, doch er schien den Weg trotz seiner einseitigen Lähmung tatsächlich zu bewältigen.

Zu ihrem Entsetzen fiel Greta ein, dass sie in der Eile vergessen hatten, das Ausfallgatter hinter ihnen wieder abzuschließen. Wenn dieser riesige Landsknecht John besiegte, wovon sie ausging, würde er ihnen nacheilen und auf das geöffnete Gatter stoßen. Greta spürte, wie sie bei diesem Gedanken Trauer überkam. Sosehr sie John auch hasste, ihre Liebe war noch nicht ganz erstorben. Sie lauschte, konnte aber außer ihrem eigenen gepressten Atem und den Klettergeräuschen der anderen nichts weiter vernehmen.

Nach einer gefühlten Ewigkeit endete der Schacht in einer natürlichen Grotte, welche mit einem uralten, verfallenen Eisengitter versperrt war. Es hing schief in den Angeln, dahinter zeichneten sich in der nächtlichen Dunkelheit die Weinhänge nördlich der Burg ab. Als Greta gegen das Gitter stieß, fiel es einfach nach vorne um. Der plötzliche Krach hallte in der Grotte wie der Schuss einer Muskete. Doch nachdem nichts weiter geschah, trat Greta hinaus ins Freie.

Sie stand am Fuß der Felswand, vor ihr zeichneten sich die Umrisse der Rebstöcke ab, es wehte ein warmer Maiwind. Von dem Krieg, der über ihnen tobte, war hier unten nichts zu vernehmen.

Ein Keuchen ließ Greta herumfahren. Es waren Karl und ihr Vater, die eben die Grotte erreicht hatten und nun hinter ihr nach draußen traten. Faust war totenblass, er zitterte am ganzen Leib, der linke Arm hing steif herab. Greta fragte sich, wie viel Willenskraft ihr Vater wohl gebraucht hatte, um den Schacht hinunterzuklettern. Eine ganze Weile sagte keiner etwas, in einem nahen Busch sang eine Nachtigall.

»Was zum Teufel war dort oben los?«, ließ sich schließlich Karl vernehmen. »Ich habe Befehle auf Schwiizerdütsch gehört, aber auch auf Spanisch und Französisch.«

Faust starrte in die Dunkelheit, sagte aber nichts.

»Nun, dieser Hagen war ja nicht zu verwechseln«, fuhr Karl fort. Er schüttelte sich. »Ein furchtbarer Kerl, wie der Schnitter Tod auf einem Gemälde. Lahnstein und seine Leute sind uns also wirklich gefolgt. Aber die Spanier? Meint Ihr denn, auch andere Herrscher sind an diesem Geheimnis interessiert, das Euch Leonardo angeblich hat zukommen lassen?«

»Wenn Franz seine Schnüffler überall hat, dann sicher auch Karl«, erwiderte Faust, der sich bemühte, sein Zittern unter Kontrolle zu bekommen. »Dort oben hatte ich jedenfalls den Eindruck, als wäre mittlerweile die ganze Welt hinter mir her. Der Papst, die Franzosen, die Habsburger ... Und das wegen eines Geheimnisses, das ich, verflucht noch mal, gar nicht kenne!« Er schüttelte den Kopf. »Wer hat dem Papst nur diesen Floh ins Ohr gesetzt? Fast könnte man meinen, dass ...«

Ein markerschütterndes Heulen ertönte, dann ein Bellen. Durch die Weinhügel huschte ein großer schwarzer Schatten, er kam direkt auf sie zu. Faust war der Erste, der ihn erkannte.

»Kleiner Satan!«, rief er freudig aus. »Er muss einen anderen Weg aus der Burg gefunden haben, seine Nase hat ihn zu uns geführt! Ich frage mich nur, wer ihn aus seinem Zwinger gelassen hat. Ist schon gut, mein Kleiner. Herrchen ist bei dir.« Er streichelte den Hund und musterte sein Fell, das mit Blutflecken übersät war. Auch an der Schnauze klebte Blut. Faust hob eine Augenbraue. »Hm, wer auch immer sich ihm in den Weg gestellt hat, er hat es bereut.«

»Psst!« Greta hob die Hand. »Hört ihr das auch?«

Tatsächlich waren nun schabende Geräusche zu vernehmen, ein leises Kratzen, das stetig näher kam. Kleiner Satan stellte die Ohren auf, er knurrte, während die anderen aufmerksam lauschten.

Jemand kam durch den Schacht herab.

»Verdammt, das ist sicher dieser Riese!«, zischte Faust. »Schnell weg hier!«

Gretas Mund war ausgetrocknet, sämtliche Glieder taten ihr vom langen Klettern weh, sie wusste nicht, ob sie noch einmal fliehen konnte, nicht vor diesem Monstrum. Gemeinsam mit den anderen eilte sie hinüber zu den Rebstöcken, die im Dunkeln wie verwachsene Zwerge aussahen. Nur Kleiner Satan blieb stehen, wo er war, er hechelte und wedelte mit dem Schwanz.

»Verflucht, die dumme Töle wird uns alle verraten!«, schimpfte Karl. »Hierher, Satan, bei Fuß!«

Doch der Hund gehorchte nicht und stimmte jetzt ein fast freudiges Gewinsel an. Greta fragte sich, ob Hagen sie riechen konnte, wie ein Raubtier, das die Fährte seiner Beute aufgenommen hat, und wie auch Kleiner Satan sie gerochen hatte. Außerdem musste sie an John denken. Wenn Hagen ihnen folgte, bedeutete das vermutlich, dass John nicht mehr am Leben war. Wieder spürte sie einen Stich in ihrem Herzen. Sie kam nicht von ihm los, noch nicht. Warum hatte der verfluchte Kerl auch noch einmal auftauchen und sie retten müssen! Es war so viel einfacher gewesen, ihn aus vollstem Herzen zu hassen.

Kleiner Satan war mittlerweile zum Grotteneingang hinübergelaufen. Das Kratzen wurde lauter und lauter, jemand sprang die letzten Meter auf den Grund des Schachts, ein leises Stöhnen ertönte, gefolgt von einem Keuchen. Dann trat jemand aus der Höhle, wankend wie ein Betrunkener.

Es war nicht Hagen, sondern John Reed.

Schwanzwedelnd warf sich der Hund ihm entgegen, wodurch John wie ein Sack umkippte.

»John!«, entfuhr es Greta. Sie verfluchte sich selbst dafür, wie erleichtert sie war. Ihre Gefühle waren nicht erloschen, nicht in so kurzer Zeit.

John war offensichtlich verletzt, vielleicht sogar tot, er rührte sich jedenfalls nicht mehr. Greta wollte sich erheben, doch ihr Vater hielt sie mit seiner gesunden Hand zurück.

»Was willst du?«, knurrte er. »Hast du immer noch nicht genug von ihm?«

»Er hat uns gerettet«, sagte Karl. »Schon vergessen?«

»Das ist doch nichts weiter als eine Falle!«, gab ihr Vater zurück. »Wer sagt uns, dass ihn der König nicht erneut geschickt hat, um uns auszuspionieren?«

»Er ... er ist verletzt oder ... tot.« In Greta tobten die unterschiedlichsten Bedürfnisse. Sie hätte John gern zum Teufel gewünscht, ihn zumindest auf den Mond verbannt, und sehnte sich doch danach, ihn in die Arme zu nehmen, zu verbinden und ihm das Blut aus dem Gesicht zu waschen.

»Wenn er tot ist, braucht er deine Hilfe nicht mehr«, sagte Faust. »Und wenn er nur verletzt ist ... He!«

Greta riss sich los und eilte hinüber zu John. Sie schob Kleiner Satan zur Seite, der angefangen hatte, John das Blut vom Gesicht zu lecken – offenbar betrachtete er ihn als neuen Spielkameraden, oder als Abendessen. Johns Waffenrock war zerfetzt, dunkle Flecken von Blut zeichneten sich darauf ab, aber er atmete noch. Am rechten Oberschenkel entdeckte Greta eine tiefe Schnittwunde, aus der viel Blut sickerte.

»Er wird verbluten!«, rief sie zu Faust und Karl hinüber, die noch immer zwischen den Rebstöcken standen.

»Soll er doch«, brummte Faust. »Er ist ein Verräter. Dafür kommt er noch ziemlich glimpflich davon. Eigentlich werden Verräter in kochendem Öl gesotten.«

Karl Wagner sah seinen Herrn mit einer Mischung aus Ratlosigkeit und leisem Widerwillen an. »Vor langer Zeit habe ich Medizin studiert«, sagte er. »Dabei habe ich gelernt, dass jedes Leben wertvoll ist, auch das eines Verräters.«

»Wir haben keine Zeit!«, drängte Faust. »Gut möglich, dass uns dieser Hagen oder sonst wer schon auf der Spur ist.

Wenn wir jetzt nicht schnell verschwinden, ist es um uns alle geschehen!«

»Verdammt, er verblutet!«, schrie Greta. Angstvoll betrachtete sie Johns blasses Gesicht, er hatte die Augen fest geschlossen, doch offenbar hörte er sie.

»Greta!«, flüsterte er. »Ist das schon das Paradies?«

»Das Paradies für einen Betrüger wie dich?«, zischte sie, wobei sie unendliche Erleichterung darüber erfasste, dass er wieder zur Besinnung gekommen war. »Vergiss es! Für jeden Kuss, den du mir gestohlen hast, sollst du hundert Jahre in der Hölle schmoren!« Trotz ihrer harschen Worte begann sie, Streifen von ihrem Kleid zu reißen und daraus einen Verband zu machen.

»Lass mich das machen. Mein Studium ist zwar schon länger her, aber ich denke, einiges habe ich noch nicht verlernt.« Nun war Karl neben sie getreten. Er beugte sich über John und ertastete dessen Herzschlag, dann begann er mit routinierten Handgriffen einen Druckverband anzulegen und das Bein mit einem Stock zu schienen. »Sein Herz schlägt nur noch schwach«, sagte er. »Wir müssen die Blutung schleunigst stoppen.«

Zwischen den Rebstöcken stand noch immer Faust, ein wenig schief, wie eine zähe alte Eiche im Wind. Die gelähmte Seite schien ihn förmlich niederzudrücken.

»Diese verdammte Liebe!«, fluchte er.

Dann humpelte er hinüber zu den anderen.

13

Wenige Stunden später kauerten die vier Fliehenden unter einem überhängenden Felsbrocken in einer nassen, mit modrigem Laub bedeckten Kuhle. Es hatte zu nieseln begonnen, trotz der milden Temperaturen fröstelte Greta. Sie waren durch mehrere Bäche gewatet, um die Hunde abzuhängen, die sich vermutlich schon an ihre Fersen geheftet hatten. Ihre Kleidung troff vor Nässe, Zweige und Blätter hingen in ihren Haaren. Karl und ihr Vater sahen nicht viel besser aus. Mit seiner Lähmung hatte es Faust große Mühe gekostet, ihnen durch den Wald zu folgen.

Am schlimmsten allerdings war es um John bestellt. Zwar hatte seine Wunde zu bluten aufgehört, doch er war kaum bei Sinnen, denn außer dem Schwertstreich hatte er noch ein paar weitere Hiebe abbekommen. Unterwegs hatten Karl und Greta ihn stützen müssen, durch die Bäche hatte Karl ihn getragen. Einmal war er unter der Last zusammengebrochen, und sie mussten den Verletzten aus dem Morast ziehen.

Greta beugte sich über John und wischte ihm den Schlamm aus dem blassen Gesicht. Er öffnete kurz die Augen und lächelte sie an.

»Du bist wunderschön«, hauchte er.

»Lügner!«, fauchte Greta. »Ich sehe aus wie eine Vogelscheuche. Spar dir deine Komplimente.«

Zum wiederholten Mal fragte sie sich, wie lange die Soldaten des Königs wohl brauchen würden, um sie zu finden. Vermutlich hatten sie selbst in den letzten Stunden nicht mehr als zwei, drei Meilen zurückgelegt. Vor ihrem Unterschlupf hielt Kleiner Satan Wache, Greta hoffte, dass der Hund anschlug, falls sich ihnen jemand näherte. Aber was dann? Mit einem Schwerverletzten und einem Kranken hatten sie nicht die geringste Chance.

»Zumindest habe ich diesem Riesen ordentlich was mitgegeben«, stöhnte John, der einen seiner wachen Momente hatte. »Was ... was wollte der überhaupt von Euch? Er war von der Schweizer Garde, also wohl einer der Männer, die der Papst Euch hinterhergeschickt hat. Aber die anderen ... das waren Habsburger ...«

»Für einen Schwerverwundeten stellt Ihr eine ganze Menge Fragen«, sagte Faust, der im Hintergrund am Felsen lehnte, sichtlich gezeichnet von der Anstrengung. »Keiner hat Euch gebeten, uns zu helfen.«

»Ohne John säßen wir noch immer im Kerker, Vater«, entgegnete Greta. »Du musst ihn nicht mögen, und auch ich traue ihm nicht mehr. Aber das ist nun mal eine Tatsache.«

»Eine Tatsache ist auch, dass wir mit ihm bald wieder im Kerker hocken werden.« Faust lachte verzweifelt auf. »Der französische König wird nicht zusehen, wie wir einfach davonspazieren. Vermutlich sucht uns bereits eine halbe Armee! Und wir hocken hier in diesem Drecksloch fest. Wir sollten den Verräter zurücklassen und ...«

»Auf keinen Fall!«, fuhr Greta dazwischen. »Allein ist John so gut wie tot. Außerdem bist du selber nicht besonders geeignet für eine Flucht. Schau dich doch einmal an! Ein alter, verbitterter Mann, der mehr humpelt und kriecht, als dass er läuft.«

»Ich muss Eurer Tochter recht geben.« Karl räusperte sich. Bislang hatte er Johns Verband noch einmal erneuert und die Wunden inspiziert, nun sah er Faust eindringlich durch seine Augengläser an. Wie durch ein Wunder war die Brille während ihrer Flucht heil geblieben. »Selbst wenn wir John zurücklassen würden, wären wir nicht viel schneller. Und auch so liegen unsere Chancen im Grunde bei null. Wir haben keine Pferde, keine Verpflegung, kein Geld, nichts! Von Eurem körperlichen Zustand mal ganz abgesehen. Wie wollt Ihr so nach Tiffauges weiterreisen?«

»Wir müssen«, knurrte Faust. »Es gibt keine andere Möglichkeit.«

»Verflucht, warum bist du nur so verbohrt?«, schrie Greta ihren Vater an. »Hier liegt ein Schwerverletzter, du kannst kaum noch laufen, Hunderte Soldaten suchen nach uns, aber das ist dir egal! Denn du bist der ach so berühmte Doktor Faustus, da kannst zur Not ja auch davonfliegen oder meinetwegen einen Dämon beschwören, der die Feinde in die Flucht schlägt. Wach auf, Vater, deine Mission ist gescheitert!«

»Was glaubst du eigentlich, warum ich das alles hier auf mich nehme? Wegen mir? Es ist wegen *dir*, Greta!« Faust sah sie fast flehentlich an. »Ich muss Tonio finden und mich ihm stellen. Wenn er mich holen will, nun gut, dann soll es so sein. Aber ich werde alles tun, dass er die Finger von dir lässt!«

»Ist das der Handel, den du ihm vorschlagen willst?«, fragte Greta leise. Plötzlich tat es ihr leid, ihren Vater so angeschrien zu haben. »Dein Leben gegen meines?«

Faust wollte eben zu einer Antwort ansetzen, als John zum wiederholten Male ein einzelnes Wort murmelte. Greta hatte es bislang nicht verstanden, doch nun war seine Stimme laut und deutlich zu vernehmen.

»Seuilly«, sagte er, wobei er versuchte, den Kopf zu heben. »Seuilly … Wir müssen nach Seuilly …«

»Was meinst du?«, sagte Greta. »Was in Gottes Namen ist Seuilly?«

»Ein … ein Wirtshaus im Wald, gelegen an einer Straßenkreuzung. Der … der Wirt wird uns helfen …«

»Wie weit ist das?«, erkundigte sich Karl.

»Sieben, acht Meilen von hier.« John stöhnte laut auf. »Ich ... ich kenne den Weg.«

»Acht Meilen?« Faust schüttelte den Kopf. »Das ist unmöglich. Nicht mit ihm.«

»Er ist der Einzige, der uns führen kann«, erwiderte Greta. »Ich finde, es klingt zumindest nach einer echten Chance. Und ich sage es dir gern noch einmal: Ich lasse John nicht zurück!« Sie lächelte schmal. »Außerdem – seit wann ist für einen Doktor Faustus etwas unmöglich?«

Faust seufzte. »Also bitte, dann versuchen wir es eben. Ich gebe zu, dass unsere Möglichkeiten derzeit begrenzt sind.« Er musterte John scharf. »Ich hoffe nur, dass das nicht wieder irgendeine Finte ist. Diesem Kerl hier traue ich alles zu, sogar in seinem jetzigen Zustand.«

Sie verließen das Versteck und tappten weiter durch den finsteren Wald, wobei Karl John weiter stützen musste und Greta sich um ihren Vater kümmerte. Dabei wechselten sie kaum ein Wort miteinander, und das nicht nur wegen der Anstrengung. Greta hatte das Gefühl, dass jedes weitere Gespräch nur im Streit enden würde. Sie konnte nicht verstehen, wie ihr Vater so herzlos sein konnte! Ja, John hatte sie alle betrogen, am meisten sie selbst, er hatte sie dem französischen König ausgeliefert, aber er hatte auch sein Leben riskiert, um ihnen zur Flucht zu verhelfen. Seine Liebe zu ihr war stärker als die zum König.

Oder spielte er doch wieder nur irgendein Spiel? Greta hatte erkannt, dass sie John noch immer liebte, und das trotz allem, was geschehen war. Warum mussten Gefühle nur so verflucht kompliziert sein!

Stunde für Stunde ging es durch tiefen Wald, auf schmalen Wildwechseln und an Bachläufen entlang, nur mühsam, Schritt für Schritt, kamen sie voran. Glücklicherweise schien mittlerweile hell der Mond, sodass sie die Büsche und Bäume zumindest in Umrissen erkennen konnten. Aus einem Ast, trockenem Moos und Tuchfetzen hatte Karl eine Fackel gefertigt und mit Johns Zunderkästchen zum Brennen gebracht. Doch die spärliche Flamme war eher als Schutz gegen wilde Tiere gedacht, als dass sie wirklich Licht spendete. Gelegentlich brach irgendwo in der Nähe ein Hirsch oder ein Wildschwein durchs Gebüsch, dann herrschte wieder Stille, nur ein Käuzchen war von Zeit zu Zeit zu hören. Immer wieder musste John rasten. Dann schaute er hinauf zum sternenklaren Himmel oder betastete das Moos an den Bäumen, bevor sie weitergingen.

»Seuilly liegt im Osten der Burg«, murmelte er. »Ich war in Chinon des Öfteren mit dem König jagen, deshalb kenne ich mich hier fast so gut aus wie in den schottischen Highlands.« Er lächelte schmal, doch dann hielt er inne, das Gesicht vom Schmerz verzerrt. »Wenn ... wenn wir wieder an einen Bach kommen, müssen wir ihm folgen, er führt direkt zum Gasthaus von Seuilly.«

»Wie könnt Ihr Euch sicher sein, dass uns der Wirt nicht an den König ausliefert?«, erkundigte sich Karl.

John versuchte ein Grinsen, was ihm jedoch misslang. »Sagen wir mal ... wir kennen uns von früher.«

Kleiner Satan hielt sich immer an Johns Seite, er schien den rothaarigen Leibgardisten richtiggehend ins Herz geschlossen zu haben. Gelegentlich blieb der Hund stehen und spitzte die Ohren. Als sie eben eine alte, bereits wieder überwachsene Rodung erreicht hatten, knurrte er plötzlich. Zuerst dachte Greta, Kleiner Satan hätte ihre Verfolger gewittert. Doch dann war ein lautes Heulen zu hören, ein zweites Heulen antwortete.

»Wölfe!«, hauchte Karl. »Das hat uns gerade noch gefehlt. Und sie sind nicht weit weg!«

Greta erinnerte sich, dass die Leute in den Wirtshäusern entlang ihres Weges immer wieder von einer regelrechten

Wolfsplage gesprochen hatten – und das, obwohl es nicht Winter war. Die Biester kamen aus dem Westen, aus der Bretagne, wo die Wälder einsamer und unwirtlicher waren. Wieder erklang ein hohes, lang gezogenes Heulen, diesmal schon viel näher.

»Sie haben uns gewittert«, sagte John. »Wir müssen den Bachlauf finden, aber uns bleibt nicht mehr viel Zeit ...«

Er wankte ein paar Schritte allein weiter, fiel aber sofort hin. Karl half ihm auf.

»Das ist Wahnsinn!«, stöhnte Karl, auch er gezeichnet von der stundenlangen Flucht. »Wir haben ja nicht mal Waffen, um uns zu wehren. Alles ist in Chinon geblieben!«

Kleiner Satan schnupperte, dann sprang er bellend ins Dickicht neben der Rodung. Greta glaubte, in der Dunkelheit mehrere Augenpaare leuchten zu sehen. Ein Kläffen erklang, dann ein Winseln, vermutlich hatte sich Kleiner Satan tollkühn dem Wolfsrudel entgegengeworfen. Nun konnte Greta unter den Augenpaaren auch die dunklen Umrisse der Tiere sehen. Es waren große Biester, fast so groß wie Kleiner Satan, sie umschlichen die Rodung und warteten auf den richtigen Moment. Der Größte von ihnen brach durch das Gehölz und kam knurrend auf Greta zu. Er hatte ein zottiges schwarzgraues Fell, seine Ohren waren angelegt und er zog die Lefzen hoch, so dass seine zwei Reihen langer spitzer Zähne im Mondlicht deutlich zu erkennen waren.

»Auf die Bäume!«, befahl Karl und deutete auf einige Eichen am Rande der Lichtung. »Wir müssen auf die Bäume klettern!«

»Und wie soll das bitte schön gehen?«, zischte Faust. »Der Verräter kann ja kaum noch geradeaus laufen, und ich komme ohne Hilfe nicht mal an die untersten Äste. Wenn ich doch nur ...« Er nestelte in seinen Taschen, plötzlich erhellte sich seine Miene. »Tretet zurück!«, rief er. Aus einer der vielen Taschen seines Gewands zog Faust ein kleines Fläschchen hervor, das er nun mit seinen Zähnen entstöpselte. Vorsichtig schüttete er ein schwarzes Pulver auf den Boden. Dann ging er ein paar Schritte nach hinten.

»Was soll das sein?«, fragte Karl erstaunt.

»Wenn die Biester näher kommen, wirf deine Fackel«, sagte Faust, ohne auf Karls Frage einzugehen. »Du musst das Pulver genau treffen. Schaffst du das?«

Karl nickte zögerlich. Tatsächlich kam nun gleich ein halbes Dutzend weiterer Wölfe zwischen den Bäumen hervor, während Kleiner Satan irgendwo dahinter im Dunkeln knurrte und bellte, immer wieder unterbrochen von Heulen und Winseln. Vermutlich kämpfte er eben mit einigen der übrigen Tiere. Aber auch die sechs vor ihnen reichten aus, um Greta das Blut in den Adern gefrieren zu lassen. Sie waren fast so groß wie ihr Anführer, alles junge Rüden, die Gier glitzerte in ihren Augen. Als sie die Stelle mit dem Pulver erreicht hatten, rief Faust: »Jetzt!«

Im hohen Bogen warf Karl seine Fackel. Kurz glaubte Greta, die Flamme würde auf dem nassen Waldboden erlöschen. Doch dann zischte es, gleich darauf gab es einen gewaltigen Knall, und ein rötlicher Blitz erhellte für den Bruchteil einer Sekunde die Waldlandschaft. Die Wölfe jaulten auf und stoben auseinander. Zwei von ihnen blieben leblos auf der Lichtung liegen.

»Schwarzpulver«, flüsterte Faust, »mit einer Prise Zinnober für den besseren Effekt. Seit Beginn der Reise trage ich das Fläschchen mit mir herum. Es stammt noch von unserer Vorstellung in Bamberg.« Er grinste. »Man weiß doch nie, für was man so was noch brauchen kann.«

»Das wird die Wölfe nicht lange fernhalten, fürchte ich.« Karl deutete auf John, der mittlerweile erneut zusammengebrochen war und unweit der beiden toten Wölfe leblos auf dem Boden lag. »Wir können ihn nicht mehr lange weiterschleppen. Dafür ist er zu schwer.«

Greta sah den Blick ihres Vaters. »Wage nicht einmal, daran zu denken!«, sagte sie kühl. »Ich bleibe bei John. Er mag ein Schlitzohr und Betrüger sein, aber er hat uns das Leben gerettet. Ich werfe ihn nicht den Wölfen zum Fraß vor.«

Wie auf ein Zeichen erklang erneut ein Knurren zwischen den Bäumen. Mit grimmiger Miene griff Greta nach einem Ast.

Holt mich doch, ihr Mistbiester!, dachte sie. *Ich werde mein Leben so teuer wie möglich verkaufen. Und auch das von diesem rothaarigen Gauner.*

Doch dann ließ sie den Ast wieder sinken. Es war Kleiner Satan, der auf sie zugehumpelt kam. Der große Wolfshund blutete aus zahlreichen Wunden. Statt des rechten Auges klaffte ein schwarzes Loch, sein Fell war zerrissen wie ein Stück Stoff, und er zog einen der hinteren Läufe nach.

»Kleiner Satan!«, rief Faust. Er kniete sich nieder und streichelte ihm über den blutverschmierten Kopf, wo das linke Ohr in Fetzen herabhing. »Mein Gott, du Armer …« Seine Stimme zitterte.

Es tat Greta weh zu sehen, dass Faust sich weit mehr um seinen Hund scherte als um John. Doch sie wusste auch, dass Kleiner Satan Fausts liebster Gefährte war. Vermutlich mochte ihr Vater den Hund lieber als die meisten Menschen.

Das gerade noch so kräftige Tier winselte. Es versuchte, sich zu erheben, doch vergeblich, ein Zittern durchlief seinen Körper. Greta erkannte, dass es mit ihm zu Ende ging. Immer noch streichelte ihn Faust, beinahe wie ein kleines Kind. Tränen standen ihm in den Augen.

»Es wird alles gut«, murmelte er. »Alles wird gut, mein kleiner Liebling …«

Faust erhob sich auch dann nicht, als erneut die rötlichen Augenpaare der Wölfe zwischen den Bäumen aufleuchteten. Mit einem Fluch schleuderte Greta ihnen ihren Ast entgegen. »Habt ihr immer noch nicht genug?«, schrie sie. »Dann kommt doch, kommt, ihr Mistviecher! Ich beiß euch eigenhändig die Kehle durch!«

Es war der Mut der Verzweiflung, der Hoffnungslosigkeit. Zu Gretas Füßen lag John Reed, der Mann, der sie verraten hatte und den sie immer noch liebte. Ihr Vater hatte sein Gesicht im blutigen Fell seines sterbenden Hundes vergraben, nur Karl, ihr alter Freund, stand noch aufrecht neben ihr. Auch er hatte sich einen Ast gegriffen und wartete den Angriff des Rudels ab. Mit traurigem Lächeln blickte er hinüber zu Faust.

»Ob er sich um mich auch so kümmert, wenn ich im Sterben liege?«, sagte er leise zu Greta. »Nun werde ich es wohl nie erfahren.«

So also geht es zu Ende, dachte Greta.

Eben wollte Karl seinen Knüppel auf den vordersten der Wölfe werfen, als ein lauter Donner ertönte. Zuerst dachte Greta an das Schwarzpulver ihres Vaters, von dem ein Rest noch nicht explodiert war. Doch dann knallte es erneut, die Wölfe spitzten die Ohren, dann zogen sie die Ruten ein und suchten das Weite. Ein letztes Rascheln und Huschen, schließlich waren sie verschwunden wie Gespenster in der Nacht. Kurz darauf erklangen die Rufe von mehreren Männern, Greta sah leuchtende Fackeln in der Dunkelheit.

Die Soldaten des Königs!, fuhr es ihr durch den Kopf. *Sie haben uns gefunden!*

Doch die Männer, die nun die Lichtung betraten, waren keine Soldaten, sie sahen aus wie einfache Knechte. Sie hielten Armbrüste in den Händen, drei von ihnen waren mit Faustbüchsen bewaffnet. Zwischen ihnen ritt ein einzelner Mann auf einem Pferd. Er war so dick, dass es ein Rätsel war, warum das Pferd nicht unter ihm zusammenbrach. Seine üppige Haartracht, die unter einer schwarzen Gugel hervorquoll, war feuerrot, fast so leuchtend wie die von John. Auch einige der Knechte hatten rote Haare. Wachsam musterte der Dicke die kleine Gruppe vor ihnen. Schließlich landete sein Blick bei dem ohnmächtigen John, und er hob erstaunt die buschigen Augenbrauen.

»Was hat der Bursche denn jetzt schon wieder angestellt?«, brummte er. »Wäre er doch nur in den Highlands geblieben! Als ich seiner Mutter sagte, ich würde auf ihn aufpassen, wusste ich nicht, wie viele Scherereien mir das einbringt.«

»Wer … wer seid Ihr?«, fragte Karl matt.

»Wer ich bin? *Ich?*« Der Dicke richtete sich im Sattel auf, ein Fleischberg mit kleinen roten Augen, die Karl, Greta und Faust bedrohlich musterten. »*Damned*, ich bin Albert MacSully, aus dem alten Geschlecht der MacSullys! Ein Geschlecht, das zurückgeht bis zu den ruhmreichen Tagen von William Wallace! Und der einzige Grund, warum ihr noch am Leben seid, ist, dass ein MacSully unter euch ist.« Plötzlich lachte der Dicke dröhnend und zwinkerte den Flüchtenden zu. »Ich wollte Wölfe fangen, stattdessen fange ich meinen Neffen. Aber Blut ist nun mal dicker als Wasser. *Holy shit!*«

Er wandte sich an seine Knechte. »Wie ich den Dickschädel kenne, ist er längst noch nicht bei seinen Ahnen. Also schafft ihn nach Seuilly.« Albert MacSully blickte auf den schmutzigen Haufen vor ihm. »Und die anderen Halunken auch. Ich denke, sie brauchen alle einen Becher Wein und dann einen Kübel Wasser, um sich zu waschen. Und dann bin ich gespannt, was für eine haarsträubende Geschichte sie uns zum Frühstück auftischen werden. Ich bete für sie, dass sie gut ist.«

Greta blickte hinauf zum Himmel. Über den Wipfeln der Bäume zeigte sich der erste rötliche Schimmer des Morgens. Wie es aussah, waren sie ihrem Schicksal eben noch entronnen.

Doch keiner wusste, was der nächste Tag für sie bereithielt.

»*Bloody hell*, Ihr habt mehr Glück als Verstand! Ohne Waffen nachts durch den Wald, und das bei dieser Wolfsplage! Wenn wir nicht zufällig vorbeigekommen wären, dann wärt Ihr jetzt Wolfsfutter. Wobei die Biester meinen Neffen vermutlich wieder ausgespuckt hätten, so zäh, wie der ist.«

Der dicke Mann lachte und schüttete sich aus einem großen Krug Braunbier einen weiteren Becher ein. Es war etwa acht Uhr morgens, und Greta wunderte sich, wie man um diese Zeit schon so viel trinken konnte.

Alles wohl eine Sache der Übung, dachte sie und musterte den monumentalen Leib des Mannes ihr gegenüber, der sich ihnen als Albert MacSully vorgestellt hatte und tatsächlich Johns leiblicher Onkel war. So wie es aussah, hatte John sie ein weiteres Mal gerettet, indem er sie in die Nähe seines Onkels geführt hatte, nach Seuilly.

Albert MacSully hatte den kleinen, gerade sechsjährigen John aus Schottland mitgenommen, als dessen Mutter am Fleckfieber gestorben war, und ihn hier in Seuilly aufgezogen, wo er selbst das Wirtshaus übernommen hatte. Mit vierzehn war John dann zu den Soldaten des Königs gegangen und hatte dort aufgrund seiner Geschicklichkeit und Kraft, vor allem wohl aber wegen seines Charmes schnell Karriere gemacht, nicht eben zur Freude seines Onkels, der von den Franzosen nicht allzu viel hielt. All das hatte Greta von Albert MacSully in den letzten Stunden erfahren, während dieser ein Omelett aus zwölf Eiern und dazu einen ganzen Laib Brot vertilgt hatte.

»Wolfsjagd macht hungrig«, brummte MacSully und spülte die Mahlzeit mit einem tiefen Schluck Braunbier hinunter. Es folgte ein gewaltiger Rülpser.

Gemeinsam mit Karl und ihrem Vater saß Greta im Schankraum des Wirtshauses. Der Ort mitten im Wald bestand aus nichts weiter als der bulligen, aus Stein erbauten Herberge, einer kleinen Kapelle sowie einigen Schuppen und

Ställen, die von einer hohen Wehrmauer umschlossen waren. Zwei größere Handelsstraßen kreuzten sich hier, die eine führte von der Loire nach Süden, die andere weiter westlich zum Kloster Fontevrault, das nicht mehr weit entfernt war. Die Herberge glich eher einer kleinen Wehranlage als einem Weiler, was wohl auch nötig war. Hier in den Wäldern südlich der Loire herrschte immer noch das Gesetz des Krieges, auch wenn Chinon, eines der Schlösser des Königs, ganz in der Nähe lag.

Greta hatte sich mittlerweile gewaschen und den schlimmsten Schmutz aus ihren Haaren entfernt. Auch Karl und ihr Vater sahen einigermaßen sauber aus, zumal ihnen MacSully ein paar frische Gewänder gegeben hatte. Faust war in den ersten zwei Stunden kaum ansprechbar gewesen, der Tod seines geliebten Hundes hatte ihn ziemlich mitgenommen. Er hatte so alt und ausgelaugt gewirkt, wie Greta ihn noch nie gesehen hatte, aber das mochte auch an der Krankheit liegen. John lag in einer Kammer nebenan, wo sich MacSullys Frau um ihn kümmerte.

»Der Junge wird durchkommen«, brummte der dicke Wirt. »In ihm fließt echtes schottisches Highlanderblut, der Schwerthieb ist für ihn nicht mehr als ein Kratzer. Wobei ich schon gerne wüsste, wer ihm den verpasst hat. Kommt selten vor, dass John einen Kampf verliert.« Er musterte die drei Reisenden scharf. »Aber ich kann mir auch so einen Reim drauf machen. Zumal mir John vorhin noch aufgetragen hat, jeden französischen Soldaten zum Teufel zu jagen, der sich dem Wirtshaus auch nur auf eine Meile nähert. Ich glaube, Ihr sitzt ziemlich tief in der Scheiße.«

John hatte seinem Onkel nicht verraten, was genau geschehen war. Aber er hatte ihm klargemacht, dass sie auf der Flucht waren und dass MacSully sie verleugnen sollte, wenn jemand nach ihnen fragte. Greta bezweifelte jedoch, dass dies lange gut gehen würde. Vermutlich wusste der König, wo John seine Kindheit verbracht hatte, und würde auch dort nach ihm suchen lassen.

Der Dicke seufzte und griff nach einem Stück Käse. »Ich hab dem Burschen damals schon gesagt, er soll nicht zu den verfluchten Froschfressern gehen. Aber er wollte ja nicht hören. Ein echter Mann mag keinen Franzen leiden, doch ihre Weine trinkt er gern. Na, und auch der Käse ist nicht übel.« Er sprach mit vollem Mund weiter. »Vielleicht war es auch besser, dass John gegangen ist. Er hat hier im Wirtshaus jedem Mädchen den Kopf verdreht und mir das Gesinde verrückt gemacht.«

Greta nickte mit schmalen Lippen. »Das hört sich ganz nach John an.«

»Na, pass nur auf, wenn du dich mit ihm einlässt, Mädchen. John lässt sich nicht bändigen, von keiner!« MacSully wischte sich die fettigen Hände an der Lederhose ab. »Nicht, dass es mich groß was angehen würde, aber der Junge meinte, Ihr wollt weiter in die Baronie Retz. Das würde ich mir an Eurer Stelle noch mal gut überlegen.«

»Warum?«, erkundigte sich Faust, der sich bislang mit Karl im Hintergrund gehalten hatte. Nach einem reichhaltigen Frühstück sah er jetzt wieder etwas gesünder und nicht mehr ganz so mitgenommen aus, obwohl seine linke Schulter noch immer schlaff herabhing. Im Sitzen wirkte er jedoch fast normal.

»Na, das ist keine gute Gegend dort unten«, erwiderte MacSully. »Wundert mich, dass der König da noch nicht durchgegriffen hat. Aber der ist ja gerade damit beschäftigt, der Herrscher der Welt zu werden, was man so hört.« Er lachte laut. »Außerdem gehört das Herzogtum Bretagne, offiziell zumindest, ohnehin seiner Frau und damit überhaupt nicht zu Frankreich. Auch wenn man das nicht zu laut sagen darf.«

MacSully senkte die Stimme. »Reisende haben mir erzählt,

dass der bretonische Herzog Louis de Vendôme seit Jahren schon in Italien für Frankreich kämpft. Seitdem herrscht sein Vogt über die Baronie Retz, aber der ist ein arger Säufer. Im Hintergrund hält wohl jemand anderes die Fäden in der Hand.«

»Und wer soll das sein?«, fragte Karl, der nun ebenfalls näher rückte.

»Was Genaues weiß ich nicht. Aber es gibt da seit einiger Zeit einen neuen Priester auf Burg Tiffauges …«

»Sagtet Ihr Tiffauges?«, fuhr Faust dazwischen. Seine Gesichtszüge zuckten unkontrolliert.

MacSully sah ihn irritiert an. »Äh, das ist der Hauptsitz des Herzogs, ja. Die Leute meinen, dass es dort schon immer nicht ganz mit rechten Dingen zuging. Ich weiß nicht, ob Ihr schon einmal von einem gewissen Gilles de Rais gehört habt, der war ein übler Saukerl …«

»Das haben wir tatsächlich«, sagte Faust und wechselte Blicke mit Karl und Greta.

»Schlimme Sache, auch wenn das nun schon so viele Jahre her ist. Nun, die Leute meinen, seit dieser neue Pfarrer auf der Burg ist, würden wieder Kinder verschwinden, so wie früher.« MacSully zuckte mit seinen breiten Schultern. »Ich halte sonst ja nicht viel von solcherlei Ammenmärchen, aber ich muss zugeben, dass mir nun schon etliche Reisende davon berichtet haben. Mit dem Priester sind auch andere seltsame Leute auf die Burg gekommen. Sogar die verfluchten Wölfe scheinen aus dieser Gegend zu stammen. Ich meine, die Bretagne war schon immer wild und auch ein wenig unheimlich und die Bretonen sprechen ein furchtbares Kauderwelsch, aber das …« Er schüttelte den Kopf.

Nachdenklich betrachtete er Faust, der seine Gesichtszüge eben wieder unter Kontrolle bekam. »Was ist das für eine Krankheit, die Ihr da habt?«

»Ich weiß es leider selbst nicht«, erwiderte Faust. »Die

Ärzte sagen, es gibt kein Heilmittel. Deshalb pilgere ich mit meiner Familie zum Kloster Fontevrault.«

»Ich dachte, Ihr wollt nach Retz?«

»Äh, im Anschluss an unsere Pilgerreise«, wich Faust aus. »Es gibt dort eine alte … Familienangelegenheit zu klären.«

»Soso, eine alte Familienangelegenheit. Mit einer Hundertschaft königlicher Soldaten auf den Fersen? Was für eine seltsame Reise.« MacSully zwinkerte ihm zu. »Na, mich geht das ja nichts an. Aber irgendwie kommt Ihr mir bekannt vor, so als hätte ich Euch mal gesehen, vielleicht auf einem dieser neuen Flugblätter …«

Er grinste breit. »Nein, nein, Ihr seid bestimmt mehr als ein einfacher Pilger, wenn mein Neffe dafür seinen Posten als Leibgardist des Königs aufgibt und sich Euch anschließt! Aber John will mir partout nichts über Euch verraten, und das ist auch in Ordnung so. Wir Highlander können drei Dinge besser als alle anderen auf der Welt: saufen, kämpfen und unser Maul halten.«

MacSully nahm einen weiteren tiefen Schluck, rülpste nochmals, dann sagte er: »Wenn John meint, Ihr sollt nach Fontevrault und später weiter in die Baronie Retz, dann werde ich Euch, verflucht noch mal, eben dabei helfen! *Bloody hell!* Wir MacSullys halten immer zusammen, wie der Dreck, der an unseren Stiefeln klebt.«

Dreimal kamen die Soldaten des Königs in den nächsten Tagen. Aber Albert MacSully gelang es immer, sie abzuwimmeln. Einmal durchsuchten sie die Wirtsstube und die umliegenden Gebäude, doch die MacSullys hatten vorgesorgt. Es gab einen Keller, dessen Luke von einem großen Bärenfell verdeckt wurde. Dort schlüpften die vier Gesuchten unter, bis die Soldaten wieder abgezogen waren. Auch hielten sie sich nie in den Räumen des Wirtshauses auf, sondern immer drüben im Wohnhaus, wo auch die Familie MacSully schlief.

So vermieden sie, dass Reisende auf sie aufmerksam wurden und sie verrieten.

Es bereitete Albert MacSully einen Heidenspaß, die »Frosch- und Schneckenfresser«, wie er die Franzosen nannte, in die Irre zu führen. Wenn er mit den Soldaten sprach, gab er vor, nur sehr schlecht Französisch zu verstehen. Seinen Neffen, den verfluchten Bastard, habe er seit vielen Jahren nicht mehr gesehen. Bei dem Versteckspiel halfen ihm auch seine vielen Söhne, alle mit roter Mähne wie er selbst. Greta verwechselte sie ständig, zumal ihr die komplizierten schottischen Namen nicht geläufig waren.

Sie erholte sich schnell von den Strapazen der Flucht, und auch John ging es von Tag zu Tag besser. Oft besuchte sie ihn am Krankenbett, wo sie sich den Platz mit MacSullys Frau teilen musste, die ihren geliebten Neffen nicht aus den Augen ließ und mit diversen Fleischgerichten aufpäppelte.

Dabei kamen Greta und John sich ganz allmählich wieder näher. Schon bald gelang es Greta nicht mehr, den Hass ihm gegenüber aufrechtzuerhalten, wenn auch nach wie vor eine gewisse Distanz herrschte. Aber verflucht, sie liebte diesen Kerl, was sollte sie machen! Da halfen auch die besten Argumente nichts. Wer sagte denn, dass John Reed jetzt wirklich auf ihrer Seite stand und nicht vom König geschickt worden war, um sie weiterhin auszuspionieren? Doch wenn John sie anlächelte, schmolzen Gretas Zweifel dahin wie Schnee in der Sonne. Außerdem gab es da noch etwas, was sie stärker denn je an ihn band …

»Ich hatte einen Traum«, sagte John, als sie einen Moment lang allein waren, weil MacSullys Frau frisches Wasser zum Säubern der Wunde holte. »Ich habe geträumt, du hättest dich um mich gekümmert, als ich verletzt im Wald gelegen habe. Du hast mir sogar liebevoll die Haare aus dem Gesicht gestrichen.«

»Das musst du tatsächlich geträumt haben. Warum sollte

ich das tun? Ich meine, bei einem verdammten Verräter, wie du einer bist.« Greta sah ihn ernst an, doch dann lächelte sie. »Zugegeben, ein ziemlich gut aussehender Verräter.«

»Bitte versteh mich, Greta!« John nahm ihre Hand. »Ich wusste einfach nicht, was ich tun sollte. Es stimmt, der König hatte mich auf euch angesetzt. Und am Anfang hatte ich auch nichts anderes vor, als durch dich an den Doktor ranzukommen …«

»Das ist dir auch gut gelungen«, fuhr Greta verbittert dazwischen.

»Ja, aber dann habe ich gemerkt, dass ich zum ersten Mal mehr für ein Mädchen empfinde, als es jemals der Fall war. Für dich, Greta! Trotzdem war ich dem König gegenüber zur Treue verpflichtet. Ich wollte es dir gestehen, wirklich, doch dann habe ich die Entscheidung immer wieder hinausgezögert. Bis …« Er stockte.

»Bis es zu spät war«, ergänzte Greta. »Damals im Turm von Chinon hätte ich dich wirklich in tausend Stücke zerreißen können. Ich war so voller Hass!«

»Hass und Liebe sind Pole desselben Magneten«, sagte John. »Das hat ein weiser Mann mal gesagt. Sie ziehen an und stoßen ab, aber es ist eine einzige Kraft, die ihnen zugrunde liegt.«

»Mir ist die Liebe jedenfalls weitaus näher als der Hass«, erwiderte Greta. »Und …« Sie zögerte.

»Was hast du?«, fragte John.

Greta schüttelte den Kopf. »Nichts, es ist nichts.«

Sie hatte überlegt, ob sie John erzählen sollte, dass ihre Blutung schon seit etlichen Wochen ausgeblieben war. Sie hatten zwar immer aufgepasst, aber damals, in ihrer ersten Nacht in den Schlossgärten von Blois, hatte sie die Leidenschaft wie eine große Welle hinweggespült. Greta beschloss, es John noch nicht zu sagen, sie wollte erst sicher sein. Gut möglich, dass ihre Blutung lediglich aufgrund der Anstrengungen ausgesetzt hatte. Außerdem hatten sie zurzeit wirklich andere Probleme.

»Ich … ich habe mich nur gefragt, ob du uns wirklich nach Tiffauges begleiten willst«, sagte Greta ausweichend. »Was dein Onkel da erzählt hat …«

»Lässt mich in meiner Entscheidung nur noch fester werden.« John drückte ihr die Hand. »Ich gehe dorthin, wo du hingehst, Greta. Und wenn du unbedingt meinst, du müsstest deinen Vater begleiten, dann folge ich euch eben auch in dieses verfluchte Schloss. Aber willst du das wirklich, Greta? Willst du das?«

Er sah sie aufmerksam an, und sie wandte den Blick ab.

Sie hatte von Tonio geträumt, er hatte ihr zugewunken, und sie war ihm freiwillig gefolgt. Freiwillig! Das war es, was sie am schrecklichsten fand: dass diese Kreatur auch sie irgendwie verzaubert hatte. So als wäre er nicht nur Fausts Lehrmeister, sondern auch der ihre. Deshalb wollte sie ihn mit eigenen Augen sehen, sich ihm stellen.

»Wenn du mich vor ein paar Wochen noch gefragt hättest, hätte ich vermutlich Nein gesagt.« Greta stand auf und wrang das Tuch aus, mit dem sie Johns Stirn gekühlt hatte. »Aber meine Meinung hat sich geändert. Ich will wissen, was dort in Tiffauges vor sich geht, ich will wissen, ob mein Vater recht hat. Und ich kann ihn jetzt nicht im Stich lassen, jetzt, da er so … so krank ist. Ich wage nicht mehr, mir seine Handlinien anzusehen. Doch ich fürchte, sie verblassen weiter.«

»Dann bin ich an deiner Seite«, erwiderte John. »Wenn ich auch immer noch nicht glaube, dass dein Vater dort seine Krankheit besiegen wird, geschweige denn, im Schloss den leibhaftigen Gilles de Rais trifft.«

»Irgendetwas scheint jedenfalls nicht zu stimmen, dort unten in der Baronie Retz«, warf sie ein. »Und wir sollten meinem Vater helfen herauszufinden, was es ist. Zumal uns ja nicht nur die Franzosen, sondern Gott weiß wer alles verfolgt. Da ist es vielleicht nicht verkehrt, in eine unwirtliche Gegend zu reisen, um unsere Spuren zu verwischen.«

»Du hast recht.« John nickte. »Auch ich sollte besser so viele Meilen wie möglich zwischen mich und den König bringen. Franz mag ja auf den ersten Blick ein charmanter Herrscher sein, aber er ist auch ziemlich nachtragend.« Er lachte grimmig. »Und er wird nicht eher ruhen, bis er von deinem Vater erfährt, wie man Gold macht. Die Wahl zum deutschen König ist wohl schon bald, Franz rennt die Zeit davon. Wenn er gegen den Habsburger Karl und dessen Fugger überhaupt noch eine Chance haben will, dann braucht er die Hilfe deines Vaters.«

»Der das Geheimnis des Goldmachens aber gar nicht kennt.« Greta verdrehte die Augen. »Wie oft muss ich es dir noch sagen?«

»Bist du dir da wirklich so sicher?« John sah sie forschend an. »Wie gut kennst du deinen Vater eigentlich, Greta?«

Wieder einmal spürte sie, dass sie Johann Georg Faustus eigentlich überhaupt nicht kannte. Mehr noch – dass er ihr auf dieser Reise immer mehr zum Rätsel wurde. Manchmal fragte sie sich, auf welcher Seite ihr Vater eigentlich stand. Befand er sich noch auf der Seite des Lichts, oder war er schon längst ins Reich der Schatten hinübergewandert?

»Und wie gut kenne ich dich?«, erwiderte sie und wich dabei Johns Blick aus. »Und jetzt sei still, bevor die Wunde noch einmal aufbricht.«

Sie legte ihm ein frisches kühles Tuch auf die Stirn und war froh, nicht weitersprechen zu müssen.

Am zehnten Tag nach ihrer Ankunft ging es John wieder so gut, dass sie weiterreisen konnten. Sein Bein war noch ein wenig steif, doch er brauchte keine Krücke mehr. Die königlichen Soldaten waren nicht mehr aufgetaucht, vermutlich suchten sie jetzt in einem weiteren Umkreis und nicht mehr in der Nähe des Schlosses.

»Sie werden vermuten, dass Ihr auf der Loire unterwegs seid«, brummte Albert MacSully, der mit seiner ganzen Familie zum Abschiednehmen auf dem Hof stand. Der dicke Wirt hatte ihnen für die Reise ein großes Pferd zur Verfügung gestellt, ein breit gebautes, stoisches Kaltblut, das Faust trug, als wäre er eine leichte Strohpuppe. Auch einen Esel für ihr Gepäck gab MacSully ihnen mit, dazu eine Faustbüchse mit Pulver und Blei sowie Messer und zwei Kurzschwerter für John und Karl.

Alle trugen leichte, unauffällige Reisekleidung in gedeckten Farben. Außer ihnen waren an diesem regnerischen Maitag keine weiteren Reisenden auf dem Hof, sodass sie sich ungestört unterhalten konnten.

»Verkauft die Tiere, wenn Ihr angekommen seid, wo auch immer«, sagte MacSully. »Münzen lassen sich leichter transportieren, wenn John mal wieder in der Gegend sein sollte, um mich auszuzahlen.«

Sie wussten alle, dass das nicht stimmte. John würde nie mehr nach Seuilly zurückkehren, es war viel zu gefährlich. Und MacSully ahnte, dass der verkrüppelte Mann auf dem Pferd kein einfacher Pilger war. Doch er hielt sich an die schottische Regel, niemals neugierig zu fragen.

»Ich habe deiner Mutter auf dem Sterbebett versprechen müssen, dass ich mich um dich kümmere, bis du deinen Weg alleine gehst«, wandte sich der Dicke noch einmal an John. »Ich denke, dieser Zeitpunkt ist jetzt gekommen. Ich wusste immer, dass du nicht ewig bei den Froschfressern bleibst. Vielleicht solltest du zurück nach Schottland gehen, zu unserem Clan. Sie könnten einen Kämpfer wie dich gut gebrauchen.« Er zwinkerte Greta zu. »Und auch eine fesche kluge Frau an deiner Seite, die dem Clan der MacSullys Kinder schenkt. Es müssen ja keine rothaarigen sein.«

John lächelte. »Wir werden sehen, Onkel. Vielen Dank für alles, was du für uns getan hast.«

MacSully winkte ab. Dann schien ihm noch etwas einzufallen. »*For heaven's sake!* Das hätte ich fast vergessen!« Er sprach mit einem seiner vielen rothaarigen Söhne, der daraufhin zurück ins Wohnhaus rannte. Kurz darauf kam er mit einem Bündel zurück. MacSully reichte es Faust, der es verwundert entgegennahm.

»Ich habe gemerkt, dass Euch der Tod Eures Hundes doch sehr mitgenommen hat«, sagte der Wirt. »Kann ich gut verstehen. Er war ein schönes Tier, wenn auch ziemlich furchteinflößend. Meine Knechte haben den Kadaver geborgen und ihm die Haut abgezogen. Es ist mein Abschiedsgeschenk für Euch, unbekannter Reisender. Möge es Euch in den kalten Nächten in der Wildnis wärmen!«

Faust wickelte das Bündel aus und starrte auf das schwarze Fell von Kleiner Satan. Zuerst sah es so aus, als wollte er es weit von sich werfen. Doch dann vergrub er seine Nase darin, er lächelte milde.

»Habt vielen Dank«, sagte Faust. »Der Hund hat mir wirklich viel bedeutet. Er war nicht der Erste, den ich hatte. Und ob er der Letzte an meiner Seite gewesen sein wird, wird die Zukunft zeigen.«

Er legte sich das warme Fell um die Schultern. Dann schnalzte er mit den Zügeln, und das große Pferd trabte gemütlich auf das offene Tor zu. Dahinter lagen die französischen Wälder, tief und undurchdringlich.

Von Seuilly aus folgten sie zunächst der Handelsstraße, die zum Kloster Fontevrault führte. Fontevrault war eine der größten Klosteranlagen Frankreichs, geführt von Frauen und nur dem König unterstellt. Einige berühmte Persönlichkeiten waren hier beerdigt, darunter der englische König Richard Löwenherz, der im Hundertjährigen Krieg gegen die Franzosen gekämpft und hier in Frankreich, im Feindesland, seine letzte Ruhe gefunden hatte. Das Kloster lag südlich des Flusses Vienne in einer Senke, seine weißen Türme waren von Weitem zu sehen.

Während sie das Kloster mit seinen geschäftigen Wirtschaftsgebäuden, Herbergen und Ställen passierten, dachte Johann daran, wie es wäre, wirklich alles hinter sich zu lassen und als Mönch in stiller Versenkung zu leben, fern von allen Wünschen und Leidenschaften. Er war immer ein Getriebener gewesen, seit seiner Jugend. Johann dachte an den guten Pater Antonius, der ihm im Kloster Maulbronn Bücher geliehen hatte. Damals als kleiner Junge hatte Johann davon geträumt, ein Klosterbibliothekar zu werden, doch das Leben hatte anderes mit ihm vorgehabt. Und nun würde er das Schicksal noch einmal herausfordern, vielleicht zum letzten Mal.

Von Fontevrault aus führte die Straße immer weiter nach Westen. Die Wälder wichen zurück, etliche neue Rodungen und Köhlermeiler zeigten, dass die Menschen auch in dieser Gegend der Wildnis Meile für Meile abtrotzten. Ähren wogten im sanften Wind des Frühsommers, etliche Gasthäuser und kleine Weiler lagen an der Straße, beinahe stündlich begegnete ihnen ein Reisender, eine Pilgergruppe oder ein Händler, der den Hut vor ihnen zog. Nur manchmal, wenn die Menschen genauer hinsahen, bemerkten sie, dass mit dem älteren Mann auf dem behäbigen Ross etwas nicht stimmte. Sie musterten Johann heimlich, manche schlugen ein Kreuz. Johann wusste, dass Gelähmte, vor allem diejenigen, die von der Fallsucht betroffen waren, entweder als von Gott Auserwählte galten – oder aber als Verfluchte. Den Blicken nach zu urteilen, hielten ihn die Leute eher für Zweiteres. Wenigstens folgten ihnen keine Soldaten, und auch Lahnstein und der riesige Schweizer Reisläufer schienen ihre Spur verloren zu haben.

Nach drei weiteren Tagen kamen sie an eine große Kreuzung, ein vom Alter und Wetter gezeichneter Grenzstein zeigte ihnen an, dass sie nun die Bretagne betraten. Langsam, zunächst beinahe unmerklich, veränderte sich die Landschaft. Die Bäume schienen hier älter zu sein, krumme Eichen, an denen das Moos in Barten hing, wie bei riesigen Trollen. Auch kamen sie nun öfter an verwitterten Felsen vorbei, auf denen Einritzungen zu erkennen waren, uralte Zeichen, die keiner mehr verstand. Manchmal standen mächtige Steine in Kreisen zusammen, andere bildeten eine Art Tisch wie für Riesen.

»Von diesen Felsen gibt es weiter nördlich, auf der bretonischen Halbinsel, noch viel mehr«, erklärte John, der mittlerweile wieder völlig genesen war und trotz ihres unheimlichen Ziels oft ein Lied pfiff. Seine gute Laune ging Johann zunehmend auf die Nerven. »Sie heißen Menhire. Keiner weiß, wozu sie eigentlich dienen. Sie stammen wohl von einem Volk, das vor Urzeiten hier wohnte. Später siedelten sich die Bretonen von der britischen Küste hier an, sie waren dort vor kriegerischen Völkern geflohen. Mitgebracht hatten sie ihre kehlige Sprache, ihre Geschichten und einige seltsame Bräuche.«

Ein Heulen erklang, und die vier sahen sich furchtsam um. Der Wald war nicht weit entfernt, die Straße führte direkt darauf zu. Glutrot versank die Sonne im Westen über den Bäumen.

»Da sind unsere Freunde wieder«, bemerkte Karl bitter. »MacSully meinte ja, die vielen Wölfe kämen aus der Bretagne. Ich bin jedenfalls froh um die Faustbüchse, die er uns mitgegeben hat.«

Tatsächlich wurden die Wälder jetzt wieder dichter. Sumpfige Landschaften, durchzogen von Knüppeldämmen und mit Moskitos verseucht, wechselten sich ab mit einer Wildnis, in der es schwer war, nicht die Orientierung zu verlieren. Nur noch wenige Reisende begegneten ihnen, gelegentlich trafen sie auf einen einzelnen Bauern, der mit gekrümmtem Rücken den Pflug zog und ihnen einen bösen Blick zuwarf. Im Gegensatz zum lieblichen Loiretal wirkte die Gegend schroff und abweisend, so als dulde sie keine Menschen. Greta betete nun jeden Morgen und jeden Abend, und selbst Johann, der noch vor einigen Wochen über ihre plötzliche Frömmigkeit gespottet hatte, schwieg.

»Die Bretagne ist ein wildes, ein altes Land«, sagte John und erschlug eine fette Mücke, die ihm eben das Blut aus dem behaarten Unterarm saugte. »Die Schwiegermutter des jetzigen französischen Königs, Anne de Bretagne, hat immer auf ihre Unabhängigkeit gepocht. Seit ihre Tochter Claude nun Königin ist, hat sich das geändert. Doch die Bretonen fühlen sich nicht als Franzosen, sie werden wohl immer ihre eigene Sprache sprechen. Noch weiter im Westen heißt die Gegend Finistère, das Ende der Welt. Der Name ist wirklich passend. Man könnte auch vom Arsch der Welt sprechen.« John lachte. »Mein Bretonisch ist nicht besonders gut, aber es wird hoffentlich reichen, um uns einen gebratenen Hasen und einen Krug Wein zu bestellen.«

Er deutete auf ein Licht in der Abenddämmerung, das von einer nahen Herberge kündete. Tatsächlich waren die Reisenden froh, eine Unterkunft zu finden und nicht im Wald schlafen zu müssen, zumal eben ein weiteres Heulen zu hören war.

»Gilles de Rais hat seine Heimat gut gewählt«, brummte Johann. Er sah hinauf zum Himmel, wo einige Krähen kreisten. »Ich könnte mir keine unheimlichere Gegend vorstellen. Die Bretagne ist wirklich das Land des Teufels.«

Wie um seine Bemerkung zu untermauern, erklang nun von mehreren Seiten Wolfsgeheul, und eine kühle Brise brachte die ersten Regentropfen.

Im Wirtshaus erfuhren sie, während der Regen gegen die rußigen Fenster aus Pergament prasselte, aus erster Hand von verschwundenen oder getöteten Kindern. Und es waren keine

Geschichten mehr, die sich irgendwo weit weg ereignet hatten und vielleicht gar nicht stimmten – es waren grausige Tatsachen. Die anderen Gäste sprachen leise miteinander, sie steckten die Köpfe zusammen und musterten die Fremden argwöhnisch. Es herrschte eine gedämpfte Stimmung, als ob eine düstere Wolke über dem Land verharrte und alle Fröhlichkeit erstickte. Zumindest erfuhren die vier, dass Herzog Louis de Vendôme, der über weite Teile der Bretagne und damit auch über Tiffauges herrschte, tatsächlich immer noch in Italien weilte. Über den Vogt, der an seiner statt auf der Burg regierte, wollte ihnen keiner etwas sagen. Sobald die Rede auf ihn kam, schlugen die Leute ein Kreuz und wandten sich ab. Mit bedrückter Miene kam John vom Wirt zurück, in den Händen einen Krug sauren Weins.

»Es ist wohl wahr, was wir bislang gehört haben«, sagte er und setzte sich zu ihnen. »Gleich zwei Kinder hat es erst in den letzten Tagen hier in der Gegend erwischt. Geschwister, ein Junge und ein Mädchen, nicht älter als acht Jahre, aus einem Dorf nicht weit von hier. Irgendetwas hat ihnen das Blut ausgesaugt, bis auf den letzten Tropfen. Die Leichen fand man auf einer Lichtung im Wald, zusammen mit einer vertrockneten Kröte. Und es sind beileibe nicht die einzigen toten Kinder in den letzten Jahren.«

»Wie damals in Nürnberg«, flüsterte Johann und wechselte einen Blick mit Karl. »Erinnerst du dich?«

Karl nickte. »Damals war es ein Orden, den Tonio anführte. Mit dem Blut der Kinder wollten diese Leute den Teufel beschwören. Vielleicht gibt es auch hier in der Gegend solche Verrückten.«

»Verrückte?« Johann lachte leise. »Ich wünschte, es wären Verrückte. Ich denke, es sind Jünger, die wirklich an die Rückkehr Satans glauben. Vergiss nicht, was Agrippa gesagt hat! Tonio alias Gilles de Rais ist nur eine Hülle. Der wahre Teufel wartet noch darauf, die Weltherrschaft anzutreten.«

Karl seufzte und hob die Hände. »Ich habe es aufgegeben, Euch diese Geschichte auszureden.«

»Folge mir nach Tiffauges, und ich werde dir zeigen, dass ich recht habe«, entgegnete Johann. Plötzlich wurde ihm trotz des lodernden Kaminfeuers kalt, und er hüllte sich in das Fell von Kleiner Satan. Der muffige, leicht ranzige Geruch erinnerte ihn an glücklichere Zeiten.

»Ich bin sicher, dass Gilles de Rais wieder dort haust, so wie früher. Er ist vermutlich jener Priester, von dem Albert MacSully gesprochen hat!« Johann deutete zum Fenster. »Ich habe auch den alten Raben wiedergesehen und die Krähen. Es sind seine Boten, wie auch die Wölfe. Gilles alias Tonio weiß längst, dass wir kommen …« Er stockte. »Ich sollte ohne euch dort hingehen, denn das ist eine Sache allein zwischen mir und Tonio.«

»Wir gehen alle dorthin«, sagte Greta bestimmt. »Dann werden wir endlich Klarheit haben.« Sie sah hinüber zu John und ihrem Vater, doch Johann wich ihrem Blick aus. Noch immer wusste er nicht, ob er John Reed wirklich trauen konnte. Zumindest seine Tochter schien dem Schotten jedenfalls wieder mit Haut und Haar verfallen zu sein. Die kleinen Gesten und Berührungen zwischen den beiden schmerzten Johann mehr, als er sich selbst eingestehen wollte.

Zwischen Greta und John schien ein enges Band entstanden zu sein, viel fester als jenes, welches er selbst in all den Jahren zu seiner Tochter gewoben hatte.

* * *

Zwei Tage später trafen sie auf die ersten toten Kinder.

Es war in ebenjenem Dorf, von dem die Gäste im Wirtshaus gesprochen hatten. Schon von Weitem hörten sie einen Singsang, der sich bald als ein wie aus der Zeit gefallener bretonischer Choral entpuppte. Er wehte zu ihnen herüber vom

Friedhof, welcher sich mit einer kleinen verfallenen Kirche ein wenig außerhalb des Orts befand. Eine niedrige Bruchsteinmauer umgrenzte das Areal, dahinter standen schief die Grabsteine. Die Straße führte daran vorbei.

Von seinem Ross aus betrachtete Johann eine Gruppe von vielleicht zwei Dutzend Bauern und Bäuerinnen, die in ihrer Mitte zwei kleine Särge trugen, nicht viel größer als Mitgifttruhen. Obwohl die Särge sehr leicht sein mussten, waren die Schultern der Tragenden gebeugt, als befände sich darin eine unendlich schwere Last. Ganz vorne, gleich hinter dem Pfarrer, gingen eine Frau und ein Mann, die sich gegenseitig stützten. Dabei stieß die Frau immer wieder hohe Klagelaute aus, sie reckte die Faust gen Himmel und schrie unverständliche Worte. Trotz ihrer noch jungen Jahre waren ihre Haare grau, das Gesicht schien auf eine fast unheimliche Weise gealtert. Auch der Mann, vermutlich der Vater der toten Kinder, war vom Kummer gezeichnet, fast mechanisch setzte er ein Bein vor das andere. Am Ende des Leichenzuges humpelte eine Greisin, die sich auf einen Stock stützte. Als Einzige schien sie die Reisenden hinter der Friedhofsmauer bemerkt zu haben. Sie drehte sich um, und ihr Blick blieb an Johann hängen. Sofort schlug sie ein Kreuz.

»An Diaoul!«, schrie sie und deutete mit dem Stock auf ihn. *»Ha prest out evit ober un taol gouren gant an diaoul?«*

Die anderen Trauergäste blieben stehen, der Zug stockte. Etliche Augenpaare waren nun auf die Neuankömmlinge gerichtet.

»Diaoul!«, schrie die Alte erneut.

»Was sagt sie?«, fragte Johann, der des Bretonischen nicht mächtig war.

»Hm, ich bin mir nicht sicher …« John runzelte die Stirn. »Wenn ich es recht verstehe, hält sie Euch wohl für den Teufel. Das mag an Eurer Lähmung liegen.«

In den letzten Tagen hatte sich Johanns Rücken ein wenig

gekrümmt, wodurch es aussah, als hätte er einen Buckel. Johann musste John recht geben, man konnte ihn wirklich für den Teufel halten.

Sämtliche Friedhofsbesucher starrten ihn an, als wäre er ein fremdartiges böses Wesen. Der Pfarrer wandte sich in ärgerlichem Ton an die Trauergemeinde, woraufhin sich die Leute zögernd wieder von Johann abwandten. Die Träger mit den beiden winzigen Särgen setzten sich erneut in Bewegung, sie gingen auf eine Grube in der Mitte des Friedhofs zu, die Frauen weinten und klagten, die Kirchenglocken läuteten. Nur die Alte blieb stehen und zeigte auf ihn.

»Diaoul!«, rief sie erneut. *»C'hwi zo o c'h en em bilet gant an diaoul!«*

Johann wollte schon weiterreiten, als etwas Seltsames geschah. Die Greisin humpelte auf ein kleines Gatter in der Friedhofsmauer zu, betrat die Straße und sank in einer fast kindlichen Geste vor Johann und dem Ross auf die Knie.

»Was hat sie?«, fragte Johann erstaunt.

John hob die Augenbraue. »Ich weiß auch nicht.« Er ging auf die Greisin zu und zog sie an ihren spindeldürren Armen hoch, in ihren von tiefen Runzeln umrahmten Augen zeigten sich Tränen. Sie begann auf John Reed einzuschnattern, wobei sie immer wieder auf Johann deutete.

»Ich verstehe nicht allzu viel«, sagte John schließlich, als die Alte für einen kurzen Moment verstummte. »Aber ich habe mich wohl getäuscht. Sie hält den Doktor nicht für den Teufel, sondern offenbar für denjenigen, der den Teufel besiegen kann. Die Frau ist die Hebamme des Dorfes und wohnt ein wenig außerhalb. Sie …« John runzelte die Stirn und wandte sich an Johann. »Sie sagt, sie habe von Euch geträumt. Von Eurer Ankunft. *Sorceles* … Ja, das ist das Wort!« John nickte. »*Sorceles*. Sie hält Euch für einen Zauberer.«

Johann lächelte. »Da ist sie beileibe nicht die Einzige.« Er zögerte kurz, bevor er weitersprach: »Sag ihr, sie soll uns zu ihrem Haus führen. Ich möchte mich gerne länger mit ihr unterhalten. Ohne dass der Pfarrer und das halbe Dorf uns dabei zusehen.«

Die Alte humpelte vorneweg. Von der Straße bog sie ab auf einen schmalen, ausgetretenen Pfad, der durch Marschland und ein Birkenwäldchen führte und schließlich vor einer winzigen, von Schilf umgebenen Hütte endete. Noch immer waren leise die Kirchenglocken zu hören, ein Schwarm Vögel zog über den diesigen Himmel. Das schiefe Häuschen war ganz aus Lehm und Ästen erbaut, so wie die Hütten in früheren Zeiten. Dabei war es so niedrig, dass Johann sich beim Eintreten beinahe den Kopf stieß.

»Was sollen wir hier?«, fragte Karl skeptisch. »Denkt Ihr wirklich, die Frau kann uns weiterhelfen? Wenn Ihr mich fragt, ist sie nichts weiter als eine verwirrte Alte, die …«

»Sie hat von mir geträumt«, unterbrach ihn Johann. »Und nun stehe ich hier vor ihr. Ich finde, das reicht, um mir zumindest anzuhören, was sie weiß.«

Die Wände der Hütte waren so rußig, dass Johann sich fast wie im Schlund der Hölle vorkam. Es stank nach Rauch, Kot und Schwefel, ein winziges Loch in der Mitte des Daches diente als Abzugsschacht. Von einem kleinen Feuer darunter, das als einzige Lichtquelle diente, ging ein rötliches Glimmen aus. Es gab keinen Tisch und keinen Stuhl, nur etliche Tiegel, verschlissene Säcke und bunte Holzkästchen, die an den Wänden aufgereiht waren; einige Felle auf dem hartgetretenen Lehmboden dienten als Sitz- und Schlafgelegenheit. Die Alte wies sie an, sich auf den Fellen niederzulassen. Fasziniert beobachtete Johann, wie die Läuse in Scharen durch ihr verfilztes Haar krochen. Ihre ganze Gestalt war so zart, so faltig und runzlig, dass er unwillkürlich an eine uralte Erdfee denken musste.

»Hoffentlich bietet sie uns nichts zu essen oder zu trinken an«, murmelte John. »Brr! Ich möchte gar nicht wissen, was in diesen Tiegeln ist.« Sein Blick glitt über getrocknete Kräutersträuße, über Schlangenhäute und einen mumifizierten Lurch, die an Lederbändern von der Decke hingen.

Vorsichtig sah die Alte sich um, so als hätte sie Angst, dass noch jemand Unsichtbares im Raum sitzen könnte. Sie stand auf und zeichnete am Eingang mit ihrem Krückstock ein Pentagramm in den Lehmboden, erst dann ließ sie sich wieder zwischen ihnen nieder. Erneut begann sie in ihrer kehligen Sprache zu reden, und John lauschte aufmerksam. Je länger er zuhörte, umso ernster wurde seine Miene.

»Was sagt sie?«, fragte Greta, die im Schneidersitz neben John saß und seine Hand hielt.

»Mein Bretonisch ist nicht sonderlich gut«, erwiderte John. »Aber sie glaubt wohl, dass der Teufel wieder im Land umgeht, wie schon einmal vor langer Zeit.«

»Gilles de Rais«, flüsterte Johann.

»Ja, Gilles de Rais.« John nickte. »Es klingt unglaublich, aber die Alte ist wohl die Tochter eines damals zehnjährigen Mädchens, das einst gerade noch vor Gilles de Rais und seinen Häschern fliehen konnte. Der Name dieses Mädchens war Marie, sie selbst heißt Étienne. Marie hat ihrer Tochter immer wieder von den unheimlichen Ereignissen damals erzählt. Sie sollten nicht in Vergessenheit geraten.«

»Gilles de Rais starb Anno Domini 1440 am Galgen in Nantes, das Ganze ist also fast hundert Jahre her«, bemerkte Karl. »Diese Étienne müsste schon sehr alt sein, damit die Geschichte stimmt.«

»Aber es wäre immerhin möglich.« Aufgeregt wandte sich Johann an John. »Was sagt sie noch?«

»Étiennes Mutter Marie hat damals ein paar von Gilles' Helfern beobachtet, und die Alte glaubt, dass diese Helfer ebenso wie Gilles de Rais in Wirklichkeit nie gestorben sind.« John dämpfte die Stimme. »Der Teufel hat ihnen geholfen weiterzuleben – der Teufel und das Blut von Kindern, das sie seitdem trinken. Lange Zeit haben sie versteckt in den Wäldern gelebt, zusammen mit den Wölfen, doch seit einigen Jahren sind sie in diesem Teil der Bretagne wieder unterwegs. Étienne nennt sie die Wilde Jagd.«

»*Chasseal loened gouez!*«, schnatterte die Alte und nickte eifrig. »*Chasseal loened gouez!*«

»Die Wilde Jagd.« Johann schauderte. Er rieb sich die Augen, die gerötet waren vom heftigen Rauch in der Hütte. »Dieser Begriff taucht in vielen Sagen auf. Uralte böse Götter, die als Menschenjäger durch die Lüfte oder durch die Wälder ziehen. Es heißt, wer sie sieht, ist dem Untergang geweiht.« Plötzlich kam ihm ein Gedanke. »Weiß sie, wie diese Helfer heißen? Gibt es Namen von ihnen?«

John wandte sich an die alte Étienne, die zuhörte und dann nickte. Mit vor Abscheu verzerrter Miene zählte sie die einzelnen Personen an den Fingern ab.

»Poitou, Henriet, La Meffraye und Prelati, der Priester«, übersetzte John. »Sie meint, jeder in der Gegend kennt ihre Namen. Sie sind wie Unholde, wie die Oger, mit denen man kleine Kinder erschreckt. Wobei man Poitou schon lange nicht mehr gesehen hat.«

»Poitou?« Johann zuckte zusammen. »Den kenne ich!« Aufgeregt wandte er sich an Karl. »Erinnerst du dich an den großen Kerl in Nürnberg, den Helfer Tonios? Ich bin ihm zum ersten Mal in Nördlingen begegnet, als ich mit Tonio durch das Reich gezogen bin. Er hat mir damals den Schwarzen Trank eingeflößt!«

»Poitou, hm … Ja, so hieß er wohl.« Karl nickte zögerlich, auch er erinnerte sich jetzt. »Ihr habt ihn in Nürnberg getötet. Und Ihr glaubt wirklich, dass ist derselbe Mann?«

»La Meffraye ist wohl die Schlimmste in diesem unheimlichen Bund«, sagte John. Konzentriert lauschte er den kehligen Worten der Alten, die immer noch auf ihn einredete. »Keiner weiß, wie sie wirklich heißt. Ihr Spitzname kommt von *l'effraie*, der Schleiereule. Sie hat die Kleinsten immer mit Naschwerk in den Wald gelockt, wo Poitou und Henriet sie dann mit Netzen fingen und nach Tiffauges brachten. Aber auch in andere Schlösser der Gegend, nach Champtocé und Machecoul.« John schüttelte sich. »Dort müssen sich grausige Szenen abgespielt haben. Ich bin froh, dass ich nicht alles verstehe. Und nun fängt das alles wohl wieder von vorne an!«

»Was ist mit diesem Priester?«, erkundigte sich Johann. »Diesem Prelati?«

Die Alte schlug ein Kreuz, als sie den Namen hörte. Wieder begann sie zu brabbeln.

»Er ... er hat wohl damals Gilles de Rais geholfen, auf Tiffauges den Teufel zu beschwören«, übersetzte John. »Die beiden waren so etwas wie ein ...« Er schüttelte angewidert den Kopf. »Ein Liebespaar. Étienne glaubt, dass Prelati jetzt wieder dort ist.«

»Der neue Pfarrer des Vogts!«, hauchte Greta. »Auch Albert MacSully sprach von einem Pfarrer.«

»Und Gilles de Rais?« Johanns Stimme zitterte jetzt, seine Gesichtsmuskeln zuckten unkontrolliert. »Weiß sie, ob Gilles de Rais auch in Tiffauges ist?«

Die Alte nickte, als hätte sie die Frage verstanden. *»An diaoul zo e pep lec'h ha neblec'h«*, sagte sie eindringlich. *»Lec'h ha neblec'h!«*

»Der Teufel ist überall und nirgends«, übersetzte John und zuckte mit den Achseln. »Keine Ahnung, was das heißen soll. Jedenfalls glaubt sie, dass Ihr der Einzige seid, der dem Teufel Einhalt gebieten kann. Das hat sie geträumt, und auch ihre Mutter hat einst davon gesprochen, dass einmal ein großer Zauberer kommen wird, um das Böse zu besiegen.« Er grinste. »Möglich, dass sie Euch mit diesem zauseligen Merlin verwechselt. Der gilt hier in der Gegend als mächtiger Magier, im Dienste eines Königs namens Arthur. Der gute

Merlin ist allerdings schon ein paar Hundert Jahre älter und im Wald von Broceliande begraben.«

Johann schwieg. Er fragte sich, was die Worte der Alten bedeuten mochten.

Der Teufel ist überall und nirgends.

Plötzlich beugte sich die Greisin vor und fuhr ihm mit der Hand sanft durch das Haar, fast wie man es bei einem Kind tut. Dazu sprach sie beruhigende Worte auf Bretonisch.

»Sie möchte Euch eine Salbe geben«, sagte John. »Sie meint, die Salbe kann Eure Krankheit nicht aufhalten, aber sie kann sie verzögern.«

Karl verdrehte die Augen. »Was kann das schon sein? Zerriebene Schnecken, vermengt mit zertretenen Kellerasseln?« Er erhob sich. »Lasst uns gehen, bevor es unappetitlich wird.«

»Sag ihr, ich nehme die Salbe gerne an«, wandte sich Johann an John.

Die Greisin schien ihn verstanden zu haben. Sie öffnete eines der kleinen Holzkästchen und langte mit ihren gichtigen Fingern hinein. Ein zäher, fast harziger Klumpen war auf ihrer Fingerkuppe zu erkennen. Er roch eigentlich nicht schlecht, leicht süßlich wie Bienenwachs, doch darunter lag ein leiser Hauch von Verwesung. Karl rümpfte die Nase.

»Das ist nicht Euer Ernst, Doktor! Das widerspricht jeglicher Wissenschaft! Tut das nicht, möglichweise ist die Salbe giftig.«

»Ich fürchte, die Wissenschaft kann mir schon längst nicht mehr helfen«, entgegnete Johann.

Er ließ zu, dass sich die Alte über ihn beugte, ihm das Hemd auszog und ihm Rücken, Arme und Beine mit der stark riechenden Salbe einrieb. Dazu sang und murmelte sie etwas, was wie ein Kinderlied klang. Als sie fertig war, breitete sich ein Lächeln auf ihrem Gesicht aus. Und ganz kurz konnte sich Johann vorstellen, wie sie als kleines Mädchen wohl ausgesehen haben mochte.

»*Bennozh warnoc'h*«, sagte sie und drückte Johanns Hände. »*Bennozh warnoc'h!*«

»Sie segnet Euch und wünscht Euch viel Glück«, übersetzte John.

»Danke.« Johann verneigte sich. »Weiß Gott, ich werde diesen Segen brauchen können.«

Er war bereits aufgestanden, als die Alte ihn mit Gesten aufforderte, noch zu warten. Aus einem weiteren Holzkästchen nestelte sie einen Anhänger hervor, der an einem schlichten Lederband befestigt war. Es war ein kleiner geflügelter Engel, auf einfache Weise aus einem Stück Alabaster geschnitzt, er sah sehr alt aus. Wieder plapperte sie auf John ein.

»Sie sagt, es ist ein Schutzamulett«, übersetzte dieser. »Es habe ihre Mutter damals geschützt, als die Häscher des dunklen Marschalls sie jagten, und sie möchte, dass …« Er hielt überrascht inne und blickte Greta an. »Sie möchte, dass du es trägst. Keine Ahnung, warum.«

»Mein eigener kleiner Schutzengel.« Greta lächelte und ließ sich von der Alten den Engel umhängen. »Danke, ich weiß dieses Geschenk wirklich zu schätzen. *Merci.*« Die Greisin nickte und drückte ihr die Hand. Als sie lächelte, wurden ihre zwei letzten verbliebenen Zähne sichtbar.

»*Bennozh warnoc'h!*«

Johann trat zur Türöffnung, die nur von einem Stück Stoff verhängt war. Auf einer verkrüppelten Birke ganz in der Nähe saß ein alter Rabe, der ihn zu beäugen schien. Er flatterte mit den Flügeln und flog krächzend davon.

»Sag deinem Herrn, dass ich komme«, sagte Johann leise, während er ihm hinterherblickte. »Und ich werde meine Haut so teuer wie möglich verkaufen.«

14

Etwa drei Wochen nach ihrem Aufbruch in Seuilly erreichten die Reisenden endlich Tiffauges.

Der Mittagshimmel war blau und wolkenlos, es wehte eine angenehme Brise, die bereits den salzigen Geruch des Atlantiks mit sich trug, obwohl das Meer noch gut vierzig Meilen weit entfernt war. Es schien, als wollte der Teufel Johann verhöhnen, als malte er die Stätte seines Wirkens mit den buntesten Farben aus, die Gottes Erde zu bieten hatte. Dabei hatten sie in den letzten Tagen immer wieder Dörfer passiert, die von der Gegenwart des Grauens gekündet hatten. Die Weiler waren wie ausgestorben gewesen, kein Kind war auf den Straßen zu sehen. Johann hatte die Blicke derer gespürt, die ihnen aus dunklen Fensterlöchern hinterherstarrten. In einem Weiler ganz in der Nähe hatten die Bewohner sie mit Steinwürfen vertrieben und ihnen bretonische Schimpfwörter nachgeschrien. Sämtliche Herbergen waren verrammelt geblieben, keiner wollte Reisende aufnehmen, die sich vielleicht in der Nacht mit dem Liebsten davonmachten, was diese einfachen Menschen besaßen.

Ihren Kindern.

Der Ort Tiffauges lag auf einer kleinen Anhöhe über einem aufgestauten Fluss. Gemeinsam mit einem kleineren Nebenfluss diente dieser lang gezogene See der Burg, die der kleinen Stadt gegenüber auf der anderen Seite der Straße lag, als schützender Graben. Von Weitem wirkte Château de Tiffauges wie jede andere Burg, wobei Johann allerdings auffiel, dass sie sehr groß war. Eine vorgelagerte Bastei schützte den Eingang, die Wehranlagen erstreckten sich weitläufig über ein Plateau, auf dem sich neben dem bulligen Hauptturm noch etliche weitere Gebäude befanden, darunter auch ein Herrenhaus. Weiter hinten erkannte Johann zwei große Türme, die den Nordflügel absicherten. Er dachte daran, dass Tiffauges einst keinem Geringeren als einem Marschall von Frankreich gehört hatte, einem engen Freund des Königs. Gilles de Rais hatte dort oben pompöse Feste gefeiert – bis ihm das Geld ausging war und er sich der Alchimie und schließlich der Teufelsbeschwörung zuwandte.

Die Straße führte aus einem Eichenwald, in dem etliche Wildsauen stöberten, hinaus durch ein tiefes Tal und schließlich auf den kleinen Ort und die Burg zu. Die Landschaft war wie so oft in den letzten Tagen von nach wildem Lorbeer duftenden Stechginsterhecken durchzogen. Hinter einem verfallenen Grenzwärterhäuschen ließ Johann sein Pferd anhalten und wartete darauf, dass Karl ihm beim Absteigen half. Die alte Hebamme hatte recht gehabt. Die Salbe dämmte das Zittern und Zucken zumindest ein wenig ein, in einige seiner Muskeln war Leben zurückgekehrt. Aber Johann ahnte, dass dies nicht von Dauer war. Von Karl gestützt, ließ er sich auf einer niedrigen Bruchsteinmauer nieder.

»Und jetzt?«, fragte Greta, die Wasser aus einem Bach schöpfte, um sich das verschwitzte Gesicht zu waschen. Um ihren Hals hing der kleine Engel, den ihr die alte Hebamme geschenkt hatte. Sie schüttelte ihr Haar aus und sah den Vater aufmerksam an. »Was hast du vor?«

Johann schwieg. Schon seit Tagen überlegte er, wie er nun weiter vorgehen sollte. Nach so vielen Meilen waren sie endlich am Ziel, nur einen Steinwurf weit entfernt hauste der Teufel, oder zumindest der Mann, der ihm vermutlich diesen Fluch angehext hatte – Tonio, dem er sich endlich stellen musste. Aber im Grunde hatte Johann keinen Plan, was nun geschehen sollte, ja, eigentlich nicht mal eine winzige Idee.

Der kluge Doktor Faustus war mit seinem Latein am Ende.

»Es könnte sein, dass uns jemand gefolgt ist«, unterbrach John das Schweigen. »Die Franzosen, dieser Schweizer Riese, vielleicht auch die Habsburger ... Gut möglich, dass sie von unserem Ziel erfahren haben und uns jetzt hier auflauern, um den Doktor zu entführen. Ich schlage deshalb vor, dass wir erst einmal die Lage erkunden.« Er deutete auf Karl. »Der junge Herr Scholast und ich werden uns in der Stadt umhören. Ich denke, wir beide fallen am wenigsten auf.«

Johann nickte zögerlich. Dieser Vorschlag war durchaus vernünftig. Vielleicht ahnte Viktor von Lahnstein, wohin Johann wollte? Ebenso wie der französische König ging der päpstliche Gesandte davon aus, dass Faust Gold herstellen konnte und dass ihn Gilles de Rais dieses Geheimnis gelehrt hatte. Forschend suchte Johann den Himmel ab, ob der alte Rabe über ihnen kreiste, wie er das in den letzten Tagen öfter getan hatte. Doch er sah ihn nicht.

Der Meister weiß auch so, dass ich komme, dachte er.

»Seid vorsichtig«, wandte er sich an John und Karl. »Beim geringsten Anzeichen, jemand könnte euch folgen, müsst ihr ihn in die Irre leiten und sofort zurückkommen. Wir dürfen nichts riskieren.«

»Keine Sorge, alter Mann.« John grinste. »Das ist nicht mein erster Erkundungsgang.«

Johann zog scharf den Atem ein und sagte nichts, sondern starrte John Reed nur finster an.

Ich bin nur froh, dass er mich noch nicht Schwiegervater nennt ...

Nachdem John und Karl aufgebrochen waren, setzten sich Vater und Tochter ins Gras, in dem die Bienen summten. Greta kaute auf einem Strohhalm und sah hinüber zur Burg, die über ihnen auf der Anhöhe thronte.

»Sie sieht gar nicht so böse aus«, sagte sie nach einer Weile.

Johann lächelte. »Nicht die Burg ist böse, sondern der, der in ihr wohnt. Vielleicht wird das Gemäuer irgendwann auch wieder bessere Zeiten erleben.«

»Nach allem, was dort geschehen ist?« Greta schüttelte den Kopf. »Das kann ich mir nicht vorstellen. Das Blut vieler unschuldiger Kinder hat diese Mauern getränkt. Und jetzt …« Sie stockte. »Tja, was kommt jetzt? Ich weiß immer noch nicht, was du genau vorhast. Wenn Tonio wirklich der Teufel ist, kannst du ihn nicht besiegen. Der Teufel ist unbesiegbar.«

»Das stimmt.« Johann nickte. »Aber man kann ihm einen Handel anbieten oder ihm vielleicht sogar ein Schnippchen schlagen. Vielleicht bringt ihm ein gesunder Doktor Faustus mehr als ein todkranker. Vielleicht gibt es ein Geheimnis, das ich kenne und das ihn interessiert.«

»Das Geheimnis, Gold zu machen, ist es schon mal nicht.« Greta lachte leise auf. »Wer hat dem Papst nur diesen Unsinn erzählt?«

»Das wüsste ich auch zu gerne«, murmelte Johann.

Eine Weile sagte keiner etwas, schließlich rückte Johann ein Stück näher an Greta heran. Die Sonne schien warm vom Himmel und wärmte seine kalten Glieder, doch auch etwas anderes wärmte ihn. Greta war seine Tochter, er spürte, er roch es mit jedem Atemzug. Sie war das einzige Wesen, das er wirklich und wahrhaftig liebte. Kleiner Satan hatte er gern um sich gehabt, ebenso wie Karl Wagner, der ihn durch viele Jahre der Einsamkeit begleitet hatte. Aber diese Gefühle waren nichts im Vergleich zu der großen Liebe zu seiner Tochter. Er hatte nie die Linien in ihren Händen gelesen. Zu groß war die Angst, dort ihren Tod zu sehen, zu gewaltig die Furcht, sie könnte vor ihm sterben und ihn allein zurücklassen. Johann öffnete seine furchigen Handflächen und starrte sie an. Er hatte dies in den letzten Wochen schon öfter getan, aber stets vergeblich, denn im Gegensatz zu anderen Menschen konnte er bei sich selbst nichts erkennen.

Nur Greta konnte das.

»Ich habe schon lange nicht mehr nachgesehen«, sagte sie sanft, als hätte sie seine Gedanken erraten. »Ich will es nicht mehr wissen. Nur Gott allein sollte wissen, wann ein Mensch stirbt.«

»Gott oder der Teufel«, entgegnete Johann. Er hob den Kopf und musterte seine Tochter. Sie war so schön! Er dachte daran, wie er sie zum ersten Mal getroffen hatte, damals in den Nürnberger Katakomben. Ein vierzehnjähriges Mädchen, noch ein Kind, so zart und verletzlich. Und nun würde sie ihren eigenen Weg gehen, und er blieb zurück. Ob tot oder lebendig, er würde zurückbleiben.

»Ich hätte dich niemals hierher mitnehmen dürfen«, sagte er. »Es war reiner Eigennutz. Ich wollte mich nicht von dir trennen. Ich wollte den Abschied bis zum letzten Moment hinauszögern.«

»Was redest du da?« Greta lächelte traurig. »Du bist Doktor Faustus, schon vergessen? Du hast dem Teufel schon einmal ein Schnippchen geschlagen, und du wirst es wieder tun. Und danach werden wir zu viert ins Deutsche Reich zurückkehren. Du, ich, Karl ...«

»Und John.« Johann seufzte. »Du liebst ihn wohl wirklich.«

»Mehr als das.« Gretas Miene wurde ernst. »Er ist der Mann, mit dem ich ...« Sie winkte ab, als hätte sie kurzfristig beschlossen, ihm etwas zu verschweigen. »Eins nach dem andern. Jetzt sollten wir uns zunächst dem stellen, was dort oben in jener Burg haust.«

Als Johann noch einmal zu der Anhöhe hinüberblickte, sah er, dass die Burg nicht so prächtig war wie zunächst gedacht. Einige der Zinnen waren verfallen, herausgebrochen wie faule Zähne, die Fenster teils vernagelt, Efeu und Stechginster krochen an den Wänden empor wie giftige Schlangen. Just in diesem Moment schob sich eine Wolke vor die Sonne, und es wurde kühl.

Oben in einem der Türme flammte ein Licht auf. Es kam Johann vor wie ein großes Auge, das ihn wachsam und hungrig betrachtete.

Unterdessen streiften Karl und John durch eine Geisterstadt.

Karl hatte ein wenig gebraucht, um zu erkennen, was Tiffauges so unheimlich machte. Der Ort war klein, es gab kein Stadttor, sodass sie ohne großes Aufsehen eintreten konnten. Niedrige Fachwerkhäuser säumten die wenigen schattigen Gassen, es gab zwei Kirchen, eine geschlossene Markthalle sowie einen Marktplatz, auf dem einige ältere Marktfrauen wie brütende Hennen hinter ihren Ständen hockten, ein paar abgemagerte Hunde strichen herum, alles war im Grunde so wie in jeder x-beliebigen französischen Kleinstadt. Und doch war etwas anders.

Es war die Stille, die Karl zunächst stutzig machte. Und dann bemerkte er es.

Die Kinder fehlten.

Normalerweise gab es immer unzählige kleine Buben und Mädchen, die durch die Gassen tollten, schrien, lärmten, mit ihren Kreiseln und Murmeln spielten, in Pfützen sprangen und den Erwachsenen damit auf die Nerven gingen. Nicht so in Tiffauges. Wie in den Dörfern und Weilern zuvor sah es auch hier so aus, als hätte der Erdboden plötzlich alle Kinder verschluckt. Als hätte ein unheimlicher Pfeifer, ein Rattenfänger, sie davongelockt, mitgenommen und nur die Alten zurückgelassen. Wo waren sie? Karl blickte sich suchend um. Er mochte nicht daran glauben, dass sie alle von Tonio oder wem auch immer entführt und getötet worden waren. Wahrscheinlicher war, dass die Eltern ihre Kinder nicht mehr aus dem Haus ließen.

Weil sie wussten, was geschehen konnte.

Noch immer glaubte Karl nicht daran, dass in Tiffauges wirklich der Teufel wohnte. Aber der Ort war mehr als unheimlich. Jeder einzelne Schritt von John und ihm dröhnte viel lauter als anderswo. Und schon bald spürte Karl die unsichtbaren Blicke, die ihnen aus den dunklen Fenstern hinterherstarrten. John bemerkte sie auch.

»Man kann nicht sagen, dass man uns hier willkommen heißt.« John deutete auf die Fensterläden, von denen etliche trotz des schönen Wetters geschlossen waren. Die Häuser machten auf Karl den Eindruck, als wären sie krank, die Farbe war verwittert oder abgeblättert, die Balken waren schwarz und morsch. Während ihres kurzen Rundgangs war ihnen außer den Marktfrauen nur eine Gruppe alter Männer begegnet, die auf einer Bank gesessen und sie feindselig gemustert hatten.

»Na, zumindest hat die Herberge geöffnet«, sagte er und deutete auf eine größere Gaststätte neben der Kirche. Ein Blechschild mit einem Wildschwein darauf schaukelte sacht über dem Eingang und quietschte nervtötend. John wollte schon darauf zugehen, doch Karl hielt ihn zurück. »Wir wissen nicht, ob Lahnstein oder wer auch immer hier eingekehrt ist. Lass uns erst einen Blick durch das Fenster werfen.«

John nickte. Sie betraten eine schmale Seitengasse, auf die einige Fenster des Gasthauses hinausgingen, die jedoch alle mit schweren Läden verschlossen waren. John zog sein Messer hervor und hebelte lautlos einen der Läden ein winziges Stück auf. Karl hielt währenddessen nach Passanten Ausschau.

Während John durch den Ritz spähte, betrachtete Karl aus dem Augenwinkel seinen Weggefährten. Er konnte verstehen, warum Greta diesen rothaarigen Burschen liebte. John war humorvoll und klug, wenn auch nicht sonderlich gebildet, er sah nicht schlecht aus, und er würde vermutlich irgendwann einen prächtigen Vater abgeben. Schmerzlich wurde Karl einmal mehr bewusst, dass ihm ein solches Glück nie vergönnt sein würde. In den letzten Tagen hatte er oft daran gedacht, den Doktor zu verlassen und sein Glück anderswo zu suchen, so wie Greta es vermutlich schon bald tun würde. Doch er konnte es einfach nicht. Er liebte Faust noch immer, auch wenn dieser von Woche zu Woche seltsamer wurde.

John hatte sich in der Zwischenzeit wieder vom Fensterschlitz abgewandt. »Es ist wohl der hintere Schankraum«, berichtete er leise. »Dort drinnen sitzen einige Männer bei Kerzenschein, und das, obwohl es heller Tag ist. Sie zechen und würfeln, scheinen auf irgendetwas zu warten. Ich kann nicht genau erkennen, wer es ist. Aber ein paar von ihnen tragen bunte Landsknechtstracht.«

»Welche Farben?«, fragte Karl.

»Ich denke es ist Blau, Gelb und …« John zögerte und spähte noch einmal durch den Schlitz. »Hm, wohl Rot.«

»Die Schweizer Garde!«, zischte Karl. »Dann haben es einige von ihnen doch aus Chinon herausgeschafft. Aber woher, zum Henker, wissen sie, dass wir hier sind?«

»Möglich, dass sie uns irgendwo belauscht haben.« John zuckte die Achseln. »Vielleicht schon in Amboise. Oder dieser Lahnstein ist selbst zum richtigen Schluss gekommen. Immerhin ist die Burg hier das frühere Schloss von Gilles de Rais.«

»Hast du den päpstlichen Gesandten irgendwo dort drinnen entdecken können?«, fragte Karl. »Man müsste ihn am Gesicht erkennen. Kleiner Satan hat ihm in Bamberg die Nase abgebissen.«

»Kein Wunder, dass er schlecht auf euch zu sprechen ist.« John grinste und wischte sich die roten Haare aus der Stirn. »Nein, das wäre mir …«

Ein Geräusch ließ sie beide herumfahren. Ein langer Schatten legte sich über die Gasse und griff wie mit Fingern nach ihnen.

Ein sehr großer Schatten.

»Um Gottes willen!«, ächzte Karl und erbleichte.

Am Eingang zur Hauptstraße stand Hagen.

Offenbar hatte der Schweizer Reisknecht bemerkt, dass jemand das Gasthaus beobachtete. Mit fast bedächtiger Ruhe zog der Riese sein Langschwert und kam auf sie zu. Panisch sah Karl sich um. Hinter ihnen stapelten sich morsche Fässer und Gerümpel, dahinter war eine Mauer zu erkennen. Sie befanden sich in einer Sackgasse!

»Wir zwei haben noch eine Rechnung offen«, sagte Hagen im knorrigen Schweizer Dialekt zu John Reed. »Ich habe das letzte Mal vergessen, dir noch den Rest zu geben.«

Unwillkürlich wich Karl einen Schritt zurück. Um in der Stadt nicht aufzufallen, hatten er und John ihre Schwerter zurückgelassen, was sich jetzt als Fehler herausstellte. Doch Karl hatte etwas anderes, etwas, das kühl und glatt in seiner Westentasche lag.

Die Faustbüchse von Albert MacSully. Es war eine nagelneue Radschlosspistole, und diesmal war sie geladen und gespannt.

Karl zog sie heraus und legte zitternd auf Hagen an. »Lass uns vorbei!«, sagte er, wobei er versuchte, gelassener zu klingen, als er sich fühlte. »Sonst explodiert dein dummer Schädel wie ein fauler Apfel.«

Hagen zögerte kurz. Dann bewegte er sich in einer Geschwindigkeit, die Karl dem Riesen nicht zugetraut hatte. Er machte einen Ausfallschritt und stürmte dann direkt auf sie zu, wobei er immer wieder zur Seite hin auswich, wie ein tanzender Derwisch.

Karl drückte ab.

Der Knall war so laut, dass er glaubte, taub zu werden. Zugleich ließ ihn der Rückstoß zurücktaumeln und schließlich in der Gosse landen. Er konnte nicht sehen, ob er Hagen getroffen hatte. In der engen Gasse waberte der Pulverdampf. John zog ihn zu sich hoch.

»Raus hier!«, schrie er und zerrte Karl hin zum Ausgang zur nächsten größeren Gasse. Karl blickte sich nicht um, sondern rannte am Wirtshaus vorbei, wo jetzt weitere Soldaten aus der Tür geeilt kamen. John schlug einen Haken, und Karl folgte ihm. Sie liefen in eine weitere Seitengasse, die zu einem kleinen Platz führte. Zwei alte Frauen standen an einem Brunnen und starrten sie an, als wären sie kinderfressende Oger. John und Karl eilten weiter, kletterten über eine niedrige Mauer, durchquerten einen verwilderten Obstgarten und standen plötzlich an einem Hang, der steil nach Osten hin abfiel.

Unter ihnen, gut zehn Schritt tief, lag der zum Burggraben aufgestaute Fluss.

»Spring!«, rief John.

Hinter ihnen waren Schreie zu hören, jemand schoss, eine Kugel pfiff an Karl vorbei. Als er sich umdrehte, sah er Hagen, der mit gezogenem Schwert durch den Garten auf sie zustürmte, andere Männer folgten ihm. Mit einer kräftigen Handbewegung zog John Karl nach vorne und ließ dann los. Karl taumelte, er sah noch, wie John weit unter ihm mit einem eleganten Hechtsprung in das Wasser des Grabens glitt. Dann verlor er den Halt und stürzte wie ein Stein in die Tiefe.

Erst während er fiel und die schwarzen Fluten in Sekundenbruchteilen auf ihn zurasten, wurde Karl schmerzlich bewusst, dass er nie schwimmen gelernt hatte.

Augenblicke oder eine Ewigkeit später schlug Karl die Augen auf. Er hustete und spuckte Wasser, doch er schien am Leben zu sein. Über sich gebeugt sah er John Reed, der sich eben die Lippen abwischte. Karl spürte salzigen Speichel auf seinen eigenen Lippen. Süße Wehmut mischte sich mit der Todesangst, die er eben noch verspürt hatte.

»Hast du mich …?«, keuchte er.

»Wach geküsst, wie einen verwunschenen Prinzen? In der Tat.« John zwinkerte ihm zu. Die roten Haare hingen ihm wie nasser Tang ins Gesicht, ebenso wie Karl klebten ihm die Kleider am Leib. »Doch es hat nicht funktioniert, du bist immer noch ein kleiner schleimiger Frosch. Aber zumindest am Leben.«

Zitternd setzte Karl sich auf. Sie befanden sich auf der anderen Seite des Grabens, nicht weit entfernt von der Stelle, wo das verfallene Grenzhäuschen stand und Faust und Greta auf sie warteten. Karls Blick glitt über das glatte schwarze Wasser, das sich nach Westen hin mehrere Hundert Schritt ausbreitete. Einige Mühlräder drehten sich langsam in der trägen Strömung.

»War ein ganzes Stück Arbeit, dich hochzutauchen und quer durch den Graben zu ziehen«, sagte John. »Wenigstens haben wir jetzt eine Zeit lang Ruhe vor unseren Verfolgern.« Er blinzelte, während er hinüber auf die andere Seite sah. »Ich kann dort drüben niemanden mehr entdecken. Vielleicht glauben sie ja, dass wir ertrunken sind.«

»Wir … wir müssen so schnell wie möglich zurück zum Doktor«, sagte Karl, dem das Sprechen immer noch schwerfiel. Er erhob sich zittrig. »Hagen wird die ganze Gegend nach uns absuchen!« Er stolperte den Hang hoch, fiel jedoch gleich über eine Baumwurzel und landete auf den Knien.

»Sachte, sachte«, beruhigte ihn John. »Der Doktor hat nichts davon, wenn du dir auf dem Weg zu ihm den Hals brichst.«

Zusammen kletterten sie durch das Uferdickicht, das in einen niedrigen, frisch aufgeforsteten Wald unweit der Burg überging. Schon nach kurzer Zeit hatten sie das alte Grenzwärterhäuschen erreicht. Faust und Greta saßen nebeneinander auf einer Mauer und starrten die beiden nassen Gestalten an, die wie Sumpfunholde auf sie zutaumelten.

»Was zum Teufel …?«, begann Faust.

»Keine Zeit für lange Erklärungen!«, keuchte Karl. »Hagen ist in der Stadt und damit vermutlich auch Lahnstein! Vielleicht auch französische Soldaten, Habsburger oder Gott weiß wer, wir wissen es nicht genau!«

Greta stöhnte. »Die ganze Welt ist Vater auf den Fersen! Hört das denn nie auf?«

»Dann gibt es keinen anderen Weg mehr.« Faust stand auf. »Ich werde sofort die Burg aufsuchen.«

»Jetzt?«, fragte Karl entsetzt.

»Es hat ohnehin keinen Sinn, sich noch länger zu verstecken. Tonio weiß, dass ich komme. So seltsam es klingt, aber in der Burg bin ich am sichersten. Zumindest vor Lahnstein, Hagen und allen anderen Verfolgern.« Faust sah die anderen ernst und entschlossen an. »Ich werde alleine gehen, unsere gemeinsame Reise endet hier.«

»Und uns lässt du hier einfach so im Stich?« Greta wich zurück. Sie verschränkte die Arme vor der Brust und funkelte ihren Vater an. »Nach allem, was wir für dich getan haben? Du hast dich wahrlich nicht verändert, du denkst immer nur an dich!«

»Greta, dein Vater hat recht«, fuhr John dazwischen. »Wenn er wirklich glaubt, dass er verflucht ist und sich diesem Tonio oder wem auch immer stellen muss, dann muss er das alleine tun. Wir können ihm dabei nicht helfen.«

»Das sehe ich anders«, entgegnete Karl, der immer noch fröstelte. »In dieser Burg mag vielleicht nicht der Teufel wohnen, aber böse Menschen. Und vor diesen Menschen will ich den Doktor schützen. Komme, was da wolle.« Er klapperte mit den Zähnen, noch immer trug er sein nasses Gewand. Die Faustbüchse hatte er beim Sprung in den Graben verloren, die teure Brille war glücklicherweise in seinem Gepäck verstaut.

»*Du* willst mich beschützen?« Faust sah ihn traurig-spöttisch an. »Wie willst du das tun, wenn du immer noch glaubst, dass die Wissenschaft hier etwas ausrichten kann?«

»Ich bin Euch damals in den Nürnberger Katakomben zur Seite gestanden, bin Euch nach Metz gefolgt und nach Frankreich, und ich werde Euch auch jetzt folgen.« Karl straffte sich. »Ihr mögt es nicht glauben, aber ich bin immer Euer Freund geblieben, in guten wie in schlechten Zeiten. Vielleicht bin ich Euer einziger Freund. Auch wenn wir nicht immer einer Meinung waren.« Er wischte sich eine Träne aus dem Auge und hoffte, dass die anderen sie für Seewasser hielten. »Heißt es nicht, Freunde sollten sich auch mal widersprechen? Nun gut, ich widerspreche Euch. Ich glaube nicht daran, dass dort drinnen der Teufel wohnt. Aber ich werde Euch trotzdem begleiten.«

Eine Weile sagte keiner etwas, dann wandte sich der Doktor mit sanfter Stimme an Karl. »Karl, glaube mir, ich weiß dein Angebot wirklich zu schätzen. Die vielen Jahre, die wir gemeinsam verbracht haben, aber …« Plötzlich änderte sich Fausts Gesichtsausdruck, er blickte beinahe wehmütig drein. »Ach, was soll's! Ein wenig Hilfe kann ich in der Tat gebrauchen, und sei es nur, um dem Leibhaftigen nicht allein ins Angesicht blicken zu müssen. Karl mag mich begleiten, aber Greta bleibt hier, das ist mein letztes Wort!«

»Und wenn du dort drinnen stirbst?«, fragte Greta.

»Dann wirst du es auch nicht verhindern können. Du kennst die Linien auf meiner Hand, Greta! Irgendwann einmal ist der Weg für jeden von uns zu Ende. Vielleicht heute, vielleicht morgen oder in vielen Jahren. Aber ich werde nicht zulassen, dass Tonio dich da mit hineinzieht!« Faust zögerte, er blickte hinüber zur Burg, deren Mauern das Sonnenlicht zu absorbieren schienen. Auf den Zinnen war keine Bewegung auszumachen, die Fenster starrten schwarz auf sie herab.

»Ich werde jede Nacht, die ich dort verbringe, an der Südmauer ein Licht entzünden, das ihr vom Wald aus sehen könnt«, sagte er schließlich. »Zwei lange Zeichen, drei kurze Zeichen, dreimal hintereinander. Wenn Gefahr droht, sind es nur kurze Zeichen, keine langen. So bleiben wir in Kontakt. Einverstanden?«

»Und wenn gar kein Licht erscheint?«, fragte Greta.

»Dann ist meine Mission vorüber, so oder so«, entgegnete Faust grimmig. »Wartet nicht auf mich. Es mag sein, dass Tonio nach meinem Tod die Hände nach Greta ausstreckt. Dann müsst ihr von hier verschwinden, so schnell wie möglich.« Er wandte sich an John. »Ich lege das Leben meiner Tochter in Eure Hände. Gott möge Euch strafen, wenn Greta etwas geschieht!«

»Das wird niemals passieren.« John verneigte sich leicht. »Ihr könnt Euch auf mich verlassen, Doktor.«

»Du willst also einfach hinüber zur Burg gehen, dort anklopfen und dich deinen Feinden ausliefern?«, hakte Greta nach. »Ist das dein Ernst?«

Faust lächelte. »Manchmal sind die einfachsten Pläne die besten. Es ist wie beim Schach. Mache immer den Zug, den dein Gegner am wenigsten erwartet.«

Sie warteten bis zum Einbruch der Nacht.

In der Zwischenzeit war Karls Gewand getrocknet, und er fühlte sich nicht mehr ganz so erbärmlich wie noch am Mittag, als er beinahe im Graben ertrunken war. Sie hatten sich in die Tiefe des Waldes zurückgezogen. Ein, zwei Mal hörten sie von fern Rufen und Schreie, vermutlich wurden sie noch immer von den Soldaten gesucht. Aber die Wälder rund um Tiffauges waren dicht und undurchdringlich, die wilden Stechginsterhecken bildeten ein natürliches Labyrinth, und so verhallten die Rufe schnell wieder und kamen nicht näher.

Sie sprachen nur das Nötigste miteinander, als fürchteten

sie, dass Reden den Abschied nur noch bitterer machen würde. Karl hatte Angst, es war eine Furcht, die sich wie eine Schicht Eis um sein Herz legte. Er wusste nicht, was ihn auf der Burg erwartete. Gleichzeitig war er erleichtert, dass der Doktor ihn mitnahm. Hatte er in dessen Augen nicht auch ein wenig Zuneigung gesehen? Karl wusste genau, dass Faust ihn nie lieben würde, trotzdem war zwischen ihnen über die Jahre ein Band entstanden, das auch jetzt nicht riss. Sie würden auch diesen Weg, vielleicht ihren letzten, gemeinsam gehen. Und war es nicht das, was wahre Liebe auszeichnete – alles miteinander zu erleben, bis zum bitteren Ende?

Außerdem hoffte Karl immer noch, dass sich alles irgendwie aufklärte. Dass der Vogt, der anstelle von Herzog Louis de Vendôme herrschte, einfach nur ein Vogt war und der neue Pfarrer nichts weiter als ein neuer Pfarrer. Dass das Sterben der Kinder doch einen natürlichen Ursprung hatte. Dass sie Burg Tiffauges lebend wieder verlassen würden und Fausts Krankheit einfach nur eine Krankheit war und kein Fluch. Ein Leiden, das sich vielleicht behandeln ließ, in Córdoba oder wo auch immer ... Doch Karl gab zu, dass in seinen Überlegungen sehr viele Vielleichts vorkamen, mehr, als ein Wissenschaftler wie er eigentlich akzeptieren konnte.

Als sich die Nacht über die Wälder legte, schlichen sie zu viert hinüber zum Graben, der schwarz und glatt vor ihnen lag. John hatte Faust zuvor davon überzeugt, dass es besser war, wenn er und Greta sie noch bis zur Burg begleiteten. Am hinteren Ende des Grabens führte ein Damm über den Fluss, weiter vorne befand sich der Haupteingang mit der vorgelagerten Bastei. Das kleine Tor, der einzige sichtbare Zugang zur Burg, stand weit offen.

Fast wie eine Einladung, ging es Karl durch den Kopf.

Im Schutz des Dickichts eilten sie über den Damm und weiter unterhalb der Burgmauer auf die Bastei zu, die als fünfzackiger Stern den Eingang zur Burg bewachte. Als sie das Gebäude schon fast erreicht hatten, gab ihnen John ein Zeichen, stehen zu bleiben und sich zu ducken.

»Was ist?«, flüsterte Greta.

»Seht ihr den Busch direkt am Graben, unweit des Tors?« John deutete auf die Stelle. »Ich kann zwei Männer dort erkennen. Wahrscheinlich keine Burgmannen, sondern jemand von den Landsknechten aus der Stadt.«

Tatsächlich gelang es jetzt auch Karl, in der Dunkelheit zwei Gestalten auszumachen, sie waren etwa achtzig Schritt entfernt und vor dem Umriss des Busches kaum zu erkennen.

»Wartet hier!«, zischte John. Er zog sein langes Jagdmesser aus dem Gürtel und schlich auf den Busch zu, während ihm Greta besorgt hinterhersah. »Was hat er vor?«, fragte sie. »Es sind zwei! Wenn nur einer von ihnen schreit ...«

»Er gehört zur Leibgarde des französischen Königs«, beruhigte sie Faust. »Ich denke, er weiß, was er tut. Ich kann ihn zwar immer noch nicht leiden, aber als Kämpfer ist er sicher ganz brauchbar.«

Karl verlor John kurz aus den Augen. Er fragte sich bereits, ob er von anderen Soldaten, die von Karls Standort aus nicht zu sehen waren, überwältigt worden war. Doch da tauchte hinter einem der wartenden Männer plötzlich ein Schatten auf, der Mann sackte zu Boden und verschwand in der Dunkelheit. Kurz glaubte Karl, ein gedämpftes Geräusch zu vernehmen, dann war auch der zweite Mann verschwunden, wie vom Erdboden verschluckt.

»Wie gesagt, er versteht sein Geschäft«, sagte Faust und nickte anerkennend.

Nicht viel später war John wieder da, das Messer steckte in seinem Gürtel. Er wirkte kein bisschen beunruhigt, jedenfalls nicht so, als hätte er eben zwei Männern die Kehle durchgeschnitten. »Es waren Schweizer Reisläufer«, berichtete er leise. »Gerne hätte ich diesem Riesen das Licht ausgeblasen, aber der war leider nicht dabei. Gut möglich, dass er noch irgendwo lauert. Ihr solltet also keine langen Begrüßungsreden schwingen, wenn ihr vor dem inneren Burgtor steht.«

»Ich bin froh, wenn es sich überhaupt öffnet«, erwiderte Faust, stand auf und straffte sich. Seine Gestalt war schief und krumm wie eine verwachsene Weide, trotzdem wirkte er entschlossen, ohne Angst und tatsächlich wie ein großer, mächtiger Zauberer.

»Wohlan, dann bringen wir es hinter uns.« Ein letztes Mal umarmte er Greta. »Mach dir keine Sorgen um mich«, sagte er und strich ihr durchs Haar. »Du hast ja recht: Einem Doktor Faustus ist noch immer etwas eingefallen.« Er lächelte schwach. »Schließlich kann er zaubern, nicht wahr?« Ohne ein weiteres Wort wandte Faust sich ab und ging mit Karl zügig auf das Burgtor zu.

15

Immer wieder sah Karl sich um, in der ständigen Erwartung, weitere Landsknechte könnten aus ihren Verstecken stürmen. Doch nichts geschah. Hinter dem ersten geöffneten Tor schloss eine Brücke an, die auf ein weiteres Tor zuführte.

Schon hatten sie die Brücke betreten, das alte Holz knarrte unter ihren Füßen, vor ihnen ragte düster das geschlossene Burgtor auf. Darüber waren Pechnasen angebracht, steinerne Rinnen, durch die im Belagerungsfall flüssiges Pech auf die Angreifer gekippt wurde; außerdem bemerkte Karl etliche Schießscharten. Ob sie wohl schon jemand aus dem Inneren beobachtete? Er glaubte, hinter den Scharten Lichterschein zu sehen, etwas flackerte im nächtlichen Wind, erlosch aber sogleich wieder.

Mit der ganzen Kraft, die ihm noch geblieben war, klopfte Faust gegen das schwere hölzerne Tor. In der Stille klang das Geräusch wie Donnerhall.

»Heda, öffnet das Tor!«, befahl Faust, als wäre es das Normalste der Welt, in stockdunkler Nacht so spät noch in eine Burg eingelassen zu werden. »Kein Geringerer als der ehrenwerte Doktor Johann Georg Faustus bittet um Einlass! Gewährt ihn, und er wird Euch ein günstiges Horoskop ausstellen. Verweigert ihn, und die Sterne leuchten unheilvoll auf Euch herab!« Er zwinkerte Karl zu. »Das sollte die dort drinnen dann ja wohl geweckt haben.«

»Und vermutlich auch alle Bürger drüben in der Stadt«, murmelte Karl.

Als nichts geschah, hob Faust erneut mit lauter Stimme an: »Einen langen Weg bin ich gereist, von den stürmischen Gestaden der Nordsee über die waldigen Hügel der Vogesen bis hierher in die Bretagne. Bislang hat mir ein jeder Einlass gewährt und es nicht bereut! Will der Vogt von Tiffauges der Erste sein, der auf meine hilfreichen Dienste verzichtet, die Dienste des großen Doktor Faustus?«

Noch immer geschah nichts. Dafür ertönte hinter ihnen nun ein leises scharrendes Geräusch. Als Karl sich umsah, schälten sich aus der Finsternis auf der anderen Seite der Brücke ein Dutzend Männer, die auf sie zueilten.

Einer von ihnen war sehr groß.

»Verflucht, es sind die Schweizer Reisläufer mit diesem Hagen!«, keuchte Karl. »Und wir hocken hier wie in einer Mausefalle!«

Tatsächlich rannten die Soldaten nun auf die Bastei und die dahinterliegende Brücke zu. Karl sah bunte Landsknechtsuniformen, gezogene Schwerter und Spieße. Es war tatsächlich Hagen, der sie anführte! Ein kalter Schauer lief Karl über den Rücken. Dieser Riese schien unbesiegbar zu sein. Nicht mehr lange, und er hatte sie erreicht. Um ihm zu entkommen, hätte sich das verdammte Tor öffnen müssen – oder Karl hätte zum zweiten Mal an diesem Tag in den tiefen Graben springen müssen, dessen Wasser ölig im Mondlicht glänzte.

Lieber lasse ich mich aufspießen!, dachte er.

Trotzig und stumm ragte das Tor vor ihnen auf, noch immer rührte sich nichts dahinter, und die Landsknechte mit Hagen an der Spitze kamen näher und näher.

Faust hämmerte so fest gegen das Tor, als wollte er es aufbrechen. »Macht auf!«, befahl er. »Um Himmels willen, macht das Tor auf! Sofort!«

Eben betraten die ersten Soldaten das Bollwerk, sie stürmten bereits über den hölzernen Steg. Karl glaubte, trotz der Dunkelheit das höhnische Grinsen in Hagens Gesicht zu erkennen, als sich das Burgtor endlich knarrend einen Spaltbreit öffnete, wie das gähnende Maul eines großen Fisches.

»Na endlich!«, zischte Faust.

Karl und der Doktor schlüpften hinein, und sofort fielen die Flügel wieder hinter ihnen ins Schloss. Jemand hämmerte von der anderen Seite dagegen, doch das Holz war hart wie Eisen. Ein langer Spieß, der seinen Weg durch den Spalt gefunden hatte, war abgebrochen und lag am Boden. Während die Soldaten noch zornig gegen das Tor pochten, sah sich Karl um. Sie standen in einem schmalen Vorlass, der durch ein mit Eisenspitzen bewehrtes Gitter vom mondbeschienenen Burghof abgetrennt war. Kein Mensch war zu sehen. Dafür ertönte nun ein Rattern und Rasseln, und gleich darauf fuhr das Gitter wie von Geisterhand in die Höhe. Das Pochen hinter ihnen hatte mittlerweile aufgehört.

»Ein durchaus gespenstischer Empfang«, sagte Faust und wischte sich den Schweiß von der Stirn. »Aber ich habe auch nichts anderes erwartet.«

Er trat hinaus auf den Burghof, auf dem im Mondlicht etliche Gebäude zu erkennen waren. Nicht weit entfernt stand der sogenannte Donjon, der Hauptturm, den Karl bereits von draußen gesehen hatte. Zur Linken befand sich ein Wächterhäuschen, aus dem nun zwei in Harnisch gekleidete und mit Schwertgurten gerüstete Wachen traten. Offenbar hatten sie in der finsteren Kammer auf die beiden Gäste gewartet. Einer der Männer trug eine Fackel, mit der er Faust ins Gesicht leuchtete.

»Ihr seid also Doktor Faustus?«, fragte er auf Französisch. Er legte den Kopf schräg und musterte Faust. »*Der* Doktor Faustus?«

»Willst du's am eigenen Leib spüren?«, gab Faust barsch zurück.

Der Mann schwieg, als wäre er sich nicht sicher, was er vom Auftreten des Doktors halten sollte. »Wer sind die Kerle dort draußen?«, fragte er schließlich.

»Mit denen haben wir nichts zu schaffen«, erwiderte Faust. »Und jetzt bringt mich zu eurem Herrn, wer auch immer das ist.«

»Wer auch immer das ist.« Der Soldat lachte. »Ha, das ist gut! Nun, dann folgt mir.« Er grinste. »Der *Herr* möchte Euch gerne kennenlernen.«

Sie folgten den beiden Wachen über den Burghof, der so leer und öde vor ihnen lag wie eine von Gott und den Menschen verlassene Welt. Weiter hinten waren die Umrisse des Herrenhauses zu erkennen sowie die weiterer Gebäude, doch die Wachen führten sie nach rechts zum Donjon. Erst jetzt erkannte Karl, wie groß und mächtig dieser Turm wirklich war. Er verfügte über einen eigenen Burggraben mit Zugbrücke, einen Torturm und ein dreigeschossiges Hauptgebäude – wie eine Burg innerhalb der Burg.

So als wollte sich sein Erbauer nicht vor Feinden von außen, sondern von innen schützen, ging es Karl durch den Kopf.

Links des Donjons war nun noch ein größeres Gemäuer zu erkennen, eine verwitterte Kirche, die im Gegensatz zum Donjon alt und verfallen wirkte. Der Graben um den Turm verlief nahe dem Kirchentor, es sah aus, als hätte man die Kirche in der Mitte durchgeschnitten und den vorderen Teil einfach abgerissen.

Die Wachen führten sie über die schmale, quietschende Zugbrücke, über einen Hof und schließlich in einen niedrigen Saal, der von Dutzenden Fackeln erhellt wurde. Trotzdem war es dämmrig, so als würde das Licht in dem großen Raum verschluckt. Dicker Rauch kringelte sich zu Schwaden, die in der Luft lagen und Karl husten ließen. Sie stammten aus einem großen Kamin an der Rückseite, der wohl nicht mehr gut zog. An den Wänden hingen schimmlige Teppiche mit eingewobenen Schlachtszenen, Relikte einer längst vergangenen Zeit. In der Mitte des Saals stand eine gewaltige Tafel, an der gut und gern zwei Dutzend Gäste Platz gefunden hätten. Karl vermutete, dass hier einst rauschende Bankette stattgefunden hatten, nun saß an ihrem Kopfende nur ein einzelner älterer Mann. Er trug einen Waffenrock, der zerschlissen und voller Flecken war, sein aufgedunsenes Gesicht bedeckte ein struppiger Bart, und mit der rechten Hand umklammerte er einen Weinkelch, in dem es rot wie Blut funkelte. Zu seinen Füßen dösten zwei große schwarze Hunde, die Karl an Kleiner Satan erinnerten. Als die Hunde die zwei Fremden bemerkten, begannen sie böse zu knurren und fletschten die Zähne.

»Arthos, Wotan, kusch!«, befahl der Mann, wobei seine Stimme so ähnlich klang wie das Knurren seiner Hunde. Er gab den beiden Wachen, die an der Tür stehen geblieben waren, ein Zeichen. »Ihr könnt gehen. Ich denke, mit denen hier werden wir schon alleine fertig.«

Karl überlegte noch, ob mit dem ›Wir‹ die Hunde oder jemand anders gemeint waren, als der Mann bereits das Wort an den Doktor richtete.

»Soso, Ihr seid also dieser berühmte Doktor Faustus aus deutschen Landen«, brummte er mit leichtem Lallen. Er nahm einen tiefen Schluck aus seinem Kelch und wischte sich mit dem fleckigen Hemdsärmel über den Bart. Seine Augen waren klein und rot vom jahrelangen Saufen.

Faust verneigte sich leicht. »Stets zu Diensten, Euer Gnaden.«

»Wer sagt mir denn, dass Ihr wirklich Faust seid und nicht irgendein dahergelaufener Betrüger, hä?« Die Augen des Mannes wurden noch kleiner, er musterte Faust und Karl, als wären sie zwei Kakerlaken. »Ich habe von diesem Doktor Faustus gehört. Das ist ein mächtiger Zauberer, Ihr seht aber nicht mächtig aus. Und der Kerl an Eurer Seite erst recht nicht, der sieht eher aus wie ein Weib.«

»Er ist es, keine Frage. Der legendäre Doktor Johann Georg Faustus und sein Adlatus Karl Wagner, nicht wahr? Seid willkommen auf Burg Tiffauges!«

Die Stimme kam aus dem hinteren Teil des Saals, dort, wo sich der Kamin befand. Aus dem wabernden Rauch trat nun ein hagerer Mann in mittleren Jahren, der die schwarze Kutte eines Priesters trug. Sein wohlgestaltetes bartloses Gesicht war von etlichen Pockennarben gezeichnet, die seinem sonst hübschen Antlitz etwas Grausames gaben, wie Sprünge in einer schönen Vase. Die Haare waren rabenschwarz und lang, sie fielen wie flüssiges Pech auf seine Schultern herab.

»Im Gegensatz zu dem verehrten Herrn Vogt, der immer zu beschäftigt ist, habe ich auf Märkten Flugblätter mit Eurem Abbild gesehen«, fügte er erklärend hinzu, wobei er sich an Faust wandte. »Eine Unsitte von mir, ich weiß. In diesen Blättern stehen oft die abscheulichsten Dinge. Um Himmels willen ...« Der Mann lachte leise auf. »Nun rede ich schon wieder viel zu viel! Dabei habe ich mich noch gar nicht vorgestellt.« Er verbeugte sich. »Pater Jerome, der Burgkaplan.«

Faust musterte ihn scharf. »Ist es auf französischen Burgen üblich, dass der Burgkaplan die Gäste empfängt und nicht der Burgherr?«

»Oh, Ihr müsst entschuldigen.« Pater Jerome lächelte. »Aber der Herr Vogt fühlt sich oft nicht besonders gut. In solchen Fällen ist er froh, wenn ich ihm, nun ja ... die eine oder andere lästige Aufgabe abnehme. Ich fürchte, so ist es auch jetzt.« Er deutete hinüber zum Tisch, wo der Kopf des Vogts nach vorne gesunken war. Tatsächlich schnarchte der alte Säufer wie ein Bär im Winterschlaf, sein Bart hing im Weinkelch.

»Jaja, die viele Arbeit.« Pater Jerome zuckte die Achseln. »Vogt Albert ist eigentlich der Jagdmeister des Herzogs. Doch der Herzog selbst befindet sich seit der Schlacht bei Marignano in Italien, und so führt Sire Albert seit etlichen

Jahren die Geschäfte auf Tiffauges.« Er lachte leise. »Der Herzog hat wohl nicht bedacht, dass Albert ein besserer Jäger als Verwalter ist. Vermutlich wäre er froh, zu wissen, dass der bescheidene Burgkaplan die Rechnungen und Listen seiner Ländereien durchgeht. Zumal Sire Albert des Lesens kaum mächtig ist.«

Wieder lächelte Pater Jerome, wobei seine schwarzen Augen kalt wie Kristalle glitzerten. Er wies auf den langen Tisch, auf dem neben einer großen Karaffe Wein auch silberne Platten mit kaltem Braten, Käse, Weißbrot und geräuchertem Fisch standen. »Aber wollen wir uns nicht setzen? Ihr habt sicher Hunger, verehrter Doktor, beim Essen könnt Ihr mir gerne erzählen, was Euch nach Tiffauges verschlagen hat.«

Sie setzten sich, und Faust nahm von dem Braten und vom Wein. Kurz überfiel Karl die Furcht, die Speisen könnten vergiftet sein. Doch dann wurde ihm bewusst, dass es keinen Anlass gab, sie beide zu betäuben oder zu vergiften.

Sie waren ohnehin bereits Gefangene.

Während sie schweigend aßen, musterte Karl aus dem Augenwinkel den Pater, der ihnen an der großen Tafel gegenübersaß und lediglich an einem Becher Wein nippte. Wenn es wirklich stimmte, was die alte Hebamme erzählt hatte, dann war Pater Jerome der Mann, der mit Gilles de Rais einst den Teufel beschworen hatte, vor über hundert Jahren! Damals hatte er sich noch François Prelati genannt und war wohl so etwas wie der Bettgefährte des dunklen Marschalls gewesen. Vielleicht war das aber ebenso wie alles andere nur ein Gerücht. Karl wusste aus schmerzlicher Erfahrung, dass Ketzer und Sodomiten gern in einen Topf geworfen wurden. Dass auf dieser Burg etwas nicht stimmte, empfand Karl sehr wohl. Der Kaplan hatte eindeutig die Macht in Tiffauges übernommen, auch die Wachen hatten eine derartige Andeutung gemacht. Aber das musste nicht heißen, dass der Mann vor ihnen ein untotes Monstrum war. Auf jeden Fall war er von ausgesuchter Höflichkeit.

»Wie gefällt Euch Frankreich, Doktor?«, fragte Pater Jerome und musterte sein Gegenüber neugierig.

»Ein schönes Land, wenn man ein Auge für Schlösser, Ohren für Musik und den Gaumen für gutes Essen hat«, erwiderte Faust zwischen zwei Bissen. Er wirkte ganz ruhig, so konzentriert wie bei einem schwierigen Schachspiel.

Pater Jerome lachte laut auf, worauf der Vogt kurz aufschreckte, aber sofort wieder einnickte und weiterschnarchte. »Da habt Ihr recht. Aber wie ich Euch einschätze, seid Ihr nicht wegen des guten Essens hier.« Mit besorgter Miene deutete der Pater auf Fausts leblosen Arm und die hängende Schulter. »Man könnte fast meinen, Ihr wärt schwer krank. Seid Ihr nach Frankreich gekommen, weil Ihr hier auf Heilung hofft? Wir haben gute Ärzte, vor allem in den Universitätsstädten, in Avignon und Paris. Die Bretagne ist dahingehend allerdings wirklich so etwas wie das Ende der Welt.«

»Heilung suche ich in der Tat.« Faust blickte von seiner Mahlzeit auf. »Eigentlich dachte ich, ich würde hier Euren Herrn treffen.«

»Herzog Louis de Vendôme? Nun, wie ich schon sagte, der ist leider in Mailand und …«

»Ich meine, Euren *anderen* Herrn.«

Pater Jerome machte eine verdutzte Miene. »Ich fürchte, ich verstehe nicht …« Plötzlich hellte sich sein Gesicht auf. »Ach, Ihr meint sicher den obersten Herrn, unser aller Gebieter, dem ich als Burgkaplan diene!« Er schmunzelte. »Nun, dafür hättet Ihr nicht nach Tiffauges kommen müssen. Zu meinem Herrn könnt Ihr überall beten und auf Heilung hoffen.«

»Trotzdem würde ich ihm gern von Angesicht zu Angesicht gegenübertreten. Ist das möglich?«

»Hm, er zeigt sich nicht vielen, nur den wirklich Auserwählten und denen, die ihm von ganzen Herzen dienen. Das solltet Ihr doch wissen, Doktor. Nur wer sich ganz in Versenkung begibt und betet …«

»Richtet ihm aus, dass ich ihn sehen möchte«, fuhr Faust dazwischen.

Pater Jerome lachte erneut, ein leises, beinahe klingelndes Geräusch, bei dem die Hunde ihre Ohren spitzten. »Wie kommt Ihr darauf, dass gerade ich mit ihm, dem obersten Gebieter, in Kontakt treten kann? Ich bin nur ein kleiner Pfarrer, der Burgkaplan von Tiffauges, mehr nicht.«

»Oh, ich weiß, dass Ihr das könnt.« Zum ersten Mal lächelte auch Faust, doch sein Lächeln war so kalt wie Eis. »Ihr seid sein treuester Diener, nicht wahr?« Er erhob sich. »Ich würde mich jetzt gerne zurückziehen. Der Tag war lang, und meine Glieder schmerzen.«

Auch Pater Jerome stand auf. Karl beobachtete die beiden ungleichen Männer. Bislang hatte keiner von ihnen sein wahres Gesicht gezeigt. Es war wie eine Scharade, bei der man darauf wartete, wer als Erster dem anderen die Maske herunterreißt.

»Ich bringe Euch jetzt auf Eure Zimmer«, sagte Pater Jerome und ging auf die Tür zu. »Wollen wir hoffen, dass der Herr in seiner unendlichen Gnade für Euer Leiden Gehör findet. Ein Nachtgebet könnte vielleicht nicht schaden.«

Hinter ihnen schnarchte der Vogt.

In dieser Nacht kam Johann lange nicht zur Ruhe. Er lag in einem muffig riechenden, mit Spinnweben behängten Himmelbett im zweiten Stock des Donjons. Ein staubiger, fadenscheiniger Baldachin spannte sich über ihm, bei jeder Bewegung knarrten die morschen Latten, es war heiß und stickig. Johann fragte sich, wer wohl als Letzter in diesem Bett geschlafen hatte. Gilles de Rais selbst, gemeinsam mit diesem Priester Prelati, der sich jetzt Pater Jerome nannte? Poitou,

Henriet, La Meffraye …? Oder einer seiner vielen Jäger und Blutsäufer? Vielleicht sogar ein Kind, das man mit Naschwerk hierhergelockt hatte und das von Gilles des Nachts geschächtet worden war wie ein Lamm …? Was mochten diese Wände alles gesehen haben?

Karl lag im Zimmer nebenan, nur durch eine dünne Tür von Johanns Kammer getrennt. Bevor sie sich zu Bett begaben, hatten sie noch vom Fenster aus mit einer Fackel das vereinbarte Zeichen gegeben. Auch wenn Johann sich ängstigte, so war er sich doch sicher, dass ihm keine unmittelbare Gefahr drohte. Jetzt noch nicht. Als er vorhin noch ein wenig am Fenster gestanden und auf die wenigen Lichter der Stadt geblickt hatte, war ihm ein großer schwarzer Vogel aufgefallen, der von den Zinnen der Burg aufgestiegen war, vermutlich ein Rabe.

Richte deinem Meister einen Gruß von mir aus, ich erwarte ihn!

Egal, wo Tonio steckte, er würde kommen, das wusste Johann. Pater Jerome mochte eine falsche Schlange sein, aber er würde nicht den Fehler begehen, seinem Meister Johanns Anwesenheit zu verschweigen. Wenn Tonio nicht auf der Burg war, dann war er sicher ganz in der Nähe. Der Gedanke daran beruhigte Johann seltsamerweise. Es kam ihm vor, als wäre er sein ganzes Leben lang gerannt, ohne das eigentliche Ziel zu kennen. Nun lag es endlich vor ihm.

Ich bin da, Tonio.

Während Johann langsam wegdämmerte, kreisten seine Gedanken um Greta, seine Tochter. Er hätte sie nie hierher mitnehmen dürfen! Vielleicht war es wirklich besser, dass dieser John Reed an ihrer Seite war, auch wenn Johann den vorlauten Kerl nicht leiden konnte. John konnte Greta beschützen, jetzt, da Johann es nicht mehr vermochte. Am liebsten wäre es ihm gewesen, die beiden wären auf der Stelle abgereist, aber dazu hatte er Greta nicht überreden können.

Nun konnte er nur hoffen, dass ihr nichts geschah, schließlich lauerten dort draußen auch noch Lahnstein, Hagen und ein Haufen Landsknechte, denen er eben noch in letzter Sekunde entronnen war.

John ... Greta ... Margarethe ...

Langsam glitt Johann hinüber ins Reich der Träume, wo ihm seine geliebte, unvergessene Margarethe die Hand reichte, wo seine Mutter ihm in Knittlingen am Bett ein Pfälzer Schlaflied sang und der alte Pater Jeremias vom Kloster Maulbronn ihm einen Band mit griechischen Fabeln überreichte. Sein alter Freund Valentin stand vor dem Kloster und winkte ihm, er hatte Johann vergeben, alle hatten sie ihm vergeben.

Als Johann die Augen aufschlug, sah er über sich am Bett eine aufrechte Gestalt. Träumte er noch? Er versuchte, sich zu erheben, doch seine Glieder waren steif – nicht nur der linke Arm, alle Gliedmaßen! Er fühlte sich wie lebendig begraben. Im Hintergrund stand eine Tür einen Spaltbreit offen, es war nicht die Tür, die zu Karls Kammer führte, sondern eine andere, die hinter einem der Wandteppiche verborgen gewesen war. Die Gestalt beugte sich zu ihm herunter, sie starrte ihn aus toten schwarzen Augen an, die schimmerten wie die Augen eines großen Insekts. Lange, fühlerähnliche Finger betasteten ihn.

Kalter Schweiß stand Johann auf der Stirn, sein Herz raste. Er wollte sich rühren, wollte wenigstens die Hand, wenigstens einen Finger bewegen, doch es gelang ihm nicht. Er spürte eine raue Zunge in seinem Gesicht, so als würde ein uraltes blindes Reptil an ihm lecken und riechen.

Bisssssst meinsssss ... Bisssssst meinssss ... Bissssst meinssssss, kleiner Fausssstussss ...

Dann sank Johann in eine tiefe Ohnmacht, aus die ihn erst der helle Morgen wieder erlöste.

Auch Greta und John kamen in dieser Nacht lange nicht zur Ruhe. Sie hatten sich tief im Wald einen Unterschlupf aus Zweigen und Blättern gebaut, eine Kuhle, in die sie sich kuschelten wie zwei junge Katzen. Über ihnen schien bleich der Mond. Es war nur ein einfaches Lager, doch Greta kam es vor wie das weichste Bett der Welt. Eigentlich hätte sie Angst vor wilden Tieren haben müssen, oder zumindest vor den Soldaten, die sie vielleicht immer noch suchten. Doch wieder einmal fühlte sie sich an Johns Seite sicher, so beschützt, wie sie sich früher als junges Mädchen an der Seite von Faust gefühlt hatte.

Nachdenklich spielte sie mit dem kleinen Anhänger der Hebamme, den sie um den Hals trug. Der Engel aus Alabaster war so warm, als wäre er lebendig. Tausend Dinge gingen ihr durch den Kopf: wie es ihrem Vater gerade erging, ob er bereits auf Tonio gestoßen war, was ihn und Karl hinter den Mauern von Tiffauges erwartete. Faust hatte das vereinbarte Lichtzeichen gegeben, also lief noch alles nach Plan. Greta hatte ein schlechtes Gewissen, weil die Angst um Karl und ihren Vater gerade in den Hintergrund getreten war. Stattdessen fühlte sie sich John so nahe wie selten zuvor. Nebeneinander lagen sie auf dem Rücken und betrachteten den Mond, sie drückte seine Hand.

»Und wie geht es jetzt mit uns weiter?«, fragte sie zaghaft. »Du hast uns wie versprochen hierhergebracht, mein Vater ist dort, wo er sein wollte …«

»Und nun glaubst du, dass ich mich wieder aus dem Staub mache?« John lachte. »Ich kann dich beruhigen. Ich werde dich nicht mehr verlassen, nie mehr. Denk dran, ich habe deinem Vater mein Wort gegeben, dass ich auf dich aufpasse. Das gilt für ein ganzes Leben.«

»Du hast dein Wort schon mehr als einmal gebrochen«, mahnte Greta.

»Das ist jetzt vorbei, Greta! Seit ich dich getroffen habe, ist alles …« Er stockte. »Alles ist anders, wirklich! Ich möchte mit dir zusammen sein, sonst nichts! Davon abgesehen, gibt es für mich keinen Weg zurück. Wenn mich der König findet, lässt er mich vermutlich in Paris vierteilen, als Warnung an alle, die ihn verraten könnten. Ich bin ein gesuchter Schwerverbrecher, ein Hochverräter …«

»Und bald auch ein Vater«, unterbrach ihn Greta. Sie schob sich ganz nahe an ihn heran, sodass sie sein Herz schlagen hörte. Er richtete sich auf und starrte sie an.

»*Was* sagst du da?«

»Meine Blutung ist jetzt schon das zweite Mal ausgeblieben. Natürlich bedeutet das noch nichts, aber …«

»Greta! Das … das ist …« John schüttelte ungläubig den Kopf. Zum ersten Mal schien er sprachlos, dann bedeckte er ihr Gesicht mit Küssen. Sie lachte und drückte ihn weg.

Greta hatte lange überlegt, ob und wann sie es ihm sagen sollte. Eigentlich war es viel zu früh, aber der Augenblick hatte sie einfach fortgerissen.

»Lass das, du kitzelst mich!«, kicherte sie, als seine Zunge in ihr Ohr glitt. »Es muss passiert sein, als wir in Blois waren. Erinnerst du dich?«

Er grinste. »O ja, und wie ich mich erinnere! Lass mich überlegen, ich glaube, ich habe das hier gemacht … Und dann das hier …«

Er warf sich auf sie. Kurz wehrte sie sich, doch schon bald erlahmte ihr Widerstand. Seine Lippen wanderten von ihrem Gesicht zu ihrem Hals, hinunter zum Busen und dann noch tiefer. Als er ihren Rock hochschob und schließlich bei ihrem Schoß angekommen war, schloss sie die Augen und nahm alles um sie herum plötzlich ganz deutlich wahr. Ihr eigenes Atmen, die vielen Geräusche des Waldes, das Heulen eines Käuzchens, das Rauschen des Windes, die Nadeln und Blätter unter ihr, die an ihrer nackten Haut kitzelten …

Sie lebte ganz im Moment, ohne Sorgen, ohne Ängste. Und

während John sie an den verbotensten Stellen küsste, fühlte sie sich so glücklich wie schon seit vielen Jahren nicht mehr. John war ihr Mann, er würde der Vater ihrer Kinder werden, sie würden durch die Lande ziehen, ohne Ziel, immer unterwegs …

Ihr eigener Vater war in diesem Moment sehr weit weg.

16

Die folgenden Tage waren für Johann ein einziges Warten. Tonio zeigte sich nicht, und doch wusste Johann, dass er kommen würde. Die Frage war nur, wann.

Am Morgen nach der ersten Nacht war er schweißgebadet aufgewacht. Noch immer wusste er nicht, ob er nur geträumt hatte oder ob wirklich Tonio – oder jemand anders – an seinem Bett gestanden hatte. Gleich nach dem Aufstehen hatte er die Wände auf Geheimtüren überprüft, aber keine gefunden. Da war nur die Tür, die zu Karls Kammer führte. War es vielleicht doch diese Tür gewesen, die offen gestanden hatte?

Mit Karl durchstreifte er tagsüber das weitläufige Burgareal. Keiner hinderte sie daran, wobei sie immer wieder auf Burgmannen trafen, die sie wachsam musterten, jedoch meist passieren ließen, als hätte man ihnen das befohlen. Die Burg war ein einziges Labyrinth aus Kammern, Tunneln, Vorwerken, Türmen, Wehrgängen und Bastionen, geeignet, jeder Belagerung standzuhalten. Das Herzstück bildete der mächtige Donjon, der wohl als Rückzugsort dienen sollte, wenn der Rest der Burg bereits erobert war. Ein weiteres zentrales Gebäude war das zweistöckige Herrenhaus, das etwa in der Mitte des Plateaus lag und von mehreren Lagerschuppen und einem Marstall für die Pferde umrahmt wurde. Normalerweise residierte hier der Herzog, der aber seit etlichen Jahren nicht mehr in Tiffauges gewesen war.

Am seltsamsten erschien Johann die alte Kirche, die direkt an den Donjon grenzte. Tatsächlich war ein Teil des Kirchenschiffs wohl abgerissen worden, um dem Bergfried mehr Raum zu geben. Sie wirkte eigentümlich verkürzt, trotzdem zeugte ihr Inneres noch von der ursprünglichen Pracht. Ein Triumphbogen trennte die Apsis vom Hauptraum, sorgsam geschnitzte bunte Heiligenfiguren standen in den Seitenaltären, es gab ein uraltes Taufbecken und Fresken, die bereits verblasst waren und von denen die Farbe abblätterte. Jeden Morgen fand hier ein Gottesdienst statt, den der Burgkaplan leitete. Dazu erklang von irgendwoher eine Orgel, doch das Instrument, geschweige denn den Organisten, bekam Johann nie zu Gesicht.

Ganz selten sahen er und Karl in diesen Tagen auch den Vogt von Tiffauges. Sire Albert hielt sich die meiste Zeit im Donjon auf, wo er unten im Saal soff und trüb vor sich hin stierte, er sah fast aus wie ein lebender Toter. Nur seine beiden Hunde verschafften ihm ein wenig Abwechslung, sie waren der einzige Grund, warum der Vogt gelegentlich vor die Tür ging. Die Wachen grüßten ihren Herrn respektvoll, wenn er mit erhobenem Haupt nach draußen wankte, doch hinter seinem Rücken feixten sie und schnitten Grimassen. Pater Jerome hingegen begegneten sie mit Respekt, ja, fast mit Furcht. Wenn der Priester an ihnen vorüberging, schauten sie zu Boden und murmelten einige Worte, die Johann nicht verstehen konnte. Meist trafen er und Karl den Priester und Sire Albert nur abends beim Essen im Saal.

Am ersten Tag waren sie vollauf damit beschäftigt, die unendlich vielen Räume der Burganlage zu erkunden. Darunter waren eine große verrauchte Küche, mehrere hohe Säle und etliche prunkvolle Gemächer, die wohl für besondere Gäste bestimmt waren. In einem der hinteren Türme, der neueren Datums zu sein schien, entdeckte Johann sogar eine kleine Bibliothek, in der er stöberte. Das einzige Gebäude, das er und Karl nicht ohne Begleitung betreten durften, war die Kirche. Sie stand nur am Morgen während des Gottesdiensts offen, ansonsten blieb sie stets verschlossen. Wenn Karl und er sich der Kirchentür näherten, kamen sofort zwei, drei Wachen und postierten sich vor dem Eingang.

»Sollte das Haus Gottes nicht immer offen stehen?«, fragte Johann Pater Jerome am zweiten Tag nach ihrer Ankunft, als sie gemeinsam vor den Regalen der Bibliothek standen. Obwohl es draußen sommerlich heiß, ja, fast schwül war, herrschte hinter den dicken Mauern der Festung eine angenehme Kühle. Wie zuvor schon war der Priester so plötzlich aufgetaucht wie ein Geist und leistete ihm nun Gesellschaft. Johann fragte sich, ob es vielleicht auch in der Bibliothek Geheimtüren gab. Diese Burg schien ein einziges großes Geheimnis zu sein.

»Teile der Kirche befinden sich zurzeit im Umbau«, erklärte Pater Jerome achselzuckend. »Es wäre zu gefährlich, die Gläubigen ohne Begleitung hineinzulassen.«

»Seltsam, beim Morgengottesdienst sind mir gar keine Bauarbeiten aufgefallen«, entgegnete Johann.

»Sie finden an anderer Stelle statt, dort, wo man sie nicht sieht. Aber trotzdem ist das Gebäude nicht … sicher.« Pater Jerome lächelte, was in seinem pockennarbigen Gesicht immer etwas Raubtierhaftes hatte. »In keinster Weise, glaubt mir.« Er deutete auf die Regale ringsumher, die mit verstaubten Büchern, Kladden und Pergamentrollen vollgestellt waren. »Ihr mögt unsere kleine, bescheidene Bibliothek? Vielleicht findet Ihr hier ja etwas über Eure geheimnisvolle Krankheit.«

»Nun, ich habe zumindest ein paar überaus seltene Werke entdeckt, das *Opus maius* von Roger Bacon zum Beispiel oder auch einige ältere Schriften von Albertus Magnus. Mein Gehilfe ist ganz vernarrt, wie Ihr seht.« Johann deutete auf Karl, der mit der Brille auf der Nase über einen dicken, an den Tisch geketteten Wälzer gebeugt war. »All dies sind übrigens Werke, die ich in einer anderen Bibliothek schon einmal bestaunen durfte«, fuhr Johann mit teilnahmsloser Miene fort. »Das war vor langer Zeit in Venedig, im Haus eines gewissen Signore Barbarese. Ihr kennt ihn nicht zufällig?«

Pater Jeromes Lächeln gefror. »Leider nein, ich bedaure.«

»Wie schade. Ich glaube, Ihr hättet Euch gut verstanden, auch wenn er der Kirche gegenüber seine ganz, nun ja … eigene Position vertrat. Er folgte stets seinem Leitspruch, ›*Homo Deus est*‹. Schon mal davon gehört?«

»Der Mensch ist Gott? Das kann die Kirche nun wirklich nicht gutheißen.« Pater Jerome runzelte die Stirn. »Wobei der Gedanke ja durchaus verlockend ist. Was wäre, wenn nicht Gott, sondern der Mensch die Geschicke der Welt lenkte …«

»Oder jemand anders«, warf Johann ein. »Ach, übrigens, was mir aufgefallen ist, es gibt hier gar keine christlichen Werke. Nicht einmal eine Bibel.«

»Oh, die sind wohl alle drüben in der Kirche, dort gibt es eine weitere Bibliothek. Soll ich Euch einige fromme Werke beschaffen, vielleicht zum Beten und Meditieren? Wir haben, glaube ich, ein paar erbauliche Sentenzen des heiligen Franziskus, die sich ganz der inneren Versenkung widmen.«

Johann schüttelte den Kopf. »Ich denke, das wird nicht nötig sein. Ich hoffe, dass Euer Herr zu gegebener Zeit auch so zu mir spricht.«

»Wir werden sehen.« Pater Jerome verneigte sich und verließ die Bibliothek.

So vergingen die Tage. Johann und der Priester umschlichen einander wie zwei alte Raubtiere, die nur darauf warteten, dass der andere den ersten Sprung machte, der den Tod bringen konnte. Die Landsknechte, die ihnen bis zur Brücke nachgejagt waren, tauchten nicht mehr auf, ebenso wenig wie der große Hagen. Das Leben auf der Burg ging seinen

Gang, und jeden Abend gaben Johann und Karl von Johanns Fenster aus die vereinbarten Lichtzeichen. Am Abend des fünften Tages, als sie wie gewöhnlich mit dem Vogt und dem Burgkaplan im großen Saal zusammensaßen, wandte sich Pater Jerome nach dem Mahl an Johann. Er schien gewartet zu haben, bis Vogt Albert nach seinem vierten Becher Wein eingenickt war. Dabei schien er, wie Johann fand, diesmal noch tiefer zu schlafen als sonst.

»Ich habe gute Nachrichten, Doktor«, sagte Pater Jerome. »Ich war heute lange in der Kirche, wo ich zum Herrn gebetet habe. Und ein Wunder ist geschehen, er hat mich erhört. Er hat mit mir gesprochen!« Er beugte sich vor, seine Stimme war plötzlich leise und zischend wie das Flüstern einer Schlange. »Und er will auch mit Euch sprechen. Er will Euch sehen.«

»Wann?«, fragte Johann und schob seinen Teller weg.

Pater Jerome zwinkerte ihm zu. »Oh, schon heute Nacht. Wir haben deshalb eine kleine Messe vorbereitet.« Er schielte hinüber zum schnarchenden Vogt. »Sire Albert kann leider nicht daran teilhaben, wie Ihr selbst seht. Aber es kommen viele andere Gäste. Sie alle freuen sich, Eure Bekanntschaft zu machen. Ihr seid ein berühmter Mann, Doktor Faustus.« Mit diesen Worten erhob sich der Priester. »Ich werde mich nun zurückziehen und für die Messe noch einiges vorbereiten. Ich erwarte Euch beide pünktlich um Mitternacht in der Kirche. Gehabt Euch wohl.«

Wenig später ging Johann unruhig in seinem Zimmer auf und ab. In regelmäßigen Abständen ertönte die Glocke der Stadtkirche, die nur eine Viertelmeile entfernt lag, mit schweren, dumpfen Tönen verkündete sie den schleppenden Gang der Zeit. Neun Uhr, zehn Uhr, elf Uhr ... Das Warten zog sich endlos in die Länge.

Johann hatte Karl gebeten, ihn noch eine Weile allein zu

lassen, er wollte ein wenig ruhen und sich auf das Kommende vorbereiten. Doch im Grunde konnte er keinen einzigen vernünftigen Gedanken fassen. So lange hatte er auf diesen Moment gewartet! Nun würde er Tonio endlich gegenübertreten. Das, was sie beide vor vielen Jahren mit einem Pakt begonnen hatten, würde jetzt endlich einen Abschluss finden, so oder so.

Als er nach einer Weile aus dem Fenster hinaus in die Nacht blickte, sah er Lichtpunkte, die sich von der Stadt her auf die Brücke und das Tor zubewegten, einzelne Fackeln und Laternen, die wie gelbe Glühwürmchen leuchteten. Johann vermutete, dass es sich um die seltsamen Gäste handelte, die Pater Jerome für dieses Treffen geladen hatte. Das Treffen mit Tonio del Moravia, Johanns altem Lehrmeister.

Johanns Körper bebte vor Erwartung mit jeder Faser, fast wie vor einem Liebesspiel. Tonio war sein Feind und mehr als das, er war sein Alpha und Omega, mit ihm hatte alles angefangen, mit ihm sollte alles enden. Johann war sich sicher: Die Krankheit, die ihm Tonio geschickt hatte, sollte ihn genau hierherbringen, nach Tiffauges. Seltsamerweise konnte er seinen Arm sogar wieder ein wenig bewegen. Ob das an den Heilkünsten der alten Hebamme lag oder daran, dass sein Widersacher nun ganz in der Nähe war, vermochte er nicht zu sagen.

Hinter ihm öffnete sich die dünne Tür, und Karl Wagner trat ein.

»Habt Ihr ein wenig schlafen können?«, fragte sein Gehilfe. Als Johann verneinte, lächelte Karl. »Das hätte mich auch gewundert. Ich bin fast ebenso gespannt wie Ihr auf das, was uns in der Kirche erwartet.« Er hob die Hand. »Ich weiß, es ist noch nicht Mitternacht, aber wir sollten nicht vergessen, das vereinbarte Lichtzeichen zu geben.«

Johann erschrak. Er war von der Vorstellung, schon bald

auf Tonio zu treffen, so besessen gewesen, dass er sein Versprechen tatsächlich bislang versäumt hatte. Stattdessen hatte er auf die Lichtpunkte gestarrt, die von der Ankunft der Gäste kündeten. Er sah sich nach der Glutpfanne um, die in den letzten Nächten immer an seinem Bett gestanden hatte.

Erst jetzt fiel ihm auf, dass sie verschwunden war.

Nur noch ein rußiger Ring am Boden zeigte an, wo sie zuvor gestanden hatte.

Karl bemerkte seinen Blick. »In meiner Kammer ist es ebenso«, sagte er nachdenklich. »Ich hatte gehofft, dass wir hier Feuer finden. Auch die Fackeln sind nämlich fort.«

Johann sah sich um. Tatsächlich steckten in den rostigen Haltern an der Wand keine Fackeln mehr. Jemand musste sie entfernt haben, während sie unten im Saal waren.

»Verdammt!«, schimpfte Johann. »Sieht ganz so aus, als hätte jemand mitbekommen, was wir hier jede Nacht getan haben. Lass uns nach draußen gehen, vielleicht finden wir ja im Gang ein paar Fackeln, die …«

Er wandte sich zur Tür um und erstarrte.

Mitten im Zimmer stand lächelnd Pater Jerome, in der Hand eine blakende Fackel.

Auch Karl schien sein Kommen nicht bemerkt zu haben. Der Priester war nicht durch die Zimmertür eingetreten, die noch geschlossen war. Vielleicht war er durch Karls Kammer hineingelangt? Oder …

Oder durch ebenjene Tür, durch die er schon einmal des Nachts zu mir gekommen ist, dachte Johann.

Er fragte sich, wie viel der Burgkaplan von ihrem Gespräch belauscht haben mochte. Auf alle Fälle ließ Pater Jerome sich nichts anmerken. Nach kurzem Zögern deutete er eine leichte Verbeugung an.

»Ich dachte, es ist höflicher, wenn ich Euch persönlich zur Messe abhole«, sagte er. »Es ist noch ein bisschen zu früh, ich weiß, aber die Gäste werden allmählich ungeduldig. Man wünscht Euch zu sehen, Doktor. Seid Ihr bereit?«

Johann hätte gern noch um etwas Zeit gebeten, aber er wusste nicht, welchen Grund er anführen sollte. Wie konnte er das vereinbarte Lichtzeichen geben, wenn er und Karl jetzt mit dem Priester gingen? Vermutlich war es Pater Jerome selbst gewesen, der angeordnet hatte, die Fackeln und die Glutpfanne zu entfernen. Johann hätte früher daran denken sollen, jetzt war es zu spät! Aber im Grunde war es ohnehin egal. Er hatte die Zeichen in den letzten Nächten nur gegeben, um Greta nicht zu beunruhigen. In dieser Nacht würde sich alles klären, ein Zeichen war also eigentlich nicht mehr nötig.

»Ich bin bereit«, sagte er.

Pater Jerome wies zur Tür. »Dann folgt mir.«

Sie traten hinaus in den dunklen Gang. Auch hier waren sämtliche Lichtquellen entfernt worden, sodass Pater Jeromes Fackel das einzige Licht weit und breit war, wie ein einsames Glühen in einem finsteren Schacht. Sie folgten dem Priester über die Treppe nach unten, verließen den Donjon und wandten sich nach rechts, der Kirche zu. Von den Wachleuten war keiner zu sehen, und auf den Türmen brannten keine Wachfeuer, wie es sonst üblich war. Johann vermutete, dass die Wachen bestochen worden waren – oder der Burgkaplan andere Mittel kannte, um sie gefügig zu machen.

Pater Jerome drückte gegen das schwere zweiflügelige Kirchenportal, das erstaunlich leicht aufschwang, wie frisch geölt. Eine in der dunklen Nacht ungewohnte Helligkeit empfing sie, Johann musste blinzeln. Überall brannten Fackeln und tauchten das Kirchenschiff in ein fast heiliges Licht. Wie bei den morgendlichen Messen war eine Orgel zu vernehmen, doch sie brummte ungeheuer tief und klang so fremdartig, als spielte sie ein Stück, das eigentlich nicht für Menschen gedacht war, sondern für eine viel ältere Art. Nachdem sich Johann an die Helligkeit gewöhnt hatte, sah er sich suchend um. Anders als erwartet war niemand zu sehen. Die Kirchenbänke waren leer.

»Wo sind denn Eure Gäste?«, fragte Karl, der bislang schweigend neben Johann und dem Priester hergegangen war.

Pater Jerome winkte ab. »Wartet nur, wartet, alles ist vorbereitet.«

Er schritt voraus, bis sie schließlich hinter dem Altar in der Apsis standen. Erst jetzt bemerkte Johann, dass dort eine schmale Treppe nach unten führte. Während der Frühmessen war sie mit einer Luke verschlossen gewesen, die jetzt weit offen stand. Pater Jerome deutete auf das finstere Loch, aus dem, wie Johann nun erkannte, die merkwürdige Orgelmusik drang.

»Nach Euch.«

Johann zögerte kurz, dann betrat er entschlossen die schlüpfrigen, moosigen Stufen. Wenn der Priester und seine Freunde ihn umbringen wollten, konnten sie das so oder so tun. Außerdem glaubte er nicht, dass sie dies wirklich vorhatten. Aus irgendeinem Grund schien Pater Jerome beinahe so etwas wie Respekt ihm gegenüber zu empfinden.

Die Stufen führten in eine niedrige Krypta, die sich direkt unter der Kirche befand. Auch hier brannten überall Fackeln, sie erleuchteten einen lang gezogenen Raum, der von zwei Reihen gedrungener Säulen gestützt wurde. Weiter hinten war eine Art Brunnen im Boden eingelassen, ein kreisrunder Schacht, in dem im Fackellicht Wasser schimmerte. Die Orgelmusik war jetzt so laut, dass sie in den Ohren schmerzte, aber noch immer war keine Orgel zu sehen.

Stattdessen sah Johann die Gäste.

Es waren etwa zwei Dutzend, die seltsamste Versammlung von Menschen, die Johann je erlebt hatte. Frauen und Männer, Junge wie Alte, wobei Johann keinen uralten Greis und auch kein Kind unter ihnen ausmachen konnte. Er brauchte eine Zeit lang, um zu erkennen, was ihn so stutzig machte.

Es waren ihre Gewänder.

Nur ein paar der Anwesenden trugen Kleider, wie sie heutzutage üblich waren, die meisten waren gekleidet wie Menschen auf Gemälden.

Auf sehr *alten* Gemälden.

Johann sah blasse Edelfrauen mit hohen Hörnerhauben und Schleiern, Männer mit spitzen Schnabelschuhen und mantelartigen Obergewändern, wie sie vor etlichen Jahrzehnten in Mode gewesen waren. Die Farben waren schrill und bunt, die Beinlinge eng geschnitten, was die Scham besonders zur Schau stellte, zu Turbanen gewickelte Tücher dienten als Kopfbedeckung. Bei manchen hingen an den Gewändern silberne Fibeln und kleine klingelnde Glöckchen, fast wie bei Spielleuten.

Auf den zweiten Blick jedoch wirkten die Gewänder nicht mehr ganz so prächtig, manche waren verblichen, andere fadenscheinig oder voller Stockflecken, so als hätten sie viele Jahre in einer Truhe gelegen.

Oder in einem Sarg, dachte Johann.

Die Leute nickten ihm und Karl zu, manche verneigten sich galant vor ihnen, aber keiner sprach ein Wort. Jede ihrer Bewegungen war gemessen und gravitätisch. Pater Jerome deutete auf einen älteren Mann, der einen leicht verkratzten silbernen Brustharnisch trug und dazu einen ausgewaschenen roten Umhang aus Samt. Wie auf ein geheimes Zeichen hin endete die ohrenbetäubende Orgelmusik.

»Ich darf Euch Henri Montcourt vorstellen«, sagte Pater Jerome, »den Grafen von Burgund. Ein treuer Freund des Königs und einer der gefürchtetsten Feinde der Engländer. Acht ihrer Ritter hat er mit eigener Hand in der Schlacht von Compiègne enthauptet.«

Der Graf verneigte sich tief vor Johann, der seine Verblüffung kaum verbergen konnte. Was, in Gottes Namen, wurde hier gespielt?

»Es ist mir eine große Ehre, Sire«, murmelte Montcourt, als stünde er vor seinem eigenen König.

»Ich wusste gar nicht, dass die Engländer immer noch die Feinde der Franzosen sind«, sagte Karl, der neben Johann stand und ebenso verblüfft schien. »Hat König Franz I. nicht ein Abkommen mit dem jungen Heinrich VIII. unterzeichnet, dass die Engländer ihre Ansprüche auf Frankreich ruhen lassen?«

»Oh, Verzeihung, ich meinte natürlich nicht König Franz I., sondern Karl VII.«, erwiderte Pater Jerome leise lachend und schlug sich gegen die Stirn. »Ein überaus fähiger Herrscher, der Paris vor achtzig Jahren von den Engländern zurückeroberte. Graf Montcourt ritt damals an seiner Seite. Jaja, lang ist's her.« Er zog Johann und Karl weiter. »Was Ihr hier seht, ist wirklich *alter* Adel, im wahrsten Sinne des Wortes, diese Leute denken nicht in Tagen oder Jahren, sondern in Generationen. Sie sind die treuesten Jünger unseres Herrn. Ich freue mich so, dass Ihr ihn heute treffen dürft! Das ist nicht vielen gestattet.«

»Ich hatte schon einmal die Ehre«, sagte Johann leise.

»Ich weiß, Doktor, ich weiß. Wir alle hier wissen das.«

Sie wurden noch einigen weiteren Gästen vorgestellt, deren Namen Johann aber nicht behalten konnte. Es waren ausschließlich französische Namen, und er glaubte, den einen oder anderen schon einmal gehört zu haben – in Verbindung mit einer Epoche, die weit zurücklag. Es waren Namen aus dem großen Hundertjährigen Krieg, in dem die Franzosen gegen die Engländer gekämpft hatten, darunter auch Weggefährten des damaligen Königs Karl VII. Johann wagte eine ganz spezielle Frage.

»In dieser illustren Runde hätte ich auch Jeanne d'Arc vermutet«, sagte er beiläufig. »Es heißt, die Jungfrau starb als Märtyrerin. Aber vielleicht ist sie ja gar nicht tot, sondern ebenso lebendig wie all die anderen hier, die Eurem Herrn dienen.«

Pater Jerome sah ihn beinahe hasserfüllt an. »Wenn ich Euch einen Rat geben darf – erwähnt diesen Namen niemals in Gegenwart des Herrn! Es macht ihn, nun ja ... sehr traurig. Johanna hätte alles haben können, der Herr hat sie geliebt wie keine andere Frau, aber sie hat den Feuertod gewählt. Überaus schade!«

Der Priester schüttelte den Kopf, so als wollte er einen lästigen Gedanken vertreiben. »Aber genug der Plaudereien. Diese Menschen haben einen weiten Weg zurückgelegt, um Euch zu sehen, Doktor. Deshalb mussten wir mit der Messe auch einige Tage warten. Sie alle wollen Euch helfen, vor den Herrn zu treten. Aber eins muss ich vorwegsagen, denn es ist sehr wichtig!« Er hob mahnend den Finger. »Ihr müsst sagen, dass Ihr freiwillig zu ihm geht. Das ist die Bedingung!«

»Wir lassen uns auf keinen Schacher ein«, fuhr Karl dazwischen. Er deutete auf die Gäste ringsumher. »Überhaupt, was soll diese Maskerade, all diese lächerlichen Kostüme? Wollt Ihr uns wirklich glauben machen, diese Menschen hier wären alle über hundert Jahre alt und persönliche Freunde von Gilles de Rais?«

Pater Jerome zuckte die Achseln. »Glaubt, was Ihr wollt, Meister Wagner. Doch wenn der Doktor und Ihr dem Herrn begegnen wollt, dann müsst Ihr das uralte Ritual erfüllen. So sind nun mal die Regeln.«

Johann erinnerte sich an seine frühere Begegnung mit Tonio in Nürnberg. Auch damals war es notwendig gewesen, dass er aus freien Stücken die Katakomben aufgesucht hatte, um seinen alten Meister zu treffen.

»Ich gehe freiwillig mit«, sagte er mit lauter Stimme.

Pater Jerome wandte sich Karl zu. »Und Ihr? Wollt Ihr den Doktor begleiten?«

»Wenn dieser abergläubische Spuk denn wirklich notwendig ist …« Karl versuchte ein spöttisches Lachen, das ihm jedoch misslang. »Meinetwegen. Ich gehe freiwillig mit.«

»Gut.« Pater Jerome nickte. Er wandte sich an den Grafen Montcourt. »Dann seid bitte so freundlich, Monsieur, und bringt uns den Schwarzen Trank.«

Johann stöhnte leise, als die Erinnerung zurückkam.

Der Schwarze Trank …

Er kannte diesen Trank. Schon zweimal in seinem Leben hatte er davon getrunken. Er wusste nicht genau, was das Gebräu enthielt, vermutlich Stechapfel, Bilsenkraut und andere bewusstseinsverändernde Nachtschattengewächse. Es ließ einen schwer und gleichzeitig ganz leicht werden. Das Leben war auf einmal nur noch eine Illusion und der Rausch die Wirklichkeit, die Grenzen zwischen der Realität und den Träumen verschwammen.

Meist waren es Albträume.

»Für die Reise, die Ihr beide nun unternehmt, ist es notwendig, dass Ihr den Schwarzen Trank bis zur Neige trinkt«, sagte Pater Jerome ernst. »Ihr müsst ganz rein sein, innen wie außen. Dazu dient auch das Bad.«

»Welche Reise?«, fragte Karl, der nun immer unruhiger wurde. »Und, verflucht, welches Bad?« Nervös sah er sich um.

»Das Ziel erfahrt Ihr erst, wenn Ihr getrunken habt.« Mit lauerndem Blick musterte Pater Jerome Johann, der immer noch zögerte. »Wollt Ihr dem Herrn begegnen? Wollt Ihr, dass Eure Krankheit geheilt wird? Oder soll Eure Lebenszeit schon bald kläglich enden – und Ihr sterbt unwissend, dahinsiechend wie ein todkranker Köter?« Die Stimme des Paters klang wieder wie das Zischen einer Schlange. »Soll sich der Herr nach Eurem unrühmlichen Ende vielleicht mit Eurer *Tochter* vergnügen? Wenn nicht, dann trinkt!«

»Verdammt!« Johann trat auf den Grafen Montcourt zu, der einen Pokal aus schwarzem Obsidian vor sich hertrug. Er riss ihm den Becher so heftig aus den Händen, dass Tropfen der Flüssigkeit herausschwappten. Fast fürchtete Johann, sie würden am Boden verdampfen wie Säure. Er führte den Pokal zur Nase und schnupperte daran. Der Inhalt roch faulig, wie alter Fisch und verrotteter Tang aus den Tiefen des Meeres.

»Trinkt!«, sagte Pater Jerome. »Es ist immer anders, keiner weiß zuvor, was der Trank einem zeigt.« Er lachte leise. »Doch glaubt mir, es ist immer ein äußerst prägendes Erlebnis.«

Erinnerungen kamen in Johann hoch, als er mit Tonio und Poitou damals in einen Wald nahe Nördlingen gereist war, viele Jahre war das nun her. Nun erlebte er das alles noch einmal.

»Dann soll es eben sein.«

Johann nahm einen tiefen Schluck, der ihn fast erbrechen ließ; die Flüssigkeit brannte in seiner Kehle wie Feuer. Dann reichte er den Pokal an Karl weiter, doch mitten in der Bewegung verharrte er.

»Du musst das nicht tun, Karl, du kannst auch jetzt noch umkehren. Ich bin dir dankbar, für alles, was du bislang für mich getan hast! Keiner kann dich zwingen.«

»Das ist wahr. Es muss freiwillig geschehen.« Pater Jerome nickte Karl zu. »Doch wenn Ihr trinkt, gibt es kein Zurück mehr.«

Karl zögerte kurz. Er blickte hinüber zu Johann, und dieser glaubte, eine stille Wehmut im Blick seines Adlatus zu erkennen – Wehmut und auch etwas anderes. Johann wollte noch etwas sagen. Doch da führte Karl den Becher bereits an die Lippen.

Und trank.

Im gleichen Moment setzte wieder der brummende Bass der unsichtbaren Orgel ein.

Als Karl den Becher zum Mund führte, tobten in ihm die unterschiedlichsten Gefühle. Er nahm an, dass es sich bei dem verabreichten Trank nicht um Gift, sondern um eine Droge handelte. Trotzdem zitterten ihm die Hände, als würde man ihm den Schierlingsbecher reichen. Das alles war absurd und schrecklich zugleich. Karl wusste, was damals in Nürnberg geschehen war, als man Faust den Schwarzen Trank verabreicht hatte. In einer grauenvollen Opferzeremonie waren dem Doktor der rechte kleine Finger abgeschnitten und später das linke Auge entfernt worden. Drohte ihm jetzt das gleiche Schicksal?

Die Flüssigkeit benetzte seine Lippen und floss Augenblicke später durch seine Kehle, sie war das Widerlichste, was er je getrunken hatte. Sein Körper reagierte mit Würgen, und er hatte Mühe, den Trank bei sich zu behalten. Dabei spürte er die Blicke der Umstehenden auf sich ruhen, sie belauerten ihn wie hungrige Wölfe. Verflucht, diese Leute hier waren mindestens ebenso verrückt wie damals die Satansjünger in den Nürnberger Katakomben! Karl mochte nicht glauben, dass es sich tatsächlich um über Hundertjährige handelte, die aufgrund irgendwelcher grausamen Rituale ihr Leben verlängert hatten – oder noch schlimmer, um lebende Tote, die sich aus den Gräbern erhoben hatten. Er weigerte sich, weil er wusste, dass sonst sein gesamtes Weltbild in sich zusammenbrechen würde, ein Weltbild, das auf Vernunft und Wissenschaft beruhte und in dem kein Raum war für den echten Teufel, für Unsterblichkeit und was ihm sonst noch an hanebüchenem Unsinn in den letzten Monaten begegnet war.

Trotzdem trank er. Er trank aus einem ganz bestimmten Grund, der beinahe ebenso irrational war wie die Existenz des Teufels.

Er tat es aus Liebe.

Karl konnte den Doktor jetzt nicht verlassen, nicht nach all den gemeinsam verbrachten Jahren, und deshalb musste er diesen Weg mit ihm gehen, so schmerzlich, so irrsinnig das auch war.

Die Flüssigkeit brannte wie Galle, sie füllte seinen Magen aus, der Schmerz erinnerte Karl an ein scharfes, hochprozentiges Getränk. Als die erste Übelkeit verflogen war, breitete sich von der Mitte seines Körpers eine Hitze aus, die bis in die kleinsten Poren ausstrahlte. Gleichzeitig fühlte er sich leicht und seltsam unbeschwert. Er wusste plötzlich nicht mehr, wie viel Zeit eigentlich verstrichen war, seit er den ersten Schluck getan hatte. Minuten? Stunden? Seine Furcht war verschwunden, das Leuchten der Fackeln in der Krypta erschien ihm jetzt warm und behaglich, wie ein bullernder Ofen in einer Winternacht.

Karl sah hinüber zu Faust, der mit geschlossenen Augen neben ihm stand. Der Doktor war so schön! Karl wollte ihn berühren, er streckte bereits die Hand nach ihm aus, als er gewahr wurde, dass sie nicht allein waren. Die Männer und Frauen in der Krypta umringten sie, doch nun kamen sie Karl nicht mehr verrückt oder gar böse vor. Es waren freundliche, großherzige Menschen, die ihn anstrahlten, manche lachten, andere klatschten, sie riefen: »O Herr, nimm sie zu dir, lass sie zu dir reisen!«, und Karl lachte mit ihnen, wie ein großes, unschuldiges Kind.

Eine Hand berührte ihn sanft an der Schulter. Es war Pater Jerome, der ihn anlächelte.

»Folgt mir jetzt zum Bad.« Pater Jeromes Stimme war warm und mild, wie Sonnenlicht an einem Frühsommermorgen. »Um die Reise anzutreten, müsst Ihr Euch zunächst waschen.«

Willenlos gingen Karl und Faust hinter ihm her. Pater Jerome führte sie zu dem Brunnen im hinteren Teil der Krypta, das Wasser darin schimmerte schwarz und ölig. Der Brunnen kam Karl jetzt viel größer vor, beinahe wie ein Becken, das zum Schwimmen geeignet war.

Wie ein riesiges Taufbecken, dachte er.

»Zieht Euch aus«, befahl Pater Jerome, aber nicht im Tonfall eines Priesters, sondern liebevoll wie ein langjähriger Freund.

Erst zögerlich, dann immer schneller entledigte sich Karl seiner Gewänder. Der Doktor tat es ihm gleich. Bald standen sie splitternackt vor dem Brunnen, und trotz der Kühle in der Krypta war Karl behaglich warm. Es war das erste Mal, dass er den Doktor so sah. Obwohl Faust die vierzig bereits überschritten hatte, war sein Körper immer noch athletisch und sehnig, es gab kein Gramm zu viel an ihm. Muskelstränge zeichneten sich wie gespannte Taue unter der Haut ab, auch dort, wo er gelähmt war. Buschiges Schamhaar bedeckte sein Gemächt, das, wie Karl bemerkte, ziemlich groß war.

»Und nun steigt in den Brunnen und wascht Euch«, sagte Pater Jerome. »Jeden Fleck Eures Körpers! Es darf nichts unberührt bleiben.«

Karl zögerte nur kurz, dann stieg er ins Becken. Das Wasser war erstaunlich warm. Als er seinen Fuß darin versenkte, bildeten sich Kreise, die sich zum Beckenrand hin ausbreiteten. Sie zogen Karl wie magisch an. Er setzte sich an den Rand und ließ sich schließlich hineingleiten, es war ein herrlich warmes Bad. Das Wasser ging ihm ungefähr bis zu den Hüften. Er beugte sich hinunter und schöpfte mit den Händen die Flüssigkeit über seinen Körper. Als seine Lippen damit in Berührung kamen, schmeckte es salzig wie Meerwasser. Alle Anstrengung, alle Mühsal fielen augenblicklich von ihm ab.

Auch Faust war mittlerweile in den Brunnen gestiegen. Bislang hatten sie noch kein Wort miteinander gesprochen, und Karl war sich nicht sicher, ob der Doktor ihn überhaupt wahrnahm. Er schien ganz in seiner eigenen Welt zu sein. Karl nahm ein Leuchten wahr, ein rötliches, überirdisches Glühen, das von Faust ausging. Was in aller Welt war das?

Karl streckte die Hand danach aus und berührte den Doktor sanft an der Wange. Erst jetzt bemerkte ihn Faust und lächelte ihn an.

»Karl, mein treuer Karl«, flüsterte er. »Warst immer bei mir.«

»Johann …«, erwiderte Karl leise. Es war das erste Mal, dass Karl den Doktor beim Vornamen nannte. »Ich … ich liebe dich …«

Die Worte waren über seine Lippen gekommen, so als hätten seine Gedanken plötzlich eine eigene Stimme. Seltsamerweise schien die Äußerung den Doktor nicht zu brüskieren.

»Ich weiß, Karl«, sagte Faust und lächelte. »Ich weiß. Und es ist gut so.« Auch er streckte nun die Hände nach Karl aus.

»Und nun wascht Euch gegenseitig!«, erklang Pater Jeromes noch immer sanfte, singende Stimme wie aus einer anderen Welt.

Mit der rechten Hand fuhr Karl durch das Haar des Doktors, seine mit dem warmen salzigen Wasser benetzten Finger streichelten ihm übers Gesicht, fuhren über Hals und Brust und weiter nach unten, bis er Fausts Schamhaar berührte. Dem Doktor schien das nicht unangenehm, auch er begann nun damit, Karl am ganzen Leib zu waschen. Mit seiner rechten, nicht gelähmten Hand streichelte er Karl, er lächelte ihn an. Sie waren sich nun ganz nah, ihre Körper berührten sich, und Karl spürte die Erregung in sich aufsteigen wie Lava in einem ausbrechenden Vulkan. Er schrie seine Lust in die Welt hinaus.

Schließlich umarmten sie sich, sie standen in dem Becken wie ein einziges, vierarmiges Wesen. Von fern erklang der Choral der Jünger, die ihren Gesang mit rhythmischem Klatschen untermalten.

»Masterel, al zulath, esternis Locat, phrector! Zhooooool …«

Karl verstand den Text nicht, es waren Worte, die uralt

klangen und gleichzeitig so, als wären sie eben erst geboren worden. Die Orgelmusik setzte wieder ein, mit einem so tiefen Brummen, dass es Karl in jeder Faser seines Körpers spürte. Es durchspülte ihn wie eine Woge.

Es war der schönste Moment seines Lebens, er war so glücklich!

Karl hatte sich in seine eigene Welt zurückgezogen, hatte die Augen geschlossen vor Verzückung. Er liebte den Doktor, und der Doktor liebte ihn! Er wünschte sich, dass dieser Traum nie endete.

Und so sah er auch nicht, wie Pater Jerome dem Doktor einen Dolch aus messerscharf geschliffenem Obsidian reichte.

Zwei Stunden zuvor hatte Greta ein letztes Mal zur Burg hinaufgeblickt. Dann hatte sie sich mit einem flauen Gefühl im Magen abgewandt und war in den Wald zurückgegangen, wo John bereits auf sie wartete.

»Noch immer nichts«, sagte sie kopfschüttelnd. »Er ist jetzt schon weit über der vereinbarten Zeit! Bislang hat er sich immer pünktlich gemeldet.«

»Ich konnte auch keine Wachfeuer sehen«, bemerkte John. »Ehrlich gesagt, finde ich das fast noch merkwürdiger. Ich meine, das ist eine große Burg, in den Nächten davor brannten die Wachfeuer immer. Was machen die dort oben? Feiern sie?«

»Irgendetwas stimmt jedenfalls nicht.« Greta seufzte. »Wenn mein Vater sich nicht meldet, ist ihm sicher etwas zugestoßen.«

»Greta …« John trat ganz nah an sie heran und nahm ihre Hand. Sie standen am Waldrand, westlich der Burg, der Graben zu ihren Füßen schimmerte schwarz im Mondlicht. »Dein Vater hat uns ganz klare Anweisungen hinterlassen. Wenn er kein Lichtzeichen mehr gibt, sollen wir schleunigst von hier verschwinden. Ich habe ihm mein Wort gegeben, dass dir nichts geschieht, und dieses Wort werde ich halten. Ich werde nicht zulassen, dass die Mutter meines Kindes sich noch einmal in Gefahr begibt!«

»O John! Du … du …« Kurz war Greta versucht, sich an seine breite Brust zu lehnen, doch dann besann sie sich und baute sich mit verschränkten Armen vor ihm auf. »Sprich nicht mit mir, als wäre ich ein kleines spinnendes Weiblein in einer Burgkemenate! Bislang habe ich mich immer gut selbst wehren können! Ich weiß selber, was Faust gesagt hat. Aber das heißt nicht, dass ich ihm oder dir gehorche.«

»Du hast seine Linien gesehen, Greta! So leid es mir tut, aber dein Vater hat nicht mehr lange zu leben. Vielleicht ist er ja auch schon nicht mehr unter uns. Er hat sich diesen Weg selbst ausgesucht, keiner hat ihn dazu gezwungen. Außerdem …« John zögerte.

»Was ist?«, wollte Greta wissen.

»Wenn uns auffällt, dass dort oben keine Wachfeuer brennen, dann merken es auch die verfluchten Landsknechte. Dieser päpstliche Gesandte ist sicher nicht dumm. Er hat nicht nur den Riesen, sondern auch noch ein paar andere fähige Männer, die eine unbewachte Burg einnehmen können. Dafür braucht man kein Heer. Gut möglich, dass sie ebendiese Nacht dafür nutzen.«

Greta presste die Lippen zusammen. John hatte recht, das hatte sie noch gar nicht bedacht. Vier Tage und fünf Nächte hatten sie nun schon gemeinsam im Wald verbracht. Und auch wenn die Sorge um ihren Vater sie ständig umtrieb, so waren es doch unvergessliche Stunden gewesen. John hatte sich rührend um sie gekümmert, er hatte ihnen ein kleines behagliches Lager gebaut, sie waren jagen gewesen und hatten bei Bauern in der Gegend den einen oder anderen Leckerbissen erworben. Dort hatte John auch erfahren, dass sich in der Gegend Soldaten herumtrieben, die eine fremde Sprache sprachen, und auch, dass dieser riesige Hagen gesichtet worden war. Viktor von Lahnstein hatte sich in der Stadt Tiffauges im Gasthaus einquartiert, von wo aus er vermutlich beobachtete, was auf der Burg geschah. Es war gut möglich, dass er tatsächlich in dieser Nacht zuschlug. Was in Gottes Namen ging dort oben vor?

»Hör zu, John, ich halte das nicht aus!«, begann Greta erneut. »Ich weiß, ich sollte mich da nicht mehr einmischen. Aber auch Karl ist dort oben! Und Faust … er ist trotz allem mein Vater …«

»Was für ein Vater ist das, der seine Tochter auf eine solche Reise mitnimmt?«, entgegnete John finster. »Dein Vater ist krank, nicht nur am Körper, sondern auch im Kopf! Ich fand schon immer, dass er etwas Böses ausstrahlt …«

»So darfst du über ihn nicht reden!«, brauste Greta auf. Doch im Grunde musste sie John recht geben. Faust hatte in der Tat etwas Unheimliches, ja, Böses an sich. Der Wille, seinem Widersacher Tonio endlich gegenüberzutreten, war in den letzten Wochen immer mehr gewachsen. Und dann gab es auch noch etwas, das sie John nicht verriet, weil sie es selber nicht ganz verstand.

Wenn Tonio wirklich dort oben in der Burg war, wollte auch sie sich ihm stellen. Seit jenen unseligen Tagen in Nürnberg war er auch Teil *ihres* Lebens geworden.

»Ich will wissen, was dort oben los ist«, sagte Greta mit grimmiger Miene. »Ist mein Vater tot, lebt er? Und was ist mit Karl? Zumindest ihm bin ich es schuldig, selbst nach dem Rechten zu sehen!«

»Und wie stellst du dir das vor?« John schüttelte den Kopf und deutete über den Graben, wo die Burg finster im Mondlicht aufragte, ein kantiges Monstrum. »Selbst wenn keine Feuer brennen, kann Tiffauges doch bewacht sein. Die Tore sind verschlossen …«

»Ich bin Gauklerin, schon vergessen? Wenn ich etwas gelernt habe, dann Zaubern und Tricksen, aber vor allem, meinen Körper zu beherrschen.« Greta senkte ihre Stimme, als könnte jemand sie hören. Doch aus dem Wald war nur das Heulen eines Käuzchens zu vernehmen. »Gestern, als du jagen warst, habe ich mir die Nordseite der Burg angesehen. Du weißt schon, dort, wo die zwei großen neuen Türme über das Umland wachen. In der Mauer östlich des Hauptturms fehlen etliche Steine, es gibt Risse, sie lässt sich, denke ich, leicht erklimmen. Vor allem dann, wenn oben keine Wachen postiert sind, die einen sehen.«

John starrte sie an. »Das ist nicht dein Ernst, Greta. Ich habe deinem Vater versprochen …«

»Komm mit oder lass es bleiben«, erwiderte sie knapp. »Ich klettere hinauf, schaue nach, was vor sich geht, und komme zurück. In ein paar Stunden bin ich wieder da. Du kannst ja in der Zwischenzeit einen Hasen über dem Feuer braten.«

Ihr Gesichtsausdruck blieb kühl. John sollte nicht sehen, wie sehr sie mit sich rang. Sie war sehr erleichtert, als er schließlich ergeben die Hände hob.

»Verflucht, du bist ein stures, widerborstiges Miststück, weißt du das?«

Greta grinste. »Nun, das ist zumindest eine Sache, die ich von meinem Vater geerbt habe.«

Auf der Nordseite der Burg war es am finstersten.

An dieser Stelle schlängelte sich der kleine Fluss Sèvre Nantaise durch ein Tal dem Graben und dem Damm zu. Die Schlucht war so tief, dass das Mondlicht kaum bis auf den Grund drang. Zudem erschwerte dichtes Buschwerk das Vorankommen, immer wieder blieben Greta und John an spitzen Dornen hängen. Es war, als wollte die Burg nicht, dass sie sich ihr von dieser Seite her näherten. Sie fanden eine flachere Stelle, wo sie durch den Fluss waten konnten. Auf der anderen Seite ragte schwarz die Burgwand auf, die von einer niedrigeren Mauer zusätzlich geschützt wurde. Weiter links befand sich ein Tor, von dem eine schmale Straße hinunter zum Fluss und über eine Brücke führte.

»Und jetzt?«, fragte John.

Greta deutete nach rechts, wo der Hauptturm stand, ein massiver Kegelstumpf, bedeckt von einem Kranz Pechnasen und einem überdachten Wehrgang. Direkt unterhalb befand sich der Damm, der den Graben auf der Burgvorderseite vom Fluss dahinter trennte. »Ich gebe zu, gestern Nachmittag war es ein wenig heller, aber zumindest gibt es auch hier keine Wachfeuer«, sagte sie. »Östlich des Turms sind einige Steine herausgebrochen, da können wir hochsteigen, und die Pechnasen dienen uns als Stufen. Außerdem müssen wir an dieser Stelle nicht über die äußeren Wehranlagen klettern.«

Skeptisch sah John hinauf, die Mauer mochte bestimmt sechzig Fuß hoch sein. »Wir wissen nicht, ob weiter oben auch Steine herausgebrochen sind.«

»Herrgott, John, das weiß ich selber! Noch einmal, du musst nicht mit. Aber ich denke, man kann es schaffen. Ich bin in meiner Zeit als Gauklerin schon an glatteren Wänden hochgeklettert.«

Das war schlicht gelogen. Greta konnte perfekt auf einem Seil tanzen, und sie hatte bei ihren Vorstellungen mit Faust und Karl auch gelegentlich einen Stadt- oder Kirchturm erklommen, um von dort oben auf einem Seil nach unten zu balancieren. Aber eine Mauer wie diese hatte sie noch nie bestiegen. Sie musste sich einreden, dass sie es schaffen konnte, sonst würde sie schon auf den ersten Metern aufgeben oder abstürzen.

»Also gut, aber dann lass mich wenigstens vorانklettern.« John ging auf die Mauer zu, betastete prüfend einige Steine und begann dann, sich Stück für Stück hochzuhangeln. Greta sah ihm eine Weile zu. John war kräftig und athletisch. Er war vielleicht nicht ganz so gelenkig wie ein Gaukler, dennoch machte er seine Sache sehr gut, es war sicher nicht seine erste Mauer. Sie band ihren Rock hoch, dann folgte sie ihm, wobei sie nach den Vorsprüngen und Nischen Ausschau hielt, die John vor ihr schon verwendet hatte. So kletterten sie schweigend, zehn Fuß, fünfzehn, zwanzig, immer höher …

Spätestens jetzt vermied es Greta, nach unten zu blicken. Sie konzentrierte sich ganz auf die Vorsprünge, die oft vermoost und daher glitschig waren. Bis nach oben schien es noch unendlich weit zu sein. Aber die Kletterei zwang sie, sich ganz auf das zu konzentrieren, was sie gerade tat. Für düstere Gedanken war so hoch oben kein Platz. Mit klopfendem Herzen stellte sie fest, dass sie sogar besser vorankamen als zunächst gedacht. Sie konnten es wirklich schaffen! Dabei blendete sie die Vorstellung aus, dass sie vermutlich auf dem gleichen Weg wieder absteigen mussten, wenn sie denn keine andere Möglichkeit fanden, die Burg zu verlassen.

John kletterte schneller, er war schon fast zwanzig Fuß über ihr, seine Gestalt nicht mehr als ein schwarzer Schatten in der Wand. Wie er da vor ihr nach oben stieg, geschwind, elegant, fast wie ein Tänzer, überkam Greta das Gefühl grenzenloser Liebe. Dort war ihr Mann, derjenige, auf den sie so lange gewartet hatte! Und sie trug sein Kind im Bauch, sie spürte es ganz deutlich; es war keine ausbleibende Blutung, sie war schwanger. Es war, als hätte Gott zu ihr gesprochen, dass sie ein Kind empfangen werde. Das Kind von John! Falls sie jemals wieder nach unten auf den sicheren Boden gelangte, würde sie Gott danken, sie würde beten und in der nächsten Kirche eine große Kerze stiften. Sie wollte …

Ihr rechter Fuß rutschte auf dem glitschigen Untergrund ab. Gerade noch rechtzeitig fasste sie mit der linken Hand nach einem weiteren Vorsprung, ein lang gezogener verwitterter Stein, vermutlich eine vorragende Pechnase. Greta fluchte leise. Sie durfte sich nicht in Träumereien verfangen, das konnte in solchen Höhen tödlich enden! Doch dann geschah das, was sie den ganzen Aufstieg lang schon befürchtet hatte.

Der poröse Stein in ihrer Hand brach ab.

Er rauschte lautlos in die Tiefe, wo er sofort von der Dunkelheit verschluckt wurde. Nun hing Greta nur noch mit der rechten Hand in der Wand. Es war eine kleine Nische, mehr ein Loch, in das sich ihre Finger krallten.

»John …«, brachte sie gepresst hervor. Es war eher ein leiser Seufzer. »John, oh, mein Gott …«

Er konnte sie nicht gehört haben, trotzdem hielt er im Klettern inne. John musste gute Augen haben, denn offensichtlich wurde ihm der Ernst der Lage sofort bewusst. Ohne zu zögern, stieg er zu ihr ab. Greta wusste, dass Hinunterklettern noch viel schwieriger war als Hinaufklettern, da man nicht sehen konnte, wohin man trat. Doch John hatte sich die passenden Stellen gut gemerkt. Er stieg so schnell ab, wie er konnte, Meter für Meter. In der Zwischenzeit hing Greta weiter in der Wand, ihre Muskeln waren bis zum Zerreißen gespannt, nur noch drei Finger trennten sie vom tödlichen Absturz. Sie war zu schwach, um mit der anderen Hand nach einem zusätzlichen Halt zu suchen, die Todesangst lähmte sie. Und noch immer war John nicht bei ihr! Ein kühler Wind zerrte an ihr, salziger Schweiß lief ihr in die Augen, sodass sie schon bald nichts mehr sah. Sie spürte, wie die Kraft sie verließ, ihre Finger rutschten ab, einer nach dem anderen …

Leb wohl, John …

Im letzten Moment wurde ihre linke Hand ergriffen und um einen vorstehenden Stein gelegt.

»Deine Füße«, sagte eine sanfte und gleichzeitig befehlende Stimme. Greta brauchte einige Augenblicke, um sich zu vergegenwärtigen, dass es tatsächlich John war. »Neben deinem linken Fuß ist ein Vorsprung. Du kannst dort gut stehen, du musst es nur wollen. Es ist ganz einfach, Greta. Tu es!«

Gretas Herz schlug so schnell und heftig, dass ihr der Brustkorb wehtat. Trotzdem schaffte sie es, ihre Füße auf den Vorsprung zu setzen. Es war eine weitere Pechnase, doch diesmal hielt sie. Sie wunderte sich, dass sie den Stein nicht vorher schon bemerkt hatte. In ihrer Panik war ihr die Wand glatt wie Eis erschienen. Ihr Atem beruhigte sich ein wenig.

»Es ist nicht mehr weit nach oben«, sagte John. »Jedenfalls kürzer als nach unten und auch weniger gefährlich. Ich war schon fast am Wehrgang, und ich weiß, dass du das auch kannst. Kannst du es, Greta?«

Greta nickte zögerlich, die Lippen zu einem Strich zusammengepresst.

»Dann sag es, Greta! Sag es! Sag, dass du eine Gauklerin und die Tochter eines Zauberers bist. Dir kann nichts geschehen.«

»Ich ... ich kann es. Ich bin eine Gauklerin und die Tochter eines Zauberers. Mir kann nichts geschehen.«

Greta atmete noch einmal tief durch, dann verließ sie den sicheren Vorsprung und schob sich weiter die Wand empor, wobei John immer dicht hinter ihr blieb. Diesmal war es viel einfacher, weil er ihr sagte, wo die richtigen Stellen zu finden waren. Es dauerte nicht mehr lange, und ihre Hände umfassten den Sims. Sie zog sich über die Zinnen und ließ sich auf der anderen Seite in den Wehrgang fallen. Eine ganze Weile blieb sie dort unbeweglich liegen, ohne darauf zu achten, ob sich Wachsoldaten näherten. Neben ihr lag John und hielt ihre Hand. Am Himmel leuchtete die Sichel des Mondes, der jetzt wieder gut zu sehen war.

»Hab ich es dir nicht gesagt?«, sagte er leise. »Dir kann nichts geschehen.«

»*Uns* kann nichts geschehen«, erwiderte sie und drückte ihn. »Uns beiden, John. Wir sind unsterblich. Unsere Liebe ist unsterblich.«

Vorsichtig richtete Greta sich auf und sah sich um. Sie standen auf dem Wehrgang unweit von einem der beiden großen Türme, die die Nordseite bewachten. Nirgendwo war ein Licht zu sehen, keine Fackeln, kein Wachfeuer, so als wäre die Burg von allen verlassen. Das Herrenhaus und der Donjon lagen vollständig im Dunkeln. Nur von der Kirche daneben ging ein mattes Glühen aus, es war der Schein der Kirchenfenster, offenbar fand dort eine Messe oder etwas Ähnliches statt.

»Hörst du das auch?«, fragte John.

Greta horchte. Nun vernahm sie den tiefen Klang einer Orgel, ein sonores Brummen, das direkt aus der Erde zu kommen schien. Es hörte sich fast so an, als würde die Burg atmen.

»Verdammt, da stimmt etwas nicht«, sagte Greta. »Ganz und gar nicht. Schnell, lass uns nachsehen!« Sie rannte bereits auf eine Treppe zu, die nach unten auf das Plateau führte. John folgte ihr. Eben passierten sie das verlassene Herrenhaus, als John ihr ein Zeichen gab und auf ein etwas abseits stehendes Gebäude deutete. Die Fensterläden waren geschlossen, doch dahinter war ein schwacher Lichtschein zu erkennen. Vorsichtig näherten sie sich dem Haus von der Rückseite her und schlichen bis zu den Fenstern. Einer der Läden stand ein wenig schief in den Angeln, sodass Greta durch den Spalt einen Blick ins Innere werfen konnte. Sie erkannte einen hohen Saal, in dem ein Kaminfeuer noch schwach glomm. Auf einem langen Tisch türmten sich wie nach einem Gelage halb abgegessene Knochen, Brotreste, Käserinden und umgeworfene Weinbecher. Überall auf dem schmutzigen Boden des Saals lagen ausgestreckt Männer, die Greta zunächst erschrocken für tot hielt. Doch dann hörte sie Schnarchen, einige der Männer wälzten sich und stöhnten, als hätten sie schlechte Träume. Aus einem Fass in der Mitte der Gruppe sickerte ein letzter Rest Flüssigkeit.

»Die Wachsoldaten!«, zischte John. »Nun wissen wir zumindest, warum keine Feuer auf den Türmen brennen. Die Kerle sind alle voll bis obenhin, mit Wein oder etwas Schärferem.«

»Oder etwas Giftigerem«, ergänzte Greta. Irgendwie kamen ihr die Männer nicht vor wie Betrunkene, sie schienen sehr tief zu schlafen. Vermutlich hätte nicht einmal ein Feuer sie aufgeweckt, und ihre Träume waren eindeutig keine schönen. Nun schrie sogar einer von ihnen laut auf, seine Hände krallten sich ins Wams seines Nebenmanns, der davon aber nicht aufwachte.

»Hm …« John nickte. »Du könntest recht haben, die sind regelrecht ausgeschaltet worden. Mit Alraune oder Taumelloch oder ähnlichem Teufelszeug.« Er zog sie an der Schulter. »Lass uns nachsehen, wer so versessen darauf ist, dass keiner mitbekommt, was hier vorgeht.«

Zusammen eilten sie über das verlassene Plateau, bis sie schließlich die Kirche erreichten. Die Orgelmusik war nun sehr laut, zudem vernahm Greta ein monotones rhythmisches Singen wie bei einem Choral. Schreckliche Erinnerungen stiegen in ihr auf. Erinnerungen aus der Zeit, als sie tief unten in den Nürnberger Katakomben Tonio del Moravia begegnet war.

Nackt liege ich auf dem steinernen Altar, die maskierten Männer singen, sie rufen den Teufel in vielen Sprachen an … O Satanas, o Mephistopheles …

Das Kirchenportal war nur angelehnt, Greta spähte durch den Schlitz in eine leere, von vielen Fackeln erhellte Kirche. Unterdessen war John um das Gebäude herumgeschlichen, aufgeregt kam er zurück.

»Es gibt einen kleinen Seiteneingang«, flüsterte er. »Ich vermute, er führt in die Krypta unter der Kirche. Von dort kommen auch die Orgelmusik und das Singen.«

Der Eingang war eine niedrige bullige Holztür, die seltsamerweise angelehnt war, ganz so, als wären soeben noch späte Gäste eingetreten. Greta zögerte einen Moment, dann öffnete sie die Tür einen Spaltbreit.

Sie erstarrte.

»Mein Gott«, flüsterte sie. »Bitte, John, sag mir, dass ich träume …«

Doch es war kein Traum. Unten in der Krypta standen etwa zwei Dutzend Menschen im Kreis und sangen in einer fremden Sprache, die Greta seltsam vertraut vorkam. Auch hier brannten Fackeln, sodass Greta die altertümlichen Gewänder der Anwesenden erkennen konnte, die aussahen wie auf einem alten verblassten Fresko. Doch sie hatte keine Zeit, sich darüber zu wundern. Ihr Blick fiel auf die Mitte der Versammlung, wo sich eine Art kreisrunder Schacht befand, wohl ein Brunnen oder ein riesiges frühchristliches Taufbecken. Zwei Menschen standen darin, bis zur Hüfte im Wasser. Die beiden Männer waren nackt und offensichtlich nicht mehr ganz bei Sinnen, ihre Augen schimmerten weiß im Fackellicht.

»O Satanas, o Mephistopheles, o Sheitan …«, erklang der Choral der Umstehenden. »Empfange das Opfer!«

Wieder stiegen in Greta Erinnerungen an die Zeit in den Nürnberger Katakomben auf. Auch damals hatten Menschen gesungen und den Teufel beschworen.

Doch das hier war schlimmer, viel schlimmer.

Im Becken standen Karl und daneben ihr Vater, der einen schwarzen Dolch in der Hand hielt.

Er hatte ihn eben gehoben, um auf Karl einzustechen.

»Um zum Herrn zu reisen, braucht es ein Opfer«, flüsterte der Priester Johann ins Ohr. »Dies ist der letzte Teil der Zeremonie. Ihr müsst Euch von allem lösen, auch von ihm.« Pater Jerome deutete auf Karl, dessen Augen geschlossen waren. Er hatte ein Lächeln auf den Lippen, ein unschuldiges Lamm kurz vor der Schlachtung. »Seid Ihr bereit für die große Reise, Doktor Faustus? Die Reise zu Gilles de Rais? Zu Tonio del Moravia, Eurem und unser aller Herrn und Meister? Dann bringt ihm jetzt das Opfer dar.«

Der Dolch in Johanns Händen war kalt wie eine sternenlose Nacht. Er fühlte sich so schwer an, dass Johann glaubte, einen großen Felsen zu stemmen. Pater Jeromes Stimme hallte in seinem Kopf wider.

Um zum Herrn zu reisen, braucht es ein Opfer ...

Welches Opfer? Meinte der Priester etwa Karl Wagner, der vor ihm stand? Johann konnte sich erinnern, dass Karl ihm vor Minuten oder schon vor Stunden gesagt hatte, er liebe ihn, und auch Johann hatte ihm seine Liebe gestanden – weil er in diesem Moment alle Menschen geliebt hatte, eins gewesen war mit der Welt. Doch dieser Augenblick war verflogen wie ein dummer jugendlicher Rausch, stattdessen erfüllte ihn der Anblick Karls mit Bedauern, ja mit Ekel. Karls geschlossene Augen, dieser leicht dümmliche, verzückte Gesichtsausdruck, wie ein Köter, der sabberte, weil man ihm einen Knochen hinhielt ... Johann glaubte, seinen Adlatus zum ersten Mal so zu sehen, wie er wirklich war: ein minderer Geist, beschränkt und nicht in der Lage, aufzusteigen zu den Höhen, die nur wenigen vergönnt waren. Im Grunde war Karl nichts weiter als ein kriechendes Insekt, so wie fast alle Menschen. Sie wühlten im Dreck, fraßen, soffen, paarten sich, doch das Wesentliche blieb ihnen verborgen. Wissen, Erkenntnis, ewiges Leben, vor allem aber die Begegnung mit dem Meister ...

Um zum Herrn zu reisen, braucht es ein Opfer ...

Längst hatte Johann vergessen, was eigentlich der Grund für ihre Reise nach Tiffauges gewesen war. Die monotone Orgelmusik erfüllte sein ganzes Inneres, die Menschen, die im Kreis um ihn herumstanden, sangen und summten wie Bienen, sie klatschten und blickten ihn auffordernd an. Noch immer lächelte Pater Jerome und deutete dabei auf Karl. Ja, er war das Opfer! Was unterschied seinen Gehilfen schon von einem dummen, blökenden Lamm? Dass Karl ihm seine Liebe gestanden hatte, machte ihn sogar noch minderwertiger als ein Tier. Karl lebte wider die Natur, es war nur gut und richtig, wenn Johann diesen ketzerischen Sodomiten tötete – damit er selbst zum Herrn reisen konnte. Zu Tonio del Moravia, seinem Meister! Wie hatte er ihn je für seinen Feind halten können? Er war der Einzige, der Johann jemals verstanden hatte. Alles würde er für ihn tun! Alles!

»O Mephistopheles, empfange das Opfer!«, sangen die Unsterblichen. »Sheitan, Satan, Zhooool …«

»Tonio, ich komme …«, murmelte Johann.

Mit einem Lächeln auf den Lippen ließ er den Dolch auf Karl niedersausen.

»Neeeeeiiiiiiin!«

Ein hoher Schrei ertönte, und eine Stimme schrie, die Johann bekannt vorkam, wie eine ferne Erinnerung. Sie bohrte sich schmerzhaft in sein Bewusstsein.

»Nicht, Vater, tu es nicht! O Gott, nein!«

Er kannte diese Stimme, es war die Stimme seiner Tochter. Hatte er überhaupt eine Tochter? Wenn ja, dann war auch sie unwichtig, wichtig war jetzt nur die Reise zum Herrn. Trotzdem zögerte Johann, ließ die Hand mit dem Dolch sinken. Weitere Schreie ertönten, ein lautes Rauschen wie die Brandung eines fernen Meeres.

Karl schlug die Augen auf und sah ihn erschrocken an, für einen kurzen Moment schien der Geist des jungen Mannes wieder klar zu sein.

»Was in Gottes Namen …?«, begann er.

Johann holte erneut mit der Klinge aus.

Doch da packte jemand seinen Arm und riss ihn zurück. Johann schrie erbost auf. Hatte er Karl getroffen? Er wusste es nicht. Denn nun war da dieser andere Mann, der versuchte, ihn niederzuringen. Der Angreifer war geschickt und kräftig.

Das Ganze war überaus lästig, zumal der Mann Johann zu kennen schien. Er hatte rote Haare, und er schrie auf ihn ein.

»Hört auf, Doktor! Ihr seid wahnsinnig, gebt mir den Dolch, bevor ein Unglück geschieht!«

Johann fauchte wie eine Katze. Sie alle waren dreckige kleine Würmer, die ihn nur daran hindern wollten, zum Herrn zu reisen! Aber das würde er nicht zulassen, nicht so kurz vor dem Ziel. Er verfiel auf eine List. Kurz hielt er in seinem Toben inne, als hätte er sich ein wenig beruhigt. Dabei hielt er den Kopf gesenkt, sie sollten das Blitzen in seinen Augen nicht sehen. Die Messerklinge zeigte mit der Spitze nach unten.

»So ist es gut, Doktor«, erklang die Stimme des anderen. »Noch ist es nicht zu spät. Ich habe Euch mein Wort gegeben, dass Greta nichts geschieht. Aber ich werde auch nicht zulassen, dass ihr Vater zum Mörder an seinem Freund und Gehilfen wird.«

Jetzt erkannte Johann ihn! Es war dieser grässliche Kerl, der ihm seine Tochter abspenstig machen wollte. John Reed, der Verräter, Hochstapler und Lügner! Wie ein Krebsgeschwür hatte er sich in Johanns und Gretas Leben gefressen, er zerstörte alles, was zwischen ihm und Greta je existiert hatte.

John Reed! Du Bastard, du Vieh, du wirst meine Greta nie mehr mit deinen dreckigen Pfoten begrabschen, du wirst sie mir nicht wegnehmen …

Unbändiger Hass erfüllte Johann, kroch vom Herzen aus bis in die Finger, bis in die Haarspitzen.

»Gebt mir den Dolch, Doktor«, fuhr John Reed fort. Er lächelte beruhigend und streckte die Hand aus. »Alles wird gut …«

In diesem Augenblick stieß Johann zu.

Nicht ein Mal, nicht zwei Mal, es war wie ein Rausch. Tief fuhr die Klinge in den Bauch dieses frechen rothaarigen Kerls, sie fraß sich durch seine Eingeweide, immer und immer wieder. Es tat so gut! John Reed schrie, und es war Musik in Johanns Ohren. Noch ein Stoß, noch einer.

Wann bist du endlich still! Sei still, stirb, du Abschaum!

Johann stieß zu wie ein Schlachter bei der Arbeit. Die Klinge hob und senkte sich. Am Ende war nur noch ein Röcheln zu hören. John klammerte sich mit beiden Händen an ihn und sah ihn dabei mit weit aufgerissenen Augen an. Jetzt endlich war sein freches breites Lächeln, das Johann immer so gequält hatte, erloschen. Endgültig.

»Warum …?«, keuchte John Reed. »Du … böser … alter Mann …« Ein Zittern ging durch Johns Körper, seine Finger gaben nach, doch noch immer hielt er sich an Johann fest.

Da ertönte erneut der hohe Schrei Gretas. Jetzt konnte Johann sie auch sehen, sie stand an einem Seiteneingang zur Krypta, alle Farbe war aus ihrem Gesicht gewichen, sie zitterte, weinte und klagte wie ein waidwundes Tier. Was hatte sie nur? Er hatte ihr, er hatte ihnen allen doch nur einen Gefallen getan. Er hatte das Geschwür herausgeschnitten.

»Vater, was hast du getan?«, rief Greta. »Um Himmels willen, was hast du getan? Oh, mein Gott! Du … du *Mörder*! Du hast John umgebracht!!!« Sie raufte sich die Haare, wankte und brach zusammen, ein winziges Bündel Mensch an der Türschwelle.

Johann dachte an Tonio del Moravia und was sie gemeinsam erreichen konnten. Er war jetzt ganz nah bei ihm – und ganz weit weg von allen anderen.

»O Herr, empfange das Opfer!«, zischte Johann.

Noch einmal stieß er mit der Klinge in den leblosen Körper. John Reeds Leiche löste sich endlich von ihm und glitt in einer Wolke von Blut in das Becken.

Und irgendwo, tief in seinem Inneren, konnte Johann das Lachen Tonios hören.

Greta schrie nicht mehr. Bis gerade eben hatte sie noch geglaubt, dass dies alles nur ein böser Traum war. Dass sie erwachen würde und John neben ihr lag, dass sie sich küssen und umarmen würden, um all das Böse zu vergessen.

Doch es war kein Traum. Sie lag auf dem Boden der Krypta, und der Mann, den sie liebte, war tot.

Es war das Ende der Welt.

Als John sah, dass ihr Vater Karl niederstechen wollte, hatte er alle Vorsicht fahren lassen. Er war durch die Krypta geeilt, vorbei an den seltsamen Menschen mit ihren altertümlichen Gewändern, war in das Becken gestiegen, um ihrem tobenden Vater den Dolch zu entreißen. Doch dann war alles entsetzlich schiefgegangen. John, der königliche Leibgardist, der routinierte Elitekämpfer aus den schottischen Highlands, dieser mit allen Wassern gewaschene Haudegen, hatte nicht glauben wollen, dass Faust, der Vater seiner zukünftigen Gemahlin, ihn tatsächlich angreifen würde. In seiner grenzenlosen Gutmütigkeit hatte er die Gefahr nicht erkannt.

Und so war er schließlich an ihr zugrunde gegangen.

Johns Leiche trieb mit dem Gesicht nach unten auf dem Wasser des Beckens, sein feuerrotes Haar umfloss seinen Kopf. Faust stand neben ihm, immer noch den Dolch in der Hand, er hatte das Gesicht zur Decke gerichtet und murmelte etwas Unverständliches. Er war ganz offensichtlich verrückt geworden. Oder hatte sich nun sein eigentliches, bisher verborgenes Ich endlich Bahn gebrochen? Greta war viel zu entsetzt, um ihren Vater in diesem Moment zu hassen. In ihr herrschte eine grenzenlose Leere, sie trudelte durch einen schwarzen Raum, unfähig, Schmerzen zu empfinden.

Neben Faust im Brunnen stand Karl, er sah aus wie eine Puppe, die von unsichtbaren Fäden aufrecht gehalten wurde. Greta schloss die Augen und öffnete sie wieder, der Anblick blieb. Das alles war kompletter Irrsinn, wie eines der Gemälde dieses unheimlichen niederländischen Malers, welches ihr Karl mal gezeigt hatte, Bilder von Untergang und Apokalypse – und doch war das hier die Wirklichkeit.

Die Menschen in der Krypta hatten aufgehört zu singen, auch die Orgelmusik war verklungen. Ein Mann mit pockennarbigem Gesicht und im Gewand eines Priesters wandte sich Greta zu.

»Wer bist du?«, zischte er hasserfüllt. »Wie kannst du es wagen, unsere Zeremonie zu stören? Du unnützes …« Plötzlich schien er irgendetwas in ihr zu sehen, es war, als hätte er sie erkannt. Seine Lippen verzogen sich zu einem bösen Lächeln. Schließlich lachte er laut.

»Das ist gut, zu gut! Wer hätte gedacht, dass ihr beide …«

Ein leises Zischen ertönte, und der Mann stockte in seinem Lachen. Verwundert ging sein Blick nach unten hin zu seinem Bauch, wo, wie Greta jetzt erkannte, ein Armbrustbolzen steckte. Dunkles Blut breitete sich auf der Kutte des Mannes aus und tropfte von dort auf die Steinplatten. Der Priester schüttelte langsam den Kopf, als wollte er die tödliche Verletzung nicht wahrhaben, er wankte, dann stürzte er nach vorne und blieb liegen. Die Hände umklammerten den Bolzen, der bis zum Schaft eingedrungen war.

Einige Augenblicke herrschte eine gespenstische Stille in der Krypta. Dann brach unter den Anwesenden Panik aus, sie schrien, rannten durcheinander, manche riefen nach einem Herrn, dessen Namen Greta nicht verstand.

Eine kräftige Hand zog sie an den Haaren hoch.

»Teufelspack«, brummte jemand hinter ihr mit harter, abgehackter Stimme. »Wird Zeit, dass wir dieses Nest ausräuchern.«

Greta erkannte den Mann, noch bevor sie sich umgedreht hatte. Es war Hagen, der sie jetzt wie einen Sack Mehl zur Seite schleuderte und mit etlichen Soldaten die Krypta stürmte. Offenbar war es den Schweizer Landsknechten gelungen, in die unbewachte Burg einzudringen. Die klagenden und schreienden Teufelsanbeter wurden zu Boden geworfen oder niedergeschlagen. Hagen zog sein mächtiges Langschwert und stürzte sich auf den Ersten von ihnen, einen älteren Mann mit silbernem Harnisch und Umhang, der dem Riesen finster entgegenstarrte und in einer fremden Sprache murmelte, die Hände erhoben zu einer Geste der Beschwörung. Mit einem einzigen Hieb trennte Hagen den Kopf vom Leib des Mannes und wandte sich umgehend seinem nächsten Opfer zu, einem jüngeren Kerl in weibischem Gewand, der kreischend auf allen vieren von ihm wegkroch.

»Bei der Jungfrau Maria, lasst die Ketzer am Leben!«, rief Viktor von Lahnstein, der nun hinter Hagen und seinen Männern die Krypta betreten hatte. Er trug eine blütenweiße Kutte mit tief hängender Kapuze, die den oberen Teil seines Gesichtes verbarg. Trotzdem erkannte Greta ihn sofort. Auf seinen Lippen lag ein Ausdruck unendlichen Triumphs.

»So billig kommen sie uns nicht davon. Sie sollen brennen und erst dann zu ihrem Herrn in die Hölle fahren!«, erklärte er den Soldaten. »Doch vorher werden sie uns noch alles verraten, was sie über Gilles de Rais wissen. Bei Gott, jedes kleinste Detail will ich erfahren, und wenn ich ihnen dafür die Haut in Streifen abziehen muss!«

Noch immer war Greta zu keiner Regung fähig. Sie starrte immer nur auf den toten John, der mit dem Gesicht nach unten in seinem eigenen Blut im Brunnen trieb. Neben ihm stand der Mann, den sie einst Vater genannt hatte und der nun zum Mörder ihres Geliebten geworden war.

»Holt den Doktor und seinen Adlatus aus dem Brunnen«, befahl Lahnstein. Er verzog die Miene, als er sah, dass die beiden nackt waren. »Herrgott, das ist wirklich widerlich! Sodomie ist fast so abstoßend wie Satanismus. Aber nun hat der Spuk ein Ende, Gott sei's gedankt.«

Soldaten zogen Faust und Karl, die immer noch in ihrer eigenen Welt zu leben schienen, aus dem Becken und schleppten sie hinüber zu Lahnstein. Die beiden waren kaum fähig, auf eigenen Füßen zu gehen, Schaum stand ihnen vor dem Mund wie tollwütigen Hunden, ihre Augen waren tote Höhlen. Erschrocken trat Lahnstein einen Schritt zurück.

»Mein Gott, seht Euch das an, der Teufel ist in sie gefahren! Möge unser Herr, der Allmächtige …«

Plötzlich stöhnte einer der Wachleute und ging mit einem Röcheln zu Boden. Hinter ihm erhob sich schwankend der pockennarbige Priester, dem noch der Bolzen aus dem Bauch ragte. Doch offenbar hatte er den Kampf noch nicht aufgegeben. Er stürzte vor, packte Faust und hielt ihm den blutigen Dolch an die Kehle, ebenjenen Dolch, mit dem Faust zuvor auf John Reed eingestochen hatte. Das Gesicht des Priesters war leichenblass, aber er stand aufrecht, so als würde die Bosheit ihm neues Leben einhauchen. Der Soldat zu seinen Füßen zuckte noch einmal kurz, dann rührte er sich nicht mehr.

»Zurück!«, rief der Pockennarbige. »Alle zurück!«

Lahnstein gab ein Zeichen, und die Soldaten wichen zurück.

»Ich weiß, dass Ihr den Doktor lebend braucht«, keuchte der Priester und hielt den starr vor sich hin stierenden Faust wie einen menschlichen Schutzschild vor sich. »Tot nützt er Euch nichts. Also lasst mich durch!«

Ohne den Dolch von Fausts Kehle zu lösen, bahnte er sich seinen Weg durch die Reihen der Landsknechte.

»Wo wollt Ihr hin?«, höhnte Lahnstein. »Mit Eurer Verletzung kommt Ihr nicht weit, Ihr seid ein toter Mann. Meine Leute haben unten das Tor besetzt. Es gibt keinen Weg hinaus aus der Burg!«

»O doch, den gibt es. Glaubt mir, ich kenne diese Burg ziemlich gut. Ich hatte viele Jahre Zeit, sie zu studieren.« Der Priester ging mit Faust im Arm nun rückwärts, bis er an der hinteren Wand der Krypta stand. Während er den leblosen

Doktor fest an sich drückte, langte er mit dem anderen Arm hinter sich. Erst jetzt bemerkte Greta dort eine steinerne Verzierung im Fels, einen alten, verwitterten Wolfskopf, nicht größer als eine Kinderfaust. Der Priester drehte den Knauf, und hinter ihm schwang eine Steintür auf, die bislang in der Wand verborgen gewesen war.

»Der gute Gilles hat sich immer einen Fluchtweg offengelassen«, sagte der Priester lächelnd. »Außerdem haben wir auf diesem Weg manchmal die Kinder reingebracht, bevor wir unseren Spaß mit ihnen hatten. *Au revoir!*«

Er schlüpfte in die Dunkelheit dahinter und zog den Doktor mit sich. Mit einem Krachen schloss sich die schwere Tür.

»Ihm nach!«, brüllte Lahnstein. Hagen warf sich gegen die Tür, er drehte den Wolfskopf, drückte ihn, rüttelte daran, doch nichts geschah. Auch mit Schwertern und Spießen konnten die Soldaten nichts ausrichten, der Schlitz war viel zu schmal. Offenbar ließ sich die Türe von innen verriegeln.

Faust und der Priester waren verschwunden, als hätte Tiffauges, das steinerne Monstrum, sie verschluckt.

Und Greta war mit ihrer Trauer und ihrem Entsetzen allein.

17

Lange Zeit blieb Johann in einem Zustand zwischen Wirklichkeit und Wahnsinn. Manchmal fragte er sich, ob er noch lebte oder ob dies die Hölle war – ob Tonio ihn nun endlich zu sich geholt hatte. Es war ein nicht einmal unangenehmes Schweben in einem Raum ohne Zeit, in dem die Erinnerungen als bunte Bilder an ihm vorbeirasten.

Das Bad im Brunnen … der lächelnde Pater Jerome, der mir den Dolch reicht … Karl neben mir, nackt wie ich, er streichelt meine Scham … ein rothaariger Unhold, der sich in John Reed verwandelt und dann wieder in einen Unhold, ich steche ihn nieder … Greta schreit … Mörder … Mörder … Mörder …

Er konnte nicht unterscheiden, was Realität war und was Ausgeburt seiner Fantasie. Doch was es auch war, es betraf ihn nicht. All diese Bilder hatten nichts mit ihm zu tun, sondern mit einer anderen, ihm fremden Person.

Das Erste, was er als Wirklichkeit erkannte, war der harte Steinboden, auf dem er lag – und die Kälte. Ihm war so kalt! Er zitterte am ganzen Leib, tastete mit den Händen durch die Dunkelheit, spürte den staubigen Boden unter ihm. Dann hörte er das Keuchen.

Jemand anderes war bei ihm.

War das Karl? John? Oder vielleicht …?

»Greta?«, hauchte er. »Bist du das? Meine … meine Tochter?«

Jemand kicherte, und es war eindeutig nicht Greta. Es war ein rasselndes männliches Lachen, dann folgte ein Husten.

»Du … du Narr!«, krächzte jemand. »Deine Tochter wird brennen. Mag sein, dass du sie bald wiedersiehst, in der Hölle!«

Wieder erklang das unheimliche Lachen. Johann öffnete sein gesundes Auge und blickte hinauf zur Decke einer würfelförmigen steinernen Kammer. Durch schmale Schießscharten fiel bleiches Morgenlicht. Er drehte den Kopf und erkannte nun, wer mit ihm in der Kammer lag. Es war Pater Jerome, sein Gesicht war totenbleich. Er presste die Hände gegen den Bauch, die Kutte war dunkel von Blut, und aus dem Stoff ragte ein abgebrochenes Stück Holz hervor.

Johann fragte sich, ob er dem Priester diese Verletzung zugefügt hatte, er wusste es nicht. Pater Jerome deutete den fragenden Blick richtig.

»Du weißt nicht, was geschehen ist, nicht wahr?« Er lachte erneut, kehlig, rasselnd und böse. »Willst du es wissen?«

»Ich … ich bin auf Tiffauges«, sagte Johann leise, als die Erinnerung Stück für Stück zurückkam. Erst jetzt bemerkte er, dass er tatsächlich nackt war. »Ich wollte zu Tonio del Moravia, den du Gilles de Rais nennst, deinen Meister … Er hat mir diese Krankheit geschickt, ich wollte mich ihm endlich stellen. Doch er war nicht auf Tiffauges …«

»Verdammt, nein, war er nicht! Aber wir hätten dich zu ihm gebracht. Der Schwarze Trank, das Bad, das Opfer, alles war vorbereitet …«

»Das Opfer!« Johann fuhr auf, die Kälte spielte plötzlich keine Rolle mehr. »Mein Gott, Karl! Ich sollte Karl umbringen …«

»Nachdem du dich mit ihm amüsiert hast, ja. Gilles hätte seine Freude daran gehabt.« Der Priester kicherte. »Man weiß nie, was der Schwarze Trank mit einem macht. Welche bislang gut verborgenen Seiten er in einem hervorkehrt.«

Kurz schämte sich Johann, als die Bilder zurückkehrten, die Küsse, das Streicheln, das wohlige Seufzen … Doch dann fiel ihm ein, mit welchem Blick er Karl danach angesehen hatte, was er über ihn gedacht hatte, und diese Scham überwog alles andere.

»Fast wärst du zum Herrn gereist«, sagte Pater Jerome. Auch er richtete sich jetzt mühsam auf, lehnte sich an die nackte Steinwand. Noch immer presste er die Hände gegen die Wunde in dem vergeblichen Versuch, die Blutung zu stoppen. »Aber dann kam dieser rothaarige Kerl, keine Ahnung, woher. Das Ritual wurde jäh unterbrochen, du hast den Burschen abgestochen wie ein Schwein, schließlich erschienen diese verfluchten Soldaten, ich bekam den Schuss von der Armbrust ab und …«

»Ich … ich habe John … umgebracht?«, unterbrach ihn Johann.

»Zum Teufel, das kann man so sagen! Hast ihm den Dolch bestimmt ein Dutzend Mal reingerammt, das Taufbecken war rot von seinem Blut!« Pater Jerome lachte meckernd, bis ihn der Schmerz wieder übermannte, sein Gesicht verzog sich. »Dein Blick dabei … Hast mich an Gilles erinnert, so wie er es früher mit den Kleinen manchmal gemacht hat. Aber wen wundert's …«

»Ich habe John umgebracht«, wiederholte Johann monoton. »Und Greta …?«

»Deine Tochter war auch da, ja. Keine Ahnung, wie die zwei reingekommen sind. Es war wohl ein Fehler, dass ich alle Wachen betäubt habe. Aber …«

Johann schrie leise auf, seine Nägel krallten sich fest in den Steinboden, so als könnte der stechende Schmerz in den Fingerspitzen auslöschen, was geschehen war. Im Rausch hatte er John Reed getötet, und seine Tochter hatte dabei zugesehen! Wie sollte sie ihm je verzeihen? Und Karl? Wie sollte Karl ihm verzeihen? Auch ihn hätte er beinahe geopfert wie ein Lamm!

Wie sollte er sich selbst je verzeihen?

Pater Jerome musterte ihn neugierig. »Ah, nun verstehe ich! Der Kerl war wohl ihr Liebster? Nun, dein kleines Mädchen wird vermutlich nicht gut auf dich zu sprechen sein. Aber wen schert's jetzt noch, da sie als Hexe brennen wird mit all den anderen. Auch dein süßer Gehilfe wird brennen. Schade um ihn, ich hätte gerne noch eine Nacht mit ihm verbracht, hier auf der Burg. Aber das holen wir in der Hölle nach.«

»Du … du Teufel!«, schrie Johann und stürzte sich auf ihn.

Lachend empfing der Priester Johanns Schläge. »O nein, zu viel der Ehre! Der Teufel ist mein Herr, ich bin nur sein geringer Diener. Wenn einer verdient, Teufel genannt zu werden, dann du, Johann Georg Faustus! Der Herr liebt dich. Ich wünschte, er würde mich so lieben wie dich. Er hat dir so vieles geschenkt, und wie dankst du es ihm? Indem du vor ihm wegläufst!«

Johann hielt inne, den Arm noch zum Schlag erhoben. Verwundert betrachtete er seine Hände. Die Lähmung war verschwunden! Als hätte ihn das Bad im Brunnen geheilt. Vorsichtig bewegte er seine Beine, den Rücken, den Oberkörper – er fühlte sich wie neugeboren, als wäre er nie krank gewesen. Doch er empfand kein Glück dabei.

Er wusste, was der Preis dafür gewesen war.

Pater Jerome lächelte schmal, fast wehmütig. »Siehst du, wie der Herr dich liebt? Diese Krankheit war sein Geschenk, sie sollte dich an ihn erinnern. Er will, dass du zu ihm kommst.«

»Aber ich wollte doch zu ihm! Deshalb bin ich nach Tiffauges gekommen, um mich ihm zu stellen.«

»Du Narr! Wie kommst du darauf, dass der Herr noch auf dieser Burg weilt? Wegen all der schönen Erinnerungen? Ha! Er …« Pater Jeromes Oberkörper sackte kurz nach vorne, doch er fing sich wieder und richtete sich auf. »Nein, der Herr hat viel größere Pläne! Uns hat er hier zurückgelassen, damit wir sein Vermächtnis hüten.«

»Uns?«, fragte Johann. »Ich kenne dich. Du bist Prelati, der Priester, der dem dunklen Marschall damals half, den Teufel zu beschwören! Aber wo sind die anderen?«

»Wo Poitou ist, weißt du. Du hast ihn in Nürnberg damals selbst zur Hölle geschickt. La Meffraye und Henriet hingegen …« Der Pater kicherte erneut, es klang wie das Kichern eines bösen alten Weibs. »Oh, du hast sie schon getroffen. Allerdings nicht hier auf der Burg. Sie dienen dem Herrn an einem anderen wichtigen Ort.«

»Wo?«, drängte Johann. »Wo sind sie? Sind sie dort, wo auch Tonio ist?«

»Denk nach, Doktor, du bist doch so schlau! Es gibt nur wenige, die der Herr beschenkt wie dich, mit Geld, Glück, Klugheit oder anderen Talenten … Doch eine Hand wäscht die andere, nicht wahr? Wenn der Tag kommt, an dem die Auserwählten mit ihrer Seele bezahlen sollen, zieren sie sich oft. Aber der Herr holt sie sich alle. Jeden Einzelnen …«

Pater Jerome verstummte und schloss die Augen. Johann erkannte, dass es mit ihm zu Ende ging. Dabei war er vermutlich der Einzige, der wusste, wo Tonio war. Er durfte jetzt noch nicht sterben, nicht, bevor er ihm mehr verriet! Doch die Worte des Priesters wurden immer wirrer. Ergaben sie überhaupt noch einen Sinn?

Es gibt nur wenige, die der Herr beschenkt wie dich, mit Geld, Glück, Klugheit oder anderen Talenten …

Johann stutzte. *Andere Talente …*

Und plötzlich wusste er, wen Pater Jerome meinte. Es konnte nur einen geben.

»Leonardo da Vinci!«, rief er aus. »Seine Gabe, zu zeichnen und zu malen, die Neugierde, sein Erfindungsgeist, das … das alles kommt von Tonio, nicht wahr?«

Er hatte also recht gehabt. Auch Leonardo da Vinci hatte

einen Pakt mit Tonio geschlossen. Und Leonardo musste geahnt haben, dass mit Johann ein Seelenverwandter als Gast auf Schloss Cloux war.

»Ich war bei ihm«, sagte er leise, mehr zu sich selbst. »Ich wünschte nur, ich hätte …«

»Leonardo besaß etwas, was der Herr gerne von ihm gehabt hätte«, unterbrach ihn Pater Jerome hastig, fast so, als wüsste er, dass seine Lebensuhr nun immer schneller ablief. »Als kleine Anerkennung für all … all seine Dienste. Aber der alte Narr wollte es ihm nicht geben! Schon einmal hatte der Herr ihn darum gebeten, in Rom, doch auch jetzt auf Schloss Cloux blieb Leonardo stur. Also befahl der dunkle Marschall seinen Dienern La Meffraye und Henriet, in Cloux danach zu suchen …«

»La Meffraye und Henriet? Aber …«

»O ja! Sie haben mir von dir geschrieben. Sie meinten, der Alte sei ganz vernarrt in dich und deinen hübschen Adlatus. Wohl besonders in ihn.« Pater Jerome verzog sein schmerzverzerrtes Gesicht und machte dabei eine weibische Geste. Er kicherte böse. »Leonardo mochte schöne junge Männer, jeder wusste das. La Meffraye und Henriet hofften, dass der greise Narr, wenn schon nicht dir, dann vielleicht ihm sein Herz ausschüttet und sein kleines Geheimnis verrät. Sie haben euch ständig beobachtet und belauscht. Aber dieser dumme Melzi meinte dann, ihr müsstet gehen. Er war wohl eifersüchtig auf dich und deinen Gehilfen.«

In diesem Augenblick begriff Johann.

»Mein Gott«, flüsterte er. »Natürlich! Wie konnte ich nur so blind sein?«

»Du bist nicht der Erste, der sie nicht sieht.« Pater Jerome nickte. »Ich weiß. Sie sind gut darin, sich unsichtbar zu machen. So haben sie früher auch die Kinder in den Dörfern geraubt. Sie sind wie Schatten, keiner nimmt sie wahr, und doch sind sie ständig um einen.«

»Das … das alte Dienerpaar!«, keuchte Johann.

Die stumme Köchin und der krumm gebeugte Hausdiener! Er konnte sich nicht einmal an ihre Namen erinnern, aber sie waren immer und überall dort gewesen, wo Leonardo war. Wie Tonios Krähen und Raben. Sie hatten ihn belauert, ihn und Leonardo.

»La Meffraye und Henriet haben lange nach dem gesucht, was der Herr von Leonardo da Vinci haben wollte. Aber sie wurden nicht fündig«, fuhr Pater Jerome fort. »Wir dachten, dass ihr zwei ihnen vielleicht helfen könntet, natürlich ohne dass ihr es merkt. Dass er euch erzählt, wo er es versteckt hat. Sie haben euch die ganze Zeit über belauscht, sogar noch am Totenbett.«

Johanns Gedanken rasten jetzt. Es war, als würde sich eine Geschichte nun, da er ihr Ende kannte, ganz anders erzählen. Leonardo hatte ihm etwas mitteilen wollen, aber er musste geahnt haben, dass er beobachtet wurde. Vielleicht hatte er sogar gewusst, dass es Tonios Diener waren und nicht seine eigenen, die ihn Tag und Nacht begleiteten. Wie lange arbeiteten La Meffraye und Henriet schon für ihn? Oder war es ihnen vielleicht gelungen, in die Hüllen der früheren Hausangestellten zu schlüpfen?

Doch etwas anderes empfand Johann als fast noch unheimlicher.

»Soll das heißen, ich bin nur deshalb nach Cloux gereist, weil … weil Tonio das wollte?«, fragte er verwirrt. »Die ganze lange Reise von Bamberg nach Frankreich, war das alles sein Plan? Damit ich Leonardo da Vinci besuche und für Tonio etwas finde? Dass ich ihm helfe, ohne es selbst zu ahnen?«

Johann dachte an den Raben und die Krähen. Er hatte geglaubt, sie würden ihm folgen. Aber eigentlich war es andersherum gewesen: Sie hatten ihm den Weg gezeigt, er war *ihnen* gefolgt! Wieder einmal, wie schon in Nürnberg, war er in Tonios Falle gelaufen.

»Der Herr ist überall und nirgends«, keuchte Pater Jerome. »Überall und nirgends! Merk dir das.«

Johann erinnerte sich, dass die alte Hebamme auf dem Weg hierher die gleichen Worte verwendet hatte.

Überall und nirgends …

»Wo ist er?«, fragte er. Er packte Pater Jerome und schüttelte ihn so fest, dass der Verletzte vor Schmerz aufstöhnte, an der Wand blieb ein nasser Fleck Blut zurück. »Sprich! Wo ist Tonio? Wo ist Gilles de Rais?«

»Du wirst es nie erfahren! Denn wir beide werden hierbleiben, bis uns der Teufel holt.« Pater Jerome lachte jetzt wie ein Wahnsinniger. »Ha, bis uns der Teufel holt! Es gibt kein Entkommen. Schau dich doch nur um, Doktorlein!«

Johann ließ von Pater Jerome ab und sah sich um. Zum ersten Mal fiel ihm auf, dass der Raum zwar über schmale Schießscharten verfügte, eine Sache jedoch fehlte. Eine sehr wichtige Sache. Eine Tür.

Wie um Himmels willen waren sie nur hereingekommen? Und wie sollte er je wieder herauskommen?

»Ich … ich werde dich jetzt alleine lassen«, flüsterte der Priester und legte die Hand an seine Kutte, zähflüssiges Blut quoll ihm zwischen den Fingern hervor. »Mit all deinen Fragen, kluger, allwissender Doktor Faustus. Du musst schnell nachdenken. Wenn der Durst und später der Hunger kommen, wird dir das Denken immer schwerer fallen. Bis dein Hirn so ausgetrocknet ist wie eine alte Kastanie und dir die Fingernägel abbrechen beim vergeblichen Versuch, dich hier herauszugraben. Leb … wohl, Faustus … Wir … wir sehen uns beim Herrn wieder! Auf der anderen Seite …«

Mit einem letzten boshaften Lachen brach Pater Jerome zusammen, zuckte noch einmal und rührte sich nicht mehr.

Noch nie hatte sich Johann so allein gefühlt wie in diesem Moment. Selbst in den Katakomben von Nürnberg, nach dieser grauenvollen Zeremonie, als er ohne kleinen Finger und ohne rechtes Auge aufgewacht war, war er nicht so einsam gewesen. Sein alter Freund Valentin hatte ihm beigestanden und später Karl Wagner. Doch nun hatte er alle seine Freunde verloren. Karl hatte er verachtet und im Rausch beinahe niedergestochen, er hatte John getötet, den Geliebten seiner Tochter, für die er nun ein Mörder war. Greta selbst würde wohl bald als Hexe auf dem Scheiterhaufen brennen. Selbst sein Hund war tot.

Er hatte niemanden mehr.

Die Kammer, in der er lag, war das steingewordene Sinnbild seines Lebens. Kalt, eng, ohne Ausweg. Und der Einzige, der ihm darin Gesellschaft leistete, war ein toter Teufelspriester. Er selbst war nackt, die letzte Karte war gespielt.

Johann lag ausgestreckt auf dem kalten Boden und starrte nach oben zur Decke, die aus glatten Steinquadern bestand. So verbohrt war er in den Gedanken gewesen, Tonio hier auf Tiffauges zu treffen, dass er alles andere ausgeblendet hatte. Wie so oft war er seinen Weg ohne Rücksicht auf die anderen gegangen, hatte den Einsatz mehr und mehr erhöht.

Und hatte verloren.

Rien ne va plus …

Tiffauges war eine Sackgasse gewesen, er hätte nie herkommen sollen. Alles, was Johann bislang geglaubt hatte, war nun wie ein Kartenhaus in sich zusammengestürzt. Konnte es wirklich sein, dass er immer nur das getan hatte, was Tonio wollte? Auf dem Knittlinger Friedhof war er ihm begegnet, und in Bamberg auf der Altenburg war Tonio wohl auch gewesen. Dann war Johann vor Viktor von Lahnstein geflohen, der ihn zum Papst hatte bringen wollen, wegen dieses verflixten Steins der Weisen, dessen Rezeptur er nicht kannte. Von seinem Freund Agrippa hatte Johann in Metz schließlich mehr über seine Krankheit erfahren wollen, und dieser hatte ihm von Leonardo da Vinci erzählt.

Johann stockte.

Agrippa, mein alter Freund. Kann das möglich sein?

Es war Agrippa gewesen, der ihm von Leonardos Krankheit berichtet hatte! Im Nachhinein betrachtet, kam Johann Agrippas plötzlicher Geistesblitz doch ein wenig gekünstelt vor, sein Freund war immer ein besserer Gelehrter als Schauspieler gewesen. War auch er in dieses Komplott eingeweiht? Hatte Tonio auch ihm einen Pakt angeboten? Alles schien denkbar. Wenn er selbst zum Mörder wurde, warum sollte sein Freund nicht zum Verräter werden? Blieb nur noch eine Frage …

Was für ein Geheimnis, das Tonio so gern besessen hätte, hatte Leonardo bewahrt? War es vielleicht tatsächlich die Kunst, Gold herzustellen, der Stein der Weisen? Jenes Geheimnis, das auch der Papst von Johann erfahren wollte? Es musste auf alle Fälle etwas sehr Wertvolles sein, wenn Tonio ihn dafür quer durch Europa geschickt hatte. Wo hatte Leonardo es versteckt?

Wo?

Zum ersten Mal sah Johann einen winzigen Lichtpunkt in der Düsternis. Tonio wollte etwas, und zwar sehr dringend. Wenn Johann es vor ihm fand, hatte er ein Pfand, mit dem er handeln konnte. So war es schon immer gewesen.

Man kann gegen den Teufel nicht gewinnen, aber man kann ihm ein Geschäft anbieten.

Wenn Johann Tonio das Geheimnis präsentierte, konnte dieser vielleicht dafür sorgen, dass Greta von den Flammen verschont blieb. Dass sie ihm verzieh, dass er sein altes Leben zurückbekam.

Doch dafür musste er erst mal hier raus.

Aufmerksam sah sich Johann um. Pater Jerome hatte ihn in diese verfluchte Kammer gebracht, also musste es auch einen Weg hinaus geben. Nur wo? Noch immer zitternd vor Kälte, stand er auf. Als Erstes brauchte er etwas zum Anziehen, sonst erfor er in dem kalten Gemäuer noch, bevor ihm etwas einfiel. Angewidert sah er hinüber zu der Leiche des Priesters, die verkrümmt in der Ecke lag. Der Blutfleck war nicht so groß wie zunächst gedacht, offenbar war Pater Jerome eher an inneren Blutungen gestorben. Johann zögerte nur kurz, dann entkleidete er den Leichnam und schlüpfte in die Kutte, die aus grobem Wollstoff gefertigt war. Er blendete aus, dass es sich um die blutbeschmutzte Kleidung eines Toten handelte, immerhin war ihm jetzt wärmer.

Dann untersuchte er die Wände.

Nirgendwo waren Schlitze oder Spalten zu entdecken, die auf eine versteckte Tür hindeuteten. Die schmalen Fenster, die an Schießscharten erinnerten, befanden sich in mehr als zwei Schritt Höhe, aber sie waren ohnehin viel zu klein, um hindurchzuschlüpfen. Mit Schrecken fiel Johann ein, dass diese Kammer vermutlich auch als Gefängnis für Kinder gedient hatte, die Poitou, Henriet und La Meffraye in den Dörfern wie Hasen gejagt und eingefangen hatten. Gut möglich, dass man ihr Wimmern bis in den Ort gehört hatte. Doch niemand hatte ihnen geholfen.

Nach den Wänden tastete Johann den Boden ab, der wie die Decke aus einzelnen Quadern bestand. Immer verzweifelter wandte er sich schließlich wieder den Wänden zu. Ihm fiel auf, dass diese im Gegensatz zu Decke und Boden aus einem Stück gefertigt worden waren, es gab keine Quader. Nur in den Ecken, wo die Mauern aufeinandertrafen, waren sie vermörtelt. Im Mörtel zeigten sich frische Risse. Eine Idee beschlich Johann, doch dafür hätte er den Mörtel aus den Fugen kratzen müssen. Wie sollte das gehen? Er hatte kein Messer, nicht mal einen Stecken.

Bis auf …

Johann zögerte. Dann ging er hinüber in die andere Ecke und beugte sich über den Leichnam des Priesters. In der Wunde steckte noch immer der abgebrochene Armbrustbolzen, mit einer raschen Bewegung zog er ihn heraus. Der Bolzen war etwas länger als sein Zeigefinger und hatte eine scharfe Metallspitze am Ende.

Das Abschiedsgeschenk von Pater Jerome.

Vorsichtig, damit die Spitze nicht abbrach, begann Johann nun, den alten Mörtel aus den Fugen zu kratzen. Er entschied sich für die Wand, die den Fenstern gegenüberlag, und tatsächlich fand sich hinter dem abgekratzten Mörtel ein etwa fingerdicker Spalt. Trotz des Morgenlichts war es viel zu dunkel, um darin etwas zu erkennen. Johann kniete nieder, schob die Bolzenspitze in den Spalt und zog sie langsam vom Boden aus nach oben.

Etwa auf Hüfthöhe blieb die Spitze an etwas hängen. Johann hielt dagegen.

Es klickte.

»Bitte, bitte«, flüsterte er. »Nicht für mich, für Greta …«

Er drückte gegen die Wand, die lautlos aufschwang.

Auf der anderen Seite befand sich ein kleiner dunkler Raum, von dem aus eine Treppe nach unten führte. Die Konstruktion war ebenso simpel wie genial. Trotz seiner Notlage kam Johann nicht umhin, den vermutlich längst verstorbenen Baumeister zu bewundern. In der Mitte der lose eingehängten dünnen Steinwand war ein Metallstift eingelassen, sodass die Wand wie eine Drehtür in beide Richtungen auf- und zuklappen konnte. Ein Schnappschloss sorgte dafür, dass sie einrastete und sich von innen nicht mehr bewegen ließ.

Es sei denn, man entfernte den zur Tarnung angebrachten Mörtel und drückte den Schnapphahn gewaltsam wieder nach oben.

Johann ließ die Wand offen, sodass ein wenig Licht in den Raum dahinter fiel. Vorsichtig stieg er die Treppe hinunter, die in einen Gang mündete. Von hier musste der Priester mit ihm gekommen sein. Nach einigem Zögern wandte Johann sich nach links. Es war ein niedriger Tunnel, in dem es ganz leicht nach Schießpulver roch, weiter vorne stand eine alte Kanone, deren rostiges Rohr durch eine Schießscharte nach draußen ragte. Weitere Schießscharten und Kanonen folgten. Als Johann einen Blick durch eines der kleinen Fenster wagte, sah er hinaus auf den Graben an der Südseite, dahinter lag, noch im Morgennebel, die kleine Stadt Tiffauges. Er ging schneller, schließlich rannte er. Offenbar befand er sich in den Kasematten, den unterirdischen Wehrgängen. Er konnte nur beten, dass er nicht in eine Sackgasse lief. Nach einer Weile kam er an eine kleine, sehr massiv aussehende Tür. Sie war mit einem dicken rostigen Riegel verschlossen, den offenbar schon lange niemand mehr betätigt hatte. Ächzend stemmte er sich dagegen, der Riegel löste sich mit einem Knirschen, und die Tür schwang auf.

Direkt vor ihm lag der Graben im Morgendunst.

Ein Ausfalltor!, dachte Johann erleichtert.

Tatsächlich führte ein schmaler Sims zwischen Graben und Mauer hinüber zu der Brücke, über die er und Karl vor einigen Tagen die Burg betreten hatten. Kein Mensch war zu sehen, nur einige Pferde standen im Schatten der vorgelagerten Wehranlagen und fraßen friedlich, die Köpfe in Eimer mit Hafer getaucht. Sie waren nicht angebunden und gehörten wohl dem Trupp Landsknechte, die Viktor von Lahnstein und den großen Hagen begleiteten. Wachen konnte Johann keine entdecken, die meisten der Soldaten befanden sich wahrscheinlich im Inneren der Burg, die sie in der letzten Nacht eingenommen hatten.

Johann beschloss, sein Glück zu wagen.

Er schlich auf die Pferde zu, von denen einige noch gesattelt waren. Vielleicht waren die dafür abgestellten Wachsoldaten damit beschäftigt, die Tiere einzeln in die Burg zu führen und dort abzusatteln. Es konnte nicht mehr lange dauern, bis sie wiederkamen.

Die letzten Meter rannte Johann, so schnell er konnte. Er entschied sich für eine junge gesattelte Stute, die ihm für einen längeren Ritt kräftig genug erschien. Sie war schwarz, mit langer Mähne und funkelnden Augen, das richtige Reittier für einen Vasallen des Teufels. An ihrer Seite hing eine prall gefüllte Satteltasche. Ohne sich noch einmal umzublicken, sprang Johann auf, drückte dem Pferd die Fersen in die Seiten, sodass es wiehernd aufsprang – und jagte über die Brücke der Stadt entgegen. Niemand hielt ihn auf. Dann riss er die Stute hart nach rechts und galoppierte auf den Wald zu, der so früh am Morgen noch im milchigen Nebel lag.

Johann wusste nicht, wo Tonio war, aber er wusste, dass sein alter Meister etwas ganz Bestimmtes haben wollte. Etwas, was Johann als Pfand im Tausch für das Leben seiner Tochter verwenden konnte.

Und, bei Gott, er würde dieses Pfand finden.

Währenddessen wartete Greta auf ihren Tod.

Sie kannte nicht den genauen Zeitpunkt, aber dass er sie schon bald heimsuchte, stand außer Frage. Vermutlich in Gestalt dieses riesigen Schweizer Landsknechts, der sie foltern würde, bevor seine Männer sie anschließend auf einem lodernden Scheiterhaufen im Burghof verbrannten.

Wie meine Mutter, dachte sie.

Anders als erwartet, hatte man sie nicht in einen finsteren Kerker gesperrt, sondern in ein behagliches Zimmer in einem der hinteren Wehrtürme an der Nordseite. Das Gemach, in dem sie sich befand, wirkte wie erst vor Kurzem erbaut. Es gab einen grünen Kachelofen, Teppiche hingen an den frisch verputzten Wänden, in der Ecke an einem vergitterten Fenster standen ein Stuhl und ein Tisch mit einem Stickrahmen darauf, in dem ein halb fertiges Stickmuster zu erkennen war: ein Hirsch, umrahmt von flatternden Vögeln und kleinen Häschen, vermutlich das Werk eines bornierten, längst verstorbenen Edelfräuleins. Erwarteten diese Kerle allen Ernstes, dass sie hier stickte und gelassen ihren Tod begrüßte?

Aber eigentlich gab es auch nichts mehr, wofür es sich zu leben lohnte. John Reed, der Vater ihres ungeborenen Kindes, war tot, ermordet von ihrem eigenen Vater. Der einzige Mann, den sie je geliebt hatte, mit dem sie ihr ganzes Leben hatte verbringen wollen, abgestochen wie ein Vieh! Greta hatte keine Tränen mehr. Sie war leer, ausgebrannt, nicht viel mehr als eine Puppe. Wo Karl war, wusste sie nicht. Als die Wachen sie aus der Krypta hierhergebracht hatten, war er nicht ansprechbar gewesen. Er hatte nur dümmlich gelächelt, als verstünde er überhaupt nicht, was um ihn herum vor sich ging – im Gegensatz zu den anderen Männern und Frauen, die man unter Geheul und Geschrei irgendwohin verschleppt hatte, sie kannten ihr Los. Greta wusste, dass es sich um Ketzer handelte, schlimmer noch, um sogenannte Luziferianer, die den Teufel anbeteten, böse Menschen. Trotzdem schauderte ihr bei dem Gedanken, dass sie wohl bald alle verbrannt werden würden.

Gemeinsam mit mir …

Doch dann fiel ihr ein, wofür es sich vielleicht doch noch zu leben lohnte. Sie trug Johns Kind in sich! Zärtlich legte sie die Hand auf ihren Bauch, sie glaubte zu spüren, wie es in ihr wuchs. Schwangere Frauen wurden meist nicht hingerichtet, jedenfalls nicht sofort. Man wartete ab, bis sie das Kind zur Welt gebracht hatten. So war es auch bei ihrer Mutter damals gewesen, als sie mit Greta schwanger war. Sie mochte sterben, aber ihr Kind, Johns Kind, würde leben! Sie musste den Wachen von der Schwangerschaft erzählen, vielleicht würde man dann auch auf die Tortur verzichten.

Vielleicht …

Ein Schlüssel wurde ins Schloss gesteckt, und Greta stand sofort vom Tisch auf. Nun war es so weit, man holte sie zum

Verhör! Sie ballte die Fäuste und reckte den Kopf. Die Wachen sollten sie nicht zittern sehen.

Doch es waren keine Wachen, die eintraten, und auch nicht der riesige Hagen. Es war Viktor von Lahnstein. Er trug ein frisches blütenweißes Gewand und statt des Ledergürtels ein kardinalsrotes Skapulier, was ihm etwas Erhabenes gab, eine Wirkung, die sicherlich beabsichtigt war. Sie stand allerdings in krassem Widerspruch zu seinem Gesicht. Unten in der Krypta hatte Lahnstein noch eine Kapuze getragen. Nun sah Greta zum ersten Mal, was Fausts Hund damals in Bamberg angerichtet hatte. Statt der Nase befand sich in Lahnsteins Gesicht ein fleischiger rosa Stumpen mit zwei klaffenden Löchern, fast wie bei einem Schwein.

Mit einer stummen, beiläufigen Geste gab der Dominikaner Greta zu verstehen, dass sie sich setzen sollte. Er selbst nahm ihr gegenüber Platz und musterte sie schweigend, während seine Finger den großen hölzernen Rosenkranz umspielten, der an seinem Hals hing. Sein Mund stand halb offen, vermutlich, weil er mit dem Atmen Mühe hatte. Greta beschloss, den Blick nicht abzuwenden, was ihr angesichts der entstellten Fratze schwerfiel. Nach einer Weile schmunzelte Lahnstein, ein Anblick, der Greta frösteln ließ.

»Die Tochter des berühmten Doktor Faustus«, sagte Lahnstein. »Wie es aussieht, ist sie ihm an Stolz mindestens ebenbürtig. Das gefällt mir! Die meisten Menschen schaffen es nicht, mich länger anzusehen. Sie wenden sich vor Grausen ab.« Er betastete den kaum verheilten Fleischlappen in seinem Gesicht. »Seltsam, nicht wahr, wie das Fehlen eines so kleinen Teils des menschlichen Körpers das ganze Menschsein infrage stellt? Es braucht eben nicht viel, um einen Mann in ein Monstrum zu verwandeln.«

»Was wollt Ihr von mir?«, fragte Greta leise. »Wenn Ihr hier seid, um mich der Tortur zu übergeben, dann …«

Lahnstein winkte ab. »Zum Unterhalten braucht es keine

glühenden Zangen und keine Streckbank. Ich habe die Erfahrung gemacht, dass Antworten unter der Folter oft mit Vorsicht zu genießen sind.«

»Was wollt Ihr dann?«

»Wie gesagt, ich möchte mich mit dir unterhalten. Über deinen Vater.«

Greta schwieg. Es fiel ihr schwer, überhaupt den Namen ihres Vaters in den Mund zu nehmen, ihr war, als würde er sie innerlich verätzen. »Glaubt mir, ich weiß eigentlich nichts über ihn«, sagte sie schließlich. »Im Grunde war er mir immer fremd, ganz besonders in den letzten Wochen.«

»Dein eigener Vater?« Lahnstein legte die Stirn in Falten. »Und das soll ich dir abkaufen? Für wie dumm hältst du mich?« Er lehnte sich nach hinten. »Ich will alles wissen, von Beginn an! Ich habe Zeit.«

Greta zögerte kurz und überlegte. Was hatte sie schon groß zu verlieren? Dann begann sie zu erzählen, während draußen die Morgensonne langsam höher stieg. Sie sah keinen Grund, etwas zu verschweigen. Faust mochte ihr Vater sein, doch es band sie nichts mehr an ihn, er war ein Mörder und vielleicht sogar mehr als das. Außerdem konnte sie Lahnstein durchaus verstehen. Wegen Faust war der Dominikaner zu einem Monstrum geworden, er hatte ein Recht, alles über seinen Feind zu erfahren.

Sie berichtete Lahnstein, wie sie Faust als junges Mädchen kennengelernt hatte und wie sie danach, gemeinsam mit Karl, als Spielleute durch das Deutsche Reich und andere Länder gezogen waren. Auch von Fausts Krankheit erzählte sie, von dem Pakt mit Tonio, von ihrem Besuch bei Leonardo da Vinci und schließlich, warum sie nach Tiffauges gekommen waren. Es brach aus ihr heraus wie bittere Galle, wie Gift, das sie von sich gab, als müsste sie sich von ihrem Vater für alle Zeiten befreien.

Lahnstein hörte schweigend zu, nur gelegentlich unterbrach er sie mit kurzen Fragen. »Was ist mit dem *Lapis philosophorum*, dem Stein der Weisen?«, sagte er, nachdem Greta nach fast einer Stunde am Ende angelangt war. »Hat er jemals mit dir darüber gesprochen?«

Greta schüttelte den Kopf. »Ich denke nicht, dass mein Vater dieses Geheimnis kennt. Keine Ahnung, woher Ihr das habt. Und das war, wie gesagt, auch nicht der Grund für unsere Reise nach Tiffauges. Faust wollte sich Tonio stellen, seinem großen Widersacher, von dem er glaubt, er sei eigentlich der unsterbliche Gilles de Rais, ja, vielleicht sogar der Teufel selbst.«

»Verflucht, er *muss* das Geheimnis kennen!« Lahnstein erhob sich und begann, in dem Gemach auf und ab zu gehen. Der Nasenstumpen zitterte leicht, als versuchte er, Fährte aufzunehmen. »Auch der französische König sucht den Stein der Weisen, ebenso wie die Habsburger. Wer die Rezeptur als Erster herausfindet, der regiert Europa – und damit die Welt, gerade jetzt, da die Kriege immer teurer werden! Landsknechte, Ausrüstung, Verpflegung, das alles kostet Unsummen an Geld!« Er fuhr herum, seine Augen waren klein und schmal. »Glaubst du, dass dein Vater zu König Franz geflohen ist, um ihm den Stein zu verkaufen?«

»Sicher nicht.« Greta betrachtete den päpstlichen Gesandten, der ihr plötzlich gar nicht mehr wie ein Monstrum vorkam, sondern eher wie ein Getriebener. Beinahe empfand sie Mitleid mit ihm. Der Papst hatte sich in eine Idee verrannt und seinem obersten Diener einen unlösbaren Auftrag gegeben, einen Auftrag, den Lahnstein bereits bitter bezahlt hatte. »Der französische König ist nur deshalb hinter Faust her, weil Ihr ihn verfolgt«, sagte sie. »Ihr erst habt Franz den Floh ins Ohr gesetzt, Faust könnte Gold machen. Ich sage es Euch gerne noch einmal: Mein Vater kennt dieses Geheimnis nicht!«

»Wir wissen aber aus sicherer Quelle, dass es ihm Gilles de

Rais höchstpersönlich während einer Totenbeschwörung verraten hat!«

»Wer sagt das?«, fragte Greta.

»Das tut nichts zur Sache.« Viktor von Lahnstein ging weiter in der kleinen Kammer auf und ab. Dabei sagte er leise, mehr zu sich selbst: »Faust hat Gilles de Rais schon einmal beschworen, so wie er es jetzt gemeinsam mit diesen Ketzern unten in der Krypta versucht hat. Die Beweise, sie sind offensichtlich ... Aber diesmal waren wir rechtzeitig zur Stelle, diese ganze Ketzerbrut wird brennen!«

»Da ... ist noch etwas«, begann Greta zögerlich, »etwas, was Ihr wissen solltet.« Sie schob das Kinn vor, ihre Stimme war jetzt fest. »Ich bin schwanger. Von John Reed. Das ist der Mann, den mein Vater unten in der Krypta erstochen hat.«

Viktor von Lahnstein fuhr herum, sichtlich unterbrochen in seinem Gedankenfluss. »Tatsächlich?« Er wirkte nicht so erstaunt, wie Greta gedacht hatte. Eher so, als hätte sich eine bereits vorhandene Ahnung nun bestätigt. »Hm, höchst erstaunlich ...« Er wiegte den Kopf. »Von diesem ehemaligen königlichen Leibwächter. Das war er doch, nicht wahr? Meine Spione am französischen Hof haben mir bereits von Reeds Seitenwechsel berichtet. Nun, wer hätte das gedacht?« Er lächelte verschmitzt. »Dabei ist Fausts Adlatus doch auch ganz hübsch anzusehen. Ich hätte eher auf diesen Karl Wagner getippt. Ihr kennt euch doch schon so lange.«

»Was ist mit Karl?«, wollte Greta wissen. »Geht es ihm gut?«

»Wer kann das schon wissen?« Lahnstein zuckte die Achseln. »Vermutlich weiß er das nicht mal selbst.«

Greta sah ihn verstört an. »Was ... was wollt Ihr damit sagen?«

»Nun, ich denke, er ist verrückt geworden. Bei dieser Beschwörung ist der Teufel in ihn gefahren, wir haben ihn wohl verloren. Er reagiert nicht einmal, wenn man ihm glühende Späne unter die Fingernägel schiebt. Glaub mir, wir haben in den letzten Stunden einiges versucht. Wenn du mich fragst: Besser, der Vater deines Kindes ist tot als wahnsinnig, so wie dieser arme Hund.«

»O nein!« Greta stöhnte leise auf. »Mein Gott, Karl ... mein guter Karl!« Gretas Welt wurde noch ein Stück dunkler. Nun schien auch ihr Freund Karl für immer von ihr gegangen zu sein, der einzige wirkliche Freund, den sie je gehabt hatte.

»Vergiss ihn«, sagte Lahnstein. »Wir nehmen ihn mit nach Rom, vielleicht kommt er ja wieder zu Sinnen, und wir können ihn befragen. Aber ehrlich gesagt habe ich wenig Hoffnung, dass er uns noch nützlich sein kann.« Lahnstein trat auf Greta zu und musterte sie aufmerksam. »Anders sieht es bei dir aus.«

»Ich habe Euch doch schon gesagt, ich weiß nichts! Ich ...« Gretas Stimme stockte. Alles um sie herum war schwarz und grau, nur ihr ungeborenes Kind hielt sie am Leben. Gott war so fern wie ein winziger erlöschender Stern. »Wenn Ihr mich foltert, werde ich sicher viele Dinge sagen. Aber es werden nur Lügen sein. Ich werde Euch alles sagen, was Ihr wissen wollt, die Wahrheit ist es nicht!«

»Liebes Kind, ich will dir eine Frage stellen.« Lahnstein stellte sich ganz nahe vor Greta, sie roch etwas Fauliges, vermutlich der noch nicht ganz verheilte Nasenstumpen. »Eine sehr wichtige Frage. Ich möchte, dass du dir die Antwort gut überlegst.« Erst jetzt bemerkte sie, wie hager der Dominikaner war. Mit der weiten Mönchskutte und dem Stumpen im Gesicht ähnelte er einer Vogelscheuche.

»Hast du dich schon mal gefragt, ob du auf der richtigen Seite stehst?«, sagte Lahnstein ruhig. Der Rosenkranz baumelte direkt vor Gretas Nase.

»Wie ... wie meint Ihr das?«

»Nun, bislang dachtest du, wir sind die Bösen, nicht wahr?

Wir verfolgen dich und deinen Vater und deine lieben Freunde, wir jagen euch wie Tiere, um euch in Rom dem Papst und der Inquisition zu übergeben.« Viktor von Lahnstein trat einen Schritt zurück und strich über sein blütenweißes Gewand. »Sieh es doch mal andersherum. Dein Vater ist ein Ketzer, ein Luziferianer, das ist erwiesen. Er hat vor allen Gesandten des Reichs den Teufel beschworen und seinen Hund auf den päpstlichen Nuntius gehetzt. Und du hast selbst gesehen, was er letzte Nacht unten in der Krypta angestellt hat. Das war keine friedliche Abendmesse, sondern ein teuflisches Ritual! Faust ist nach Tiffauges gekommen, um Gilles de Rais zu beschwören, seinen Meister, den er Tonio nennt. Dafür geht er über Leichen.«

Der päpstliche Gesandte beugte sich tief zu ihr hinunter, seine Hand griff nach dem kleinen Engel, den ihr die alte Hebamme geschenkt hatte und den Greta an einer Kette um den Hals trug. »Was ist das?«

»Ein ... ein Schutzamulett«, sagte Greta. »Es zeigt mir, dass Gott auch noch in der dunkelsten Stunde bei mir ist. Dass ich immer zu ihm beten kann.«

Lahnstein hob die Augenbraue. »Du betest viel?«

»Täglich. Seitdem sich mein Vater so verändert hat, sogar noch mehr. Aber auch Gott konnte Faust nicht retten.« Gretas Miene verdüsterte sich. »Seine Seele war wohl schon verloren.«

»Ein wahres Wort.« Lahnstein hob die Hand. »Ich vermute, er hat dir erzählt, er wolle sich Tonio stellen, um ihn zu vernichten. Aber du weißt, dass es anders ist, nicht wahr? Dein Vater ist ein Meister der Täuschung. Er hat seinen Gehilfen getäuscht und sogar seine eigene Tochter! Er ist ein Satanist, der mit diesen Ketzern zusammen den Teufel beschworen hat, er hat dich, deinen Geliebten, seinen treuen Adlatus, er hat euch alle betrogen! Er hat den Mann, den du liebtest, gemordet!« Er legte ihr die Hand auf die Schulter, sie war schwer und kalt. »Dein *Vater* ist böse, Greta. Nicht wir. Es wird Zeit, dass du der Wahrheit endlich ins Auge blickst.«

Greta schwieg, in ihr tobten die unterschiedlichsten Gefühle. Und doch wusste sie, dass Lahnstein im Grunde recht hatte. Ihr Vater hatte einen Pakt mit dem Teufel geschlossen, er war ein Satanist. Sicher war er nicht immer böse gewesen, zumindest nicht ganz, denn sie kannte seine guten Seiten, doch der Teufel hatte mehr und mehr Macht über ihn erlangt. Ihr Vater hatte immer nur das getan, was ihm selbst nutzte. Um zu Tonio zu gelangen, hatte er sogar jemanden umgebracht und seine Tochter verlassen.

Seine eigene Tochter …

Ein schrecklicher Gedanke keimte in ihr auf. Wenn ihr Vater diese böse Seite besaß, was war dann mit ihr? Hatte sie nicht auch andere unselige Talente von ihm geerbt, so wie das Handlesen? Vielleicht würde auch sie irgendwann diesen dunklen Weg einschlagen. Und was bedeutete das für ihr ungeborenes Kind? Sie musste ihr Kind schützen!

»Ich will, dass du mit mir betest, Greta, Tochter Fausts«, sagte Lahnstein plötzlich. Er führte sie vom Tisch weg und drückte sie sanft zu Boden, bis sie kniete. Greta war wie in Trance. Lahnstein kniete sich neben sie und faltete die Hände.

»O allergütigster Vater im Himmel!«, rief er mit lauter Stimme, den Kopf zur Decke erhoben. »Sieh dieses Weib, das vom rechten Weg abgekommen ist. Lass uns gemeinsam für sie beten. Für sie und für ihren Vater, den sich der Teufel geholt hat!«

»Das Böse ist wie eine Krankheit«, wandte er sich an Greta. »Wie ein Geschwür. Man muss es ausbrennen, bevor es sich ausbreitet, auch in der Familie. Oder man heilt es rechtzeitig durch den rechten Glauben. Vielleicht ist es bei dir noch nicht zu spät, Greta. Für dich und dein Kind! Wenn du dich für die richtige Seite entscheidest.«

Greta schloss die Augen und betete lautlos. Es tat gut, in dieser trostlosen Welt einen Halt zu finden. Angesichts des Grauens, das sie umgab, war der Glaube in ihr ständig gewachsen. Ja, sie hatte den Teufel erlebt, wie also konnte sie daran zweifeln, dass Gott existierte und über sie wachte? Gott würde ihr in dieser dunkelsten Stunde beistehen.

»Entscheidest du dich für die richtige Seite, Greta?«, fragte sie Lahnstein eindringlich. Noch immer kniete er neben ihr. »Noch ist Zeit umzukehren!«

»Was erwartet Ihr von mir?«, fragte sie.

Lahnstein drückte ihre Hand. »Ich will, dass du uns nach Rom begleitest. Nicht als Gefangene, sondern als Dienerin des Guten. Dein Vater ist eine der schärfsten Waffen des Teufels. Wenn seine eigene Tochter sich Gott ganz hingibt, schaden wir dem Teufel mehr, als wenn wir dich verbrennen.« Lahnstein lächelte schmal. »Willst du dich unserer Seite anschließen? Willst du Gott dienen, Greta?«

»Ich … ich will.« Kaum waren die Worte gesprochen, durchströmte Greta ein warmes Gefühl wie eine sanfte Woge. Die letzte Nacht hatte ihr endlich die Augen geöffnet. In ihren Gebeten, bei ihren vielen Kirchgängen in Amboise hatte Gott nach ihr gerufen, doch nun erst hatte sie ihn wirklich gehört! Lahnstein stand auf der Seite des Papstes, des Oberhauptes der Christenheit, ihr Vater hingegen hatte sich mit dem Teufel verbündet. Bisher war sie nicht in der Lage gewesen, das zu erkennen. Lahnstein bot ihr an, in den Schoß der Kirche zurückzukehren. Er schenkte ihr das Leben und die Möglichkeit, als Mutter und Christin Buße zu tun für das, was sie getan hatte, was ihr Vater getan hatte – und was er vielleicht noch tun würde. Ihr Kind würde an dem Ort aufwachsen, der noch immer der Schutzschild gegen alles Böse, alles Teuflische war.

In Rom.

Und doch konnte sie nicht zustimmen, nicht solange der

arme Karl, ihr letzter, ihr einziger Freund, so schrecklich für die Taten seines Herrn büßte.

»Ich komme mit Euch«, sagte sie und sah Lahnstein ernst an. »Ich werde für mein Seelenheil und für das der ganzen Christenheit beten, ich werde mich dem Kampf gegen den Teufel anschließen. Aber unter einer Bedingung: Ihr gebt Karl frei. Keine Folter mehr!«

Lahnstein zögerte nur kurz, dann zuckte er die Achseln. »Meinetwegen. Der arme Kerl ist ja so schon genug gefoltert. Wenn sich sein Zustand nicht bessert, gebe ich ihn in ein Hospiz, versprochen. Sollen sich die Mönche um seine verwirrte Seele kümmern. Dafür gehst du mit mir nach Rom und schließt dich dem wahren Glauben an.«

Er reichte Greta die Hand. Als sie sie ergriff, musste sie an den Pakt denken, den ihr Vater einst mit Tonio geschlossen hatte. Auch das hier war ein Pakt.

Aber es war ein Pakt mit der guten Seite.

Gretas Griff war fest und beherzt. »Wir gehen nach Rom«, sagte sie, mehr zu sich selbst. »Möge mein Kind in einer besseren Welt aufwachsen als dieser hier. Möge Gott dieses Kind schützen und alle, die dem Teufel widersagen.«

Als Viktor von Lahnstein kurz darauf nach draußen trat, wartete Hagen bereits auf ihn. Er hatte die ganze Zeit vor der Tür gewacht.

»Keine Tortur«, sagte Lahnstein. »Und auch keine Hinrichtung. Sie geht mit uns nach Rom.«

Der Riese hob eine Augenbraue, doch er schwieg.

Lahnstein wusste, dass Hagen nicht dumm war, ganz und gar nicht, vermutlich dachte er sich sein Teil. Seit Monaten waren sie nun gemeinsam hinter Faust her. In Chinon war er ihnen im letzten Moment durch die Lappen gegangen, sie hatten alles riskiert und dabei einen Haufen Männer verloren. Sie befanden sich mitten im Feindesland, wie eine Bande räudiger Söldner, die jederzeit damit rechnen musste, dass französische Soldaten sich ihnen in den Weg stellten. Als auf den Burgmauern von Tiffauges keine Wachfeuer brannten, hatten sie schließlich zugeschlagen. Doch schon wieder war ihnen Faust entwischt, und nun durften sie nicht einmal seine Tochter befragen!

Stattdessen lautete der Auftrag, sie nach Rom zu bringen.

Viktor von Lahnstein biss die Zähne zusammen. Es war nicht leicht, der persönliche Gesandte von Papst Leo X. zu sein. Aber es gab höhere Ziele, und deshalb musste er seinen Rachedurst zurückstellen, so schwer ihm das auch fiel.

Der Herr wird es mir lohnen.

»Ist die Burg in unserer Hand?«, fragte er Hagen.

Dieser nickte. Hagen war der Einzige, den Lahnsteins Verletzung nicht zu stören schien. Vermutlich hatte er auf den Schlachtfeldern schon viel Schlimmeres gesehen. »Die Wachen haben wir alle im Bankettsaal gefunden, sturzbetrunken und betäubt, wir konnten sie einsammeln wie die Täubchen. Sollen wir sie …?«

Lahnstein winkte ab. »Lasst sie am Leben, ebenso wie diesen versoffenen Vogt. Wir wollen wegen dieser Sache keinen Krieg riskieren. Zwar reiten wir ohne Fahne, aber wer weiß, was die Leute im Ort später ausplaudern. Wichtig ist jetzt, dass wir hier schnell wegkommen.«

»Da ist noch etwas.« Hagen räusperte sich. »Ein Pferd ist verschwunden, vor der Burg.«

»Faust!«, zischte Lahnstein. »Dieser Kerl hat wirklich einen Pakt mit dem Teufel! Nun, wie auch immer.« Er presste die Worte förmlich zwischen den Zähnen hervor. »Du weißt selbst, unser Auftrag ist jetzt ein anderer.«

Der Rabe war erst heute früh im Morgengrauen gekommen. Es war der gleiche Rabe gewesen, der nun schon öfter Nachrichten zwischen Rom und ihnen übermittelt hatte. Ein schlauer alter Vogel, der, wie Lahnstein vermutete, wohl aus der berühmten Menagerie des Papstes stammte. Er hatte ein winzig zusammengefaltetes Schreiben mit dem Siegel des Papstes überbracht, und Lahnstein hatte sich gefragt, wie der Rabe so schnell nach Tiffauges fliegen konnte. Wäre er nicht vom Papst gekommen, hätte er vermutet, es sei Hexerei im Spiel.

Etwas anderes aber war noch unheimlicher gewesen. Die Weisung in dem Schreiben war sehr deutlich gewesen.

Bringt Fausts Tochter unversehrt nach Rom. Sie trägt ein Kind im Leib.

Wie um alles auf der Welt hatte der Heilige Vater wissen können, dass Fausts Tochter schwanger war? Und doch war sie es, das Weib hatte es Lahnstein eben gerade selbst erzählt! Schwanger von diesem ehemaligen französischen Leibgardisten, den Faust im teuflischen Rausch erstochen hatte, bevor er geflohen war.

Viktor von Lahnstein lächelte schmal. Nun, zumindest fraß ihm das Mädchen jetzt aus der Hand, er war sehr überzeugend gewesen, wie er selbst fand. Fausts Tochter würde ihnen treu dienen. Vielleicht konnte sie ihnen ja wirklich noch nützlich sein.

»Was ist mit den anderen Ketzern?«, fragte Hagen.

»Wir verbrennen sie«, antwortete Lahnstein knapp, froh, dass er sich wieder den handfesten Dingen im Leben widmen konnte. »Alle. Noch heute, hier auf der Burg. Bevor dieser versoffene Vogt überhaupt kapiert, was vor sich geht! Wir müssen Tiffauges verlassen haben, ehe König Franz von diesem Coup Wind bekommt. Zum Meer ist es nicht mehr weit. Bis Franz erfährt, was hier geschehen ist, sind wir schon längst auf dem Weg nach Gibraltar.«

»Über ein Dutzend Leute zu verbrennen dauert eine Weile«, gab Hagen zu bedenken.

»Nehmt trockenes Holz und übergießt die Bastarde mit Öl. Und dann entzündet Schießpulver in der Burg, überall, in allen Türmen. Ich will, dass von diesem verfluchten Teufelsnest nur noch Ruinen bleiben!«

Erhobenen Hauptes schritt Viktor von Lahnstein von dannen. Seinen Rachedurst konnte er an Faust nicht stillen, zumindest jetzt nicht, dafür würden diese Ketzer seinen ganzen Hass zu spüren bekommen. O ja, das würden sie!

Trotzdem war er sich in diesem Augenblick nicht sicher, ob er wirklich immer der richtigen Seite diente.

Einige Stunden später ging Greta unter den wachsamen Augen Hagens über den Burghof, hinüber zum zweiten Turm in der Nordmauer. Noch immer war sie innerlich leer, jenseits von Wut und Verzweiflung, ja sogar von Trauer. Doch nun brannte in ihr ein kleines Licht. Sie griff nach dem Amulett um ihren Hals.

Gott lässt mich nicht im Stich!

Seit sie Lahnsteins Angebot, ihn nach Rom zu begleiten, angenommen hatte, war es ihr erlaubt, sich frei in der Burg zu bewegen. Allerdings blieb Hagen immer in ihrer Nähe. Weiter hinten stapelten die Schweizer Landsknechte bereits Holz und Reisigbündel für das große Spektakel, das am Abend stattfinden sollte. Die Männer lachten und rissen Witze über die bevorstehende Hinrichtung. Die brennenden Satanisten würden vor dem Nachthimmel ein imposantes Bild abgeben, ihre Schreie würde man noch viele Meilen weit hören. Ebenso wie die Schreie, die schon den ganzen Tag über aus der Folterkammer drangen. Greta wurde übel, sie musste daran denken, dass sie diesem Schicksal nur knapp entronnen war. Kurz überkam sie Mitleid, doch dann musste sie daran denken, dass diese Menschen vermutlich Kinder getötet hatten, und das nicht nur einmal. Sie waren dem Teufel verfallen und mussten nun dafür büßen.

Sie wandte sich ab und stieg eine glitschige, vermooste Treppe hinunter, die in die Kerkerräume führte, wo die Gefangenen auf ihren Tod warteten. Die wenigen Burgmannen waren zusammen mit dem Vogt in einem anderen Trakt der Burg eingesperrt, wo sie bis zur Abreise von Lahnstein und seinen Leuten bleiben würden.

Seltsamerweise hörte Greta in den Zellen zur Linken und zur Rechten kein Weinen und Jammern, einige Stimmen sangen fremdartig klingende Choräle, hinter anderen Gitterfenstern war hysterisches Gelächter zu hören, jemand warf sich gegen die Zellentür und brüllte: »Der Herr erwartet uns! Er wird Feuer und Schwefel über euch alle regnen lassen, der Sieg ist unser, der Sieg ist unser!«

»Der Sieg ist unser, dass ich nicht lache! Mal sehen, ob sie immer noch so siegesgewiss sind, wenn heute Nacht die Flammen an ihnen lecken«, knurrte Hagen, der vor Greta den schmalen Gang entlangschritt. Vor der letzten Tür blieb er stehen.

»Nur bis zum nächsten Glockenschlag«, sagte er. »Nicht länger! Ich habe keine Lust, mir das Gebrüll von dahinten noch länger anzuhören.«

Mit einem großen Schlüssel öffnete er die Tür, und Greta betrat die Zelle dahinter. In einem Halter steckte eine einzelne Fackel und warf ihr düsteres Licht in einen unmöblierten Raum, auf dessen Steinboden ein wenig Stroh ausgestreut war. Ein stinkender Eimer stand in der Ecke, sonst gab es nichts. Greta musste an die ganz ähnliche Zelle denken, in der sie als junges Mädchen in Nürnberg eingesperrt gewesen war. Damals hatte Faust sie gerettet, doch für den Mann, der mit dem Oberkörper an der hinteren Wand lehnte, würde es keine Rettung geben, auch dann nicht, wenn er die Zelle verlassen durfte.

Er war sein eigener Gefangener.

Hinter ihr schloss sich krachend die Tür.

»Karl«, sagte Greta leise. »Kannst du mich hören?«

Als sie Viktor von Lahnstein vorhin gebeten hatte, Karl

besuchen zu dürfen, war der Gesandte zunächst unschlüssig gewesen, hatte aber nach einigem Zögern schließlich zugestimmt. »Vielleicht bringst du ihn ja zum Reden«, hatte er gesagt. »Wobei ich das bezweifle. Ich denke, nur noch sein Körper weilt hier in dieser Welt, sein Geist ist irgendwo auf Reisen.«

Als Greta ihren alten Freund nun vor sich sah, musste sie Lahnstein recht geben. Der Karl Wagner, den sie hier im Kerker vor sich sah, war nur noch eine bloße Hülle. Er glotzte starr vor sich hin wie ein toter Fisch, Speichel lief ihm aus dem Mundwinkel, seine Glieder wirkten seltsam leblos und so schlaff, als hätten die Knochen sich aufgelöst.

Greta hatte gehofft, dass Karl den Wachen etwas vorgegaukelt hatte, deshalb hatte sie auch darum gebeten, die Zelle allein betreten zu dürfen. Doch nun erkannte sie, dass Karl wirklich nicht bei Sinnen war. Lahnstein hatte ihr erklärt, dass es wohl an dem giftigen Trank lag, von dem Karl offenbar mehr als Faust zu sich genommen hatte. Das Gift darin hatte ihn wahnsinnig gemacht, sein Geist befand sich in einer anderen Welt.

Greta bezweifelte, dass es eine schöne Welt war.

»Es … es tut mir so leid, Karl«, begann sie von Neuem. »Ich … du … wir alle hätten Faust niemals nach Tiffauges begleiten dürfen. Mein Vater hat uns nur Unglück gebracht. Es war die … die verdammte Liebe, die uns schwach gemacht hat, nicht wahr? Nun sieh, was deine Liebe dir eingebracht hat.«

Karl reagierte nicht, er starrte nur weiter vor sich hin. Erst jetzt erkannte Greta, dass ihm sämtliche Fingernägel fehlten. Sie hatten sie ihm einzeln herausgerissen, und trotzdem war kein Wort über seine Lippen gekommen. Nun erklärte sich auch, warum seine Glieder so leblos erschienen, vermutlich waren sie mehrmals gebrochen oder aus den Gelenken gerissen. Ob verrückt oder nicht, Karl würde einen Transport nach Rom niemals überleben.

»O Gott, Karl!« Greta stürzte auf ihn zu. Sie kniete vor ihm nieder und nahm seine blutverschmierten Hände. »Wo bist du, mein Freund? Wo auch immer du hingegangen bist, ich bin bei dir, hörst du? Aber ... ich kann dir nicht helfen. Ich muss mein Kind retten, das verstehst du doch, oder? Ich gehe nach Rom. Ich ... ich werde Lahnstein bitten, dass er dich in ein Hospiz hier in der Nähe bringen lässt, wo man sich um dich kümmert. Im Grunde ist er kein schlechter Mann, er ... er wird auf mich hören, sicher.« Sie nickte entschieden, während die Worte aus ihr herauspurzelten. »Du bist ihm nicht mehr von Nutzen, anders als ich.«

Tränen liefen Greta über das Gesicht, die ersten seit gestern Nacht, aber sie merkte es nicht. Stattdessen hielt sie weiter Karls Hände. Sein Gesicht war noch immer schön, doch es erinnerte sie jetzt an das tönerne Antlitz einer hübsch bemalten Puppe.

»Ich ... ich werde dir Briefe schreiben, Karl, ich lasse dich nicht im Stich! Aber jetzt muss ich fortgehen, nach Rom, meines Kindes wegen. Wir haben auf der falschen Seite gestanden, Karl, das habe ich jetzt erst erkannt! Ich gehe zurück zu Gott. Und Gott wird auch dir helfen, ganz sicher!«

In einer plötzlichen Eingebung nahm Greta die Kette mit dem Anhänger ab. Der kleine Engel aus Alabaster hatte ihr die Augen geöffnet, auch wenn er sie nicht beschützt hatte. Aber vielleicht würde er Karl schützen, zumindest davor, dass sich wie bei ihrem Vater das Böse in ihm ausbreitete.

»Hier, Karl, nimm«, sagte sie leise und hängte ihm den Engel um. »Er soll jetzt dein Schutzengel sein. Wenn du je wieder aufwachst, dann wird dich dieser Anhänger an mich erinnern. An mich und an Gott, der immer für uns da ist, gerade in unseren schwersten Stunden.« Sanft streichelte sie ihm über die Wange. »Ich ... ich muss jetzt gehen. Mein alter Freund, ich liebe dich, ich werde dich immer lieben!«

Sie unterdrückte ein Schluchzen. Karl sollte sie nicht so in

Erinnerung behalten. Doch dann fiel ihr ein, dass vor ihr nur eine Puppe saß, die sich ohnehin an nichts erinnern konnte.

Oder etwa doch …?

Als Greta sich erhob, glaubte sie, ein kurzes Blitzen in Karls Augen zu sehen, so als würde sich der Schleier für einen winzigen Moment heben. Doch auf den zweiten Blick war da nichts als Leere. Sein Kopf kippte zur Seite, ein Speichelfaden zog sich vom Mundwinkel fast bis zum Boden.

»Leb wohl, Karl.«

Sie beugte sich zu ihm hinunter und küsste ihn auf die heiße Stirn. Dann klopfte sie an die Tür, und die Wachen öffneten ihr.

Als sie die Treppe nach oben stieg, kam Greta vom Burghof her ein kühler, frischer Wind entgegen, der Aufbruch verhieß.

Und mit jedem Schritt ließ sie mehr von ihrem alten Leben hinter sich.

18

Amboise in der Nacht zum 20. Juni, Anno Domini 1519

In einer mondlosen Nacht erreichte ein einzelner Reiter die Tore von Amboise. Sein Pferd war so pechschwarz wie sein Gewand, sodass die Wachen nicht mehr als einen Schatten wahrnahmen. Er ritt jenseits der Mauer am Fluss entlang, durch die sumpfigen Auen, wo die Leuchtkäfer glühten wie Irrlichter. Ein modriger, leicht schwefliger Geruch ging von den schlammigen Ufern aus. Oberhalb des Flusses brannten die Wachfeuer von Schloss Amboise, das so erhaben wie eine steinerne Riesin am Rande der Stadt aufragte. Das Pferd machte eine scharfe Kehre und erreichte auf diese Weise unentdeckt die schmale Landstraße, die hinter dem Schloss nach Cloux führte.

Etwa eine Viertelmeile vor dem Ziel stieg Johann ab und band das schweißnasse Pferd an einen Baum, wo es grasen konnte. Die letzten Stunden war er, trotz der Dunkelheit, im Galopp durchgeritten, sein Gewand klebte ihm am Rücken, jeder Muskel in seinem Körper schmerzte. Doch es war ein guter Schmerz, er zeigte ihm, dass die Lähmungen tatsächlich verschwunden waren.

Acht Tage und Nächte hatte Johann von Tiffauges hierher gebraucht, er war geritten wie der Teufel. Längst trug er nicht mehr die blutüberströmte Kutte des toten Priesters, sondern Wams, Beinlinge und einen schwarzen Mantel mit Kapuze, was ihn auf seinem Ritt durch die Wälder beinahe unsichtbar machte. Das Pferd war ein Glücksfall gewesen, hatten sich in seiner Satteltasche doch nicht nur Wein und Proviant, sondern auch einige Gold- und Silbermünzen befunden, vermutlich die Beute eines Schweizer Landsknechts. In einer verrufenen Herberge, wo es dem Wirt egal war, woher der seltsame Kerl in dem schmutzigen Gewand das Geld hatte, erwarb Johann seine neuen Kleider. Er hatte sich überlegt, auch eine Faustbüchse zu kaufen, sich dann aber für einen Satz Wurfmesser entschieden. In seiner Jugend waren Messer immer die Waffen gewesen, mit denen er am besten umgehen konnte, außerdem trafen Wurfmesser auf kurze Distanz viel genauer ihr Ziel als die klobigen Faustbüchsen.

Johann war auf etwa hundert Schritt an Schloss Cloux herangekommen, und noch immer konnte er keine Lichter erkennen. Das Gebäude lag völlig im Dunkeln. Ob es nach Leonardos Tod überhaupt noch bewohnt war? Geduckt schlich er an der Mauer entlang. Von seinen früheren Spaziergängen wusste er, dass es eine verfallene Stelle gab, die mit Efeu überwachsen war. Ein Birnbaum hatte dort seine Zweige über die Mauer gelegt. Cloux war keine Burg wie Tiffauges, sondern ein vornehmes Herrenhaus, nicht dafür gebaut, Eindringlinge wirklich abzuwehren. Immerhin lag es unterhalb des königlichen Schlosses und war schon dadurch halbwegs geschützt.

Nach einigem Suchen fand Johann die bröckelnde Stelle. Er prüfte die Äste des Baums, dann begann er, daran hochzuklettern. Es tat so gut, seine Muskeln wieder zu spüren! Er hatte lange überlegt, warum die Krankheit, wenn auch vielleicht nur vorübergehend, verschwunden war. Dabei hoffte er inständig, dass seine Genesung nicht mit John Reeds Tod zusammenhing. Dass Tonio nicht John an seiner statt als Opfer angenommen hatte. Doch in seinem tiefsten Inneren wusste er, dass es so war.

Er zog sich auf einen der höheren Äste und erreichte von dort aus die Mauerkrone. Als er von oben in den Hof blickte, war alles still und verlassen, auch von hier aus war kein Licht zu sehen. Seit Leonardos Tod waren fast zwei Monate verstrichen, vielleicht war der Freund und Gehilfe Francesco Melzi schon abgereist. Aber was war mit den beiden Dienern? Johanns Hand ging zur Hüfte, wo in einem Ledergurt die fünf Wurfmesser steckten, die Scheiden gut geölt, sodass die Klingen leicht herausglitten. Am Gurt hing zudem ein Beutel mit Laterne und Zunderkästchen, mehr hatte er für diesen Erkundungsgang nicht mitgenommen. Er atmete noch einmal tief durch, dann sprang er auf das Schuppendach, das nur wenige Fuß unter ihm lag. Von dort hangelte er sich in den verlassenen Hof.

Suchend sah sich Johann um. Wo sollte er anfangen? Bislang hatte er ein genaues Ziel vor Augen gehabt. Er war nach Cloux zurückgekommen, weil er hoffte, hier etwas zu finden, was für Tonio von Wert war. Etwas, das Leonardo gut versteckt hatte. Jetzt kam ihm sein Anliegen vor wie die sprichwörtliche Suche im Heuhaufen. Was hatte er sich nur dabei gedacht? La Meffraye und Henriet hatten monatelang danach gesucht und nichts gefunden. Was mochte es bloß sein? Irgendein Ding? Vielleicht eine von Leonardos Erfindungen? Oder doch der Stein der Weisen? Pater Jerome hatte davon gesprochen, dass Tonio schon einmal versucht hatte, dieses Etwas von Leonardo zu bekommen.

Was mochte Leonardo besessen haben, dass sich sogar der Teufel selbst dafür interessierte?

Vor ihm breitete sich der Garten aus, eine schwarze Fläche in der Dunkelheit, aus der die Bäume wie Ungetüme aufragten. Johann beschloss, sein Glück zunächst im Herrenhaus zu versuchen. Das Hauptportal war versperrt, doch es war ein simples Schloss, das sich mit dem Messer leicht öffnen ließ. Drinnen entzündete er die Laterne und blickte sich um. Etliche der Möbel waren bereits entfernt worden, hellere Flecken am Boden zeigten an, wo früher Truhen und Schränke gestanden hatten. Andere Möbelstücke waren mit Tüchern bedeckt. Obwohl Leonardo da Vinci erst seit kurzer Zeit tot war, kam es Johann so vor, als wäre er der erste Besucher seit vielen Jahren.

Mit der Laterne in der Hand betrat er Leonardos Atelier. Eine leere Staffelei stand dort, in den Regalen lagen einige vertrocknete Farbtiegel und Pinsel, eine tote Maus trieb in einem Bottich mit trübem Putzwasser. Johann erinnerte sich, wie dieser Raum noch zu Leonardos Lebzeiten ausgesehen hatte, die vielen bunten Farben, ein Käfig mit zwitschernden Vögeln, das Gemälde mit der schönen Frau, das Leonardos Lieblingsbild gewesen war … Ihr geheimnisvolles Lächeln, so als wüsste sie genau, welches Geheimnis der Meister mit ins Grab genommen hatte. Auch die Bibliothek nebenan, in der Johann so gerne gestöbert hatte, war leer geräumt. Nur noch einige Fetzen Papier lagen verstreut auf dem Boden, in den Regalen machten sich bereits Staub und Spinnweben breit.

Johanns Schritte hallten, als er hinüber in den Speisesaal ging, wo er mit Leonardo und Karl oft gesessen hatte, und von dort weiter in die Küche, in der es noch nach altem Bratfett und Geräuchertem roch. Das Haus war leer und tot. Was hatte er sich nur dabei gedacht, als er glaubte, hier einen Hinweis zu finden? Hier war nichts! Er beschloss, noch einen letzten Blick in den Keller zu werfen, doch seine Hoffnung war geschwunden. Eine Treppe führte in einen Lagerraum mit einem zerbrochenen Fass und leeren Kisten. Auch hier lagen Papierfetzen auf dem Boden, sonst gab es nichts.

Papierfetzen …

Johann stutzte.

Was machten diese Fetzen hier im Keller, wo man doch eher Wein und Proviant vermutet hätte? Er beugte sich hinunter und hob einige von ihnen auf. Es waren Fragmente von Leonardos Aufzeichnungen und Skizzen, oft nur einzelne hingekritzelte Worte. Vermutlich stammten sie aus den Büchern in der Bibliothek im Erdgeschoss, zerrissene Seiten oder auch nur Schmierpapier. Beim Ausräumen der Regale waren sie liegen geblieben.

Und dann hat jemand die Bücherkisten hier heruntergetragen?

Mit der Laterne suchte Johann weiter den Boden ab, sein Herz schlug schneller. An der rechten Wand, die aus rostbraunen Ziegelsteinen hochgezogen war, machte er schließlich eine interessante Entdeckung.

Einer der Papierfetzen steckte unter der Wand fest.

Als Johann die Mauer abtastete, konnte er Fugen ausmachen, die ein hohes Rechteck bildeten.

Eine Tür.

Der Öffnungsmechanismus dazu war nicht schwer zu finden. Es steckte unter einem der Ziegelsteine, der sich nach innen drücken ließ. Die Tür schwang lautlos auf, dahinter führte eine verborgene Treppe in die Tiefe, ebenso wie in Tiffauges. Kurz fragte sich Johann, ob für beide Türen derselbe Baumeister verantwortlich war. Doch er verwarf den Gedanken schnell wieder. Die Tür in Tiffauges war dazu gedacht, Menschen wegzusperren, diese hier war Teil eines versteckten Ganges, von dem Johann schon zu wissen glaubte, wohin er führte.

Zum Schloss.

Eigentlich war es ganz logisch. Leonardo und der König waren gut befreundet gewesen, Franz hatte dem von ihm bewunderten Genie oft Besuche abgestattet. Da der König wohl nicht jedes Mal seinen halben Hofstaat mitnehmen wollte, war es viel einfacher, einen versteckten Gang zu nutzen. Offenbar waren auch die Dokumente auf diesem Weg aus Cloux weggebracht worden. Johann erinnerte sich jetzt an die Worte des Königs, als dieser ihn in Chinon verhört hatte.

Meine Gelehrten haben Leonardos Dokumente durchforstet, Blatt für Blatt, doch sie wurden nicht fündig …

Auch in dem Gang dahinter lagen Fetzen am Boden. Johann entdeckte einige intakte Seiten, auf einer war eine anatomische Skizze zu sehen, der geöffnete Torso eines Mannes. Die Lungenflügel waren entfernt, darunter waren Herz, Magen und Eingeweide zu erkennen. Johann dachte an die Sektion, die er mit Leonardo und Karl durchgeführt hatte. Die Genauigkeit, mit der Leonardo gemalt hatte, war wirklich erstaunlich.

Der Gang war alle paar Meter durch Deckenbalken abgestützt und mit Ziegelsteinen ausgekleidet. Soweit Johann das beurteilen konnte, führte er in Richtung des Schlosses. Er schritt schneller aus, die Laterne flackerte und warf den lang gezogenen Schatten seines Körpers an die Wand. Schließlich kam er an ein Gitter, das mit zahlreichen Schlössern versperrt war.

Johann fluchte leise. Er erkannte sofort, dass diese Schlösser nicht so einfach zu knacken waren wie das Schloss an der Eingangstür. Hatte er wirklich geglaubt, er könnte von hier aus schnurstracks ins königliche Château marschieren? Und überhaupt, was wollte er dort? Leonardos Dokumente waren sicherlich schon vor längerer Zeit weggebracht worden. Zornig und enttäuscht rüttelte er an dem Gitter. Eben wollte er wieder umkehren, als er ein Geräusch im Gang hinter sich hörte. Kurz dachte er, es wäre nur das Echo des Geräusches, das er selbst erzeugt hatte. Doch dann ertönte es wieder, leise und schleichend. Es war ein Schlurfen und Scharren, fast so, als würde eine große Schlange über den Boden kriechen.

Jemand kam den Gang entlang, direkt auf ihn zu.

Johann konnte kein Licht entdecken; wer oder was auch immer sich ihm näherte, hatte keine Laterne – was bedeutete, dass Johann für ihn im Licht stand, der andere sich jedoch im Dunkeln verstecken konnte. Wenn er mit einer Armbrust oder einer Faustbüchse bewaffnet war, hatte er einen entscheidenden Vorteil.

Johann zögerte kurz, dann löschte er seine Laterne. Sofort war alles um ihn herum schwarz. Nun konnte ihn zumindest auch der andere nicht mehr sehen. Das scharrende Geräusch verstummte einen Moment, dann setzte es wieder ein und wurde immer schneller und lauter. Der Unbekannte musste jetzt ganz in der Nähe sein. Unwillkürlich hielt Johann den Atem an. Jemand räusperte sich lautstark und spuckte auf den Boden.

»Ein hübscher Trick, Doktor«, ertönte eine tiefe, raue Stimme. »Nun sind wir beide blind wie neugeborene Katzen. Trotzdem wird es Euch nicht gelingen, an mir vorbeizukommen. Wie sagt man im Schach? Remis, nicht wahr?«

Es dauerte eine Weile, bis Johann erkannte, wem die Stimme gehörte. Er hatte sie nur ganz selten gehört, meist waren es nur wenige gemurmelte Worte gewesen, Worte der Ergebenheit, des demütigen Gehorsams.

Sehr wohl, Monsignore … Wie Ihr wünscht, Monsignore … Das Essen ist bereitet, mögen sich die Herren bitte in den Speisesaal begeben …

Nun fiel ihm auch der Name wieder ein, der Name, den der Mann vor ihm in der Dunkelheit in Leonardos Haus getragen hatte. Und er erinnerte sich an das Scharren des Gehstocks, wenn der alte Lakai durch die Gemächer von Schloss Cloux gehumpelt war. Ebenjenes Scharren hatte er jetzt auch gehört.

»Battista!«, rief Johann. »Der alte Diener Leonardo da Vincis. Oder soll ich dich lieber Henriet nennen? Wie geht es deiner Freundin, der Köchin, der werten Madame La Meffraye?«

»Ich sehe, Ihr seid so klug, wie man behauptet, Doktor. Dann habt Ihr sicher auch schon den guten Prelati in Tiffauges kennengelernt, oder Pater Jerome, wie die Uneingeweihten ihn nennen.«

»O ja! Sein Leichnam verfault in einer der Geheimkammern, in denen ihr früher die Kinder eingesperrt und gequält habt. Seine finstere Seele weilt bereits bei eurem Herrn, wo sie hoffentlich noch lange brennt.«

Henriet schwieg. Offenbar war diese Nachricht neu für ihn.

»Zuerst Poitou, jetzt Prelati …«, fuhr Johann fort. Blinzelnd versuchte er, in der Dunkelheit etwas zu erkennen, sah aber nicht mehr als einen Schemen. »Ihr werdet immer weniger. Und ich werde nicht eher ruhen, bis auch der Letzte von euch endlich tot ist!«

»Das wird Euch nicht gelingen, es kommen immer wieder neue Adepten nach. Aber ich muss zugeben, ich bin betrübt zu hören, dass Prelati nicht mehr unter uns weilt. Wir waren eine verschworene Gemeinschaft, fast so etwas wie eine Familie.«

»Gilles de Rais, Poitou, der Priester Prelati, La Meffraye und du, Henriet«, zählte Johann auf. »Wie viele Kinder habt ihr zusammen auf dem Gewissen? Hundert? Zweihundert? Tausend? Immerhin treibt ihr seit über hundert Jahren euer Unwesen.«

»Jedes einzelne Kind ist es wert, wenn man sich dafür das ewige Leben erkauft und einen Platz an der Seite des Meisters«, erklang die Stimme aus der Dunkelheit. »Das Tier kommt bald zurück auf die Erde, Faustus! *Homo Deus est!* Wir bereiten seine Ankunft vor, und dann wird ein Heulen, Klagen und Schreien einsetzen unter denen, die nicht zu seinen Jüngern zählen.«

»Ihr habt es schon einmal versucht, du erinnerst dich?«, sagte Johann. »In Nürnberg. Damals seid ihr gescheitert, und ihr werdet auch diesmal scheitern!«

»Damals waren wir noch nicht bereit, diesmal sind wir es. Der Plan des Meisters ist, ich möchte fast sagen, göttlich! Wenn er ihn Euch erklärt, werdet Ihr verstehen. Noch ist es nicht zu spät, Faustus. Schließt Euch unserer Sache an!« Wieder ertönte das Scharren, es klang jetzt näher, und Johann griff nach den Dolchen an seiner Seite.

»Hat Euch Leonardo verraten, was er uns so störrisch verschwiegen hat?«, fuhr Henriet lauernd fort. »Wisst Ihr, wo die Rezeptur versteckt ist?«

Johann horchte auf. Henriet hatte mehr verraten, als er ahnte. Offenbar ging es bei dem Geheimnis also nicht um ein Ding, sondern um irgendeine Rezeptur. Konnte es wirklich sein, dass auch Tonio del Moravia hinter dem *Lapis philosophorum* her war, dem Stein der Weisen? Als Tonio noch Gilles de Rais hieß, hatte er verzweifelt versucht, Gold herzustellen. Suchte er noch immer nach einem Weg, und Leonardo hatte herausgefunden, wie man es anstellen musste? Aber warum war Tonio daran so interessiert? Er war unsterblich, jedenfalls, solange er seinen Durst nach Kinderblut stillte.

Was wollte er mit Gold?

Johann beschloss, Henriet noch ein wenig hinzuhalten.

»Ich denke, ihr habt immer an den falschen Stellen gesucht«, sagte er vage.

»Verflucht, wir haben jeden Ziegel in diesem Haus umgedreht, jede Seite seiner Unterlagen studiert! Selbst Leonardos verdammte Spiegelschrift habe ich zu lesen gelernt! Die Rezeptur war nirgendwo. Sogar seinen Leichnam haben wir untersucht, das Totenhemd, die vielen Ringe, ja, selbst im Mund des Toten haben wir nachgesehen, nichts! Und jetzt liegt er steif in der Notre-Dame-en-Grève und schweigt noch sturer, als er es lebend tat. Und das, obwohl der Meister so viel für ihn getan hat!« Henriet knurrte wie ein Hund. »Vielleicht wird La Meffraye ja noch fündig, sie hatte einen guten Einfall, doch ich glaube es nicht. Es ist wie verhext!«

»Möglicherweise hat mir Leonardo ja gesagt, wo er die Rezeptur versteckt hat«, entgegnete Johann. »Aber warum sollte ich euch den Ort verraten?«

»Weil der Meister Euch liebt, Faustus, mehr als jeden anderen! Und Ihr, im tiefsten Inneren Eures Herzens, auch ihn. Er will Euch an seiner Seite haben, wir können Euch immer noch zu ihm bringen!«

»Das reicht mir nicht, ich will, dass er mir zwei Leben dafür gibt. Mein Wissen und mich gegen zwei Leben. Das ist ein fairer Preis!«

»Von welchen zwei Leben sprecht Ihr?«, fragte Henriet, der immer noch nichts weiter als ein wabernder Schemen in der Dunkelheit war.

»Das Leben meines Gehilfen und meiner Tochter«, erwiderte Johann. »Sorgt dafür, dass ihnen nichts geschieht, und ich bin eurem Herrn treu ergeben.«

Seit seiner Flucht aus Tiffauges war weit mehr als eine Woche vergangen. Johann wusste nicht, ob Karl und Greta überhaupt noch lebten oder ob sie schon längst Opfer von Lahnstein und der Inquisition geworden waren. Aber er wollte die Hoffnung nicht aufgeben. Vielleicht erfuhr er auf diese Weise ja mehr über Karls und Gretas Schicksal.

Henriet schnaubte wie ein Ochse, schließlich lachte er. »Ihr habt immer noch nicht gelernt, loszulassen, Faustus. Das ist die erste Disziplin: Befreit Euch von allem, was Euch einengt, vor allem von der Liebe. Euer Gehilfe ist uns egal, aber mit Eurer Tochter hat der Meister andere Pläne.«

Johann stockte der Atem.

Andere Pläne …

Bislang hatte er geglaubt, Greta wäre in Tiffauges in die Fänge der Inquisition geraten. Befand sich seine Tochter vielleicht in der Gewalt Tonios? War es das, was ihm Henriet sagen wollte?

»Wo ist sie?«, fragte er mit brechender Stimme. »Was … was habt ihr mit ihr gemacht?«

»Denkt an die erste Disziplin, Doktorlein.« Henriet lachte höhnisch. »Befreit Euch von der Liebe. Eure dumme Tochter ist unwichtig, sie ist nur …«

Diese Worte waren zu viel für Johann. Mit einem wütenden Aufschrei stürzte er sich auf den dunklen Schatten im Gang. Für Henriet kam der Angriff völlig überraschend. Johann spürte einen harten, erstaunlich muskulösen Leib unter sich. Dem Äußeren nach mochte Henriet der alte Diener Battista sein, doch er hatte die Stärke eines ungestümen Stiers. Er wand sich unter ihm, schon bald gelang es ihm, sich aus Johanns Umklammerung zu befreien. Die beiden Männer kämpften verbissen in der Finsternis, wobei Henriet seinen Stock als Waffe einsetzte. Johann ahnte mehr, wo sein Gegner war, als dass er ihn sah. Henriet war weitaus kräftiger als er, aber Johann schlug mit schier unstillbarem Zorn und Hass zu.

»Was habt ihr mit Greta gemacht?«, schrie er zwischen den einzelnen Schlägen immer wieder. »Was … habt … ihr … mit ihr gemacht?«

»Gemach, gemach, Doktorlein.« Henriet lachte und rammte ihm die Spitze des Stocks in die Magengegend, woraufhin Johann keuchend zusammenklappte. »Ich will Euch nicht töten. Der Meister reißt mir den Kopf ab, wenn ich es tue. Ihr seid sein Liebling, o ja! Auch wenn wir Euch eigentlich gar nicht mehr brauchen. Ich werde Euch grün und blau prügeln, dann fesseln wie einen Hasen und zu ihm bringen. Soll er entscheiden, was er mit Euch anfängt.«

Wieder traf Johann ein Stockhieb Henriets und schleuderte ihn gegen die Wand des Ganges. Wie konnte ein einzelner Mann nur so stark sein? Der Teufel selbst musste ihm seine Kraft gegeben haben! In der Dunkelheit und im Kampfgetümmel war es Johann noch nicht gelungen, zu seinen Messern zu greifen. Er lehnte sitzend an der Wand, das Blut lief ihm über die Stirn in die Augen, er konnte kaum atmen. Als Henriet sich jetzt erneut mit dem Stock auf ihn stürzte, ging seine Hand zum Ledergürtel. Es war eine Bewegung, die er früher im Schlaf beherrscht hatte, jetzt kam sie ihm unendlich langsam vor. Trotzdem gelang es ihm, eines der Messer herauszureißen.

»Gute Nacht, Doktorlein. Träumt was Süßes!«

Henriet holte mit dem Stock aus …

Und Johann warf sein Messer.

Er erwischte seinen Gegner in der Bauchgegend. Henriet taumelte und grunzte nur kurz, die Wunde schien ihn nicht weiter zu behindern, doch zumindest sauste der Stock ins Leere. Johann trat gegen Henriets Beine, woraufhin dieser stolperte und nach vorne stürzte, direkt auf Johann. Der Stock glitt ihm aus den Händen.

Mit der letzten ihm verbliebenen Kraft zog Johann die Klinge, die noch immer in Henriets Bauch steckte, von links nach rechts. Henriet stöhnte, und Johann spürte warme Feuchtigkeit an seinen Fingern, es gelang ihm, sich unter seinem Gegner hervorzuwälzen.

Neben ihm keuchte und ächzte Henriet, er lag auf dem Boden wie ein schwarzer Fels. Seine Stimme war ein Flüstern in der Dunkelheit.

»Du … du bist so … dumm, Faustus!«, zischte er. »So verflucht dumm, und das, obwohl du dich deiner Klugheit rühmst! Der Herr liebt dich, und du bockst wie ein zorniges Kind. Mein Tod ändert nichts, gar nichts! Alles ist vorbereitet.« Er lachte, seine Stimme ging in ein rasselndes Gurgeln über. »Eigentlich … eigentlich brauchen wir die verfluchte Rezeptur gar nicht, sie wäre nur die Pointe eines ohnehin gelungenen Witzes gewesen. Es … es geht auch so. Zur Hölle mit dir … Mit mir …«

»Was habt ihr mit meiner Tochter gemacht?«, fragte Johann. »Wo ist sie?«

Doch es kam keine Antwort.

Als er mit dem Fuß gegen Henriets leblosen Körper tippte, kippte dieser zur Seite. Die Stille, die darauf folgte, schien Johann schier zu erdrücken. Es war nicht schade um Henriet, dieses Monstrum, das vermutlich Hunderte Kinder auf dem Gewissen hatte. Aber sein Schweigen bedeutete, dass Johann keine Antwort mehr bekam. Hatte Henriet gewusst, wo Greta sich aufhielt, was mit ihr und Karl geschehen war? Oder hatte er ebenso geblufft wie Johann selbst?

Auf den Knien suchte Johann tappend nach Laterne und Zunderkästchen. Als er beides schließlich gefunden hatte, entzündete er mit zitternden Händen das kleine Licht. Er warf einen kurzen Blick auf Henriet, dessen Gesicht faltig und runzlig war, die Haare grau. Ein uralter Mann, doch unter den weiten Gewändern des Dieners war ein unglaublich kräftiger Körper versteckt gewesen. Selbst tot strahlten seine kleinen schwarzen Augen etwas abgrundtief Böses aus. Noch steckte das Messer in Henriets Unterleib, eine Lache Blut hatte sich um ihn ausgebreitet, auch einige der Papierfetzen am Boden waren blutdurchtränkt.

Johann wollte schon zurück zum Keller des Herrenhauses eilen, als sein Fuß etwas streifte. Es war das Blatt mit der anatomischen Skizze, welches er zuvor in den Händen gehalten hatte. Er bückte sich und nahm es in die Hand. Der Abdruck seines Schuhes hatte sich mit Blut darauf abgebildet, wie ein gespenstischer Bilderrahmen um den geöffneten Torso.

Und plötzlich wusste Johann, wo er die Rezeptur finden würde.

Wie hatte ich das nur übersehen können?

Ein heiserer Lachkrampf schüttelte ihn. Es war so einfach! Leonardo selbst hatte es ihm auf dem Sterbebett gesagt. Er hatte nur nicht richtig hingehört.

Es würde nicht leicht sein, den Schatz zu bergen.

Nur wenige Minuten später stand Johann vor dem geschlossenen Stadttor von Amboise. Er war so schnell geritten, wie er konnte – und das, obwohl Henriet ihn halb totgeprügelt hatte. Kurz hatte er überlegt, an irgendeiner Stelle über die

Stadtmauer zu steigen, aber er war zu erschöpft und zu schwach. Er fühlte sich beinahe so gelähmt, als hätte ihn Tonios Fluch erneut getroffen. Stattdessen hatte er das Pferd nahe der Stadt festgebunden und klopfte nun an das kleine Einmanntor, das in dem größeren, dem Fluss zugewandten Stadttor eingelassen war. Nach einer Weile öffnete sich ein Gatter in Kopfhöhe, und ein Nachtwächter starrte ihn mit müden Augen an.

»*Je suis fatigue et saoul comme un chien*«, murmelte Johann und bemühte sich, schwer betrunken zu wirken. Er hatte die Kapuze tief nach vorne gezogen, damit der Wächter sein zerschlagenes Gesicht nicht sehen konnte.

»*Vous avez d'argent?*«, brummte der Nachtwächter.

Johann zog seinen Beutel hervor und gab dem Mann ein paar Münzen, die dieser grinsend einsteckte, ehe er mit seinem Schlüssel das Tor öffnete. Gebückt und leicht wankend trat Johann ein, und das war nicht einmal gespielt, sein ganzer Körper schmerzte von Henriets Schlägen. Er wusste, dass Betrunkene oft noch spätnachts eingelassen wurden, wenn sie denn genug zahlten.

»*Merci*«, nuschelte er, dann verschwand er in der nächsten Gasse. Sein Ziel lag nicht weit vor ihm. Eigentlich hatte er erwartet, dass Leonardo oben im Schloss beerdigt würde. Doch der alte Mann hatte Johann gegenüber selbst einmal gesagt, er wünsche keinen Prunk nach seinem Tod. Henriet war es schließlich gewesen, der ihm unwissentlich verraten hatte, wo Leonardo seine letzte Ruhe gefunden hatte.

Und jetzt liegt er steif in der Notre-Dame-en-Grève und schweigt noch sturer, als er es lebend tat.

Notre-Dame-en-Grève war die kleine Stadtkirche von Amboise, sie lag direkt an der Stadtmauer. Nach hinten schloss ein umzäunter Friedhof mit einer Kapelle an. Die Kirche selbst war ein einfacher massiver Bau, der eher wie ein Teil der Befestigungsanlage wirkte. Jetzt in der Nacht war kein

Mensch zu sehen, nur oben im Kirchturm brannte ein einsames Licht. Johann umrundete die Kirche und betrat den dunklen Friedhof, der ihn an den Kirchhof seiner Geburtsstadt erinnerte. Die Grabsteine und Holzkreuze standen in Reihen, schief und krumm, auf den ersten Blick konnte er keinen neuen darunter entdecken.

Wo bist du, Leonardo?

Johann ging die Grabsteine ab und studierte mit seiner Laterne die Inschriften. Sie zeugten von der langen Geschichte von Amboise, doch er fand nur die Namen einfacher Bürger und Handwerker. Würde einer der berühmtesten Männer dieser Zeit wirklich auf einem so einfachen Friedhof begraben liegen? Johanns Blick ging hinüber zur Kapelle, in der einige Kerzen flackerten. Die Kapelle war beinahe kreisrund, mit einer Kuppel wie eine byzantinische Kirche, und es gab keine Glasfenster, nur schmale Öffnungen, durch die Licht fallen konnte. An der Westseite befand sich eine niedrige Tür.

Irgendwo zirpte eine erste Lerche, ein zarter rosa Schleier zeigte sich am Horizont. Johann schätzte, dass es nicht mehr als zwei Stunden bis Sonnenaufgang waren. Er ging hinüber zur Kapelle und öffnete vorsichtig die Tür, die nicht verschlossen war. Es gab einen winzigen, mit Blumen geschmückten Altar an der Ostseite, ein schlichtes Holzkreuz hing darüber, in den Fensternischen brannten etliche Kerzen.

Auf einem Steinblock in der Mitte stand ein Sarkophag.

Johann erkannte sofort, dass es der Sarkophag Leonardo da Vincis war. Offenbar hatte der alte Mann ihn in den letzten Lebensmonaten noch selbst aus einem Marmorblock gemeißelt. Leonardos steinernes Ebenbild lag darauf, so lebensecht, dass Johann kurz glaubte, der große Künstler schliefe nur. Die Gestalt trug einen weiten Mantel, wie er ihn auch zu Lebzeiten so gern getragen hatte, jede Falte, jeder Saum war perfekt herausgearbeitet. Haare und Bart leuchteten weiß im Kerzenlicht, wobei jede einzelne Strähne, jedes Haar genau zu erkennen war. Die Hände waren wie zum Gebet verschränkt, an den Fingern steckten marmorne Ringe. Noch nie hatte Johann ein so schönes, so vollkommenes Grabmal gesehen.

Und nun war er gekommen, um es zu schänden.

Er vermutete, dass der Sarkophag so lange in der Kapelle bleiben würde, bis der König nach Amboise zurückkehrte. Sicherlich wollte Franz I. sich gebührend von seinem Mentor verabschieden, doch das Gerangel um die Wahl zum deutschen König hatte ihn bislang davon abgehalten.

Mein Glück ...

Johann erinnerte sich, draußen vor der Tür Spitzhacke und eine Säge gesehen zu haben, die vermutlich dem Totengräber gehörten. Mit den Werkzeugen in den Händen kehrte er zurück in die Kapelle, zwängte die Spitze der Grabhacke in den Schlitz unter der Sargplatte und versuchte, die Platte aufzuhebeln. Es gab ein knirschendes Geräusch, dann schob sich die Platte ein winziges Stück nach hinten. Am Fußende zerrte Johann jetzt an der Marmorplatte, die bestimmt etliche Zentner wog. Der Schweiß stand ihm auf der Stirn, seine Armmuskeln fühlten sich an, als würde er gevierteilt. Doch schließlich hatte er die Platte zumindest so weit verrückt, dass das obere Drittel der Öffnung frei lag. Im Kerzenschein konnte er den schlichten Holzsarg darunter erkennen. Er bestand aus dünnen Fichtenbrettern, die sich leicht aufschlagen ließen. Johann hielt den Atem an, er bereitete sich auf den unvermeidlichen Verwesungsgestank vor und hob die Hacke.

Verzeih mir, Leonardo. Aber es ist dein Wunsch gewesen, nicht wahr? Du hast es mir selbst gesagt.

Es gab ein splitterndes Geräusch, von dem Johann hoffte, dass es nicht allzu laut gewesen war. Er räumte die Holzstücke zur Seite, dann blickte er auf die Leiche.

Was in Gottes Namen ...?

War das möglich?

Leonardo war seit fast zwei Monaten tot. Johann hatte damit gerechnet, auf eine stinkende, verwesende Leiche zu treffen, doch der Körper, der hier im Sarg lag, sah frisch aus und roch zudem kaum. Leonardos Wangen und Lippen waren voll und leicht gerötet, fast so, als sei er geschminkt, die Augen waren geschlossen, er trug ein blütenweißes Hemd mit Rüschen und Spitzen.

Es sah aus, als würde er nur schlafen.

Johann hatte von Heiligen gehört, die noch Jahrhunderte später unversehrt in ihren Gräbern gefunden worden waren. Galt dies etwa auch für Menschen, die einen Pakt mit dem Teufel hatten? Aber vielleicht gab es einen anderen Grund für diesen Zustand. Leonardo war sehr eitel gewesen. Wenn er gehofft hatte, dass Johann eines Tages kommen würde, um seine Leiche zu schänden, hatte er vermutlich alles getan, um kein Bild des Grauens abzugeben.

Aufmerksam beugte sich Johann über den Leichnam. Nun erkannte er winzige Einschnitte und Stiche am Hals, Tropfen einer scharf riechenden Flüssigkeit perlten daraus hervor. Leonardo war ein genialer Erfinder gewesen – so wie es aussah, sogar über seinen Tod hinaus. Auf irgendeine Weise war es ihm offensichtlich gelungen, den Verwesungsprozess zu stoppen oder zumindest zu verlangsamen.

Blieb die Frage, wie es im Inneren des Leichnams aussah.

Johann versuchte, sich zu beruhigen. Als seine Hände nicht mehr allzu sehr zitterten, zog er eines der scharfen Messer aus dem Ledergurt. Beinahe liebevoll knöpfte er Leonardos Hemd auf, bis die schmächtige, eingefallene Brust frei lag.

Dann nahm er das Messer und setzte zum Schnitt an. Die Haut teilte sich wie Pergament.

Johann arbeitete konzentriert und bemühte sich, den Gedanken auszublenden, dass er eben das größte Genie der Menschheit aufschnitt wie einen gemeinen Verbrecher. Schließlich nahm er die Säge und durchtrennte vorsichtig die

Rippen, bis der Torso offen vor ihm lag wie eine geöffnete Schatzkiste.

Du schlauer alter Mann …

Als Johann vorhin im Tunnel das blutverschmierte Pergament mit der anatomischen Skizze in den Händen gehalten hatte, hatte ihn die Erkenntnis beinahe härter getroffen als Henriets Schläge. Leonardo da Vinci hatte ihn förmlich mit der Nase darauf gestoßen, doch er hatte es nicht wahrhaben wollen. Nun erklärte sich auch die befremdliche Sektion an dem toten Pferdeknecht, die sie gemeinsam mit Karl Wagner in der Scheune des Herrenhauses vorgenommen hatten. Leonardo hatte Johann vor Augen geführt, was er von ihm erwartete. Es war auch ein Test gewesen, ob Johann überhaupt in der Lage war, trotz seiner Krankheit eine Sektion vorzunehmen. Karl hatte ihm dabei geholfen; dass er jetzt nicht mehr bei ihm war, hatte Leonardo nicht voraussehen können. Auf dem Totenbett schließlich hatte der sterbenskranke Leonardo da Vinci Johann das Geheimnis verraten, auf die Gefahr hin, dass auch Henriet davon erfuhr. Deshalb hatte er auch diesmal in Rätseln gesprochen. Wie waren seine letzten Worte gewesen?

Die größten Geheimnisse sind stets im Innersten verborgen. Im Innersten …

La Meffraye und Henriet hatten alles durchsucht, nur einen Ort nicht.

Leonardos Innerstes.

Johann schloss kurz die Augen und zwang eine tranceartige Leere herbei, die es ihm ermöglichte, konzentriert weiterzuarbeiten. Wie damals in der Scheune entfernte er sorgfältig die Lungenflügel, sie waren gräulich und leicht breiig, aber noch intakt. Der scharfe Geruch, den er vorhin schon wahrgenommen hatte, war jetzt sehr stark. Er sah Leonardos Herz, das für immer zu schlagen aufgehört hatte. Darunter befand sich der Magensack, der erstaunlich klein war.

Ebenso wie der Rest der Eingeweide schwamm er in der scharf riechenden Flüssigkeit, die den Bauchraum ausfüllte.

Es bedurfte nur eines winzigen Schnittes, um den Magen zu öffnen.

Etwas glitzerte darin.

Johann legte das Messer weg und zog den Gegenstand vorsichtig hervor. Es war der winzige silberne Globus, nicht viel größer als eine Murmel, den Leonardo immer um den Hals getragen hatte. Vermutlich hatte der Sterbende ihn mit Butter oder Öl eingerieben und dann verschluckt, was sicher keine schmerzlose Angelegenheit gewesen war. Aber auf diese Weise hatte Leonardo sein Geheimnis sprichwörtlich mit ins Grab genommen. Er hatte mit dem Teufel gezecht und gefeiert und ihn am Ende ausgetanzt. Trotz der schaurigen Umgebung musste Johann lächeln. Was hatte Leonardo gesagt?

Wer mit dem Teufel tanzt, der braucht gute Schuhe …

Wo auch immer Leonardos Seele jetzt war, Tonio hatte nicht das bekommen, was er so dringend von ihm gewollt hatte. Der alte Mann hatte dafür gesorgt, dass nur Johann von dem Versteck erfuhr.

Und nun würde er das Geheimnis endlich lüften.

Mit seinem Hemdsärmel wischte Johann das Blut vom Globus.

In diesem Augenblick ertönte hinter ihm ein Schrei, fast wie von einem großen Raubvogel, dann legte sich etwas um seine Kehle.

Und ein dämonisches Wesen wie aus Dantes *Inferno* warf sich schrill kreischend über ihn.

Johann griff nach seinem Hals und spürte ein dünnes Lederband, das sich immer fester zuzog. Spitze Fingernägel krallten sich in seine Haut. So versessen war er gewesen, dem Geheimnis endlich auf die Spur zu kommen, dass er ganz vergessen hatte, was Henriet vorhin gesagt hatte.

Vielleicht wird La Meffraye ja noch fündig, sie hatte einen guten Einfall …

Johanns Augen quollen hervor, er schnappte nach Luft. Gleichzeitig ging er in die Knie. Es war die gleiche Technik, die auch die französischen Soldaten im Wald von Chinon angewendet hatten, eine uralte Strangulationsmethode, ebenso simpel wie wirksam.

»Kleiner Fausssstussss!«, hörte er eine Stimme hinter sich zischen. »Warst schon damals ein kluger Junge. Aber nicht so schlau wie La Meffraye!« Das Wesen kicherte. Johann dachte daran, wie viele Kinder La Meffraye, die Schleiereule, wohl auf diese Weise stranguliert hatte, oder vielleicht auch nur betäubt, bis Gilles de Rais sich ihrer schließlich annahm. Auch er spürte, wie seine Kraft nachließ, an den Rändern seines Blickfelds wurde es nach und nach schwarz. Endlich bekam er einen Finger zwischen Hals und Riemen, er zerrte daran, köstliche Luft strömte in seine Lungen. Mit einem keuchenden Schrei wälzte er sich zur Seite. Das Band löste sich, und La Meffraye saß nun auf ihm wie eine zornige Harpyie.

Es war erstaunlich, wie die alte Dienerin sich verändert hatte. Zwar ähnelte sie immer noch Leonardos stummer Köchin Matturina, doch dahinter kam nun ihr wahres Gesicht zum Vorschein. Flammende, hasserfüllte Augen, eine hakenförmige Nase, ein irres Grinsen. Es konnte sich in Sekundenschnelle in eine Maske der Sanftheit und Mütterlichkeit verwandeln – und war so vielen Kindern zum Verhängnis geworden.

Plötzlich erkannte Johann sie wieder.

Als er vor vielen Jahren bei Nördlingen zum ersten Mal den Schwarzen Trank getrunken hatte, hatten ihn Tonio und Poitou auf eine Lichtung geführt. Viele nasse Zungen hatten ihn geleckt, viele gierige Finger gestreichelt, am Ende hatte sich ein Weib auf ihn gesetzt, mit langen strähnigen Haaren, nach

Schwefel und Morast stinkend, als wäre es eben einem Sumpf entstiegen. Sie hatte ihn geritten wie einen jungen Hengst, und Tonio hatte sie angefeuert.

Er gehört dir, Meffraye.

Meffrayes Finger krallten sich um seinen Hals, giftiger Speichel tropfte ihm ins Gesicht.

»Na, erinnerst du dich, kleiner Fausssstussssss?«, fauchte sie. »Warum bist du damals nur so schnell weggelaufen? Wir zwei hatten doch so viel Spaß zusammen! *So viel Spaß!!!*«

Johann war noch immer geschwächt durch den Kampf mit Henriet und von der Anstrengung beim Öffnen des Sarkophags. Mit zitternder Hand versuchte er, den Gurt mit den Messern zu erreichen, doch Meffraye saß direkt auf ihm. Sie leckte sich die Lippen und stieß ihr Becken vor und zurück, wie bei einem leidenschaftlichen Liebesakt, während sie ihn würgte wie einen jungen Hund.

»So viel Spaß«, gurrte sie. »Komm zu La Meffraye, mein Kleiner. Lass uns zusammen zum Meister reiten.«

Es war nicht so sehr La Meffrayes Kraft, was Johann am Boden festnagelte, sondern sein Entsetzen. Alte Erinnerungen kamen hoch, Erinnerungen an die Nacht in Nördlingen.

Zuckende kleine Bündel in den Bäumen …

Panisch tastete er mit der Hand nach etwas, was ihm als Waffe dienen konnte. Staub, Steine, Holzsplitter … Plötzlich berührten seine Finger den Griff der Spitzhacke. Über ihm grinste La Meffraye, er roch ihren fauligen Atem, den Odem aus einem unendlich tiefen Sumpfloch.

»Küss mich, kleiner Fausssstussssss.« Sie beugte sich über seine Kehle, er sah ihre angefeilten Zähne. »Ich werde dich küssen, wie dich noch nie eine Frau geküsst hat. Wie ich die kleinen süßen Dinger geküsst habe … So viel Spaß, so viel …«

Johann schrie. Er hob die Spitzhacke und schlug zu.

La Meffraye kreischte wie ein Vogel, ihr Gesicht zerstob in einer Wolke aus Blut, Knochensplittern und Hirn. Kurz glaubte Johann, darin noch ein einzelnes glotzendes Auge zu erkennen.

Dann fiel die Hexe zur Seite und war still, endlich still.

Eine ganze Zeit lang lag Johann einfach nur da und lauschte seinem Atem und dem Zwitschern der Vögel draußen vor der Kapelle. Erstes Sonnenlicht fiel schräg durch die Fenster. Endlich stand er zitternd auf. Er vermied es, La Meffraye noch einmal ins Gesicht zu sehen, als fürchtete er, dass ihn da immer noch die wahnsinnige Fratze angrinste. Doch er wusste, dass sie tot war. Dass es keine Fratze mehr gab und auch kein Gesicht.

La Meffraye würde ihn nur noch in seinen Träumen heimsuchen.

Unendlich müde, ein lebender Toter, tappte er durch den Raum. Poitou, Prelati, Henriet, La Meffraye … er hatte sie alle besiegt. Nun gab es nur noch Tonio und ihn.

In einer Ecke lag der kleine silberne Globus, wie eine Murmel, die Kinder nach dem Spielen vergessen hatten. Johann nahm ihn und steckte ihn ein.

Mit letzter Kraft schob er die Sarkophagplatte zurück an ihren Platz, räumte Spitzhacke und Säge weg, erst dann setzte er sich draußen auf die Stufen der Kapelle und öffnete mit zitternden Fingern den Globus. Die Sonne war mittlerweile aufgegangen, ein warmes Licht legte sich über den Friedhof, Vögel zwitscherten um die Wette. Die beiden Hälften ließen sich ganz leicht auseinanderschrauben, so als hätte der Globus nur darauf gewartet, dass Johann endlich in sein Inneres blickte.

In das Innere der Welt.

Darin lag winzig zusammengefaltet ein hauchdünnes Band aus Papier. Vorsichtig zog Johann es auseinander, es war etwa halb so lang wie sein Unterarm, dabei aber sehr schmal. Er entzifferte, was darauf in Spiegelschrift geschrieben stand.

Johann musste die schwarzen krakeligen Buchstaben mehrmals lesen. Manche waren verschmiert oder einfach nur rätselhaft, sodass sich ihm der Inhalt erst nach und nach erschloss. Trotz des Tageslichts nahm er die Laterne zu Hilfe, seine Augen waren müde. Doch schließlich begriff er, was Leonardo da Vinci erfunden hatte und was Tonio so sehnlichst begehrte. Die letzte Zeile auf dem Papierstreifen klang wie eine üble Prophezeiung.

Verderben wird über die Welt kommen …

Und im gleichen Moment wusste er, dass er dem Meister das winzige Dokument niemals geben durfte, um keinen Preis der Welt.

Nicht mal für das Leben seiner Tochter.

Ein Zittern ging durch Johanns Körper, er wollte weinen, doch es kamen keine Tränen, nur ein heiseres Schluchzen. Die Trauer war zu groß.

Greta ist verloren.

Geschüttelt von Krämpfen, mit zerschundenen Gliedern und am Ende seiner Kräfte, brach Johann Georg Faustus auf den Stufen zusammen – der klügste und zugleich einsamste Mensch der Welt.

Vierter Akt

Die Hure Rom

19

18. Juli, Anno Domini 1521, Toulouse in Südfrankreich
Zwei Jahre später

Etwas klimperte in der Schüssel, und der Bettler in dem schmutzigen, zerschlissenen Gewand zog gierig den Napf zu sich heran in Erwartung einer Münze oder wenigstens eines Stücks harten Brots. Das Wasser lief Karl im Mund zusammen, er hatte seit Tagen kaum etwas gegessen. Doch als er danach griff, war es nichts weiter als ein Kieselstein. Kinder lachten, schnelle Schritte entfernten sich. Noch bevor der Bettler den Stein nach den Taugenichtsen werfen konnte, waren sie auch schon hinter der nächsten Hausecke verschwunden.

»Dreckiges Pack«, murmelte Karl kraftlos. »Kleines, dreckiges Pack. Gott strafe euch.«

Er lehnte sich zurück in den Schatten der Hauswand, wo die Sonne nicht so unbarmherzig brannte. Der kleine Stein lag in seiner Hand. Er steckte ihn in den Mund und lutschte daran, das linderte Hunger und Durst zumindest ein wenig. Ein beleibter, vollständig in blaues Tuch gekleideter Pastel-Händler stolzierte an Karl vorbei und warf ihm einen angeekelten Blick zu. Mit dem Fuß trat er gegen die zerbeulte Schüssel und schimpfte dabei lautstark auf Okzitanisch, vermutlich weil Karl ihm im Weg war. Karl senkte demütig das Haupt und schlug ein Kreuz, damit ihm der Mann nicht noch die Wachen auf den Hals hetzte. Fliegen umsurrten sein Haupt, doch er nahm sie nicht wahr, sie waren seine ständigen Begleiter, so wie die Läuse und Flöhe, die in seinen zerzausten langen Haaren und seinem Bart herumkrochen.

Toulouse war eine der reichsten Städte Frankreichs, vermögend geworden durch Pastel, eine Pflanze, die auf den kalkhaltigen Böden südöstlich der Stadt gedieh und den wertvollen blauen Farbstoff zum Färben von Stoff und Kleidern lieferte. Trotz oder vielleicht gerade wegen ihres Reichtums war die Stadt voller Bettler. Sie saßen auf den Stufen der Kathedrale Saint-Étienne, schoben sich mit Krücken über die zahlreichen Marktplätze rund um das prächtige Rathaus von Toulouse oder schickten ihre Kinder zum Stehlen ins Getümmel an den Brücken, die über den nach Urin und Beize stinkenden Fluss Garonne führten. Die Kirche predigte zwar das Geben von Almosen; wer reichlich spendete, verkürzte sich die Zeit im Fegefeuer. Doch das hieß nicht, dass man die Armen nicht wie Vieh behandeln durfte.

Vom Platz vor der Basilika Saint-Sernin tönten die monotonen Gesänge der Pilger und die Schreie der Verkäufer, die kandierte Feigen und Datteln anpriesen, es roch nach dem Fett gebratener Hammel und nach frisch gebackenem Brot. Karl wurde übel vor Hunger. Vor zwei Tagen hatte ihm eine gutmütige Pilgerin ein gekochtes Ei und einen Kanten Schwarzbrot zugesteckt, seitdem hatte er nichts mehr zu sich genommen. Alles, was er am Leib trug, war ein schmutziger Kittel, der an so vielen Stellen zerrissen war, dass er eigentlich halb nackt herumlief. Seine Arme und Beine waren spindeldürr und von der Krätze gezeichnet, das Gesicht so bärtig und eingefallen, dass er zwanzig Jahre älter aussah.

Doch zumindest wusste er, wer er war.

Das war nicht immer so gewesen. Karls Erinnerungen an früher waren nur noch schemenhaft, sie besuchten ihn wie launische Gäste. Das erste Bild, das ihm in den Sinn kam, war das karge Zimmer eines Armenhospitals in Nantes. Fast zwei Jahre war das nun her. Wie er dort hingekommen war, wusste Karl nicht. Damals hatte er weder seinen Namen gekannt noch gewusst, woher er kam, und auch die freundlichen Benediktinerinnen konnten ihm nicht helfen. Sie hatten ihn vor der Klostertür gefunden, abgelegt wie einen Sack Müll, mit gebrochenen Gliedern, blutenden Fingerkuppen und hohem Fieber, mehr tot als lebendig. Nur langsam war er wieder zu Kräften gekommen. Mit der Zeit waren ihm Bruchstücke aus seiner Kindheit und Jugend eingefallen, winzige Splitter seines bisherigen Lebens. Er stammte wohl aus dem Deutschen Reich, denn Deutsch war die Sprache, die er beherrschte, und er hieß Karl Wagner, zumindest glaubte er das. Offenbar hatte er mal Medizin studiert, in seinem Kopf wirbelten lateinische und griechische Ausdrücke. *Clavicula … Mandibula … Os sacrum … Corpus Hippocraticum …* Was ihn nach Frankreich verschlagen hatte und was ihm dort widerfahren war, davon hatte er keine Ahnung. Er malte gern, und so hielt er die Erinnerungen, die ihn gelegentlich überfielen, mit Ruß auf kleinen Papierfetzen fest, auch wenn er die entstandenen Bilder nicht recht deuten konnte.

Ein Mann im schwarzblauen Mantel auf einem Podest … Eine brennende Burg … Das von Tränen nasse Gesicht einer jungen Frau, die die Hand nach mir ausstreckt … Der gehörnte Satan, der mir lächelnd einen Kelch reicht …

Unwillkürlich wanderten Karls Finger zu dem Anhänger um seinen Hals; der kleine Engel war sein Rettungsring, wenn die schlimmen Gedanken wieder einmal zu mächtig wurden. Der Anhänger war nichts weiter als eine schlichte, aus Alabaster geschnitzte Figur, er stammte aus der Zeit … *davor*. Von wem er ihn einst bekommen hatte, konnte er nicht sagen. Vielleicht von seiner Mutter? Trotz des Hungers, der ihn manchmal fast auffraß, würde er den Talisman niemals verkaufen, er war das einzige Stück, das ihn noch mit seinem früheren Leben verband. Wie eine Leine, die im trüben Meer seiner Erinnerungen dümpelte. Das Amulett fühlte sich so warm an, als wäre es lebendig.

Nachdem Karl wieder halbwegs genesen war, hatten die

Nonnen ihm ein schlichtes Gewand gegeben, einen Wanderstab in die Hand gedrückt und für seine weitere Reise Glück gewünscht. Sie konnten ihn nicht mehr länger beherbergen, es gab zu viele wie ihn – Gestrandete, die wie Geister durchs Land taumelten und in den Hospitälern und Klöstern kurzzeitig Unterschlupf fanden. Dort bekamen sie wenigstens für eine Nacht ein Dach über dem Kopf und eine wässrige Suppe, bevor es wieder auf die Straße ging. Seit damals war Karl unterwegs, doch er wusste nicht, wohin. Er hatte keinen Kompass, keine Erinnerung, es trieb ihn lediglich nach Süden, weil es dort wärmer war und man im Winter wenigstens nicht erfror. Auf seinem Weg hatte er Französisch gelernt und auch ein paar Brocken Okzitanisch, die alte Sprache der Barden und der Menschen des Südens. Er bettelte, manchmal zeichnete er auch kleine Bilder auf Papierfetzen oder Rindenstücke, die er dann verkaufte. Er konnte zwar lesen und schreiben, doch leider war sein Französisch zu schlecht, um als fahrender Schreiber sein Brot zu verdienen. Für die Leute war er ein Fremder und ein Narr, nur die Mädchen mochten ihn, weil er schöne Augen und ein fein geschnittenes Gesicht hatte. Doch mit der Zeit stellte Karl fest, dass ihn Mädchen nicht interessierten, und er fragte sich, ob sein Vergessen nicht die Strafe Gottes für seine geheimen Sehnsüchte war.

Frankreich war ein riesiges Land, das bis an die hohen Berge der Pyrenäen reichte und sich vom Atlantik bis zum Mittelmeer erstreckte. So war Karl nach Okzitanien gekommen und schließlich nach Toulouse. Die Tage krochen dahin, einer nach dem anderen, austauschbar. Mittlerweile hatte er sich fast an den Verlust seines Gedächtnisses gewöhnt, er ahnte, dass dort, wo jetzt ein Loch war, irgendwann die Erinnerung an ein unsäglich furchtbares Geschehen gewesen sein musste, der sich sein Geist nicht stellen wollte.

Der gehörnte Satan … ein schwarzer Kelch …

Wieder erklangen die Schreie und Gesänge vom Platz nahe

der Basilika, doch diesmal mischten sich Gelächter und vereinzeltes Klatschen darunter. Karl lauschte. Vermutlich waren es Spielleute und Gaukler, wie er sie in den letzten beiden Jahren schon des Öfteren in den Städten gesehen hatte. Dabei war ihm jedes Mal warm ums Herz geworden, wenn er sich auch nicht erklären konnte, warum. Er beschloss, seinen schattigen Platz vor dem Dominikanerkloster aufzugeben und es drüben an der Basilika Saint-Sernin zu versuchen. Die Kirche war eine der größten Pilgerstätten der Christenheit, die Gebeine etlicher Apostel wurden dort aufbewahrt. Es gab dort zwar weitaus mehr Bettler wie ihn, dafür aber auch mehr Leute, die ihm vielleicht einen Brocken abgaben. Die Menschen waren freigebiger, wenn sie lachten und sich amüsierten.

Mit der rostigen Schüssel in der Hand machte sich Karl auf den Weg hinüber zur Basilika. Es war schon gegen Mittag. Jetzt im Juli brannte die Sonne so grell vom Himmel, dass die Ziegelbauten glutrot leuchteten. Über dem Platz vor dem riesigen Gotteshaus lag flirrende Hitze, und Karl wischte sich den Schweiß aus den Augen. Tatsächlich hatten sich viele Pilger, aber auch Bürger der Stadt um ein wackliges Podest versammelt, das aus einigen aufeinandergestapelten Kisten bestand. Darauf stand ein älterer Mann im fleckigen schwarzblauen Mantel, der soeben aus seinem Hut eine gackernde Henne hervorzauberte. Der Mann schwankte ein wenig, er hatte Mühe, sich auf den Beinen zu halten. Offenbar hatte er zu viel getrunken. Sein langer Bart war struppig wie das Fell eines räudigen Hundes, die grauschwarzen Haare zerzaust. Er wirkte wie einer jener verrückten Wanderprediger, die Tod und Verderben prophezeiten und von der Kirche nur geduldet wurden, weil sie den Schäflein Angst vor der Hölle machten. Das flatternde Vieh entglitt seinen Händen und ergriff unter dem lauten Gelächter der Umstehenden die Flucht.

»He, dein Abendessen, Zauberer!«, brüllte ein Kerl in der ersten Reihe, es war der fette Pastel-Händler von vorhin. »Da fliegt es davon. Was isst du jetzt? Oder säufst du nur? Einen Krug Wein aus deinem Hut, dafür lass ich gerne eine Münze springen!«

Der Mann auf dem Podest hob langsam den Kopf und musterte den vorlauten Händler.

Karl erstarrte.

Es waren die Augen des Mannes, die ihn schwindlig machten. Pechschwarze Augen, finster und tief wie Brunnenschächte. Auf ihrem Grund schimmerten unendliche Trauer und noch etwas anderes, was Karl beinahe magisch anzog. Trotz seiner Trunkenheit strahlte der zauselige Fremde eine fast greifbare Autorität aus. Und Karl spürte, dass er den Mann von irgendwoher kannte. Doch woher und warum, vermochte er nicht zu sagen.

Wer bist du, Fremder?

»Ich glaube, ich brate mir mal ein Ei«, sagte der Zauberer leise, mit schleppender Stimme. »Das Ei ist der Anfang und das Ende, nicht wahr? Das Alpha und das Omega.« Ganz plötzlich fischte er ein Ei aus seinem breitkrempigen Hut hervor, dann noch eines, schließlich ein drittes. Er jonglierte mit ihnen, wobei ihm eines jedoch schon nach kurzer Zeit auf den Boden fiel und zerplatzte. Die zwei anderen Eier schienen plötzlich verschwunden.

»Ha, nun hast du nicht mal mehr Eier!«, feixte der Händler, der trotz der Hitze ein leuchtend blaues Barett mit Samtband auf dem Kopf trug, das Zeichen seiner Zunft. »Oder du leckst die Soße vom Boden auf wie ein Hund!«

»Das stimmt, ich habe keine Eier mehr«, antwortete der Mann auf dem Podest, seine Stimme war jetzt ganz leise, und doch war sie auf dem ganzen Platz zu hören. »Weil du sie mir gestohlen hast.«

»Was redest du da, du Narr?«, knurrte der andere und sah

sich unsicher um. Ein paar andere Zuschauer begannen zu murren und zu pfeifen. »Willst du, dass dich die Wachen an den Pranger stellen?«

Noch immer stand Karl da wie erstarrt. Er dachte an das Bild aus seiner Erinnerung, das er so oft gezeichnet hatte, das von dem Mann in dem schwarzblauen Mantel.

Es war, als wäre seine Zeichnung auf einmal Wirklichkeit geworden.

Wie ein großer dunkler Vogel sprang der Mann von den Kisten, taumelte kurz, fing sich gerade noch und ging mit langsamen Schritten auf den feisten Händler zu. Er schwankte leicht, doch er fiel nicht um.

»Und was hast du jetzt vor, versoffener Quacksalber?«, fragte der Händler und reckte angriffslustig sein Kinn vor. »Von mir bekommst du keine Henne und auch keine Eier, höchstens einen Tritt in den Arsch.«

»Bist du dir sicher?«, sagte der Mann, der nun unmittelbar vor ihm stand. »Keine Eier? Sieh selbst.«

Mit überraschender Geschwindigkeit schlug er seinem Gegenüber mit der flachen Hand auf das Barett. Gelbliche Eiersoße floss darunter hervor und lief dem verblüfften Händler in die Stirn. Die Leute schrien auf, manche lachten.

»Das … das wirst du mir büßen!«, keifte der Tuchhändler und ballte die Fäuste. »Wachen! Ergreift den Ketzer!«

Er warf sich auf den Zauberer, der trotz seines trunkenen Zustands überraschend geschickt auswich. Sofort eilten andere Bürger hinzu, doch der Mann in dem schwarzblauen Mantel war schneller. Er schlug ein, zwei Haken, dann war er der tobenden Menge entronnen.

Karl folgte ihm.

Er wusste, dass er den Fremden auf keinen Fall aus den Augen verlieren durfte. Er war der Schlüssel zu seinem alten Leben. Wenn er doch nur einen Augenblick länger überlegen könnte, woher er ihn kannte! Doch dafür war jetzt keine

Zeit. Also heftete Karl sich an seine Fersen. Der Mann sprintete über den Platz, wobei er mehrmals stolperte, sich festhielt und dabei einige der Stände umwarf. Marktleute schrien empört auf, Gänse flogen schnatternd davon, Brotlaibe rollten in die dreckige Gosse. Einen Moment lang verlor Karl den Fremden aus den Augen, doch dann entdeckte er ihn in einem engen Durchgang auf der rechten Seite des Platzes. Die Gasse befand sich hinter einem der Marktstände, sodass kein anderer Verfolger den Mann bislang bemerkt hatte. Karl rannte, fiel auf die Knie, rappelte sich trotz seiner Schwäche wieder auf und lief in die Gasse. Sie schlängelte sich an einigen Ziegelbauten entlang, wurde immer schmaler und endete schließlich in einem vermüllten Hinterhof. Als Karl atemlos zwischen zwei Fässern hervortrat, stürzte er über ein Bein, das ihm jemand gestellt hatte. Der Mann im schwarzblauen Mantel ragte vor ihm auf, er holte mit einem Stein aus. Sein Blick war der eines gehetzten Tiers.

»Verfluchter Bastard!«, zischte der bärtige Fremde. »Lass mich in Ruhe, lasst mich alle …«

»Faustus!«, entfuhr es Karl. Der Name war ihm eben erst eingefallen, doch mit dem Namen prasselten die Erinnerungen auf ihn ein wie ein warmer Regen. Karl lachte und weinte gleichzeitig. Der Mann vor ihm war wie ein Bote aus ferner Zeit, ein Engel, der ihn zurück ins Leben holte, ihn aus einem Schlaf weckte, der zwei Jahre lang gedauert hatte! Dass dieser Engel ein ungewaschener Zausel war und nach Schnaps und Wein stank, störte dabei überhaupt nicht.

»Herr im Himmel, Ihr seid es! Doktor Johann Georg Faustus! Der Herrgott sei gepriesen!«

Der andere wich zurück, als hätte er einen Schlag erhalten. Er ließ den Stein fallen. Dann packte er Karl plötzlich am Kragen und zog ihn ganz nahe an sich heran, sodass Karl seinen alkoholgeschwängerten Atem riechen konnte.

»Woher kennst du meinen Namen?«, zischte Faust. »Wer

hat dir erzählt, wer ich bin? Wer? Jemand aus der Kirche? Ein französischer Spitzel? Sprich schon, Bursche!«

»Niemand«, keuchte Karl. »Ich weiß ihn, weil ...« Er stockte. »Weil ich ... weil ich Euer Adlatus bin! Kennt Ihr mich denn nicht mehr? Ich bin es, Euer treuer Karl. Karl Wagner, der Student aus Leipzig!« Er drückte den Talisman, der um seinen Hals hing. »Gott selbst muss uns wieder zusammengeführt haben. Nun weiß ich endlich wieder, wer ich war ... Wer ich bin ... Gott sei gedankt ...«

Dann brach er ab und schluchzte, eine Woge aus Tränen, Sehnsucht und Erinnerung überrollte ihn.

Karl Wagner hatte seinen Meister wiedergefunden.

Einige Zeit später saßen sich zwei zerlumpte Männer in einem Gasthaus am Fluss gegenüber, von denen einer immer noch lautlos weinte und der andere sich betrank. Nur wenig Licht fiel durch das mit Spinnweben verhangene Fenster, am Horizont waren verschwommen die Pyrenäen zu erkennen.

Durch einen Tränenschleier betrachtete Karl den Doktor, den er im Grunde nur an seinen tiefschwarzen Augen und dem schwarzblauen Mantel wiedererkannt hatte. In den letzten beiden Jahren war Faust sehr gealtert, er wirkte leer, wie ausgesaugt. Ein langer, struppiger Bart, fast wie der eines jüdischen Rabbiners, bedeckte sein Gesicht, auch die Haare waren zottelig und verfilzt, die roten Äderchen um die Nase verrieten, dass der Doktor einem ganz bestimmten Teufel verfallen war. Auch jetzt stand ein großer Krug mit billigem Wein vor ihm, den er von ein paar Münzen gekauft hatte. Statt einer herrschaftlichen Kutsche und etlichen Kisten und Truhen bestand seine gesamte Habe nur aus einem zerschlissenen Ledersack, in dem er ein paar Gerätschaften für seine Zauberkunststücke mitführte, und dem Mantel, den er sich wohl hatte schneidern lassen, als Zeichen seiner Zunft. Fausts Hand zitterte, als er den Becher zum Mund führte.

»Was für ein merkwürdiger Zufall, der uns beide wieder zusammengeführt hat«, brummte er durch seinen Bart.

»Zufall?« Karl schüttelte den Kopf. »Ich glaube nicht mehr an Zufälle. Das ist ein Wunder, eine Fügung Gottes!«

»Oder des Teufels.« Faust lachte trocken. »Wo ist der junge ehrgeizige Wissenschaftler geblieben, der alles rational erklären will? Wenn's sein muss, auch den Himmel und die Hölle?« Er stockte, bevor er schließlich fortfuhr: »Du hast nicht das gesehen, was ich gesehen habe. Und du weißt nicht, was ich weiß.«

»Was ist mit Eurer Krankheit?«, fragte Karl. »Diese Lähmung …?« Er musterte den Doktor mit medizinischem Blick. »Ich kann nichts mehr feststellen. Wenn sie verschwunden ist, war auch das wohl ein Wunder. Oder habt Ihr am Ende doch noch eine Arznei dagegen gefunden?«

»Etwas … in der Art«, erwiderte Faust ausweichend.

Karl schluckte und wischte sich mit dem Ärmel über das nasse Gesicht. Er hatte nicht den Eindruck, dass sich Faust wirklich freute, seinen früheren Gehilfen wiederzusehen. Die schäbige Herberge, in der sie saßen, ganz in der Nähe des Pilgerspitals, war Fausts Unterkunft hier in Toulouse. Offenbar zog er immer noch als Magier durch die Lande, auch wenn er sich jetzt anders nannte – und nur noch ein Schatten seiner früheren Erscheinung war. Die letzten beiden Stunden hatte Karl damit zugebracht, den Doktor immer wieder nach Details zu fragen, um die Lücken in seinem Gedächtnis aufzufüllen. Ihre Reisen durch das Deutsche Reich, gemeinsam mit Greta, später Fausts mysteriöse Krankheit, die Flucht nach Frankreich, der Besuch bei Leonardo da Vinci … Fausts Antworten waren stockend gewesen, immer wieder unterbrochen von tiefen Schlucken aus dem Weinbecher, den er sich ständig neu auffüllen ließ. Je weiter Karl in seinen Erinnerungen voranschritt, umso verschlossener wurde Faust.

»Wir waren dort unten in der Krypta in Tiffauges«, fuhr

Karl zögernd mit seinen Fragen fort. »Ihr wolltet Gilles de Rais begegnen … der Schwarze Trank …«

Faust nickte hastig. »Er war es wohl, der dir das Gedächtnis geraubt hat.« Seine Augen wurden leer, und er nahm einen weiteren tiefen Schluck. »Sei froh.«

»Was ist mit John Reed geschehen? War er auch in Tiffauges dabei?«

»Er … er kam beim Kampf gegen Hagen und die anderen Landsknechte in der Krypta ums Leben. Friede seiner Seele.« Der Doktor senkte den Blick, und Karl stutzte. Offenbar ging Faust der Tod des rothaarigen Burschen noch immer zu Herzen, und das, obwohl er ihn doch eigentlich nie hatte leiden können. Auch Karl spürte eine tiefe Trauer, auch wenn er schon mit Johns Tod gerechnet hatte.

»Ihr zumindest konntet offenbar entkommen«, hakte er nach. »Und ich …«

»Lahnstein und seine Leute haben die Burg gestürmt. Sie konnten nichts mit dir anfangen«, fuhr Faust dazwischen. »Da haben sie dich wohl einfach liegen lassen, wie krepierendes Vieh.«

»Aber wie bin ich dann nach Nantes gekommen, zu den Benediktinerinnen? Irgendjemand muss sich um mich gesorgt und mich dort hingebracht haben …« Karl umklammerte das kleine Amulett, das um seinen Hals hing, als könnte es ihm helfen, sich zu erinnern. Wieder war es ganz warm, wie pulsierendes Blut. Erst jetzt schien Faust den Engel aus Alabaster zu bemerken, seine Augen wurden schmal.

»Woher hast du das?«, fragte er leise.

»Das weiß ich nicht«, entgegnete Karl. »An einiges kann ich mich jetzt erinnern, aber nicht daran. Könnt Ihr es mir sagen?«

Faust schwieg eine Weile, bevor er schließlich antwortete: »Es … es stammt von Greta. Sie bekam es einst von einer alten Hebamme in der Bretagne geschenkt.«

Bislang hatten sie noch nicht darüber gesprochen, was aus Greta geworden war, fast als fürchteten sie beide, dass es danach kein Zurück mehr gab. Karl bemerkte, wie sich Fausts Gesichtsausdruck verdüsterte, und im gleichen Moment spürte er einen Stich im Herzen. Er dachte an das Bild, das er so oft gemalt hatte, die weinende junge Frau, die ihm die Hand reichte. Es war Greta gewesen! Sie hatte ihn wohl noch einmal aufgesucht, nachdem er den Trank zu sich genommen hatte, und ihm das Amulett gegeben. Karl konzentrierte sich, ließ die Erinnerung zu. In einem Kerker war das gewesen, auf Tiffauges. Ein Satz fiel ihm plötzlich ein, der damals gefallen war.

Ich gehe nach Rom, Karl …

»Ich will nicht über Greta sprechen«, sagte Faust mit matter Stimme. Er winkte mit dem leeren Becher nach dem Wirt. »Es ist alles gesagt. Das Beste wird sein, wenn wir zwei von nun an wieder getrennte Wege …«

»Dann wisst Ihr also, dass sie nach Rom gegangen ist?«, fragte Karl abrupt.

»Was sagst du da?«

Karl zuckte die Achseln. »Das ist es, woran ich mich jetzt erinnern kann. Sie geht nach Rom, sie hat es mir selbst gesagt.«

»Nach … nach *Rom*?« Der Becher entglitt Fausts Händen und fiel auf den Boden, wo er mit lautem Splittern zerbrach. Faust sah Karl an wie einen Geist.

»Greta ist tot! Sie ist in Tiffauges mit den anderen auf dem Scheiterhaufen gestorben, es kann nicht anders sein! Es … es kam kein Handel zustande, also ist sie mit den anderen Ketzern verbrannt worden.«

»Sie ist nach Rom gegangen.« Karl schloss kurz die Augen. »Ich erinnere mich jetzt. Lahnstein selbst hat ihr wohl einen Handel angeboten. Er wollte sie lebend. Ich weiß nicht, warum er …« Er verstummte. Greta hatte ihm im Kerker auch noch etwas anderes erzählt, doch das fiel Karl partout nicht ein. Immer wieder sah er Greta vor sich, wie sie die Arme nach ihm ausstreckte und ihn ein letztes Mal auf die Stirn küsste.

Ich gehe nach Rom, Karl …

»Greta ist nicht tot«, murmelte Faust, mehr zu sich selbst. Fast bittend sah er Karl an. »Bist du dir sicher?«

Karl nickte. »Das ist es, was sie mir erzählt hat. Sie geht nach Rom, so weit kann ich mich erinnern. Wahrscheinlich war sie es auch, die mich in Nantes zu den Benediktinerinnen …« Er brach ab, als er bemerkte, dass es nun der Doktor war, der weinte. Tränen liefen ihm über das Gesicht, während er wieder und wieder die gleichen Worte sprach.

»Greta lebt … Meine Tochter lebt … Und ich hatte die Hoffnung schon aufgegeben!«

Zum ersten Mal glaubte Karl, hinter dem struppigen Bart und den langen verfilzten Haaren den alten Johann Georg Faustus vor sich zu sehen.

Den Mann, den er noch immer liebte.

* * *

Viele hundert Meilen entfernt stand ein einzelner Mann auf einer Terrasse, weit über der Stadt, die die Menschen *urbs aeterna* nannten.

Die Ewige Stadt.

Er blickte auf mehrstöckige Häuser, Kirchen, verfallene Tempel, Ruinen und neu erbaute Paläste, die sich in alle Richtungen hin ausbreiteten. Dahinter lagen im Dunst Felder, Dörfer und die Albaner Berge, der stinkende braune Tiber durchschnitt die Stadt wie mit einem Messer. Dort, wo der Fluss sich nach Westen ausbuchtete, thronte das mächtige runde Gebäude, auf dem der Mann sich befand. Oben auf der Terrasse, gut sechzig Schritt über dem Boden, war die

Luft trotz des schwülen Sommers frisch, eine leichte Böe wehte und brachte den Duft von Misteln und Kastanien mit. Der Mann schnupperte, es roch nach Gewitter.

Er liebte Gewitter.

Der Mann hob die Arme empor und ließ die Energie durch seinen Körper strömen, die knisternde Atmosphäre, mit der sich jeder große Sturm ankündigte. Der Platz, auf dem das Gebäude stand, war alt, uralt, schon vor den ersten römischen Kaisern, ja, noch bevor Hirten mit ihren Ziegen über die sieben Hügel wanderten, war er ein mächtiger Ort gewesen, getränkt von Blut, erfüllt von Geschrei. Vielleicht hatte Kaiser Hadrian ihn deshalb einst als Standort für sein Grabmal erwählt. Später waren die Barbaren vergeblich dagegen angerannt, erschlagen von den Statuen römischer Götter, die man auf sie hinabgeworfen hatte. Nun diente das Gebäude dem Papst als Fluchtburg und Wohnsitz. Der Mann lachte leise, als er daran dachte, wie das Gebäude genannt wurde.

Engelsburg.

Noch nie war ein Name besser gewählt worden.

Wie ein Wolf bleckte der Mann die Zähne, er hielt die Nase in den Wind. Im Grunde verlief alles zu seiner Zufriedenheit, wenn es auch langsamer voranging als zunächst gedacht. Doch was für eine Rolle spielten Jahre, wenn man in Äonen dachte? Sie hatten ihn vom Himmel gestürzt, doch er würde zurückkommen. Stärker, mächtiger, als Herrscher über eine brennende Welt, die sich selbst dem Untergang weihte. Chaos, nicht Ordnung, war die Mutter allen Seins.

Denn alles, was entsteht, ist wert, dass es zugrunde geht …

Ja, es hatte Rückschläge gegeben. Faust war nicht zu ihm zurückgekommen, und der Doktor hatte ihm auch nicht das gegeben, was er so sehnlichst erwartete. Doch er spürte, dass das letzte Wort noch nicht gesprochen war.

Sie mussten immer freiwillig zu ihm kommen.

Bei dem einen war es schon fast so weit, und auch Faust

würde schon bald zu ihm zurückkehren. Die Krankheit war nichts weiter als ein sanfter Kuss gewesen, eine Erinnerung daran, dass der Pakt zwischen ihnen noch immer galt. Und der kleine Faustus hatte zurückgezahlt, zumindest einen ersten Teil.

Der Mann oben auf der Terrasse musste nur warten.

Denn er hatte das, was der Doktor am meisten liebte. Und die Liebe war schon immer die größte Schwäche der Menschen.

Ein Blitz zuckte über den Himmel, dann fielen die ersten Regentropfen, sie benetzten das Gesicht des Meisters. Er hielt den Kopf nach oben und öffnete weit den Mund, ein zischendes Geräusch wie von einer monströsen Schlange war zu hören.

In den vielen Kirchen der Stadt läuteten die Abendglocken.

* * *

In den nächsten Tagen fühlte sich Johann schier zerrissen von Ungeduld und Unsicherheit. Ihm war, als hätte er jahrelang geschlafen und müsste nun innerhalb kürzester Zeit alles aufholen. Wie hatte er nur je glauben können, dass Greta tot war!

Er ritt auf einem alten Esel, für ein Pferd hatte das Geld nicht mehr gereicht. Neben ihm ging Karl Wagner, sein früherer Adlatus, der dem störrischen Vieh gelegentlich mit der Gerte einen Hieb aufs Hinterteil verpasste. Beide Männer waren frisch rasiert und trugen neue, wenn auch ärmliche Gewänder, dazu breitkrempige Pilgerhüte. Sie blickten entschlossen und auch ein wenig verklärt, die Gesichter schmal und verhärmt. Die Leute, die ihnen begegneten, hielten sie für Asketen, fromme Wallfahrer auf dem Weg nach Rom, auf der Suche nach Erleuchtung.

Und damit hatten sie gar nicht mal unrecht.

Vor drei Tagen waren Johann und Karl von Toulouse nach Südosten aufgebrochen. Zum ersten Mal seit Langem spürte Johann den Wind, den Regen und die Sonne auf der Haut, als hätte ihn die Nachricht, dass Greta vielleicht doch noch lebte, verjüngt. Da war wieder der alte Tatendrang, das nie Ruhende, das ewig Unzufriedene. Er musste nach Rom, so schnell wie nur irgend möglich! In Rom verlor sich die Spur seiner Tochter, also würde er sie dort wieder aufnehmen. Er musste Greta um Verzeihung bitten, musste ihr alles erklären ... vielleicht würden sie danach ja wieder zusammen sein, so wie früher.

Zwei Jahre lang war Johann durch Frankreich geirrt, ebenso wie Karl ohne jedes Ziel. Doch während Karl darum gekämpft hatte, seine Erinnerung zurückzuerlangen, hatte Johann versucht, alles zu vergessen. Selbst gepanschter Theriak, hochprozentiger Weinbrand, Wein in Unmengen ... Er hatte sich unter falschem Namen mit schäbigen Gaukeleien und billigen Zaubertricks etwas Geld verdient und ansonsten gesoffen wie ein Loch. Es war die einzige Möglichkeit gewesen, die bösen Träume zumindest für kurze Zeit zu vertreiben, die Schuld zu verdrängen, die er auf sich geladen hatte. Johann wusste nicht, ob er Karl jemals erzählen konnte, was damals in Tiffauges wirklich geschehen war. Dass er den Verlobten seiner Tochter im Rausch ermordet hatte und beinahe auch Karl getötet hätte; dass die Krankheit durch dieses grausige Opfer offenbar verschwunden war. Auch von dem Geheimnis, das er seitdem hütete, hatte er Karl nichts verraten.

Das Geheimnis des silbernen Globusses.

Den winzigen Anhänger, den er im Magen Leonardo da Vincis gefunden hatte, trug Johann stets bei sich. Nicht um den Hals, wo er Angst hatte, er könnte gestohlen werden, sondern gut verwahrt in seinem Lederbeutel, auf dem er nachts schlief und der jetzt vor ihm über dem Nacken des Esels hing. Im Inneren des Anhängers befand sich jenes dünne Seidenpapier, das Leonardo so gut versteckt hatte und das Tonio del Moravia so gern besessen hätte. In den ersten Wochen hatte Johann beinahe täglich mit dem Gedanken gespielt, das Papier zu zerstören, es einfach zu verbrennen, zuzusehen, wie die Asche zu Boden rieselte. Das hätte die Welt zu einem besseren Ort gemacht. Doch er tat es nicht. Und zwar aus genau dem Grund, der ihn damals dazu getrieben hatte, nach dem Geheimnis zu suchen.

Es war sein Pfand im Spiel mit dem Teufel.

Greta oder die Welt? Was zählt mehr?

Johann hatte diese Frage wieder und wieder gewälzt. Doch auch als er zur Überzeugung gelangt war, dass Greta tot war, hatte er die Kugel behalten. Und jetzt schien es so, als könnte ihm der Inhalt doch noch nützen.

Greta oder die Welt?

Er war immer davon ausgegangen, dass Greta mit den anderen Ketzern in Tiffauges verbrannt worden war. Dass Tonio ihn auf diese Weise bestraft hatte, weil Johann ihm das Pfand vorenthielt. Doch nun zeigte sich, dass Greta vielleicht noch lebte!

Das Schaukeln des Esels machte ihn leicht seekrank, ihm war, als befände er sich auf einem Schiff auf hoher stürmischer See. Johann schloss die Augen. In den letzten beiden Jahren hatte er in zahlreichen Bibliotheken und Klöstern nachgeforscht, er hatte in uralten Büchern geblättert, in Seiten aus brüchigem Pergament und Papyrus. Und seine Ahnung hatte sich bestätigt: Was auf dem Seidenpapier geschrieben stand, konnte, wenn es in falsche Hände geriet, die Welt ins Chaos stürzen.

»Erinnert Ihr Euch noch, wie wir in Chinon diesem schrecklichen Hagen um Haaresbreite entronnen sind?«, fragte Karl und riss Johann aus seinen Grübeleien. Sie befanden sich auf der Via Tolosana, der alten Pilgerstraße zwischen Arles und Santiago de Compostela, wo der Apostel Jakobus begraben lag. Am Horizont breiteten sich die schneebedeckten Berge der Pyrenäen aus. Der schattige Eichenwald, den sie eben passierten, schützte sie vor der Sonne, die so weit im Süden gnadenlos herabbrannte, trotzdem war es unerträglich schwül. Kein Wind wehte, der Wald schwieg, nur von fern ertönte leise das ewige Zirpen der Zikaden.

Karl schüttelte den Kopf. »Ich kann immer noch nicht glauben, dass der Papst wirklich gedacht hat, Ihr könntet Gold herstellen!« Er lachte laut auf, ein Geräusch, das in der Stille des Waldes befremdlich wirkte. »Habt Ihr je wieder von Viktor von Lahnstein oder Hagen gehört? Oder vom französischen König? Offenbar haben sie die Jagd nach Euch aufgegeben.«

»Offenbar«, sagte Johann.

»Vielleicht war das ja der Grund, warum Lahnstein Greta mit nach Rom genommen hat?«, fuhr Karl fort. »Weil er hoffte, dass er Euch damit nach Rom locken könnte.«

Johann schwieg. Tatsächlich war diese Überlegung nicht ganz abwegig, auch er selbst hatte schon darüber nachgedacht. Aber warum hatte Lahnstein dann niemals versucht, mit ihm Kontakt aufzunehmen? Soweit Johann es beurteilen konnte, war nie nach ihm gesucht worden. Ein Umstand, der ihm schon lange merkwürdig erschien. Es war, als hätte der päpstliche Gesandte ganz plötzlich jegliches Interesse an ihm verloren.

»Was geschehen ist, spielt keine Rolle mehr«, wandte er sich schließlich an Karl. »Was zählt, ist die Zukunft. Und unsere Zukunft heißt Rom.«

Johann hieb seine Fersen in den Bauch des Esels, der zornig bockte und dann mit schnellem Trab durch den Wald lief, auf das Meer zu, das irgendwo vor ihnen im Südosten lag.

Ihre Reise führte sie nach Carcassonne, jene uralte Festung am Ufer des Flusses Aude, wo die Katharer während der Albigenserkreuzzüge vor über dreihundert Jahren gnadenlos eingekesselt und massakriert worden waren. Viele Anhänger dieses ketzerischen Glaubens konnten damals fliehen, einige Jahrzehnte später jedoch starben Hunderte von ihnen auf den Scheiterhaufen am Berg Montségur, wo sie sich verschanzt hatten. Unweigerlich musste Johann an die Scheiterhaufen in Tiffauges denken. Dort waren echte Ketzer verbrannt worden, Anhänger des Teufels, denen es mittels grausiger Rituale offenbar gelungen war, ihr Leben zu verlängern. Johann hatte ihre wichtigsten Anführer getötet oder sie sterben sehen: Poitou, Henriet, den Priester Prelati, die schreckliche La Meffraye … Doch ihrer aller Lehrmeister war noch immer irgendwo dort draußen. Trotz der Hitze kroch Johann ein Schauder über den Nacken.

Tonio … Wo bist du?

Die vielen Menschen, die ihnen in den Gassen unterhalb der Festung entgegeneilten, lachend, plaudernd, auf dem Weg zu ihren Geschäften oder ihren Lieben, kamen Johann plötzlich ganz unwirklich vor, wie gemalt. Sein Blick ging hinauf zu den Zinnen, wo einige Raben und Krähen kreisten. Ob auch Tonios Boten darunter waren? Irgendwann musste sich Johann seinem alten Feind stellen, daran zweifelte er nicht. Doch nicht jetzt! Er durfte nicht den gleichen Fehler begehen wie schon einmal.

Jetzt zählte nur seine Tochter.

Von Carcassonne aus ging es nach Montpellier, wo man schon das Meer riechen konnte, und schließlich weiter nach Arles. Hier trafen sich die Pilgerwege nach Santiago de Compostela im Westen und nach Rom im Osten, dementsprechend viele Wallfahrer waren auf den Straßen in und um die Stadt herum unterwegs. Sie alle trugen das typische Pilgergewand mit braunen Wollmänteln und breitkrempigen Hüten, sodass Johann und Karl nicht weiter auffielen. Zwischen den Häusern standen noch die Überreste alter römischer Paläste und Theater, die die Einheimischen als Steinbruch nutzten. In der Kathedrale Saint-Trophime knieten die Pilger vor dem Grab eines früheren Erzbischofs, an dem schon einige Wunder bezeugt worden waren. Auch Karl reihte sich in die lange Schlange vor dem Grabmal ein, während Johann draußen im Schatten auf ihn wartete. Seit Jahren schon hatte er nicht mehr gebetet. Er hatte es verlernt, sein Gehilfe hingegen nutzte jede Gelegenheit dazu.

In den letzten Wochen war Johann aufgefallen, dass Karl nicht mehr der kühle Rationalist war wie früher. Es schien, als habe ihn der jahrelange Wahnsinn zu Gott geführt. Bislang konnte Karl sich glücklicherweise noch immer nicht daran erinnern, was wirklich in der Krypta in Tiffauges geschehen war. Doch Johann vermutete, dass tief in ihm Bilder des Gehörnten waberten, jenes Wesens, dessen Anwesenheit sie damals im Brunnen unter der Kirche beide gespürt hatten.

Der Schwarze Trank wird dich zu ihm führen, kleiner Faustus. Du bist sein Liebling …

Damals hätte er Karl geopfert, ohne mit der Wimper zu zucken. Nun war Johann froh, ihn an seiner Seite zu wissen, auch wenn er anfangs gezögert hatte. Er war so lange allein gewesen, dass er gar nicht mehr wusste, was Zweisamkeit bedeutete. Johann spürte, dass Karl ihn mehr liebte, mehr brauchte als umgekehrt. Doch zumindest gab ihm die Gesellschaft des jungen Mannes das Gefühl, ein halbwegs normales Leben zu führen. Ja, er war froh, dass er Karl um sich hatte, so wie er sich früher über seinen Hund gefreut hatte. Karl erinnerte ihn an die Zeit vor Tiffauges und auch ein kleines bisschen daran, wie er selbst einmal gewesen war.

Etwas krächzte, und Johann sah nach oben. Eine Krähe flog dicht über ihn hinweg und landete auf einer Steinstufe vor der Kathedrale.

»Verfluchtes Vieh!« Johann nahm einen Stein und warf ihn nach dem Vogel, der sich krächzend erhob und davonflog. In den letzten beiden Jahren hatte er nicht weiter auf Raben und Krähen geachtet, er hatte genug damit zu tun gehabt, sich auf den Beinen zu halten und seinen Rausch auszuschlafen. Doch seit er nicht mehr trank, fielen ihm die Vögel wieder auf. Ständig folgten sie ihm.

Oder folgte er ihnen, so wie schon damals im Loiretal und auf der Reise nach Tiffauges?

Johann ahnte, dass Tonio ihm doch näher war, als er bislang gedacht hatte.

Als Karl aus der Kathedrale kam, blickte er Johann nachdenklich an. »Ich sehe Euch an, dass Ihr grübelt. Es hat wieder mit diesem Tonio zu tun, nicht wahr? Er lässt Euch nicht los. Ihr habt Angst, dass er in Rom ist. Bei Greta.«

»Es ist nichts«, erwiderte Johann und schüttelte den Kopf. Er versuchte ein Lächeln. »Die Sonne scheint zu heiß, das ist alles.«

Es war eine der vielen kleinen Lügen, aus denen er zwischen sich und der Welt ganz allmählich wieder eine Mauer errichtete.

20

Fast zwei Monate später erreichten sie endlich die ersten Ausläufer Roms.

Mittlerweile waren ihnen wieder Bärte gewachsen, die Blasen an ihren Füßen waren zu harten Schrunden verheilt, ihre Haut war braun wie gegerbtes Leder. Obwohl die breitkrempigen Hüte kaum gegen die noch immer stechende Septembersonne schützten, schritt Johann mit frischer Kraft voran. Den störrischen Esel hatten sie mittlerweile verkauft, Johann brauchte ihn nicht mehr. Seine alte Kraft kam zurück, mit jeder Meile, die sie sich Rom näherten. Rund um die Stadt breiteten sich Felder und Äcker aus, von denen viele jedoch brachlagen oder verwildert waren. Verfallene Gutshäuser zeugten vom einstigen Reichtum ihrer Besitzer. Hirten trieben ihre Ziegen über die überwachsenen Straßen, die einst so breit gewesen waren, dass zwei Wagen nebeneinander Platz fanden. Jetzt wuchsen Disteln, Minze und wilder Rosmarin in den Ritzen, die Grenzsteine mit den römischen Inschriften ragten schief aus der Erde.

Je näher sie der Stadt kamen, umso mehr Ruinen tauchten zwischen den Hügeln auf. Manche von ihnen sahen aus wie uralte heidnische Tempel oder Mausoleen, andere waren einst herrschaftliche Sommervillen gewesen. Die Häuser schienen noch immer bewohnt, wenn auch nicht mehr von reichen Patriziern. Frauen in zerschlissener, dreckiger Kleidung lugten hinter mit Fellen verhängten Fensterlöchern hervor, die Männer zogen den Pflug über vertrocknete, karstige Äcker, wo früher üppige Gärten und Olivenhaine gewesen waren. Dahinter erhoben sich, wie Pestbeulen auf dem Körper eines unheilbar Kranken, die Hügel Roms.

Johann versuchte sich vorzustellen, wie herrlich diese Stadt einst gewesen sein musste. *Urbs aeterna!* Das Zentrum der Welt! Doch seitdem waren Jahrhunderte vergangen, viele Völker waren mit Feuer und Schwert über die Stadt hinweggestürmt, es war nicht mehr viel übrig geblieben von der einstigen Pracht. Trotzdem erfüllte der Anblick der Stadt Johann mit tiefer Sehnsucht, so als würde er an einen Ort zurückkehren, den er einst vor vielen Leben verlassen hatte. Am Horizont war eine hohe, gemauerte Brücke zu sehen, die sich über die Landschaft spannte.

»Einer der berühmten Aquädukte«, sagte Johann aufgeregt zu Karl, der gegen das Blenden der Sonne die Hand vor die Stirn hielt. Obwohl es bereits auf Oktober zuging, war es noch außerordentlich heiß. Johann zeigte auf die zahlreichen Bögen der Brücke, die an etlichen Stellen eingefallen war und sich wie eine riesige Schlange durch die Landschaft zog. »Einst brachten die Aquädukte Wasser von weit her in die Stadt. Es gab Bäder, sowohl kalte wie auch warme, mit Feuer beheizt durch unterirdische Öfen; große Becken, in denen sich die Römer vergnügten, arm, reich, Männer, Frauen … Man nannte sie Thermen.« Er seufzte leise. »So vieles ist mit den Römern verschwunden, es wird vermutlich sehr lange dauern, bis diese Errungenschaften wiederkehren, wenn überhaupt.«

»Dafür haben die Römer aber auch die Christen mit wilden Tieren durch den Circus gehetzt«, gab Karl zu bedenken. »Und sie hatten ihren Spaß, wenn sich die Gladiatoren gegenseitig niedermetzelten. Ziemlich barbarisch, wenn Ihr mich fragt.«

Johann nickte. »Der Mensch trägt beides in sich, er ist Engel und Dämon zugleich.« Leise fügte er hinzu: »Wer wüsste das besser als ich?«

Sie waren über die Via Francigena gekommen, den alten Pilgerweg, der von Norden her in die Heilige Stadt führte. Von Arles aus war es zunächst nach Genua und Pisa gegangen, über den Apennin, den Johann noch von seiner früheren Reise durch Italien kannte. Damals war er mit einer Gruppe Gaukler unterwegs gewesen, und sie hatten in den Städten ihre Künste dargeboten. Wie so oft herrschte auch jetzt wieder Krieg in Italien, die Vorherrschaft über Europa wurde ausgefochten. Der deutsche Kaiser hatte sich mit Papst Leo X. und dem englischen König gegen Frankreich verbündet, Mailand stand kurz davor, an das Reich zurückzufallen. Auf den Straßen waren Johann und Karl in den letzten Wochen immer wieder Flüchtlinge entgegengekommen, beladen mit ihren wenigen Habseligkeiten, an den Händen rotznasige, vor Hunger und Erschöpfung schreiende Kinder.

Müde hob Johann den Kopf und sah sich um. Schon seit heute Morgen waren die Reisenden auf der staubigen Straße immer zahlreicher geworden. Viele von ihnen waren wie er selbst in der Tracht der Pilger gekleidet, manche rutschten auf Knien und mit gesenkten Häuptern auf die römischen Stadtmauern zu. Andere sangen laut oder beteten während des Gehens Rosenkränze. Johann lauschte den monotonen Litaneien und Stoßgebeten, seit seiner Zeit als junger Gaukler damals in Venedig sprach er leidlich Italienisch. Aber er hörte auch den fränkischen Zungenschlag heraus, vernahm spanische, französische, ja, sogar englische Laute. In Rom traf sich immer noch die Welt.

Sie betraten die Stadt durch ein altes hohes Tor, dessen bronzene Flügel schief in den Angeln hingen. Sofort kämpfte Johann mit dem Gestank, der ihnen entgegenwehte. Schon draußen in den Feldern hatte man ihn gerochen, wie eine unsichtbare giftige Wolke hing er über der Landschaft. Nun war er so intensiv, dass Johann für eine ganze Weile nur durch den Mund atmete. Einst hatte die Cloaca Maxima die Exkremente von Tausenden und Abertausenden Römern in den Tiber gespült, doch das war lange her. Nun blieben Müll, Kot sowie menschliche und tierische Überreste in den engen verwinkelten Gassen einfach liegen. Zerlumpte Bettler, verkrüppelte ehemalige Söldner, grell geschminkte Huren und andere zwielichtige Gestalten lungerten in den Ecken und beobachteten von dort aus gierig die Reisenden und Pilger, die sich Stunde für Stunde in die Stadt ergossen. Es war ein stetiger, lärmender Strom, in dem Johann und Karl wie Korken dahintrieben, vorbei an Ruinen, eilig gezimmerten, mit Fetzen verhängten Baracken und verfallenen Tempeln, die als Steinbruch genutzt wurden. Dazwischen breiteten sich verwilderte, mit Unkraut bewachsene Flächen aus, auf denen zwischen zerbrochenen, kopflosen Statuen das Vieh graste. Überall sah man Denkmäler von Göttern, deren Namen in Vergessenheit geraten waren.

Je mehr sie sich ins Zentrum vorarbeiteten, umso häufiger trafen sie zwischen den Ruinen auf neu erbaute Kirchen, Klöster und Paläste. In der Ferne konnten sie jetzt ein großes unfertiges Gebäude auf der anderen Seite des Tibers erkennen. Gerüste und Kräne mit Flaschenzügen standen auf einem großen Platz, dahinter erhoben sich einzelne Steinbögen. Ein Schuttberg zeugte von einem abgerissenen Vorgängerbau.

»Der neue Petersdom«, wandte sich Johann an Karl, »Leos größter Stolz und vielleicht auch sein Untergang. Schon der frühere Papst Julius hat damit begonnen. Leo will den Dom nun so bald als möglich fertigstellen, um sich selbst ein Denkmal zu setzen. Doch jetzt fehlen ihm die Ablassgelder aus dem Reich!« Johann lachte leise. »Kein Wunder, dass er sich bemüht, Gold herzustellen. Dieser Luther hat ihm gehörig in die Suppe gespuckt.«

In den letzten zwei Jahren hatten sich die Schriften Martin Luthers wie ein Lauffeuer im Reich ausgebreitet, für viele Deutsche war der Papst mittlerweile nichts anderes als der leibhaftige Antichrist. In den Augen dieser braven Bürger stand Rom für Dekadenz, Hurerei und Prasserei. Der Papst hatte Luther exkommuniziert, doch von den deutschen Fürsten, vor allem vom sächsischen Kurfürsten Friedrich bekam der frühere Mönch Rückendeckung. Erst in diesem Jahr durfte Luther auf dem Reichstag in Worms seine Thesen noch einmal verteidigen. Der Kaiser hatte daraufhin die Reichsacht über ihn verhängt, seitdem war Luther verschwunden, möglicherweise mithilfe Kurfürst Friedrichs.

»Ob Papst Leo Euch wohl immer noch als Alchimisten und Goldmacher haben will?«, fragte Karl.

Johann zuckte mit den Schultern. »Auf alle Fälle sollten wir uns weiter bedeckt halten. Wir sind fromme Wallfahrer, sonst nichts.« Er deutete nach Osten. »Ich habe erfahren, dass deutsche Pilger gerne in der Nähe der Piazza Navona Herberge nehmen. Da gibt es so etwas wie eine deutsche Gemeinde, mit Handwerkern, Gasthäusern und vor allem einer neu erbauten deutschen Kirche. Ich denke, dort sollten wir unser Quartier beziehen und uns umhören.«

»Umhören nach was?«, fragte Karl. »Nach einem deutschen Mädchen namens Greta, das vor ungefähr zwei Jahren nach Rom gekommen ist? Arme deutsche Mädchen gibt es in Rom vermutlich so viele wie Madonnen …«

»Das weiß ich selbst!«, herrschte ihn Johann an. »Aber es ist zumindest mal ein Anfang, nicht wahr?«

Tatsächlich hatte Johann bislang nicht groß darüber nachgedacht, wie sie im Gewirr der römischen Gassen die Spur von Greta aufnehmen sollten. Allein die Hoffnung hatte ihn bis hierher getrieben. Doch nun zwischen all den Tausenden von Menschen erschien ihm ihr Vorhaben völlig närrisch, es war die sprichwörtliche Suche nach der Nadel im Heuhaufen. Greta konnte überall und nirgends sein! Gut möglich, dass sie schon lange nicht mehr in der Stadt weilte.

Oder gar nicht mehr lebt, dachte Johann und spürte einen Stich in seinem Herzen.

Zumindest war es zwischen den vielen deutschen Pilgern einfach, nicht weiter aufzufallen. Rund um die Piazza Navona wurden fast ausschließlich deutsche Dialekte gesprochen, Schwäbisch, Tirolerisch, Holländisch, Bayerisch … Es war beinahe so, als würde man durch eine deutsche Stadt flanieren. In einer Herberge ganz in der Nähe des Platzes bezogen sie ein einfaches Zimmer und saßen kurz darauf in der Wirtsstube über einem kargen Mahl. Noch immer trank Johann nur verdünnten Wein, er hatte in den letzten beiden Jahren genug für sein ganzes Leben gesoffen.

»Nun, was wissen wir?«, begann er, während er an einem Stück salzigem Schafskäse kaute und Karl den Brotlaib zuschob. »Viktor von Lahnstein hat meine Tochter mit nach Rom genommen. Was wollte er hier mit ihr?«

»Wenn er vorhatte, Euch auf diese Weise nach Rom zu locken, hat er sich wahrlich keine große Mühe gegeben, Euch auf diesen Umstand hinzuweisen«, erwiderte Karl nachdenklich. »Außerdem sind seitdem mittlerweile zwei Jahre vergangen.«

»Du musst freiwillig kommen«, murmelte Johann, mehr zu sich selbst.

Karl horchte auf. »Was sagt Ihr?«

»Du musst freiwillig kommen«, wiederholte Johann. »Das war es, was Tonio damals in Nürnberg zu mir gesagt hat. Erinnerst du dich? Nur so gelingt der Pakt. Es ist ein uraltes Gesetz.«

»Ihr … Ihr meint also, dass Tonio hinter alldem steckt?«, fragte Karl ungläubig. »*Er* will Euch nach Rom locken?«

»Verdammt, ich weiß es nicht! Aber er hat meine Tochter schon einmal entführt. Vielleicht hat er es wieder getan, mit

Lahnsteins Hilfe? Tonio hat mit mir noch eine Rechnung offen, und …« Johann stockte.

»Was denn?«, hakte Karl nach.

Und ich besitze etwas, das er unbedingt haben will, dachte Johann. Noch immer hatte er Karl nichts von dem kleinen silbernen Globus mit dem unheilvollen Inhalt erzählt. Auch deshalb, weil er immer noch nicht entschieden hatte, ob er Tonio den Globus nicht doch überlassen wollte.

Im Tausch gegen meine Tochter …

»Ich finde, es reicht schon, wenn der Stellvertreter Gottes auf Erden die Hände im Spiel hat, da muss es nicht auch noch der Teufel sein«, sagte Karl. Er schüttelte den Kopf. »Nein, ich denke, Lahnstein wollte Euch den größtmöglichen Schmerz zufügen. Greta ist seine Rache für das, was Ihr ihm damals in Bamberg angetan habt. Er nimmt Euch die Tochter, aber er tötet sie nicht, sondern …« Karl schloss die Augen, als würde er sich stark konzentrieren. »Damals auf Tiffauges, als ich Greta das letzte Mal sah, da war sie keine Gefangene. Jetzt im Nachhinein kommt es mir so vor, als hätte sie Lahnstein freiwillig begleitet. Aber warum?« Er schlug sich gegen die Stirn. »Verflucht, wenn ich mich doch nur besser erinnern könnte!«

»Es hilft nichts.« Johann stand auf. »Wir müssen uns umhören, zur Not auch unter dem päpstlichen Gefolge. Wir müssen erfahren, was aus Lahnstein geworden ist. Vielleicht ist er ja der Schlüssel zu all unseren Fragen.«

»Damit riskieren wir, dass er und dieser schreckliche Hagen wieder auf uns aufmerksam werden«, warf Karl ein. »Das hier ist ihre Stadt, vergesst das nicht.«

»Ich habe es nicht vergessen.« Johann nickte düster. »Aber es geht um das Leben meiner Tochter und um meine Schuld an ihrem Schicksal. Diese Schuld gutzumachen ist mir jedes Risiko wert.«

Johann brauchte einige Tage, um sich in dieser großen Stadt wenigstens ungefähr zurechtzufinden. Er war schon in vielen großen Städten gewesen, in Nürnberg, Augsburg und Venedig, aber Rom war anders, gleichzeitig inspirierend und erschlagend, es saugte einen förmlich aus. An allen Ecken erhoben sich riesige Ruinen, wovon das die umstehenden Häuser überragende Colosseum nur eine von vielen war. Rom glich einer Trümmerlandschaft, in der Tausende neue Blüten sprossen. Besonders unter den letzten beiden Päpsten waren prächtige Kirchen und Paläste geradezu aus dem Boden geschossen, dazwischen aber vegetierten die wenigen Bewohner der Stadt weiterhin in stinkenden Baracken. Überhaupt stellte Johann schnell fest, dass große Teile der Stadt kaum bewohnt waren. Sobald man die großen Straßen und Pilgerorte verließ, wurde es unheimlich leer, wie in einem Moor oder Wald. Manche der Hügel, auf denen die Stadt erbaut war, waren ganz verlassen oder nur von Bettlern und Dieben bewohnt, weil die Wasserversorgung zusammengebrochen war, dagegen erblühten das Viertel jenseits des Tibers und das neue Quartier rund um den vatikanischen Hügel, wo sich Handwerker und viele Bedienstete niedergelassen hatten. Dort befanden sich mittlerweile auch die päpstlichen Paläste.

Sehr schnell hatten Johann und Karl herausgefunden, dass es beinahe unmöglich war, den *Mons Vaticanus* zu betreten. Er war von einer hohen Mauer umgeben, an den Toren wachten Söldner der Schweizer Garde. Ständig gingen Kardinäle und andere hohe Würdenträger ein und aus, es war also gut möglich, dass auch Viktor von Lahnstein, immerhin päpstlicher Gesandter, dort wohnte. Doch wo lebte Greta? Wie sollten sie das je erfahren? Der Papst selbst zeigte sich mit seinem Gefolge nur sehr selten in der Öffentlichkeit. Das nächste Mal würde erst an Allerheiligen, also Anfang November sein, und bis dahin waren es noch mehr als vier Wochen.

Karl hatte wieder zu zeichnen begonnen. Jede freie Stunde nutzte er, um durch die Hügel zu wandern und die Ruinen, Kirchen, aber auch etliche Statuen mit schnellen Kohlestrichen zu skizzieren. Darüber hinaus fertigte er einen Plan an, der ihnen helfen sollte, sich im Labyrinth der römischen Gassen zurechtzufinden. Der Plan zeigte die Stadt nicht wie sonst üblich von der Seite, sondern von oben, eine neuartige Technik, die Karl von Leonardo da Vinci gelernt hatte. Tagsüber besuchten sie die verschiedenen Viertel zwischen den Hügeln und fragten auf den Straßen und in den vielen Pilgerherbergen nach einem blonden deutschen Mädchen namens Greta, aber ohne Erfolg. Oft saßen sie abends über dem Stadtplan, schweigend, brütend und mit schwindender Hoffnung.

»Wenn Greta freiwillig mit Lahnstein mitgegangen ist, dann hatte er mit ihr etwas vor«, sagte Karl. »Gut möglich, dass er sie in seiner Nähe untergebracht hat.«

»Das wäre irgendwo auf dem vatikanischen Hügel.« Johann stöhnte und deutete auf einen bestimmten Abschnitt auf der Karte. »Das ist ein riesiges Gebiet, mal abgesehen davon, dass es gut bewacht wird.«

»Die Nürnberger Kerker waren auch gut bewacht, und wir haben es damals geschafft, Greta zu befreien«, warf Karl ein. »Warum sollte es uns diesmal nicht gelingen?« Er lächelte. »Ihr seid ein Zauberer, vergesst das nicht!«

»Ich fürchte, meine große Zeit als Zauberer liegt hinter mir«, entgegnete Johann düster. »Ich bin ein ehemaliger Säufer, der schon zittert, wenn er nur mit Karten trickst.«

Oft gingen sie jetzt getrennte Wege. Karl besuchte gern die vielen Kirchen und bewunderte dort die Fresken, Altäre und Skulpturen, viele geschaffen unter der Herrschaft des amtierenden Papstes. Es war, als wollte Leo X. sich nicht nur mit dem neuen Petersdom, sondern gleich mit einer völlig neuen Stadt ein Denkmal setzen. Einer Stadt, die noch immer von Heidnischem durchdrungen war.

»Ich bin heute am *Mons Palatinus* vorbeigekommen«, sagte Karl, als sie abends bei Brot, Oliven und Käse beisammensaßen. »Dort beten die einfachen Leute noch immer zu den Gründervätern der Stadt, zu Romulus und Remus!« Er schüttelte den Kopf. »Es gibt dort angeblich eine fast verschüttete Höhle, wo die beiden Brüder von einer Wölfin gesäugt wurden. Was für ein Aberglauben!«

»Wirklich?« Johann lächelte. »Wurden die beiden nicht ausgesetzt und in einem Weidenkorb ans Ufer des Tibers gespült? Und hat Romulus nicht später seinen Bruder erschlagen, bevor er die Stadt Rom gründete?«

»Ja, ich denke, das war so.« Karl runzelte die Stirn. »Warum fragt Ihr?«

»Nun, auch Moses wurde als Säugling in einem Korb im Fluss ausgesetzt, und Kain erschlug seinen Bruder Abel im Streit. Das eine ist also Aberglaube, das andere Glaube. Wo ist der Unterschied?«

Karl stöhnte. »Mit Euch zu diskutieren ist vermutlich noch anstrengender als mit diesem Luther.«

»Ich diskutiere gar nicht, ich stelle nur Fragen«, entgegnete Johann. »Wie es schon der griechische Philosoph Sokrates getan hat. Fragen bringen Licht ins Dunkel der Welt.«

Im Gegensatz zu Karl mied Johann die Kirchen. Sie schenkten ihm keinen Trost, im Gegenteil. Immer wenn Johann vor einem Kruzifix stand, glaubte er, den traurigen Blick des Heilands auf sich zu spüren. Oft holte er nachts, wenn Karl schon schlief, den kleinen silbernen Globus hervor und fragte sich, ob er dessen Inhalt nicht doch zerstören sollte. Wenn es wirklich Tonio war, der ihn nach Rom gelockt hatte, dann würde der Meister ihn finden.

Und damit auch den Globus.

Nach einer weiteren von vielen durchwachten Nächten beschloss Johann, etwas zu tun, was er seit seiner Kindheit nicht mehr getan hatte. Er fasste den Entschluss just in dem Moment, als er vor der Kirche Santa Maria dell'Anima stand, der deutschen Kirche nahe der Piazza Navona. Es war bereits nach Sonnenuntergang, doch das Eingangstor der Kirche stand noch offen.

Johann atmete noch einmal tief durch, dann betrat er das düstere Gebäude, das im Gegensatz zu vielen anderen Kirchen der Stadt im altmodischen deutschen Stil erbaut war. Zielstrebig steuerte er die Beichtstühle an, die im östlichen Seitenschiff lagen. In einem von ihnen flackerte das Licht einer einzelnen Kerze. Er schloss die niedrige Tür hinter sich und setzte sich auf die Bank. Durch das hölzerne Gitter hindurch konnte er schemenhaft die Umrisse einer Gestalt ausmachen.

»*In nomine patris et filii et spiritus sancti, Amen*«, sprach Johann die uralte Begrüßungsformel.

»Gott, der uns erleuchtet, schenke dir wahre Erkenntnis deiner Sünden und seiner Barmherzigkeit«, erklang eine männliche Stimme von jenseits des Gitters, sie sprach mit weichem fränkischen Zungenschlag.

Johann zögerte kurz, dann begann er stockend: »Vater, ich … ich habe gesündigt. Mehr, als es sich die meisten Menschen vorstellen können.«

»Gottes Liebe ist unendlich groß, wenn du Reue zeigst«, erwiderte der Priester sanft. »Entlaste dein Gewissen.«

»Ich habe immer nur an mich gedacht, und … und ich bin dabei über Leichen gegangen«, fuhr Johann fort.

»Willst du damit sagen, dass …?«

»Ja, ich habe getötet«, ging Johann dazwischen. »Wenn auch nicht mit bösem Willen, es war im … im Rausch! Der Verlobte meiner Tochter starb durch meine Hand. Ich wünschte, ich könnte es rückgängig machen. Doch das ist nicht alles.« Er schluckte. »Andere sind gestorben, weil ich den falschen Weg einschlug, weil ich Wissen und Erkenntnis über das Gebot der Liebe stellte. Oft waren es die, die ich am meisten liebte! Mein Weg ist gepflastert von Unglück und Schmerz, Pater. Von steter Unruhe und Rastlosigkeit. Dabei wollte ich immer nur das Beste! Der Teufel streckt seine Hand nach mir aus, auch jetzt wieder.«

»Wen hast du noch getötet?«, wollte der Priester wissen.

»Pater, ich habe eine Frage«, sagte Johann hastig, ohne auf den Einwurf des Beichtvaters einzugehen. »Wegen dieser Frage bin ich eigentlich hier. Was wiegt mehr? Das Leben des eigenen Kindes oder das der Menschheit?«

»Was ist das für eine Frage?«, ertönte die verdutzte Stimme des Pfarrers. »Mord ist immer eine Todsünde!«

Johann beugte sich nun so weit vor, dass seine Lippen fast das hölzerne Gitter berührten. Er sprach jetzt ganz leise. »Darf ich meine Tochter retten, wenn ich damit das Leben vieler anderer Menschen gefährde? Stellt Euch vor, nur rein theoretisch, der Teufel bietet Euch einen Pakt an. Die eigene Tochter oder die Menschheit? Jesus starb am Kreuz, um uns alle zu retten. Er hat sich für uns geopfert. Muss also auch ich meine Tochter opfern?«

»Das … das ist Blasphemie!«, begehrte der Priester auf. »Hüte deine Zunge, mein Sohn!«

»Ihr habt mir meine Frage nicht beantwortet.«

»Weil sie sich nicht beantworten lässt! Ein Leben wiegt so viel wie jedes andere. Denke an die Worte Jesu, mein Sohn! Was ihr dem geringsten meiner Brüder getan habt, das habt ihr mir getan.«

Johann schwieg. »Es … es tut mir leid«, sagte er nach einer Weile. »Ich hätte nicht herkommen sollen, es war ein Fehler.« Er wollte den Beichtstuhl bereits verlassen, doch dann setzte er sich noch einmal. Plötzlich brach es aus ihm heraus.

»Und doch opfert auch die Kirche Menschen, nicht wahr? Tausendfach! Sie hetzt ihre Schäflein in sogenannte Heilige Kriege, sie geht über Leichen, um dem wahren Pfad zu folgen.

Wie viele Menschen sind seitdem unschuldig verbrannt worden oder auf dem Schlachtfeld gestorben? Wie viele Christen wurden geopfert für den reinen Glauben?« Johanns Stimme schwoll an, sie tönte jetzt so laut, dass sie auch außerhalb des Beichtstuhls zu hören war. »Der Zweck heiligt die Mittel, heißt es nicht so? Was für den Papst und seine Getreuen gilt, muss auch für den Glauben an die Vernunft gelten, für die Wissenschaft! Warum dürfen Inquisitoren wie Viktor von Lahnstein sich über andere erheben, im Namen der Kirche entführen und töten, doch dem kleinen Mann ist dies alles verboten? Dazu schweigt Gott!«

»Du … du sprichst wirr«, erwiderte der Priester, der hinter dem Gitter unruhig auf seiner Bank hin und her rutschte. »Halte ein, mein Sohn, bevor du noch mehr Todsünden auf dich lädst!«

»Ich habe so viele Todsünden auf mich geladen, da kommt es auf eine mehr oder weniger auch nicht mehr an. Spart Euch die Worte, Pater. Nur ich selbst kann mir vergeben. *Homo Deus est!*«

Damit stürmte Johann aus dem Beichtstuhl und eilte durch das Kirchenschiff hinaus auf die dunkle Straße. Er war so voller Zorn! Gleichzeitig verfluchte er sich für seine Dummheit. Wie hatte er nur glauben können, ausgerechnet in einer Kirche Trost und Rat zu finden? Die Kirche hatte ihm seine Tochter genommen, so wie damals schon die Geliebte! Seit Jahrhunderten war die Christenheit nur ein Spielball in den Händen prunksüchtiger Despoten, die ausschließlich an ihr eigenes Wohl dachten. Papst Leo war nur das letzte Glied in einer langen Kette. Nie war es den Päpsten um die Menschen gegangen. Der einzelne Mensch war ihnen nichts wert …

Erst in diesem Moment merkte Johann, dass er im Beichtstuhl genau die gleichen Worte verwendet hatte wie damals Tonio und seine Männer. Es war ihr Leitspruch gewesen.

Homo Deus est.

Der Mensch ist sich selbst sein Gott. Johann würde von oben keinen Trost und keinen Rat erfahren. Zumindest das hatte ihm der Gang zur Beichte klargemacht.

Er musste selbst entscheiden, was richtig und was falsch war.

Noch lange nachdem der seltsame Fremde gegangen war, blieb Pater Sebastian Keuchlin im Beichtstuhl sitzen. Kalter Schweiß stand ihm auf der Stirn. Wer, in Gottes Namen, war das gewesen? Noch nie hatte Keuchlin eine solche Beichte erlebt. Meist kamen fromme deutsche Wallfahrer zu ihm, die das Gebot der Enthaltsamkeit nicht beachtet und ihr Geld für Wein, Weib und Gesang ausgegeben hatten, anstatt es der deutschen Kirchengemeinde zu spenden. Ja, auch Mörder und Diebe waren schon bei ihm gewesen, um ihre Verbrechen zu beichten, doch kein Sünder wie dieser eben. Der Mann hatte eher wie ein Gelehrter geklungen, geübt im Disput, ein Magister, ein Doktor gar. Doch aus ihm hatte auch etwas anderes gesprochen, fast so etwas wie …

Wie eine *böse* Macht.

Keuchlin schauderte. Und was sollten diese letzten Worte? *Homo Deus est* … Das klang fast wie ein Kampfruf. Der Kerl musste nicht nur ein Mörder, sondern auch ein Ketzer sein!

Aber etwas anderes machte Keuchlin fast noch mehr zu schaffen.

Das war, dass der Fremde den Namen Viktor von Lahnstein kannte.

Sebastian Keuchlin war beileibe kein gewöhnlicher Beichtvater. Er war der Provisor der Bruderschaft von Santa Maria dell'Anima, eines Kollegiums aus insgesamt sieben Kaplänen, das für das Wohl der deutschen Pilger in Rom zuständig war. Darüber hinaus aber war Keuchlin auch ein enger Vertrauter der päpstlichen Kurie. Er hatte bereits unter Johannes Burckard gedient, dem früheren Provisor, der als päpstlicher Zeremonienmeister seinen damals noch jungen Schützling Sebastian in die höchsten Kreise eingeführt hatte. Kreise, in denen auch Viktor von Lahnstein verkehrte. Wenige kannten den unheimlichen Inquisitor, den sie hinter vorgehaltener Hand die ›Dogge des Papstes‹ nannten, persönlich. Seit einem Unfall fehlte Lahnstein die Nase, was ihn wie einen Hund aussehen ließ. Keuchlin schüttelte sich vor Abscheu. Eigentlich passend für einen Dominikaner, einen der *domini canes*, der Hunde des Herrn, wie diese strengen Inquisitoren oft genannt wurden.

In den letzten zwei Jahren war Lahnstein fast völlig von der Bildfläche verschwunden und doch gleichzeitig zum persönlichen Adjutanten Leos aufgestiegen – wenn auch keiner so genau wusste, was er tatsächlich machte. Und nun tauchte dieser verrückte Fremde auf und erwähnte seinen Namen. Sollte das etwa eine Drohung sein?

Pater Sebastian achtete das Beichtgeheimnis, aber er wusste auch, was gegenseitige Treue bedeutete. Die Kirche Santa Maria dell'Anima war noch nicht ganz fertig gebaut, es fehlten nötige Gelder, und die flossen zurzeit, da dieser schreckliche Luther von der »Hure Rom« predigte, eher spärlich.

Alles hat seinen Preis …

Noch einmal wischte sich Keuchlin den Schweiß von der Stirn. Dieser Fremde hatte gar nicht mal so unrecht. Ja, die Kirche musste gewisse Opfer bringen, zum Wohle der Christenheit.

Der Provisor quetschte seinen fülligen Leib aus dem Beichtstuhl, eilte durch das dunkle Kirchenschiff und watschelte hinüber in den Hospizgarten, wo er sein bescheidenes Heim hatte. Dort setzte er sich an sein Pult und schrieb mit Tinte und Feder einen langen Brief an seine Eminenz, den päpstlichen Inquisitor Viktor von Lahnstein, Leos bissigen Wachhund.

Er war sich sicher, dass es nicht zum Schaden der deutschen Kirche in Rom sein würde.

21

Ruhig zog der Kohlestift seine Bahn, schraffierte hier, malte dort ein wenig aus und veränderte die eine oder andere Linie. Aller Schmerz der Welt lag im Gesicht der Gottesmutter, und doch auch Trost. Maria hielt ihren erwachsenen Sohn in den Armen wie ein kleines Kind, sie schien ihn zu wiegen, in den Schlaf zu singen wie einen Säugling. Von den beiden ging eine fast magische Aura aus, die Karl beruhigte, wie ihn die Kunst oft beruhigte. Und dieses Kunstwerk vor ihm war das perfekteste, das er je gesehen hatte.

Die schönste Skulptur der Welt.

Seufzend legte Karl Stift und Pergamentbogen zur Seite und konzentrierte sich ganz auf die marmorne, fast lebensgroße Pietà vor ihm. Er wusste: Nie könnte er etwas so Wunderschönes erschaffen, doch allein das Abzeichnen mit dem Kohlestift schenkte ihm Befriedigung, versetzte ihn in eine Art Kontemplation, wie sie Mönche vermutlich durch Beten erreichten.

Die Pietà stand in einer Nebenkapelle von Sankt Peter, verborgen vor den Blicken der meisten Gläubigen, die sich trotz der Bauarbeiten täglich auf dem Petersplatz einfanden. Das Grab des Apostels Petrus lag nicht weit entfernt. Ein römischer Kardinal hatte die Marmorskulptur kurz vor seinem Tod in Auftrag gegeben mit der Bitte, das schönste Kunstwerk Roms zu schaffen. Keine leichte Aufgabe angesichts der vielen wundervollen Statuen in der Stadt.

Und doch war es dem Künstler, einem gewissen Michelangelo Buonarroti, gelungen.

Karl hatte von diesem Michelangelo bereits früher gehört. In den letzten Jahren war er zum Stern unter den italienischen Bildhauern aufgestiegen, so wie Raffael als der größte Maler Roms gegolten hatte, bis er letztes Jahr völlig überraschend starb. Schon Leonardo da Vinci hatte Karl von Michelangelo und Raffael erzählt. Aus Leonardos missmutigen Äußerungen hatte eine gewisse Eifersucht gesprochen, wie sie alte Meister gegenüber talentierten, aber noch nicht ganz ausgereiften Lehrlingen empfinden mochten. Beim Anblick von Michelangelos Pietà konnte Karl Leonardos Neid durchaus verstehen.

Seit Wochen schon streifte Karl durch Roms Kirchen und zeichnete wie in einem Rausch, was ihm vor die Augen kam. Gern hätte er wieder eine Brille gehabt, so wie in früheren Zeiten, doch die geschliffenen Gläser waren einfach zu teuer. Doch auch so half ihm das Zeichnen, sein früheres Leben allmählich zurückzugewinnen, täglich, mit jedem Strich, kamen die Erinnerungen zurück. Außerdem lenkte es ihn von der schier unlösbaren Aufgabe ab, vor der Faust und er standen.

Greta, wo bist du? Lebst du noch? Denkst du noch an deinen alten Freund Karl?

Karls Hand glitt zu dem kleinen Schutzengel, den er ständig um den Hals trug. Im Grunde hatte er die Hoffnung, dass sie Greta je finden würden, bereits aufgegeben. Niemand hatte von ihr gehört, kein Wirt, kein Pilger, nicht einmal die Huren ... Vielleicht hatte er sich ja auch getäuscht, und sie war gar nicht mit Lahnstein nach Rom gereist. In gewisser Weise zweifelte er schon seit Toulouse am Erfolg ihrer Mission, dennoch hatte er Faust nach Rom begleitet. An den Doktor band ihn etwas, was Karl sich nicht erklären konnte. Eigentlich war Faust für Karl viel zu alt, um ihn attraktiv zu finden. Es war denn auch weniger die sexuelle Anziehung als vielmehr etwas Größeres, das über menschliche Liebe weit hinausging.

Hingabe.

Noch immer wusste Karl nicht, was damals in der Krypta von Tiffauges wirklich zwischen ihm und Faust geschehen war. Es musste etwas so Fürchterliches sein, dass sein Gedächtnis sich bis heute weigerte, die Erinnerung freizugeben. Sosehr Karl den Doktor liebte, so sehr spürte er auch, dass ihm diese Liebe nicht guttat. Er musste Faust verlassen, bevor er an ihm zugrunde ging.

Fragte sich nur, wann.

Laut begannen die Kirchenglocken zu läuten und ließen Karl aufhorchen. Er hatte völlig die Zeit vergessen! Heute, am 1. November, dem Festtag von Allerheiligen, war der Tag des päpstlichen Umzugs, auf den Faust und er schon so lange warteten. Bislang war es ihnen nicht gelungen, auch nur einen winzigen Blick auf den Papst und seinen inneren Kreis zu erhaschen, heute bot sich dazu endlich die Gelegenheit. Zu Ehren der Heiligen wollte Leo X. mit all seinem Gefolge von Sankt Peter zur Lateran-Basilika ziehen, wo die Päpste vor ihrem Exil in Avignon gewohnt hatten. Leo war bekannt für seine spektakulären Umzüge, außerdem erzählte man sich, dass Münzen unters Volk geworfen würden. Dementsprechend belebt waren die Straßen, die den Umzug säumten, schon seit dem Morgengrauen. Faust und Karl hatten sich pünktlich zum Mittagsläuten an der Engelsbrücke verabredet, und Karl wusste, wie zornig der Doktor werden konnte, wenn man eine Verabredung nicht einhielt, besonders in einer so wichtigen Angelegenheit.

Hastig packte er die Malutensilien in seinen kleinen Lederbeutel und eilte zum Ausgang der Kapelle. Draußen strömten die Menschen dem Umzug zu, der offenbar bereits begonnen hatte. Karl vernahm Posaunen und Trommeln, auch vereinzelte Hochrufe. Fluchend hastete er über die Baustelle, auf der sich inmitten von Gerüsten und Kränen mit Flaschenzügen unzählige Kalksäcke und Steine türmten. Er war bereits viel zu spät!

Eben wollte er in die große Straße einbiegen, die zum Tiber führte, als er ein leises Sirren über sich vernahm. Gleich darauf erklang heftiges Gepolter. Überrascht blickte Karl nach oben. Einige Mauersteine lösten sich aus einer frisch verputzten Wand, und eine wahre Kaskade von Ziegeln ergoss sich von einem höher gelegenen Gerüst. Im letzten Moment sprang er zur Seite, bevor ihn die Steine am Kopf trafen. Eine rote Ziegelwolke breitete sich aus, dahinter war im Staubnebel ein umgestürzter Kran zu sehen. Vermutlich war das Seil eines Flaschenzugs gerissen und hatte damit eine regelrechte Steinlawine ausgelöst. Schwer atmend stand Karl auf und klopfte sich den Staub aus dem Gewand. Er schlug ein Kreuz und murmelte ein kurzes Dankgebet. Offenbar hatte der Herrgott entschieden, ihn heute noch nicht zu sich zu holen.

Für jemand anders galt das offenbar nicht.

Karl hörte hohe Schmerzensschreie, unterbrochen von Stöhnen und Wimmern. Als er sich umwandte, erblickte er hinter dem Ziegelhaufen eine kleine, zusammengekrümmte Gestalt. Er eilte hinüber und sah, dass es ein Junge von nicht mehr als zwölf Jahren war, vermutlich einer der vielen Tagelöhner, die für eine warme Mahlzeit am Tag die schweren Kalksäcke schleppten. Sein Gesicht war weiß von Steinstaub, Blut rann ihm über die Stirn, und über seiner Brust lag quer ein schwerer Balken, der offenbar von dem umgestürzten Kran stammte. Die Augen des Jungen waren vor Entsetzen weit aufgerissen.

»*Santa Maria* …«, keuchte er auf Italienisch. »*Che dolore* …«

Karl sprach ein wenig Italienisch, aber auch ohne Sprachkenntnisse hätte er verstanden, dass der Junge große Schmerzen hatte.

»Warte, ich helfe dir.« Karl packte den Balken mit beiden Händen und zog daran. Der Balken war noch schwerer als erwartet. Während Karl ruckte und zerrte, schrie der Junge immer wieder laut auf vor Schmerzen. Karl wunderte sich, warum noch keiner der Bauarbeiter auf das Gebrüll aufmerksam geworden war. Aber dann fiel ihm ein, dass die Männer vermutlich alle zum Umzug geeilt waren in der Hoffnung, eine der Münzen zu erhaschen.

Endlich hatte Karl den Balken von der Brust des Jungen gezogen. Er beugte sich über ihn, horchte ihn ab und untersuchte die Wunde, ganz so, wie er es damals in seiner Zeit als Medizinstudent gelernt hatte. Ganz offenbar hatte der Knabe innere Blutungen, sicherlich waren auch einige Rippen gebrochen.

»*L'ucello nero …*«, murmelte der Junge immer wieder. »*Con le ali nere …*«

»Schwarzer Vogel, schwarze Schwingen? Was redest du da?« Karl tupfte dem Burschen das Blut von der Stirn, eine eher hilflose Geste. Offenbar war der Bub nicht mehr ganz bei Sinnen.

Während Karl mit einem Papierfetzen aus seinem Lederbeutel das Gesicht des Jungen notdürftig abwischte, betrachtete er ihn eingehend. Der Knabe war ohne Frage schön, mit fein geschnittenen Gesichtszügen und langen Wimpern, er erinnerte ihn …

Karl zuckte zusammen.

Tatsächlich erinnerte ihn das Gesicht des Jünglings an das des Heilands der Pietà, das er gerade gezeichnet hatte.

»*Con le ali nere …*«, wiederholte der Junge. »*Con le ali nere …*«

Verzweifelt sah sich Karl nach Hilfe um. Der Verletzte brauchte dringend einen Arzt, er musste in ein Hospital! Doch sie beide schienen auf der großen Baustelle von Sankt Peter ganz allein zu sein, keiner kam, um ihnen beizustehen.

Da erinnerte sich Karl, dass er ja selbst einmal Medizin studiert hatte, durchaus mit heißem Bemühen, wenn auch vor langer Zeit. Vielleicht konnte er dem Jungen helfen. Doch dafür brauchte er Wasser und Wein zum Waschen sowie einen ruhigen Ort, wo er den Buben untersuchen und behandeln konnte. Von fern wehte die festliche Musik zu ihnen herüber, die nun immer leiser wurde. Karl zögerte. Er hatte Faust versprochen, ihn bei diesem Umzug zu begleiten. Sie wollten die Augen offen halten, wollten sehen, ob sie Lahnstein oder vielleicht sogar Greta im Gefolge des Papstes entdeckten. Es war möglicherweise ihre letzte Chance. Doch hier lag ein kleiner, zerbrechlicher Mensch und brauchte seine Hilfe.

»*Mama* …«, jammerte der Junge. »*Mama mia* …« Dann schloss er die Augen und rührte sich nicht mehr.

Karl fühlte den Puls, der noch immer schwach schlug. Kurz entschlossen hob er den verletzten Jungen hoch, er war erstaunlich leicht. Karl dachte an die Mutter Maria, wie sie ihren toten Sohn in ihrem Schoß gewiegt hatte, verewigt in Michelangelos Pietà. Es gelang ihm, sich den Jungen auf den Rücken zu hieven und ihn durch die Gassen zu schleppen. Hier, abseits des Trubels, war kaum ein Mensch zu sehen, das Volk war mittlerweile weitergezogen. Während von fern immer noch die Musik ertönte, trug Karl den Jungen hinüber zum deutschen Viertel. Dabei musste er immer wieder Pausen machen, um Luft zu schöpfen.

Nach etlichen weiteren Atempausen, in denen er prüfte, ob der Junge noch lebte, hatte er endlich die Herberge nahe der Piazza Navona erreicht. In der Gaststube hielt sich außer der schwerhörigen Wirtin keiner auf. Unter den argwöhnischen Blicken der Alten erklomm Karl mit seiner Last die Treppe und betrat die kleine Kammer, die er sich mit Faust teilte. Behutsam legte er den Jungen auf das Bett und deckte ihn zu. Kurz schlug dieser die Augen auf.

»*Il cielo?*«, murmelte er.

»Für den Himmel bist du doch noch viel zu jung«, flüsterte Karl und lächelte. »Alles wird gut. Nun schlaf erst einmal.«

Der Junge schloss die Augen und sank erneut in Ohnmacht. Karl öffnete sein Hemd und betrachtete die Wunde zum ersten Mal genauer. Der Brustkorb war eindeutig zerquetscht, es zeigten sich bereits Flecken, die auf innere Blutungen schließen ließen. Trotzdem tupfte Karl den Oberkörper des Jungen mit Branntwein ab. Der rasselnde Atem deutete an, dass vermutlich auch die Lunge verletzt war.

Kein Arzt der Welt konnte hier mehr helfen.

Ganz plötzlich stiegen Karl die Tränen in die Augen. Das Sterben dieses einen Jungen ließ ihn alles plötzlich völlig sinnlos erscheinen, ihre Reise nach Rom, die Suche nach Greta, sein ganzes vergebliches Streben nach Anerkennung, nach der Liebe des Doktors … Es war, als würden mit diesem Jungen auch all seine Hoffnungen sterben.

»Geh nicht«, sagte Karl leise und streichelte dem Knaben über die bleichen Wangen. »Bleib bei mir, lass mich nicht allein!«

Da öffnete der Junge erneut die Augen, diesmal schien er Karl wahrzunehmen. Er lächelte müde.

»*Bueno*. Es ist gut«, keuchte er auf Italienisch. »Sie … sie hat es mir gesagt, damals …«

»Wer hat dir was gesagt?«, fragte Karl, der befürchtete, dass der Junge gleich wieder das Bewusstsein verlieren würde. Er konzentrierte sich ganz darauf, die Worte zu verstehen, die der Knabe gepresst und mit deutlich rasselnder Stimme von sich gab.

»*La donna bianca*«, hauchte der Junge. »Die weiße Frau … Damals, als ich diesen bösen Husten hatte, vom Staub auf der Baustelle. Ich … ich habe sie gefragt, ob ich sterben müsste. Noch nicht, hat sie gesagt. Aber ich … ich habe an ihrem Blick gesehen, dass es schon bald sein wird. Nun ist es also so weit.«

»Keiner kann sagen, wann jemand sterben wird«, entgegnete Karl. »Das weiß nur Gott.«

»O doch!« Der Junge lächelte. »Sie weiß es. Alle sagen das. Die weiße Frau weiß es, sie sieht es in deinen Händen …«

»In … in deinen *Händen*?«

Der letzte Satz ließ Karl das Blut in den Adern gefrieren. Er hatte gelogen, als er eben gesagt hatte, dass es keinen gab, der den Tod vorhersehen konnte.

Er selbst hatte einst ein Mädchen gekannt, das dies von sich behauptete.

La donna bianca … Die weiße Frau.

»Von wem sprichst du?«, fragte er aufgeregt. »Wer … wer ist diese weiße Frau?«

Und der Junge sagte es ihm.

Während Karl gebannt lauschte, fiel ihm erneut auf, wie sehr das Gesicht des Knaben dem des Heilands von Michelangelos Pietà ähnelte.

Johann stand in der ersten Reihe am Rande der Gasse, zwischen viel schmutzigem, stinkendem Volk, und bemühte sich, nicht umzufallen. Das Geschrei, der Lärm und die Nähe der Menschen waren ihm zuwider. Dicht gedrängt warteten sie darauf, dass der Papst und sein Gefolge vorüberzogen. Vom nahen Tiber roch es nach Kot, Urin und Fäulnis. Der Himmel war grau und hing voll mit regenschweren Wolken.

Eine ganze Weile hatte Johann am verabredeten Ort auf Karl gewartet, dann war er schließlich allein losmarschiert, um einen guten Platz in der ersten Reihe zu ergattern. Er konnte sich nicht erklären, warum Karl nicht aufgetaucht war. War ihm etwas zugestoßen? Aber vermutlich hatte er ganz einfach die Zeit vergessen, was ihm, versunken über seinen Zeichnungen, derzeit häufiger passierte. Und das, wo sich ihnen heute endlich die Chance bot, einen Blick auf das päpstliche Gefolge zu erhaschen! Nun, dann musste Johann eben allein nach Lahnstein Ausschau halten. So wie er eigentlich schon immer alles allein getan hatte.

Jemand rempelte ihn an, und Johann war kurz davor, mit dem Ellbogen auszuholen. Wie er diesen Mob verabscheute!

»Es heißt, Leo ist jetzt noch fetter geworden«, dröhnte eine Stimme direkt neben seinem Ohr. »Und die Fistel an seinem Arsch quält ihn so heftig, dass er schon lange nicht mehr auf seinem Schimmel reiten kann. Deshalb schaut er auch immer so gequält. Er lässt sich kaum noch blicken, hockt bloß in seinem Palast wie eine warzige Kröte.«

Ein anderer lachte. »Vielleicht braucht er ja deshalb all die Gaukler, Narren und Spielleute um sich herum. Seine Umzüge sind jedenfalls immer großartig, ebenso wie die Feuerwerke auf der Engelsburg.«

»Jaja, und währenddessen verhungert das Volk auf den Straßen. Und bei den Banketten werfen die Kardinäle die goldenen Teller in den Tiber.«

»Wenn sie heute goldene Teller werfen, soll mir das recht sein«, bemerkte der Zweite, ein stämmiger Kerl, der Johann um einen Kopf überragte und aus dem Mund nach Knoblauch stank. »Am besten noch mit gebratenen Tauben darauf! Ah, jetzt ist es wohl so weit …«

Hochrufe ertönten und kündigten das Näherkommen des Festzugs an. Bald erschienen die Trommler und die Spielleute mit ihren Posaunen. Ihnen folgte eine ganze Hundertschaft Lanzenreiter, die grimmig auf das Volk herabblickten, dann kamen die Dienstleute der Kardinäle in ihren Livreen und das niedere Gesinde. Johann reckte den Kopf und hielt Ausschau, ob er Greta oder Lahnstein vielleicht irgendwo entdecken konnte, doch ohne Erfolg. Nun zogen weitere kirchliche Würdenträger vorbei, mit Monstranzen, dampfenden Weihrauchkesseln und Heiligenstatuen, gefolgt von Bannerträgern mit dem Wappen des Medici-Papstes, sechs Kugeln auf goldenem Grund. Der Geruch des Weihrauchs überdeckte ein wenig den Gestank des Tibers. Johann runzelte die Stirn. Leo X. war wirklich ein Meister der Inszenierung. Wenn schon dieser Umzug zu Allerheiligen so spektakulär ausfiel, wie groß mochte dann erst das Fest bei seiner Inauguration gewesen sein? Kein Wunder, dass er in Geldnöten war.

Schließlich erschien unter lautem Jubel der Papst.

Der Heilige Vater saß auf einem vergoldeten Thron, der von vier in goldene Livreen gekleidete Mohren getragen wurde. Ein Baldachin schützte Leo vor möglichem Regen. Er trug ein wallendes Gewand aus weißer Seide, darüber einen roten Mantel, gesäumt mit Hermelin, auf dem Kopf thronte leicht schief eine rote Haube.

Es war das erste Mal, dass Johann den Papst persönlich zu Gesicht bekam, jenen Mann, der so lange im ganzen Reich und darüber hinaus nach ihm gesucht hatte. Tatsächlich verkörperte Leo all das, was die neuen Lutheraner an Rom verabscheuten. Leo war unglaublich fett, mit einem großen schwammigen Kopf und kurzem, dickem Hals, das Gesicht gerötet, die Augen hervorquellend, wodurch er tatsächlich einer Kröte ähnlich sah. Seine Gesichtszüge waren weich, fast wie die eines Weibes, seine blassen beringten Hände wiederum wirkten viel zu klein für den massigen Körper. Mit ihnen winkte der Papst huldvoll in die Menge.

An seiner Seite schritten mit Bällen jonglierende Gaukler, Rad schlagende Artisten, ein muskulöser Hüne, der zwei ausgewachsene Panther an der Kette hielt, und ein buckliger Narr. Zum Ergötzen der Leute kletterte der Narr affengleich an der Thronlehne empor, wo er direkt hinter Leo hervorlugte. Dort ahmte er Leos huldvolle Bewegungen nach, ganz so, als wäre er selbst der Papst. Der Heilige Vater ließ sich das Schauspiel gefallen. Die beiden Panther fauchten und zogen an der Kette, als wollten sie den Narren bei lebendigem Leib fressen.

Die Menschen lachten und deuteten mit dem Finger auf den

drolligen Kerl, der ein rot-grün gestreiftes Gewand mit einer Gugel und eine Maske mit einer langen Nase trug. Es waren Darbietungen wie diese, für die Leo bekannt und berüchtigt war. Der Papst liebte jede Art von Pomp, und war er auch noch so lächerlich, kostspielig oder bizarr. Es würde zu Leo passen, dass er wirklich glaubte, ein Doktor Faustus könne Gold machen. Trotzdem fragte sich Johann immer noch, wer ihm diesen Floh ins Ohr gesetzt hatte. Lahnstein? Oder doch ein anderer?

Wie ein Schiff im Sturm zog der Thron des Papstes an der Menge vorüber. Nun warfen der Narr und einige der Gaukler tatsächlich Kupfer- und Silbermünzen unters Volk, das schrie und die Hände aufhielt, als empfinge es das himmlische Manna. Die Leute, die den Papst eben noch zur Hölle gewünscht hatten, jubelten ihm jetzt zu. Der große Kerl hinter Johann versetzte ihm einen Stoß, und er fiel nach vorne in den Dreck.

»Pass doch auf, du Trampel!« Johann rappelte sich auf und wollte sich eben aus dem Trubel zurückziehen, als er zwischen den Menschen hindurch die kirchlichen Würdenträger sah, die dem Thron folgten.

Sein Herz machte einen Sprung.

Einer der Kleriker war Viktor von Lahnstein.

In all dem Chaos zuvor hatte er den päpstlichen Gesandten gar nicht bemerkt. Das lag auch daran, dass Lahnstein seine Mönchskapuze tief in die Stirn gezogen hatte. Johann hielt den Atem an. Er hatte Lahnstein seit über zwei Jahren nicht gesehen, doch es gab keinen Zweifel. Die gleichen buschigen Augenbrauen, der gleiche stechende Blick, die gleiche hagere, hochgewachsene Erscheinung. Wie bei ihrer Begegnung in Bamberg trug der päpstliche Gesandte das blütenweiße Gewand eines Dominikaners, mit einem großen hölzernen Rosenkranz um den Hals. Nun hob er den Kopf, und Johann sah mit Schrecken, warum er die Kapuze so tief im Gesicht trug.

Lahnsteins Antlitz glich dem eines Monsters.

Dort, wo einst seine imposante Hakennase gewesen war, befand sich jetzt ein Hautlappen, ein winziger Buckel mit zwei Löchern, wie bei einer Dogge oder einem der Panther, die Johann soeben gesehen hatte – ein Raubtier in Menschengestalt.

Kurz glaubte Johann, sein alter Widersacher könnte ihn in der Menge erkannt haben. Lahnsteins Kopf fuhr ruckartig nach rechts, die Augen funkelten hasserfüllt, doch dann blickte er wieder grimmig geradeaus. An seiner Seite gingen einige weitere Dominikaner, die mit lauten Worten den Herrn lobten.

Eine ungeheure Wut überkam Johann. Am liebsten wäre er losgerannt und hätte sich auf Lahnstein geworfen, auf den Mann, der vermutlich seine Tochter entführt hatte. Doch dann würde er wohl nie erfahren, was mit Greta geschehen war. Also ließ er den Moment verstreichen, sein Atem beruhigte sich. Er trat einige Schritte zurück und ließ den Zug an sich vorbeimarschieren. Mit dem Thron des Papstes als Orientierungspunkt folgte Johann dann in sicherem Abstand dem Gefolge, das zur Lateran-Basilika zog und von dort zurück nach Sankt Peter. Fast drei Stunden vergingen, und Johann übte sich weiter in Geduld.

Als der Umzug schließlich auf Höhe des Tibers zur Baustelle abbog, geschah etwas Unerwartetes. Die Gruppe der Dominikaner spaltete sich ab und schritt auf ein großes düsteres Gebäude zu, das von einer Mauer mit vier Türmen umzäunt wurde.

Die Engelsburg.

Ein Tor öffnete sich, die Dominikaner und mit ihnen Viktor von Lahnstein verschwanden im Inneren, wie im Maul eines großen Walfischs.

Noch eine ganze Weile blieb Johann an der Engelsbrücke stehen, die sich hier, direkt vor der Burg, über den Tiber spannte. Er hatte Lahnstein gefunden, und doch war er unerreichbar. Die Engelsburg war vermutlich das einzige Gebäude Roms, das noch besser bewacht war als der päpstliche Palast.

Ob sich auch Greta dort drinnen befand?

Nachdem er noch eine gute Viertelstunde unschlüssig gewartet hatte, eilte Johann schließlich über die Engelsbrücke der Piazza Navona zu. Der Rückweg verging wie im Flug, während Johann ständig das entstellte Gesicht seines Widersachers vor sich sah. Vielleicht war Karl ja schon wieder in der Herberge? Er musste ihm unbedingt erzählen, was vorgefallen war. Sie brauchten einen Plan, eine Idee, wie sie mehr über Lahnstein herausfinden konnten. Johann spürte das alte Drängen und Forschen wieder, den unbändigen Ehrgeiz, der ihn so weit gebracht hatte. Sein Gehirn arbeitete auf Hochtouren.

Es muss einen Weg geben. Es gibt immer einen Weg!

So in Gedanken versunken war er, dass er den Hünen in der Gasse fast zu spät bemerkte.

Der riesige Kerl stand gegenüber der Kirche Santa Maria dell'Anima und unterhielt sich dort mit einem der Priester. Der Mann war so groß, dass er sich tief herunterbeugen musste, um den fetten Geistlichen zu verstehen. Seine Erscheinung war unverwechselbar.

Dort in der Gasse, nur wenige Meter entfernt, stand Hagen.

Johann hielt den Atem an.

Sie hatten ihn gefunden.

Johann stieß die Tür auf und stürmte in die Kammer der Herberge. Er war noch ganz außer Atem, die steile Stiege hinauf ins Dachgeschoss hatte er im Laufschritt genommen. Erleichtert stellte er fest, dass Karl in der Kammer auf ihn gewartet hatte.

»Pack deine Sachen, wir müssen schleunigst …«, fing er an. Doch dann stockte er, als er sah, dass noch jemand anders im Raum war.

In Karls Bett lag ein Junge.

Zorn wallte in Johann auf. »Sag nur, du bist nicht zu unserem Treffen erschienen, weil du dich hier mit deinesgleichen amüsiert hast! Es ist wirklich widerwärtig, was du …«

Er brach erneut ab, als er Karls bleiches, unendlich trauriges Gesicht bemerkte. Nun sah er sich den Jungen noch einmal genauer an. Der Knabe war vielleicht zwölf Jahre alt, viel zu jung, um Karl zu interessieren. Seine Haut schimmerte marmorblass, die Augen hatte er geschlossen, seine Hände waren über der Decke wie zum Gebet gefaltet.

Fast so, als wäre er …

»Mein Gott«, hauchte Johann und eilte zum Bett, ergriff die eiskalten Hände des Jungen. »Der Kleine ist tot! Was in Gottes Namen ist hier geschehen?«

»Ein umgestürzter Kran auf der Baustelle von Sankt Peter hat ihm die Brust zerquetscht«, antwortete Karl leise. »Ich war eben auf dem Weg zu Euch, als es passierte. Ich habe den Buben noch hierher mitgenommen, um ihn zu pflegen, doch es war bereits zu spät.« Er wischte sich über die Augen. »Und trotzdem ist es ein Wunder.«

»Ein Wunder? Warum, in Gottes Namen, ist ein toter Junge ein Wunder?«

»Weil …«, Karl stockte, »weil er uns vielleicht den entscheidenden Hinweis gegeben hat, wo sich Greta befindet.«

»Wo sich *wer* …?« Johann blieb wie angewurzelt am Bett stehen. Eigentlich hatte er mit Karl sofort fliehen wollen. Es konnte nicht mehr lange dauern, bis Hagen sie in dieser Herberge ausfindig machte. Doch nun überschlugen sich die Ereignisse.

»Was sagst du da? Er hat Greta gekannt?«, fragte er heiser.

»Der Junge war schon einmal schwer krank, wohl ein böser Husten«, erklärte Karl. »Damals wurde er ins Hospital Santo Spirito in Sassia gebracht, das ist gleich unterhalb des vatikanischen Hügels. Ich habe von diesem Hospital gehört, es ist das älteste noch tätige Spital Italiens, wenn nicht sogar der Welt. Auch Bettler und Arme werden dort behandelt, von gut ausgebildeten Ärzten! Die Hospitaliter vom Heiligen Geist, die es leiten, gelten als die Besten ihres Fachs, sie …«

»Was hat das alles mit Greta zu tun?«, fragte Johann ungeduldig.

»Nun, den dort tätigen Kreuzherren stehen Kanonissinnen zur Seite, Stiftsdamen in weißer Tracht«, fuhr Karl fort. »Der Junge sprach von einer jungen Ordensschwester, die in den Händen der Patienten ihren Tod voraussehen kann. Sie gilt als große Heilerin, aber trotzdem fürchtet man sie! Die armen Leute wissen um ihre Fähigkeit, man erzählt sich in den Gassen davon, allerdings nur hinter vorgehaltener Hand.« Karl lächelte traurig. »*La donna bianca* nennen sie sie, die Weiße Frau, manchmal auch einfach nur *la tedesca*, die Deutsche.« Er stockte, bevor er weitersprach: »Diese junge Nonne hat strohblonde Haare …«

»Greta!«, stöhnte Johann. »Mein Gott, es könnte wirklich Greta sein. Wir müssen sofort zu diesem Hospital!«

»Ich habe vermutet, dass Ihr so reagieren würdet. Trotzdem möchte ich Euch bitten, dass wir erst diesen armen Jungen hinüber zur Kirche Santa Maria dell'Anima bringen.« Karl deutete auf den leichenblassen Knaben. »Er hat einen würdigen Abschied verdient.«

Johann schüttelte den Kopf. »Wir … wir können nicht in die Kirche. Eigentlich müssen wir so schnell wie möglich aus dem deutschen Viertel verschwinden!«

In hastigen Worten erzählte er Karl, was in den letzten Stunden geschehen war. Vor allem aber berichtete er von Hagen und dessen Gespräch mit dem fetten Geistlichen unten in der Straße. Johann raufte sich die Haare. »Vermutlich ist er jener Pfarrer, bei dem ich erst gestern in der Beichte war. Ich war so verdammt dumm! Niemals hätte ich dort hingehen dürfen, und nun ist es zu spät. Gut möglich, dass Hagen schon unten vor der Tür steht!«

»Und doch werde ich diesen Jungen nicht ohne ein letztes Gebet zurücklassen«, beharrte Karl. »Das sind wir ihm schuldig.« Er kniete sich neben das Bett und faltete die Hände. Johann fluchte leise, dann kniete er sich neben ihn.

»Domine, exaudi vocem meam. Fiant aures tuae intendentes in vocem deprecationis meae …« Karl sprach hastig noch einige weitere lateinische Psalmen, Johann kam es wie eine Ewigkeit vor. Sie mussten hier weg! Wenn Hagen sie jetzt fand, würde er Greta wohl nie mehr wiedersehen. Aber dann dachte Johann daran, dass für Gott jedes Leben gleich zählte. Das von Greta wog so viel wie das dieses armen Jungen. Trotzdem fiel es ihm schwer, ruhig zu bleiben.

Als Karl schließlich geendet hatte, stand er auf und drückte dem Jungen einen letzten Kuss auf die kalte Stirn. »Du bist jetzt an einem besseren Ort«, flüsterte er. »Möge Gott sich deiner Seele annehmen.«

Erst dann nahm er Mantel und Hut und folgte Johann auf den Weg nach unten, hinaus auf die Straße.

Das Hospital Santo Spirito in Sassia lag an einem Knie des Tibers, in Sichtweite der päpstlichen Paläste. Trotzdem herrschte hier unten am Fluss eine völlig andere Welt.

Einige morsch aussehende Barken dümpelten im trüben Wasser, das beinahe noch mehr stank als anderswo in Rom, der aufgeblähte Kadaver eines Schweins trieb vorbei. Das Gebäude selbst war ein düsterer, lang gezogener Bau, an den eine Kirche und ein Campanile anschlossen. Es gab zwei Eingangstore, eines davon für Fahrzeuge, durch das selbst jetzt zur späten Nachmittagsstunde noch etliche Karren rumpelten. Auf einem der Wagen lag ein alter Mann, der stöhnte und sich wild hin und her warf. Ein jüngerer Mann und eine Frau, vermutlich seine Angehörigen, drückten ihn nieder und sprachen tröstend auf ihn ein. Kreuzherren in schwarzem Habit mit dem Doppelkreuz des Ordens hasteten an dem Karren vorbei. Gleich neben dem Eingang lungerten einige Bettler und Kranke, die auf Almosen hofften.

Atemlos warf Karl einen letzten Blick hinter sich auf die Straße, in der Angst, jemand könnte ihnen gefolgt sein. Sie waren direkt von der Piazza Navona hierhergeeilt. Dabei hatten sie den Hinterausgang ihrer Herberge genommen, um Hagen nicht doch noch in die Arme zu laufen. Fast ihre gesamten Habseligkeiten waren in der Kammer zurückgeblieben, ebenso wie der tote Junge. Karl hatte ein paar Münzen für die Beerdigung hinterlassen und hoffte, dass der Wirt sie nicht selbst einstrich.

Viele Menschen begehrten vor dem Hospital Einlass, sie warteten in einer langen Schlange vor dem anderen schmalen Tor. Ein Versehrter ohne Beine wandte sich mit krächzender Stimme an einen vorübergehenden Mönch, der ihn segnete und ihm einen Kanten Brot zusteckte. Der Boden war hier, so nahe am Fluss, morastig und mit Unrat bedeckt, die Gasse kaum befahrbar. Karl mochte kaum glauben, dass nur einen Steinwurf weit entfernt päpstlicher Prunk herrschte.

»Und?«, fragte er leise. »Wie wollen wir nun vorgehen? Sollen wir uns in die Schlange einreihen?«

»Die Zeit haben wir nicht! Außerdem bin ich schwer krank, das sieht man doch.« Faust verkrümmte sich und ließ den rechten Arm herabhängen, beinahe so wie damals, als ihn Tonios Fluch getroffen hatte. Ein Speichelfaden lief ihm aus dem Mundwinkel. »Es ist vermutlich die Fallsucht. Du musst mich stützen.«

Unwillkürlich musste Karl lächeln. Es war wie früher, als sie gemeinsam mit ihren Gaukeleien die Zuschauer getäuscht hatten. Nur dass damals meist Karl den Kranken gemimt hatte, den Faust dann mit seinem selbst gepanschten Theriak wie durch ein Wunder heilte. Wenn sie wirklich Greta wiederfinden würden, könnte vielleicht alles wieder so werden.

»Gehen wir.« Faust hakte sich bei ihm unter, und gemeinsam humpelten sie eilig an der Schlange vorbei, wo einige der Bettler laut protestierten. Sie näherten sich dem Pförtner in dem kleinen Häuschen neben dem Eingang, der sie argwöhnisch musterte.

»Dove volete andare?«, fragte der kleine Mann barsch auf Italienisch. »Wir nehmen heute keine Patienten mehr auf. Kommt morgen wieder!«

»Kein anderer Arzt will meinen Vater noch behandeln!«, jammerte Karl und schlug ein Kreuz. »Es heißt, er ist verflucht.«

»Was fehlt ihm denn?«, fragte der Pförtner neugierig.

»Morbus maledicta«, raunte Karl und deutete auf Faust, der neben ihm stand. »Wenn der Alte zornig ist, stößt er laute Schimpftiraden und Flüche aus, die manchmal auch wirken.« Er wechselte einen Blick mit dem Doktor. »Heilige Mutter Maria, es geht schon wieder los! Seht nur!«

Faust zuckte heftig, er begann undeutlich zu sprechen, während ihm der Speichel aus dem Mund tropfte. Mit zitterndem Finger deutete er auf den erblassenden Pförtner, der nun einen Schritt zurücktrat. Auch die anderen Kranken wichen angstvoll zur Seite.

»Das ist ja furchtbar!«, ächzte der Pförtner. »Macht, dass er den Finger herunternimmt, bevor noch ein Unglück geschieht!«

Karl seufzte theatralisch. »Dann wird es nur noch schlimmer. Der Letzte, den mein Vater verflucht hat, hatte nur noch zwei Wochen zu leben. Es fing an mit Durchfall und eitrigen Pusteln, und dann …«

»Geht in die Corsia Sistina und schaut dort nach einem Arzt«, fuhr der Pförtner dazwischen, der sich schon in seinem Wachhäuschen verkrochen hatte. »Und jetzt macht, dass ihr wegkommt!«

Karl nickte ihm noch einmal zu, dann betrat er mit dem sabbernden und zuckenden Doktor das weitläufige Gelände des Hospitals. Erst als sie außer Sichtweite waren, richtete sich Faust wieder auf und grinste.

»Dieser Einfall hätte auch von mir sein können. Meinen Respekt.« Faust schüttelte den Kopf. »*Morbus maledicta*, was für ein schöner Unsinn!«

»Danke.« Karl errötete leicht. Es kam nicht oft vor, dass der Doktor ihn lobte. »Manchmal reicht es schon, wenn man ein paar lateinische Begriffe verwendet. Das habe ich damals im Medizinstudium gelernt.« Er ging voran und sah sich suchend um. »Am Pförtner vorbeizukommen war noch die leichteste Übung. Das Hospital ist wirklich riesig!«

»Lass uns in diese Corsia Sistina gehen«, sagte Faust. »Das ist wohl der Behandlungsraum. Vielleicht können wir ja dort Patienten nach einer jungen deutschen Nonne fragen. Wenn Greta wirklich hier arbeitet, muss sie ja jemand kennen.«

Das Hospital war ein Labyrinth aus Gängen, Höfen und einzelnen Gebäuden. Immer wieder kamen ihnen schwarz gewandete Kreuzherren entgegen, aber auch einige Kanonissinnen mit weißem Skapulier und ebenso weißer Haube.

Donne biance, weiße Frauen, dachte Karl. *Ob eine von ihnen Greta ist?*

Viele der Ordensschwestern waren noch sehr jung. Karl wusste, dass Kanonissinnen oft Damen aus besserem Hause waren, die ohne Ordensgelübde in den Klöstern aushalfen. Er bewunderte sie dafür, dass sie ihr behagliches Heim aufgaben, um sich ganz den Armen und Kranken zu widmen. Und von denen gab es hier reichlich. In den Gängen standen in langen Reihen Betten, in denen die armseligsten Existenzen lagen, nur leicht mit dünnen, löchrigen Laken zugedeckt. Viele der Männer und Frauen hatten die Krätze, ihre blutig gekratzten Köpfe waren kahl geschoren. Manche trugen eitrige Verbände, husteten oder riefen lautstark nach Wasser. Die jungen Schwestern beugten sich über sie, sprachen tröstende Worte, trugen Salben auf wunde Stellen auf oder fütterten die Kranken mit Brei. Dazwischen waren auch immer wieder Kreuzherren zu sehen, die Klistiere und Pillen verabreichten.

Nachdem Karl und Faust zwei weitere Innenhöfe überquert hatten, standen sie schließlich am Eingang zu einer größeren Halle. Karl kannte aus seiner Zeit als Medizinstudent einige größere Hospitäler, aber noch nie hatte er einen so riesigen Raum gesehen, der offenbar ausschließlich der Pflege von Kranken diente. Es handelte sich um zwei hohe Gebäudeflügel, zwischen denen sich ein achteckiger Kirchenraum befand. Zusammen waren die Flügel sicherlich weit über hundert Schritt lang. Die Wände waren in frischem Weiß gekalkt, durch Oberlichter fiel das letzte Licht des Tages. Bett reihte sich an Bett, in den schmalen Gängen dazwischen eilten mit geschäftigen Schritten die Kanonissinnen, die mit ihren wehenden Skapulieren etwas Engelhaftes ausstrahlten. Es stank nach Krankheit und Ausscheidungen und scharf-würzigen Arzneien. Doch anders als in den Hospitälern zu Hause fühlte sich Karl hier merkwürdigerweise nicht an ein Totenreich erinnert, was vermutlich an der hohen Decke und dem frischen Anstrich lag, vielleicht aber auch an den vielen jungen, meist hübschen Ordensschwestern, die ihre Arbeit ruhig und ohne Klagen erledigten.

»Habt Ihr Euch angekündigt? Es ist Patienten nicht erlaubt, allein die Corsia zu betreten.«

Karl zuckte zusammen. Er hatte gar nicht bemerkt, dass sich ihnen eine ältere Kanonissin genähert hatte, die sie nun fragend anblickte. An dem silbernen Rosenkranz um ihren Hals erkannte Karl, dass es sich wohl um die Schwester Oberin handelte. Zumindest wussten sie jetzt, dass sie richtig waren.

»Äh, wir sind keine Patienten«, sagte er.

»Nicht?« Die Oberin wirkte plötzlich misstrauisch, sie hielt den Kopf schief wie eine Eule. »Wer dann? Na, wer auch immer Ihr seid, Ihr habt hier nichts verloren.«

»Wir … wir suchen meine Nichte«, sprang Faust Karl bei. »Wir sind einen weiten Weg aus den deutschen Landen gekommen, um ihr einen Besuch abzustatten. Ihr kennt sie nicht zufällig? Sie …« Er zögerte. »Sie heißt Greta. Strohblonde Haare, sie müsste jetzt Anfang zwanzig sein. Man sagte uns, dass sie hier im Hospital den Ärmsten hilft.«

»Greta?« Die alte Nonne hob die Augenbraue. »Hm, das ist nicht der übliche Weg. Eigentlich müssen sich Gäste vorher anmelden, da könnte ja sonst jeder kommen. Aber da Ihr nun schon mal hier seid …« Sie seufzte. »Strohblondes Haar und deutsch, sagt Ihr?«

Karl und Faust nickten schweigend, wobei Karl sah, wie der Doktor die Hände ballte.

Die lastende Stille war fast greifbar, da lächelte die Nonne endlich. »Nun, ich denke, ich weiß, wen Ihr sucht.«

»Ja?«, krächzte Faust. Karl sah, wie er zitterte. »Und wo …?«

»Sie arbeitet dort hinten.« Die Oberin deutete auf den rückwärtigen Teil der Corsia, wo Arkaden den Blick freigaben auf den Kirchenraum dahinter. »Kurz mögt Ihr mit ihr sprechen. Aber nicht lange! Schwester Greta ist eine unserer fähigsten Pflegerinnen, und das, obwohl sie noch sehr jung ist. Wir haben bald Vesper, und viele der Kranken müssen noch für die Nacht versorgt werden.«

Karl blickte sich um.

Und dann sah er sie.

Dank sei Gott!, dachte er und hatte Mühe, seine Rührung zu verbergen. *Wir haben sie tatsächlich gefunden, nach all den Jahren!*

Greta trug, wie alle anderen Schwestern im Saal, den einfachen Habit der Kanonissinnen, ein schwarzes Gewand, dazu ein blütenweißes Skapulier und eine ebenso weiße Haube, sodass von ihrem Gesicht nicht viel zu erkennen war. Trotzdem erkannte Karl sie sofort. Einige blonde Strähnen waren aus dem streng gebundenen Dutt gerutscht und hingen ihr in die Stirn, ihre Augen waren aufmerksam nach unten gerichtet. Soeben verband sie den Arm eines Greises, dessen Gesicht von zahlreichen Pockennarben und eitrigen Wunden entstellt war. Trotzdem lag ein Lächeln auf ihren Lippen, das Karl noch gut von früher her in Erinnerung hatte. Wie hatte er dieses Lächeln je vergessen können! Er kannte Greta, seit sie vierzehn Jahre alt war, sie war beinahe wie seine kleine Schwester gewesen, als sie zusammen mit Faust durch die Lande gezogen waren, die schönste Zeit seines Lebens. Zwei Jahre lang hatte er sie nicht gesehen, vage kam erneut die Erinnerung an ihr letztes Treffen im Kerker von Tiffauges zurück.

Ich werde nach Rom gehen, Karl …

Noch hatte Greta ihn und Faust nicht bemerkt. Als Karl einen Blick mit dem Doktor wechselte, sah er, dass dieser stark zitterte, beinahe so, als wäre wieder jene verfluchte Krankheit ausgebrochen.

»Was ist mit Euch?«, wollte die alte Nonne wissen, die noch immer neben ihnen stand. »Freut Ihr Euch nicht, Eure Nichte wiederzusehen?«

»Doch … Es ist nur …« Fausts Stimme war leise und krächzend. »Ich weiß nicht, ob sie sich ebenso freut wie ich.«

»Wie meint Ihr das?«

»Es ist … einiges geschehen in den letzten Jahren.« Ohne weiter auf die verdutzte Oberin einzugehen, wandte sich Faust leise an Karl.

»Ich möchte, dass du allein zu ihr hingehst«, flüsterte er. »Sag ihr, dass ich in der Kirche auf sie warte.« Mit einer Kopfbewegung deutete er auf den turmartigen Bau, der die beiden Säle miteinander verband. »Sag ihr, dass …« Er stockte. »Dass es mir unendlich leidtut. Dass ich ihr gerne alles erklären möchte.«

»Alles erklären?« Karl runzelte die Stirn. »Nun, wie Ihr meint.«

Er verabschiedete sich mit einem dankbaren Nicken von der alten Nonne, die sich bereits wieder anderen Patienten widmete. Dann ging er hinüber zu Greta – der einzigen Frau, die ihm wirklich etwas bedeutete und die auch er so lange vermisst hatte.

Johann sah ihm hinterher.

Noch hatte Greta den Kopf nicht gehoben, sie war damit beschäftigt, den Verband des alten Mannes zu wechseln. Nun sprach Karl sie an, sie blickte auf und ließ mit einem leisen Schrei die Kupferschüssel mit dem Wasser fallen. Das Scheppern hallte laut durch den Saal. Glücklicherweise war die Schwester Oberin inzwischen in einem anderen Gebäude zugange, sodass nur einige der Patienten kurz hinübersahen. Karl hob die Schüssel für Greta auf, dann umarmte er sie lange. Johann konnte seine Tochter leise schluchzen hören. Ein dicker, schleimiger Ball steckte ihm in der Kehle, noch immer zitterte er, seine Augen wurden feucht. Trotzdem konnte er nicht weinen – und er konnte auch nicht zu Greta hinübergehen.

Der Anblick seiner Tochter war überwältigend, fast zu viel für ihn. Es ging ihr ganz augenscheinlich gut. Das Lächeln, das er beim ersten Anblick auf ihren Lippen gesehen hatte, war echt gewesen, so als hätte sie einen inneren Frieden gefunden, der ihm selbst verwehrt war. Johann hatte Angst, dass dieses Lächeln verschwinden würde, wenn sie ihn hier im Hospital entdeckte. Dass sie ihn als das bezeichnen würde, was er war.

Der Mörder ihres Verlobten.

Ob sie ihm je verzeihen würde?

Ein letztes Mal blickte Johann zu Karl und Greta hinüber, die sich noch immer umklammerten wie Schiffbrüchige auf hoher See, dann ging er in den Kirchensaal und wartete. Ein Ziborium aus farbigem Marmor thronte über einem Altar, der dem heiligen Hiob gewidmet war, dem Schutzpatron der Leidenden. Johann dachte daran, wie der Teufel Gott herausgefordert hatte, indem er an Hiobs Treue zweifelte. Mit vielen Schicksalsschlägen hatte Gott seinen Jünger Hiob geprüft, und der Teufel hatte am Ende seine Wette verloren. Gott blieb Sieger.

Wer gewinnt bei mir?, dachte Johann und kniete vor dem Altar nieder. *Gott oder der Teufel?* Sein Kopf war leer, er war unfähig, ein Gebet zu sprechen, so gern er dies auch getan hätte.

Seitliche Arkaden öffneten sich zu den Sälen der Corsia Sistina hin, sodass die Patienten von ihren Betten einen Blick auf den Altar werfen konnten. Von seinem Platz aus konnte Johann weder Karl noch Greta sehen, und das war gut so. Er schloss die Augen und faltete die Hände.

Greta, bitte verzeihe mir … Herrgott, verzeihe mir …

Endlich hörte er Schritte. Es war Karl, der sich ihm mit blassem, ernstem Gesicht näherte. Er kniete sich neben Johann, begann ebenfalls zu beten und schwieg dann. So verging eine ganze Weile.

»Sie hat es dir gesagt, nicht wahr?«, sagte Johann schließlich. »Sie hat dir gesagt, dass ich John Reed getötet habe und auch dich töten wollte, unten in der Krypta von Tiffauges. Aber hat sie dir auch gesagt, dass es im Rausch geschah? Der Schwarze Trank …«

»Es spielt keine Rolle, was damals geschehen ist«, unterbrach ihn Karl mit brüchiger Stimme. »Es … es zählt allein, dass Ihr es mir verheimlicht habt. Warum?«

»Manche Dinge mache ich eben mit mir allein aus«, erwiderte Johann.

»O ja, das weiß ich nur zu gut!« Karl lachte trocken. »So war es immer schon, nicht wahr? Dann wird es Euch auch nicht verwundern, dass Ihr auch weiterhin die Dinge mit Euch alleine ausmachen müsst. Greta will Euch nicht sehen.«

»Ich kann auch gerne morgen noch einmal …«

»Habt Ihr nicht verstanden?« Karls Stimme wurde lauter. »Sie will Euch überhaupt nicht mehr sehen! Sie ist glücklich hier, versteht Ihr? Und sie will nicht, dass Ihr auch dieses Glück zerstört. Viktor von Lahnstein hat ihr die Stelle hier im Hospital verschafft, warum auch immer. Greta hat ihre Bestimmung gefunden, als Ordensschwester und als Heilerin. Die Menschen schätzen und verehren sie, die Behandlung der Kranken hat ihrem Leben einen Sinn gegeben, den unsereins noch immer in den Büchern sucht. Akzeptiert es endlich, Doktor! Greta ist nicht mehr Eure Tochter, sie geht jetzt ihren eigenen Weg, ohne Euch. Und das ist gut so. Lasst sie endlich los!«

Johann schwieg lange. Für Außenstehende sah es aus, als würden zwei Männer friedlich vor dem Altar beten. Doch in Johann brodelte es. Die verschiedensten Gefühle tobten in ihm, Zorn, Enttäuschung, Liebe, Trauer …

Greta ist nicht mehr Eure Tochter …

»Das … das kann ich nicht akzeptieren«, sagte er schließlich. »Nicht so, nicht auf diese Weise.«

Müde erhob er sich und ging allein durch die Kirchentür in den Innenhof, wo ein kühler Abendwind wehte. Ein leichter Regen fiel vom Himmel und benetzte sein Gesicht, doch er spürte ihn nicht.

Greta ist nicht mehr Eure Tochter …

Zum ersten Mal in seinem Leben fühlte Johann sich viel älter, als er wirklich war. Wie ein Greis, der ohne Hoffnung, ohne Erlösung auf seinen Tod warten musste.

22

Ungeduldig wartete Viktor von Lahnstein vor dem zweiflügeligen Portal eines der vielen päpstlichen Empfangszimmer. Der Wartesaal war hoch wie der Innenraum einer Kirche, die mit Blattgold verzierte Decke zeigte die Schöpfung der Erde in sechs Tagen. Lahnstein fühlte sich, als würde er schon ebenso lange hier sitzen, in Wirklichkeit mochte es etwa eine Stunde sein. Trotzdem empfand er die Warterei als Zumutung. Er hatte etwas überaus Wichtiges mitzuteilen, das hatte er den Soldaten der Schweizer Garde, die vor dem Portal Wache hielten, bereits mehrmals gesagt! Doch diese hatten nur schweigend auf das Loch in seinem Gesicht gestarrt, als wäre er ein sonderbares Tier. Ein Verhalten, das Lahnstein mittlerweile gewohnt war, auch wenn es ihn weiterhin schmerzte.

Und all diese Qualen verdankte er nur diesem verfluchten Nekromanten Faust!

Lahnstein seufzte leise und betrachtete das Deckengemälde, um seinen Geist zu beruhigen. In den letzten Monaten war es überhaupt immer schwieriger geworden, zum Heiligen Vater vorzudringen. Leo schien in seiner ganz eigenen Welt zu leben, er verkroch sich immer öfter in den Tiefen der Engelsburg. Selbst er, Viktor von Lahnstein, der persönliche Gesandte des Papstes, hatte nicht mehr uneingeschränkt Zugang zu ihm, obwohl die Leute behaupteten, er sei Leos höchstpersönlicher Wachhund, sein Schatten.

Ein Schatten, auf dem man gerne herumtrampelt, dachte Lahnstein.

Wie so oft, wenn er sich ärgerte, brannte die Wunde in seinem Gesicht wie Feuer. Mit dem Medicipapst war es nie leicht gewesen, schon damals nicht, als Leo vor nun fast acht Jahren den Papstthron erobert hatte. Ja, er war äußerst klug und gebildet, doch dann war er auch wieder so naiv wie ein Kind. Allein diese albernen Theateraufführungen, die diversen Possen, die er ständig veranstaltete! Leo umgab sich am liebsten mit Narren, Gauklern und Spinnern. Außerdem ging ihm mittlerweile wirklich das Geld aus, allein die Geschenke an seine Günstlinge kosteten den Vatikan monatlich achttausend Dukaten. Daran änderte auch nichts, dass die Kurie munter weiter Kardinäle ernannte und dafür Bestechungssummen kassierte. Wenn nicht bald etwas geschah, würde es in absehbarer Zeit nicht einmal mehr für die Kerzen im päpstlichen Palast reichen! In der Kurie munkelte man bereits hinter vorgehaltener Hand von Bankrott. Vor einigen Jahren hatte es ein Attentat auf Leo gegeben, das gerade noch vereitelt werden konnte. Die Verräter waren damals gefoltert und hingerichtet worden, und doch wurden die Schwierigkeiten nicht weniger, sondern immer mehr. Dieser verfluchte Luther mit seinen aufrührerischen Reden, das ganze Deutsche Reich drohte vom Glauben abzufallen!

Nervös rutschte Viktor von Lahnstein auf dem mit roter Seide bespannten Sitz hin und her und schielte hinüber zu der immer noch verschlossenen Tür. Als Leo vor einigen Jahren auf die Idee verfallen war, einen Alchimisten aufzutreiben, der Gold herstellen konnte, hatte Lahnstein dies zunächst für eines der vielen Hirngespinste seines Herrn gehalten. Doch dann war auch ihm der Gedanke verlockend erschienen. Hatten sich nicht auch andere große Männer schon daran versucht und waren nur knapp gescheitert? Albertus Magnus, Avicenna, auch dieser ketzerische Roger Bacon … Gold zu machen war möglich, keine Frage, die Schriften ließen keine andere Deutung zu. Nur war es bislang keinem Alchimisten auf dieser Welt gelungen.

Faust hätte dieser Alchimist sein können, zumal er wohl wirklich mit dem Teufel im Bunde stand, wie die Ereignisse in Tiffauges vor zwei Jahren gezeigt hatten. Sie hatten ihn damals aus den Augen verloren, stattdessen war die seltsame Weisung erfolgt, Fausts Tochter nach Rom zu holen. Und Leo vertiefte sich seitdem immer mehr in fremdartige Bücher und seltsame Experimente, die ihm dabei helfen sollten, den Stein der Weisen zu finden.

Die Wege des Herrn sind unergründlich, ging es Lahnstein durch den Sinn. Er wusste, dass er Leo auf Gedeih und Verderb ausgeliefert war. Zu fest hatte er seine Karriere mit der des Papstes verbunden.

Wenn Leo fiel, fiel auch er.

Eine zarte Glocke tönte von irgendwoher, und endlich öffneten die Schweizer Gardisten das Portal zum Empfangszimmer. Zu Lahnsteins Erstaunen quoll warmer feuchter Dampf daraus hervor. Als sich der Nebel ein wenig gelichtet hatte, blickte er in einen Raum, dessen Decke sogar noch höher war als die des Vorzimmers. Zwei leibhaftige Panther lagen, angeleint mit golddurchwirkten Bändern, in einer Ecke und putzten sich wie kleine Katzen. Sie waren die neuesten Spielzeuge des Papstes, kostspielig wie alles, woran sein Herz hing. Schon bei dem großen Umzug zu Allerheiligen waren sie dabei gewesen.

In der Mitte des Saals befand sich eine riesige vergoldete Wanne, die rundum von antiken Statuen umgeben war.

Darin saß, in einem Meer aus Schaumbläschen, der Papst.

Sein fetter Oberkörper ragte aus dem Schaum hervor wie ein weißer Berg, seine Wangen waren von der Hitze gerötet. Laut dröhnte sein Lachen bis hinaus auf die Gänge.

»Ha, köstlich! Wirklich zu köstlich! Du musst mir unbedingt später mehr von diesen amüsanten Sauereien erzählen!«

Die Wanne musste erst vor Kurzem in den Raum gebracht worden sein. Auf dem wertvollen Kirschholzparkett hatten sich Pfützen gebildet, denen Lahnstein auswich, während er sich Leo unter tiefen Verbeugungen näherte. Hinter der Wanne, noch halb im Dunst verborgen, war eine weitere Gestalt auszumachen. Als Lahnstein erkannte, warum er über eine Stunde lang hatte warten müssen, wurde ihm übel vor Zorn. Dort stand kein hoher Kardinal, kein ausländischer Legat, sondern nur der verdammte Hofnarr! Der Narr klingelte mit seiner Rassel, hob den Hintern und gab ein unflätiges Geräusch von sich, bevor er sich mit einer letzten Grimasse entfernte. Leo wischte sich die Lachtränen aus dem Gesicht und wandte sich seinem persönlichen Gesandten zu.

»Kennt Ihr den Witz, bei dem Luther auf einer trächtigen Kuh reitet?«, fragte er Lahnstein.

Dieser schüttelte den Kopf. »Leider nein, Heiliger Vater.«

»Ich fürchte, er wäre an Euch ohnehin verschwendet.« Leo winkte seufzend ab. »Ihr habt keinen Humor, Viktor. Eine Charakterschwäche.«

Lahnstein verbeugte sich, erleichtert, sich den bestimmt grauenhaft ordinären Witz nicht anhören zu müssen. »Ich bitte vielmals um Vergebung, Heiliger Vater.«

»Ach, was soll's. Dafür habe ich ja meinen Narren.« Leo zuckte die Achseln. »Ihr müsst entschuldigen, dass ich meine Audienzen in der Wanne abhalte, aber meine Fistel pikst mich wie die Forke des Teufels. Es wird immer schlimmer.« Er stöhnte und ließ sich bis zum Hals wieder ins heiße Wasser gleiten. »Habt Ihr das mit Mailand gehört?«

Viktor von Lahnstein nickte. Der Papst hatte sich vor längerer Zeit dem deutschen Kaiser angeschlossen, nachdem er davor etliche Male mit Frankreich paktiert hatte. Dank der Unterstützung von Tausenden Schweizer Landsknechten stand die Stadt Mailand kurz davor, in die Hände Karls V. zu fallen.

»Karl wird mir dafür Parma und Piacenza geben, vielleicht auch Ferrara. Florenz kommt unter seinen Schutz, das kirchliche Territorium wird erheblich erweitert.« Leo lächelte. »Das Bündnis mit dem deutschen Kaiser ist das Beste, was der Kirche passieren konnte. Ich möchte ein dreitägiges Freudenfest in Rom abhalten. Auch ein Feuerwerk soll es geben, oben auf der Terrasse der Engelsburg. Ihr kümmert Euch darum, ja, Viktor?«

»Sehr wohl, Euer Exzellenz«, sagte Lahnstein, der im Kopf schon einmal durchrechnete, was dieses Spektakel die Kirche wieder kosten würde. Dabei waren noch nicht einmal die Schweizer Landsknechte bezahlt, die vor Mailand standen! Lahnsteins Blick ging hinüber zu den beiden Panthern, die ihn wie eine mögliche Beute musterten, bevor sie wieder die Augen schlossen.

»Aber Ihr seid nicht hier, um mit mir über Politik zu sprechen, nicht wahr?« Leo beäugte ihn neugierig. »Also, was gibt es, Viktor? Was ist so dringend, dass Ihr mein Bad stört?«

»Es geht um den Doktor Faustus, Heiliger Vater. Er ist mit diesem Karl Wagner in Rom gesehen worden! Ich weiß es aus sicherer Quelle. An der Piazza Navona ist er uns gerade noch entwischt, aber ich denke, dass wir ihn schon bald fassen werden.«

»So? Faustus?« Leo wischte sich den Schaum aus dem Gesicht, er schien nachzudenken. »Hat der Doktor nun also doch den Weg zu uns gefunden. Hm, das ist interessant.«

»Ich denke, er sucht seine Tochter«, entgegnete Lahnstein. Er war ein wenig erstaunt, dass der Papst nicht erfreuter reagierte. Immerhin hatte Leo in ganz Europa nach Faust fahnden lassen, auch wenn das nun zwei Jahre her war. Der Brief des deutschen Provisors hatte Lahnstein bereits gestern erreicht, sofort hatte er Hagen ins deutsche Viertel geschickt, und der Verdacht hatte sich bestätigt. Der Mann, der in der Kirche Santa Maria dell'Anima den Beichtstuhl aufgesucht hatte, musste Faust gewesen sein! Zu vieles deutete darauf hin.

»Wenn Ihr gestattet, lasse ich noch heute nach dem Doktor suchen«, fuhr Lahnstein fort. »Mit einer Kompanie Landsknechte sollte es uns ein Leichtes sein …«

»Nein, das werdet Ihr nicht tun«, unterbrach ihn Leo. »Das bringt die Dinge nur … nun ja, durcheinander.«

»Ich … ich fürchte, ich verstehe nicht«, stotterte Lahnstein. »Der Doktor ist in Rom und …«

»Auch Ihr müsst nicht alles verstehen, werter Viktor. Glaubt mir, bald schon wird sich alles zum Guten wenden. Es wird nicht mehr lange dauern.« Leo lächelte breit und richtete sich in der Wanne auf. Einmal mehr fiel Lahnstein auf, wie fett der Papst in den letzten Jahren geworden war, ein bleicher, wabbelnder Koloss. »Bald haben wir so viel Gold, dass wir den ganzen Petersdom damit auskleiden könnten. Ich weiß ja, dass Ihr nach Rache dürstet, Viktor. Euer verunstaltetes Gesicht ist wahrlich kein Grund zur Freude, auch für mich nicht, glaubt mir. Aber Rache ist kein Ziel an sich, unsere Ziele liegen viel höher.«

»Es geht nicht um Rache«, versuchte es Lahnstein erneut. »Es geht darum, dass der Mann, den Ihr so dringend suchtet, nun endlich greifbar ist. Ein Wort von Euch …«

»Keine Sorge, wir werden Faust noch mehr wehtun, als wir das mit einer Streckbank je könnten. Geduldet Euch, Viktor! Kümmert Euch lieber um das, worum ich Euch gebeten habe. Ihr wisst, was ich meine.« Leo beugte sich nach vorne und sah aus wie eine Kröte, die aus ihrem Bau kroch. Er zwinkerte seinem persönlichen Gesandten zu. »Geht es unserem Liebling denn gut?«

Lahnstein nickte. »Es könnte ihm nicht besser gehen. Keine Sorge, ich kümmere mich darum.«

»Gut so, gut so. Macht, dass es so bleibt. Sein Leben ist sozusagen Gold wert.« Leo lachte. Er klatschte mehrmals in die fetten Hände, und ein weiterer Schwall Wasser ergoss sich übers Parkett. »Und jetzt sagt den Musikanten Bescheid, dass sie reinkommen sollen. Ich brauche ein wenig Erholung, die nächste Nacht wird wieder äußerst ...«, der Papst zögerte, »äußerst anstrengend werden. Für Körper und Seele. Und, Viktor?«

»Ja, Heiliger Vater?«

»Ich sage es noch einmal: Lasst mir den Faust in Ruhe, auch wenn es Euch schwerfällt. Unternehmt nichts, bis Ihr von mir etwas anderes hört! Denkt lieber an das Feuerwerk. Und erinnert Hagen daran, dass er mir wieder frisches Hirschfleisch für meine zwei Tierchen besorgt. Sie lieben Hirschfleisch! Dies ist ein Befehl, verstanden?«

Einer der beiden Panther fauchte, so als wollte er die Drohung seines Herrn untermalen.

»Ich ... habe verstanden.« Mit einer tiefen Verbeugung und unstillbarem Hass im Herzen entfernte sich Viktor von Lahnstein. Seine Stirn war nass von Schweiß und der schwülen Feuchtigkeit im Raum. Dabei fragte er sich, was in der kommenden Nacht wohl so anstrengend sein würde.

Er hatte eine gewisse Ahnung.

Und diese Ahnung würde ihn nicht unbedingt ruhiger schlafen lassen.

Es dauerte zwei Tage, bis Johann wieder sprach. Er hatte sich völlig in sich zurückgezogen, für Karl Wagner wirkte er wie ausgelöscht, wie ein lebendiger Toter. Da sie in die Herberge im deutschen Viertel nicht zurückkehren konnten, suchten sie Unterschlupf in einem abgelegeneren Teil Roms, hinter dem Palatinhügel. Es war ein heruntergekommenes Gasthaus, in dem sich Tagelöhner, Säufer und Strauchdiebe herumtrieben. Nachts kam es draußen oft zu lautstarkem Krakeelen und

Prügeleien, auch viele billige Huren fischten hier nach Kunden.
Als Johann und Karl ihr Quartier bezogen, folgten ihnen begehrliche Blicke, sowohl von den Dirnen wie auch von den Dieben. Doch offenbar hatte Johann etwas an sich, was dafür sorgte, dass er in Ruhe gelassen wurde. Es war, als ginge eine ansteckende Krankheit von ihm aus.

Meist ging er allein spazieren auf dem verwilderten Stück Land, das sich direkt vor dem Gasthaus erstreckte und früher wohl einmal eine gigantische Rennbahn gewesen sein musste. Die Römer nannten das Feld Circus Maximus. Von den einstigen Tribünen waren nur noch Reste erhalten, viele Steine waren in jüngster Zeit für den Neubau des Petersdoms abgetragen worden. Zwischen den Ziegen und Schafen, die hier verborgen in hohem Gras und wildem Getreide weideten, kam sich Johann vor wie auf dem Land. Jetzt, da der Herbst über Rom kam, war es oft regnerisch, neblig und kalt, sodass auch Karl ihn bei seinen Spaziergängen nicht begleiten mochte. Sein ehemaliger Gehilfe blieb lieber im Gasthaus, wo er sich seinen Zeichnungen widmete und darauf wartete, wie Johann sich entscheiden würde.

Sollte er Greta wirklich aufgeben? Sollten sie Rom verlassen und getrennt ihrer Wege ziehen? Vermutlich, so dachte Johann, wäre dies das Vernünftigste: Alles hinter sich lassen und einen Neuanfang wagen, ohne Greta, ohne Karl, aber auch ohne Tonio, der ihn noch immer wie ein Schatten verfolgte. Über der verwilderten Rennbahn kreisten krächzend die Krähen.

Es ist aber noch nicht zu Ende, dachte Johann. *Nicht mit Greta, und auch nicht mit Tonio.*

Am Morgen des dritten Tages hatte er schließlich einen einsamen Entschluss gefasst. Noch vor dem Frühstück verließ er den schlafenden Karl und wanderte am Tiber entlang, bis er wieder vor den Toren des Hospitals stand. Er hatte Glück, dass heute ein anderer Pförtner den Dienst versah als bei seiner vorherigen Ankunft.

»Was willst du?«, fragte der Mann, als Johann in der Schlange der Wartenden endlich an der Reihe war. »Bist du krank? Du siehst nicht so aus.«

Johann schüttelte den Kopf. »Ich bin ein Arzt aus dem Deutschen Reich, und ich möchte meine Hilfe anbieten«, sagte er mit fester Stimme. »Das Leid der Kranken rührt mich.«

»Hm, wohl ein Pilgerversprechen, wie?« Als Johann keine Antwort gab, bat ihn der Pförtner zu warten. Schließlich kam er mit einer der Nonnen zurück. Johann erschrak. Es war die Schwester Oberin, die ihm und Karl schon vor drei Tagen über den Weg gelaufen war.

»Euch kenne ich doch«, sagte die ältere Nonne und musterte ihn aufmerksam. »Ihr seid der Onkel, der hier seine Nichte besuchen wollte, nicht wahr? Unsere gute Schwester Greta. Nun, leider muss ich Euch mitteilen, dass Greta heute den ganzen Tag zu tun hat. Wir können hier nicht jeden Tag Besuche und Plaudereien zulassen. Vielleicht nach der Vesper …«

»Ich bin nicht wegen meiner Nichte hier, sondern wegen der Kranken«, unterbrach sie Johann. Die folgenden Sätze hatte er sich gut überlegt. »Ich bin Arzt, ein studierter Doktor aus dem fernen Heidelberg, bewandert in Arzneikunde, Medizin und Anatomie, und ich möchte helfen. Gott selbst hat es mir befohlen.«

»Soso, Gott selbst?« Die Schwester Oberin lächelte schmal. »Ich fürchte, Ihr stellt Euch das ein wenig zu einfach vor, *Dottore*. Das Santo Spirito in Sassia ist nicht irgendein Spital, sondern das älteste und vielleicht auch das beste der Welt. Die Ärzte, die hier arbeiten, haben an den angesehensten Universitäten studiert, in Bologna, Padua oder Ferrara. Sie gelten als die vorzüglichsten ihres Faches. Habt Ihr Zeugnisse, irgendwelche Empfehlungen?«

Johann zuckte die Achseln. »Damit kann ich nicht dienen. Ich bin als einfacher Pilger nach Rom gekommen.«

»Dann tut es mir leid«, sagte die Schwester und wandte sich ab.

»Wartet!«, rief ihr Johann hinterher. Er wandte sich an den ersten Wartenden in der Schlange, einen dürren älteren Mann mit eingefallenen Wangen und gelblichen Augen, der sich krümmte und offenbar unter starken Schmerzen litt. Mit routiniertem Blick betrachtete Johann ihn forschend.

»Du hast Schmerzen beim Wasserlassen, nicht wahr?«, erkundigte er sich mit lauter Stimme, sodass die Schwester Oberin ihn hören konnte. »Und dein Urin ist leicht rötlich?«

Der Mann sah ihn verwundert an. »*Madre mia*, das stimmt!«

»Nun, man wird dir einen Stein aus der Blase entfernen müssen. Achte darauf, dass der Arzt dir davor ein wenig Mohnsaft einträufelt. Und bleibe die nächsten zwei Wochen nach der Operation im Bett und trinke ausschließlich den Sud aus Kamillenblütenblättern! Sonst entzündet sich die Wunde.« Johann ging zu einem weiteren Kranken in der Schlange, einem schmalbrüstigen Jüngling, der böse hustete und sich ein Tuch vor den Mund hielt.

»Ist dein Auswurf rot?«, fragte er den jungen Mann. Dieser nickte.

»Das ist kein gutes Zeichen. Doch vielleicht bekommen wir deinen Husten mit einem Extrakt aus Schimmel und Honig in den Griff. Lass dir in der Spezeria davon etwas geben. Wenn dieses Spital so hervorragend ist, wie es selbst von sich behauptet, wird es das Elixier besitzen. Sag, dass du an *la piaga bianca* leidest. Die Ärzte werden wissen, was es damit auf sich hat.«

Johann schritt die Reihen der Wartenden ab, erteilte hier und da einen Rat, schaute in zahnlose Münder und betastete gebrochene Gliedmaßen. Er war kein Arzt, aber er hatte vieles gelesen und sich bei den Wanderchirurgen, die im Deutschen Reich unterwegs waren, einiges abgeguckt. Auch wusste er, dass Geduld und warme Worte oft mehr erreichten als so manch teure Medizin. Schließlich blieb er vor einem kleinen, blassen Mädchen stehen, das sich ängstlich an seine Mutter drückte. Das Mädchen mochte etwa fünf Jahre alt sein und hatte tiefe Ringe um die Augen. Johann kniete sich vor sie und sah sie an.

»Wie geht es dir, meine Kleine?«

Statt des Mädchens antwortete dessen Mutter, eine verhärmte Frau, die vom Aussehen her ebenso die Großmutter des Kindes hätte sein können. Not und Kummer hatten sie vor der Zeit ergrauen lassen. »Sie isst und trinkt nichts mehr, schon seit Tagen!«, klagte sie. »Und sie schläft viel. Einen Arzt können wir uns nicht leisten, das Spital ist unsere letzte Hoffnung!«

»Hm …« Johann zögerte kurz, dann ergriff er die winzige Hand des Mädchens und strich sanft darüber. Er hatte eine gewisse Ahnung, doch er wollte Sicherheit. Also tat er etwas, das er seit Jahren nicht mehr getan hatte.

Er schloss die Augen und beugte sich über die Hand.

Ein warmes Pulsieren ging von der Hand des Mädchens aus, dunkle Linien zeigten sich vor dem Inneren seiner Lider.

Die schwarzen Schwingen …

Und im gleichen Moment wusste er, dass er sich nicht getäuscht hatte.

Er atmete tief durch, dann erhob er sich mit einem Lächeln. »Nun, ich denke, es wird Eurer Tochter schon bald wieder besser gehen. Und was das Essen betrifft …« Er rieb die Finger aneinander, schnippte einmal – und hielt plötzlich einen kleinen schrumpeligen Apfel in der Hand, dann noch einen und noch einen. »Das Essen sollte süß sein, wie es Kinder nun mal mögen. Dann essen sie auch.« Unter dem Gelächter des Mädchens und der Umstehenden jonglierte er ein wenig mit den Äpfeln, bevor er sie ihm mit einer Verbeugung überreichte.

»*Grazie*«, hauchte die Mutter, mit Freudentränen in den Augen. »Es ist lange her, dass Clara das letzte Mal gelacht hat.«

Die Schwester Oberin näherte sich. Sie versuchte, streng dreinzuschauen, doch Johann sah, dass auch sie gerührt war. »Was seid Ihr, ein Arzt oder ein Jahrmarktzauberer?«, fragte sie mit herrischer Stimme.

Johann grinste. »Ich denke, beides zugleich. Sind gute Ärzte nicht immer so etwas wie Zauberer?«

»Nun, ich weiß noch nicht, was ich von Euch halten soll, *Signore*«, erwiderte die Schwester Oberin seufzend. »Eure Vorstellung hat mich zwar noch nicht ganz überzeugt, aber doch für Euch eingenommen. Ihr mögt den jungen Schwestern zur Hand gehen. Helft beim Waschen, beim Leeren der Nachttöpfe, legt Verbände an, aber lasst das Faxenmachen und Jonglieren. Dies ist ein ernster Ort!«

»Dann ... dann darf ich also hier arbeiten?«, fragte Johann hoffnungsvoll.

»Nicht als Arzt, aber meinetwegen als Pfleger. Doch hütet Euch!« Die Alte hob den Finger. »Wenn Greta wirklich Eure Nichte ist, was ich noch immer bezweifele, dann will ich nicht, dass Ihr sie mehr als nötig von der Arbeit ablenkt! Wir brauchen sie hier dringend, verstanden? Sie gibt den Kranken Kraft und Trost, das ist manchmal wichtiger als jede Arznei.«

»Ihr habt mein Wort, dass ich sie nicht belästigen werde.« Johann nickte. »Eines noch, ehrwürdige Mutter.« Er wurde ernst und senkte die Stimme, sodass ihn die Umstehenden nicht mehr hören konnten. »Das kleine Mädchen ...« Er stockte. »Es tut mir leid, das sagen zu müssen. Aber sie ... sie hat nicht mehr lange zu leben. Alles, womit man ihr noch helfen kann, ist ein wenig Freude. Lasst mich für sie jonglieren, nur für sie. Ich bitte Euch.«

»Woher wollt Ihr wissen, dass der Herr sie schon bald zu sich holt?«, fragte die Oberin und runzelte die Stirn.

»Ich weiß es einfach, glaubt mir.« Johann lächelte traurig. »Wie gesagt, Ärzte sind manchmal Zauberer.«

Es wurden harte Tage und Wochen. Jeden Morgen verließ Johann das Gasthaus an der alten Rennbahn und machte sich auf den Weg zum Hospital. Oft saß Karl Wagner da bereits oben im Zimmer am Fenster, durch das trübes Herbstlicht fiel, und war über eine Zeichnung gebeugt. Seit Karl wusste, was damals wirklich auf Tiffauges geschehen war, war ihre Beziehung nicht mehr dieselbe, sie war merklich abgekühlt. Dennoch wartete er wohl noch immer darauf, wie Johann sich entschied, ob sie bleiben oder die Stadt verlassen würden.

Anfangs hatte Karl über Johanns ärztlichen Eifer noch den Kopf geschüttelt. »Warum tut Ihr Euch das an?«, hatte er gefragt und seine Zeichensachen für einen Moment zur Seite geschoben. »Ich weiß, Ihr wollt Eurer Tochter nahe sein. Aber glaubt Ihr wirklich, dass Ihr sie auf diese Weise zurückgewinnt?«

»Ich weiß es nicht, Karl. Alles, was ich weiß, ist, dass ich viel zu lange nur an mich gedacht habe, eigentlich mein ganzes Leben.« Johanns Blick war in die Ferne gewandert, dorthin, wo die Albaner Berge im Dunst verschwanden. »Ich kann Menschen helfen, und das tue ich jetzt.«

»Und was ist, wenn Euch Hagen oder Lahnstein aufspüren?«, hakte Karl nach. »Bedenkt, Ihr befindet Euch nicht weit von den päpstlichen Palästen und der Engelsburg.«

Johann zwinkerte ihm zu. »Ich bin nur ein Nichts, ein Niemand, der die Latrinen leert und am Bett der Sterbenden wacht. Ich bin der alte Johann, nicht der kluge Faustus.«

»Ihr werdet immer Faustus bleiben, egal, wie sehr Ihr Euch bemüht«, hatte Karl erwidert, und Johann hatte den Spott, aber auch den Schmerz in seiner Stimme gehört.

Tatsächlich hielt sich Johann im Hospital meist im Hintergrund. Er half, wo es nötig war, und wenn er auch viel wusste, so vermied er es doch, mit seinem Wissen aufzufallen. Schnell bemerkte er, wie fortschrittlich das Hospital eingerichtet war. Es gab eine Klappe für ungewollte Säuglinge und eine Findelstube, ein Armenhaus und in allen Sälen frisches Wasser aus Brunnen und Rohren. Die sogenannte Spezeria, die Krankenhausapotheke, verfügte über sämtliche bekannten Arzneien, sogar über Kräuter und Gewürze aus der Neuen Welt. In ihren vielen Schubladen befanden sich kleine braune Bohnen aus Übersee, die zu Pulver gemahlen und mit heißem Wasser und Ingwer verabreicht wurden, außerdem getrocknete Blätter, die gegen Hunger und Müdigkeit halfen. Über die Spezeria wachten die Ärzte, die sich ansonsten eher selten in den Behandlungsräumen der Armen sehen ließen.

Die Patienten litten an den unterschiedlichsten Krankheiten, von denen Johann die meisten schon einmal gesehen hatte. Ein Leiden jedoch war ihm neu, die Mönche nannten es *Morbo gallico*, die französische Krankheit, wohl weil es zum ersten Mal während der französischen Belagerung Neapels unter König Karl VIII. aufgetaucht war. Seitdem breitete es sich in ganz Italien aus. Die Betroffenen litten unter Fieber und Ausschlägen, später bildeten sich äußerst schmerzhafte Knoten und Geschwüre, bei manchen Patienten brach der Wahnsinn aus, sodass sie laut schreiend durch die Behandlungsräume liefen. Man behandelte sie mit Quecksilber, und auch der Sud aus einem äußerst harten Holz aus der Neuen Welt konnte helfen. All das war für Johann vollkommen neu, und einmal mehr wunderte er sich, wie groß das Wissen in Italien war im Vergleich zum rückständigen Deutschen Reich. Wenn es seine Arbeit zuließ, studierte er heimlich die Schriften, die die Ärzte auf den Pulten liegen ließen.

Meist jedoch ging er den jungen Ordensschwestern zur

Hand, wobei er durchaus den einen oder anderen geflüsterten Rat gab. Er wusch die Alten, fütterte sie, räumte ihre Notdurft weg, spülte die Näpfe und Eimer. Seltsamerweise erfüllte ihn gerade diese anspruchslose Arbeit mit Befriedigung. Greta bekam er in dieser Zeit kaum zu Gesicht. Doch jedes Mal, wenn er sie sah, machte sein Herz einen Sprung. Stets wandte sie sich von ihm ab und verrichtete weiter ihre Arbeit, ganz so, als kennte sie ihn nicht. Doch wenigstens bat sie die Schwester Oberin nicht, den aufdringlichen Onkel hinauszuwerfen.

Fast täglich saß Johann am Bett der kleinen Clara, jonglierte für sie oder zeigte ihr seine Zauberkunststücke, wie er das früher auch für Greta gemacht hatte. Die Kleine lachte und klatschte in die Hände, doch Johann sah, wie sie immer mehr dahinschwand. Sie verlor an Gewicht und wurde immer blasser, oft hatte sie Nasenbluten, und die Knoten am Hals waren stark geschwollen. Johann hatte keine Ahnung, wie die Krankheit hieß, an der das Mädchen litt, aber eines wusste er: Es gab keine Rettung.

Er hatte es in Claras Hand gesehen. Schon lange hatte er nicht mehr auf diese unheimliche Gabe zurückgegriffen, jene Gabe, die Greta offenbar von ihm geerbt hatte. Johann spürte, wenn Menschen starben. Doch anders als früher erfüllte ihn die Erkenntnis nicht mehr mit Trauer. Alle mussten sterben, manche später, manche eben früher. Das Sterben gehörte zum Leben wie die Geburt. Und so verschaffte er Clara die schönsten Stunden in ihrem viel zu kurzen Leben, während sie zusehends schwächer wurde.

»Ich habe vom lieben Herrgott geträumt«, sagte sie eines Abends leise, so als würde sie ihm ein Geheimnis verraten. »Und von großen schwarzen Schwingen. Die großen schwarzen Schwingen werden mich zu ihm tragen. Das hat er mir gesagt.«

»So, hat er das?« Johann formte aus dem Bettlaken einen

Zipfel und verpasste ihm mit Ruß zwei Augen. »Und was ist mit Klein Hänschen hier? Darf der auch mitfliegen?«

Clara lächelte, während Johann mit dem Zipfel am Bettrand auf- und abmarschierte, wie mit einem kleinen Soldaten. »Ja, Klein Hänschen darf auch mit. Wenn er brav ist.« Plötzlich wurde sie wieder ernst. »Onkel Johann?«, fragte sie. »Kann der liebe Herrgott zaubern und jonglieren, so wie du?«

»O ja, das kann er! Er ist der beste Zauberer, den es gibt. Du wirst Augen machen, was er alles für dich herbeizaubert! Die süßesten Früchte, ein Männlein mit einem Kopf aus Kirschholz, einen Kreisel und viele bunte Glasmurmeln, so wie sie nur die reichen Kinder haben …«

Mit einem Lächeln auf den Lippen schlief Clara ein.

Am nächsten Morgen, als Johann sie wiedersah, war sie bereits kalt und steif wie eine Puppe. Er hatte gewusst, dass dieser Tag kommen würde, und doch erfüllte ihn tiefe Trauer – eine Trauer, wie er sie schon lange nicht mehr erlebt hatte.

»Ich hoffe, der Herrgott zaubert jetzt für dich, kleine Clara«, murmelte er. »Wenn es Gott wirklich gibt, dann kann er zaubern.«

Noch lange hielt Johann die Hand des toten Mädchens. Still und unbeweglich saß er da, als er plötzlich Schritte hinter sich hörte. Er kannte diese Schritte, sie waren ihm noch genauso vertraut wie früher, genau wie das Rattern der Räder des Gauklerwagens oder das Plätschern des Regens auf der Plane.

»Greta«, sagte er leise, ohne sich umzudrehen.

»Wir müssen reden«, erwiderte sie.

»Das wollte ich schon die ganze Zeit.«

»Hör zu.« Sie nahm einen Schemel und setzte sich neben ihn ans Bett der toten Clara. Zum ersten Mal sah Johann sie jetzt aus der Nähe. Sie war noch immer seine Tochter, aber ihre Gesichtszüge waren härter geworden, unter der weißen Haube und der Schwesterntracht steckte eine erwachsene Frau. Sie wirkte viel reifer.

Und viel trauriger.

»Ich habe dich beobachtet«, begann sie. »Und auch die anderen Schwestern haben mir von dir erzählt. Sie sagen, du seist ein guter Mann, auch wenn sie aus dir nicht so recht schlau werden. Du kümmerst dich um die Kranken, und du hast dich offenbar ganz rührend um die kleine Clara gekümmert, Gott schütze ihre arme Seele.« Gretas mitleidiger Blick ging hinüber zu dem toten Mädchen, dann fuhr sie mit der Hand über Claras Gesicht und schloss ihr für immer die Augen. »Nun hat sie es hinter sich und ist an einem besseren Ort.«

»Ich wusste, dass sie sterben wird«, sagte Johann. »Und du wusstest es auch, nicht wahr? Die schwarzen Schwingen ... So haben wir dich gefunden. Du solltest vorsichtiger mit deiner Gabe sein, Greta.«

»Ich bin vorsichtig. Oft ist der Tod auch ein Trost, das Leiden hat endlich ein Ende. Ich gebe den Menschen Gewissheit, aber nur, wenn sie es wirklich wollen. Man kann diese Gabe zum Guten wie zum Schlechten verwenden, ich habe mich für die gute Seite entschieden.« Noch immer hielt Greta den Blick auf die jetzt so bleiche, stille Clara gerichtet. Doch ganz plötzlich wandte sie sich Johann zu. Ihre Stimme war jetzt ebenso leise wie bestimmt. »Aber ich weiß, dass du nicht gut bist, Johann Georg Faustus. Du spielst das nur, so wie du immer alles nur gespielt hast. Dein Herz ist schwarz wie die Wände der Hölle.«

Johann schluckte schwer, trotzdem wagte er den Versuch, sich zu rechtfertigen. »Greta, was damals in Tiffauges geschehen ist, das war nicht ich. Glaube mir! Ich war im Rausch ...«

»Ich weiß. Karl hat mir alles erzählt.«

»Karl hat dir …« Johann sah verdutzt auf. »Du hast dich mit Karl getroffen?«

»Schon mehrmals in den letzten Wochen, seitdem ihr das erste Mal hier wart. Und ich weiß, warum ihr nach Rom gekommen seid. Aber ich werde euch nicht folgen. Niemals! Hier ist mein neues Zuhause, ein Zuhause, wie du es mir nie geben konntest.«

Es tat Johann weh zu hören, dass sich Greta mit Karl getroffen hatte, zu dem sie offenbar immer noch eine tiefe Bindung hatte. Ganz im Gegensatz zu ihm.

»Ich kann dich verstehen, Greta«, machte er einen neuen Versuch. »Das, was zwischen uns geschehen ist, lässt sich nicht mehr gutmachen. Ich möchte nur …« Er stockte. »Ich möchte nur, dass du mich nicht für böse hältst. Denn das bin ich nicht.«

»O doch, das bist du!« Gretas Augen wurden schmal. »Lahnstein hat mir alles erzählt.«

»Lahnstein?« Johann wurden plötzlich die Beine schwach. »Du … du triffst dich mit dem päpstlichen Gesandten?«

Greta nickte grimmig. »Er war mir in den letzten beiden Jahren mehr ein Vater, als du es je gewesen bist. Ja, wir dachten damals, Lahnstein sei unser Feind. Doch das stimmt nicht. Der Feind bist du!« Sie zog einen Schlüsselbund hervor, der an einer dünnen Lederschnur um ihren Hals hing. »Siehst du das? Das sind die Schlüssel zu etlichen Gemächern in der Engelsburg. Viktor von Lahnstein vertraut mir, ich gehe bei ihm regelmäßig zur Beichte. Er hat mich auf den rechten Pfad gebracht und mir alles über dich verraten. Du steckst mit diesem Tonio, mit dem Teufel selbst unter einer Decke! Im Grunde bist auch du ein Teufel, obwohl du es selbst vielleicht nicht wahrhaben willst. Und ich werde nicht zulassen, dass mein Kind in deine Fänge gerät!«

Johann erstarrte. Alles um ihn herum wurde plötzlich verschwommen, es gab nur Greta und ihn.

Und dieses eine Wort.

»*Kind …?*«, hauchte er. »Du … du hast ein Kind?«

Greta runzelte die Stirn. »Dann hat es dir Karl noch nicht gesagt? Zuerst wollte ich es ihm ja verschweigen, doch er hat wohl gespürt, dass da noch etwas ist. Er konnte sich plötzlich erinnern, dass ich ihm im Kerker von Tiffauges davon erzählt habe. Damals, als wir uns getrennt haben.«

Wieder spürte Johann bohrende Eifersucht. Doch er beherrschte sich. »Sprich weiter«, sagte er mit zusammengepressten Lippen.

Greta verschränkte die Arme vor der Brust. »Ja, ich habe ein Kind, es ist Johns Sohn! Fast zwei Jahre ist Sebastian jetzt alt, und er wächst wohlbehütet auf. Es geht ihm gut.«

Johann schloss die Augen. Er hatte seiner Tochter nicht nur den Verlobten genommen, sondern auch den Vater ihres Kindes.

Kein Wunder, dass sie ihn so hasste.

»Wo … wo ist dein Sohn?«, fragte er schließlich. »Warum ist er nicht hier bei dir? Oder hast du ihn etwa in die Findelstube gegeben?«

»Warum er nicht hier ist? Was glaubst du wohl?« Greta lachte leise. »Weil ich das Leben einer Nonne führe! Es gibt viel zu sühnen, verstehst du? Auch wenn ich versuche, diese Tatsache zu vergessen, so bin ich doch deine Tochter. Die Tochter eines Zauberers und Teufelsbeschwörers, verflucht mit deinen Gaben! Dein böses Blut fließt auch in mir.« Sie bekreuzigte sich. »Mein Sohn soll nicht so aufwachsen. Ich besuche ihn mehrmals wöchentlich. Ja, am Anfang tat es weh, ihn nicht häufiger zu sehen. Aber ich weiß jetzt, dass es so am besten ist. Besser dort als bei mir, zwischen all dem Leid hier, und auch besser als in der Findelstube.«

»Wo ist er, Greta?«, bedrängte Johann sie. »Wo?«

»Nun, wo wohl?« Greta lächelte schmal, und mit ihren nächsten Worten versetzte sie Johann einen Stich mitten ins

Herz. »Dein Enkel ist dort, wo er vor dir am sichersten ist. Drüben in der Engelsburg. Und Viktor von Lahnstein tut alles dafür, dass es ihm gut geht.«

23

Du hast es gewusst!« Die Tür flog mit einem Krachen auf, und Faust stürmte in das kleine schäbige Herbergszimmer unter dem Dachgeschoss. Karl sah erschrocken auf. Er hatte am Fenster gesessen und die Silhouette der Stadt im Novembernebel gezeichnet. Doch nun war der Kohlestift abgerutscht, ein hässlicher Strich zog sich quer über das Papier.

»Was habe ich gewusst?«, fragte er.

»Na, was wohl?« Faust funkelte ihn zornig an. Er zitterte am ganzen Leib und schien kurz davor, Karl niederzuschlagen. »Du hast gewusst, dass Greta ein Kind von John Reed hat und dass dieses Kind hier in Rom lebt! In der Engelsburg, bei Lahnstein!«

Karl seufzte und legte den Stift weg. »Dann hat sie es Euch also gesagt. Ich habe ihr davon abgeraten. Aber offenbar will Eure Tochter Euch wirklich mit allen Mitteln wehtun.«

Er hatte sich mit Greta ein paar Mal in einer Taverne außerhalb des Klosters getroffen. Als Kanonissin war Greta nicht den strengen Regeln einer Nonne unterworfen, es war ihr erlaubt, Santo Spirito zu verlassen, wann immer sie wollte. Aber sie nahm dieses Recht nur sehr selten in Anspruch, das Hospital war ihr Zuhause geworden. Dennoch fühlte sie sich offenbar noch immer zu Karl hingezogen.

Ihre Gespräche in den letzten Wochen waren wie von Geschwistern gewesen, die sich lange nicht mehr gesehen hatten und nun feststellen mussten, dass sie einander fremd geworden waren. Greta half Karl, seine verbliebenen Erinnerungslücken aufzufüllen, und sie hatte ihm auch erzählt, was damals in Tiffauges vorgefallen war. Anders als Greta hielt Karl den Doktor zwar nicht für einen Abgesandten der Hölle, aber die Bewunderung für ihn war inzwischen auch bei ihm gebröckelt. Vielleicht war es aber nur so, dass Karl zum ersten Mal den Menschen hinter dem Denkmal sah.

»Ich habe Greta gebeten, es Euch nicht zu erzählen.« Karl hob entschuldigend die Hände. »Ich wusste, dass es Euch schmerzt, und es ändert ja auch nichts.«

»Es ändert alles!«, schrie Faust, das Gesicht rot vor Zorn. Doch zumindest führte er sich jetzt nicht mehr wie ein Berserker auf. Erschöpft ließ er sich auf die flohverseuchte, angeschimmelte Bettstatt fallen. »Verstehst du denn nicht?«, sagte er und raufte sich die Haare. »Sie vertraut ihm! Und Viktor von Lahnstein behält meinen Enkel als Geisel, als Pfand!«

»Als Pfand für was?«, fragte Karl.

»Für ... für ...« Faust wollte weitersprechen, doch dann winkte er ab. »Ein andermal. Glaub mir, ich weiß, dass Lahnstein mit dem Kind etwas vorhat. Oder denkst du wirklich, dass er den Buben aus purer Menschlichkeit in der Engelsburg aufziehen lässt?«

»Ich gebe zu, es ist ungewöhnlich«, erwiderte Karl achselzuckend. »Mag sein, dass es eine Art späte Rache an Euch ist. Und diese Rache ist ja wirklich besonders süß. Lahnstein hat Euch nicht in seine Gewalt bekommen, also nimmt er Euch die Tochter und den Enkel. Dabei fügt er Greta kein Leid zu, sondern macht sie zum Werkzeug der Kirche. Und ihren Sohn zieht er auf, als wäre er sein eigenes Kind.«

»Dann gibst du also zu, dass Greta nur ein Werkzeug ist?«

Karl seufzte tief. »Sie hat sich verändert, das ist wahr. Aber wichtig ist doch, dass es Eurer Tochter gut geht. Ihr und ihrem Sohn, Eurem Enkel! Greta hat ein neues Zuhause gefunden. Das mag Euch nicht gefallen, aber so ist es nun mal. Ich bitte Euch noch einmal: Lasst Eure Tochter endlich los!«

»Ich weiß, dass er mit dem Kleinen etwas vorhat«, murmelte Faust. »Ich weiß es einfach. Tonio hat mich immer noch in seinen Fängen. Der Pakt gilt weiterhin.«

»Tonio? Ihr glaubt tatsächlich, dass Tonio del Moravia dahintersteckt?« Karl schüttelte den Kopf. »Gerade habt Ihr noch von Lahnstein geredet, jetzt geht es auf einmal um Tonio …«

»Du hast in Tiffauges und danach nicht das erlebt, was ich erlebt habe. Das Böse gibt es wirklich! Und ich spüre, dass wir ihm ganz nahe sind.«

Karl lächelte müde. »Nun klingt Ihr doch wie Eure Tochter. Nur dass sie glaubt, dass Ihr dieses Böse seid.«

Faust schloss die Augen, als dächte er angestrengt nach. Erst nach einer Weile redete er weiter, nun deutlich ruhiger. »Ich weiß, dass du mich verlassen möchtest, Karl. Und du hast auch allen Grund dazu. Ich habe dir in all den Jahren nichts als Leid gebracht.«

»Das stimmt nicht, Doktor«, begehrte Karl auf. »Ich habe so viel von Euch gelernt …«

Und ich liebe Euch noch immer, ergänzte er in Gedanken. *Auch wenn diese Liebe von Tag zu Tag schwächer wird.*

Tatsächlich hatte Karl beschlossen, Faust schon bald zu verlassen. Ihre gemeinsame Geschichte war zu Ende erzählt. Greta würde mit ihrem Sohn hier in Rom bleiben, sie würde ein Leben als Nonne führen, und er selbst würde versuchen, noch einmal ein Studium zu beginnen. Als fahrender Scholast wollte er durch das Reich ziehen, zeichnend, forschend, ewig lernend … Das Leben als Gaukler, Quacksalber und Abenteurer lag endgültig hinter ihm. Nur von Greta wollte er noch Abschied nehmen, schon bald …

Faust schien seine Gedanken zu erraten. »Ich bitte dich nur noch um einen letzten Gefallen«, sagte er. »Einen allerletzten! Vielleicht hast du recht, und meinem Enkel geschieht nichts. Doch ich spüre deutlich, dass Unheil in der Luft liegt. Etwas …«, er zögerte, »wird geschehen. Und zwar schon bald. Es kündigt sich an wie ein Gewitter. Gib mir noch eine Woche! Eine Woche lang wollen wir gemeinsam die Engelsburg beobachten. Das kann ich nicht allein, dafür brauche ich deine Hilfe.«

»Ihr wollt Lahnstein hinterherspionieren?«, fragte Karl verblüfft. »Ist es nicht eher so, dass er Euch suchen lässt?«

Faust lächelte. »Es ist wie beim Schach. Mach immer den Zug, den dein Gegner am wenigsten erwartet. Wir haben viel zusammen Schach gespielt. Erinnerst du dich, Karl? Es waren schöne Zeiten damals.«

»Nun, meistens habe ich verloren.« Karl stöhnte leise. Eigentlich hatte er schon in den nächsten Tagen abreisen wollen. Aber nun, da er dem Doktor gegenübersaß und dieser ihn so inständig bat, konnte er sich einfach nicht widersetzen.

»Nur noch diesen einen Gefallen«, wiederholte Faust.

»Also gut.« Karl nickte. »Eine Woche. Keinen Tag länger! Wenn Ihr mir versprecht, dass Ihr danach Eure Tochter und Euren Enkel endlich in Ruhe lasst.«

»Ich verspreche es«, sagte Faust erleichtert.

Karl sah ihn ernst an. »Ihr sprecht noch immer von Eurem Pakt mit Tonio und von einem Fluch. Ich habe nie so recht daran geglaubt. Doch mittlerweile bin ich anderer Meinung.«

»Ja?«, fragte Faust überrascht. »Dann glaubst du also, dass Tonio mir noch immer nachstellt?«

»O ja, das tut er! Und zwar dort drinnen.« Karl tippte sich an die Stirn. »Glaubt mir, Doktor, wenn Ihr diesen Fluch endlich besiegen wollt, dann müsst Ihr loslassen! Tonio, Eure Tochter, Euren Enkel … Solange Ihr nicht lernt zu vergessen, wird Tonio del Moravia immer ein Teil von Euch bleiben.«

Durch die verwinkelten Gänge, langen Flure und abgelegenen Gemächer der Engelsburg tönte das Schreien eines Kindes.

Es war jener drängende, anhaltende Schrei, der einem die Ohren verstopfte und einen an nichts anderes mehr denken ließ. Er steigerte sich, bis er so schrill war wie das Kreischen einer Säge, die durch Knochen schnitt; er klang wie die Schreie eines Gefolterten.

Jedenfalls kam es Viktor von Lahnstein so vor.

Er eilte den Gang entlang, vorbei an den Wachen, die verstohlen grinsten. Etliche der Männer waren Familienväter, die so ein Geschrei offenbar gewohnt waren. Anders als ein päpstlicher Gesandter, der die meiste Zeit seines Lebens in strenger mönchischer Enthaltsamkeit gelebt hatte.

Das Schreien kam aus einem Raum im Osttrakt der Burg, jener Teil, der höherem Gesinde vorbehalten war und gelegentlich auch als Unterkunft für Legaten diente. Lahnstein öffnete eben die Tür, als der Lärm dahinter abrupt verstummte. In einer Kammer, die mit seidenen Tapeten ausgekleidet war, ansonsten aber recht kahl wirkte, saß auf einem Schemel eine junge, füllige Frau mit gesunden roten Wangen. Auf ihrem Schoß thronte wie ein kleiner Prinz ein etwa zweijähriger Bub und ließ sich füttern. Sein Gesicht war verschmiert, der Brei tropfte auf den Boden. Er aß so gierig, als hätte er seit Tagen nichts mehr bekommen. Dabei wirkte er äußerst kräftig – und er hatte trotz seiner jungen Jahre bereits volles rotes Haar.

Wie ein Koboldskind, dachte Lahnstein angewidert und wandte den Blick ab.

»Was in Gottes Namen ist hier los?«, polterte er. »Hat der Junge Schmerzen? Ihr wisst, dass Ihr mir mit Eurem Leben für das Wohlbefinden des Knaben bürgt!«

Die Amme lächelte, während sie dem Jungen einen weiteren Löffel Brei in den Mund schob. Nach den vielen Monaten hier war sie den Anblick von Lahnsteins monströsem Gesicht gewohnt. Ebenso wie der kleine Sebastian, der Lahnstein eher desinteressiert musterte und den Mund dabei weit aufsperrte. »Er hat Hunger, Hochwürden. Das ist alles.«

»Und deshalb macht er so ein Geschrei?«

»So sind Kinder eben. Wobei ich zugeben muss, dass Sebastian besonders kräftig brüllt. Er wird später ein großer starker Mann werden, ganz sicher.« Sie fuhr dem Knaben durch die roten Locken. »Und ein hübscher noch dazu.«

»Nun, er macht zumindest einen gesunden Eindruck«, lenkte Lahnstein ein. Kinder würden ihm ewig ein Rätsel bleiben. Das lag auch daran, dass er sich an seine eigene Kindheit eigentlich nicht erinnern konnte, denn als Zweitgeborener war er von seinem Vater schon sehr früh in ein Kloster gegeben worden. Die kleinen Bälger waren für Lahnstein immer nur eine Last gewesen. Und nun war er persönlich verantwortlich für das Leben dieses einen Schreihalses! Mehrmals wöchentlich überzeugte Lahnstein sich vom Wohlbefinden des Kleinen, besorgte Kleidung und sogar das eine oder andere Spielzeug. Schon vor seinen Besuchen wurde ihm immer übel, wenn er an den Geruch von Kinderscheiße dachte, der ihn jedes Mal empfing, an den Anblick einer vollen Windel und den verschütteten Brei auf dem edlen Parkett. Anfangs hatte er ja den Gedanken, dass der Enkel des berühmten Doktor Faustus in der Engelsburg aufwuchs, noch recht reizvoll gefunden. Er hatte der Mutter eine Stellung im Hospital Santo Spirito verschafft, die sie offenbar mehr als zufriedenstellend ausfüllte, und eine Amme angestellt, die er mit einem Haufen Geld zum Schweigen verpflichtet hatte. Er war stolz darauf, wie er es geschafft hatte, dass Greta ihren Vater fast für den Leibhaftigen persönlich hielt. In langen, einfühlsamen Gesprächen war es ihm gelungen, Fausts Tochter vollends für die Kirche zu gewinnen. Anfangs hatte er dies für die perfekte Rache gehalten, doch mittlerweile war ihm die ganze Sache nur noch zuwider. Zumal Faust nun hier in der Stadt war!

Hagen hatte für ihn Erkundigungen eingezogen, es gab keinen Zweifel. Und doch durfte Lahnstein seiner nicht habhaft werden, sondern musste sich weiter um diesen Schreihals kümmern, auf ausdrücklichen Befehl des Papstes. Bislang waren ihm Leos Ziele schleierhaft gewesen, wenn er auch schon seit Längerem einen gewissen Verdacht hegte. Doch seit letzter Nacht war alles anders.

Viktor von Lahnstein glaubte nun, Bescheid zu wissen.

Unten in den Kerkern der Engelsburg, wo nur wenige Auserwählte Zutritt hatten, hatte ihm der Papst ein paar sehr spezielle Anweisungen gegeben. Und Lahnstein hatte eins und eins zusammengezählt. Das Ergebnis war nicht sonderlich befriedigend gewesen, eher zutiefst erschreckend.

Doch zumindest glaubte er nun, den Grund zu kennen, warum der Junge immer noch hier war. Lahnstein kannte die Bücher, die sein Herr las, sie lagen neben dem voluminösen Himmelbett des Papstes. Er wusste auch, was Leo des Nachts unten in den Kerkern trieb. War es Wahnsinn oder göttliche Vorsehung?

Na, wenigstens sind wir das Balg bald los.

Nachdenklich betrachtete Viktor von Lahnstein den kleinen Sebastian, der mittlerweile zu essen aufgehört hatte und den hageren Mann mit dem monströsen Gesicht beinahe trotzig ansah. Seine Augen waren pechschwarz, und sie erinnerten Lahnstein an die Person, die er am meisten hasste.

»Mann weg, will mit Martha spielen«, sagte Sebastian erstaunlich laut. »Mann weg!« Er warf dem Gesandten den breiverklebten Löffel ans Gewand.

»Ein wirklich kräftiger Junge«, sagte Lahnstein mit einem gezwungenen Lächeln. Angeekelt wischte er sich den Brei von der Kutte. »Mit starkem Willen und gesundem, festem Fleisch. Sorgt dafür, dass er nicht magerer wird.«

Dann wandte er sich ab und ging zurück in den Hof.

Nur noch ein wenig Geduld …

Er würde Hagen sogleich losschicken, um das Nötige zu besorgen.

»Herrgott im Himmel!«

Mit einem leisen Schrei fuhr Greta hoch und hielt in ihrer Arbeit inne. Der grauhaarige Greis, dem sie den Beinstumpf soeben neu verband, sah sie fragend an.

»Ist alles in Ordnung, Schwester?«, erkundigte er sich.

»Doch … doch …« Sie versuchte ein Lächeln. »Ein Stoßgebet, weiter nichts. Ich … ich arbeite wohl zu viel.«

»Das kann man wohl sagen, Schwester.« Der Alte verzog seinen zahnlosen Mund zu einem Grinsen. »Ich kenne keine andere Schwester im Spital, die so oft nach den Kranken sieht. Und auch keine so hübsche. Gott wird Euch sicher reichlich belohnen.«

»Gott hat mich schon belohnt, indem er mir Trost und Kraft schenkt, jeden Tag. Auch Ihr solltet dafür beten.« Greta wrang den Lappen aus und tunkte ihn in die Schüssel mit warmem Wasser. Vorsichtig tupfte sie den Stumpf ab, der von schwarzem Fleisch und Eiter überwuchert war. Es kam in letzter Zeit immer öfter vor, dass sie mitten in ihrer Arbeit wie von einem Schlag getroffen wurde. Als würde sie von einer unsichtbaren Macht berührt, die versuchte, sie wach zu rütteln.

Der Alte sah ihr bei der Arbeit zu. Immerhin war sein Fieber zurückgegangen, die schlimmsten Tage nach der Operation waren wohl überstanden. Ein Fuhrwerk war dem fast siebzigjährigen Bettler über den Fuß gerollt, eine Amputation war unumgänglich gewesen. Greta hatte dem stöhnenden Greis Branntwein eingeflößt und ihm gut zugeredet, während der Arzt die Knochensäge angesetzt hatte. Ob der Alte den Eingriff überlebte, ließ sich erst in einigen Wochen sagen.

Oder jetzt gleich, dachte Greta. *Aber ich werde es nicht tun.*

»Darf ich Euch etwas fragen?«, sagte der Alte und riss Greta aus ihren Gedanken.

»Was wollt Ihr wissen?«

»Nun, Ihr seid jung und schön. Die Männer liegen Euch zu Füßen, auch hier im Spital. Warum macht Ihr diese Arbeit? Ich weiß, die Kanonissinnen kommen oft aus reichem Haus, auch Ihr könntet längst glücklich verheiratet sein, mit einem Tuchhändler, einem Patrizier …«

»Ich bin mit Gott verheiratet«, erwiderte Greta knapp.

»Und es gab nie einen Mann in Eurem Leben?«, fragte der Alte.

»Es … es gab einen, aber er starb vor seiner Zeit. Schlimme Dinge sind damals geschehen. Gott gab mir die Kraft zu vergessen, deshalb bin ich hier.«

Der Alte nickte schweigend und musterte dabei Greta, ganz so, als könnte er durch ihre Haube hindurchsehen, was wirklich in ihr vorging. Manchmal wusste sie das nämlich selbst nicht. Über zwei Jahre war es nun her, dass sie mit Viktor von Lahnstein nach Rom gegangen war. Der Gesandte hatte sie hier im Hospital untergebracht, wo sich die Nonnen liebevoll um sie gekümmert hatten. Es war eine Zeit des Trosts und der inneren Einkehr gewesen. Gelegentlich hatte sie Lahnstein besucht, der fast wie ein väterlicher Freund zu ihr war. Sie hatten über ihren Vater gesprochen und darüber, dass er sich mit dem Teufel eingelassen hatte, dass diese Schuld auch auf sie übergegangen war und sie deshalb büßen musste. Als das Kind schließlich auf die Welt kam, waren seine Locken rot wie die von John.

Aber es hatte die Augen seines Großvaters.

Gretas Lippen wurden schmal. Auch in Sebastian steckte Fausts Erbe, so wie in ihr. Der Fluch war auf die gesamte Familie übergegangen.

Die ersten Wochen hatte Greta Sebastian gestillt, gedrückt

und geküsst. Doch Lahnstein hatte ihr klargemacht, dass ihre Aufgabe eine andere war. Sie hatte Gott und den Kranken zu dienen, als Buße für die Sünden ihres Vaters und ihre eigenen, und so war der kleine Sebastian in die Engelsburg gekommen. Es ging ihm gut dort, er hatte eine freundliche Amme, reichlich Spielsachen und eine warme, behagliche Wiege. Greta konnte ihn besuchen, sooft es ihre Pflichten zuließen. Manchmal spürte sie zwar einen Stich im Herzen, eine tiefe Sehnsucht, doch das ging schnell vorbei, die Gebete und gesungenen Litaneien in den täglich wiederkehrenden Liturgien beruhigten sie stets. Das Leben war weitergegangen, still und friedlich, bis ...

Bis ihr Vater sie gefunden hatte.

Mit Faust war der Hass zurückgekommen, aber auch die Erinnerungen an ihr früheres Leben. Es war schön gewesen, mit Karl über die alten Zeiten zu reden, und doch hatte das Erscheinen der beiden alles wieder aufgewühlt. Vielleicht rührten daher auch die unsichtbaren Schläge, die sie von Zeit zu Zeit spürte, der vermeintliche Weckruf. Doch Greta wollte nicht geweckt werden.

Ihr war, als würde mit dem Aufwachen eine schreckliche Wirklichkeit über sie hereinbrechen.

»Ist es wahr, was man über Euch sagt?«, erkundigte sich der Alte, nachdem er sie eine ganze Weile bei der Arbeit beobachtet hatte. »Dass Ihr in den Händen sehen könnt, ob jemand sterben muss? Die Leute erzählen es.«

»Die Leute erzählen viel Unsinn«, entgegnete Greta, kühler als beabsichtigt. Tatsächlich hatte sie ihre Gabe in den letzten beiden Jahren von Zeit zu Zeit eingesetzt. Sie wollte den Menschen die Gelegenheit geben, sich auf den Tod vorzubereiten, auf die Letzte Ölung. Doch das war ein Fehler gewesen. Schon vor etlichen Monaten hatte sie damit aufgehört.

»Ich möchte es gar nicht wissen«, sagte der Greis. »Was ist

das für ein Leben, wenn man nur auf den Tod wartet? Die einzelnen Tage zählt, die letzten Atemzüge? Ich will jeden Tag so genießen, als ob es der letzte wäre. Nur Gott sollte wissen, wann wir unsere Liebsten hier auf Erden das letzte Mal sehen werden.«

Greta lächelte. »Da habt Ihr recht.« Sie wickelte das frische Tuch um die Wunde und deckte den Greis zu. Plötzlich zögerte sie. Da war er wieder, der Schlag! Diesmal ganz sanft, mehr wie ein Streicheln.

Unsere Liebsten …

Sie stand auf und wischte sich die Hände an der Schürze ab.

»Wo geht Ihr hin?«, fragte der Alte.

»Ich gehe jemanden besuchen«, sagte Greta und wandte sich ab. »Ich muss sehen, ob es ihm gut geht.«

Die Sehnsucht nach ihrem Kind überschwemmte ihr Herz.

* * *

Die Tage, die auf das Gespräch in der Herberge folgten, waren für Karl die langweiligsten und zugleich nachdenklichsten seit langer Zeit.

Davon abgesehen, waren sie auch verdammt kalt.

Wie Karl es Faust versprochen hatte, beobachteten sie abwechselnd die Engelsburg in der Hoffnung, dass Lahnstein sich zeigte oder dass sich irgendetwas ereignete, was Fausts Ahnung bestätigte. Doch nichts geschah. Dafür froren Karl die Finger und Zehen ein. Es ging bereits auf Dezember zu, und eine feuchte Kälte lag über der Stadt, die sich unter sämtliche Kleidungsschichten schlich. Karl spürte, wie eine Erkältung bei ihm aufzog, die Nase tropfte und sein Hals kratzte. Er verfluchte sich dafür, dass er Faust sein Ehrenwort gegeben hatte, anstatt sich wie geplant schon früher von ihm zu verabschieden.

Die Engelsburg lag am Tiber gegenüber der Engelsbrücke, welche eine von nur zwei Brücken in ganz Rom war. Dementsprechend bevölkert war sie. Ein stetiger Strom von Menschen, Wägen, Ochsen und Pferden floss darüber, in dem Karl nicht weiter auffiel. Er hatte davon gehört, dass die Brücke vor etlichen Jahren eingestürzt war und Hunderte von Menschen in die Tiefe gerissen hatte. Auch jetzt machte sie nicht den stabilsten Eindruck. Karl hatte sich eine Stelle an der Ecke der Brücke ausgesucht, von der aus er den besten Überblick über die Burg hatte. Trotzdem wusste er, dass ihre Chancen nur äußerst gering waren. Faust hatte den Vormittag über hier gewacht und war dann hinüber zu den päpstlichen Palästen geeilt, weil er hoffte, vielleicht dort auf Lahnstein zu stoßen. Die frostigen Stunden des Wartens brachte Karl damit zu, auf einem Mauervorsprung zu sitzen, ein wenig zu zeichnen, Nüsse zu essen und Abschied zu nehmen von einer Zeit, die schon bald hinter ihm liegen würde.

Der Zeit mit dem Doktor.

Manchmal fragte sich Karl, ob seine Liebe zu Faust etwas damit zu tun hatte, dass sein eigener Vater ihn immer abgelehnt hatte. Franz Konrad Wagner, hochdekorierter Chirurgus aus Leipzig, hatte wohl immer geahnt, dass sein Sohn ein Sodomit war, und ihn dies auch spüren lassen. Faust hingegen hatte Karls Neigung von Anfang an akzeptiert, auch wenn er nicht begeistert war. Doch Karls Liebe war mehr als sexuelle Zuneigung. Sie hatte etwas von der Besessenheit, die Faust an diesen unheimlichen Tonio del Moravia band.

Karls Blick ging hinüber zur Engelsburg, einem finsteren Bau aus vorchristlicher Zeit, der einst als Grabmal der römischen Kaiser gedient hatte. Jetzt, da der Winter in die Stadt einzog und die Nebel über dem Fluss lagen, sah die Burg sogar noch unheimlicher aus. Eine hohe quadratische Mauer mit vier Eckbastionen umschloss einen bulligen Zylinder, der gut zwanzig Schritt in die Höhe reichte. Die Festung hatte überhaupt nichts Leichtes oder gar Engelhaftes. Den Namen hatte ihr ein früherer Papst verliehen, der während einer Pestepidemie den Erzengel Michael darüber schweben sah. Die Pest war daraufhin wie durch ein Wunder aus der Stadt verschwunden. Seit diesen Zeiten diente die Festung den Päpsten als Fluchtburg und Residenz. Auf der oberen Terrasse fanden seit der Herrschaft Leos regelmäßig Feuerwerke statt. Immerhin hatte Karl in Erfahrung bringen können, dass schon in wenigen Tagen ein weiteres Feuerwerk geplant war. Es war Teil eines dreitägigen Festes, mit dem der Papst die Rückeroberung Mailands von den Franzosen feiern wollte.

Mit zitternden Händen wollte Karl eben einen der billigen Papierbögen hervorziehen, die er zum Zeichnen bei einem Trödler gekauft hatte, als er jemanden, den er gut kannte, den Tiber entlang zur Burg spazieren sah.

Es war Greta.

Sie trug ihr schwarz-weißes Ordensgewand und hielt den Blick gesenkt. Schon mehrmals hatte Karl sie in den letzten Tagen auf dem Weg in die Festung gesehen, und auch Faust hatte seine Tochter bei seinen Wachstunden schon einmal entdeckt. Doch sie hatten sie nicht angesprochen und darauf geachtet, dass Greta sie nicht bemerkte. Karl wusste ohnehin, was Greta in die Engelsburg führte. Sie besuchte ihren kleinen Sohn. In ihren Gesprächen in den letzten Wochen hatte er feststellen können, wie sehr Greta sich verändert hatte. Die Erlebnisse auf Tiffauges, vor allem aber der Tod ihres Verlobten hatten tiefe seelische Narben hinterlassen. Greta hatte ihr Heil im Glauben gefunden, doch dieser Glaube hatte etwas von Besessenheit.

Besessen von Gott oder dem Teufel, dachte Karl, *von der Liebe oder vom Hass. Was ist der Unterschied?* Es tat ihm weh, seine frühere Gefährtin so verändert zu sehen.

Er duckte sich hinter einige Passanten, damit Greta ihn nicht bemerkte. Ohne aufzuschauen, ging sie an ihm vorüber und wechselte ein paar Worte mit den Wachen am Tor, die sie ohne Zögern einließen. Offensichtlich waren die Männer ihren Besuch gewohnt.

Wieder verging eine Zeit des ereignislosen Wartens. Gelegentlich betraten einzelne kirchliche Würdenträger die Burg oder verließen sie. Lahnstein war nicht darunter.

Dafür erschien jemand anderes.

Karl schreckte aus seinem Dämmerzustand auf, als ein Mann aus dem Tor trat, der nicht zu übersehen war.

Hagen.

Er überragte die Wachleute um fast zwei Köpfe. Karl erschauderte beim Anblick des Hünen, der zwar nicht sein Langschwert trug, dafür aber einen unterarmlangen Hirschfänger, der an seiner Seite baumelte. Statt der bunten Tracht der Schweizer Landsknechte war er in einen langen braunen Kapuzenmantel gehüllt und ähnelte der Karikatur eines Wanderpredigers. Mit Schrecken dachte Karl daran, wie Hagen sie damals in Frankreich auf der Burg Chinon verfolgt hatte. Er war ein Bluthund, der niemals aufgab, wenn er einmal eine Fährte gewittert hatte. Es hatte Karl ohnehin gewundert, dass Hagen sie in ihrer neuen Herberge in der Nähe des Circus Maximus noch nicht aufgespürt hatte. Ob er eben wieder nach ihm und Faust Ausschau hielt?

Karl beschloss, den Spieß umzudrehen und Hagen zu folgen. Das war zumindest aussichtsreicher, als sich hier tatenlos den Hintern abzufrieren. Vielleicht ließ sich so zumindest in Erfahrung bringen, wie dicht Hagen ihnen schon auf den Fersen war.

Es war ein Leichtes, den Riesen nicht aus den Augen zu verlieren. Wie ein Turm pflügte Hagen durch die Menschenmassen auf der Engelsbrücke, die ihm bereitwillig auswichen. Karl hielt gut zehn Schritt Abstand, doch das schien gar nicht nötig zu sein, denn Hagen drehte sich kein einziges Mal um. So ging es immer weiter nach Osten, vorbei am Pantheon, einen weiteren heidnischen Rundtempel, der mittlerweile als Kirche genutzt wurde, und am verfallenen Colosseum, wo fliegende Händler laut schreiend ihre Waren feilboten. Schließlich wurde die Gegend einsamer, die Menschen spärlicher. Ein eiskalter Wind fuhr durch die mit Unrat und Geröll übersäten Gassen. Zwischen den Häusern zeigten sich jetzt immer öfter verwilderte Felder, auf denen die Armen noch jetzt, Ende November, ein paar letzte Rüben aus dem karstigen Boden zogen. Karl suchte Deckung hinter Mauerstücken und Ruinen und bemühte sich, Hagen im herabsinkenden Abendnebel nicht aus den Augen zu verlieren.

Nach einer Weile erreichten sie ein größeres Areal, das offenbar als Steinbruch diente. Dazwischen erhoben sich etliche Mauern und Gebäude, durchzogen von rechteckigen Gruben, die teils noch mit hartem römischem Zement befestigt waren. Karl brauchte eine Weile, um zu erkennen, dass es sich bei den Gruben wohl um einzelne Becken handelte. Es musste eine der ehemaligen Thermenanlagen sein, von denen Faust gesprochen hatte. In antiken Zeiten hatten sicher Hunderte von Menschen hier Platz gefunden, nun trieben Blätter in fauligen Pfützen. Frösche quakten, Seerosen und Sumpfpflanzen überwucherten die Treppen und die verblassten Mosaike am Beckenboden.

Was, in Gottes Namen, hatte Hagen hier verloren?

Zum ersten Mal drehte der Riese sich jetzt um, fast so, als habe er seine Gedanken erraten. Gerade noch rechtzeitig konnte Karl sich hinter einen Mauervorsprung ducken.

Als er wieder hervorlugte, war Hagen verschwunden.

Verdammt!

Leise fluchend eilte Karl zu der Stelle, wo er Hagen das letzte Mal gesehen hatte. Mittlerweile hatte die Abenddämmerung eingesetzt. Im Zwielicht erkannte Karl eine Treppe, die zwischen verfallenen Mauerresten in die Tiefe führte. Verhallte Stimmen waren von dort unten zu hören.

Karl zögerte nur kurz, dann stieg er hinab in die Tiefe. Ein Gang, dessen Wände von Ruß und weißem Salpeter bedeckt waren, schloss sich an, vermutlich ein Teil des früheren Heizsystems. Er endete schon nach wenigen Schritten an einer rostigen Eisentür, die einen Spaltbreit offen stand. Lichtschein drang hervor, und nun waren die Stimmen deutlich zu vernehmen. Es waren die von Hagen und einem weiteren Mann.

»*Porca miseria!* Es war nicht leicht, das alles aufzutreiben«, jammerte der fremde Mann auf Italienisch. »Vor allem der Bezoar …«

»Mein Herr entlohnt Euch dafür auch reichlich«, knurrte Hagen. »Was ist mit der Mandragora? Stammt sie auch wirklich von einem Galgenhügel?«

»Schwer zu bekommen, sehr schwer, in diesen Zeiten. Aber Ihr habt Glück! Hier ist sie, soeben frisch geerntet unter einem Galgen, an dem noch die Überreste eines Halunken hingen. Und auch das Übrige konnte ich auftreiben.«

»Gut so«, sagte Hagen.

»Und meine Bezahlung?«, fragte der andere. »Ich hatte etliche Ausgaben.«

»Ach, die Bezahlung.« Hagen lachte leise. »Natürlich bekommt Ihr die. Das Himmelreich wird es Euch lohnen.«

Es folgte ein Geräusch, das Karl das Blut in den Adern gefrieren ließ. Das Ratschen einer Klinge, die aus der Scheide gezogen wurde, das Reißen von Stoff, gefolgt von einem Gurgeln und Stöhnen.

»*Gesù e Maria* …«, keuchte der Mann.

»Denen werdet Ihr gleich gegenüberstehen. Richtet ihnen meine Grüße aus.«

Ein schweres Rummsen folgte, als ob etwas Schweres zu Boden fiel. Dann klirrte es, etwas zerbrach mit lautem Krachen, schwere Schritte tappten durch den Raum …

Und näherten sich erneut dem Gang.

Karl hätte fast zu spät reagiert. Er lief bereits zurück zur Treppe, als ihm klar wurde, dass er es niemals bis nach oben schaffen würde. Hagen würde ihn im Mondlicht sicher sehen! Am Ende des Ganges, noch hinter der Treppe, lagen ein paar umgestürzte, vermooste Mauersteine. Karl hechtete dahinter und hörte im nächsten Moment, wie Hagen an ihm vorbei die Treppe hochstürmte, wobei etwas erneut klirrte und schepperte.

Herrgott im Himmel, mach, dass er mich nicht gesehen hat!

Karls Herz klopfte wie wild. Doch die Schritte verklangen, ohne innezuhalten, dann herrschte Stille. Er zählte langsam bis hundert, dann erhob er sich und schlich hinüber zu dem Raum, dessen Tür nun weit offen stand.

In der Öffnung blieb er stehen und erstarrte.

Ein bärtiger Mann im schwarzen Umhang lag in seinem Blut, die Arme weit ausgestreckt wie ein Gekreuzigter. Um ihm herum herrschte ein einziges Chaos. Glassplitter, Tonscherben, zerrissene Pergamentrollen … Bei dem Raum handelte es sich ganz augenscheinlich um eine Alchimistenküche, was Karl an den vielen Glaskolben, Mörsern und Destillen erkannte, die auf Tischen und reihum in den Regalen standen. Früher hatte die Kammer wohl als Heizraum für die Therme gedient. Die Wände waren pechschwarz, in einem uralten Wandofen brannte ein Feuer.

Doch das war nicht das Einzige, was brannte.

In öligen Pfützen am Boden züngelten bläuliche Flammen, die sich schnell ausbreiteten und auf die Tische und etliche der Pergamentrollen übergriffen. Offenbar wollte Hagen sämtliche Spuren seiner Tat vernichten. Auch der Umhang des Mannes hatte mittlerweile Feuer gefangen. Schwarzer Rauch stieg auf und ließ Karl husten.

Eilig betrat er den Raum und beugte sich über den leblosen Körper. Schnell erkannte er, dass für den Fremden jede Hilfe zu spät kam. Hagen hatte den Unterleib des Mannes der

Länge nach aufgeschnitten wie den Bauch eines Fisches. Starre Augen blickten fragend zur Decke des Raumes hinauf. Der Mann war schon älter, zerbrochene Augengläser lagen neben ihm am Boden, seine rechte Hand umkrallte einen Fetzen Papier.

Ohne weiter nachzudenken, löste Karl das Stück Papier aus der Hand des Toten. Ihm tränten die Augen, sein eigener Mantel begann am Saum bereits zu kokeln. Es war heiß wie in der Hölle! Hustend stürmte Karl nach draußen in den Gang, der bereits voller Rauch war, und eilte die Treppe nach oben, während hinter ihm mit lautem Klirren einer der großen Destillierkolben explodierte.

Als er sich ein letztes Mal umsah, erblickte er eine Feuersäule, die aus dem Boden schoss, gefolgt von dichtem schwarzen Qualm. Es war, als würde der Teufel aus der Hölle noch einmal die Hand nach ihm ausstrecken.

Fast blind und mit rauchendem Mantel stürzte Karl davon, den Hügeln Roms entgegen, auf denen wie rote Augen in der Düsternis einzelne Lichter brannten. Seine Hände umklammerten den Fetzen Papier fast so fest wie zuvor noch der Tote.

Keine halbe Stunde später starrten Faust und Karl im Zwielicht einer Kerze auf das Papierstück, das vor ihnen auf dem wackligen Tisch des Herbergszimmers lag. Karl war so schnell gerannt, dass sein Herz noch immer raste, er hatte den Geschmack von Eisen im Mund. Immer wieder hatte er sich bei seiner überstürzten Flucht umgesehen, ob ihm Hagen vielleicht doch noch folgte. Doch da war niemand, ihn trieb nur die eigene Angst. Neben ihm stand der Doktor, die Fäuste geballt, die Lippen schmal, während er versuchte, die einzelnen Wörter auf dem Zettel zu entziffern. Das Papier war an den Ecken versengt, verschmierte Blutflecken zeugten von der schrecklichen Tat in der alten römischen Therme.

»Mandragora«, murmelte Faust.

Karl nickte. »Dieses Wort ist auch im Gespräch zwischen Hagen und diesem armen Teufel gefallen.«

»Mandragora ist das italienische Wort für Alraune«, erwiderte Faust. »Eigentlich ist damit die Wurzel der Mandragora gemeint. Ein echtes Teufelszeug.«

Karl kannte die Alraune noch aus seinen medizinischen Vorlesungen. Die Wurzel ähnelte oft einem kleinen Männchen und galt deshalb als Hexenwerk. Außerdem war sie stark giftig und wurde bei Abtreibungen verwendet. Auf ihren Besitz stand die Todesstrafe.

»Der Fremde sprach auch von einem Bezoar«, sagte Karl.

»Den habe ich selbst schon eingesetzt. Hart gewordenes Gewölle aus dem Magen einer Ziege, das aussieht wie ein glattes Ei. Der Bezoar soll gegen Vergiftungen helfen, wird aber auch anderweitig verwendet.« Aufgeregt deutete Faust auf die verwaschenen Schriftzeichen, seine Finger zitterten. »Mandragora, Bezoar, Bernstein, *salamandra salamandra*, Schwefel, *dens pristis* …«

»Alles alchimistische Ingredienzien«, ergänzte Karl. »Der Raum unter der Therme war ganz ohne Zweifel eine Alchimistenküche, vermutlich hat der Kerl dort heimlich irgendwelche Experimente betrieben, die mit den Gesetzen nicht im Einklang stehen.« Er zuckte mit den Achseln. »Es gibt immer wieder Leute, die für derlei Zeug Geld ausgeben. So wie auch für Galgenstricke oder für das Blut von Enthaupteten, welches bei Fallsucht helfen soll. Vielleicht hätten wir damals bei Euch …«

»*Salamandra salamandra*, Schwefel, *dens pristis* …«, wiederholte Faust. »*Salamandra* … Verdammt, ich kenne diese Rezeptur!« Sein Blick glitt ins Leere. »Damals im Turm, es ist lange her …«

»Ihr meint den Turm, in dem wir damals einen Winter verbracht haben?«, fragte Karl. Vor etlichen Jahren, noch ehe

Greta zu ihnen gestoßen war, hatten sie beide in einem Turm in den Alpen überwintert, einem Turm, den Faust offenbar von früheren Reisen mit Tonio del Moravia her kannte. Kurz darauf hatten sie Greta in Nürnberg befreit.

»Ich war in meiner Zeit als Tonios Lehrling schon einmal dort«, sagte Faust düster. »Es gab dort Bücher über Beschwörungen, und einige dieser Beschwörungen hat Tonio damals wohl auch selbst durchgeführt. Ich … ich kann mich an ein Pentagramm am Boden erinnern, geschrieben mit Blut, mit dem Blut von Kindern …« Er schüttelte den Kopf, ganz so, als wollte er die Erinnerungen abstreifen. »Im *Schwurbuch des Honorius* gibt es ein Ritual, das die gleichen Ingredienzien vorsieht, die hier auf dem Papier stehen. Ich habe es damals gelesen.«

»Und um welches Ritual handelt es sich?«, fragte Karl vorsichtig.

»Nun …« Der Doktor blickte ihn ernst an. Es verging eine ganze Weile, ehe er weitersprach: »Es ist eines der mächtigsten Rituale überhaupt. Das Ritual, mit dem man den Teufel beschwört.«

Kurz glaubte Karl, draußen das Krächzen eines Raben zu hören. In der Ferne schlug eine Tür zu, es gab einen Windstoß, und die Kerze in der Kammer flackerte wie wild. Dann herrschte einen Moment lang Stille.

»Ihr … Ihr wollt damit sagen …«, begann Karl.

Faust nickte. »Hagen hat diese Mittel für Viktor von Lahnstein besorgt, weil der Hund den Teufel beschwören will. Das Papier ist der Beweis.« Er hob den Fetzen in die Höhe, hielt ihn sich vor die Augen und blinzelte. »Leider ist der untere Teil abgebrannt. Sonst könnten wir sehen, was sonst noch auf der Liste stand. Aber auch so bin ich mir beinahe sicher, was da folgt. Es ist mir noch gut in Erinnerung.«

»Und … das wäre?«, fragte Karl, obwohl er die Antwort bereits ahnte. Auch er hatte damals im Turm im *Schwurbuch des Honorius* geblättert. Voller Entsetzen hatte er das uralte Buch wieder zugeklappt.

»Es folgen zunächst noch einige belanglose Zutaten«, fuhr Faust fort. »Gemahlenes Gold, bestimmte Kräuter, die bei Vollmond gepflückt werden müssen, die Asche eines Kreuzes ... Vor allem aber braucht es ein Mittel, ohne welches das Ritual nicht durchgeführt werden kann. Einen ganz besonderen Saft ...«

Karl schloss die Augen. Er erinnerte sich jetzt, was im *Schwurbuch* ganz unten gestanden hatte. Schon damals war ihm beim Lesen übel geworden.

Blut ist ein ganz besonderer Saft ...

»Ein Becher gefüllt mit dem Blut eines unschuldigen Kindes«, flüsterte er.

»Haben wir uns eigentlich jemals Gedanken gemacht, wer dieser Viktor von Lahnstein wirklich ist?«, fragte Faust. »Was, wenn es Tonio gelungen wäre, bis in die höchsten Kreise des Vatikans vorzudringen? Wenn der Teufel just im Zentrum seines größten Feindes beschworen würde?«

»In ... der Engelsburg?«, hauchte Karl. »Ihr meint also, dass Viktor von Lahnstein in Wirklichkeit Tonio ist?«

Bislang hatte Karl Tonio del Moravia eher für ein Phantom gehalten, zumindest jenen unsterblichen Tonio, von dem Faust sich verfolgt fühlte. Damals in Nürnberg war Karl diesem unheimlichen Mann wirklich begegnet, aber es gab bislang keinen Beweis, dass er auch jetzt noch sein Unwesen trieb.

Bis zu dem Zeitpunkt, als Karl in der Hand eines toten Alchimisten dieses Papier gefunden hatte.

Karl wusste nicht mehr, was er glauben sollte. Aber er musste sich eingestehen, dass es mehr als seltsam war, wenn Lahnsteins engster Getreuer für einen Haufen merkwürdiger Zaubermittel einen Alchimisten umbrachte. Konnte es wirklich sein, dass Lahnstein mehr war als nur ein päpstlicher Gesandter?

»Keine Frage, es geht um das Blut meines Enkels!«, sagte Faust, seine Stimme zitterte. »Es soll fließen, und zwar schon bald. Die Frage ist nur, wo und wann genau. Das Ritual braucht Platz für ein großes Pentagramm, es wird viel Rauch und Lärm geben, doch es darf nicht auffallen …«

Karl zuckte zusammen.

Rauch und Lärm …

»Das Feuerwerk«, murmelte er.

Faust starrte ihn an. »Was sagst du da?«

»Es wird ein Feuerwerk geben! Oben auf der Terrasse der Engelsburg, in drei Tagen. Die Leute erzählen es sich auf den Straßen. Der Papst feiert den Sieg gegen Frankreich, mit Feuer und Rauch und viel Spektakel, so wie Leo es eben liebt. Er macht das wohl öfter.«

»Schon in drei Tagen!« Faust erbleichte. »Du hast recht, ein Feuerwerk wäre der perfekte Rahmen. Sie können das Ritual unter freiem Sternenhimmel durchführen, und keiner wird etwas ahnen. Mit der richtigen Konstellation …« Er stockte.

»Was habt Ihr?«, fragte Karl.

Faust schüttelte den Kopf. »Irgendetwas passt noch nicht ins Bild, aber ich kann jetzt nicht länger darüber nachgrübeln. Ich muss Greta warnen! Sie muss wissen, was ihrem Sohn droht.« Er ging bereits zur Tür. »Sie kann uns auch helfen, in die Engelsburg zu gelangen. Lahnstein vertraut ihr, er hat ihr offenbar die Schlüssel gegeben, damit sie ungehindert Zugang zu dem Kind hat.«

»Es ist Nacht«, wandte Karl ein, »das Spital ist geschlossen. Wir werden wohl oder übel bis morgen warten müssen.«

»Verflucht, du hast recht!« Faust blieb an der Tür stehen, die Hand schon an der Klinke. »Nun, dann werde ich die Nacht eben nutzen, um noch ein paar Überlegungen anzustellen. Wir brauchen einen Plan, wie wir Lahnstein aufhalten können. Und mit ihm Tonio.« Fausts Augen leuchteten. Es kam Karl fast so vor, als schimmerte darin auch ein wenig freudige Erwartung.

»Das Ende ist nahe«, sagte Faust. »Endlich! Ich spüre es.«

24

Noch vor Sonnenaufgang machte sich Johann auf den Weg zum Hospital.

Er hatte keine Sekunde geschlafen. Stattdessen hatte er die ganze Nacht am Fenster gesessen und hinaus in den nebligen Nachthimmel gestarrt. Sterne hatte er kaum gesehen, und selbst wenn er sie gesehen hätte, hätte es ihm nicht viel genutzt. Das Sternenrohr, das er seit seiner Zeit mit Tonio besessen hatte, war in Bamberg zurückgeblieben, zusammen mit seinen astronomischen Aufzeichnungen. Aber auch so war ihm klar, dass etwas nicht stimmen konnte.

Etwas war falsch.

Um den Teufel zu beschwören, hatten Tonios Anhänger damals in Nürnberg auf das Erscheinen eines bestimmten Sterns gewartet. Larua war sein Name, der Unglücksbote. Alle siebzehn Jahre erschien er am Nachthimmel. Aber seit seinem letzten Auftauchen waren erst neun Jahre vergangen. Auch war das Ritual damals ein anderes gewesen als das aus dem *Schwurbuch des Honorius*. Wenn Viktor von Lahnstein wirklich Tonio del Moravia war, was hatte er vor?

Trotzdem war es wichtig, sofort zu handeln. Sie hatten keine Zeit mehr, Johann musste seinen Enkel retten! Und die einzige Möglichkeit, in die Engelsburg zu gelangen, war mithilfe von Greta.

Ein eiskalter Wind wehte vom Norden her durch die Gassen, doch Johann spürte ihn nicht. Er eilte weiter, bis er im ersten rötlichen Licht des Tages die Pforte von Santo Spirito erreichte. Unten am Fluss kauerten Bettler um ein kokelndes Feuer, ansonsten war so früh am Morgen noch kein Mensch zu sehen. Der Pförtner öffnete soeben den Laden seines Wachhäuschens. Mittlerweile kannte er Johann und winkte ihn durch.

»Ach, der brave deutsche Pilger!«, brummte er. »Du kannst es offenbar kaum erwarten, wieder ein paar Hintern abzuwischen. Musst wohl viel sühnen.«

»Mehr, als du dir vorstellen kannst«, sagte Johann so leise, dass ihn der Pförtner nicht hören konnte. Er eilte an ihm vorbei und betrat die vielen Gänge und Höfe, die ihm nach all den Wochen beinahe so vertraut vorkamen wie früher die Flure der Heidelberger Universität. Ein paar Nonnen und Ärzte begegneten ihm im Dämmerlicht, ohne ihn groß zu bemerken, auf einer Bahre wurde ein Toter nach draußen getragen. Zielstrebig machte sich Johann auf die Suche nach seiner Tochter.

Er fand Greta vor der Spezeria, wo ihr der Apotheker eben eine Schüssel mit frisch gedrehten Pillen reichte.

»Ich muss mit dir reden«, raunte Johann, der wie ein Schatten hinter sie getreten war.

Greta zuckte zusammen und hätte fast die Schüssel mit den Pillen fallen gelassen.

»Habe ich dir nicht gesagt, dass ich nicht mehr mit dir sprechen will?«, flüsterte sie leise, um den Apotheker nicht auf sich aufmerksam zu machen. »Es reicht schon, dass du noch immer hier herumschleichst und mich erschreckst!«

»Glaub mir, wenn es nicht um Leben und Tod ginge, würde ich es nicht tun.«

Sie sah ihn fragend an. »Um Leben und Tod – für wen? Für dich?«

»Für deinen Sohn Sebastian, meinen Enkel!«, entgegnete Johann.

Er zog Greta zur Seite und berichtete ihr, was letzten Abend vorgefallen war, erzählte von Hagens grausamem Mord und von der Liste mit den alchimistischen Zutaten. »Es ist so, wie ich befürchtet habe!«, endete er und hielt ihr das verbrannte Papier unter die Nase. »Lahnstein plant etwas mit dem kleinen Sebastian! Es wird ein Ritual geben, schon in zwei Tagen, wenn das Feuerwerk stattfindet. Sie werden den Teufel beschwören. Mit dem Blut deines Kindes!«

»Und du meinst wirklich, dass ich dir das glaube?«, spottete Greta. »Ein versengter Fetzen Papier? Das ist doch nur ein ganz jämmerlicher Versuch, einen Keil zwischen mich und Lahnstein zu treiben. Aber das wird dir nicht gelingen!«

»Bitte glaube mir, Greta!« Johann sah sie flehentlich an. »Ich habe mir das nicht ausgedacht. Karl kann es bestätigen, er hat es mit eigenen Augen gesehen!«

»Und warum ist Karl dann nicht hier?«

Johann seufzte leise. Ein wenig bereute er es, Karl nicht mitgenommen zu haben. Aber er hatte seine Gründe gehabt. Er trat ganz nahe an Greta heran, berührte ihre Schultern und zog sie plötzlich zu sich hin. »Greta, ich bitte dich …«

»Fass mich nicht an!«, zischte sie. »Nie wieder!«

Doch es war zu spät. Die Schüssel mit den Pillen entglitt ihr und fiel zu Boden. Die Pillen rollten in alle Richtungen über den Hof.

»Verzeih.« Johann bückte sich und begann schweigend, die Pillen einzusammeln, gemeinsam mit Greta, während der alte Apotheker neugierig zu ihnen herübersah. Als sie fertig waren, reichte Johann ihr die Schüssel.

»Du wirst noch erkennen, dass ich recht habe«, sagte er. »Hoffen wir, dass es dann nicht zu spät ist. Ich liebe dich, Greta! Dich und meinen Enkel. Ich werde nicht zulassen, dass er Tonio in die Hände fällt.«

Ohne ein weiteres Wort wandte er sich ab und verließ den Innenhof, wobei er versuchte, nicht zu zittern.

Die Finger in seiner Tasche umfassten kühles Metall.

Sie wird es merken, dachte er. *Sicher. Gleich wird sie nach der Schwester Oberin rufen.*

Doch nichts geschah.

Im Grunde hatte Johann nicht damit gerechnet, dass Greta ihm glauben würde. Viele Stunden hatte er überlegt, wie er auch ohne Gretas Hilfe in die Engelsburg gelangen könnte. Sein Plan war nicht mehr als eine leise Hoffnung gewesen, aber sie hatte sich eben bewahrheitet. Vor langer Zeit, noch bevor Johann zu dem berühmten Doktor Faustus wurde, war er ein begabter Gaukler und Trickser gewesen. Tonio hatte ihn so manchen Taschenspielertrick gelehrt.

Es war nur ein kurzer Ruck an der Lederschnur um Gretas Hals gewesen. Sie hatte es nicht bemerkt, weil ihr im gleichen Moment die Schüssel aus der Hand geglitten war. Jetzt befand sich der Schlüsselbund gut verborgen in Johanns Tasche. Jene Schlüssel, die ihm Greta selbst gezeigt hatte, um ihm zu beweisen, wie sehr Lahnstein ihr vertraute.

Der Schlüsselbund, der ihn und Karl in die Engelsburg bringen würde.

Noch eine ganze Weile stand Greta im Innenhof, die Schale mit den eingesammelten Pillen in der Hand, und rührte sich nicht. Tränen liefen ihr übers Gesicht, Tränen des Zorns und der Verwirrung. Sie verfluchte ihren Vater dafür, dass er nach Rom gekommen war, dass er alles wieder aufrührte. Dabei hatte sie doch ihren Frieden gefunden, mit Gott, mit sich selbst! Auch mit der Tatsache, dass ihr Sohn mit einer Mutter aufwuchs, die ihn nur von Zeit zu Zeit besuchte, weil sie ihr Leben Gott geweiht hatte. Und ihr eigener Vater machte das alles kaputt! Er säte Zweifel. Doch so war der Teufel. Hatte er Jesus in der Wüste nicht eingeflüstert, er werde ihn zum Herrn der Welt machen?

Man musste widerstehen. Beten. Beichten.

Trotzdem bekam Gretas Mauer der Zuversicht erste Risse. Das hatte auch mit den seltsamen Ahnungen zu tun, die sie weiterhin wie mit kleinen Schlägen wachrüttelten. Erst heute Morgen war es wieder geschehen. Sie hatte von ihrem Sohn geträumt, sein winziger Leib war wie ein Schmetterling mit Nadeln am Boden festgenagelt gewesen. In einem mit blutroter Farbe gemalten Pentagramm. Er hatte nach seiner Mutter geschrien, doch sie hatte ihn nicht gehört, sein Schreien war stumm geblieben.

Der Teufel sät Zweifel. Hör nicht auf ihn. Bete, Greta, bete!

Noch immer am ganzen Leib zitternd, wischte sie sich die Tränen aus dem Gesicht und brachte die Schüssel mit den Pillen hinüber in den Krankensaal.

Sie war tief in Gedanken versunken und bemerkte gar nicht, dass um ihren Hals kein Lederband mehr hing.

Johann schob den Schlüsselbund über den Tisch der Herbergskammer, und Karl starrte ihn entgeistert an.

»Wo habt Ihr den so schnell her?«

Johann zuckte die Achseln. »Nachdem ich gemerkt habe, dass Greta uns nicht helfen würde, habe ich mich den Vormittag über an der Engelsburg herumgetrieben. Es gehen auch etliche Bedienstete und niedere Kleriker dort ein und aus. Es war nicht sonderlich schwer.« Er grinste. »Ein Rempeln, eine gemurmelte Entschuldigung ... Der Bund hing am Gürtel eines päpstlichen Schreibers. Vermutlich rätselt er gerade, wo er ihn verlegt hat, und schwitzt Blut und Wasser.«

Johann hatte lange überlegt, ob er Karl erzählen sollte, wem er den Schlüssel tatsächlich gestohlen hatte, sich aber dagegen entschieden. Greta und Karl standen sich immer noch sehr nahe, Johann wusste nicht, wie Karl das aufnehmen würde. Wichtig war jetzt nur, dass sie es rechtzeitig in die Burg schafften. Also hatte er den ganzen Vormittag mit weiteren Erkundigungen zugebracht. Es tat gut, seinen Verstand wieder ein wenig anzustrengen. Verdammt, er war Doktor Faustus, der klügste und gewitzteste Zauberer im ganzen Reich! Wie sollten Türen ihn hindern, wenn er seinen Enkel retten musste?

Karl nahm den Schlüsselbund in die Hand und betrachtete die einzelnen Schlüssel. Sie waren unterschiedlich groß, mit kompliziert gezackten Barten, wahre Schmiedekunstwerke. »Und Ihr glaubt wirklich, damit kommen wir in die Engelsburg?«, fragte er skeptisch.

»Natürlich nicht, du Dummkopf! Keiner dieser Schlüssel öffnet das Hauptportal. Dort stehen Wachen, es gibt Riegel, Falltüren, vermutlich Eisengatter und eine Zugbrücke im Inneren. Diese Schlüssel dienen ausschließlich dafür, einige der Kammern im Inneren zu öffnen. Welche das sind, weiß ich selbst nicht.«

»Dann wüsste ich nicht, wie uns Euer Diebstahl weiterhilft«, entgegnete Karl.

Johann seufzte. Er hasste es, wenn andere Menschen langsam von Begriff waren, vor allem dann, wenn es um Leben oder Tod ging. Karl mochte ein guter Maler und auch ein kluger Forscher sein, aber manchmal fehlte es ihm einfach an der nötigen Bauernschläue.

»Du hast doch eine Karte von Rom gezeichnet«, sagte Johann. »Hol sie her.«

Stirnrunzelnd kramte Karl unter seinem Bett eine Rolle fleckiges Papier hervor und legte den Bogen aufgeschlagen vor ihnen auf den Tisch. Weinflecken und Wachstropfen befanden sich mittlerweile darauf, aber die Karte war noch immer gut zu lesen. Johann deutete auf einen Punkt in der Nähe der Engelsburg.

»Der *Passetto di Borgo*, der päpstliche Fluchttunnel«, erklärte er. »Er verläuft oberirdisch. Wenn feindliche Soldaten die vatikanischen Paläste stürmen sollten, kann der Papst durch diesen Tunnel in die Engelsburg fliehen. Noch nie ist sie eingenommen worden.«

»Ihr wollt *dort* hinein?«, fragte Karl verdutzt. »Der Tunnel wird ebenso bewacht sein wie der Rest der Burg.«

»Lange nicht so wie das Hauptportal, das ja jeder Belagerung standhalten soll. Ich habe mir den Tunnel heute Vormittag angesehen.« Johann fuhr mit dem Finger über die Karte, entlang einer Linie, die von den vatikanischen Palästen bis zur Festung reichte. Umgerechnet mochte der Gang etwa eine halbe Meile lang sein, viel zu lang, um jeden einzelnen Meter zu bewachen. »Teilweise verläuft der Gang im Freien«, erläuterte Johann, »geschützt durch eine etwa fünf Schritt hohe Mauer. Wenn wir unbemerkt über die Mauer kommen, sind wir zwar noch nicht in der Burg, aber schon ein gutes Stück weiter.«

»Und dann?«, hakte Karl nach.

»Lass das nur meine Sorge sein. Denk daran, wie wir vor etlichen Jahren in die Nürnberger Katakomben gelangt sind.« Johann zwinkerte Karl zu. »Damals hatte ich auch das eine oder andere Werkzeug dabei, du erinnerst dich? Wir haben noch zwei Tage Zeit. Ich werde derweil ein paar Besorgungen machen, die uns helfen werden.«

Karl sah ihn argwöhnisch an. »Wenn man Euch so hört, könnte man meinen, das Ganze sei ein Kinderspiel.«

»Ich bin Doktor Faustus, vergiss das nicht«, sagte Johann. Seine Miene verdüsterte sich. »Doch für ein Kinderspiel ist die Sache viel zu ernst. Von jetzt an dürfen wir keine Minute mehr verschwenden.« Er rollte die Karte wieder zusammen. Unwillkürlich glitt seine Hand in die Hosentasche, wo er seit einiger Zeit den winzigen silbernen Globus versteckte. Vielleicht würde er ihn bald brauchen können.

»Es geht um das Leben eines Kindes, meines Enkels! Und wer weiß. Vielleicht sogar noch um noch viel mehr.«

25

Zwei Tage, das war nicht viel, um all die Dinge zu erledigen, die Johann sich vorgenommen hatte. Es waren Erledigungen, die sie beide an die abgelegensten Orte Roms führten, in finstere Spelunken, abgelegene Katakomben und zu Hehlern, aber auch zu Goldschmieden und Färbereien. Die Ingredienzien, die Johann benötigte, waren nicht leicht zu bekommen. Für das legendäre Königswasser beispielsweise hatten sie einen Silberschmied aufgesucht, der die einzelnen Bestandteile zum Legieren seiner Messer verwendete. Am Ende waren Johanns Ersparnisse vollständig aufgebraucht, dafür war der große lederne Beutel an seiner Seite prall gefüllt.

»Das Königswasser wird uns helfen, Schlösser aufzuätzen«, erklärte er, während sie gemeinsam über die sogenannte Kuhweide, den Campo Vaccino, im Zentrum der Stadt spazierten, ein Trümmerfeld gesäumt von Ruinen. »Wenn man Salz- und Salpetersäure mischt, frisst die Flüssigkeit sich auch durch dickstes Metall.«

»Und durch menschliche Gliedmaßen«, mahnte Karl, der argwöhnisch auf den schweren Beutel blickte, den Johann über der Schulter trug. »Ähnlich gefährlich sind übrigens viele andere Utensilien in Eurem Sack. Eine hochexplosive Alchimistenküche, die Ihr da mit Euch herumtragt.«

»Deshalb werden wir die meisten Substanzen ja auch erst dann vermischen, wenn wir sie brauchen«, entgegnete Johann. »Sei unbesorgt! Denk nur an die Feuerpfeile, die ich früher hergestellt habe. Die Chinesen benutzten Schwarzpulver anfangs zur reinen Ergötzung, inzwischen wissen wir zur Genüge, wie tödlich dieses Pulver sein kann.« Er grinste. »Vor allem aber wird das ganze Zeug dafür sorgen, unsere Feinde gehörig zu verwirren. So wie in den Nürnberger Katakomben. Du erinnerst dich?«

Tatsächlich hatte Johann damals mit gefärbten Rauchbomben die Kerkergänge vernebelt. Dass er einige der Zutaten diesmal auch für etwas anderes verwenden wollte, verriet er Karl nicht. Johann hatte lange mit sich gerungen, doch mittlerweile glaubte er, dass ihm sein Einfall noch sehr nützlich sein konnte.

So nützlich und so verheerend wie wenig anderes auf dieser Welt, dachte er.

Es war der Nachmittag vor dem großen Feuerwerk, welches die Feierlichkeiten zu Ehren der Wiedereroberung Mailands einleitete. Drei Tage sollte das Fest andauern, mit Musik, Brot und Spielen, so wie in den alten Zeiten. Schon jetzt strömten die Menschen der Engelsburg entgegen, um einen guten Platz für das Feuerwerk zu ergattern. Dabei würde das Spektakel erst weit nach Sonnenuntergang stattfinden, wenn die Dunkelheit die vielen Raketen und Böller richtig zur Geltung brachte.

Das Feuerwerk hatte sich für Johann als Glücksfall erwiesen. Schwefel und Salpeter, aber auch andere seltene Substanzen waren auf diese Weise einfacher zu bekommen gewesen, wenn auch zu üppigen Preisen. Nun war Johann froh, dass er seine Ersparnisse in den letzten beiden Jahren nie angetastet und stattdessen in billigen Herbergen genächtigt hatte. Trotz der schier unlösbaren Aufgabe, vor der sie standen, war er von fast so etwas wie Vorfreude erfüllt. Die Zeit des Wartens war endlich vorüber. Er spürte, dass sich ein Kreis schloss – ein Kreis, der seinen Anfang vor vielen Jahren genommen hatte, als er zum ersten Mal dem Zauberer Tonio del Moravia begegnet war.

Meinen Enkel bekommst du nicht, Tonio! Keine Tür wird mich aufhalten …

Zögernd blieb er stehen. Vor ihnen erhob sich der Palatin, einer der sieben Hügel der Stadt. »Verflucht, wir haben etwas vergessen!«

»Was denn?«, fragte Karl verwundert. »Wir haben zerriebene Kohle vom Faulbaum, Schwefel aus Sizilien, Salpeter, sogar Salz- und Schwefelsäure …« Er stöhnte. »Und etliche andere Zutaten, von denen ich noch nie etwas gehört habe.«

»Ein simpler Dietrich fehlt!« Johann schlug sich gegen die Stirn. »Ich habe zwar den Schlüsselbund dieses Schreibers, aber es mag andere Türschlösser geben. Und das Königswasser müssen wir äußerst sparsam einsetzen.« Er klopfte Karl auf die Schulter. »Geh du schon mal in die Herberge und bereite unsere Gewänder vor. Vergiss nicht, alles muss schwarz wie die Nacht sein! Oben auf dem Palatin gibt es einen Schmied, der den Eindruck macht, als würde er vielleicht einen Dietrich herstellen, ohne allzu viele Fragen zu stellen. Ich werde einen kleinen Umweg machen.«

»Soll ich den Beutel für Euch mitnehmen?«, fragte Karl.

»Damit du dich mit ein paar unachtsamen Bewegungen in die Luft sprengst?« Johann zwinkerte ihm zu. »Der Beutel bleibt bei mir, das ist sicherer. Kümmere dich lieber um Seil und Haken, damit wir am *Passetto di Borgo* keine böse Überraschung erleben.«

Der eigentliche Grund, warum er Karl den Beutel nicht mitgab, war ein anderer: Johann wollte sichergehen, dass Karl keine weiteren Fragen zu den Zutaten stellte. Es war sehr, sehr unwahrscheinlich, dass Karl verstand, um was es sich bei einigen der Ingredienzien in Wirklichkeit handelte. Aber man konnte nie vorsichtig genug sein.

»Ich komme in spätestens einer Stunde in die Herberge. Dann haben wir noch genug Zeit.«

Mit einem letzten Nicken wandte sich Johann ab und strebte auf das südliche Ende des Campo Vaccino zu. Im Osten erhob sich das Colosseum, direkt vor ihm lag der *Mons Palatinus*. Mit seinen verfallenen kaiserlichen Palästen und Festungsanlagen bildete der Hügel den Abschluss des verwilderten Weidelands im Zentrum der Stadt. Der Palatin war keine gute Gegend, er galt als *disabitato*, als verlassener Ort, wo keine ehrbaren Bürger wohnten. Hier standen nur noch Ruinen, von denen etliche Mauersteine bereits für den Bau der neuen Kirchen abgetragen worden waren, die überall aus dem Boden schossen. Kalkbrenner hatten tiefe Gruben gegraben, dazwischen befanden sich ärmliche Hütten, die zwischen den Überresten herrschaftlicher Gebäude seltsam fehl am Platz wirkten. Nur wenige zerlumpte Gestalten trieben sich zwischen den Baracken herum, außerdem etliche streunende Hunde, die Johann wütend ankläfften.

Eine Statue, die ein Stück weiter entfernt stand, weckte Johanns Aufmerksamkeit. Sie stellte ganz offensichtlich einen großen germanischen Krieger dar. Johann blinzelte, für einen kurzen Augenblick glaubte er, die Statue hätte sich bewegt. Aber das lag vermutlich nur an der Sonne, die mittlerweile sehr tief stand und ihn blendete. Trotz des Sonnenscheins war es lausig kalt, wie so oft wehte ein feuchtkühler Wind von Norden und trug den Gestank des Tibers herbei.

Johann ging weiter den Hügel hinauf, vorbei an Bettlern und anderen Herumtreibern, die ihn argwöhnisch beäugten. Er umklammerte den Beutel. Vielleicht war es doch ein Fehler gewesen, den Palatin allein aufzusuchen. Andererseits, wenn die Burschen ihn unbedingt ausrauben wollten, würde er ihnen eben das Königswasser entgegenschleudern. Die Schreie desjenigen, der in diesem Moment für immer sein Gesicht verlor, würden die anderen sicher abschrecken. Noch einmal überlegte Johann, ob er wirklich tun sollte, was er sich vorgenommen hatte. Er dachte an die Worte, die Leonardo da Vinci damals in seinem Garten zu ihm gesagt hatte.

Wie können wir dafür sorgen, dass unsere Ideen uns nicht am Ende in den Abgrund stürzen?

Unwillkürlich griff Johann nach dem silbernen Anhänger, den er mittlerweile um den Hals trug – er lastete schwer wie die ganze Welt.

Eine Idee, geeignet, die Welt zu vernichten.

Ein Knacksen ertönte hinter ihm, dann das Poltern von Steinen.

»Wer …?«, begann Johann.

Eine kräftige Hand legte sich um seinen Nacken, eine zweite Hand drückte ihm einen nassen Schwamm ins Gesicht. Als Johann den stechenden, beinahe aromatischen Duft einatmete, wusste er sofort, um was es sich handelte.

Ein Schlafschwamm!

Ärzte benutzten solche Schwämme gelegentlich, um ihre Patienten vor Operationen ruhigzustellen. Sie waren getränkt mit Mohnsaft und Auszügen aus verschiedenen Nachtschattengewächsen. Zwar sorgten sie nicht für eine vollständige Betäubung, doch sie machten den Geist zumindest träge. Dies war sicher nicht die Waffe von einfachen Dieben und Halunken.

Johann schlug und trat um sich, doch er spürte bereits, wie seine Beine schwach wurden. Wie dünne Schilfhalme knickten sie unter ihm weg. Er wollte um Hilfe rufen, doch das verhinderte der Schwamm auf seinem Mund.

Dann verlor er die Besinnung.

Als er wieder zu sich kam, war er an Händen und Füßen gefesselt. Außerdem steckte ein Knebel in seinem Mund, der ihn fast erstickte. Um ihn herum war alles schwarz, er spürte hartes Holz, seine Beine waren angewinkelt, und er konnte sich kaum rühren. Offenbar steckte er in einer Art Truhe.

Unter ihm rumpelte es, als würde ein Wagen durch eine holprige Gasse fahren.

Krampfhaft versuchte Johann, sich zu konzentrieren. Offenbar hatte man ihn entführt. Doch wer und warum? Sein Kopf schmerzte, als habe jemand mit einem Hammer darauf geschlagen. Das mochte an dem Schlafschwamm liegen, aber auch an dem sehr strengen Geruch, der die Truhe mittlerweile ausfüllte.

Der Geruch von Schwefel, Salpeter, Salzsäure und etlichen anderen hochgiftigen Zutaten …

Nun fühlte Johann zu seinen Füßen auch den Lederbeutel. Sein Entführer hatte ihn einfach zu ihm in die Truhe geworfen! Wenn Johann Pech hatte, waren einige der Tiegel und Phiolen zerbrochen, und die giftigen Dämpfe würden ihn langsam ersticken.

Wenn die Truhe nicht vorher schon explodierte.

Johann zappelte hin und her wie ein Fisch auf dem Trockenen. Erneut versuchte er, um Hilfe zu rufen, doch aus seinem Mund kam nur ein tonloses Krächzen. Die Augen tränten ihm bereits von den Dämpfen, seine Lungen brannten wie Feuer. Er musste raus hier, so schnell wie möglich! Doch je mehr er sich wand, umso heftiger musste er atmen und umso mehr setzten ihm die Dämpfe zu. Also zwang er sich, ruhig liegen zu bleiben, obwohl sein Herz raste.

Ganz plötzlich blieb der Wagen stehen. Er hörte gedämpfte Stimmen, dann ging die rumpelnde Fahrt weiter. Die Truhe wurde unsanft hin und her bewegt, Johanns Kopf schlug an die Wände. Doch er spürte den Schmerz schon fast nicht mehr, die ätzenden Dämpfe brachten ihn langsam, aber unausweichlich um, Atemzug für Atemzug. Er vermutete, dass allein das winzige Feuer einer Kerze schon ausreichen würde, um die Truhe samt ihrem lebenden Inhalt in die Luft zu sprengen.

Lebe wohl, Greta … Lebe wohl, mein Enkel, den ich nie kennenlernen durfte …

Erneut verlor er die Besinnung.

Als er diesmal wieder zu sich kam, blendete ihn gleißendes Licht. War das der Himmel?

Doch für das Himmelreich fühlte er sich viel zu elend, eher war er in der Hölle gelandet. Der Deckel der Truhe öffnete sich, jemand zog ihn unsanft heraus und entfernte den Knebel. Johann erbrach sich, keuchte und schnappte nach Luft. Der Gestank von Schwefel und Salpeter erfüllte die Luft, seine Haut brannte wie Feuer. Erst nach einer ganzen Weile nahm er seine Umgebung wahr.

Er lag auf kaltem, glatten Parkett, in das dunkle Holz waren wertvolle Intarsien eingelassen. Johann erkannte darin einige Kugeln, die wie Pillen aussahen, sowie gekreuzte Schlüssel.

Die Schlüssel Petri, das Zeichen des Papstes ...

Langsam hob er den Kopf und blickte auf zwei Paar Stiefel. Das eine Paar war verdreckt und so riesig wie zwei Zunftkrüge. Das andere Paar bestand aus weichem, erst kürzlich gewichstem schwarzem Leder, verziert mit silbernen Sporen.

»Der ach so berühmte Doktor Faustus«, ertönte eine bekannte Stimme. »Beinahe ersoffen in seiner eigenen Kotze. Wie erbärmlich! Und doch fällt es mir schwer, Mitleid mit einem Nekromanten zu empfinden.«

Stöhnend drehte Johann sich auf den Rücken.

Vor ihm standen Hagen und Viktor von Lahnstein. Der päpstliche Gesandte im weißen Gewand der Dominikaner blickte mit verschränkten Armen auf ihn herab. Ein roter Hautlappen verdeckte die Stelle, an der seine Nase einst gewesen war, darüber funkelten zwei kalte Augen wie die eines Raubtiers. Johann blinzelte. Möglicherweise war er doch in der Hölle gelandet.

»Willkommen in der Engelsburg, Doktor«, sagte Viktor von Lahnstein. »So sieht man sich also wieder. Ich möchte

Gott in aller Demut bitten, einmal kurz wegzusehen. Auf diesen Moment warte ich seit vielen Jahren.«

Mit den sporenbesetzten spitzen Stiefeln trat er seinem Gefangenen genau zwischen die Beine.

Der Schmerz war so heftig, dass Johann ein weiteres Mal die Besinnung verlor.

Kurze Zeit später saß Johann mit hängendem Kopf auf einem Stuhl in der Ecke der Kammer.

Der Raum war gänzlich mit dunklem Parkett ausgekleidet, eine antike Statue, die den geflügelten Gott Hermes darstellte, stand in der Mitte. Ein kleiner Altar mit Kreuz und einem einzelnen Kniepult davor diente zum Beten. Es mochte sich um eine Hauskapelle handeln, die jetzt in den frühen Abendstunden durch einige Fackeln erhellt wurde.

Johanns Gewand war über und über besudelt, auf seiner Haut hatte sich ein brennender Ausschlag gebildet, im Schritt pulste ein drückender, nicht nachlassender Schmerz, ihm war hundeübel. Zu seiner Erleichterung bemerkte er, dass er zumindest den kleinen silbernen Globus noch um den Hals trug, er spürte ihn durch den Stoff seines Gewands.

Viktor von Lahnstein saß ihm mit übergeschlagenen Beinen gegenüber, während Hagen schweigend die Tür bewachte. Überflüssige Vorsicht, wie Johann feststellen musste. Er fühlte sich so schwach, dass er sich nicht einmal vom Stuhl erheben konnte. Außerdem war er mit Seilen an Lehnen und Stuhlbeine gefesselt.

»Ihr seht furchtbar aus, Doktor«, stellte Lahnstein fest, während er sein Gegenüber mit sichtlichem Ekel betrachtete. »Wie ein Ketzer am dritten Tag seiner Tortur.«

»Danke, so fühle ich mich auch«, krächzte Johann. Die giftigen Dämpfe schienen seine Atemwege angegriffen zu haben. Jedes Wort tat ihm weh.

Lahnstein deutete auf den ledernen Beutel, der neben der Hermesstatue auf dem Boden lag. Er rümpfte angewidert die Nase, im Raum stank es noch immer nach Schwefel und anderen ätzenden Substanzen. »Was für Hexenwerk befindet sich dort drin? Sagt, welche teuflische Beschwörung hattet Ihr diesmal vor?«

»Feuerwerk …«, keuchte Johann.

Lahnstein beugte sich vor. »Wie bitte?«

»Ein … ein Feuerwerk zu Ehren des Papstes … Macht man das nicht heute?« Johann versuchte ein Lächeln. »Ein … Hoch auf Papst Leo, den Bezwinger Frankreichs …«

Lahnstein ging nicht auf Johanns Provokation ein, sondern winkte ab. »Was auch immer Ihr vorhattet, es hat Euch fast das Leben gekostet. Eigentlich ein passendes Ende für einen Quacksalber und Nekromanten, wie Ihr es seid. Und doch bin ich froh, dass Ihr lebt.« Er musterte Johann kühl. »Habt Ihr wirklich gedacht, wir wüssten nicht, wo Ihr steckt? Hagen beobachtet Euch und diesen Wagner schon länger. Wirklich eine besonders schäbige Kaschemme, die Ihr Euch da ausgesucht habt. Der Wein muss furchtbar sein.«

»Besser, als … aus dem Hundenapf des Papstes zu trinken«, entgegnete Johann ächzend.

»Ist das alles, was Ihr noch könnt? Mich beleidigen?« Lahnstein lächelte, was in seinem monströsen Gesicht wie das Zähnefletschen einer Bulldogge aussah. »Ihr seid wirklich tief gesunken, Doktor.«

»Was … habt Ihr mit meinem Enkel vor?«, brachte Johann heraus.

Viktor von Lahnstein hob die rechte Augenbraue. »Ah! Interessant, dass Ihr fragt. Etwas Ähnliches wollte ich gerade von Euch wissen.« Er rückte seinen Schemel noch näher heran, sodass er jetzt nur noch eine Handbreit von Johanns Gesicht entfernt war. Johann roch ein stechendes Parfum, das ihn an die Kiefernwälder in Frankreich erinnerte. Er vermutete, dass der Gesandte es benutzte, um die fauligen Ausdünstungen der schlecht verheilten Narbe zu übertünchen.

»Mandragora, Bezoar, Bernstein, *salamandra salamandra*, Schwefel, *dens pristis* …«, begann Lahnstein so leise, als fürchtete er, jemand außer Hagen könnte ihn hören. »Sagt Euch diese Rezeptur etwas?«

Johann zögerte. Das war genau die Rezeptur, für deren Ingredienzien Hagen den Alchimisten getötet hatte. Warum fragte Lahnstein? Wusste er, dass Karl Hagen beobachtet hatte?

»Ich weiß nicht, wovon Ihr sprecht«, sagte er schließlich.

»Ihr seid der bekannteste Alchimist des Reiches, und Ihr wollt mir sagen, Ihr wüsstet nicht, was es damit auf sich hat? Wollt Ihr mich für dumm verkaufen?« Lahnstein gab Hagen einen Wink. Dieser trat hervor und versetzte Johann zwei gezielte Schläge in den Bauch, dass er sich krümmte. Als Johann sich diesmal erbrach, kam nur noch grüne Galle.

»Wir brauchen keine Streckbank und auch keine glühenden Zangen, Doktor«, sagte Lahnstein. »Hagen hat auf dem Schlachtfeld gewöhnlich andere Mittel angewendet, mit denen man störrische Gefangene viel einfacher zum Reden bringt. Ich frage Euch also noch einmal …« Er hielt Johann die Liste mit den Zutaten unter die Nase. »Mandragora, Bezoar, Bernstein, *salamandra salamandra* … Was hat es damit auf sich? Dient das zur Herstellung des Steins der Weisen? Sprecht!«

Johann stöhnte auf, hielt den Kopf gesenkt und dachte nach. Bislang hatte er geglaubt, dass Hagen allein in Lahnsteins Auftrag die alchimistischen Ingredienzien besorgt hatte. Doch offenbar wusste der päpstliche Gesandte selbst nicht, was es damit auf sich hatte. Oder war das etwa eine Falle? Noch immer war Johann sich nicht sicher, welche Rolle Viktor von Lahnstein in diesem Spiel spielte. Er beschloss, alles auf eine Karte zu setzen.

»Wenn ich es Euch sage, bekomme ich dann Euer Wort, dass meinem Enkel nichts geschieht?«

Ein weiterer Wink Lahnsteins, ein weiterer Hieb. »Verdammt, Euer Enkel ist mir egal!«, zischte Lahnstein. »Ob das Balg lebt oder stirbt, darüber soll Gott allein entscheiden! Ich will nur wissen, was es mit dieser Rezeptur auf sich hat! Ich habe etliche Alchimisten in Rom befragt, keiner konnte es mir sagen. Sagt Ihr mir es, Doktor, jetzt! Es ist wichtig! Dient es zur Goldherstellung oder zu etwas anderem?«

Zum ersten Mal sah Johann in Lahnsteins Augen ein ängstliches Zucken.

»Es ... dient nicht zur Goldherstellung«, sagte er.

»Sondern?«, hakte Lahnstein nach.

»Die Formel stammt aus dem *Schwurbuch des Honorius*, einem alten Zauberbuch, das nur in wenigen Exemplaren auf der Welt existiert. Sie dient ...« Johann zögerte, schließlich sprach er weiter: »Die Formel dient der Teufelsbeschwörung. Mit diesen Ingredienzien und den richtigen Sprüchen lässt sich der Teufel herbeihexen.«

Lahnstein erstarrte. »Der ... Teufelsbeschwörung? Ist das wahr? Verflucht, ich wusste es! Ich wusste es die ganze Zeit!« Er wandte sich an Hagen. »Nichts von dem, was hier besprochen wird, darf je nach außen gelangen, verstanden? Es wäre unser aller Untergang!«

Hagen nickte schweigend und stützte sich auf sein Langschwert.

»Und Ihr glaubt wirklich, man kann mit diesem Ritual den Teufel beschwören?«, wandte sich Lahnstein flüsternd an Johann. »Oder ist das wieder nur so ein ketzerischer Unsinn, mit dem Ihr die einfachen Leute ängstigt?«

Johann blickte ihn mit roten Augen an, die Haut von Ausschlägen verunstaltet, die Stimme heiser wie bei einem Geist aus der Unterwelt. »Wenn Ihr mich früher gefragt hättet, hätte ich gesagt, das ist Unsinn, nichts weiter als Hokuspokus und Bühnenzauber. Doch mittlerweile …« Er hustete Blut. »Ja, ich glaube, der Teufel lässt sich damit beschwören. Glaubt mir, ich habe ihn selbst gesehen. Und er ist schrecklicher als alles, was Ihr Euch mit Eurem beschränkten Geist vorstellen könnt. Weil er in seinem tiefsten Inneren auch ein Mensch ist! Wenn wir ihn nicht aufhalten, wird er die Welt, wie wir sie kennen, vernichten. Und er wird dabei lachen wie über einen guten Witz.«

Viktor von Lahnstein sagte eine ganze Zeit lang nichts, während von draußen, jenseits der dicken Mauern der Engelsburg, der gedämpfte Lärm der ungeduldigen Massen zu hören war. Die Menschen erwarteten sehnlichst das Feuerwerk.

»Ich habe ihm immer vertraut«, murmelte Lahnstein schließlich leise, mehr zu sich selbst. »All die Jahre habe ich gedacht, es ginge um den Stein der Weisen. Immerhin keine komplett blödsinnige Idee. Es hätte zumindest möglich sein können. Aber in letzter Zeit, da hat er sich … verändert. Und ich denke, ich weiß auch, wer daran seinen Anteil hat.« Er schüttelte den Kopf. »Wie konnte ich nur so dumm sein!«

»Von wem sprecht Ihr?«, fragte Johann.

Viktor von Lahnstein gab keine Antwort. Stattdessen stand er auf.

»Es ist noch nicht zu spät. Das Feuerwerk hat noch nicht begonnen. Vielleicht können wir ihn noch aufhalten. Jemand muss ihn stoppen, bevor dieser Wahnsinn uns alle mitreißt. Hinauf zur oberen Terrasse!« Er wandte sich an den riesigen Landsknecht. »Bereite dich darauf vor, auch das Unvorstellbare zu tun, um die Welt zu retten.« Ohne ein weiteres Wort stürmte er zur Tür. Hagen schulterte sein Langschwert und folgte ihm schweigend.

Die Tür schloss sich. Johann hörte, wie der Schlüssel zweimal umgedreht wurde.

Dann war er mit seinen Schmerzen und den bösen Ahnungen allein.

Derweil saß Karl am Fenster und starrte hinaus in die Dämmerung, die sich über Rom senkte. Kleine Lichter flackerten in den Hügeln auf, von unten aus der Herberge ertönte die Melodie einer Fiedel, eine Dirne ging laut lachend mit ihrem Freier am Arm in den Hinterhof ... Von Faust war noch immer keine Spur zu sehen, und mittlerweile befürchtete Karl, dass der Doktor auch nicht mehr auftauchen würde.

Vielleicht nie mehr.

In einer Stunde wollte Faust wieder hier sein, nun waren schon drei Stunden vergangen. Irgendetwas musste passiert sein! War der Doktor überfallen worden, oder gar ermordet? Karl hatte beschlossen, daran erst gar nicht zu denken. Stattdessen überlegte er verzweifelt, was er tun könnte. Inzwischen war auch er zu der Überzeugung gelangt, dass Gretas Sohn Gefahr drohte. Die Liste mit den alchimistischen Ingredienzien war ziemlich eindeutig gewesen, und Lahnstein wollte sich mit Sicherheit an Faust rächen. War das also sein Plan? Mit dem Blut von Fausts Enkel ein grausiges Ritual durchzuführen? Hatte er ihn deshalb in die Engelsburg bringen lassen?

Noch vor ein paar Tagen war Karl kurz davor gewesen, sich endgültig von Faust zu verabschieden und seinen eigenen Weg zu gehen. Nun war der Doktor fort, vielleicht tot, und Karl spürte, wie Angst und Trauer ihn von innen her auffraßen. Er musste etwas tun! Wenn er schon nicht dem Doktor helfen konnte, dann musste er zumindest Greta warnen.

Ein letztes Mal warf er einen Blick durch das Fenster auf die dunkle Straße, dann zog er sich den Mantel über und eilte die Stiege nach unten, hinaus ins Freie.

Rom empfing ihn mit Lärm und Gelächter, die Gassen waren voll mit fröhlichen Menschen, die zur Engelsburg strebten oder auf den Hügeln einen Platz suchten, wo sie das Feuerwerk gut sehen konnten. Einige Bürger hatten Weinamphoren in der Hand, um sich in der kalten Nacht zu wärmen. Papst Leo X. war bekannt für seine Feuerwerke, das heutige sollte das größte werden, das Rom je gesehen hatte.

Karl bahnte sich seinen Weg durch die aufgeregte Menge entlang dem Tiber, bis er endlich vor dem Hospital stand. Er war völlig außer Atem, sein Herz schlug wie wild, trotzdem zügelte er seine Aufregung und meldete dem Pförtner, dass er dringend mit Schwester Greta reden müsse. Es sei dringend, ein Notfall in der Familie.

»Es ist Abendvesper!«, knurrte der Pförtner und deutete auf einen hohen Campanile, der hinter dem Hospital aufragte. »Die Nonnen beten in der Kirche Santo Spirito. So lange werdet Ihr Euch schon noch gedulden müssen.«

»Ich fürchte, das kann ich nicht.« Ohne sich weiter um den verdutzten Pförtner zu kümmern, wandte Karl sich ab und eilte auf die Kirche zu, die neben dem Hospital lag. Von drinnen tönte der monotone Choral vieler Frauenstimmen. Karl öffnete das Kirchenportal, und der Geruch von Weihrauch schlug ihm entgegen. Dunstschwaden zogen durch das hohe Gebäude, das von einigen Kandelabern nur schwach erhellt wurde. Es mochten etwa zwei Dutzend Ordensschwestern sein, die dort sangen und beteten.

Nach längerer Suche fand Karl endlich Greta, die rechts in einer der hinteren Kirchenbänke saß, die Augen geschlossen, die Hände zum Gebet gefaltet. Karl schlug ein Kreuz und setzte sich neben sie.

»Greta, wir müssen reden!«, flüsterte er. »Es ist sehr wichtig.«

Überrascht schlug Greta die Augen auf und wandte sich ihm zu. »Wie kannst du es wagen, mich hier in der Messe zu stören?«, zischte sie.

»Es geht um deinen Sohn, er ist in großer Gefahr!«

»Das hat mein Vater auch schon gesagt, und ich hab ihm nicht geglaubt«, entgegnete sie mit schmalen Lippen.

»Aber es ist wahr, Greta! Ich schwöre es bei allen Heiligen und der Mutter Maria! Beim Heiligen Geist, der dieser Kirche seinen Namen gab!«

Karl hatte so laut gesprochen, dass sich einige der Schwestern bereits nach ihnen beiden umsahen. Greta drückte Karls Hand, dann forderte sie ihn lautlos auf, mit ihr die Kirche zu verlassen. Einige böse Blicke begleiteten sie.

»Also, was willst du mir sagen?«, fragte Greta, als sie draußen auf der dunklen Gasse standen. Sie musterte ihn mit verschränkten Armen. »Und komm mir nicht mit irgendeiner albernen Teufelsbeschwörung, so wie dein Herr und Meister, den du trotz allem noch abgöttisch verehrst.«

Karl ignorierte den Spott. »Was dein Vater gesagt hat, ist die Wahrheit, Greta!«, begann er. »Ich selbst habe Hagen dabei beobachtet, wie er die Zutaten besorgt und den Alchimisten als lästigen Zeugen umgebracht hat. Und ich kenne auch das *Schwurbuch des Honorius*, in dem diese Beschwörung steht. Für das Ritual braucht es das Blut eines Kindes! Das mag nur Hokuspokus sein, doch das hilft dem armen Knaben nicht, der dafür geopfert werden soll.«

Er packte Greta an den Schultern, fast so, als wollte er sie wach rütteln. »Dein Vater ist heute verschwunden, vermutlich hat ihn Lahnstein entführt oder sogar umgebracht, weil wir ihm auf die Schliche gekommen sind. Denk nach, Greta! Dein Sohn …« Er hielt inne, als ein paar laut lachende Passanten an ihnen vorbeigingen. »Dein Sohn ist Fausts Enkel«, fuhr er flüsternd fort. »Und mit Faust hat Viktor von Lahnstein noch eine Rechnung offen. Was wäre, wenn Lahnstein deinen Sohn wirklich für eine Beschwörung opfert?«

»Das … das ist doch Unsinn«, entgegnete Greta. Doch ihr Widerstand bröckelte sichtlich. »Warum sollte Lahnstein den

Teufel beschwören? Er ist der persönliche Gesandte des Papstes.«

»Vielleicht ist er ja auch mehr als das.« Karl seufzte. »Vielleicht ist der Teufel ganz in der Nähe des Papstes. Greta, ich weiß es doch auch nicht! Aber ich ahne, dass dein Sohn in Gefahr ist. Was spricht dagegen, dass du dich selbst überzeugst? Geh in die Engelsburg und mach dir selbst ein Bild. Stelle sicher, dass es Sebastian gut geht. Mehr verlange ich gar nicht.«

»Selbst wenn ich wollte, ich könnte nicht«, erwiderte Greta. »Ich habe meinen Schlüsselbund verloren. Gestern hing er noch um meinen Hals. Er … er muss mir irgendwo bei der Arbeit abgerissen sein, ich habe schon überall nach ihm gesucht.«

Karl erbleichte. »Der Schlüsselbund«, murmelte er. »Also daher hatte er ihn …«

Greta starrte ihn an, und im gleichen Moment wusste Karl, dass er etwas Falsches gesagt hatte.

»Willst du damit andeuten, mein Vater hat mir den Schlüsselbund gestohlen?« Greta schlug sich an die Stirn. »Natürlich! Als mir die Schüssel mit den Pillen runterfiel. Er hat das alles eingefädelt, wie so oft! Das heißt …« Sie erschrak, als ihr die Bedeutung ihrer Überlegungen klar wurde. »Faust ist gar nicht entführt oder umgebracht worden. Er hat uns beide reingelegt! Vermutlich ist er gerade auf dem Weg in die Engelsburg, um sich seinen Enkel zu holen. Es ist *seine* Rache, nicht die von Lahnstein! Weil er mich nicht bekommen kann, entführt er Sebastian, um ihn so zu unterrichten, wie es dieser Tonio zuvor mit ihm gemacht hat! Er will sein Lehrmeister werden!«

Karl wollte etwas erwidern, doch sein Mund fühlte sich plötzlich sehr trocken an. Konnte es sein, dass Greta recht hatte? Eigentlich hatte er doch geahnt, dass ihm Faust etwas verheimlichte, schon seit Tagen. Hatte der Doktor ihn wieder mal nur benutzt?

So wie er das im Grunde schon immer gemacht hat, ging ihm durch den Kopf.

Karl wusste nicht mehr, was er glauben sollte. Wie eine der vielen römischen Statuen stand er stumm vor der Kirche, unfähig, eine Entscheidung zu treffen. Es war Greta, die ihn packte und mit sich zog.

»Wir müssen meinen Vater aufhalten, sofort!«

»Aber der Schlüsselbund ...«, brachte Karl hervor.

Greta zog ihn weiter. »Es gibt auch andere Wege in die Engelsburg. Glaub mir, niemand wird mich aufhalten, wenn mein Sohn in Gefahr ist!«

Johann lauschte den eiligen Schritten von Viktor von Lahnstein und Hagen, die langsam verhallten. Dann zählte er stumm bis zehn, um die nötige Ruhe zu finden, die er brauchte, um nachzudenken.

Die Lage hatte sich geändert. Johann war mittlerweile zur Überzeugung gelangt, dass der päpstliche Gesandte tatsächlich nichts von der Teufelsbeschwörung gewusst hatte. Lahnstein war bislang davon ausgegangen, dass der Papst verzweifelt versuchte, an Gold zu gelangen. Doch das war nicht mehr so. Was waren Lahnsteins Worte über den Papst gewesen?

In letzter Zeit, da hat er sich verändert. Und ich denke, ich weiß auch, wer daran seinen Anteil hat ...

Auch Johann ahnte es.

Er schloss die Augen und konzentrierte sich ganz auf sein Inneres, er bezwang sein Zittern und machte sich so schlaff, als wären seine Knochen biegsam wie Knorpel. Es war eine Übung, die er noch aus seiner Zeit als Gaukler kannte. Damals, mit Peter Nachtigall, Salome und den anderen Spielleuten, hatten sie den Leuten gelegentlich Entfesselungstricks gezeigt. Salome hatte ihm beigebracht, wie man sich in kürzester Zeit aus einem Wirrwarr von Tauen befreite. Es brauchte dafür nur ein wenig Geschick und die nötige innere Ruhe – eine

Gelassenheit, die Johann zuvor in der Truhe mit den giftigen Dämpfen gefehlt hatte. Doch jetzt war das anders. Er drehte seine Handgelenke, bewegte sie hin und her und spürte, wie die Seile sich nach und nach lockerten. Nach einer Weile bekam er den rechten Arm frei, dann den linken, hastig entfernte er die Fesseln an seinen Füßen. Schließlich erhob er sich schwankend.

Die Schläge Hagens hatten Spuren hinterlassen, Blut lief ihm aus der Nase, jeder Atemzug brannte von den giftigen Dämpfen. Kurz wurde Johann schwarz vor Augen, er musste sich an der Hermesstatue festhalten, um nicht umzufallen. Nachdem er seinen Brechreiz bekämpft hatte, beugte er sich hinunter zu dem Lederbeutel und untersuchte ihn hastig.

Die Nachricht von der Teufelsbeschwörung hatte Lahnstein so aus der Fassung gebracht, dass er den Beutel offenbar ganz vergessen hatte. Es war weniger zerbrochen, als Johann befürchtet hatte. Etliche Tiegel und Phiolen waren unbeschadet geblieben, glücklicherweise auch das Fläschchen mit der Salzsäure. Johann wühlte im Beutel und stieß ganz unten auf das, was er so dringend gesucht hatte.

Gretas Schlüsselbund.

Trotz seiner Schmerzen konnte Johann ein schmales Lächeln nicht unterdrücken. Bevor er Karl am Palatin verlassen hatte, hatte er den Schlüsselbund in den Sack gesteckt, damit Karl ihn nicht fand. Johann ging zur Tür und probierte mit unsicheren Händen einige der Schlüssel am Schloss aus. Den ersten, den zweiten, den dritten …

Der fünfte Schlüssel passte.

Erleichtert atmete er aus, erst jetzt spürte er den kalten Schweiß auf seiner Stirn. Es war nicht mehr als eine Hoffnung gewesen. Gut möglich, dass Greta in der kleinen Kapelle gelegentlich gebetet hatte. Jetzt half ihm ihr Glaube, das Schlimmste vielleicht noch zu verhindern. Er wollte bereits hinausgehen, doch dann machte er noch mal kehrt, um den

Beutel mitzunehmen. Einiges mochte kaputtgegangen sein, trotzdem könnte ihm der Inhalt vielleicht noch weiterhelfen.

Geduckt trat er hinaus in einen dunklen Innenhof. Mittlerweile war es Nacht geworden, gelegentlich ertönte fernes Knallen und Zischen, vermutlich erste Vorboten des angekündigten Feuerwerks. Gedämpft waren die Jubelrufe der Massen zu vernehmen.

Johann fröstelte. Vorsichtig sah er sich um, entdeckte jedoch keine Wachen. Vom Hof aus führte eine Treppe auf eine höher gelegene Terrasse. Er schulterte den Beutel und stieg die Stufen hoch. Durch schmale Schießscharten erhaschte er einen Blick auf Rom, kleine Lichter, die sich immer mehr zu Klumpen ballten, je näher sie sich an der Engelsburg und Sankt Peter befanden.

Johann wollte eben weitereilen, als er zwei Wachen bemerkte, die den Außengang entlangpatrouillierten und geradewegs auf ihn zukamen. Dies war eindeutig der falsche Weg. Er duckte sich, eilte die Treppe wieder hinunter und entschied sich schließlich für eine Tür, die der Kapelle gegenüberlag. Auch hier half ihm Gretas Schlüsselbund.

Der Raum, der dahinter anschloss, war schlicht gehalten, mit einem Kachelofen und einigen Truhen. Johann vermutete, dass es sich um eine Gesindekammer handelte. Sein Weg führte ihn durch einen zweiten Ausgang weiter über Gänge und Treppen, wobei er darauf achtete, nicht nach unten, sondern immer nach oben zu gehen. Dorthin, wo er die Terrasse vermutete, von der Lahnstein gesprochen hatte.

Noch einmal öffnete er mit dem Schlüsselbund eine Tür, zwei Mal kamen ihm Wachen entgegen, doch jedes Mal schaffte Johann es rechtzeitig, sich hinter einem Vorhang oder einer Tür zu verstecken. Die Soldaten waren guter Laune und nicht sonderlich wachsam, vermutlich freuten auch sie sich auf das Feuerwerk.

Schnell stellte Johann fest, dass die Engelsburg ein wahres

Labyrinth war. Offenbar hatten die Herrscher seit der Zeit der Römer immer wieder neue Wände eingezogen, Treppen gebaut, Gänge hinzugebaut und alte vermauert. Die Burg ähnelte einem Ameisenhaufen mit Abertausenden Tunneln. Johann passierte prunkvoll eingerichtete Gemächer, die jedoch alle menschenleer waren, darunter auch einen hohen, vergitterten Raum, in dem etliche mit Schlössern versperrte Eisentruhen standen, vermutlich die päpstliche Schatzkammer. Seltsamerweise waren auch hier keine Wachen zu sehen. Je höher er stieg, umso verlorener erschienen Johann die vielen Zimmer und Flure, erbaut nur für eine einzige Person: den Papst, Stellvertreter Gottes auf Erden und damit einer der mächtigsten Männer der Welt.

Nachdem Johann eine Weile herumgeirrt war, stieß er auf eine weitere steile Wendeltreppe, von der ihm ein kalter Luftzug entgegenwehte. Die Schreie und Rufe von draußen waren nun viel lauter zu vernehmen.

Die obere Terrasse, dachte Johann.

Seltsamerweise standen auch am Fuß dieser Treppe keine Wachen. Johanns Verwunderung wich, als ihm klar wurde, was dies bedeutete.

Was auch immer dort oben geschah, offenbar sollten nur die wenigsten davon erfahren.

So leise wie möglich schlich er die Treppe hinauf. Jetzt konnte er auch einzelne Stimmen heraushören, die wohl von der Terrasse herkamen. Zur Rechten und Linken, knapp unterhalb der Plattform, ging er an einer kleineren, ebenfalls leer stehenden Wachkammer vorbei. Dahinter folgte eine schwere Eisentür mit mehreren Riegeln, die jedoch einen Spaltbreit offen stand.

Als Johann schließlich die letzten Stufen erklommen hatte und durch den Türspalt spähte, blickte er auf ein Schauspiel, so seltsam und bizarr, dass er für einen kurzen Moment alles andere vergaß.

Das Feuerwerk würde bald beginnen.

Aber es war ganz anders, als Johann es sich vorgestellt hatte.

26

Viktor von Lahnstein zitterte.

Das lag nicht so sehr an der beißenden Kälte hier oben auf der Terrasse, gut sechzig Fuß über der Stadt. Der Himmel war sternenklar, und der Wind zerrte an seiner Robe. Nein, Lahnsteins Zittern rührte daher, dass er in diesem Augenblick erkannte, welch grauenhaften Albtraum er selbst mitgeschaffen hatte.

Die Hölle auf Erden …

Gleich nachdem Lahnstein den Doktor Faustus verlassen hatte, war er mit Hagen die Treppe zur oberen Terrasse hochgeeilt. Eigentlich hatte er den Wachen befehlen wollen, sich auf die unteren Etagen zu begeben, um mögliche Zeugen zu verhindern. Doch das war gar nicht nötig gewesen. Der Papst, oder vielleicht auch jemand anders, hatte bereits dafür gesorgt, dass keiner die Zeremonie störte.

Eine Zeremonie, die keinen Zweifel daran ließ, welchem Zweck sie diente.

Direkt hinter Lahnstein befand sich eine kleinere erhöhte Plattform, auf der in früheren Zeiten wohl ein Engel gestanden hatte und deren Inneres als Kapelle diente. Vor ihm war mit rostroter Farbe ein Pentagramm auf den Boden gemalt. An den fünf Spitzen des Sterns standen flackernde Feuertöpfe, außerdem lag dort jeweils ein Ding, das Lahnstein im Dunkel der Nacht nicht genau erkennen konnte. Aber er wusste auch so, um was es sich jeweils handelte.

Mandragora, Bezoar, Bernstein, *salamandra salamandra, dens pristis …*

Es waren jene alchimistischen Ingredienzien, die es brauchte, um den Teufel zu beschwören.

Um das gesamte Pentagramm war ein hohes Holzgerüst aufgebaut, ähnlich einem Rundgalgen auf einer gigantischen Richtstätte. Zu Dutzenden hingen in dem Gestänge dünne Röhren aus geleimtem Tuch, aus denen unten Schnüre kamen, ein Gewirr von Lunten, die alle zu einer einzigen breiteren Schnur zusammenliefen. Diese wiederum führte genau bis in die Mitte des Pentagramms, wo unter einem Baldachin ein mit Blattgold verzierter Thron stand.

Auf dem Thron saß der Papst, die Lunte in der fetten, beringten Hand.

Der Heilige Vater hatte die Augen geschlossen, auf seinen Lippen lag ein seliges Lächeln. Er schien dem Geschrei und Jubel der Menschen zu lauschen, die sich weit unter ihm wie Ameisen hin und her bewegten und auf das Feuerwerk warteten. Zu Füßen des Papstes lagen zwei große schwarze Raubkatzen und dösten. Es waren die beiden Panther, die Lahnstein schon vor einigen Tagen gesehen hatte, offenbar wichen sie Leo nicht mehr von der Seite.

»Hört Ihr das?«, sagte Leo, ohne die Augen zu öffnen. Offenbar hatte er Lahnstein und Hagen kommen hören. »Die Leute jubeln mir zu, sie jubeln Gott zu. Weil wir ihnen den Glauben zurückgegeben haben!«

Unwillkürlich fragte sich Viktor von Lahnstein, wen der Papst mit ›Wir‹ meinte. Sprach er im Pluralis Majestatis?

»Glaube braucht starke Symbole«, fuhr Leo fort. »Prächtige Kirchen, vergoldete Altäre, kostspielige Zeremonien … Sonst verdorrt er wie eine Pflanze ohne Wasser. Denkt nur an das alte Rom! *Urbs aeterna!*« Der Papst schlug die Augen auf und deutete hinaus in die Nacht, wo sich dunkel die einzelnen Hügel abzeichneten. »Warum hat diese Stadt so lange überlebt? Weil die Römer hier einen Kult schufen! Sie verehrten ihre Kaiser als Götter, bauten ihnen Tempel und Mausoleen, huldigten den Siegern, opferten die Verlierer. Es gab teure Spiele, Wagenrennen, Gladiatorenkämpfe ... Und all das diente nur einem Ziel: den Glauben zu festigen!« Leo seufzte, während einer der Panther sein großes zahnbewehrtes Maul öffnete und kurz knurrte, als ob ihn die Ausführungen des Papstes in seiner Abendruhe störten.

»Wir müssen wieder ein ewiges Rom schaffen, diesmal zum Ruhme der Christenheit!«, sagte Leo und tätschelte den Kopf der großen Raubkatze. »Ja, ich war auf einem guten Weg, die vielen neuen Kirchen und Kapellen, die Denkmäler und Paläste ... Der Petersdom sollte mein Werk krönen und alle anderen Kirchen in den Schatten stellen. Und dann kommt dieser deutsche Mönch und predigt gegen den Ablasshandel!« Leos Stimme schwoll an. »Schade, dass Luther nicht auf meine Weisung hin nach Rom gekommen ist. Ich hätte ein Feuerwerk ihm zu Ehren veranstaltet und ihn als größtes Spektakel am Ende selbst verbrannt, zum Wohle aller.«

Bislang hatte Viktor von Lahnstein geschwiegen. Er konnte den Blick nicht abwenden von diesem Papst aus dem berühmten Geschlecht der Medici, dem er so viele Jahre gedient hatte. Leo war immer ein wenig exaltiert gewesen, mehr in Tiere verliebt als in Menschen, jedoch klug, gebildet und machtbewusst – und nun hatte er ganz offenbar den Verstand verloren.

Der Gesandte trat einige Schritte vor und sah sich um. Eigentlich hatte er erwartet, noch jemand anders hier oben auf der Terrasse zu sehen. Jemanden, den er schon länger im Verdacht hatte, mehr zu sein, als er vorgab. Doch der Papst war offensichtlich allein.

Lahnstein räusperte sich.

»Heiliger Vater, was habt Ihr vor?«, fragte er mit belegter Stimme, obwohl er die Antwort eigentlich schon wusste.

»Mit dem Gold ist es so eine Sache«, sagte Leo. Er schmunzelte. »Am Golde hängt, zum Golde drängt doch alles, nicht wahr, Viktor? Was habe ich nicht alles versucht! Ich habe einige Dutzend Quacksalber foltern lassen, um den Stein der Weisen zu finden. Ich habe in alten Schriften geblättert, sogar in den Aufzeichnungen eines Massenmörders! Den berühmten Doktor Faustus habe ich suchen lassen, doch nichts hatte Erfolg. Weil ich nicht tief genug gegangen bin, weil ich mich nicht an das Unsagbare gewagt habe! Denn nur wer sich seinem Feind stellt, kann gewinnen.«

»Ihr wollt den Teufel beschwören«, stellte Lahnstein tonlos fest.

»Unsinn! Ich werde ihn *bannen*, versteht Ihr?« Leos wulstige Lippen zitterten. »Ich werde ihn beschwören und dann bannen, ihn besiegen!« Mit einer ausholenden Geste deutete er auf die seltsame Apparatur um ihn herum. »In diesem Pentagramm hier wird er gefangen sein, er wird mir dienen müssen. Und er wird dafür sorgen, dass die Kirche an das nötige Gold kommt. Satan selbst wird mein Stein der Weisen sein!« Er lachte glucksend. »Dieser französische Marschall ist zu schwach gewesen, der Teufel hat damals von ihm Besitz ergriffen. Bei mir wird das anders sein!« Leo hielt die Lunte in die Höhe. »Sobald ich diese Lunte entzünde und das Ritual beginnt, werde ich den Bannkreis verlassen. All die vielen Tausend Menschen dort unten werden Zeuge sein, wie der Teufel der Kirche dient, wie ich ihn mir unterwerfe, zum Wohle der Christenheit! Satan wird mein Knecht sein!«

Viktor von Lahnstein schüttelte den Kopf, unfähig, etwas zu erwidern. Er hatte sein ganzes Leben der Kirche geopfert, hatte gegen Ketzer und Ungläubige gekämpft, weil er der festen Überzeugung war, dass in den Zeiten jener neuen Lehre, die den Menschen und nicht Gott in den Mittelpunkt stellte, nur eine starke Kirche die Rettung sein konnte. Er war für diesen Papst sprichwörtlich durchs Feuer gegangen, hatte all seine Eskapaden geduldet, nur um jetzt festzustellen, dass sein Herr dem Wahnsinn erlegen war.

Der Papst beschwor den Teufel.

War das Irrsinn oder der schlimmste Witz, den der Teufel je ersonnen hatte?

»Ihr dürft das nicht tun«, sagte Lahnstein mit fester Stimme und trat noch einen Schritt näher.

Leo sah ihn verdutzt an. »Was sagt Ihr?«

»Bei allem Respekt, Heiliger Vater, aber ich werde das niemals zulassen. Das ist nicht die Kirche, für die ich den heiligen Eid geleistet habe.«

»Ich bin Euer oberster Gebieter, habt Ihr das vergessen? Ich bin der Herr dieser Kirche.«

»Mein oberster Herr ist Gott, auch Ihr seid nur sein Diener. Bei allem Respekt, Heiliger Vater, Eure Zeit ist vorbei.«

Mit diesen Worten wandte sich Viktor von Lahnstein ab und ging auf die Treppe zu. Er würde den Wachen Bescheid geben. Wenn sie sahen, was hier vor sich ging, würden sie sicher verstehen und den Papst festnehmen. Seine Heiligkeit war ganz offensichtlich verrückt geworden! Lahnstein konnte sich nicht erinnern, dass es in der Kirchengeschichte schon einmal einen solchen Fall gegeben hatte. Päpste hatten ihre Gegner ermordet, sich Huren gehalten, ihr Amt verkauft, Leichen geschändet … Aber ein Papst, der sich mit dem Teufel einließ?

Der Gesandte schritt schneller aus, er hatte nun fast die Treppe erreicht. Die Kardinäle würden ihm nach gründlicher Prüfung recht geben. Man würde einen neuen Papst wählen, dem Lahnstein dann wieder treu ergeben sein konnte. Die Kirche würde nicht zugrunde gehen, niemals! Nicht einmal dann, wenn der Heilige Vater selbst sich dem Teufel verschrieben hatte. Alles würde gut …

Lahnstein zuckte zusammen, als er einen heftigen Stich im

Rücken spürte. Nur einen Augenblick später gaben seine Beine nach, doch er fiel nicht.

Merkwürdig, ging ihm noch durch den Kopf.

Als er nach unten blickte, sah er die Spitze eines Schwertes, die ihm vorne aus dem Bauch ragte. Von der Spitze tropfte Blut.

Mein Blut, dachte Lahnstein.

Er wollte sich umdrehen, doch er konnte sich nicht mehr bewegen. Stattdessen fühlte er eine tödliche Kälte, die sich in ihm ausbreitete, von der Mitte des Körpers bis in seine Finger- und Zehenspitzen. Das Schwert drehte sich ein paar Mal in seinem Leib, dann wurde es zurückgezogen. Der Schmerz war unbeschreiblich. Erst jetzt stürzte Lahnstein kopfüber die Steinstufen nach unten, überschlug sich ein paar Mal und blieb schließlich am Fuß der Treppe liegen.

Das Letzte, was er noch wahrnahm, war der Anblick des Schachts oberhalb der Treppe, erhellt vom Schein der Feuertöpfe. Eine riesige Gestalt stand dort, das Schwert hoch erhoben wie ein Racheengel.

Wie der Erzengel Luzifer, dachte Lahnstein, dessen letzte Gedanken ein wahres Gewitter in seinem Kopf erzeugten. *Der Lichtbringer*.

Dann überwältigte ihn die Dunkelheit.

»Hast du ihn unschädlich gemacht?«, fragte der Papst von seinem seltsamen Thron unter dem Baldachin. Ein kurzer Wink hatte ausgereicht, dass seinem Befehl Folge geleistet wurde.

Hagen nickte. »Er wird für immer schweigen, Heiliger Vater.«

»Gut gemacht, Hagen«, sagte Leo und lächelte. »Ich wusste, dass ich mich auf dich verlassen kann. Ich konnte mich immer auf dich verlassen. Und jetzt bring mir das Kind.«

»Euer Wort ist mir stets Befehl, Heiliger Vater.«

Schwere Stiefel tappten vorbei an Viktor von Lahnsteins Leiche, die bereits kalt wurde.

Staub kitzelte Johann in der Nase, und sein Ausschlag brannte wie Feuer. Eine ganze Weile hatte er mit angehaltenem Atem hinter der Tür des oberen Wachhäuschens verharrt. Dorthin war er geflüchtet, als er Hagens Schritte auf der Treppe gehört hatte. Vor allem der Befehl, den der Papst Hagen noch nachgerufen hatte, hatte sich ihm wie mit glühenden Nadeln ins Gedächtnis gebrannt.

Bring mir das Kind …

Johann zitterte vor Zorn und Angst. Leo wollte seinen Enkel opfern, Gretas Kind! Verzweifelt überlegte er, was er nun tun sollte. Unter ihm, am Fuße der Treppe, lag Viktor von Lahnstein, sein vermeintlicher Widersacher, den Hagen wie ein Vieh abgestochen hatte. Johann hatte keinen Zweifel daran, dass der enge Vertraute des Papstes tot war. Innerhalb von Augenblicken sah nichts mehr so aus wie zuvor. Offenbar hatte Lahnstein wirklich nichts von der Teufelsbeschwörung gewusst. Ein anderer steckte hinter alldem. Jemand, den Johann nur allzu gut kannte.

In welcher Gestalt trittst du mir diesmal entgegen, Tonio?

Tonio war ein Meister der Täuschung, der Maskerade, doch Johanns ewiger Gegner hatte sich noch nicht gezeigt. Stattdessen thronte dort oben auf der Plattform ein Papst, der gemeinsame Sache mit dem Teufel machte. Es musste Tonio gewesen sein, der Leo von dem Ritual erzählt hatte, so wie er ihn vermutlich vor einigen Jahren mit der fixen Idee, den Stein der Weisen zu finden, auf Johanns Spur gesetzt hatte.

Wo bist du, Tonio? Was ist dein Plan?

Zitternd stand Johann neben der angelehnten Tür der Wachkammer. Eigentlich hätte er Hagen nach unten folgen müssen. Doch allein hatte er gegen den Riesen keine Chance, außerdem würde Hagen ohnehin mit dem Kleinen zurückkommen, um das grausige Ritual zu vollenden.

Kurz zögerte Johann, dann hatte er eine Entscheidung getroffen.

Mit dem Teufel ließ sich handeln. Und der Papst würde bei diesem Handel ein weiteres Pfand sein.

Johann betrat die Terrasse, und sofort zerrte der Wind an seinen Kleidern. Hinter ihm ragte die Engelskapelle mit der erhöhten Plattform auf, die den rückwärtigen Teil der Terrasse einnahm, weit unter ihm leuchteten wie in einer anderen Welt die vielen Lichter einzelner Fackeln. Johann betrachtete die bizarre hölzerne Konstruktion, die mit Dutzenden von Raketen gespickt war, jede von ihnen bereit, jederzeit in die Luft zu gehen. Nun erst erkannte er, dass die Zündschnüre auch über die Mauern reichten, wo von den unteren Etagen aus vermutlich weitere Raketen gezündet werden konnten.

Es würde wahrlich ein großes Feuerwerk geben.

Johann packte den Beutel, den er noch immer mit sich führte, und trat auf das Pentagramm zu.

Wieder hatte Leo die Augen geschlossen, doch die beiden Panther witterten Johann sofort. Sie stellten die Ohren auf und zogen knurrend an ihren Leinen, die um den Thron gewickelt waren. Leo drehte sich um, in seinem Blick blitzte kurz Überraschung auf, als er den Fremden auf der Terrasse erkannte. Doch schnell gewann er seine Fassung zurück.

»Doktor Faustus«, sagte er mit schmalem Lächeln und bedeutete Johann, zu ihm unter den Baldachin zu treten. »Was für eine Freude! Man hat mir erzählt, dass Ihr in Rom seid. Warum habt Ihr Euch nicht angekündigt? Ich hätte Euch einen passenden Empfang bereitet.«

»Davon gehe ich aus«, erwiderte Johann, dessen Stimme noch immer heiser klang. Er kam langsam näher. »Einen ähnlichen Empfang, wie ihn Euer treuester Diener eben genießen durfte.«

»Oh, Ihr sprecht von Monsignore Lahnstein?« Leo seufzte. »Viktor hat mich schwer enttäuscht. Ich dachte wirklich, er würde verstehen, wie wichtig es für die Kirche ist, an Gold zu gelangen. Zur Not auch mithilfe des Teufels. Schwere Zeiten wie diese erfordern eben ungewöhnliche Maßnahmen. Glücklicherweise habe ich Vorkehrungen getroffen.«

»Ihr meint, Ihr habt Hagen für Euch gewonnen«, bemerkte Johann, der daran dachte, wie kaltblütig der Söldner seinen langjährigen Weggefährten hinterrücks massakriert hatte.

Leo zuckte mit den Achseln. »Hagen ist mein bester Mann in der Schweizer Garde. Und diese Garde dient nun mal ausschließlich dem Papst, so hat es mein Vorgänger Julius II. einst beschlossen. Darüber hinaus habe ich auch noch meine ganz persönliche Leibwache.«

Mit einem Augenzwinkern deutete er auf die beiden Panther, die sich wieder friedlich neben den Thron gelegt hatten. Doch Johann wusste, dass die Biester jederzeit über ihn herfallen konnten. Vermutlich reichte ein kurzer Pfiff des Papstes, um die schwarz glänzenden Raubtiere auf ihn zu hetzen.

»Als mir ein muselmanischer Händler letztes Jahr diese zwei wunderschönen Tiere für meine Menagerie anbot, hat Hagen den Kauf in die Wege geleitet. Dabei sind wir uns nähergekommen, denn Hagen liebt Tiere fast ebenso wie ich.« Leo lächelte. »Die Kleinen stammen aus einem Wurf. Ich habe sie Romulus und Remus genannt, in Gedenken an die Zeit der großen römischen Kaiser, als solche Panther die Christen im Colosseum zu Tode hetzten. Nun dienen sie dem Papst. Jaja, so ändern sich die Zeiten.« Er kraulte eine der Katzen hinter den Ohren, woraufhin diese laut zu schnurren begann. »Leider vertragen meine Lieblinge keinen Lärm. Sonst hätte ich sie gerne bei der Beschwörung dabeigehabt. Immerhin gelten sie in manchen Kulturen selbst als Teufel. Aber Hagen wird sie später, wenn er mir Euren Enkel gebracht hat, zurück in ihren Zwinger führen.«

»All dieser Firlefanz hier.« Johann wies auf die rauchenden Feuertöpfe, das Pentagramm und die alchimistischen Ingredienzien ringsumher. »Glaubt Ihr wirklich, damit lässt sich der Teufel beschwören?«

»O sicher! Und Ihr wisst es auch, Doktor, nicht wahr? Ihr wisst es, weil wir beide den gleichen Lehrmeister hatten. Lange habt Ihr ihm gedient, doch nun dient er mir. In den letzten Jahren hat er mir viel gezeigt. Er ist der größte Zauberer der Welt, größer noch als Ihr. Und er hat sich einer überirdischen Macht verschrieben, einer Macht, die größer ist als alle weltlichen Reiche zusammen!« Leo deutete hinüber auf das im Bau befindliche Gebäude von Sankt Peter, das wie ein riesiger schwarzer Pilz im Dunkeln lag. »Die Macht der Kirche.«

»Der Kirche?« Johann lachte trocken. Er trat einen weiteren Schritt auf das Pentagramm zu, noch hielten die Tiere still. »Glaubt Ihr wirklich, Tonio würde je einem anderen dienen als sich selbst? Wo ist er denn überhaupt, Euer *Diener?*«

»Ah! Ihr nennt ihn also Tonio del Moravia? Ich weiß, er hat viele Namen, mir hat er sich unter einem anderen vorgestellt. Aber warum nicht auch Tonio?« Leo schmunzelte. »Keine Sorge, er wird kommen, er hat es mir versprochen. Er verbringt seine Zeit gerne dort, wo Romulus und Remus ihre Heimstatt haben. Dort sammelt er Kraft, hat er mir gesagt. Er ist manchmal ein wenig, nun ja … ein wenig seltsam. Aber das Schauspiel, wie der Teufel nach meiner Pfeife tanzt, wird er sich sicher nicht entgehen lassen wollen. Er liebt Schauspiele genauso wie ich.«

»Ich weiß«, sagte Johann leise. Er nickte. »Es war Tonio, der Euch den Floh ins Ohr setzte, ich könnte Gold machen, nicht wahr? Der Euch von Gilles de Rais erzählte. Deshalb wolltet Ihr mich damals nach Rom bringen lassen.«

»Das war kurz, nachdem *Er* sich mir offenbarte. Und ja, *Er* hat mir vom dunklen Marschall berichtet, mir sogar einige seiner Schriften zur Verfügung gestellt. Ich gebe zu, es hat eine Weile gedauert, bevor mir bewusst wurde, welches Juwel mir Gott mit Eurem früheren Lehrmeister geschickt hatte. Aber seine Tarnung ist ja auch zu gut.«

So gut, dass selbst der Papst nicht merkt, dass es sich bei Tonio und Gilles um dieselbe Person handelt, dachte Johann. *In welcher Tarnung bist du diesmal unterwegs, Tonio? Was ist deine Hülle?*

Leo zuckte mit den Schultern. »Nun, Ihr konntet fliehen und wart dann unauffindbar. Also brauchte ich einen neuen Plan, und der ist sogar noch viel besser.«

»Und auch dieser Plan stammt von Tonio«, ergänzte Johann nachdenklich. »Ein Ritual zur Beschwörung des Teufels.«

»Seid so gut und verratet mir, wie Ihr hier hinaufgekommen seid«, bat Leo nun. »So lange habe ich nach Euch suchen lassen, so viele Jahre, und nun steht Ihr auf einmal vor mir. Auf der obersten Terrasse der bestbewachten Festung Roms! Wie ist das möglich? Könnt Ihr fliegen?«

Johann bleckte die Zähne, wobei seine Gesichtshaut noch immer von den Ausschlägen schmerzte. »Ich bin ein Zauberer, schon vergessen?«

»Das seid Ihr, fürwahr!« Leo lachte prustend. »Der beste auf der Welt, hat man mir versichert. Es ist mir deshalb eine Ehre, dass Ihr nun Zeuge meiner Beschwörung werdet. Zumal Euer eigener Enkel daran teilnimmt.« Der Papst legte die Hand ans Ohr und zwinkerte ihm zu. »Ah, hört Ihr es? Es kann nicht mehr lange dauern.«

»Und du glaubst wirklich, dass sie uns beide so einfach reinlassen?«, fragte Karl, während er sich mit Greta einen Weg durch die Massen bahnte. Eine große Menschenmenge wartete mittlerweile vor der Engelsburg, und noch einmal so viele standen auf der Engelsbrücke und auf der anderen Seite des Tibers. Karl dachte daran, dass die Brücke schon einmal eingestürzt war. Er hoffte, dass dies heute nicht ein zweites Mal geschah.

»Ich kenne einige der Wachleute«, erwiderte Greta, die sich bei ihm untergehakt hatte. »Der eine oder andere von ihnen ist mir noch einen Gefallen schuldig.« Mit einem kurzen Lächeln musterte sie ihren alten Gefährten. »Und so, wie du aussiehst, kannst du den Burschen auch gleich noch die Beichte abnehmen. Aus dir wäre ein guter Priester geworden.«

»Zumindest hätte ich dann immer schöne Männer um mich gehabt«, brummte Karl. »Unter den Mönchen ist die Sodomie durchaus verbreitet. Ich weiß, wovon ich rede.«

Nachdem Karl mit Greta vor der Kirche gesprochen hatte, waren sie noch kurz ins Spital gegangen. Dort hatte Greta in einer Kleiderkammer eine alte Mönchskutte aufgestöbert, die Karl nun über seinem Gewand trug. Karl hatte darauf bestanden, gemeinsam mit Greta nach dem kleinen Sebastian zu sehen. Noch mochte er nicht ganz glauben, dass Faust ihn wirklich so hinterhältig betrogen hatte.

Zu Karls Verwunderung steuerten sie nicht das Haupttor an, sondern umrundeten die Burg, bis sie zu einem kleineren Tor im Osten kamen. Zwei Soldaten der Schweizer Garde hielten dort Wache. Mit ihren Hellebarden, gegürteten Schwertern und grimmigen Mienen standen sie dort aufgebaut wie Statuen des Kriegsgottes Mars. Doch als die Männer Greta erkannten, lächelten sie plötzlich freundlich.

»Schwester Greta!«, sagte der eine von ihnen. »Einen schönen Gruß von meinem Onkel soll ich Euch ausrichten, sein Bauchgrimmen hat tatsächlich aufgehört.«

»Er soll das Pulver noch fünf weitere Tage einnehmen.« Greta hob den Finger. »Und kein Fleisch und kein fettes Essen in der Adventszeit!«

Der Wachmann grinste. »Das wird dem alten Gierschlund schwerfallen.« Neugierig ging sein Blick hinüber zu Karl. »Was verschafft uns die Ehre Eures Besuchs, Pater?«

»Wir würden gerne nach meinem Sohn sehen«, erwiderte Greta statt Karl. »Seit gestern hat Sebastian einen bösen Husten. Und Pater Rupert ist einer unserer besten Ärzte drüben im Spital.«

»Besser als Ihr? Das ist ja wohl kaum möglich«, mischte sich der zweite Wachmann ein, ein hagerer Kerl mit frisch verheilter Narbe im Gesicht. »Eure Salben wirken Wunder, Schwester! Aber ich verstehe schon, ein zweiter Blick kann niemals schaden.« Er trat zur Seite und öffnete das Tor. »Gute Besserung für Euren Sohn, Schwester Greta.« Er zwinkerte ihr noch einmal zu. »Und wundert Euch nicht, wenn die Wachsoldaten heute nicht alle an ihrem Platz stehen. Der eine oder andere hat sich wohl auf die Brüstung gestohlen, um das Feuerwerk zu bewundern. Es müsste jeden Moment losgehen.«

Greta verabschiedete sich mit einem Nicken und betrat gemeinsam mit Karl den düsteren Bau.

»Ich hoffe, Gott wird mir diese kleine Notlüge verzeihen«, murmelte sie. Sie schlug ihr Tuch nach hinten, sodass ihr blondes Haar zum Vorschein kam. In ihren Augen blitzte kurz der Trotz, den Karl noch von früher her kannte. »Ich weiß überhaupt nicht, warum ich mich auf diese Maskerade eingelassen habe! Meinem Sohn geht es gut, du wirst es gleich sehen.«

»Ich wünsche mir, dass du recht hast, Greta«, entgegnete Karl. »Wirklich, ich wünsche es mir von ganzem Herzen. Und wenn es so ist, dann haben wir wenigstens noch ein bisschen Zeit miteinander verbracht, bevor sich unsere Wege endgültig trennen. Ich werde Rom verlassen, schon bald.«

Sie drückte seine Hand. »Es war gut, dich wiederzusehen, Karl.« Abrupt wandte sie sich ab. »Und jetzt los! Bevor noch andere Wachen dumme Fragen stellen, wer der hübsche Mönch in der muffig riechenden Kutte ist.«

Sie standen in einem etwa drei Schritt breiten Korridor, der zwischen der Außenmauer und dem inneren Zylinder verlief. Etwa alle zehn Schritt brannten dort Feuertöpfe und erhellten so ein wenig die Nacht. Ein weiteres großes Tor führte ins Innere der Burg. Auch hier ließen die Soldaten Greta und Karl eintreten, wobei sie Greta zunickten.

»Du scheinst hier ja eine ganze Menge Freunde zu haben«, flüsterte Karl.

»Jeder hat einmal eine Krankheit oder ein Wehwehchen. Außerdem gibt es in der Engelsburg nur sehr wenige Frauen, die Burschen freuen sich über jede Abwechslung.« Greta schritt voran. »Aber vergiss nicht, dies ist nur der untere Bereich. Je weiter wir kommen, umso besser geschützt ist die Burg. Zu den oberen Etagen habe ich gar keinen Zutritt.«

Während sie einer breiten Rampe folgten, die wie das Innere eines Schneckengehäuses geformt war, musste sich Karl eingestehen, dass der Papstpalast wirklich eine uneinnehmbare Festung war. Sie passierten eine mehr als drei Schritt lange Falltür, welche die ganze Breite der Rampe einnahm. Seitlich und in der Decke waren schmale tiefe Schießscharten zu erkennen. Die Mauern hier schienen dicker zu sein als anderswo ganze Häuser, ohne Fenster und Türen. Im Inneren herrschte trübes Zwielicht, das von den Fackeln stammte, die in regelmäßigen Abständen in Haltern steckten.

Nach einer Weile ging links ein weiterer Gang ab, dem Greta folgte. Er führte in einen Innenhof, wo einige Zitronenbäumchen in tönernen Amphoren standen und mehrere Portale sich nach allen Richtungen hin öffneten. Längst hatte Karl vollständig die Orientierung verloren. Nur der Mond über ihm diente als Fixpunkt, das Jubeln der Zuschauer vor den Mauern war nur noch ganz leise zu vernehmen.

Verwundert sah sich Greta um. »Eigentlich müssten hier

Wachen stehen«, sagte sie und schüttelte den Kopf. »Na, vermutlich haben wirklich einige wegen des Feuerwerks ihren Posten verlassen. Hauptsache, Martha ist noch da.«

»Wer ist Martha?«, fragte Karl.

»Sebastians Amme. Eine nette, fürsorgliche Frau, die schon viele Kinder aufgezogen hat. Sebastian liebt sie ...« Sie zögerte. »Vermutlich mehr als seine eigene Mutter«, fügte sie leise hinzu. Sie ging zu einer kleineren Tür in der Ecke. Eben wollte sie die Klinke drücken, als sie wie erstarrt stehen blieb. Karl trat näher und sah nun, was Greta hatte innehalten lassen.

Die Tür war nur angelehnt, dahinter war alles dunkel.

»Martha, bist du da?«, rief Greta in die Schwärze hinein. »Ich bin es, Greta. Ich weiß, es ist schon spät, aber ...«

Sie verstummte, als Karl sie sanft an der Schulter berührte.

Er deutete auf den Boden, wo vor der Türschwelle ein kleiner Kinderschuh lag. Daneben schimmerte ein feuchter Fleck, der im Mondschein jedoch nicht gut zu erkennen war.

»Warte hier«, flüsterte Karl. »Geh auf keinen Fall ohne mich rein!«

Er eilte über den Hof, nahm sich eine der Fackeln und kam zu Greta zurück, die ihn mit angstgeweiteten Augen ansah. »Was hat das zu bedeuten?«, fragte sie leise. »Wo ist Martha? Wo ist Sebastian? Vielleicht ... vielleicht ist sie mit dem Kleinen ja nur kurz hinüber zur Brüstung, um sich das Feuerwerk anzuschauen.«

»Vielleicht«, murmelte Karl.

Er gab der Tür einen Stoß, lautlos schwang sie nach innen auf. Vorsichtig trat er mit der Fackel in der Hand ein. Flackerndes Licht fiel auf einen Tisch, auf dem eine Schüssel erkalteter Brei stand, weiter hinten war im Dämmerlicht ein schlichtes Bett zu erkennen, daneben eine Wiege.

Die Wiege war leer.

Als Karl die Fackel ein wenig tiefer hielt, erblickte er auf dem Boden eine Rassel, einen Kreisel, ein mit rotem Samt bezogenes Kissen, eine Hand …

Eine Hand.

Karl zuckte zusammen. Neben ihm schrie Greta leise auf.

Auf dem Boden lag tatsächlich eine abgetrennte menschliche Hand.

Eine Spur von Blutstropfen führte nur einige Schritte weiter, wo in einer großen Lache Blut ein weiblicher Körper lag. Der Hals war beinahe ganz durchschnitten, der Armstumpf deutete wie als stille Mahnung hinüber zur leeren Kinderwiege. Der Zipfel eines Lakens bedeckte gnädig den oberen Teil des Gesichts.

Aber auch so glaubte Karl zu wissen, um wen es sich handelte.

»Martha!«, rief Greta. »Mein Gott, Martha! O Gott!«

Sie hielt sich die Hände vor den Mund und starrte auf die Tote, als hoffte sie, aus diesem Albtraum gleich wieder zu erwachen. »Wo … wo ist Sebastian? Wo? Wo? *Wo?*« Ihre Stimme wurde immer schriller. Karl zog sie von der Leiche weg. Es sah so aus, als wäre es zu einem Kampf zwischen Martha und ihrem Mörder gekommen. Vermutlich hatte die Amme das Kind nicht hergeben wollen. Der Mörder hatte ihr daraufhin zuerst die Hand abgetrennt und sie dann mit einem weiteren Schwertstreich getötet.

Mit einem Schwertstreich …

Karls Blick fiel auf das Parkett, wo sich im noch flüssigen Blut der Amme eine einzelne Fußspur abzeichnete.

Eine sehr große Fußspur.

Er packte Greta und zog sie zur Tür. Draußen explodierten nicht weit entfernt die ersten Böller, eine einzelne Rakete zog ihre rot leuchtende Bahn direkt über den Innenhof.

»Wo wird das Feuerwerk entzündet?«, fragte Karl atemlos. Er schüttelte Greta, die noch immer nicht ganz bei sich war. »Wo?«

»Wahrscheinlich oben … oben auf der Terrasse. Da ist genügend Platz, aber …«

»Schnell!«, befahl Karl. »Ich denke, ich weiß, wo dein Sohn ist. Möge Gott geben, dass es noch nicht zu spät ist!«

Johann lauschte, während der Papst sich lächelnd in seinem Thron zurücklehnte, als erwarte er ein Geschenk. Tatsächlich vernahm Johann jetzt ein Weinen und Greinen, das schnell lauter wurde.

Jemand lief mit einem Kind die Stufen hoch.

»Und da kommt der Kleine ja auch schon!« Leo klatschte in die Hände, und die Panther stellten die Ohren auf. Kurz darauf tauchte Hagen auf der Terrasse auf, einen weinenden, etwa zweijährigen Knaben im Arm. Der Junge strampelte und trat wild um sich, aber Hagen hielt ihn fest wie in einem Schraubstock.

Sebastian!, dachte Johann. *Mein eigen Fleisch und Blut …*

Es brach Johann fast das Herz, seinen Enkel auf diese Weise zum ersten Mal zu sehen. Sebastian hatte die Haare und wohl auch den gedrungenen, kräftigen Körper seines Vaters geerbt, doch die schwarzen Augen kamen Johann sehr vertraut vor. Er erkannte sie sofort.

Meine Augen …

Er trat einen Schritt auf Sebastian und Hagen zu, woraufhin der Riese schweigend den Kopf schüttelte.

»Versucht es gar nicht erst«, sagte Leo. »Der Kleine stirbt sonst nur umso früher. Genießt lieber die wenigen Momente, die Ihr mit ihm zusammen habt. Und denkt immer dran: Er gibt sein junges Leben für eine gute Sache, nämlich für das Wohl der Christenheit. Außerdem ist er getauft, ein Platz im Himmelreich ist ihm sicher. Im Gegensatz zu Euch.« Leos Stimme war jetzt böse und schneidend, und Johann dachte daran, wie viele arme Teufel wohl auf der Streckbank, tief unten in der Engelsburg, diese Stimme gehört hatten.

»Warum Sebastian?«, fragte Johann, während er sich auf das Unvermeidliche vorbereitete. Er musste dafür sorgen, dass sich der Papst weiter in Sicherheit wiegte. Seine Miene war ausdruckslos, doch dahinter rasten die Gedanken. Er würde nur einen Versuch haben. Ein jämmerlicher Versuch, doch er musste es riskieren, er musste alles auf eine Karte setzen.

»Es war die Idee Eures alten Lehrmeisters, dass wir Euren Enkel für das Ritual nehmen«, sagte Leo. »Es hätte auch ein anderes Kind sein können. Doch mir gefiel der Einfall, und ehrlich gesagt, dachte ich, dass auch der gute Viktor daran seinen Spaß haben würde. Ich wollte ihm diesen Moment der Rache schenken. Jetzt verpasst er ihn leider.«

Johann schloss die Augen und zählte lautlos rückwärts. Es war wie bei einem der Gauklertricks früher, nur dass er diesmal nicht vorher üben konnte. Wie ein Tanz auf dem Seil ohne Netz.

Drei …

Johanns Hand glitt in den Beutel. Der kleine Sebastian schrie jetzt wie am Spieß, das Gesicht rot vor Zorn. Hagen hielt ihn am Kragen wie ein Kaninchen kurz vor der Schlachtung.

Zwei …

Hinter Johann ertönte ein tiefes Knurren.

Eins …

»Nur eine falsche Bewegung von Euch, und meine kleinen Lieblinge reißen Euch die Kehle auf«, ertönte Leos Stimme hinter ihm. »Sie mögen Hagen sehr, er bringt ihnen immer das beste Fleisch. Romulus und Remus würden Euch nie verzeihen, wenn Ihr dem guten Hagen auch nur ein Härchen krümmt. Ergebt Euch also lieber in Euer …«

Jetzt!

Blitzschnell kam Johanns Hand aus dem Beutel hervor, er schleuderte Hagen die Phiole mit der Salzsäure entgegen.

Eben noch hatte er sie heimlich entkorkt, nun ergoss sich ihr Inhalt über Hagens rechten Oberschenkel. Lieber hätte Johann dem verfluchten Bastard die Flüssigkeit mitten ins Gesicht gegossen, aber dann hätte er riskiert, auch Sebastian zu treffen.

Doch auch so war die Wirkung enorm.

Zischend fraß sich die Flüssigkeit durch Hagens lederne Beinlinge, vor Schmerzen brüllend, stürzte der Riese zu Boden. Das Kind entglitt seinen Händen. Johann betete, dass der Kleine den Sturz aus Hüfthöhe halbwegs heil überstand. Hinter ihm kreischte der Papst.

»Dafür werden meine Lieblinge Euch zerfleischen. Romulus! Remus!«

Die Biester fauchten und zerrten an der Leine. Johann hastete zu einem der Feuertöpfe, ergriff ihn und hielt die Flamme an eine der vielen Zündschnüre, die mit den anderen Schnüren verbunden war. Es gab ein leises Zischen, als die Lunte Feuer fing.

»Neiiiiin!«, schrie der Papst. »Das Ritual! Das Ritual ist noch nicht vollendet!«

Um Johann qualmte, rauchte und knisterte es, blaue Funken stoben. Dann explodierten die ersten Raketen und stiegen laut jaulend in den Himmel. Rote, grüne und blaue Punkte explodierten weit über der Terrasse und breiteten sich zu Sternen aus. Auf die beiden Panther hatte der ohrenbetäubende Lärm genau die Wirkung, die Johann sich erhofft hatte.

Die Tiere rasten vor Wut, Verwirrung und Schmerz.

Johann hatte den Einfall gehabt, als Leo zuvor von seinen Panthern geschwärmt hatte.

Leider vertragen meine Lieblinge keinen Lärm …

Völlig von Sinnen zerrten die beiden großen Raubkatzen an den Leinen, die um den Thron gewickelt waren. Der Stuhl fiel krachend zur Seite, und Leo rollte wie ein fetter Käfer auf den Rücken. Rings umher donnerte, zischte und krachte es, als wäre das Jüngste Gericht angebrochen. Endlich losgelassen, gebärdeten sich die Panther wie zwei fauchende Dämonen. Einer von ihnen stürzte sich auf den Papst, während der andere zu einem Sprung ansetzte, hinüber zu Johann und Hagen, der sich weiter brüllend sein rechtes Bein hielt.

Genau zwischen Johann und dem Panther lag Sebastian.

Noch einmal fiel Johann auf, wie ähnlich ihm der Junge sah.

Mein Enkel, dachte Johann noch.

Dann sprang der Panther.

27

Wir müssen ganz hinauf, auf die obere Terrasse!«, rief Karl Greta zu, während über ihnen die ersten Raketen explodierten. »Das Ritual muss unter freiem Himmel stattfinden! So steht es im *Schwurbuch des Honorius*.«

Sie rannten die Stufen empor, durchquerten etliche verlassene Zimmer, eilten immer weiter, während Gretas Herz schier zu zerspringen drohte. Die Angst um ihren Sohn brachte sie fast um den Verstand. Bislang war sie überzeugt gewesen, dass die Geschichte mit der Teufelsbeschwörung blanker Unsinn war. Ein Lügenmärchen ihres Vaters, um sie vom wahren Glauben abzubringen. Doch nun war die gute Martha ermordet worden, und ihr Sohn war verschwunden! Was, in Gottes Namen, ging hier vor?

Greta war noch nie in den obersten Etagen gewesen, die ausschließlich dem Papst vorbehalten waren. Trotzdem fand sie instinktiv den richtigen Weg, fast so, als spürte sie, wo Sebastian war. Draußen donnerte, heulte und krachte es, Greta hörte die Freudenschreie der vielen Menschen, die das Feuerwerk bewunderten. In ihren Ohren klang es wie das Geschrei am Tag der Apokalypse.

Der Lärm führte sie in die richtige Richtung. Schließlich hatten sie und Karl den Zugang zur oberen Terrasse gefunden. Greta schrie auf, als sie sah, wer da unten am Fuß der Treppe lag, in einer großen Blutlache. Viktor von Lahnstein schaute mit leeren Augen zur Decke, sein letzter Blick zeigte

Schrecken und auch Verwunderung, so als könnte er den eigenen Tod nicht fassen. Von oben her war außer dem Lärm des Feuerwerks nun auch ein fast viehisches Kreischen zu hören, etwas knurrte.

Und ein Kind schrie.

»Sebastian!«, rief Greta. »Sebastian! Bist du da oben?«

Sie hatte Lahnstein nie wirklich gemocht, trotzdem war er in den letzten zwei Jahren ein ständiger Begleiter gewesen, der ihr in Rom die Wege geebnet hatte. Der Tod des päpstlichen Gesandten bestürzte sie, doch sie hatte keine Zeit, darüber nachzudenken. Dort oben war ihr Sohn, und er war in größter Gefahr! Greta stieg über Lahnsteins Leiche hinweg und hastete hinter Karl die Wendeltreppe empor. Der Nachthimmel, der durch den rechteckigen Schacht zu sehen war, leuchtete in allen Farben, noch immer explodierten Raketen und zogen als bunte Feuerpfeile über das Firmament. Greta stürzte auf die Plattform …

Und blieb wie vom Schlag getroffen stehen.

In der Mitte der Terrasse befand sich ein verwischtes Pentagramm, daneben lag unter einem Baldachin ein umgestürzter goldener Thron. In einem Gewirr aus umgefallenen und zerbrochenen Holzstangen wälzte sich stöhnend Hagen, der riesige Söldner, der immer an Lahnsteins Seite gewesen war. Weiter hinten erkannte Greta eine schwarze Raubkatze, die mit ihren Tatzen einen Menschen zu Boden drückte, der wie von Sinnen schrie.

Es war kein Geringerer als der Papst.

Die Bestie hatte die Robe des Heiligen Vaters zerfetzt, sein fetter blasser Leib quoll darunter hervor. Leo blutete aus mehreren Wunden. Die Hände hatte er schützend vors Gesicht gelegt, während sich der Panther eben in seiner Schulter verbiss. Unwillkürlich musste Greta an die vielen armen Christen denken, die wohl vor langer Zeit im römischen Colosseum auf ähnliche Weise den Tod gefunden hatten.

»Um Himmels willen, nehmt das Monstrum weg!«, kreischte Leo. »Hagen, tu doch etwas! Mein Gott ... er ... er frisst mich bei lebendigem Leib!«

Erneut biss der Panther zu, und der Papst schrie wie am Spieß. Einige Zeilen aus der Offenbarung des Johannes fielen Greta ein, sie hatte sie erst vor einigen Tagen wieder in der Bibel gelesen.

Und das Tier, das ich sah, glich einem Panther; seine Füße waren die Tatzen eines Bären und sein Maul war wie das Maul eines Löwen ...

Jetzt erst bemerkte sie, dass sich noch eine weitere schwarze Raubkatze auf der Terrasse befand. Der zweite Panther lauerte am Rande der nur hüfthohen Brüstung, wo er einen anderen Mann immer weiter auf den Abgrund zudrängte. Als Greta den Mann erkannte, stiegen Wut und Hass in ihr auf.

Es war ihr Vater.

In seinen Armen hielt er den kleinen Sebastian, der schrie und zappelte und nach seiner Mutter rief.

»Gib mir mein Kind, du Teufel!«, schrie Greta. »Was auch immer du mit Sebastian vorhast, gib ihn mir!«

Sie wollte bereits auf Faust zueilen, doch Karl hielt sie zurück.

»Siehst du denn nicht, dass er deinen Sohn zu schützen versucht?«, zischte er ihr zu. »Eine falsche Bewegung von uns, und der Panther springt!«

Tatsächlich erkannte Greta jetzt, dass ihr Vater Sebastian offenbar vor der Bestie in Sicherheit gebracht hatte. Ohne die Raubkatze aus den Augen zu lassen, ließ Faust Sebastian behutsam zu Boden gleiten und trat einen Schritt vor, sodass er zwischen dem Panther und dem Jungen stand. Sebastian rührte sich nicht, er starrte das Tier an, versteinert vor Schreck. Die Schreie des Papstes waren mittlerweile verstummt, dafür jaulten und heulten noch immer die Raketen.

»Was auch immer euch hierhergeführt hat, ihr kommt gerade noch rechtzeitig«, keuchte Faust. Er sah furchtbar aus, das Gesicht durch einen Ausschlag entstellt, die Stimme seltsam heiser. Er ließ den Panther, der fauchte und offenbar auf den richtigen Moment für seinen Sprung wartete, nicht aus den Augen. »Ich werde den schwarzen Teufel ablenken. Kümmert ihr euch in der Zwischenzeit um den Jungen.«

Aus dem Augenwinkel sah Greta mit Grausen, wie der zweite Panther seine blutrote Schnauze in die aufgerissene Kehle des Papstes tauchte. Leos Augen starrten leblos in den Himmel, er war ohne Zweifel tot, zerfleischt von seinem eigenen Haustier.

Nur mit Mühe unterdrückte Greta einen weiteren Schrei. Was, um Himmels willen, geschah hier? Sie war wie in einem Albtraum gefangen! Alles, was sie vor dem Wahnsinn bewahrte, war die Angst um ihren Sohn. Langsam, am ganzen Leib zitternd, näherte sie sich Sebastian, der mittlerweile aus seiner Schockstarre erwacht war. Er stolperte auf sie zu, die kleinen Ärmchen nach ihr ausgestreckt.

»Mama!«, jammerte er. »Mama … Angst … böse Katze …«

»O Gott, bleib stehen, Sebastian!«, flüsterte Greta, wobei sie die beiden Raubkatzen nicht aus den Augen ließ. »Geh nicht weiter! Mama ist gleich bei dir.«

Der Panther an der Brüstung schien unschlüssig, welche Beute für ihn verlockender war. Der winzige, leicht zu jagende Junge oder der Mann, der sich ihm in den Weg gestellt hatte. Das Tier fauchte, knurrte und vollführte dabei kleine tänzelnde Bewegungen, sein Schwanz peitschte über den Steinboden. Faust machte einige wilde Gebärden und brüllte die Raubkatze an.

»Na, komm schon, du Teufel! Du willst Menschenfleisch? Dann hol dir meins! Ich verspreche dir, es ist so giftig wie das einer Viper!« Auch Faust fauchte jetzt und zeigte seine Zähne. Es kam Greta vor, als würden sich zwei gleichstarke Bestien gegenüberstehen, Dämonen aus einer dunklen Welt, die nicht die ihre war.

»Hol mich doch!«, schrie Faust. »Spring schon!«

Und der Panther sprang.

Er glich einem schwarzen Schatten, schwärzer als die Nacht, die von den vielen Raketen erleuchtet wurde. Für einige Augenblicke kam Greta alles, was geschah, viel langsamer vor. Sie sah, wie der Panther die Muskeln spannte, wie er sich nach vorne katapultierte und auf die Brüstung zusprang. Sie beobachtete, wie Faust sich erst im allerletzten Moment zu Boden warf. Die Katze tauchte über ihn hinweg.

Einen winzigen Moment lang schien sie in der Luft zu verharren.

Und war im nächsten Moment verschwunden, verschluckt von der Dunkelheit.

»Fahr zur Hölle, Mistvieh!«, keuchte Faust. Er richtete sich auf und spähte über die Brüstung in die Tiefe. »Klauen und Zähne, aber ein Hirn so groß wie eine Walnuss.«

Seine Hände klammerten sich um den Mauerrand, er atmete schwer. Greta wollte eben auf Sebastian zueilen und ihn in die Arme schließen, als ein Warnruf Karls ertönte.

»Greta, pass auf! Er ist direkt hinter dir!«

Der zweite Panther!, schoss es Greta durch den Kopf.

Sie spürte einen Stoß im Rücken, der sie taumeln ließ. Doch es war nicht der Panther, sondern Hagen, der an ihr vorbeistürzte und nach Sebastian griff. Er zog den schreienden Buben an den Beinen hoch, sodass dieser kopfüber hing. In der anderen Hand hielt der Riese das blutverschmierte Schwert. Seine Hosen aus Leder waren zerrissen, darunter zeigte sich das nackte wunde Fleisch, aber er hielt sich auf den Beinen.

»Keinen Schritt näher!«, knurrte Hagen. »Oder ich werfe den winselnden Bastard über die Mauer. Ich glaube kaum, dass er fliegen kann.« Er grinste. »Auch wenn sein Großvater ein Zauberer ist.«

Greta erstarrte. Nur einen Meter von ihr entfernt war ihr Sohn, er weinte, wimmerte und schrie nach seiner Mutter. Doch sie konnte ihm nicht helfen, nicht jetzt. Neben dem toten Papst lag der zweite Panther, das Haupt gespalten durch Hagens Schwert. Leo selbst war fast nicht mehr zu erkennen, seine Kehle zerfetzt, das Gesicht eine blutige breiige Masse.

Der Teufel hat den Papst geholt, dachte Greta.

Sie machte den zaghaften Versuch, Hagen zur Vernunft zu bringen. »Gib mir meinen Sohn«, wandte sie sich an ihn. »Bitte! Ich weiß nicht, was hier vorgeht. Ich weiß nur, dass Sebastian ein unschuldiges Kind ist. Er hat nichts mit alldem hier zu schaffen.«

»Ein Kind mit einem gewissen Wert«, erwiderte Hagen lächelnd. Er wog den wimmernden Kleinen, als wäre er ein Sack Gold.

»Wir können Euch ohnehin nicht daran hindern zu fliehen«, sagte Karl, der mittlerweile neben Greta stand. Er zitterte, wirkte aber unverletzt. »Wir sind unbewaffnet, wie Ihr seht. Ihr braucht das Kind nicht als Geisel, Ihr könnt auch so gehen.«

Hagen hob die Augenbrauen. »Oh, ich fürchte, ihr versteht nicht. Ich will das Kind nicht als Geisel. Ich werde es jemandem bringen, der meine Arbeit zu schätzen weiß. Jemandem, der gut für den Kleinen zahlen wird, sehr gut.« Er bleckte die Zähne. »Die hohen Herren machen oft den Fehler, unsereins zu unterschätzen. Sie denken, wir sind nur dumme Söldner, die wild mit dem Schwert um sich schlagen und nicht mal eins und eins zusammenzählen können. Aber ich habe schon vor längerer Zeit erkannt, wer hier in der Engelsburg wirklich das Sagen hat. Nicht der Papst, o nein! Schon lange nicht mehr!« Er lachte. »Ich denke, Lahnstein hat es geahnt. Aber man muss immer einen Schritt vorausdenken, das habe ich im Krieg gelernt. Ich weiß, wo der Meister sich aufhält, und ich werde ihm den Jungen bringen.« Mit dem Schwert deutete Hagen auf die blutüberströmte Leiche des Papstes. »So, wie es scheint, muss ich mir ohnehin einen neuen Herrn suchen. Einen noch mächtigeren. Und nun entschuldigt mich. Es wird Zeit zu verschwinden, bevor die Wachen die Sauerei hier oben entdecken.«

Ohne Greta, Faust und Karl aus den Augen zu lassen, ging Hagen mit dem zappelnden, weinenden Kind in der Hand auf die Treppe zu. Er humpelte und zog sein rechtes Bein nach. Langsam stieg er in den Schacht und schloss hinter sich die Tür.

Riegel wurden vorgeschoben, Schlösser klickten. Doch selbst hinter der dicken Eisentür konnte Greta noch lange das Weinen ihres Sohnes hören, der nach seiner Mutter rief.

Es wurde leiser und leiser, schließlich verstummte es ganz.

Erst jetzt merkte Greta, dass keine Raketen mehr am Himmel zu sehen waren, nach dem Lärm breitete sich auf der Terrasse eine beinahe gespenstische Stille aus.

Das Feuerwerk war vorüber.

Johann lehnte an der hüfthohen Brüstung, sein Gesicht fühlte sich feucht und warm an. Als er sich über die Stirn strich, war die Hand nass von Blut. Offenbar hatte ihn der Panther mit seiner Pranke doch noch erwischt, bevor das Biest in die Tiefe gestürzt war. Johann blickte auf das Chaos auf der Plattform. Es sah tatsächlich so aus, als hätten sie gemeinsam irgendeinen Dämon beschworen. Zwischen verkohlten Gerüsten, umgeworfenen Feuertöpfen und zerbrochenen Phiolen lag neben dem Thron die verstümmelte Leiche des Papstes, an seiner Seite die schwarze Raubkatze, wie vereint im Tod.

Nun, ich hätte es auch übler treffen können …

»Sebastian, Sebastian!« Gretas Rufe schreckten ihn auf. Seine Tochter war zur verschlossenen Tür gestürzt und hämmerte dagegen.

»Gib dir keine Mühe.« Johann erhob sich stöhnend. Alles

tat ihm weh. Als er seinen Enkel vor dem Panther gerettet hatte, hatte er den fauligen Atem der Bestie gerochen, ein Odem wie direkt aus der Hölle. »Die Wachen werden ohnehin bald hier sein.«

»Ihr wisst, was das bedeutet?« Karl blickte nach unten, hinüber zur Engelsbrücke, wo sich die Masse der Menschen langsam auflöste. »Sie werden glauben, *wir* hätten den Papst umgebracht!« Verzweifelt lachte Karl auf. »Doktor Faustus und seine beiden Gehilfen beschwören den Teufel, der sich daraufhin den Papst holt. Ha! Wenigstens werden wir mit dieser Geschichte auf ewig in die Annalen des Vatikans eingehen. Die Todesstrafe, die uns dafür droht, muss noch erfunden werden!«

»Ich denke nicht, dass sie es an die große Glocke hängen werden«, bemerkte Johann müde. »Vermutlich werden die Kardinäle versuchen, die Angelegenheit zu vertuschen. Zu groß ist die Gefahr, dass herauskommt, dass der Papst selbst den Teufel beschwören wollte. Ich denke, dass Leo ganz plötzlich an einer Krankheit verstorben ist. So werden sie es erklären. Schon bald wird von den Kardinälen ein neuer Papst gewählt werden …«

»Doch zuvor wird man unser Fleisch auf kleiner Flamme rösten!«, unterbrach ihn Karl. »Wir kommen hier nicht weg. Das ist das Ende!«

»Und mein Sohn ist verloren«, hauchte Greta. Sämtliche Kraft schien sie verlassen zu haben. Sie kauerte am Fuß der verschlossenen Tür, das Gesicht grau wie Stein. »Es ist wie ein Fluch«, wandte sie sich an Johann. »Mit dir ist das Böse in mein Leben zurückgekommen. All die Jahre, die ich in Santo Spirito als Ordensschwester verbracht habe, waren vergebens!« Sie schüttelte den Kopf. »Gott straft mich. Aber warum straft er meinen Sohn?«

»Ich habe versucht, deinen Sohn zu retten«, murmelte Johann. Doch er spürte selbst, dass er Greta jetzt nicht erreichen konnte. Alle waren sie verloren, Greta, Karl, er selbst, vor allem aber der kleine Sebastian, den Hagen eben in diesem Moment wohl zu Tonio del Moravia brachte, für welchen Zweck auch immer. Noch war Johann nicht klar, was die Teufelsbeschwörung eigentlich hatte bewirken sollen. Wenn Tonio selbst der Teufel war, wovon Johann mittlerweile ausging, warum überredete er dann den Papst, ihn zu beschwören? Leos Ritual war misslungen. Doch was nutzte das schon, wenn der Teufel ohnehin hier in Rom weilte?

Johann fühlte sich leer und ausgebrannt. Sicher würde es nicht mehr lange dauern, bis die Wachen herauf auf die Terrasse eilten. Was sie dann vorfanden, würde Roms Geschichte für immer verändern. Der kleine silberne Globus lastete schwer auf Johanns Brust, er hatte ihn in der Aufregung beinahe vergessen. Noch besaß er dieses Pfand, mit dem er Tonio eigentlich für sich gewinnen wollte.

Den Inhalt des Globusses gegen meinen Enkel.

Doch was nützte das, wenn sie nicht von hier wegkamen? Johanns Blick ging hinüber zur übel zugerichteten Leiche des Papstes unter dem Baldachin. Wie durch ein Wunder war das schützende Dach als Einziges in all dem Chaos heil geblieben. Es hatte nur einige Brandflecken abbekommen, die Ränder waren eingerissen und hingen herunter wie schlappe Flügel. Wie hatte Papst Leo zuvor noch gesagt, als er sich keinen Reim darauf machen konnte, wie Johann hier heraufgekommen war?

Könnt Ihr fliegen?

Johann seufzte. Er wünschte, er könnte es. Aber dies war nicht möglich, kein Mensch konnte fliegen, nicht einmal …

Er zuckte zusammen.

Ein Bild erschien vor seinem inneren Auge. Es war ein Bild, das er vor langer Zeit in Leonardo da Vincis Aufzeichnungen gesehen hatte. Damals in Schloss Cloux hatte er in der Bibliothek stöbern dürfen, in den vielen Notizen, die das Genie hinterlassen hatte. Auch Leonardo war vom Fliegen fasziniert gewesen. Er hatte den Flug der Vögel genau beobachtet, die Bewegungen ihrer Flügel studiert. Es gab Bilder von einem Flugapparat mit langen Flügeln aus Holz und Leinen, ein weiteres zeigte eine Art Propeller, aber Johann dachte an ein anderes Bild.

Das Bild eines Mannes mit einem großen Schirm, einer Art Dach, fast wie ein …

Baldachin …

Johann sprang auf.

»Helft mir!«, rief er Greta und Karl zu. »Ich weiß, wie wir von hier wegkommen!«

»Was habt Ihr vor?«, fragte Karl. »Wollt Ihr mit dem restlichen Königswasser die Tür aufätzen? Ich denke, dafür wird die Menge niemals …«

»Red nicht lange, sondern komm endlich und hilf mir!« Johann war bereits zum Baldachin geeilt. Um Regen und Wind zu trotzen, war er aus festem, versteiftem Leinen gefertigt, das mit dünnen Holzstäben zusätzlich verstärkt wurde. Vier Stützstangen steckten in den Seitentaschen. Am Boden war der Baldachin mit Schnüren befestigt, die durch Eisenringe liefen. Johann löste eine der Schnüre und stemmte das Dach prüfend hoch. Es war erstaunlich leicht, und es würde noch leichter sein, wenn man die Stangen entfernte.

Karl erblasste. Vermutlich erinnerte auch er sich jetzt an die Zeichnung im Hause Leonardo da Vincis.

»O Gott, Ihr wollt doch nicht …?«, ächzte er.

»Weißt du vielleicht eine andere Möglichkeit?«, unterbrach ihn Johann. »Wir haben nicht mehr viel Zeit! Selbst wenn es gelänge, uns auf eine der unteren Etagen abzuseilen, würden sie uns dort erwarten.«

Wie um seine Mahnung zu unterstreichen, hämmerte es plötzlich gegen die Tür. Es folgten Rufe und Schreie. Johann lächelte müde.

»Zumindest hat Hagen seinen Kameraden wohl nicht den Schlüssel gegeben. Ich vermute, dass nur wenige Menschen Zugang zur Terrasse haben. Uns bleiben noch ein paar Minuten, bis sie die Tür aufgebrochen haben.«

»Augenblick mal«, meldete sich Greta. »Du … du willst doch nicht etwa mit diesem Ding …?«

»Er will den Baldachin als Flugschirm benutzen«, seufzte Karl, während es immer lauter an der Tür hämmerte. »Und sich damit in die Tiefe stürzen.«

»Nicht ich, sondern wir«, sagte Johann. »Elf mal elf Schritt. So groß muss der Schirm sein, wenn man Leonardos Berechnungen glaubt. Doch ich denke, er hat sich getäuscht. Auch ein kleinerer Schirm sollte ausreichen.«

»Aber wir sind zu dritt!«, beharrte Karl.

»Wir wollen ja auch nicht über die Alpen fliegen, sondern nur in die Tiefe gleiten.«

»Gleiten?«, stöhnte Karl. »Wir werden da unten zerbersten wie faule Äpfel.«

»Wenn es der einzige Weg ist, hier wegzukommen, soll es mir recht sein«, sagte Greta. »Selbst wenn unsere Chancen sehr gering sind. Ich tue alles, um meinen Sohn zu retten. Vielleicht holen wir Hagen doch noch ein.« Sie stand auf und kam auf Johann zu, während der Lärm hinter der Tür zunahm. »Also, was müssen wir tun?«

»Lasst uns die vier Stangen entfernen und die übrig gebliebenen Schnüre zu ein paar starken Tauen verflechten.« Johann deutete auf die dünnen Holzstäbe unter dem Baldachin. »Wir verknoten die Taue an ihnen, halten uns hier fest und springen von der Brüstung.«

»Das ist Wahnsinn!«, rief Karl.

»Mehr Wahnsinn als das, was auf der Terrasse geschehen ist?« Johann deutete auf den toten Papst und den ebenso toten Panther, um die sich eine immer größer werdende Blutlache bildete. »Zumindest handelt es sich nicht um Zauberei und bizarre Beschwörung, sondern um vernünftige Wissenschaft.« Er zwinkerte Karl zu. »Und wolltest du das nicht immer sein? Ein vernünftiger Wissenschaftler?«

Kurz noch zögerte Karl, doch als ein weiterer heftiger Schlag die Tür erschütterte, gab er seufzend auf.

»Ach, was soll es! Besser am Boden zerschmettern, als auf dem Scheiterhaufen zu verbrennen, oder was sie sonst mit uns anstellen würden.«

Er half Johann und Greta, die Stangen zu entfernen und die Seile zu verschnüren. Sie arbeiteten schweigend, während die Tür in ihren Angeln erzitterte. Offenbar hatten sich die Wachen schweres Gerät besorgt. Die oberste Türangel begann sich bereits zu lösen.

»Schneller!«, befahl Johann.

Als auch die zweite Angel durch die Vermauerung brach, hatten sie endlich vier halbwegs starke Seile geknüpft. Johann verknotete sie in der Mitte, wobei er drei Schlaufen ließ. Für jeden von ihnen eine.

»Helft mir, den Baldachin zur Brüstung zu tragen!«

Eher instinktiv hob Johann den Beutel mit den alchimistischen Zutaten vom Boden auf und band ihn sich um die Hüfte. Vielleicht ließ sich etwas davon noch verwenden. Dann hoben sie gemeinsam das Dach hoch, das sofort von einer Böe gepackt wurde. Es blähte sich wie ein Segel auf hoher See. Trotzdem gelang es ihnen, den Baldachin bis zum Rand der Terrasse zu tragen.

»Ich denke, ein kurzes Gebet könnte nicht schaden«, wandte sich Johann an Greta. »Jetzt können wir den lieben Herrgott einmal wirklich gebrauchen.«

»Der Herrgott hat sich schon lange von dir abgewandt«, erwiderte Greta.

Die dritte Angel löste sich, und ein halbes Dutzend Wachen stürmte mit Schwertern und Hellebarden auf die Plattform.

Johann zuckte die Achseln. »Dann eben ohne Gebet.«

Im gleichen Moment blähte sich die Leinwand.

»Springt!«, schrie Johann.

Und der Baldachin hob ab.

Es war kein sanftes Gleiten, kein eleganter Vogelflug wie der eines Adlers, sondern ein jäher Fall.

Karl spürte, wie sein Herz für einen Moment aussetzte. Das war kompletter Irrsinn! Der Mensch war nicht zum Fliegen gemacht. Der Abgrund raste auf ihn zu, harter Boden, einzelne Hausdächer, dazwischen die verwinkelten Gassen gleich hinter der Engelsburg. Plötzlich erschütterte ein Schlag den Baldachin. Es dauerte einen Augenblick, bis Karl realisierte, dass es nicht der Aufprall, sondern eine weitere Böe war. Der Wind hob sie empor und trug sie ein Stück weit von der Burg weg. Karls Hände krallten sich um die Seilschlaufe, neben ihm schrie Greta …

Und Faust lachte.

Es war ein kehliges Lachen, das schon an Wahnsinn grenzte. Dennoch schien der Doktor als Einziger nicht vor Angst schier ohnmächtig zu werden. Stattdessen zog er an seiner Seilschlaufe, woraufhin der Baldachin ins Trudeln geriet, jedoch wieder an Höhe gewann, sie drehten sich wild im Kreis. Unter ihnen tauchte nun die Engelsbrücke auf, der Baldachin wölbte sich. Karl hörte ein hässliches Ratschen, als die Leinwand riss.

Dann stürzten sie in die Tiefe.

Karl krümmte sich zusammen, in Erwartung der harten, sicher tödlichen Landung. Stattdessen tauchten seine Füße plötzlich in etwas Kühles, Nasses.

Der Tiber!, dachte er.

Einen Augenblick später schlugen die Fluten über ihm zusammen. Jetzt, Anfang Dezember, war der Tiber kalt wie der Kuss einer Flusshexe. Alles um Karl herum war schwarz. Er machte einige verzweifelte Schwimmbewegungen, als ihm einfiel, dass er ja gar nicht schwimmen konnte. Damals in Tiffauges war er in den Graben gestürzt, und John Reed hatte ihn gerettet. Doch John war tot.

Und ich gleich ebenso …

Etwas packte ihn am Kragen und zog ihn hoch. Prustend tauchte er zwischen Segelfetzen und zerbrochenen Stäben auf.

»Das Ufer!«, hörte er Faust rufen. »Es ist nicht weit. Wir können es schaffen!«

Der Doktor legte Karl den Arm um die Brust und zog ihn auf diese Weise durch den Fluss. Karl schluckte stinkendes Wasser, hustete, doch Faust ließ ihn nicht los. Sein Körper schmiegte sich an den des Doktors. So nahe waren sie sich lange nicht gewesen, nicht seit ihrem grausigen Bad in Tiffauges. Karl hatte Todesangst, doch gleichzeitig fühlte er sich seltsam geborgen.

Wenn ich jetzt mit ihm zusammen untergehe, ist alles gut …

Endlich hatten sie das morastige Ufer erreicht. Faust zerrte Karl an Land, wo er Wasser und Galle erbrach. Als Karl sich keuchend erhob, sah er Greta, die bereits auf sie wartete. Das nasse Kleid klebte ihr am Körper, überzogen von brauner Schliere wie auch ihre Haare, Arme und Beine. Als Karl an sich herunterblickte, bemerkte er, dass auch er von Kopf bis Fuß verdreckt war.

»Wir stinken wie die Iltisse«, bemerkte Faust grinsend und löste den Lederbeutel, den er sich an den Gürtel gebunden hatte. Beiläufig wischte er sich durch die schwarzen Haare und entfernte Blätter und einige glitschige Teile, die Karl sich lieber nicht näher ansehen wollte. »Die Cloaca Maxima wird flussaufwärts am Pons Aemilius in den Tiber geleitet«, erklärte Faust. »Der Fluss ist wahrlich keine nach Veilchenwasser duftende römische Therme. Aber dafür sind wir geflogen. Wie fandet ihr es?«

»Wie wir es *fanden?*« Karl glaubte, sich verhört zu haben. »Es war furchtbar, grauenhaft! Außerdem sind wir nicht geflogen, wir sind wie tote Vögel abgestürzt!«

»Nun, ein kurzes Stück sind wir wohl geflogen.« Faust nickte grimmig. »Ich denke, damit sind wir die Ersten, die bewiesen haben, dass Leonardos Flugschirm tatsächlich funktioniert.«

»Wir haben vielleicht überlebt«, sagte Greta, die sich fröstelnd die Arme rieb. »Aber Hagen ist mit meinem Sohn längst über alle Berge.« Ihr Blick ging ins Leere. »Mir wäre es lieber gewesen, wir wären abgestürzt und tot. Dann wäre ich schon bald bei Sebastian.«

»So darfst du nicht reden …«, begann Faust.

»Sag du mir nicht, was ich zu tun oder zu lassen habe!«, fuhr Greta dazwischen. »Bestimmt war es deine Idee, oben auf der Terrasse den Teufel zu beschwören! Zusammen mit dem Papst oder wem auch immer. Dafür hast du mir die Schlüssel gestohlen! Wo du hinkommst, verbreitest du Verderben und Chaos!«

»So war es nicht!«, beteuerte Faust.

»Er hat recht, Greta«, bestätigte Karl. »Er hat wirklich versucht, deinen Sohn zu schützen.« Er wandte sich an Faust. »Nicht wahr?«

Der Doktor nickte. In stockenden Worten berichtete er, was oben auf der Plattform vorgefallen war. »Tonio ist irgendwo in der Stadt«, endete er. »Das Ritual ist misslungen. Doch dies alles wird erst vorbei sein, wenn ich Tonio endlich gegenüberstehe. Außerdem ist mir immer noch nicht klar, was Tonio mit dem Ritual bezweckte. Wenn er selbst der Teufel ist …«

»Es ist mir egal, was du mit diesem Tonio oder meinetwegen mit dem Teufel selbst zu schaffen hast«, unterbrach ihn Greta. »Ich will meinen Sohn zurück!«

»Und ich meinen Enkel«, entgegnete Faust. Er runzelte die

Stirn. »Verflucht, wenn ich nur wüsste, wo Tonio sich aufhält und in welche Hülle er diesmal geschlüpft ist! Er ist ein Meister der Täuschung und Maskerade. Der Papst hat vorhin oben auf der Terrasse etwas gesagt. Er meinte …« Er schloss kurz die Augen, um sich zu konzentrieren. »Er meinte, Tonio sei dort, wo Romulus und Remus ihre Heimstatt haben.«

»Die beiden Panther?« Greta zuckte mit den Schultern. »Das wäre in der Engelsburg. Da ist, soviel ich weiß, ihr Zwinger. Aber warum sollte so jemand wie Tonio sich in einem Zwinger aufhalten? Das ergibt doch keinen Sinn.«

»Du hast recht«, seufzte Faust. »Das ist sicher nicht sein Versteck. Und doch waren das die Worte des Papstes. Wo …«

»Romulus und Remus ihre Heimstatt haben, jaja«, unterbrach ihn Greta. »Gesprochen von einem offensichtlich Verrückten. Hält sich zwei Panther und benennt sie nach Roms Gründervätern. Auch in Santo Spirito haben die Nonnen hinter vorgehaltener Hand den Heiligen Vater einen Narren genannt. Wie vielen Armen und Kranken hätte man helfen können, anstatt das Geld für so ein Feuerwerk zu verpulvern! Spiele und Raubkatzen … Man könnte wirklich glauben, man sei wieder im alten Rom.«

Eine letzte Rakete explodierte weit oben am Himmel, irgendein Spätzünder, und im gleichen Moment explodierte etwas in Karls Kopf. Sein Herz klopfte augenblicklich schneller.

Im alten Rom …

»Was hast du eben gesagt?« Verdutzt wandte sich Karl Greta zu.

»Ich sagte, man könnte wirklich …«

»Nein, nein, davor! Du sagtest, Papst Leo hat seine Panther nach Roms Gründervätern benannt. Das ist es!« Karl schlug sich an die Stirn, trotz der nassen Kleider fror er nicht mehr. Trotzdem zitterte er, aber vor Aufregung. »Versteht ihr? Es geht nicht um die Panther. Es geht um die echten Brüder, um Romulus und Remus!«

»Du meinst …?«, begann Faust.

»Genau.« Karl nickte. »Wo Romulus und Remus ihre Heimstatt haben. Das hat der Papst gesagt.«

»Und wo soll das sein?«, fragte Greta.

Karl wischte sich ein verrottetes Blatt aus den Haaren, hastig begann er zu sprechen. »Vor über einem Monat war ich am *Mons Palatinus*, um dort zu malen. Es gibt dort eine Höhle, ich habe Euch sogar davon erzählt. Erinnert Ihr Euch? Ich sprach von einem heidnischen Denkmal.«

Faust schwieg, und Karl fuhr fort: »Die Leute sagen, in der Höhle säugte eine Wölfin einst die beiden Brüder, als sie in einem Weidenkörbchen an Land gespült wurden. Die Höhle war wohl früher ein bekanntes Heiligtum, nun ist sie verfallen. Nur wenige kennen ihren Eingang noch.«

»Natürlich, du hast recht, ich erinnere mich! Ha! Warum bin ich nicht selbst draufgekommen?« Der Doktor gab Karl einen Stups, dass dieser fast wieder in den Tiber gefallen wäre. »Ich werde wohl langsam alt. Die Lupercale, die Wolfshöhle! Ich habe davon gelesen, und du hast mir tatsächlich davon erzählt. Einer der vielen heidnischen Orte, die es noch in Rom gibt. Das würde zu Tonio passen. Er liebt die Unterwelt, in der Höhle befindet er sich mitten im Zentrum von Rom und ist doch völlig ungestört. Das perfekte Versteck!«

Faust schulterte den Beutel und machte sich bereits daran, den Hang hochzuklettern, der den Tiber von den oberen Gassen trennte. Ungeduldig drehte er sich nach Karl und Greta um. »Was ist? Wenn wir meinen Enkel aus Tonios Klauen retten wollen, haben wir nicht mehr viel Zeit! Karl muss uns unbedingt zum Lupercale führen!«

»Äh, Doktor …« Karl sah Faust verunsichert an.

»Himmelherrgott, was ist denn noch?«

»Nun …«, begann Karl. »Ich habe zwar von dieser Höhle gehört. Aber ehrlich gesagt weiß ich nicht, wo sie genau liegt. Der Eingang ist wohl verschüttet …«

»Na wunderbar!« Greta stöhnte. »Der *Mons Palatinus* ist der größte Hügel Roms, dort steht ein verfallener Tempel neben dem anderen! Wie sollen wir dort in kurzer Zeit eine verschüttete Höhle finden?«

»Und noch etwas«, fuhr Karl fort. »Die Einheimischen, die mir davon erzählt haben, sagen, die Höhle sei verflucht. Sie nennen sie …« Er zögerte. *»Porta infernale.«*

»Das Höllentor.« Faust nickte. »Wenn es noch einen Zweifel gab, dass Tonio sich dort aufhält, ist dieser damit wohl ausgeräumt. Der Teufel herrscht in Rom. Und bei Gott, wir werden ihn finden!«

Fünfter Akt

Dantes Inferno

28

Drei Gestalten in nassen, schmutzigen Gewändern eilten auf den Campo Vaccino zu, vorbei an der hohen Trajanssäule. Es war mitten in der Nacht, mittlerweile waren kaum noch Menschen unterwegs. Die wenigen, die sich zeigten, waren Herumtreiber, Diebe und Mörder, doch keiner rührte die drei an. Sie schienen keine lohnende Beute zu sein, außerdem stanken sie zehn Schritt gegen den Wind.

Greta lief den beiden Männern voran. Noch in der Nähe der Engelsbrücke war es ihnen gelungen, drei Fackeln zu ergattern, die vom großen Feuerwerk übrig geblieben waren. Sie spendeten zumindest ein wenig Licht in der Dunkelheit. Während Greta so schnell rannte, dass ihre Fackel beinahe zu erlöschen drohte, wurde ihr bewusst, wie sehr sich ihr Leben in den letzten Stunden verändert hatte. Noch am Tag zuvor war sie in ihrem Glauben fest und unbeirrbar gewesen. Der Glaube hatte ihr Trost gespendet, er hatte die Angst im Zaum gehalten, die sie seit Johns Tod vor zwei Jahren immer wieder überfiel, vor allem in den Nächten. Und heute schon suchte sie zusammen mit ihrem alten Freund Karl und ihrem Vater, den sie nie wieder hatte sehen wollen, jenen Mann, der sich Tonio del Moravia nannte und von dem ihr Vater überzeugt war, dass er der Teufel war.

Jenen Mann, der vermutlich ihr Kind in seiner Gewalt hatte.

Gretas Herz raste, und das lag nicht nur an der Eile. Jede

Minute war kostbar! Zumindest eines hatten die letzten Stunden bei ihr bewirkt: Sie hatten ihr gezeigt, wie sehr sie Sebastian liebte, mehr als jeden anderen Menschen auf der Welt. Wenn es ihr gelingen sollte, ihren Sohn zu retten, würde sie ihn niemals wieder weggeben. Die vergangenen zwei Jahre erschienen ihr nun wie ein dumpfer Traum. Trotz ihrer Angst fühlte sie sich seltsam klar im Kopf, wie befreit. Und sie wusste auch, dass sie nie wieder nach Santo Spirito zurückkehren konnte. Das stille Leben der letzten Jahre war ein für alle Mal vorbei.

Mittlerweile hatten sie den Campo Vaccino erreicht, ein im Nebel gelegenes Trümmerfeld, übersät mit Löchern und tiefen Gruben, die in der Dunkelheit schnell zu Fallen werden konnten. Schon zwei Mal war Greta auf den nassen Steinen ausgerutscht, Karl hatte sie gerade noch festgehalten, bevor sie in einen der Schächte stürzte, in denen es sicherlich von Nattern und anderem Ungeziefer wimmelte.

»Der *Mons Palatinus.*« Neben ihr deutete Faust auf den Umriss eines hohen Hügels, der sich hinter dem Feld abzeichnete. Über der Schulter trug er den Lederbeutel, den er seit ihrem Flug mit dem Baldachin mit sich führte. Noch immer wusste Greta nicht, was sich darin befand.

»Die Römer nennen den Hügel auch *Palazzo Maggiore*, den großen Palast«, erklärte Faust. »Unsere europäischen Paläste haben da ihren Ursprung, viele römische Kaiser haben sich dort pompöse Villen bauen lassen. Es ist der älteste Teil der Stadt, hier wurde Rom gegründet.«

»Ihr wart doch gestern schon einmal hier«, sagte Karl, während sie weiter auf den Hügel zugingen. »Da seid Ihr nicht zufällig auf eine Höhle oder etwas Ähnliches gestoßen?«

»Dazu hatte ich keine Zeit. Hagen hat mich sehr schnell überwältigt und in einer Truhe in die Engelsburg geschleppt.« Faust nickte grimmig. »Ein weiteres Zeichen, dass wir hier richtig sind. Vermutlich war der Riese davor noch bei seinem neuen Herrn.«

Greta wandte sich an Karl. »Und was ist mit dir? Ist dir auf dem Palatin etwas aufgefallen? Du hast ihn immerhin gemalt.«

»Es gibt in der Tat etliche Paläste hier, die es sich zu zeichnen lohnt«, erwiderte Karl achselzuckend. »Doch die Gebäude sind verfallen und von Unkraut überwuchert, eine Höhle könnte überall und nirgends sein. Wie gesagt, mir haben bloß ein paar Gemüsebauern davon erzählt. Sie wollten mich wohl eher vor dem verfluchten Ort warnen. Vor der *Porta Infernale*, dem Höllentor.«

Faust blieb stehen. Er rieb sich die Schläfen, wie so oft, wenn er sich konzentrierte. »Lasst uns nachdenken. Wenn diese Höhle wirklich ein so heiliger Ort war, dann werden sich gewiss Kaiser mit ihr geschmückt haben.« Sein Blick blieb an einer der vielen Ruinen hängen, die oben auf dem Hügel standen. »Wer ist der bekannteste römische Kaiser, den ihr kennt?«

»Julius Cäsar«, sagte Karl.

»Der, wie du sicher weißt, selbst kein Kaiser war. Nur sein Name diente allen späteren Kaisern als Titel«, entgegnete Faust. »Außerdem hatte er keine Villa oben auf dem Palatin. Caesar wohnte als Pontifex maximus unten am Fuß des Hügels. Also, wer noch?«

»Konstantin?«, wagte Karl einen zweiten Versuch. »Zumindest war er der erste Kaiser, der sich zum Christentum bekannte.«

»Und der mit der Gründung von Konstantinopel dem alten Rom den Kopf abschlug.« Der Doktor machte ein abfälliges Geräusch. »Pah! Von wegen *Caput Mundi*!«

»Augustus?«, schlug Greta vor.

»Hm … Der erste römische Kaiser, Caesars Großneffe.« Faust nickte. »Nach seinem Tod wurde er zum Gott ausgerufen.« Er deutete auf einen größeren verfallenen Gebäudekomplex. »Dort oben stand sein Palast. Ich habe mal gelesen, dass Augustus sich den zweiten Namen Romulus geben wollte.«

»Romulus!«, rief Greta aus. »Die Höhle von Romulus und Remus …«

»Augustus wollte wie Romulus als Gründer Roms gelten.« Faust grinste breit. »Was also läge näher, als dass Augustus seinen Herrschaftssitz genau dort errichten ließ, wo der erste Romulus von einer Wölfin gesäugt wurde?«

»Selbst wenn Ihr recht haben solltet, das Gelände ist immer noch riesig.« Karl hielt seine Fackel hoch, die schon zur Hälfte abgebrannt war. »Und für länger als ein, zwei Stunden reicht unser Licht nicht mehr.«

»Dann lasst uns umso schneller suchen.« Greta ging bereits auf den an dieser Stelle knapp dreißig Schritt hohen Palatin zu. »Jeder Moment, den wir hier vertrödeln, bringt meinen Sohn in noch größere Gefahr.«

Hier, auf der südöstlichen Seite, führte eine steile Treppe empor. Einzelne Stufen fehlten, herausgebrochen wie kaputte Zähne, an den Rändern wuchsen Büsche und hohes Unkraut, Greta kam sich vor wie in der Wildnis. Nach dem Lärm des Feuerwerks war es hier so still wie auf einem Friedhof. Irgendwo in der Nähe krächzte ein Rabe. Faust hielt abrupt inne.

»Was hast du?«, fragte Greta.

»Nichts. Es mag nur ein Zufall sein, aber in letzter Zeit glaube ich, ständig Raben oder Krähen zu hören. Sie sind Tonios Boten.«

»Und die Vögel des Winters«, entgegnete Greta. »Das muss nichts bedeuten. Außerdem, wenn dein Tonio wirklich der ist, wofür du ihn hältst, braucht er keine Vögel, um uns zu finden.«

»In menschlicher Gestalt sind seine Kräfte beschränkt. Das hat schon Agrippa gesagt, erinnert euch.«

Mit düsterer Miene ging Faust weiter. Greta blickte zu ihm hinüber. Ihr Vater wirkte viel älter, als er war, ausgemergelt und gleichzeitig wie ein Getriebener. Er sah aus wie jemand, der erst Ruhe geben würde, wenn er seinem alten Widersacher endlich gegenüberstand. Der Schmutz und der Ausschlag im Gesicht, die verklebten und zu einem wirren Schopf getrockneten Haare, das zerrissene Gewand … Er glich einer Art Rachegeist, entstiegen einem muffigen Grab. Greta bezweifelte, dass es Faust wirklich um seinen Enkel ging.

Es ist dir immer nur um dich selbst gegangen. Um dich und um Tonio.

Die Treppe war steil und wegen der fehlenden Stufen schwer zu begehen. Früher mochte sie eine breite Empore gebildet haben, doch nun war sie so zugewachsen und von Wurzelwerk überwuchert, dass sie an einigen Stellen schwer zu erkennen war. Wieder krächzte ein Rabe, ein Flattern war zu vernehmen. Greta sah zum Himmel, wo sich vor dem Mond ein schwarzer Punkt abzeichnete. Etwas knackte ganz in ihrer Nähe.

»Habt ihr das auch gehört?«, sagte Karl eben noch. »Das klang wie …«

Dann riss etwas Greta von den Füßen.

Kurz war ihr, als würde sich ein monströser Rabe auf sie stürzen. Doch das, was sie für Flügel gehalten hatte, waren die Schöße eines Mantels. Und der spitze Schnabel, der nach ihr hackte, war in Wirklichkeit die Spitze eines Schwerts. Eine Gestalt, die sich im Dickicht versteckt hatte, ragte auf einmal turmhoch über ihr auf. Gretas Reflexe, die sie vor vielen Jahren als Gauklerin eingeübt hatte, funktionierten noch. Instinktiv rollte sie sich ab und hechtete zur Seite. Dabei landete sie in einem stachligen Gebüsch neben der Treppe, doch zumindest hatte ihr Angreifer sie verfehlt. Nun sah sie auch, um wen es sich handelte.

Es war Hagen, der wie der römische Kriegsgott Mars in

der Mitte der Treppe stand, das deutsche Langschwert erhoben. Der Bihänder nahm die ganze Breite der Stufen ein. Hagen holte aus und schlug erneut nach Greta, die noch im Gebüsch lag. Doch Karl war schneller. Obwohl er keine Chance gegen den Riesen hatte, rammte er ihm mit aller Macht den Ellbogen in die Seite.

Es war, als wäre er gegen einen Baum gerannt.

»Lauf, Greta!«, rief Karl ihr zu.

Hagen grunzte. Er packte Karl und schleuderte ihn fort wie lästiges Ungeziefer. Mit einem Aufschrei stürzte Karl die Stufen hinab. Währenddessen nahm Hagen den Bihänder und holte erneut aus. Die Klinge bohrte sich neben Gretas Gesicht in den Boden, Erdklumpen flogen auf. Fluchend zog Hagen das Schwert heraus. Die kleine Verzögerung gab Greta die Gelegenheit, sich aufzurappeln und sich eiligst nach einer Fluchtmöglichkeit umzusehen. Rechts und links der Treppe wuchs hoher Stechginster, ihr blieb nur der Weg nach oben. Ihren Vater konnte Greta nirgends entdecken.

Sie hastete die Stufen hinauf und hörte hinter sich Hagens schwere Schritte. Die Treppe wurde immer steiler, ihre Muskeln brannten vor Anstrengung, das Herz schlug ihr bis zur Kehle.

Immer mehr gewann Greta den Eindruck, dass ihr kein Mensch folgte, sondern ein Raubtier, das erst innehalten würde, wenn es seine Beute gestellt hatte. Doch als sie sich kurz umsah, erkannte sie, dass Hagen zurücklag. Er humpelte ganz eindeutig. Greta fiel ein, dass der Söldner schon auf der Plattform der Engelsburg verletzt gewesen war. Trotzdem gab er nicht auf. Er folgte ihr langsam, aber stetig, sein Schwert zog er hinter sich her, es klirrte über die Steine. Kein Wort kam über seine Lippen.

Eben wollte Greta zum nächsten Schritt ansetzen, als sich eine der Treppenstufen unter ihr löste, und ihr rechter Fuß in eine Spalte rutschte. Sie zerrte und zog, aber der Schuh hatte sich verklemmt. Je mehr Greta ruckte, umso fester schien sich der Fuß zu verhaken, ihr Knöchel war bereits blutig gescheuert. Sie versuchte aufzustehen, doch jede Bewegung verursachte nur noch mehr Schmerzen.

Und unter ihr erklang das Schleifen des Schwerts, dazu tappende, schwere Schritte.

Tapp … Tapp … Tapp …

Gretas Kleid war durchbohrt von Dornen, ein blutiges Rinnsal lief ihr übers Gesicht, und noch immer zerrte sie an ihrem Fuß, um freizukommen. Der Riese in dem langen schwarzen Mantel kam immer näher, wie ein überlebensgroßer Wolf auf zwei Beinen. Meter für Meter, Stufe für Stufe.

Verzweifelt blickte Greta nach unten, wo Karl vermutlich zerschmettert am Fuß des Hügels lag.

Dort, am unteren Ende der Treppe, stand jemand.

Greta blinzelte. Zuerst dachte sie, es sei Karl. Doch dann erkannte sie ihren Vater. Wie aus dem Nichts war Faust wieder aufgetaucht, in den Händen hielt er seinen Lederbeutel, der seltsam schimmerte, fast so, als würde er von innen heraus leuchten.

»He, du Monstrum!«, rief Faust, während er langsam die Stufen nach oben stieg. Er hob den Beutel hoch, sodass Hagen ihn sehen konnte. »Lass meine Tochter gehen! Ich bin es, den du suchst!«

Hagen blieb tatsächlich stehen und sah sich um. Langsam ließ er das Schwert sinken.

»Ich suche keinen von euch«, brummte er. »Ich bin der Wächter, mehr nicht. Du kennst die Regeln, Doktor. Du musst aus freiem Willen kommen. Und allein. Der Meister will dich und niemand anderen.«

»Dann hat er es dir erzählt«, sagte Faust. »Du weißt also, wem du dienst?«

»O ja!« Der Riese bleckte die Zähne. »Im Grunde habe ich

ihm schon immer gedient, seit Anbeginn der Zeiten. Auf den Schlachtfeldern dieser Welt sangen wir sein Lied, und wenn wir die Schwerter in Blut tauchten, schrieben wir in seiner Sprache. Die Kirche verflucht ihn, und doch arbeitet sie mit ihm zusammen, wenn sie ihre Schäflein über die Klinge springen lässt. Aber noch ist das Chaos nicht perfekt.« Hagens Stimme klang seltsam, irgendwie verändert, als würde jemand anders aus ihm sprechen.

»Gib dem Meister, was er verlangt!«, fuhr er in dröhnendem Bass fort. »Es soll dein Schaden nicht sein, Faustus!«

Faust hielt den Beutel in die Höhe. »Das hier, meinst du? Nun, warum nicht? Er kann es haben.«

In einer unerwarteten Bewegung schleuderte er Hagen den Beutel entgegen.

»Fang und grüß mir deinen Herrn in der Hölle!«, rief er Hagen zu.

Der Beutel flog durch die Luft, und der Söldner streckte die Hand danach aus. Er fing ihn auf, doch im gleichen Moment ergoss sich aus dem Inneren des Sacks eine rot glühende Masse. Funken explodierten, ein Feuerregen ging über Hagen nieder.

Der Riese brüllte, als das Feuer ihn traf. Von der Brust aus breitete es sich über seinen ganzen Körper aus, rote, blaue, gelbe und weiße Zungen, die nach allen Richtungen hin leckten. Hagen ließ das Schwert fallen und schlug wie wild auf die Flammen ein. Doch zu Gretas Entsetzen wurden sie dadurch nicht weniger, sondern mehr. Nun hatten auch Hagens Bart und Haare Feuer gefangen, er fiel auf die Knie, sein Brüllen wurde lauter und verwandelte sich schließlich in ein tierisches Kreischen, während die Flammen an ihm emporzüngelten.

Ein Bild wie aus Dantes Inferno, dachte Greta.

Noch nie hatte sie eine solch brennende Gewalt gesehen.

Was, in Gottes Namen, ist das?

Als lebende Fackel kniete Hagen noch ein paar lange Augenblicke, dann folgte ein letztes lang gezogenes Stöhnen. Langsam kippte er nach vorne und polterte die Stufen hinunter. Faust wich aus, als Hagen wie ein brennender Dornstrauch dem Abgrund entgegenraste.

Zum Schluss war der Riese nur noch eine Feuerkugel, die irgendwo unten auf den verwilderten Bahnen des Circus Maximus in einem letzten Funkenregen verglühte.

Die Hölle hat ihn sich geholt.

Karl stöhnte und betastete routiniert seine Gliedmaßen, wie er es vor langer Zeit in seinem Leipziger Medizinstudium gelernt hatte. Alle Knochen schienen heil geblieben zu sein, was ein Wunder war. Schließlich hatte ihn Hagen kopfüber die Treppe hinuntergeworfen, nur eine vorragende Wurzel hatte seinen Sturz aufgehalten und so das Schlimmste verhindert. Als der Söldner als lebende Fackel an ihm vorbeigerauscht war, hatte Karl schnell hinter einer verwitterten Säule Deckung gesucht. Nun trat er hervor und blickte nach unten. Von Hagen war nichts mehr zu sehen. Aber auch so wusste Karl, dass der Riese endgültig tot war. Verbrannt und verglüht wie eine trockene Tanne im Hochsommer.

Trotz seiner Schmerzen versuchte Karl sich zusammenzureimen, was er eben gesehen hatte. Der Doktor hatte diesen Lederbeutel geworfen, woraufhin Hagen in Flammen aufgegangen war, eine regelrechte Stichflamme war hochgeschossen. Karl wusste, wie hochprozentiger Alkohol brannte, auch Schießpulver kannte er – doch dieses Feuer war etwas anderes gewesen. Etwas so Tödliches, wie er es noch nie zuvor erlebt hatte. So, als hätte der zornige Finger Gottes Hagen berührt.

Oder der Finger des Teufels, kam ihm in den Sinn.

Er humpelte die Stufen hinauf, bis er bei Greta und Faust angelangt war. Greta lehnte an einer der Stufen, das Gesicht schmerzverzerrt, ihr rechter Fuß steckte in einem Spalt fest.

»Warte«, sagte Karl. »Je mehr du dich bewegst, umso schlimmer wird es.« Er zerrte und rüttelte an der Steinstufe, schließlich gelang es ihm, die Platte herauszubrechen. Stöhnend zog Greta ihren zerrissenen Lederschuh darunter hervor.

»Danke«, keuchte sie und bewegte vorsichtig den Fuß. »Ich denke, es ist nichts gebrochen. Das Schlimmste war die Angst, diesem Riesen wehrlos ausgeliefert zu sein.«

»Zumindest die eine Sorge sind wir nun los«, sagte Faust, der sich neben Greta setzte und sich den Ruß aus dem Gesicht wischte. »Dieser Bastard wird uns nie wieder irgendwo auflauern. Er brennt in der Hölle, im wahrsten Sinne des Wortes. Leider war Sebastian nicht bei ihm. Ich vermute, dass er meinen Enkel bereits zu Tonio gebracht hat.«

»Findet Ihr nicht, dass Ihr uns eine Erklärung schuldig seid?«, fragte Karl.

Faust sah ihn argwöhnisch an. »Was meinst du?«

»Nun, wenn ich es nicht besser wüsste, würde ich glauben, Ihr hättet irgendein Höllenfeuer beschworen. Aber ich denke, es war der Inhalt dieses Beutels, den Ihr kurz zuvor mit der Fackel entzündet habt.« Karl deutete auf den flackernden Fackelstumpf, der neben dem Doktor in der Erde steckte. »Also? Was war in dem Sack? Ich habe so etwas noch nie zuvor gesehen.«

Faust zögerte. »Es … ist eine Waffe, die es eigentlich nicht mehr gibt.«

»Von was redest du?« Trotz ihrer Schmerzen wandte sich Greta ihrem Vater zu. »Es hat etwas mit der vermaledeiten Alchimie zu tun, nicht wahr? Hast du wieder irgendwas zusammengebraut?«

Faust schüttelte den Kopf. »Es … es war wohl mehr ein Zufall. Wobei ich hoffte, dass es vielleicht klappen könnte. Ich hatte die meisten der Zutaten beisammen, aber nicht mehr die Zeit, sie nach der genauen Rezeptur anzurühren.

Bei all dem Durcheinander haben sich die Substanzen wohl vermischt und …«

»Von welcher Rezeptur redet Ihr?«, erkundigte sich Karl ungeduldig. Er hatte sich neben den Doktor gesetzt, der wie ein leibhaftiger Dämon nach Rauch und Schwefel stank.

»Irgendwann muss ich es ohnehin erzählen. Warum also nicht jetzt?« Faust seufzte tief. »Wir haben doch vorhin von Konstantinopel gesprochen, von der Stadt Kaiser Konstantins, dem früheren Byzanz. Schon zur Zeit der Griechen ist dort ein Wissen gesammelt worden, das man vor dem Rest der Welt geheim hielt, aus gutem Grund …« Seine Lippen wurden schmal. »Es ist, wie Leonardo da Vinci gesagt hat. Manches Wissen dürfte nie das Licht der Welt erblicken. Und doch ist es geschehen.«

»Mein Sohn ist hier irgendwo gefangen, vermutlich in der Gewalt eines unsagbar bösen Mannes«, drängte Greta, »und du erzählst wirres Zeug! Wenn du uns also etwas zu berichten hast, dann beeil dich!«

»Es ist wichtig, dass ihr das versteht«, erwiderte Faust und wandte sich an Greta. »Dass *du* verstehst. Es … es hat auch etwas mit deinem Sohn zu tun. Meinem Enkel.« Er schluckte, dann fuhr er fort.

»Ungefähr dreihundert Jahre nach der Gründung Konstantinopels durch Kaiser Konstantin betrat eine neue Macht die Welt, eine Macht, die ganze Reiche wegfegte. Es waren fanatische Völker aus den Wüsten des Ostens, die unter ihrem neuen Gott Allah vor den Mauern der Stadt auftauchten. Niemand hatte sie bis dahin aufhalten können. Nicht die Sassaniden und auch nicht die Ägypter. Es schien, als würde ganz Europa schon bald unter ihrer Herrschaft stehen. In diesen dunklen Zeiten floh ein griechischer Erfinder namens Kallinikos nach Konstantinopel. Er brachte ein uraltes Geheimnis mit, eine verbotene Rezeptur, und er verfeinerte sie. Es sollte die schlimmste Waffe werden, die die Welt je gesehen hatte.«

»Mein Gott«, flüsterte Karl, der plötzlich ahnte, was Hagen umgebracht hatte. »Wollt Ihr damit sagen, dass …?«

»Die Byzantiner nannten diese Waffe *Igró Pir*, flüssiges Feuer«, fuhr Faust fort. »Die Rezeptur war ein Staatsgeheimnis. Sie beinhaltete Baumharz, Schwefel, Kalk, Salpeter, vor allem aber eine Zutat, die in unseren Landen eher als Bestandteil von Heilsalben eine Rolle spielt. Die Rede ist von Steinöl, Petroleum, wie es die Griechen nennen. Die Wirkung ist enorm! Die Byzantiner verwendeten Druckpumpen, sogenannte *siphons*, mit denen sie *Igró Pir* auf die Schiffe der Araber feuerten. Das Meer verwandelte sich in ein Inferno, denn die Flammen ließen sich nicht löschen. Im Gegenteil, sie wurden im Wasser sogar noch größer. Tausende Soldaten starben in diesem Flammenmeer, die Schiffe der Araber verbrannten, die Belagerung Konstantinopels wurde aufgegeben.«

»Ich verstehe.« Greta nickte. »Deshalb konnte der Beutel auch nass werden. Du hast also diese alte Rezeptur wiedergefunden und …«

»Das ist unmöglich!«, unterbrach sie Karl. »*Igró Pir* oder Griechisches Feuer, wie es später genannt wurde, gibt es nicht mehr. Wenn die Rezeptur irgendwo aufbewahrt worden wäre, hätten sie sicher Menschen im Krieg eingesetzt.«

»Karl hat recht.« Fausts Blick ging ins Leere. »Die Rezeptur ging mit dem Untergang des Byzantinischen Reiches verloren. Bis vor Kurzem wusste keiner, wie *Igró Pir* hergestellt wird. Bis zu dem Tag, als jemand es wieder neu erfand. Ein Genie, das zuvor schon andere Kriegswaffen erdacht hatte. Panzer, riesige Armbrüste, Sichelwägen, Orgelgeschütze mit Dutzenden Kanonenläufen …«

»Leonardo da Vinci!«, stöhnte Karl. »Ihr habt das Rezept von Leonardo da Vinci bekommen!«

»Ja. Leonardo hat *Igró Pir* neu erfunden, vermutlich ist sein Gemisch sogar noch tödlicher als die Rezeptur von Kallinikos. Bei richtiger Herstellung lässt es sich sogar durch

Wasser entzünden, und es ist unlöschbar!« Faust lachte trocken. »Offenbar spielte Leonardo auch mit dem Gedanken, ein unsichtbares tödliches Gas herzustellen und im Krieg einzusetzen. Es gelang ihm nicht, glücklicherweise. Aber er merkte schnell, dass er mit dem *Igró Pir* eine Waffe erfunden hatte, welche die Welt ins Chaos stürzen konnte. In den falschen Händen, das war ihm klar, konnten mit dem Griechischen Feuer ganze Weltreiche gestürzt und dunkle Imperien errichtet werden. Und das ist nicht alles.« Er machte eine Pause, bevor er mit grimmiger Miene fortfuhr: »Leonardo da Vinci spürte wohl, dass jemand sehr Böses hinter seiner Rezeptur her war. Jemand, dem er nicht gewachsen war. Jemand, der mich nach Cloux schickte, um Leonardo die Rezeptur abzuluchsen, ohne dass ich davon ahnte.«

»Tonio del Moravia!«, rief Greta.

Faust nickte. »Ich weiß mittlerweile, dass dies sein Plan war. Vermutlich hat er Agrippa erpresst oder auch mit ihm einen Pakt geschlossen, damit Agrippa uns nach Cloux zu Leonardo schickt. Tonio wollte unbedingt, dass ich ihm diese Rezeptur besorge.«

Karl starrte ihn an, er spürte einen kleinen Stich im Herzen. »Ein abgekartetes Spiel also, von Anfang an?« Wieder einmal hatte ihm der Doktor nichts erzählt, immer gab es Geheimnisse, die Faust nicht mit anderen teilte. Auch mit ihm, Karl, nicht, seinem treuesten Gefährten.

»Ich denke, so war es.« Faust wischte sich die rußigen Hände an seinem dreckstarrenden Mantel ab. »Tonio schickte mir die Krankheit und gab mir über Agrippa den Hinweis, dass nur Leonardo da Vinci mich heilen könnte. Er wusste, dass ich ihm niemals diesen Gefallen getan hätte, niemals hätte ich ihm die Rezeptur freiwillig besorgt! Aber er hoffte auf meine Neugierde und darauf, dass Leonardo sich mir gegenüber öffnete, mir vertraute.«

»Und?«, fragte Karl. »Hat er Euch vertraut?«

»Leonardo wollte sichergehen, dass kein anderer die Rezeptur in die Hände bekam. Doch er konnte sich auch nicht davon trennen.« Faust seufzte. »Erfindungen sind manchmal wie ein Fluch, der an einem kleben bleibt. Also hat Leonardo die Formel versteckt. In seiner eigenen Welt.«

»In seiner eigenen Welt?« Karl runzelte die Stirn. »Was, bitte, soll das ...?« Er brach ab, als Faust eine dünne Kette hochhielt, die er eben unter seinem Hemd hervorgeholt hatte.

Daran baumelte ein kleiner silberner Globus.

»Darin steckt die Rezeptur.« Faust bewegte die Kugel zwischen seinen Fingern. »Geschrieben in Spiegelschrift, in winzigen Buchstaben auf Seidenpapier. Leonardo hat alles dafür getan, dass nur ich diesen Globus finden konnte. Er wollte, dass ich entscheide, was mit seiner Erfindung geschehen soll.« Er lächelte schmal. »Ein verlockender Gedanke, nicht wahr? Bei den vielen Kriegen in Europa könnte diese Waffe den Ausschlag geben. Vielleicht gelänge es mit ihrer Hilfe, endlich ein einiges, friedliches Reich zu gründen.«

»Ein Reich, das auf Schrecken gebaut ist«, sagte Greta düster.

»Habt Ihr deshalb die Rezeptur behalten?«, fragte Karl. »Weil Ihr noch nicht sicher seid, wem Ihr das *Igró Pir* geben wollt? Wohl kaum der Kirche und auch nicht dem französischen König. Vom deutschen Kaiser ganz zu schweigen. Sie alle würden damit vermutlich nur noch mehr Unheil anrichten.«

Faust schüttelte den Kopf, er grinste. »Schon als es hieß, ich könnte Gold herstellen, haben sich die hohen Herren fast die Köpfe eingeschlagen. Was würde wohl erst passieren, wenn sie von dieser Waffe erführen? Nein.« Seine Miene wurde schlagartig wieder ernst. »Ich habe die Rezeptur behalten, weil sie mir als Pfand dienen sollte. Als Pfand im Handel mit Tonio. Zuerst dachte ich, ich könnte damit meine Tochter zurückgewinnen. Doch nun werde ich es wohl für jemand anderes brauchen.« Sein Blick ging prüfend zu Greta.

»Für Sebastian. Das Schicksal der Welt gegen deinen Sohn, meinen Enkel.«

* * *

Irgendwo tief unter ihnen, im Bauch des Palatins, lag der Meister in einem Brunnen voll Blut. Er hatte die Augen geschlossen und summte sein altes Lied.

Denn alles, was entsteht, ist wert, dass es zugrunde geht …

Dies hier war der älteste Ort einer der ältesten noch existierenden Städte der Menschheit. Der Ort, an dem alles begonnen hatte. Der Meister liebte solche Plätze, denn wo ein Anfang war, war auch immer ein Ende.

Finis terrae. Das Ende der Welt.

Sein großes Ziel hatte er verfehlt. Wieder war ihm der kleine Faustus dazwischengekommen. Doch im Gegensatz zu den Menschen hatte der Meister Zeit, viel Zeit.

Etwas flatterte, und einen Augenblick später flog ein Rabe in die Höhle und setzte sich auf den Rand des Brunnens. Der Vogel öffnete den Schnabel und krächzte. Wer genau hinhörte, erkannte in dem Krächzen eine Stimme, die vor vielen, vielen Jahren einmal menschlich gewesen sein mochte, eine Kinderstimme. Der Meister nickte.

»Er ist also gekommen. Und zwar aus freiem Willen. Das ist gut, sehr gut! Bereite alles vor, Baphomet.« Er grinste, und seine Finger glitten über den schartigen Schnabel des Raben. »Wenn du die Dinge zu meiner Zufriedenheit erledigst, sollst du etwas ganz besonders Süßes zu fressen bekommen, mein Kleiner. Nicht gepökelt und gedörrt, sondern frisch, fast so frisch, als würde es noch schreien.«

In einem Käfig in der Ecke wimmerte ein kleiner zweijähriger Junge.

* * *

Eine ganze Weile starrte Greta auf den kleinen silbernen Globus, der wie ein Pendel vor ihren Augen schwang.

Sie hatte gehört, was ihr Vater gesagt hatte, und doch konnte sie es noch nicht fassen. Wenn es stimmte, was Faust erzählte, dann befand sich in der silbernen Kugel die Anleitung für die schlimmste Waffe der Menschheit. Greta konnte sich gut vorstellen, dass jemand wie Tonio del Moravia daran Interesse hatte. Er konnte die Rezeptur an den Meistbietenden verkaufen, vermutlich würde er sie dem Papst zur Verfügung stellen. Oder aber dem jungen deutschen Kaiser, der sich gerade anschickte, sich mit dem französischen König ein nie da gewesenes Kräftemessen in Italien zu liefern. Auch der englische König Heinrich VIII. galt als äußerst ehrgeizig.

Wer diese Rezeptur besitzt, beherrscht die Welt, dachte Greta. *Und er wird Tod und Feuer säen.*

Tonio hatte ihren Sohn in seine Gewalt gebracht, um an das *Igró Pir* zu gelangen. Sebastian war die Geisel in diesem Handel. Vermutlich war das schon Tonios Plan gewesen, als sie mit Lahnstein nach Rom gegangen war. Sie müssten ihm nur die Rezeptur geben, dann wäre Sebastian frei. Aber warum zeigte sich Tonio dann nicht? Greta erinnerte sich daran, was Hagen vorher mit der seltsam fremden Stimme zu Faust gesagt hatte.

Du musst aus freiem Willen kommen …

Offenbar war auch dies Teil des abartigen Spiels zwischen Tonio und ihrem Vater, eines Spiels, dessen Regeln Greta nicht verstand und auch nicht verstehen wollte. Sie wollte nur ihren Sohn zurück!

Auch wenn deshalb Abertausende Menschen auf den Schlachtfeldern Europas sterben müssen?

Der Gedanke überstieg Gretas Vorstellungsvermögen. Ihr Fuß schmerzte höllisch, sie hatte in der Engelsburg Unbeschreibliches erlebt, war in den eiskalten Tiber gestürzt, in nassen Kleidern durch halb Rom gelaufen und nur knapp dem Tod entronnen … Sie würde nicht aufgeben, nicht so kurz vor dem Ziel.

»Wir müssen diese Höhle finden«, sagte sie schließlich.

Faust musterte sie. »Dann hast du deine Entscheidung also getroffen?«

»Welche Entscheidung?«

»Wir geben Tonio die Rezeptur. Du weißt, was das bedeutet?«

»Verflucht, es geht um meinen Sohn! Was kann mein Sohn dafür, dass irgendwelche alten Männer sich schlimme Dinge ausdenken? Warum soll er dafür büßen? Er ist doch nur ein Kind! Verdammt …« Sie stockte. »Selbst wenn wir die Rezeptur hier und jetzt vernichten würden, wer sagt uns, dass nicht ein anderer etwas Ähnliches erfindet, dass die alte Formel nicht doch wieder auftaucht? Ich kann nur meinen Sohn retten, nicht die ganze Welt!«

»Vielleicht finden wir ja noch eine andere Lösung«, mischte sich Karl ein. »Aber dafür müssen wir erst einmal diese Höhle entdecken.« Er stand auf und deutete nach oben. »Der Palast des Augustus ist nicht mehr weit. Lasst uns dort mit der Suche anfangen.«

Mit schmerzverzerrtem Gesicht stand Greta auf. Sie humpelte, aber zumindest konnte sie ohne Hilfe gehen, wenn auch nicht sehr schnell. So erreichten sie schließlich die Ruinen des kaiserlichen Palastes. Auch hier war alles mit Unkraut überwachsen. Greta sah im Mondlicht ein paar Torbögen und Mauerstücke, in einem verwilderten Innenhof stand eine kopflose Statue mit zerbrochenem Schwert. Sie setzte sich auf einen Mauerrest am Rande des Hofs, während Faust und Karl ausschwärmten, um irgendeinen Hinweis auf die Höhle zu entdecken.

Unterdessen betrachtete Greta im Schein ihrer Fackel einige Mosaike, die im Boden vor ihr eingelassen waren. Sie zeigten Vögel, Fische und allerlei Getier. Greta schloss die Augen und genoss für einen Moment die Stille. Warum konnte nicht alles wieder so sein wie noch vor ein paar Wochen? Sie hatte versucht, ihrem Schicksal zu entkommen, doch es hatte sie eingeholt.

Faust, ihr Vater, hatte sie eingeholt.

Gleichzeitig erschien es ihr wie eine Strafe Gottes, dass die Liebe zu ihrem Kind just dann am stärksten wurde, als man es ihr wegnahm. Wo nur war sie in den letzten zwei Jahren gewesen? Bei den Armen, Kranken und Alten, bei vielen Menschen, die sie brauchten. Aber nicht bei ihrem Sohn.

»Nichts. Keine Spur.«

Greta sah auf, als sich ihr Karl mit der blakenden Fackel in der Hand näherte. Faust folgte direkt hinter ihm. »Wir haben alles abgesucht, soweit es im Dunklen überhaupt möglich ist«, sagte Karl achselzuckend. »Es gibt noch einige erhaltene Gewölbe und ein paar Kellerlöcher voller Unrat, aber keine Höhle.«

»Verflucht!«, zischte Faust. »Vermutlich ist die Höhle ein wenig außerhalb, irgendwo im Garten des Augustus. Aber das ist ein riesiges Terrain, und es ist stockdunkel. Hagen muss bei Tonio gewesen sein, die Höhle ist also hier! Nur wo? Wo, in Gottes Namen?«

»*Lasciate ogni speranza, voi ch'entrate*«, sagte Greta leise.

Faust horchte auf. »Was hast du gesagt?«

»Lasst, die ihr eingeht, alle Hoffnung fahren. Ein passender Spruch, wie ich finde.« Greta deutete auf den Mauerrest, auf dem sie saß. Dort war eine italienische Inschrift eingearbeitet. »Wenn der Spruch auch so gar nicht zu all den Vöglein, Häschen und Rehlein auf dem Mosaikboden passen will.«

Ihr Vater kam mit der Fackel eilig näher und studierte die Inschrift. Greta erkannte jetzt, dass darunter ein Quadrat eingeritzt war. Ein Quadrat mit einem Kreis in der Mitte. Es sah aus wie ein einzelnes wachsam blickendes Auge.

»Mein Gott …«, flüsterte Faust. »Ist das möglich?« Er wandte sich an Karl. »Schnell! Such den Hof ab!«

»Aber warum …?«, begann Karl.

»Himmelherrgott, muss ich denn immer alles erklären?«, brach es aus Faust heraus. »Dieser Spruch ist in Italienisch geschrieben, nicht in Latein, er wurde also erst viel später angebracht! Vor allem aber weist er darauf hin, was hier zu finden ist.«

Noch einmal las Greta die Inschrift und nun erst verstand sie.

Lasst alle Hoffnung fahren …

»Er stammt aus Dantes *Göttlicher Komödie*!«, rief sie. »Aus dem *Inferno*!« Das Kloster Santo Spirito besaß eine große Bibliothek, in der selbstverständlich auch die Bücher Dantes, des bekanntesten italienischen Dichters, aufbewahrt wurden. Vor etwa zweihundert Jahren hatte Dante Alighieri sein bekanntestes Werk verfasst, die *Göttliche Komödie*, in der er selbst als Reisender durch Hölle, Fegefeuer und Paradies wandert. Vor allem die Darstellung der Hölle, des Infernos, hatte Greta schwer ergriffen.

Faust deutete auf die Inschrift. »Diese Worte stehen am Tor zur Hölle! An der Porta Infernale! Versteht ihr? Es ist ein Hinweis, vielleicht für Tonios Helfer, wie Hagen einer war. Das Tor muss sich also irgendwo hier in der Nähe befinden!«

»Aber wir haben doch schon alles abgesucht«, sagte Karl achselzuckend.

»Verflucht, dann suchen wir eben noch mal!«

Karl schritt mit seiner Fackel den Hof ab. »Hier ist nichts«, sagte er nach einer Weile. »Nur Unkraut und Trümmer.«

»Das kann nicht sein!«, herrschte ihn Faust an. »Such weiter!«

»Was hat es mit diesem Symbol auf sich?«, fragte Greta und deutete auf das Quadrat mit dem Kreis in der Mitte. »Es sieht fast aus wie ein Auge.«

»Möglich.« Ihr Vater zuckte mit den Schultern. »Vielleicht stellt es auch den Eingang zur Hölle dar oder ...« Er stutzte. Dann lachte er plötzlich heiser. »Natürlich, ein Kreis! Wie konnte ich das übersehen!« Er stand auf und fasste seine Fackel fester. »Die Höhle ist nicht hier!«, rief er Karl zu. »Das ist nur der Anfang unserer Suche!«

Er wies auf das Symbol auf dem Mauerstück. »Der erste Wegweiser, er verweist auf den ersten Kreis der Hölle. In Dantes *Inferno* gibt es zehn davon. Nach dem Tor folgen die Vorhölle und dann die weiteren neun Kreise, die für die einzelnen Laster und Verbrechen stehen. Wollust, Habgier, Geiz, Mord ... Im zehnten Kreis steckt Luzifer in einem See aus Eis.« Er lächelte grimmig. »Tonio hat wirklich Sinn für Humor.«

»Soll das heißen, wir suchen also keine Höhle, sondern ein weiteres Quadrat mit diesmal zwei Kreisen?«, fragte Karl, der in der Zwischenzeit zurückgekommen war und das Symbol betrachtete.

Faust nickte. »Dann drei, dann vier und so weiter. Es sind Wegweiser, die uns zu unserem eigentlichen Ziel führen. Zur Porta Infernale.« Er packte die Fackel und schritt voraus. »Zum Teufel in seiner Hölle.«

Es dauerte tatsächlich nicht lange, bis sie an einer etwas entfernt stehenden Mauer den zweiten Hinweis fanden, ein Quadrat mit zwei Kreisen. Von dort ging es immer weiter, zum dritten, zum vierten, zum fünften Hinweis ... Dabei entfernten sie sich immer mehr vom Palast des Augustus, bis sie schlussendlich in einem Wäldchen am Rande des Palatins standen. Vermutlich waren hier früher blühende Gärten gewesen, nun verdunkelten tief hängende Äste den Mond, Moos hing in den Zweigen, es roch nach modrigem Laub und Winter. Greta fielen die ersten Zeilen aus Dantes *Göttlicher Komödie* ein.

Es war in unsres Lebensweges Mitte, als ich mich fand in einem dunklen Walde, denn abgeirrt war ich vom rechten Wege …

Der Satz erschien ihr äußerst passend, so als hätte ein Dichter aus längst vergangener Zeit direkt in ihr Herz geblickt.

Zu gerne hätte Greta selbst gesucht, aber jedes Mal, wenn sie versuchte, längere Zeit aufzutreten, wurde der Schmerz in ihrem Knöchel so groß, dass sie sich wieder hinsetzen musste. Sie kam sich vor wie gefesselt! Und irgendwo hier in der Nähe war ihr Sohn, vielleicht schon tot … Um sich wenigstens notdürftig vorwärtszubewegen, hatte sie sich einen geeigneten Ast gesucht, den sie als Krücke benutzte.

Faust und Karl hatten mittlerweile das Quadrat mit den zehn Kreisen gefunden und erkundeten nun die Umgebung. Das Gelände war flach, ohne Erhebungen, und Greta fragte sich, wo es hier eine Grotte geben sollte. Vielleicht eine künstliche, aber doch keine, in der vor langer Zeit einmal zwei Jungen von einer Wölfin gesäugt worden waren. Das alles war nur eine Sage, nichts weiter. Wie auch die Geschichte mit dem Höllentor vermutlich nur Fausts Fantasie entsprang.

Ein paar Mal hatte Greta schon nach Sebastian gerufen, aber ihre Stimme war im Wald verhallt. Schließlich hatte sie es aufgegeben. Mit dem langen Ast in der einen Hand, der fast abgebrannten Fackel in der anderen, humpelte sie durch das waldige Gelände. Karl hatte ihr geraten, sitzen zu bleiben, aber sie konnte nicht ruhen, wenn ihr Sohn wirklich hier sein sollte.

»Sebastian!«, rief sie einmal mehr. »Sebastian, kannst du mich hören? Ich bin es, deine Mutter!«

Die Stille war erdrückend. Etwas entfernt sah sie zwei sich bewegende Lichter, die Fackeln von Karl und Faust, die noch immer nach der Höhle suchten. Durch die Zweige schien fahl der Mond, es war furchtbar kalt. Gretas Kleid war zwar mittlerweile wieder getrocknet, und Karl hatte ihr seinen Mantel gegeben, trotzdem fror sie so erbärmlich, als wäre sie nicht in Rom, sondern irgendwo in den Alpen.

Etwas krächzte.

Als Greta nach oben blickte, sah sie einen alten Raben mit schwärzlich grauem Gefieder auf einem Ast sitzen. Er schien sie zu beäugen, und Greta fragte sich, ob ihr Vater recht hatte. War der räudige Rabe tatsächlich ein Abgesandter Tonios?

»Unsinn«, murmelte sie. Noch immer hielt sie es für eine Wahnvorstellung ihres Vaters, dass es sich bei Tonio um den Teufel selbst handelte. Trotzdem sprach sie leise zu dem Raben.

»Wenn du weißt, wo mein Sebastian ist, dann sag es mir. Bitte!«

Himmel, was tat sie da? Sie sprach mit einem Tier! Aber dann fiel ihr ein, dass es auch genügend Leute gab, die nicht glaubten, dass man den Tod in den Händen eines Menschen sehen konnte. Und doch konnte sie es.

»Wo ist mein kleiner Sebastian?«, fragte Greta ein weiteres Mal, diesmal noch flehender. »Sprich schon, bitte!«

Der alte Rabe erhob sich krächzend und flog einige Meter weiter, wo er wieder auf einem Ast Platz nahm. Dort wetzte er seinen Schnabel und schlug unruhig mit den Flügeln. Greta folgte ihm, wobei sie sich im Gestrüpp humpelnd auf ihre Krücke stützte. Wieder flog der Rabe ein paar Schritte, ganz so, als wollte er, dass sie ihm nachkam. Nun blieb er auf einem Ast sitzen, unter dem etliche Büschel Unkraut wuchsen, es war ein ganzes Feld. Der intensive Duft verriet Greta, dass es sich wohl um wilde Petersilie handelte. Sie machte einen weiteren Schritt …

Und stürzte in die Tiefe.

Karl hielt inne und lauschte. Ein hoher Schrei gellte jäh durch den Hain.

»Greta?«, rief er. »Bist du das?« Schon eine ganze Weile hatten er und Faust nun schon das Areal rund um das zehnte Zeichen abgesucht, doch nichts gefunden. Trotz der Anspannung und der nagenden Angst war er entsetzlich müde, er fröstelte und zitterte. Doch der Schrei ließ ihn sofort wieder hellwach werden.

Da schon wieder! Es war eindeutig Greta, und sie schrie um Hilfe. Wurde sie etwa angegriffen? Aber von wem? Kurz überkam Karl die Vorstellung, dass Hagen doch nicht tot war. Dass er als verbrannte Spukgestalt, mit schwarz verkohlter Haut und geschmolzenen Gliedmaßen noch immer sein Schwert schwang, bis zum Jüngsten Tag.

»Greta, ich komme!«, rief Karl.

Er eilte durch den Wald, auf die Hilfeschreie zu, die nun immer lauter wurden. Von rechts vernahm er eilige Schritte. Es war Faust, der sich ihm mit grimmiger Miene anschloss. Gemeinsam liefen sie, bis sie zu etlichen Büscheln Unkraut kamen. Die Schreie schienen direkt aus dem nur kniehohen Gebüsch vor ihnen zu kommen. Doch wo war Greta? Karl wollte schon darauf zugehen, doch Faust hielt ihn zurück.

»Nicht!« Er kniete sich nieder und bewegte sich auf allen vieren vorwärts. Und noch immer rief Greta um Hilfe, die Rufe klangen seltsam hohl, als kämen sie aus der Tiefe.

»Ein Loch!«, rief Faust Karl zu, der hinter ihm gewartet hatte.

Auch Karl ließ sich nun nieder und näherte sich vorsichtig einem gähnenden Erdloch, das vom Unkraut fast vollständig verborgen wurde. Es hatte einen Durchmesser von ungefähr einem Schritt, ein warmer Wind wehte Karl daraus entgegen. Als er mit der Fackel hineinleuchtete, sah er, dass Greta mit beiden Händen an ihrer Krücke genau in der Mitte hing. Der Stock hatte sich über dem Schacht verkeilt, doch es würde nicht mehr lange dauern, bis er brechen würde. Etwas krachte, und die Krücke rutschte ein weiteres kleines Stück in die Tiefe.

»Nimm meine Hand!«, rief Karl Greta zu.

Sie sah ihn mit einer Mischung aus Verzweiflung, Angst und Trotz an, dann schoss ihr rechter Arm nach oben. Für einen kurzen Moment hing sie nur noch mit der linken Hand an der festklemmenden Krücke, eine falsche Bewegung, und sie würde in die Tiefe stürzen. Doch dann hatte Karl ihre Hand fest gepackt. Er zog Greta nach oben, bis sie mit dem Oberkörper auf der Erde lag. Keuchend schob sie sich von dem Loch weg. Der Stock fiel mit einem leisen Klackern in die Dunkelheit.

»Das war knapp«, sagte Faust. Er bemühte sich um ein aufmunterndes Grinsen. »Nun, zumindest hast du den Eingang gefunden.« Er deutete auf die Büschel wilder Petersilie, die überall wuchsen. »Das Kraut ist Proserpina geweiht, der griechischen Göttin der Unterwelt. Im alten Rom wurde es bei Begräbniszeremonien verwendet, für die Reise in die Unterwelt. Nun wissen wir auch, warum Karls Gemüsebauern von der Höhle wussten und warum sie meinten, sie sei verflucht.«

»Aber das hier ist keine Höhle, es ist ein Schacht«, sagte Karl verwundert. Sie waren ein wenig zur Seite getreten, um zu vermeiden, dass sie selbst in das Loch fielen.

»Vermutlich befand sich der Eingang zur Höhle einst am Fuß des Palatins, doch der ist verschüttet«, erklärte Faust. »Jetzt gibt es nur noch diesen Schacht.« Er schnupperte. »Riecht ihr es auch?«

Karl atmete tief ein. Tatsächlich vernahm er einen leichten Geruch nach faulen Eiern.

Nach Schwefel.

»Die *Porta Infernale*«, sagte Faust lächelnd. »Das Höllentor. Wir sind endlich am Ziel.«

29

Vorsichtig schob sich Johann auf den Schacht zu und spähte hinein. Das Loch war pechschwarz, und doch glaubte er, tief unten ein leichtes Glühen wahrzunehmen. Der Geruch nach Schwefel wurde stärker. Bei näherer Betrachtung der Umgebung entdeckte er jetzt auch ein dünnes Hanfseil, das in die Tiefe führte. Es war an einem nahen Baum festgebunden, im Unkraut aber fast nicht zu sehen.

»Sebastian!«, rief Greta. »Bist du hier irgendwo?«

Johann fuhr herum. »Verflucht, sei still!«, zischte er. »Willst du, dass der Meister uns schon vorher hört?«

»Wenn dein *Meister* wirklich dort unten ist, hat er uns ohnehin schon längst gehört«, bemerkte Greta.

Mit ihrer spitzen Bemerkung hatte sie Johann daran erinnert, dass er Tonio del Moravia schon lange nicht mehr »Meister« genannt hatte. Einst war Tonio sein Lehrmeister gewesen, doch das war fast dreißig Jahre her. Damals hatten sie den Pakt geschlossen, einen Pakt, der Johann zum größten Zauberer der Welt machen sollte – und zum unglücklichsten Menschen, wie er oft dachte. Johann spürte, dass Tonio dort unten war, fast so, als wäre er ein Teil von ihm.

Seine Reise war bald zu Ende. So oder so.

»Vermutlich ist Hagen mit Sebastian an diesem Seil in die Tiefe geklettert«, sagte er, ohne auf Gretas Bemerkung weiter einzugehen. »Der Schacht führt also direkt …«

Er brach ab, als ein Geräusch zu hören war. Es kam aus dem Loch.

Ein leises Weinen.

»O Gott!«, schrie Greta. »Sebastian ist wirklich dort unten. Ich muss zu ihm, sofort!«

Sie näherte sich bereits wieder dem Schacht, doch Karl hielt sie zurück. »Greta, du bist verletzt. Wenn du jetzt nach unten kletterst, wer weiß, ob du es je wieder an die Oberfläche schaffst. Vielleicht sollten nur der Doktor und ich …«

»Ich soll hier oben warten, während mein Kind weint und Schmerzen leidet, gefangen von einem Verrückten?«, fuhr sie dazwischen. »Vergiss es!«

Karl seufzte. »Ich habe keine andere Antwort erwartet.«

»Ich werde als Erster gehen, dann kommt Greta und am Ende Karl«, befahl Johann. »Wir haben keine Waffen, aber ich denke, Waffen würden dort unten auch nichts bewirken. Ich habe nur das hier als Pfand.« Er hielt den kleinen Globus, den er noch immer an der Kette um seinen Hals trug, kurz in die Höhe. »Die tödlichste Waffe der Welt.«

Johann packte das Seil, zerrte noch einmal prüfend daran und machte sich dann an den Abstieg. Den brennenden Fackelstumpen nahm er zwischen die Zähne. Die Fackel würde ihnen vermutlich nur noch wenige Minuten Licht schenken. Doch Johann war sich sicher, dass es dort unten genug Licht gab.

Die Hölle ist hell erleuchtet …

Während er langsam nach unten stieg, betrachtete Johann aufmerksam den Schacht. Er schien natürlichen Ursprungs zu sein, vielleicht hatte er einst als Abzug für die Höhle gedient. Der Schwefelgestank nahm immer mehr zu, auch wurde es merklich wärmer, sodass Johann schon bald der Schweiß von der Stirn lief. Auch das Kinderweinen war nun immer deutlicher zu vernehmen.

Nach einer Weile erkannte Johann unter sich schemenhaft

den Boden. Er sah nach oben, wo sich der Nachthimmel als runde Scheibe abzeichnete, der Schacht mochte etwa fünfzehn Schritt tief sein. Als er schließlich unten angelangt war, gab Johann den anderen mit der Fackel das Zeichen, nachzukommen. Während er auf sie wartete, sah er sich um. Er befand sich am Ende eines niedrigen Tunnels, der nach Westen führte. Von dort kam auch das schwache Leuchten, das ihm bereits von oben aufgefallen war. Es war heiß wie in einem Backofen. Das Kinderweinen ertönte ganz in der Nähe, der Junge konnte nur noch wenige Schritte entfernt sein!

Plötzlich geschah etwas Seltsames. Etwas, das vielleicht noch erschreckender war als das Weinen.

Das Greinen hörte auf.

Stattdessen gluckste das Kind jetzt, ja, es juchzte, kiekste und lachte. Gleichzeitig war das leise Klingeln einer Schelle zu vernehmen.

Bing, bing, bing …

Und im gleichen Moment wusste Johann, hinter welcher teuflischen Maske sich Tonio del Moravia in den letzten Jahren verborgen hatte.

Im Grunde ist der Teufel schon immer ein Possenreißer gewesen, dachte er. *Er lacht Gott mitten ins strenge Angesicht.*

Auch Greta hörte das Lachen jetzt. Sie war als Zweite an dem Seil heruntergeklettert und erreichte unmittelbar neben Faust den Grund des Schachts. Ihr Herz schlug schneller. Wer dort lachte, war eindeutig ihr Sohn! Aber wie konnte das sein? Sebastian war gefangen, eben hatte er noch geweint. Etwas bimmelte, dann erklang vom Ende des Gangs eine feine Stimme.

»Hoppe, hoppe, Reiter, wenn er fällt, dann schreit er. Fällt er in den Graben, dann fressen ihn die Raben …«

Greta dachte an den Raben, der sie zum Schacht geführt hatte. Das alte bekannte Kinderlied, das sie Sebastian selbst schon öfter vorgesungen hatte, erschien ihr plötzlich grausam und unheimlich. Wie der Gesang eines uralten dämonischen Rituals.

»Fällt er in den Sumpf, dann macht der Reiter plumps«, ertönte die Stimme, deren Echo durch den Gang hallte. Sebastian jauchzte, wie nur kleine Kinder jauchzen können.

»Wer in Gottes Namen ist das?«, flüsterte Karl, der mittlerweile ebenfalls am Fuß des Schachts angekommen war.

»Oh, ich denke, ich weiß, wer das ist«, sagte Faust grimmig. »All die Jahre hat er uns zum Narren gehalten, im wahrsten Sinne des Wortes.«

Greta hielt es nicht mehr aus. Sie lief voraus durch den Tunnel, der schon nach wenigen Metern eine Biegung machte und in einer hohen Grotte mit einer kupfernen Kuppeldecke endete. Die Wände waren bedeckt mit verblassten Mosaiken, die eine Wölfin und zwei Knaben zeigten. An der von Grünspan überzogenen Kuppel prangte als Wappentier ein großer Adler, das Zeichen des römischen Kaisers. Ein steinerner Brunnen, verziert mit Statuetten von Nymphen und Faunen, stand genau in der Mitte.

Auf seinem Rand hockten zwei Krähen und ein alter Rabe.

Es war derselbe Rabe, den Greta oben im Wald gesehen hatte. Der Raum war von einem seltsamen Flackern und Leuchten erfüllt, dessen Ursprung sie bislang nicht ausmachen konnte. Greta blinzelte und konnte jetzt ein weiteres Möbelstück erkennen, das weiter hinten an der Wand stand.

Es war ein steinerner Thron. Doch auf ihm saß kein König, kein Kaiser und auch kein Papst.

Sondern ein Narr.

Greta erstarrte. Viktor von Lahnstein hatte sie gelegentlich zu den Spektakeln von Papst Leo mitgenommen. Da gab es Musik, Gaukler, Tänzerinnen und eben auch einen Hofnarren. Der Narr war ein hässlicher buckliger Geselle, der vor dem Stuhl des Heiligen Vaters Faxen machte und mit seinen Schellen klingelte. Er war Greta nie groß aufgefallen.

Jetzt saß er hier und wiegte ihren Sohn auf dem Schoß.

»Schau an, wer uns da besuchen kommt«, sagte der Narr mit näselnder Stimme. »Ui, ui, ui, deine Mutter, jetzt kriegen wir beide mächtig Ärger …«

Der Narr lächelte Greta an, ein beinahe wölfisches Grinsen auf seinem weiß und rot geschminkten Gesicht. Die Hitze in der Höhle hatte die Schminke flüssig gemacht, sodass die rote Farbe wie Blut hinabrann. Er trug ein enges mehrfarbiges Gewand, auf dem Rücken zeichnete sich ein Buckel ab, auf dem Kopf trug er eine Narrenkappe mit Glöckchen, die fröhlich bimmelten.

Sebastian jauchzte und haschte nach den Glöckchen.

»Der arme Kleine hatte Hunger«, sagte der Narr im besorgten Tonfall einer Amme. »Ich habe ihm zu trinken gegeben.« Er grinste. »Einen ganz besonderen Saft. Jetzt ist der Bub satt.«

Im trüben Licht kam es Greta so vor, als ob sich um die Lippen ihres Sohnes einige rote Flecken abzeichneten.

Wie von Blut.

»Du Monstrum!«, schrie sie. »Du Ungeheuer!« Sie wollte sich eben auf den Narren stürzen, als sich an ihm eine merkwürdige Veränderung vollzog. Er … *bleckte* die Zähne wie ein Raubtier und fauchte sie an, im Zwielicht schien sein Körper zu wachsen. Der Schatten an der Wand zeigte eine riesige gehörnte Kreatur.

»**KUSCH!!!**«

Die Stimme war so tief, laut und gewaltig, dass Greta wie von einer Wand zurückprallte. Sebastian begann erneut zu weinen.

»Siehst du, du hast ihm Angst gemacht«, sagte der Narr und schaukelte den Knaben auf seinem Schoß. Nun war er wieder nichts weiter als ein harmloser Faxenmacher. »Böse

Mutter! Hat sich so lange nicht um den kleinen Sebastian gekümmert, hat nur an den strengen Alten oben im Himmel gedacht. Ts, ts, ts …« Der Narr schüttelte den Kopf und sah Greta missbilligend an. »Er erkennt seine Mutter ja schon fast nicht mehr.«

»Natürlich … erkennt er seine Mutter«, sagte Greta zögerlich, doch die Augen ihres Kindes sagten etwas anderes. Sebastian hatte nur kurz zu ihr hingesehen und sich dann wieder zu dem lustigen Mann umgewendet, auf dessen Schoß er saß.

»Noch mal plumps!«, rief er und bewegte sich wie ein kleiner Reiter. »Noch mal!«

»Was hast du mit ihm gemacht?«, schrie Greta. »Du … du hast ihn verzaubert!«

»Oh, das war gar nicht nötig«, sagte der Narr. »Ein wenig Spiel und Gesang reichen da schon. Ach, übrigens hat er eben nach Martha gerufen, nicht nach dir. Er mochte die gute, dicke Martha wohl sehr gern.«

Ein Stich fuhr Greta ins Herz, so als hätte ihr Hagen sein Schwert in die Brust gerammt. Mit einem Mal rannen ihr Tränen übers Gesicht, sie fühlte sich entsetzlich schuldig. Greta wusste, dass der Narr genau das beabsichtigte, doch sie konnte es nicht verhindern. »Ich weiß nicht, was du mit ihm gemacht hast, was du mit mir machst, aber … aber … er ist mein Sohn. Ich bin seine Mutter …«

»Was ist das für eine Mutter, die ihr Kind in die Hände einer Amme gibt und sich ins Kloster zurückzieht?« Der Narr kicherte, und die Vögel am Brunnenrand krächzten aufgeregt und schlugen mit den Flügeln. »Eine Rabenmutter! Krahkrahkrah!«, imitierte der Narr das Krächzen eines Raben, und die Vögel fielen ein: »Krahkrahkrah! Krahkrahkrah!«

Greta weinte, sie zitterte am ganzen Leib, während ihr Sohn sich an die Brust des Unholds schmiegte. Außerdem war ihr ganz übel von dem Schwefelgestank in der Höhle, und ihr dröhnte der Kopf. Was ging hier nur vor?

»Lass die Spielchen, Tonio!«, ertönte Fausts Stimme aus dem Hintergrund. Seine Hand legte sich auf Gretas Schulter. »Hör nicht auf ihn«, flüsterte er ihr zu. »So ist der Teufel, er zerrt und nagt an dem, was du am meisten liebst.«

»Pah, du Spielverderber!« Der Narr machte eine lange Nase und sah hinüber zu Faust, der zusammen mit Karl nun direkt hinter Greta stand. Dann strahlte er über das ganze bleich geschminkte Gesicht.

»Wie schön, dich wieder einmal zu sehen, kleiner Faustus! Wobei wir uns ja erst vor Kurzem begegnet sind. Erinnerst du dich?«

»O ja, ich erinnere mich, Tonio del Moravia.« Faust nickte. »Ich erinnere mich an jeden einzelnen verfluchten Moment mit dir in meinem Leben.«

Jeder einzelne verfluchte Moment.

Johanns Gedanken gingen zurück zu dem Umzug an Allerheiligen vor einigen Wochen. Er hatte Tonio gesehen, doch er war so mit der Suche nach Viktor von Lahnstein und Greta beschäftigt gewesen, dass er ihn einfach nicht wahrgenommen hatte. Wahrscheinlich war es in den letzten Jahren vielen so ergangen.

Der Narr am Hofe … Er ist immer da, er hört alles, er sieht alles. Keiner nimmt ihn ernst, und doch sagt er immer die Wahrheit.

»Du bist ganz nahe an mir vorbeigegangen, aber du hast eine Maske getragen«, sagte Johann. »Und dann dieser Buckel …«

»Nicht übel, was? Wenn auch nur eine billige Attrappe.« Der Narr, der Tonio war, wackelte mit dem Kopf, und die Schellen bimmelten erneut. »Die Menschen lieben missgestaltete Kreaturen, weil sie sich dann erhoben fühlen. Kleinwüchsige, Einfältige, Bucklige …« Er zog eine Grimasse und sah nun wirklich wie ein dummer Narr aus. »Es ist so einfach, die Menschen zu täuschen.«

»Wie lange geht dieses Spiel schon?«, wollte Johann wissen. »Sicher schon mehr als zwei Jahre, nicht wahr? Du hast dir langsam das Vertrauen des Papstes erschlichen.«

»Leo liebte Narren, es war nicht sehr schwer, einen Platz am Hof zu ergattern.« Tonio zuckte mit den Schultern. »Ich kann sehr unterhaltsam sein, wenn ich will, das weißt du. Hinzu kam, dass der gute Leo äußerst jähzornig war, ein echter Medici eben. Keiner traute sich, ihm die Wahrheit zu sagen. Keiner außer seinem Narren.« Tonio grinste. »Ich darf sagen, dass wir fast so etwas wie Freunde wurden. Am Ende war ich sein wichtigster Ratgeber.«

Johanns Finger schoss vor. »*Du* warst es, der dem Papst den Floh ins Ohr gesetzt hatte, ich könnte Gold machen! Deshalb hat Leo seinen Gesandten nach Bamberg geschickt.«

»Eigentlich nur ein Witz, aber Leo war ja so versessen auf den Stein der Weisen. Reihenweise ließ er selbst ernannte Alchimisten foltern, stöberte in den alten Unterlagen der vatikanischen Bibliothek. Dort stieß er auch auf Gilles de Rais und seine Beschwörungen. Na gut, ich gebe zu, ich habe ihm die entsprechenden Dokumente untergejubelt. Gilles war mir immer eine der liebsten Hüllen. Immer hungrig, nie satt.« Tonio wiegte das Kind in seinen Armen und streichelte ihm über die rosigen Wangen. Sebastian sah müde aus, immer wieder fielen ihm die Augen zu.

»Ich dachte, auf diese Weise könnte ich dich zu mir nach Rom holen«, fuhr er schließlich fort und sah Johann ins Gesicht. »Ich bin sogar selbst nach Knittlingen und Bamberg gereist, um dich aufzusuchen. Es war gar nicht so einfach, Leo meine Abwesenheit zu erklären. Du siehst, ich habe dich immer noch nicht aufgegeben, mein kleiner Faustus.« Tonio gab ein gurrendes Geräusch von sich. »Als kleinen Gruß habe ich dir damals meinen Fluch geschickt. Später auf Tiffauges warst du kurz davor, freiwillig zu mir zurückzukehren, doch leider haben mir deine Tochter und ihr Verlobter einen Strich durch die Rechnung gemacht. Dass du ihn im Rausch umgebracht hast, war eine hübsche Pointe, wie ich fand.« Er lachte laut. »Aber jetzt bist du ja endlich da. Hier bei mir, in meinem Reich! Wie gefällt es dir?«

Tonio machte eine weite Geste. »Ich liebe diesen Ort, sogar mehr noch als die Engelsburg. Er ist so alt! Schon vor den Zeiten von Romulus und Remus wurden hier Opfer dargebracht, Menschenopfer. Aus dieser Zeit stammt wohl auch das Brunnenbecken, das die Römer übernahmen. Später gab es hier auch Taufen. Oh, hätten die Christen nur gewusst, was vorher in dem Brunnen gewesen ist! Kein Wasser, o nein!« Sebastian öffnete kurz die Augen und greinte, Tonio wiegte ihn beruhigend auf dem Schoß. »Schschsch, hast du schon wieder Hunger, mein Liebster? Nun sei hübsch still, ich unterhalte mich mit deinem Großvater.«

Johann merkte, dass der Schwefelgestank in der Grotte immer stärker wurde, er fühlte sich zunehmend matt, alles um ihn drehte sich. Vermutlich stiegen die Dämpfe aus verborgenen Spalten auf, auch die anderen schienen darunter zu leiden. Greta klammerte sich an Karl, sie zitterte am ganzen Leib, ihr Gesicht war aschfahl, so als würde sie Gespenster sehen.

Oder den Teufel, dachte Johann.

»Ihr … Ihr wart der französische Gesandte in Bamberg, nicht wahr?«, mischte sich nun Karl ein. Er stützte sich gegen die Höhlenwand, Hitze und die Wirkung des Schwefels forderten auch bei ihm ihren Tribut. »Und auch in Metz haben Greta und ich Euch getroffen. Unter der Brücke …«

»Zum Teufel, ich hatte Hunger, da wird man eben unvorsichtig.« Tonio zuckte die Achseln. »Nachdem Faust in Bamberg entkommen konnte, habe ich meine Pläne geändert. Ich musste einsehen, dass mein Liebling so schnell nicht nach Rom kommen würde. Dabei hätte ich ihn so gerne an meiner Seite gehabt! Also sorgte ich dafür, dass Agrippa euch nach Frankreich lockte. Dort gab es etwas … anderes zu tun.« Neugierig beäugte der Meister seinen früheren Lehrling. »Du weißt, wovon ich spreche?«

»Ich … weiß«, erwiderte Johann verhalten. Der silberne Anhänger befand sich unter seinem Hemd, sodass Tonio ihn nicht sehen konnte. Johann würde das Pfand bis zum Schluss zurückhalten.

Die Dämpfe gaukelten ihm Schatten vor, die es nicht geben durfte, sein Kopf schmerzte vom Gestank des Schwefels. Der kleine Sebastian war mittlerweile auf Tonios Schoß eingeschlafen, seine Wangen sahen gesund und rot aus, viel zu rot. Johann schätzte, dass ihnen nicht mehr viel Zeit blieb, bis die Dämpfe sie alle umbrachten.

»Hast du bekommen, weshalb ich dich zu Leonardo schickte?«, knurrte Tonio, es klang wie bei einem großen Panther.

»Wer weiß …« Johann blinzelte und versuchte, sich zu konzentrieren. »Wir … reden gleich davon. Zuerst möchte ich noch eines von dir wissen.«

»Oho!« Tonio breitete die Arme aus und lächelte. »Es gibt etwas, was der kluge Doktor Faustus nicht weiß? Bitte, ich helfe gerne.«

»Du kannst so vieles sein. Ein mächtiger Zauberer, ein Alchimist, in einem früheren Leben hast du es sogar zum französischen Marschall gebracht. Warum, in Gottes Namen, wirst du Hofnarr des Papstes?« Johann schüttelte den Kopf. »Gut, du hattest Leos Ohr, du konntest Intrigen spinnen, ihm Dinge einflüstern. Ging es um Kriege? War es das, worauf du aus warst? Zwietracht zu säen am Hof eines der mächtigsten Männer der Welt?«

»Denke nach, kluger Faustus.« Tonio legte den Kopf schief.

»Du bist doch so schlau. Warum wohl habe ich dafür gesorgt, dass der Papst den Teufel beschwört, wenn der Teufel doch schon in Rom ist?«

Diese Frage hatte sich Johann schon mehrmals gestellt. Noch immer wusste er keine Antwort darauf. Tonio war ein Meister der Lüge und Maskerade, ein Spieler, doch immer verfolgte er ein konkretes Ziel. Agrippas Worte kamen Johann plötzlich wieder in den Sinn.

Der Teufel tritt in vielerlei Gestalt auf …

Trotz der Dämpfe, die ihn umwaberten, versuchte Johann, seine Gedanken zu ordnen. Um auf der Erde zu wandeln, brauchte der Teufel eine Hülle. Das hatte Agrippa herausgefunden. Gilles de Rais war so eine Hülle gewesen, später der Zauberer Tonio del Moravia, auch er selbst, Johann, hätte vor einigen Jahren als Hülle dienen sollen … Damals in Nürnberg hatten Tonios Jünger versucht, den wahren Teufel auf die Erde zu holen. Und eines war dabei stets wichtig gewesen.

Es musste aus freien Stücken geschehen. So lautete die uralte Regel.

Und plötzlich wusste Johann, was Tonio vorgehabt hatte.

Es war ein Witz und gleichzeitig so genial, dass vermutlich selbst der Herrgott dem Plan Respekt zollen musste. Johann musste an sich halten, um nicht laut aufzulachen. Die Dämpfe ließen ihm das Furchtbare plötzlich komisch erscheinen. So komisch!

Der Teufel als Papst …

»Du wolltest selbst Papst werden!«, rief er aus. »Deshalb die Beschwörungszeremonie oben auf der Engelsburg. Wäre es Leo gelungen, den Teufel zu beschwören, hättest du in seine Hülle schlüpfen können. So wie früher in all die anderen Hüllen!«

»Der Teufel selbst als Stellvertreter Gottes.« Tonio klatschte in die Hände, während Sebastian regungslos auf seinem Schoß dämmerte. »Bravo, bravissimo! Und, wäre das nicht ein schönes Gewand für jemanden wie mich? Sag selbst, kleiner Faustus … Dieser Martin Luther hat den Papst als Teufel bezeichnet. Was aber, wenn der Papst wirklich der Teufel ist? Oh, ich hätte ein Reich des Schreckens aufgebaut, der Dekadenz, der Völlerei und Prunksucht! Wir waren schon auf einem guten Weg, Leo und ich, die Kassen waren geplündert, der Hof verkam zum Circus Maximus, durch die Engelsburg gellten die Schreie der Gefolterten … Aber dann hast du wieder alles kaputt gemacht. **BÖSER JUNGE!!! BÖSER, BÖSER JUNGE!!!**«

Wieder schien Tonio zu wachsen, der Schatten an der Decke bekam Hörner, einen Schweif und lange Klauen, die nach Johann griffen. Er spürte einen heißen Lufthauch, so heiß wie direkt aus der Hölle.

Es sind nur die Dämpfe, dachte er. *Nur die Dämpfe. Wie lange habe ich noch, bis ich ohnmächtig werde?*

Er sah sich nach Spalten um, aus denen die Dünste stammen mochten, konnte aber keine entdecken. Weiter hinten in der Höhle wurde das Glühen stärker, es war so heiß hier drinnen, so gottverdammt heiß! Johann hatte davon gehört, dass in früheren Zeiten derartige Dämpfe heidnische Priester in Ekstase versetzt hatten, sie hatten Dinge gesehen, die nicht da waren, und in Rätseln gesprochen. Taumelnd blickte Johann hinter sich. Zu seinem Entsetzen bemerkte er, dass Karl und Greta bereits besinnungslos am Boden lagen. Bald würde es auch ihn treffen! Er musste zum Ende kommen, seine Hand glitt zu dem Anhänger um seinen Hals.

»Tonio, ich …«, begann er.

»Immer musst du alles kaputt machen!«, herrschte Tonio ihn an. »Nie tust du das, was man dir sagt.« Doch plötzlich veränderte sich seine Miene, sie wurde beinahe gütig und liebevoll. »Aber so ist es eben. Wir lieben nun mal das Chaos.«

»Wir?«, fragte Johann mit letzter Kraft. Ihm schwanden die Sinne.

»Ja, *wir*, kleiner Faustus. Wir zwei.« Tonio streckte die Hand nach ihm aus, fast so, als wollte er ihm über den Kopf streicheln.

»Oder hast du immer noch nicht verstanden, wer du wirklich bist, mein Sohn?«

… Ein Planwagen rumpelt über die Pflastersteine der kleinen Stadt Knittlingen, mit lahmendem Pferd und quietschenden Rädern. In einem Käfig unter dem Vordach hocken ein alter Rabe und zwei Krähen, kleine rote Vogelaugen starren böse hinab auf die Knittlinger Kinder, die lachend um den Wagen herumlaufen. Der Zauberer! Der Zauberer ist in der Stadt! Keines der Jungen und Mädchen weiß, dass auch die Vögel im Käfig einst Kinder wie sie gewesen sind, vor langer, langer Zeit …

Auf dem Kutschbock, das Gesicht verborgen unter einem Schlapphut mit roter Feder, sitzt ein Mann, der schon viel gesehen hat. Die Totenopfer der Sumerer, Babylons Hochmut und Niedergang, die ägyptischen Pyramiden, erbaut mit dem Blut Tausender Sklaven, das brennende Rom, die Reiterhorden aus dem Osten, den Untergang Konstantinopels … Er hat Blut aus den Schädeln der Besiegten getrunken, er hat Kehlen mit den Zähnen durchgebissen, vergewaltigt, gemeuchelt und dazu laut gelacht, er hat eine Jungfrau geliebt und an ihrer Seite die Stadt Orleans von den Engländern befreit, ehe er sie auf dem Scheiterhaufen brennen sah. Er war der Anfang, und er würde auch das Ende sein.

In diesem Moment heißt er Tonio del Moravia, ein schöner Name, wie er findet. Doch er hat schon viele andere Namen getragen: Imhotep, Kirke, Judas, Simon Magus, Gilles de Rais …

Name ist Schall und Rauch …

Eine junge hübsche Bäuerin steht am Fenster, mit prallen Brüsten und Apfelbäckchen. Er lächelt ihr zu und lüpft dabei seinen Schlapphut, er mag die jungen Dinger, die so frisch nach

Leben duften. Wie aufgeschnittene Lämmer, aus deren Leib es noch dampft. Er nimmt die Mädchen gern mit ins Heu, und sie lassen es sich gefallen, weil sie das Tier in ihm spüren. Manchmal lässt er sie danach wieder laufen, manchmal schlitzt er sie mit einem Messer auf und säuft ihr Blut.

Die junge Bäuerin soll die Nächste sein.

Sie sind so leicht zu pflücken wie reife süße Birnen. Doch die hier ist anders, das spürt er sofort. In ihren Augen leuchtet ein Hunger, ein Schalk, der ihm gefällt. Nimm mich mit!, sagt sie, als sie zusammen im Heu liegen. Irgendwohin, nur weg aus dieser Welt, die hinter dem nächsten Bach, dem nächsten Weidenzaun aufhört! Er lacht und zaubert für sie ein Ei, aus dem ein warmes Küken schlüpft. Sie gefällt ihm, denn er liebt den Aufbruch und den Neubeginn, Stillstand ist Sache des Alten dort oben.

Denn alles, was entsteht, ist wert, dass es zugrunde geht …

Auf einer Lichtung im Wald findet er für sie beide eine Höhle. Er ritzt sein Zeichen in den Fels, und er nimmt sie von hinten wie ein Tier, es macht ihm Spaß, mehr als sonst. Aus einer Laune heraus lässt er sie leben, mehr noch, er umgarnt sie. Ich komme wieder, haucht er ihr ins Ohr, und sie lächelt. Nimm mich mit!, flüstert sie ihm zu. Mein dunkler Prinz, mein Zauberer …

Doch er verschwindet wie Rauch im Wind. Er geht auf Reisen, sät Verderben hier, schaut dort dem Krieg beim Wachsen zu, flüstert, zischt, meuchelt und mordet, immer entlang der neuen Poststraßen, die sich wie Adern durch das Reich ziehen.

Viel Blut fließt in diesen Adern.

Als der Mann nach über einem Jahr wieder durch den Ort kommt, hat die Bäuerin ein Kind geboren. Nimm mich mit!, sagt sie erneut. Mich und das Kind! Doch er schüttelt den Kopf. Dann sag mir wenigstens, was die Zukunft für meinen Sohn bereithält! Er nimmt das Händchen des Knaben …

Und er sieht Erstaunliches.

Der Knabe hat viel Kraft. Sehr viel Kraft. Geboren am Tag des Propheten …

Nenne ihn Faustus, sagt er. Denn er ist fürwahr ein Glücklicher.

Wieder vergehen die Jahre. Als er erneut in die kleine Stadt kommt, begegnet er dem Jungen, der nun Faustus heißt, so wie er es befohlen hat. Der Knabe ist ein aufgewecktes Kerlchen, er hat den neugierigen Blick seiner Mutter. Er liest in den Händen des Jungen, er stutzt und rätselt, selbst der Teufel kann sich noch wundern …

Und die Hoffnung wächst.

Noch nie hat er ein Kind gezeugt, es ist nicht möglich, er ist kein Sterblicher! Doch dieser Junge, das spürt er, ist anders als alle anderen Menschen. Ein nie Zufriedener, ein Rastloser, ein Erneuerer, ein Chaosstifter, ein Zerfetzer und Verderber. Einer, der die Welt verändert.

Mein Sohn.

Und ich bin sein Lehrmeister.

Als Johann die Augen öffnete, glaubte er, die Welt würde in Flammen stehen.

Wo bin ich? Ist das schon die Hölle?

Es war so heiß! Über ihm loderten Feuerzungen. Doch dann erkannte er, dass es nur Schatten waren, die über die Höhlendecke züngelten. Er befand sich noch immer in der Lupercale unterhalb des Palatins. Doch wo waren die anderen? Karl, Greta, sein Enkel? Er wollte sich aufrichten, sofort wurde ihm übel. Also sank er wieder auf den Boden zurück.

»JETZT BIST DU ALSO ENDLICH HIER.«

Die Stimme, die durch die Höhle hallte, war tief und vertraut. Es war die Stimme Tonios und doch eine andere Stimme.

Viel … *älter.*

»Ich habe so lange auf dich gewartet«, fuhr die Stimme

fort. »Die Hand hatte ich nach dir ausgestreckt, ich habe gebettelt, gefleht, meinen ganz besonderen Kuss habe ich dir als Gruß geschickt. Aber du bist nicht gekommen. Wie ein trotziges Kind bist du all die Jahre vor mir weggelaufen. Doch jetzt bist du endlich hier. Bei mir.«

Johann stöhnte. Er dachte daran, was Tonio ihm vorhin eröffnet hatte. Seltsamerweise erfüllte ihn dieses Wissen überhaupt nicht mit Schrecken, fast so, als hätte er es doch schon immer geahnt.

Ich bin der Sohn des Teufels …

Tonio hatte ihn aufgezogen, er war sein Lehrmeister gewesen. Alles, was Johann beherrschte, die Schwarze Kunst, die Alchimie, das Deuten der Sterne, die Chiromantie, ja, auch die Gabe, den Tod vorauszusehen, hatte er von Tonio geerbt. Tonio del Moravia war der Mann aus dem Westen gewesen, der seine Mutter einst besucht und geschwängert hatte. Von dem ihm sein Stiefvater Jörg Gerlach berichtet hatte, kurz bevor Johann als Sechzehnjähriger seiner Heimatstadt Knittlingen den Rücken kehrte. Was hatte sein Stiefvater damals gesagt?

Ein schwarzhaariger, blasser Bursche mit allerlei magischem Krimskrams im Gepäck … Er hat deine Mutter verzaubert, ja, das hat er!

All die Jahre war Johann vor seinem wirklichen Vater weggelaufen. Doch nun war er hier bei ihm.

Zu Hause.

Johann lag auf dem Steinboden im rückwärtigen Teil der Höhle. Der Boden war warm, als würde darunter Blut pulsieren. Er drehte den Kopf und sah, dass hinter ihm, am Ende der Höhle, hüfthoch Flammen aus Felsspalten züngelten, genährt von den schwefligen Dünsten. Nun wusste Johann auch endlich, woher das Licht und die Hitze kamen. Die Höhle war wie ein großer glühender Backofen, erwärmt durch die urzeitlichen Kräfte der Erde.

Als Johann sich erneut aufrichtete, sah er vor sich das Tier.

Es war so groß, dass sein Kopf fast an die Decke stieß, das Haupt zottig wie das eines urzeitlichen Ochsen, mit zwei schrundigen, gewundenen Hörnern auf der Stirn. Sein Fell war schwarz, ein langer Schweif peitschte durch die Höhle und ließ Funken sprühen. Das Tier ging auf zwei Beinen, wie ein Mensch, sein Rücken war gekrümmt, die Klauen an seinen Fingern reichten beinahe bis zum Boden.

Es sind die Dämpfe, dachte Johann. *Die Dämpfe in der Höhle gaukeln mir ein Trugbild vor!*

Und gleichzeitig wusste er, dass dies Tonios wahre Gestalt war. Die Gestalt vor allen anderen Gestalten.

Der Teufel.

»Wo ist meine Tochter?«, fragte Johann. »Wo ist Karl, wo ist mein Enkel?«

Das Tier gab einen tiefen, brummenden Laut von sich, eine Art Seufzen.

»Was kümmert es dich, Faustus? Es gibt nur dich und mich. Wann wirst du das endlich begreifen? Alles andere ist unwichtig.«

»Ist es nicht!« Obwohl ihm der Kopf dröhnte und seine Gliedmaßen sich weich wie Honig anfühlten, erhob sich Johann schwankend. »Wo sind sie? Wo ist … ist meine Familie?«

»*Ich* bin deine Familie. Bin es immer gewesen. Die anderen sind nur hübsches Beiwerk in unser beider Geschichte.« Das Tier deutete hinter sich. Nun bemerkte Johann in einer Ecke ein paar menschliche Bündel, abgelegt wie große Holzscheite. Er erstarrte.

»Sind sie …?«, begann er.

»Tot? Noch nicht ganz, wenn auch kaum noch Leben in ihnen ist. Der giftige Odem, der aus den Spalten tritt, ist dort hinten am schwächsten. Soll ich sie gehen lassen? Ist es das, was du willst?«

Hoffnung regte sich in Johann. »Du … würdest sie gehen lassen?«, fragte er zögernd.

»Was bin ich? Ein gutmütiger Herrgott mit langem weißen Rauschebart? Der dumme Alte?« Das Tier lachte dröhnend und so laut, dass sich einige kleine Mosaiksteine aus der Decke lösten. »Du warst nicht sehr folgsam, mein Sohn, hast mir so manchen Streich gespielt! Warum sollte ich dir einen Gefallen tun, hm? In Nürnberg, als die Sterne günstig standen, hätte ich mit deiner Hilfe zurückkehren können, in meiner *wahren* Gestalt. Stattdessen bin ich weiterhin nur ein Schatten, ein Schemen auf den Höhlenwänden. Doch das wird sich schon bald ändern, schon sehr bald!«

Das Tier beugte sich über Johann und beschnupperte ihn wie ein Reh sein neugeborenes Kitz. »Was gibst du mir dafür, dass ich die drei Menschlein freilasse? Du weißt, man kann mit mir handeln. Ich liebe den Handel! Krieg, Handel und Piraterie, dreieinig sind sie, nicht zu trennen! Was gibst du mir dafür?«

Zitternd kramte Johann den kleinen silbernen Globus hervor, den er unter seinem Hemd versteckt hatte, und hielt ihn hoch. Er stand nun direkt vor dem Tier, ein kleiner Mensch vor einem riesenhaften, überirdischen Ungeheuer. »Das hier!« Vorsichtig öffnete er den Anhänger und zog das eng beschriebene Papier hervor.

»Aaaahhh, daran erkenn ich den gelehrten Herrn!«, brummte das Tier. »Leonardos Formel! Das legendäre *Igró Pir*! Schon in Rom habe ich versucht, Leonardo die Formel abzuschwätzen, ich bot ihm einen Pakt an, so wie dir. Er glaubte, er könnte mir ein Schnippchen schlagen, und floh nach Frankreich. Als könnte man vor *mir* fliehen!« Wieder lachte das Tier, und Geifer, so ätzend wie Säure, tropfte zu Boden. »Du hast die Formel also gefunden. Gut so, mein Sohn! Sie wird mir helfen, diese Welt noch schneller ins Chaos zu stürzen, als das ohnehin der Fall ist. Die Menschen sind vorbildliche Lehrlinge des Teufels.« Das Tier bleckte die Zähne, seine Augen glühten rot wie Kohlen, der Schweif peitschte über den Boden wie eine rasende Schlange. »Aber ich fürchte, das wird nicht reichen.«

»Wird nicht ... reichen?« Johann zog die Hand mit dem Papier zurück. »Was willst du noch?«

Ganz nahe beugte sich das Tier nun über ihn. Es war, als ob ein heißer Höllenodem Johann streifte. »Kannst du dir das nicht denken, kleiner Faustus?«, hauchte der Unaussprechliche ihm ins Ohr. »Ich will *dich*. Wir zwei werden über diese Welt herrschen, Vater, Sohn und ein unheiliger Geist!«

Das Tier lachte, in seinen Augen leuchteten Sterne, ja, ganze Galaxien. »Komm zurück in die Arme deines Vaters, und ich verspreche dir, ich mache dich noch berühmter, als du es jetzt schon bist! Ich mache dich reicher als einen König und mächtiger als den Papst. Zusammen können wir die Welt aus den Angeln heben! Lass alles andere hinter dir. Die Liebe ist nichts weiter als ein beengendes Band!«

Johann trat ein paar Schritte zurück. Er war jetzt ganz nahe an der Stelle, an der er sein wollte. Dort, wo die Flammen aus dem Boden traten. Einige Spalten reichten tief in die Erde hinein, weit unten war ein blaues und rotes Leuchten zu sehen.

Wie tief mag dieser Schacht hinabreichen?, fragte sich Johann. *Bis in die Hölle?*

»Also gut, du magst mich haben!«, sagte er mit lauter Stimme. »Und auch die Formel. Wenn du dafür die drei anderen gehen lässt. Hier ist mein Versprechen.« Umständlich faltete er das Papier wieder zusammen und tat es zurück in den Globus, während das Tier mit sichtlicher Ungeduld wartete. Schließlich hob Johann den kleinen silbernen Anhänger in die Höhe und sagte mit lauter, fester Stimme: »Diese Welt soll die deine sein, und bis zum Ende der Welt gehör ich dir. Dafür kommen die anderen frei.«

Die Klaue des Tiers zuckte nach vorne, doch Johann zog seine Hand zurück. Ein böses Knurren dröhnte durch die Grotte.

»**SPIEL NICHT MIT MIR!!!**«, fauchte das Tier.

»Sag es!«, befahl Johann. »Ich will es aus deinem Mund hören! Wie beide wissen, dass Worte dich binden. Es gibt uralte Gesetze, denen auch du verpflichtet bist. Also sag es!« Er hielt den Globus hoch, als würde er einen Bären mit einem Topf Honig locken. »Sag es!!!«

Und das Tier sprach die Worte.

»**DIESE WELT SOLL DIE MEINE SEIN, UND BIS ZUM ENDE DER WELT GEHÖRST DU MIR.**«

»Dafür wirst du meine Tochter, meinen Enkel Sebastian und meinen Adlatus Karl Wagner freigeben und für immer in Ruhe lassen. Versprich es!«

»**ICH … VERSPRECHE ES.**«

Johann lächelte. Er war wirklich Tonios Sohn, ein wahrer Zauberer. Der beste Zauberer der Welt.

Und sein letzter Trick würde sein allerbester sein.

Mit einer abrupten Bewegung riss Johann sich die Kette vom Hals und reichte den Globus dem Teufel. In der riesigen Pranke war die silberne Kugel nicht größer als eine winzige Perle. Trotzdem gelang es dem Wesen, die beiden Schalen der Kugel voneinander zu trennen und in deren Inneres zu blicken.

Die Schalen waren leer.

Und in den Augen des Tiers schimmerte erstes Begreifen.

»Diese Welt soll die deine sein«, wiederholte Johann. »Und bis zum Ende dieser Welt gehör ich dir.«

Dann drehte er sich um und sprang in die Flammen.

»**NEEEEIIIIN!**«, brüllte das Tier. »**BLEIB BEI MIR! WIR ZWEI KÖNNEN DIE HERREN DER WELT SEIN! WAS TUST DU …?**«

Vor Wut, Hass und Enttäuschung zerdrückte der Teufel

mit seiner Klaue den kleinen Globus, jene winzige silberne Welt, die ihm Johann eben überreicht hatte, und schleuderte den Klumpen an die Wand.

Bis zum Ende dieser *Welt gehörst du mir …*

Und der Teufel schrie, weil er merkte, dass Faust ihn ein weiteres Mal betrogen hatte.

Eine laute zornige Stimme drang bis in Karls tiefstes Inneres.

Sie bohrte sich in seine Gehörgänge, fuhr kreischend durch seinen Kopf und sorgte dafür, dass er erwachte. Oder träumte er? Die schwefligen Dämpfe hatten ihm die Sinne geraubt, ebenso wie Greta und dem kleinen Sebastian, die ohnmächtig, vielleicht auch tot, neben ihm auf dem Boden der Höhle lagen. Wer also schrie da? Es musste ein Traum sein, ein böser Albtraum. Karl hob den Kopf. Am anderen Ende der Höhle sah er den Doktor, der soeben in der glühenden Erde verschwand. Kurz kam es Karl so vor, als würde Faust zum Abschied winken.

Karl blinzelte. Flammen züngelten aus den Spalten hervor, sie tauchten die Höhle in ein überirdisches Licht. Ein gewaltiges haariges Untier mit Hörnern stand vor dem flammenden Loch, in das der Doktor gestürzt war. Das Tier brüllte, kreischte, tobte, wütete, raste, schnaubte. Ein Höllensturm fegte durch die Höhle, so heiß, dass Karl glaubte, seine Haare würden versengt.

Die Hölle!, dachte er. *Dies ist die Hölle. Der Pakt kommt zu einem Ende …*

Im gleichen Moment wusste Karl, dass dies kein Traum war. Dass der Doktor ihn gerade eben für immer verlassen hatte. Doch etwas war seltsam: Auch wenn Faust nicht mehr da war, die Liebe zu ihm blieb, und Karl fürchtete sich nicht. Er spürte die Liebe wie einen warmen, leuchtenden Stein in seinem Herzen. Ein Lächeln breitete sich auf seinem Gesicht aus.

Das ist der wahre Stein der Weisen …

Die Liebe erfüllte ihn, und Karl wusste: Sosehr das Tier in der Höhle auch tobte und raste, gegen diese Kraft, gegen die Macht der Liebe war selbst der Teufel machtlos.

Faust war verschwunden, er war vor Karls Augen in die Hölle gefahren – und doch würde er immer bei ihm sein.

Dieser Gedanke half Karl, nicht wahnsinnig zu werden.

Was ihm auch half, war, dass er sofort wieder die Besinnung verlor.

Johann fiel.

Er wusste, dass sein Sturz schon viel länger dauerte, als es nach den Naturgesetzen möglich war. Doch er wusste auch, dass Naturgesetze in dieser Welt nicht zählten. Er war umgeben von lodernden Flammen, die an seiner Kleidung leckten. Merkwürdigerweise waren sie nicht heiß, sondern kalt, so als würde er durchs Weltall stürzen. Johann fiel, und doch war er schwerelos, eine Daunenfeder im Wind, und zum ersten Mal in seinem Leben fühlte er etwas, was ihm bis dahin vollkommen fremd gewesen war.

Frieden.

Kein rastloses Grübeln und Forschen mehr, kein Antrieb, kein Gedankengewitter. Kein »immer weiter«.

Einfach nur sein.

Noch vor wenigen Augenblicken waren seine Gedanken gerast. Johann wusste, dass man den Teufel nicht besiegen konnte. Doch man konnte ihm ein Schnippchen schlagen. Die Gier machte den Teufel blind, auch Leonardo hatte das gewusst. Schon in Nürnberg, damals in den Katakomben, war es Johann gelungen, und nun noch einmal.

Ein letztes Mal.

Mit einem simplen Taschenspielertrick. Einem Trick, den ihm einst Tonio selbst beigebracht hatte.

Mit Gesten und Worten war es Johann vorher gelungen, das

Tier für einen winzigen Moment abzulenken. Er hatte die auf Seidenpapier geschriebene Formel nicht zurück in den Globus gesteckt, sondern in seine Hosentasche. Nun, im Fallen, zog er das Papier heraus und ließ es los, es glomm kurz auf, dann zerfiel es zu Asche, löste sich auf und war ... verschwunden.

Mein letzter Zaubertrick, dachte Johann.

Das Geheimnis des *Igró Pir* würde für immer ein Geheimnis bleiben. Zumindest so lange, bis jemand anderes sich daranmachte, der Menschheit eine tödliche Waffe zu schenken. Johann wusste, dass dieser Tag kommen würde. Er selbst hatte eine andere Waffe im Kampf gegen den Teufel gewählt, eine Waffe, die ebenso tödlich war wie Feuer.

Worte.

Diese Welt soll die meine sein, und bis zum Ende der Welt gehörst du mir.

Diese Worte hatte Tonio gesprochen, als Johann ihm den Globus reichte. Und im selben Moment, als er vor Wut den Globus zerstört hatte, war Johann frei gewesen.

Das Ende der Welt.

Der Teufel war an sein Versprechen gebunden, es war ein uraltes Gesetz, so alt wie die Welt selbst. Johann lachte, auch wenn kein Laut über seine Lippen kam. Greta, Karl und der kleine Sebastian, sein Enkel, sie würden leben! Ein vollkommenes Glücksgefühl durchströmte ihn.

Er erinnerte sich, wie er als Kind mit Gretas Mutter durchs Heu getobt war, wie er der kleinen Margarethe, der Tochter des Pflegverwalters, seine ersten Zaubereien und Gaukeleien gezeigt hatte, er dachte an ihren ersten gemeinsamen Kuss, die ersten heimlichen Stunden, als sie ihre Körper gegenseitig gekostet und geschmeckt hatten. Die Liebe zu Margarethe, die Leidenschaft, die er als junger Mann für die Gauklerin Salome gespürt hatte, und vor allem später die Liebe zu Greta hatte Johann durchs Leben getragen, trotz des unseligen Pakts mit Tonio.

Er hatte Schuld auf sich geladen und Gutes geschaffen, er hatte geliebt und gesündigt, Fehler gemacht und sie später bereut, kurzum, er war ein Mensch gewesen.

Es irrt der Mensch, solang er strebt …

Ja, es war ein erfülltes Leben gewesen, und er würde etwas in dieser Welt zurücklassen.

Eine Tochter und einen Enkel.

Und einen Sack voller Geschichten.

Und während Johann dem großen Licht am Ende des Abgrunds entgegenfiel, dachte er noch einmal daran, wie recht seine Mutter daran getan hatte, ihm diesen seltsamen Namen zu geben.

Faustus. Der Glückliche.

Er war noch nie so glücklich gewesen wie in diesem Moment.

* * *

Vogelgezwitscher, das Klopfen eines Spechts, das leise Läuten einer Glocke, dann vieler Glocken … Verdammt vieler Glocken!

Karl schlug die Augen auf und sah hinauf zum Himmel, der blau und klar war. Zweige piksten durch sein Gewand, und er fror erbärmlich. Es war ein kalter, strahlend heller Dezembermorgen.

Das ist nicht die Höhle, dachte Karl. *Wo bin ich?*

Er rappelte sich auf, woraufhin ihm der Kopf dröhnte, als würden die vielen Glocken in seinem Schädel schlagen. Außerdem war ihm so hundeelend wie nach einer durchzechten Nacht. Das musste an den giftigen Dämpfen liegen, die …

Karl erschrak, plötzlich war er hellwach.

Giftige Dämpfe!

Suchend blickte er sich um. Offenbar befand er sich in dem Waldstück oben auf dem Palatin, ganz in der Nähe des Schachts. Zwischen den laublosen Bäumen ragten Mauerreste, zerbrochene Säulen und Torbögen hervor, die wohl früher einmal zum Palast des Kaisers Augustus gehört hatten. Die Erinnerungen prasselten auf Karl ein. Er war mit Faust und Greta in diese Höhle hinabgestiegen, dort hatte Tonio auf sie gewartet, mit Fausts Enkel auf dem Schoß. Der Doktor hatte sich mit Tonio unterhalten, doch dann wurde alles verschwommen, Bruchstücke blitzten auf, die keinen Sinn ergaben. Ein riesiges zottiges Tier, ein Brüllen, Feuer ... Karl runzelte die Stirn. Offenbar hatte er es aus der Höhle herausgeschafft. Ganz sicher nicht durch den Schacht, es musste einen anderen Ausgang geben. Er wandte sich um und erblickte einen Haufen Steine, die aussahen, als wären sie erst kürzlich herabgestürzt. Neben den Steinen lagen zwei Gestalten.

Eine größere und eine viel kleinere.

»O Gott, nein!« Karl stürzte darauf zu. Es waren der kleine Sebastian und Greta, die ihren Sohn fest umklammert hielt, beinahe wie Maria ihren Sohn in Michelangelos Pietà. Ihre Augen waren geschlossen, die Gesichter leichenblass. Mit klopfendem Herzen beugte sich Karl über Greta. Ihre Haut war kalt, viel zu kalt.

»Das darf nicht sein!«, schluchzte er. Er schüttelte sie. »Das darf einfach nicht sein. Bitte ...«

Sebastian weinte, und gleich darauf begann Greta zu schimpfen.

»Was fällt dir ein, mich aus dem Tiefschlaf ...«

Sie fuhr hoch. Ihr Gesicht war verrußt, die Haare wirr und voller Laub. »Sebastian!«, keuchte sie und zog ihren Sohn an sich. »Wo sind wir? Wo ist Tonio?«

Karl war so erleichtert, dass es ihm für einen Moment die Sprache verschlug. Noch immer läuteten Roms Glocken, der Tag war gerade erst angebrochen, eine kalte Sonne schob sich über den Ostrand der Stadt.

»Tonio ist ... ist wohl verschwunden, ebenso wie dein Vater«, sagte Karl nach einer Weile. »Offenbar haben wir es im letzten Moment aus der Höhle herausgeschafft. Frag mich nicht, wie.« Er deutete auf den Haufen Steine. »Das da wird wohl der Eingang gewesen sein. Nun ist er für immer verschüttet.«

»Verschüttet?« Greta wiegte ihren Sohn, der sich schnell wieder beruhigte, offenbar hatte er die letzte Nacht nur als bösen Traum in Erinnerung behalten. Greta hatte ihn unter ihr Kleid geschoben und wärmte ihn mit ihrem Körper. »Und … und mein Vater?«

»Um das herauszubekommen, müssen wir den Schacht finden. Komm, schnell!« Noch wacklig auf den Beinen, eilte Karl voraus. Es dauerte eine Weile, doch schließlich entdeckten sie das Loch, durch das sie gestern in die Höhle hinabgestiegen waren. Jetzt bei Tageslicht sahen die grünen Petersilienstauden beinahe lieblich aus, eine Schicht Raureif lag über den Blättern. Noch immer führte das Seil, an dem sie hinabgeklettert waren, in den Abgrund. Doch als Karl niederkniete und hineinspähte, machte er eine unheilvolle Entdeckung.

»Das Loch ist verschüttet!«, sagte er. »Ich kann Geröll erkennen, schon in ein paar Schritt Tiefe! Vielleicht hat es in der Nacht ein kleines Beben gegeben, oder die Steine haben sich so gelöst oder …«

»Wenn mein Vater noch dort drinnen ist, dann ist er jetzt tot«, stellte Greta leise, aber bestimmt fest. »Entweder von Felsen erschlagen, oder die Dämpfe haben ihn umgebracht.«

»Vielleicht … vielleicht hat er es ja vorher rausgeschafft, so wie wir.«

»Und warum ist er dann nicht hier?« Greta schüttelte den Kopf, ihre Lippen waren schmal. »Mein Vater … er ist tot. Ich spüre es. Denk daran, was ich schon vor längerer Zeit in seiner Hand gesehen habe.«

Faust ist tot.

Etwas in Karl konnte diesen Gedanken nicht akzeptieren. Niemals.

»Dein Vater ist mit allen Wassern gewaschen«, sagte er. »Er ist ein Zauberer, vergiss das nicht! Und er …«

»Er ist tot!«, beharrte Greta. »Sieh es doch ein, Karl! Im Grunde hatte er sterben wollen, seit er beschloss, sich Tonio ein letztes Mal zu stellen. Er und Tonio …« Sie stockte. »Vielleicht haben sie beide dort drinnen ihr Grab gefunden.«

»Vielleicht«, murmelte Karl.

Wieder sah er vor seinem inneren Auge ein haariges Tier mit Hörnern, lodernde Flammen, einen glühenden Abgrund, in den der Doktor eintauchte und verschwand. Karl dachte daran, dass Faust seinen alten Lehrmeister Tonio del Moravia bis zum Schluss für den leibhaftigen Teufel gehalten hatte.

Hatte der Teufel Faust nun endgültig geholt?

»Weißt du, was seltsam ist?«, sagte Greta, während Sebastian an ihrer Hand zerrte. Der Junge wollte weg von hier, sicher war ihm kalt und er hatte Hunger. Trotzdem greinte er nicht, fast so, als spürte er, dass es um seinen Großvater ging, der für immer verschwunden war.

»Ich habe meinen Vater wirklich gehasst«, fuhr Greta fort. »Er hat den Vater meines Kindes auf dem Gewissen, er hat uns, ja, uns alle, jahrelang betrogen, er war mit bösen Mächten im Bunde. Doch nun, da er weg ist …« Sie zögerte und starrte auf das verschüttete Loch. »Ich glaube, ich habe meinen Frieden mit ihm gemacht.«

Karl nickte. »Ich … auch.« Allmählich sickerte die Erkenntnis durch, dass Faust vielleicht wirklich für immer von ihnen gegangen war. Zurück blieb die Liebe, die er für ihn empfunden hatte. Liebe, aber auch Bewunderung und Respekt vor dem größten Zauberer aller Zeiten.

»Ich denke, man wird ihn nie vergessen«, sagte er schließlich. »Noch in vielen hundert Jahren wird man sich seiner erinnern. So wie man sich an Leonardo da Vinci erinnern wird.«

»Wer weiß, vielleicht hast du recht.« Gretas Blick ging ins Leere. »Erinnerst du dich noch daran, wie er in Erfurt den Studenten die schöne Helena versprochen hatte und dich aus dieser Truhe hervorzauberte?«

»Natürlich!« Ohne es zu wollen, musste Karl schmunzeln. »Besonders an die Perücke. Gefärbtes Rosshaar bis zur Hüfte …« Er atmete tief durch. Die Erinnerung half ihm, seiner Trauer eine Heimat zu geben. »Oder wie der Doktor in Frankfurt dieses Feuerwerk veranstaltete und erklärte, er könne auf einer großen Rakete gen Himmel fliegen!«

Greta lachte. »Dabei war er schon oben auf dem Kirchturm und musste nur noch winken. Oder in Bamberg, als er dem Fürstbischof und sämtlichen Gesandten mit der Laterna Magica den Teufel vorgaukelte …«

»Die Laterna Magica!« Karl seufzte. »Es ist wirklich zu schade, dass sie damals kaputtgegangen ist. All die schönen Bilder, die ich gemalt habe …«

»Du könntest den Apparat bestimmt selbst neu bauen«, sagte Greta. »Immerhin bist du viele Jahre mit dem Doktor und der Laterna Magica durch das Reich gezogen.«

»Warum sollte ich das tun?«, fragte Karl. »Es war immer Faust, der die Massen begeistert hat, ich war nur sein Adlatus. Wenn der Doktor wirklich tot ist, dann …«

Greta sah ihn fragend an. »Was hast du?«

»Nichts. Ich … ich hatte eben nur eine Idee«, erwiderte Karl. Er runzelte die Stirn, während er weiter nachdachte.

Faust ist nicht tot.

»Lass mich noch ein wenig darüber schlafen«, fuhr er fort. Er schüttelte sich und blickte Greta und Sebastian liebevoll an. »Was habt ihr zwei jetzt vor?«

Greta zuckte die Achseln. »Ich weiß noch nicht. Nach Santo Spirito kann ich nicht zurück.« Sie strich Sebastian das rote Haar aus der Stirn, er drückte sich an sie. »Ich bin seine Mutter, das ist das Wichtigste. Ich werde meinen Sohn nie wieder allein lassen! Alles andere fügt sich dann schon.«

»Alles andere fügt sich.« Karl nickte und sah hinunter auf die Stadt, die sich in alle Richtungen hin ausdehnte. Im Südosten lagen die schneebedeckten Albaner Berge, der Tiber floss als breites braunes Band dem Meer zu, im Norden breiteten sich Felder und Wiesen aus, so weit das Auge reichte. Ganz winzig war dazwischen die Via Aurelia zu erkennen, die alte römische Straße, die sich von Rom aus durch die mit Raureif überzogene, gleichsam überzuckerte Landschaft schlängelte.

Hinaus in die Welt.

»Dieses Leben hat noch so viel zu bieten«, sagte Karl. »Hinter jedem Hügel wartet eine neue Geschichte.«

Er erhob sich und ging mit Greta, die den kleinen Sebastian an der Hand führte, den Palatin hinunter, den brodelnden, lärmenden Gassen entgegen, in denen sich der Mensch wie an jedem neuen Tag vergeblich gegen sein Schicksal aufbäumte.

Oben am frostklaren Himmel kreisten einsam zwei Krähen und ein Rabe.

Epilog

22. Dezember, Anno Domini 1523,
irgendwo im Kurfürstentum Sachsen
Zwei Jahre später …

Der Riese trug einen langen, zottigen Rauschebart, der fast bis zum Boden reichte. Gekleidet war er in die fleckige Kutte eines Mönchs, und sein Wanderstab war so groß wie eine Tanne. Der Kopf des Unholds reichte über die Wipfel des Waldes hinaus. Ein Raunen ging durch die Menge im Saal, einige kleinere Kinder jammerten und hielten sich mit zugekniffenen Augen an ihren Müttern fest. Doch die meisten Zuschauer starrten gebannt nach vorne zu der Wand, wo sich ein Segeltuch im Zugwind wölbte, was den Riesen auf dem Stück Stoff beinahe lebendig wirken ließ.

»Der mächtige Rübezahl!«, ertönte eben die Stimme des Mannes, der neben der Leinwand stand. »Ich traf ihn einst auf meinen Wanderungen im Riesengebirge. Wer Rübezahl verspottet oder ihm Böses will, dem schickt er Donner, Blitz und Hagelsturm. Wem er gewogen ist, der darf seinen Garten besuchen, in dem rätselhafteste Heilkräuter wachsen. Eines der Kräuter ist so mächtig, dass es sogar fliegen lässt!«

Der Mann neben der Leinwand hob die Arme, die in weiten Ärmeln steckten. Er trug einen schwarzblauen Mantel, sein Gesicht verbarg er unter einem breitkrempigen Schlapphut. Das Bild auf der Leinwand wechselte, und nun sah man genau diesen Mann wie einen Vogel durch die Wolken fliegen. Die Menschen schrien überrascht auf.

»Ich hatte mit Rübezahl einen Streit, wer wohl der mächtigste Zauberer im Reich ist«, fuhr der Mann neben der Leinwand fort. »Als er mich mit seinem baumlangen Knüppel niederstrecken wollte, aß ich flink eines der Kräuter und konnte durch die Wolken entkommen. Danach …«

»Sagt, ehrwürdiger Doktor Faustus, wie … wie ist es zu fliegen?«, unterbrach ihn zitternd eine ältere beleibte Bäuerin. »Ist es nicht sehr anstrengend, immer wie ein Vogel mit den Armen zu flattern?«

Der Mann mit dem Schlapphut maß sie mit ungeduldigem Blick, auf seiner Nase thronte eine jener Brillen, wie sie die Gelehrten trugen. »Das ist nicht nötig, gute Frau, man schwebt. Aber es ist nicht sehr, nun ja … nicht sehr angenehm.« Er schüttelte den Kopf, als würde er sich plötzlich an etwas erinnern. »Nein, ganz und gar nicht angenehm! Aber lasst mich jetzt in meiner Erzählung fortfahren. Nachdem ich also vor Rübezahl geflohen war, kam ich in das Land der Kopffüßler und der menschenfressenden Panther …«

Wieder änderte sich das Bild, nun war eine schwarze Raubkatze zu sehen, bereit zum Sprung. Einige im Publikum schrien auf vor Entsetzen, andere vor Begeisterung und Hingabe. Vor drei Tagen war der berühmte Doktor Johann Georg Faustus in ihre kleine Stadt gekommen, seitdem gab es auf den Straßen und Plätzen kein anderes Gesprächsthema mehr. Von Fausts zahllosen Reisen, Streichen und Abenteuern erzählten bereits die Alten, vor vielen Jahren war der Doktor mit seinem Gehilfen wohl schon einmal in der Stadt gewesen, und nun war er zurückgekehrt. Dabei sah er keinen Tag älter aus, er schien sogar jünger geworden! Das musste an einem der Heilkräuter aus Rübezahls Garten liegen, oder an dem Theriak, den man beim Doktor für nur drei Kreuzer erwerben konnte. »Doktor Faustus' Original Theriak« verjüngte, half bei Augenleiden, Verstopfung, Gliederreißen und taugte sogar als Putzmittel.

Die Stadt hatte dem Doktor Faustus das beste Wirtshaus

am Platze zur Verfügung gestellt, in dichten Reihen standen die Menschen im Tanzsaal. Es war bereits die dritte Veranstaltung an diesem Tag, und die vielen Abenteuer, Schnurren und Geschichten rissen nicht ab. An den geschlossenen Fensterläden rüttelte ein Schneesturm, der Wind heulte wie ein Tier. Es war der Beginn der Raunächte, die dunkelste Zeit des Jahres, Weihnachten stand vor der Tür. Da brauchten die Menschen spannende Geschichten so dringend wie Arznei.

»Als der Panther auf mich zusprang, duckte ich mich im letzten Moment«, fuhr Faust eben fort, wobei er seine Erzählung mit wilden Gesten und Grimassen untermalte. »Während er an mir vorbeiflog, sprang ich auf und ritt die Bestie wie ein Pferd!«

In der ersten Reihe saß Greta und lächelte. Karl trug immer ein bisschen zu dick auf. Er verfremdete wahre Geschichten, fügte hier und da etwas hinzu, erfand flugs ein paar neue Ungetüme und würzte das Ganze am Ende mit wissenschaftlichen Fakten. Seine Stimme war bei seinen Vorträgen immer etwas dunkler und rauer als sonst. Die Leute hingen an seinen Lippen, er war der geborene Geschichtenerzähler. Auch Greta selbst war manchmal so gebannt, dass sie vergaß, das Glasbild in der Laterna Magica zu wechseln.

Mit dem vierjährigen Sebastian auf dem Schoß saß sie auf einem der wenigen Stühle im Saal, unmittelbar neben dem hölzernen Kasten, den Karl schon vor zwei Jahren gebaut hatte. Seitdem zogen sie durch die deutschen Lande und darüber hinaus. Die Laterna war nicht so groß wie die, die ihr Vater einst konstruiert hatte, aber sie besuchten auch keine Burgen und Paläste. Ihre Bühnen waren kleiner, sie gastierten in den Wirtshäusern und Herbergen entlang der Poststraßen. Karl verkaufte »Doktor Faustus' Original Theriak«, manchmal jonglierte Greta ein wenig oder balancierte am Marktplatz auf einem Seil. Sie war noch immer eine begabte Gauklerin, aber eine fast noch bessere Heilerin, die über großes

Wissen verfügte, ebenso wie Karl. Nach den Vorstellungen kümmerten sie sich beide um Kranke und Verletzte, vor allem um solche, die sich keinen richtigen Arzt leisten konnten, und das waren viele.

Ihre größte Attraktion war nach wie vor die Laterna Magica. Im Lichtstrahl, der aus dem Inneren des Apparats drang, schwebten Staubteilchen wie winzige Tiere. Karl nannte die Laterna seine »Geschichtenspinnmaschine«, und er war hervorragend darin, immer neue Geschichten zu spinnen. Erzählungen, die halfen, jene eine große Geschichte am Leben zu erhalten.

Die Historia des Doktor Johann Georg Faustus.

»In Leipzig flog ich gar auf einem Weinfass, das mir der geizige Wirt nicht überlassen wollte … nicht überlassen … ähm …«

Greta fuhr aus ihren Träumereien hoch, als sie merkte, dass Karls Redefluss verebbte. Er sah sie auffordernd an. Tatsächlich hatte sie wieder einmal vergessen, das Bild auszutauschen. Mit dünnen Lederhandschuhen an den Händen zog sie die heiße Glasplatte aus dem Schlitz und steckte vorsichtig eine neue hinein. In einem Kasten vor ihr auf dem Boden befanden sich gut sortiert noch Dutzende weitere Platten, darunter viele mit deutschen Sagengestalten. Andere zeigten Tiere aus fernen Ländern und etliche komische Zeichnungen.

Als der Doktor Faustus nun auf seinem Fass durch die Luft flog, verfolgt von einem sichtlich zornigen und sehr dicken, schwitzenden Gastwirt, war das Gelächter groß. Greta und Karl achteten immer darauf, dass bei ihren Veranstaltungen nicht nur unheimliche Geschichten erzählt wurden, sondern auch lustige, lehrreiche und erbauliche. Schließlich waren auch viele Kinder und fromme Alte im Publikum, manchmal sogar der Stadtpfarrer oder ein anderer höherer Würdenträger. Der kleine Sebastian verfolgte jede der Vorstellungen mit großen Augen, auch wenn er viele der Geschichten bereits auswendig kannte. Greta hoffte inständig, dass Sebastians Begegnung mit Tonio del Moravia vor zwei Wintern für ihn nicht mehr als bloß eine weitere nebulöse Geschichte war. Eine Glasplatte, deren Zeichnung langsam verblich.

Die Höhle unter dem Palatin ... In den Tagen danach war die Idee entstanden.

Anfangs war Greta skeptisch gewesen, als Karl ihr von seinem Plan erzählte.

»Wir werden den Doktor am Leben erhalten«, hatte er noch in Rom zu ihr gesagt. »Faust ist zu groß, um zu sterben.«

Greta wusste nicht genau, warum Karl diesen Weg einschlagen wollte. Im Grunde war er immer mehr ein Wissenschaftler und Arzt gewesen als ein Gaukler. Aber dann hatte sie verstanden, dass dies Karls letzter Liebesbeweis war. Indem Karl selbst zu Faust wurde, hielt er seine Liebe zu ihm lebendig. Es war, als hätte er den Doktor wie eine heilige Oblate in sich aufgenommen. Vielleicht hatte Karls nicht endende Zuneigung auch mit jenem Brief zu tun, den er erst Tage nach dem Vorfall in der Höhle in seiner Mantelinnentasche gefunden hatte. Es war ein Brief von Faust gewesen, den der Doktor wohl noch kurz zuvor geschrieben und ihm zugesteckt hatte. Karl hatte Greta nie erzählt, was darin stand, aber es mussten warme, tröstende Worte sein. Karl trug den Brief immer bei sich, wie einen Schatz.

Das Erstaunliche an Fausts Wiederauferstehung war, dass es tatsächlich geklappt hatte. Im ersten Jahr hatten sie noch die Orte gemieden, die Faust und Karl früher schon einmal aufgesucht hatten. Doch das war schon bald nicht mehr nötig gewesen. Noch nie hatte jemand mit dem Finger auf Karl gezeigt und ihn beschuldigt, ein Betrüger zu sein. Im Gegenteil, es war bereits vorgekommen, dass ihnen Menschen von anderen reisenden Fausts erzählten, woraufhin Karl jedes Mal entrüstet erklärt hatte, er sei der einzig wahre Doktor Faustus, die anderen seien alle Hochstapler und gehörten an den

Pranger. Vom Doktor existierten haarsträubende Geschichten, Flugblätter, Zeichnungen, ja, sogar ein kleines Buch war gedruckt worden, ein größeres würde wohl schon bald folgen.

Greta schmunzelte.

Faust ist zu groß, um zu sterben.

Karl hatte recht behalten, der Mythos war größer als der Mensch. Und sie und Karl nährten diesen Mythos mit jeder neuen Geschichte, mit jedem neuen Glasbild, welches Karl mit Pinsel und Farbe in nächtelanger Arbeit anfertigte.

Zwei Jahre zogen sie nun schon so durch die Lande, wobei viele Leute wohl dachten, Greta sei die Ehefrau des Doktors. Sie zerstreute diese Vermutungen nicht. Für einen Sodomiten wie Karl, der von Zeit zu Zeit auch seinen Versuchungen erlag, war es gut, Frau und Kind an seiner Seite zu haben. Das schützte vor Verdächtigungen. Auch sie selbst hatte seitdem schon die eine oder andere Affäre gehabt, ihre Zeiten als Ordensschwester waren endgültig vorüber. Doch den Richtigen hatte sie noch nicht gefunden. Sie brauchte nur Sebastians roten Haarschopf anzusehen, und die Erinnerung an John kam wieder hoch.

Die Zeit heilt alle Wunden, dachte Greta. *Doch es bleiben hässliche Narben.*

»Der Kopfschwänzler ist ein seltsames Tier«, sagte Karl soeben und deutete auf die Zeichnung eines Elefanten, die über den Vorhang waberte. Nun kam der wissenschaftliche Teil des Vortrags, den Karl besonders schätzte. »Seinen Rüssel benutzt er zum Trinken, aber auch als Waffe und als Greifarm, um Äste abzubrechen. Der legendäre Sultan Al Raschid hat einen solchen ›Elephantus‹, wie er eigentlich heißt, einst dem großen Kaiser Karl geschenkt. Bei Feldzügen liefen die Feinde schreiend vor dem Ungetüm davon.«

Karl hatte das Glasbild erst kürzlich angefertigt, nach einer Vorlage, die er in einem alten Buch in einem Kloster gefunden hatte. Wie er mittlerweile erfahren hatte, hatte auch Papst Leo einst einen solchen Elefanten besessen. Oft musste Greta an den wahnsinnigen Medici-Papst denken, der beim Versuch, den Teufel zu beschwören, von seinen eigenen Panthern zerrissen worden war. Es war eingetreten, was ihr Vater damals prophezeit hatte, man hatte den Skandal unter den Teppich gekehrt. Offiziell war Leo sehr plötzlich an einer Wintergrippe verstorben. Seine Schulden waren so hoch gewesen, dass angeblich nicht einmal genug Geld da war, um die Kerzen für seine Bestattung zu bezahlen.

Leos Nachfolger Papst Hadrian VI., ein frommer Mann, der die Kirche zurück auf den Pfad der Tugend führen wollte, war schon ein Jahr später gestorben, man munkelte, er sei vergiftet worden. Nun regierte wieder ein Papst aus der mächtigen Familie der Medici. Die Lutheraner waren nicht mehr aufzuhalten, die Kirche war gespalten, und in Italien standen sich der deutsche Kaiser und der französische König nach wie vor unversöhnlich gegenüber. Krieg, Neid, Intrige … Greta seufzte.

Es war eigentlich alles so wie immer.

Manchmal fragte sie sich, was wohl aus dem *Igró Pir* geworden war, das ihr Vater Tonio hatte geben wollen, im Tausch gegen ihren Sohn. Offenbar war der Handel nicht zustande gekommen. Tonio hätte diese Waffe sicher dem Meistbietenden verkauft, vielleicht aber auch an alle Parteien gleichzeitig, sodass Europa in Schutt und Asche versank. Aber Greta gewann immer mehr den Eindruck, dass die Menschen das endlose Töten und Massakrieren auch ganz gut ohne Tonios Hilfe schafften.

Tonio …

Ein Schauder lief ihr über den Rücken, während Karl von seiner Reise durch die heißen Wüsten Afrikas erzählte. Sie hatten nie wieder etwas von Tonio del Moravia gehört. Und doch wusste Greta, dass er noch da war, irgendwo dort draußen. Ob nun lebendig oder tot, in den Geschichten lebte er weiter, ebenso wie Faust. Manchmal in der Nacht wachte sie schreiend auf, weil sie glaubte, Tonio würde sich über sie beugen und sie betasten und beschnuppern. Raben und Krähen jagten ihr seitdem Angst ein, sie vertrieb die neugierigen Vögel jedes Mal mit Steinen. Das Erbe ihres Vaters schlummerte noch immer in ihr, auch die unheimliche Gabe, den Tod vorherzusehen.

Niemals wieder wollte sie diese Gabe anwenden.

Sie war zu dunkel, ein teuflisches Kainsmal, das sie daran erinnerte, wie sehr sie ihrem Vater doch ähnelte.

Ich bin Fausts Tochter.

Greta blickte hinüber zu Karl, der ihr eben zunickte, worauf sie eine letzte Glasscheibe in den Schlitz schob. Es war das Bild eines Schutzengels, der mit ausgebreiteten Armen wachsam hinter einem Kind stand. Karl hatte es eigens für Sebastian gemalt, es war das Lieblingsbild des Jungen. Auch jetzt jauchzte er und deutete mit seinen kleinen Fingerchen darauf. Im Hintergrund des Bildes sah man Flammen aus dem Boden züngeln, und der Teufel wand sich vor Zorn, weil er das Kind nicht in die Hölle zerren konnte.

Es war geschützt.

»Wenn ihr lieben Leute nun nach Hause geht, dann möge euer Schutzengel über euch wachen und euch vor dem Teufel bewahren«, beendete Karl ihre letzte Vorstellung für heute.

Er zwinkerte und fügte mit tiefer, drohender Stimme hinzu: »Und vergesst nicht, eure Kreuzer in meinen Hut zu werfen. Ihr wisst, ich bin der Doktor Faustus, und ich kann Dämonen und Schlimmeres beschwören, wenn man mich nicht bezahlt!«

Greta umarmte Sebastian fest und küsste ihn. Was auch immer dort draußen lauerte, sie würde Sebastian nie mehr verlassen. Das Böse hatte keine Macht mehr über ihren Sohn, und auch nicht über sie und über Karl.

Sie hatten das Böse in die Geschichten verbannt.

Zumindest hoffte Greta das.

Während die Menschen ihre Münzen in Karls Hut warfen und murmelnd und lachend nach draußen in die kalte Thomasnacht gingen, legte Greta die letzte Glasplatte in die Kiste zurück und schlug den Deckel zu. Schluss für heute.

Doch gleich morgen würden die Geschichten weitergehen.

Johann Georg Faustus würde ewig leben.

Ende

Nachwort

Als ich noch mitten in der Arbeit zum ersten Teil der Faustus-Saga *Der Spielmann* steckte und einem Freund erzählte, dass es auch einen zweiten Teil geben werde, entgegnete dieser lapidar: »Na, Goethes *Faust* 2 war ja eher ein Flop.«

Ich hoffe doch sehr, dass dies mit meinem zweiten Teil anders wird.

Im Grunde hat mein Freund ja recht. Während *Faust, der Tragödie erster Teil* von Johann Wolfgang von Goethe das vielleicht bekannteste deutsche Theaterstück ist, kennt den zweiten Teil eigentlich kaum jemand. Ehrlich gesagt, ist es auch ziemlich schwer, ihn kennenzulernen, denn er wird nur selten aufgeführt – nicht zuletzt, weil er so verflucht lang ist. Im Jahr 2000 hat der bekannte Theaterregisseur Peter Stein einmal beide *Faust*-Teile zusammen auf die Bühne gebracht, die reine Spielzeit (ohne Pausen) betrug 15 Stunden! So viel Zeit haben nur noch die wenigsten Theaterbesucher … Zumal der Regisseur später selbst gesagt haben soll: »Du gehst in die dritte oder vierte Vorstellung und siehst, was das für ein Schrott ist.«

So weit würde ich nicht gehen, aber *Faust* 2 kommt in der Tat ein wenig, nun ja … überambitioniert daher. Fast so, als hätte Goethe am Ende seines Lebens der Welt einfach noch mal zeigen wollen, was er alles draufhat. Es wimmelt nur so von mythologischen Gestalten und Anspielungen, gleichzeitig ist es eigentlich unmöglich, die Handlung halbwegs vernünftig zusammenzufassen. Amerikanische Filmproduzenten würden sagen: »*Where the f … is the plot?*« Wer einen guten und auch noch ziemlich lustigen Überblick erhalten möchte, dem empfehle ich auf YouTube »Faust 2 to Go«, wo das ganze Stück in knapp zwölf Minuten mit Playmobil-Männchen nachgestellt wird. Eine andere Möglichkeit ist natürlich, dass Sie diesen Roman hier lesen. Das dauert allerdings ein bisschen länger, ist aber auch sehr unterhaltsam …

Leser des ersten Bandes wissen, dass Doktor Faustus wirklich gelebt hat. Im *Spielmann* geht es darum, wie Faust zu dem wurde, was er ist: ein ruheloser, egozentrischer und doch irgendwie liebenswerter Zauberer, Astrologe und Quacksalber. Im zweiten Teil erleben wir nun Fausts – vermeintliches – Ende. Zwar folgt *Der Lehrmeister* nicht der komplizierten Handlung von Goethe (Gott sei Dank!), trotzdem habe ich versucht, einige seiner Themen unterzubringen. Wenn man so will, ist Goethe mein ganz persönlicher Lehrmeister. Und das ist für einen Schriftsteller ja nicht die schlechteste Wahl.

Anders als im ersten, sehr persönlichen Teil steht diesmal die große Politik den Protagonisten im Weg. Die Wahl des deutschen Königs im Jahre 1519 kann es mit jeder aktuellen amerikanischen Präsidentschaftswahl aufnehmen. So wie heute in den USA brauchten die Kandidaten damals vor allem eines: sehr, sehr viel Geld. Der deutsche König wurde von den sieben deutschen Kurfürsten gewählt, zur Wahl standen Karl, der Enkel des verstorbenen Kaisers Maximilian, der in den Niederlanden und Spanien aufgewachsen war und das Deutsche Reich eigentlich nur vom Hörensagen kannte, und Karls ewiger Konkurrent, König Franz I. von Frankreich. Tatsächlich gelang es Karl, mithilfe der Fugger die deutschen Kurfürsten zu bestechen und dank fast einer Million Gulden die Wahl zum deutschen König für sich zu entscheiden. Trotzdem war der Ausgang denkbar knapp, beinahe hätte das Deutsche

Reich also einen französischen König bekommen. Wer weiß, wie sich unsere Geschichte dann entwickelt hätte? Franz jedenfalls war nach seiner Niederlage schwer beleidigt und zog sich zum Schlösserbauen ins Loiretal zurück. Dahingehend ähnelt er übrigens einem bekannten bayerischen Märchenkönig, dem ich in meinem historischen Thriller *Die Ludwig-Verschwörung* ein Denkmal gesetzt habe ... Wer mehr über das spielfilmreife Ringen der beiden mächtigen Herrscher Karl und Franz erfahren möchte, dem sei mein Roman *Die Burg der Könige* empfohlen.

In Goethes *Faust* 2 braucht der Kaiser unbedingt Geld, was erst zur Herstellung von Papiergeld und am Ende zur vernichtenden Inflation führt. In meinem Roman sollte dafür der Stein der Weisen dienen. Die nie gefundene Rezeptur zur Herstellung von Gold war Anfang des 16. Jahrhunderts keine blödsinnige Idee, sondern wurde von vielen Wissenschaftlern durchaus für möglich gehalten. Das, was wir heute Chemie nennen, war damals die Alchimie, ein Gebiet, in dem sich der echte Doktor Faustus wohl ziemlich gut auskannte. Ich fand es reizvoll, dass die unterschiedlichsten Weltmächte versuchen, Faust dieses Geheimnis zu entreißen – das er in Wirklichkeit gar nicht besitzt.

Neben dem Geld spielt in Goethes Werk auch der Krieg eine tragende Rolle. Auf meiner Suche nach einer Wunderwaffe stieß ich auf das *Igró Pir*, das Griechische Feuer. Dabei handelt es sich um ein streng geheimes Brandmittel, das zu den gefürchtetsten Waffen der Antike und des frühen Mittelalters gehörte. Die Bestandteile des Griechischen Feuers sind Erdöl, Schwefel, gebrannter Kalk und einige weitere geheime Zutaten. Bei richtiger Zusammensetzung ist es auch durch Wasser nicht zu löschen und setzt alles in Brand, was in seine Reichweite kommt. Ich fand es erstaunlich, dass diese Wunderwaffe spätestens nach der Eroberung Konstantinopels

1453 komplett verloren ging. In meinem Roman gelingt es Leonardo da Vinci, das *Igró Pir* wieder herzustellen. Die Fragen, die daraus resultieren, sind vergleichbar mit den Fragen, die sich etwa fünfhundert Jahre später die Wissenschaftler bei den Themen Kernenergie oder Genetik stellen. Wie weit darf Wissenschaft gehen? Welche ethischen Grenzen gelten, und wie sorgen wir dafür, dass diese Grenzen eingehalten werden? Und damit wären wir bei Leonardo da Vinci angelangt …

Neben Faust ist Leonardo für mich der eigentliche Held dieses zweiten Bandes. Wenn die Renaissance sich in einer Person bündelt, dann in ihm. Gab es je ein größeres Genie? Maler, Bildhauer, Erfinder, Anatom, Mechaniker, Architekt, Musiker, darüber hinaus Linkshänder, Vegetarier, Pazifist und homosexuell … Wer anfängt, sich mit Leonardo da Vinci zu beschäftigen, kann süchtig nach ihm werden. Als Einstiegsdroge empfehle ich die fesselnde Biografie von Walter Isaacson und *Da Vincis Vermächtnis* von Stefan Klein, ein überaus unterhaltsames Sachbuch. Beide Bücher haben mir bei der Recherche sehr geholfen und lesen sich so spannend wie gute Romane. Leonardos düstere Prophezeiungen, was die Zukunft der Menschheit angeht, habe ich diesen Werken entnommen. Wie würde Leonardo sich heute wohl verhalten, angesichts der Möglichkeit, Babys genetisch zu manipulieren? Was würde er als Pazifist und gleichzeitig Erfinder von Kriegswaffen zur Atombombe sagen? Unser modernes wissenschaftliches Denken hat damals in der Renaissance seinen Anfang genommen.

An die zehntausend Zeichnungen und Notizen hat Leonardo da Vinci hinterlassen, vieles davon ist verloren gegangen. Wer weiß, vielleicht ist unter den verschollenen Dokumenten auch das Rezept des legendären *Igró Pir*? Übrigens hat Leonardo wohl immer mit dem Gedanken gespielt, sein anatomisches Wissen in einem Buch mit dem Titel »Figura umana« zu bündeln. Aber der Meister hatte so viele Pläne gleichzeitig, dass es dazu nie gekommen ist – nur in meinem Roman.

Wie in jeder spannenden Geschichte gibt es auch bei mir nicht nur Helden, sondern auch Bösewichte. Schon bei der Recherche zum ersten Teil der Faust-Saga stieß ich auf den französischen Ritter Gilles de Rais, der zur Zeit des Hundertjährigen Krieges lebte und ein enger Gefährte von Jeanne d'Arc war, der Jungfrau von Orleans. Fast alles, was ich über ihn geschrieben habe, ist wirklich wahr – auch wenn es noch so grauenhaft erscheint.

Gilles de Rais brachte es bis zum französischen Marschall, doch er lebte weit über seine Verhältnisse. Nachdem er zunächst versucht hatte, Gold herzustellen, verfiel er schließlich auf die Idee, den Teufel zu beschwören. Um Satan für sich einzunehmen, aber wohl auch aus persönlichem Vergnügen, tötete er Hunderte von Kindern. Er folterte sie auf bestialische Weise und verging sich teilweise sogar an ihren Leichen. Wenn es den Teufel in menschlicher Gestalt je gegeben hat, dann kommt ihm Gilles de Rais schon sehr nahe. Erst nach vielen Jahren wurde er überführt und mit zweien seiner Kumpane in Nantes gehängt. Die Gefährten Henriet, Poitou, La Meffraye und den Priester François Prelati, die in meinem Roman alle vorkommen, hat es ebenfalls gegeben, so wie die Burgen Tiffauges, Champtocé und Machecoul, wo viele der Kinder ermordet wurden. Ihre Leichen wurden in den Kellern verbrannt, die Knochen in den Burggraben geworfen. Gilles de Rais lebte weiter als Schreckensgestalt in der französischen Sagenwelt, das Märchen »Blaubart«, welches auch die Gebrüder Grimm erzählen, geht auf ihn zurück.

Seltsamerweise hatte ich beim Schreiben der Teufelsszenen immer Gustav Gründgens vor Augen, den blass geschminkten, närrischen Mephisto in der legendären *Faust*-Verfilmung von 1960, die mich als Jugendlicher so geprägt hat. Auch Gründgens ging übrigens einen faustischen Pakt ein, nämlich mit den Nationalsozialisten. Klaus Manns Roman *Mephisto*, der diesen Pakt aufgreift, gehört zu meinen Lieblingsbüchern. Sollten Sie es noch nicht gelesen haben, holen Sie das nach, es lohnt sich!

Ein Faust-Roman lässt sich nicht ohne den Teufel schreiben, aber auch nicht ohne die Wissenschaft und den Drang, nach den Sternen zu greifen, sich immer weiter zu strecken, nie zufrieden zu sein – eben das, was man das »Faustische« nennt. Gilles de Rais und Leonardo da Vinci stehen stellvertretend für diese beiden Pole. Beide zeigen sie, wozu der Mensch fähig ist – im Guten wie im Bösen. Insofern ist Johann Georg Faustus dann doch sehr menschlich, er steht genau zwischen den Polen, zwischen Gott und Teufel. Nicht ganz gut und nicht ganz böse, wie eben die meisten von uns.

Adieu, Johann! Du hast mich fast fünf Jahre meines Lebens begleitet. Ich werde dich vermissen!

Wie immer haben auch dieses Mal viele Menschen dazu beigetragen, dass aus ein paar vagen Gedanken ein fertiger Roman wurde. Ich danke Jeanne Banizet von der Tourismusinformation Metz, die mir ihre Stadt näherbrachte und meine Wissenslücken füllte, und ebenso den netten Archivaren in Orleans, die mir trotz meiner schlechten Französischkenntnisse alles über Jeanne d'Arc und Orleans zukommen ließen. Auch im Loiretal und später in Tiffauges gab es viele Helfer, die mir zeigten, dass Franzosen sich auch dann um einen kümmern, wenn man nicht ihre Sprache spricht. Das gängige Vorurteil stimmt also doch nur ein ganz kleines bisschen …

Danke an meinen Vater, der das Manuskript nach medizinischen Fehlern durchforstete, an meinen Sohn Niklas, der einige klasse Ideen beisteuerte und noch ein paar Fehler fand, an Uta Rupprecht, meine langjährige Lektorin, Gerd

Schweizer für die Bücher und Infos rund um Knittlingen, das gesamte Team vom Ullstein Verlag, das mich mal wieder grandios unterstützte, an Barbara Keydel für die Italienisch-Übersetzungen, Prof. Manfred Heim für die Korrektur meines Küchenlateins, Dr. Irene Balles und Dr. Diarmuid Johnson für die Bretonisch-Übersetzungen, Claudia, die mir ihr Apartment in Rom zur Verfügung stellte und mir mit Fahrrad, Luftpumpe, Schraubenschlüssel und viel Geduld beisprang, und den netten Pförtner vom Hospital Santo Spirito in Sassia. Danke auch an Gerd und Martina von der Agentur Rumler, Christine Rothwinkler, die mit einzigartigem Engagement meine Lesereisen organisiert (vielleicht auch mal nach Frankreich …?), und natürlich an meine Frau Katrin, die auch dieses Manuskript wieder probegelesen hat. Ihr seid die Besten!

Reiseführer auf Fausts Spuren

Während Faust im ersten Teil hauptsächlich durch das Deutsche Reich reiste, verschlägt es ihn diesmal nach Frankreich und schließlich sogar nach Rom. Vieles hat sich in den letzten fünfhundert Jahren geändert, doch sowohl Frankreich wie auch Rom sind immer noch eine Reise wert! Folgen Sie also Johann Georg Faustus, vielleicht nicht in einem schaukelnden Gauklerwagen, dafür aber mit dem Auto oder dem Fahrrad. Wissenswertes über Fausts Geburtsort Knittlingen und die Nachbarstadt Bretten findet sich im Reiseführer zum ersten Band *Der Spielmann*. Nun beginnt unsere Reise etwa zweihundert Kilometer weiter nordöstlich …

Leben wie Gott in Deutschland … Von Bamberg in den Pfälzer Wald

Sollten Sie noch nie in Bamberg gewesen sein, dann holen Sie das schleunigst nach! Und zwar nicht nur wegen der über vierhundert (!) verschiedenen Biere, sondern weil es nur wenige deutsche Städte gibt, die es an historischem Flair mit Bamberg aufnehmen können. Hier ist noch alles so wie zu Zeiten von Johann Georg Faustus … na ja, fast alles.

Im Jahr 1520 hat Faust dem Bamberger Fürstbischof Georg III. Schenk von Limpurg für zehn Gulden ein Horoskop ausgestellt. Aus dramaturgischen Gründen habe ich dieses dokumentierte Ereignis zeitlich ein wenig vorgezogen.

Auch gab es in Bamberg kein Gesandtentreffen, das habe ich erfunden. Doch auch in der beschaulichen Bischofsstadt wird man sich Gedanken gemacht haben über diesen Mönch Luther, dessen Thesen sich damals wie ein Lauffeuer im Reich verbreiteten.

Wenn Sie mehr über die historische Altstadt erfahren möchten, dann sei Ihnen mein Roman *Die Henkerstochter und der Teufel vom Bamberg* empfohlen, in dem ein vermeintlicher Werwolf in der Stadt sein Unwesen treibt. In diesem Buch finden Sie auch einen Reiseführer, der Sie zu den schönsten Bamberger Sehenswürdigkeiten und, ja, auch zu den schönsten Wirtshäusern führt.

Im *Lehrmeister* findet sich Faust nun auf der **Bamberger Altenburg** ein, die über der Stadt thront und vom 14. bis 16. Jahrhundert Sitz der Bamberger Fürstbischöfe war. Der Blick von hier oben ist herrlich, auch der von mir hoch verehrte Schriftsteller E. T. A. Hoffmann hielt sich gern in der Burg auf. Aus Fausts Zeit stammt noch der über dreißig Meter hohe Bergfried, in dem der Doktor in meinem Roman die legendäre Laterna Magica baut.

Fausts Reise (und vielleicht auch die Ihre?) führt nun quer durch Deutschland, immer weiter gen Westen, wo die kleine Gruppe schließlich den **Pfälzer Wald** erreicht, auch wenn dieser Wald damals noch nicht so hieß. Er ist heute eines der größten zusammenhängenden Waldgebiete Europas und eignet sich hervorragend zum Wandern! Vielleicht machen Sie ja einen Abstecher zum **Trifels bei Speyer.** Diese legendäre Burg steht im Mittelpunkt meines historischen Romans *Die Burg der Könige*, dort finden Sie auch einen sehr persönlichen Wanderführer von mir. Die ganze Gegend ist wild und romantisch, sie geht über in die Vogesen, die schon zu Frankreich gehören. Damals gab es dort etliche Raubritter und noch mehr Wegelagerer, die den Reisenden in den dichten Wäldern auflauerten. Unbedingt probieren sollten Sie den

Pfälzer Saumagen, immerhin das Lieblingsgericht eines ehemaligen deutschen Bundeskanzlers. Ja, auch Deutschland hat eine großartige Küche zu bieten! Wenn vielleicht auch nicht eine ganz so großartige wie das Land, in das wir jetzt reisen …

Jeder Stein ein Stück Geschichte … Das Elsass, Lothringen und Metz

Elsass und Lothringen waren über die Jahrhunderte hinweg immer wieder ein Zankapfel zwischen Deutschland und Frankreich, die Reihe der Schlachten um dieses Gebiet reicht vom Dreißigjährigen Krieg über den Deutsch-Französischen Krieg von 1870/71 bis hin zu den grausigen Schützengräben-Massakern im Ersten Weltkrieg. Geschichte ist nicht immer schön, doch immer interessant und lehrreich, und in dieser Gegend kann man sicher eine Menge über unser beider Kulturen lernen – und nebenbei natürlich auch ganz hervorragend essen!

Metz, das Zentrum der früheren Region Lothringen, blickt auf eine über zweitausendjährige Geschichte zurück. Von den Römern erobert, entwickelte es sich zu einer der größten Städte Galliens, es war größer als Lutetia, das spätere Paris. Nach dem Ende des Römischen Reiches wurde Metz für kurze Zeit Hauptstadt von Austrasien, dem fränkischen Ostreich, und war Stammsitz des Geschlechts der Karolinger, dem auch Kaiser Karl der Große entstammte. Bis 1552 blieb Metz Freie Reichsstadt, es war ein europäisches Wirtschaftszentrum und somit eine der bedeutendsten Städte des Reichs. Mittlerweile zeigt sich Metz als bunter architektonischer Mischmasch, in dem sich die unterschiedlichsten historischen Epochen spiegeln.

Zentrum ist die **Cathédrale Saint-Étienne**, die als eines der schönsten und größten gotischen Kirchengebäude Frankreichs gilt. Die Glasfenster bedecken eine Fläche von über sechstausendfünfhundert Quadratmetern, weshalb die Kirche auch *La lanterne du Bon Dieu*, zu Deutsch »Die Laterne des lieben Gottes« genannt wird. Gehen Sie unbedingt hinunter in die **Krypta!** Dort befindet sich eine Nachbildung des legendären Drachens Graoully, der in den Ruinen des römischen Amphitheaters gehaust haben soll und einst vom Metzer Bischof Clemens vertrieben wurde. In früheren Jahrhunderten fanden in Metz Umzüge statt, bei denen eine Drachenpuppe herumgetragen wurde. Ich hielt so einen Umzug für eine hervorragende Hintergrundkulisse. Auch den **Pont des Morts**, die Totenbrücke, gibt es. Sie führt unweit der Kathedrale über die Mosel und heißt so, weil sie aus den Kleidungsstücken Verstorbener finanziert wurde. Hier muss Greta zusehen, wie Tonio del Moravia das Blut eines Kindes trinkt. Sie erinnern sich sicherlich …

Faust betritt Metz durch die **Porte des Allemands**, das Deutsche Tor. An dieser Stelle lässt sich noch gut ermessen, wie gewaltig die Metzer Befestigungsanlage einst war. Auf insgesamt fünftausendfünfhundert Metern Länge verlief die Stadtmauer, mit zwölf Toren und sage und schreibe sechsundsiebzig Türmen. Das Rathaus, in dem der Hexenprozess im Roman stattfindet, gibt es leider nicht mehr. Es stand am **Place des Armes**, gleich neben dem Dom, dort, wo sich heute das Restaurant »Brochette et Compagnie« befindet. Das städtische Gefängnis war im **Hotel de la Bulette** auf dem Colline Sainte-Croix, dem höchsten Punkt der Stadt.

Heinrich Agrippa hat mit seiner Familie tatsächlich eine Zeit lang in Metz gewohnt. Auch der Prozess gegen die Bäuerin Josette Corbin hat in etwa so stattgefunden wie in meinem Roman beschrieben, wenn auch ohne das Zutun von Faust. Es ist einer der wenigen Hexenprozesse, in dem es gelang, eine Beschuldigte wieder freizubekommen. All die merkwürdigen Details dieses Prozesses kann man in Michael Kupers Biografie über Heinrich Agrippa von Nettesheim nachlesen (Verlag Clemens Zerling), darunter auch das plötzliche Dahinscheiden des zuständigen Richters. Ich habe mich unwillkürlich gefragt, ob damals nicht doch der Teufel die Hand im Spiel hatte.

Hinter der Kathedrale befindet sich auch das kleine Stadtmuseum **Musées de la Cour d'Or**, das einen guten Überblick über die Geschichte der Stadt Metz liefert. Noch interessanter ist freilich das **Centre Pompidou-Metz**, ein Ableger des Pariser Centre Pompidou. Was wohl Faust gesagt hätte beim Anblick dieser futuristischen Architektur, einer Mischung aus Zirkuszelt, Hobbithöhle und Raumschiff? Die zeitgenössischen Ausstellungen im Inneren waren für mich jedenfalls ein willkommener Urlaub von meinen historischen Recherchen.

Reisen entlang der Loire – Das Tal der Könige

Von Metz aus reist Faust nach Südwesten, bis er schließlich ins Loiretal kommt. Wenn Sie nicht schon dort gewesen sind, dann fahren Sie unbedingt hin! Das Tal ist wirklich so schön, wie man sagt. Eine verzauberte Gegend mit zahlreichen Schlössern und mittelalterlichen Städten, die sich auch sehr gut mit dem Fahrrad bereisen lässt. Ich habe mich sofort in das Loiretal verliebt, auch in das Essen dort und, äh … den Wein. Beinahe täglich schickte ich meiner Familie Fotos von mehrgängigen Menüs. Glücklicherweise hatte ich mit meiner Frau zuvor noch Paris besucht, sonst hätte ich wohl ziemlich Ärger bekommen. Aber warum sollen Rechercheriesen nicht auch mal angenehm sein? Dafür bin ich an anderen Orten schon stundenlang durch den Regen gestiefelt.

Mit über tausend Kilometern ist die Loire Frankreichs längster Fluss. Der schönste Abschnitt befindet sich etwa zwischen Orleans und Nantes, wo auch die meisten Schlösser liegen. Im Hundertjährigen Krieg zogen sich die französischen Könige hierher zurück und blieben auch später gern dort, vor allem König Franz I., der in meinem Roman eine entscheidende Rolle spielt. Es sind so viele Schlösser, dass Sie unmöglich alle besuchen können. Mit Faust erreichen Sie zumindest die schönsten Orte …

Fausts Reise durch das Loiretal beginnt in **Orleans**, jener Stadt, die durch Jeanne d'Arc, die Jungfrau von Orleans, weltberühmt geworden ist. Schon als junges Mädchen hatte Johanna Visionen, in denen sie aufgefordert wurde, Frankreich von den Engländern zu befreien. Sie überzeugte den König, der ihr eine Streitmacht zur Verfügung stellte, und gewann Orleans für die Franzosen zurück. An ihrer Seite ritt damals der teuflische Gilles de Rais, der mir im Roman als wichtiger Bösewicht diente. Johanna wurde später von den Engländern als Ketzerin verbrannt und ist seitdem Frankreichs Nationalheilige.

Zwar gibt es die ehemaligen Hafenanlagen nicht mehr, durch die Faust, Greta und Karl streifen, dafür aber eine schöne Promenade am Fluss. Spazieren Sie durch die Altstadt, wie Greta es getan hat, besichtigen Sie die **Kathedrale Sainte-Croix**, aber statten Sie vor allem dem **Maison de Jeanne d'Arc** einen Besuch ab. Das im Zweiten Weltkrieg bombardierte Fachwerkhaus, in dem Johanna wohnte, wurde historisch getreu wieder aufgebaut. Darin befindet sich ein kleines, aber feines Museum mit Stadtmodellen und einem gut gemachten Film über Frankreichs berühmteste Frau.

Auf dem weiteren Weg in Richtung Westen sollten Sie unbedingt **Schloss Chambord** besuchen. Zwar war Faust nicht hier, weil das Schloss erst kurz nach der Romanhandlung erbaut wurde, doch es ist ein absoluter Höhepunkt jeder Loire-Reise. Als Franz I. die Wahl zum deutschen König verlor, zog er sich enttäuscht zurück und ließ im Sumpfland ein Schloss bauen, wie es die Welt noch nicht gesehen hatte. Chambord ist eine Art französisches Neuschwanstein, mit vierhundertvierzig Räumen, dreihundertfünfundsechzig Kaminen und siebzig Treppen, darunter die berühmte Wendeltreppe, die noch Leonardo da Vinci konzipiert haben soll.

Mit dem undurchsichtigen John Reed reisen Faust, Greta und Karl weiter nach **Blois**. Schloss, Kathedrale, Fluss und eine mittelalterliche Stadtkulisse ... Wenn Sie ein Bild des perfekten Frankreichs suchen, hier ist es. Die drei Flügel des **Château de Blois** stehen für drei unterschiedliche Epochen Frankreichs, die man hier gut studieren kann. Wer es bunt und spektakulär mag, dem sei die nächtliche Licht-Show im Schlosshof empfohlen, die vor allem im Sommer stattfindet. Für Kinder (und Erwachsene) sehr geeignet ist auch das **Maison de la Magie Robert Houdini** gleich neben dem Schloss. Ich habe dort eine wirklich bezaubernde Vorstellung erlebt, die mir das Wasser in die Augen getrieben hat.

Sie können die **Schlossgärten** besuchen, in denen John und Greta ihr erstes Schäferstündchen haben, auch das **Maison des Acrobates** (Haus der Akrobaten) mit den geschnitzten Gauklern an den Säulen gibt es nicht nur im Roman. Es befindet sich unweit der **Cathédrale Saint-Louis**. Mein Geheimtipp: Die **Jardins de l'Évêché** hinter der Kathedrale, ein ruhiger, idyllischer Ort mit dem besten Blick über den Fluss und die Bilderbuch-Landschaft dahinter.

Nun geht es nach **Amboise**, einem zentralen Ort der Romanhandlung. Planen Sie für diese Stadt unbedingt zwei Tage ein, es lohnt sich! Den ersten Tag nutzen Sie, um durch das kleine Städtchen zu schlendern, vielleicht auch hinüber zur **Île d'Or**, der Goldinsel, wo Greta sich heimlich mit John in einer alten Kirche trifft. Suchen Sie dort die Kirche, es gibt sie tatsächlich! Die besten Restaurants finden Sie übrigens nicht im Zentrum, sondern ein wenig abseits. Zum Beispiel das **L'Ecluse** in der Rue Racine, das ich hiermit ausdrücklich empfehle.

Über allem ragt das **Château Royale** auf, ein Märchenschloss par excellence. Amboise war im 15. und 16. Jahrhundert Sitz der französischen Könige, dementsprechend imposant ist das Gebäude. Es gibt einen hervorragenden Audioguide, den besten, den ich bislang in Frankreich erlebt habe.

Im Schlossgarten befindet sich in der **Kapelle Saint-Hubert** das Grab Leonardo da Vincis, das allerdings nicht sein ursprüngliches Grab ist. Dieses lag unten im Ort auf dem Friedhof der Kollegiatskirche **Saint-Florentin**, die auch in meinem Roman vorkommt. Damals hieß die Kirche Notre-Dame-en-Grève. Den wertvollen Sarkophag habe ich jedoch erfunden.

Mindestens einen halben Tag sollten Sie sich für das **Château du Clos Lucé** Zeit nehmen, den Alterssitz Leonardo da Vincis, welches früher Schloss Cloux hieß. Es liegt etwa fünfhundert Meter vom Schloss entfernt und ist zu Fuß gut erreichbar. Im Jahre 1517 folgte der damals schon fünfundsechzigjährige Leonardo einer Einladung des französischen Königs, der ihm das kleine Schlösschen zur Verfügung stellte. Zu besichtigen sind Schlafzimmer, Küche, Saal, vor allem aber die Arbeitszimmer des Meisters. Im Keller weist ein Schild auf den Geheimgang hin, der – wie in meinem Roman beschrieben – vom Königsschloss zu Leonardos Anwesen führte. Im Untergeschoss gibt es auch eine ständige Ausstellung zu Leonardos Erfindungen.

Noch schöner als das Schloss ist der große **Park**, in dem weitere Erfindungen aufgebaut sind, ein gigantischer Spielplatz für Kinder und Erwachsene. Leonardos Garten ist ein wahrer Garten Eden! Ich bin stundenlang herumgewandert und habe mir dabei Notizen gemacht, weite Teile der Romanhandlung sind dort entstanden. Oft besuchen Schulklassen Clos Lucé, dann kann es im Schloss ziemlich voll werden. Ich empfehle deshalb, zuerst im Garten zu spazieren und sich das Schloss für den Nachmittag aufzuheben, wenn die Schüler wieder abgereist sind.

Übrigens hatte Leonardo in seinen letzten Jahren wirklich eine Lähmung in der rechten Hand, deren Ursache nicht geklärt ist. Es mag sich um einen leichten Schlaganfall gehandelt haben – oder aber es war tatsächlich ein Fluch, der ihn ebenso wie Faust ereilt hat …

Dem Bösen auf der Spur: Von Chinon über Kloster Fontevrault nach Tiffauges

Etwas abseits der Loire befindet sich Schloss Chinon, wo in meinem Roman der französische König Franz I. von Faust das Geheimnis des Goldmachens erfahren will. Die Festung spielte im Hundertjährigen Krieg eine wichtige Rolle, viel geschichtlich Bedeutsames hat sich hier zugetragen. So traf Jeanne d'Arc in Chinon auf Karl VII., den Dauphin von Frankreich. Die Jungfrau von Orleans soll in ebenjenem Turm genächtigt haben, in dem über hundert Jahre zuvor der Großmeister der Templer eingekerkert war.

Die Burg liegt auf einem dreiteiligen Felssporn über dem Ort. In meinem Roman klettern Hagen und seine Landsknechte an der Nordseite nach oben. Der **Turm Coudray**, in dem Faust auf den König trifft, ist der Turm, in dem einst Jeanne d'Arc die Nacht verbrachte. Ich selbst wohnte etwas angenehmer im **Hotel Diderot** unten in der Stadt, eine hübsche kleine Pension mit Zimmern aus dem 18. Jahrhundert, sehr zu empfehlen. Was Sie auf keinen Fall verpassen sollten, ist der köstliche Wein der Gegend! Rund um Chinon gibt es etliche Weingüter, die man besichtigen kann. *À votre santé!*

Derart gestärkt, machen Sie sich nun auf ins Land des Bösen, nach Tiffauges, wo Gilles de Rais' Hauptburg stand. Mit dem Auto sind es bis dorthin etwa zwei Stunden Fahrtzeit. Nicht weit von Chinon lohnt ein Abstecher zum **Kloster Fon-**

tevrault, eine wirklich imposante Abtei, die später zu Napoleons Zeiten als Gefängnis genutzt wurde. Richard Löwenherz ist dort begraben, aber auch viele andere Adlige von Rang und Namen. Im Roman dient Fontevrault Faust als Alibi für seine Reise nach Tiffauges.

Wer beim Lesen irritiert war, dass **Tiffauges** in der Bretagne liegt, dem sei gesagt, dass die historische Bretagne größer war als die westliche Landzunge, die wir heute damit verbinden. Der Ort selbst gibt nicht viel her, trotzdem fieberte ich ihm auf meiner Recherchereise entgegen. Immerhin hatte ich mich einige Jahre nicht nur mit Faust befasst, sondern auch mit seinem Gegenspieler Tonio del Moravia, der in einem früheren Leben Gilles de Rais war (zumindest in meiner Version). Tiffauges ist die Heimstatt des »Lehrmeisters«, der diesem Buch den Titel gegeben hat.

Gegenüber dem kleinen unscheinbaren Städtchen liegt die Burgruine, in der im Sommer regelmäßig Ritterturniere stattfinden. Ich war außerhalb der Saison da und kam deshalb in den Genuss, mit zwei anderen verirrten Touristen eine komplette Show geboten zu bekommen, samt Katapultweitwurf, Tjoste und infernalischem Gebrüll. Es gibt ein kleines Kino, in dem ein 3D-Film über Gilles de Rais gezeigt wird. Der Film ist ziemlich gut gemacht, ich fand es nur ein wenig gruslig, dass sich der Film explizit an (wenn auch ältere) Kinder wendet – also fast an diejenigen, die der Bösewicht Gilles damals zu Hunderten umbrachte. Trotzdem ist die Burg wirklich ein Erlebnis, es wird einiges geboten. Nehmen Sie sich also ein paar Stunden Zeit und studieren Sie vorher das Tagesprogramm. Auf den Spuren des Romans wandeln Sie, wenn Sie vom Palas hinüber zur Kirchenruine gehen. Suchen Sie dort den Eingang zur Krypta, wo eine der unheimlichsten Szenen des Romans spielt. Verstecken Sie sich hinter einer Säule und erschrecken Sie Ihre Mitreisenden …

Auf der Via Tolosana: Von Toulouse nach Arles

Eine ganz eigene Tour ist die Strecke, auf der Faust mit Karl Wagner nach Rom reist. Sie beginnt in Südfrankreich, in Toulouse, wo die beiden nach zwei Jahren wieder aufeinandertreffen.

Auch für Ihre eigene Reise ist **Toulouse** ein ausgezeichneter Startpunkt. Der Ort gilt als Hauptstadt von Okzitanien, des südlichen Drittels von Frankreich, das bis heute ein wenig anders als der Rest des Landes ist. Hier wird teilweise noch die *langue d'oc* gesprochen, eine alte Sprache, die sich aus dem Vulgärlatein Südgalliens entwickelte. In den Katharer-Kreuzzügen im 13. Jahrhundert stand Toulouse aufseiten der sogenannten Ketzer. Berühmt ist die Stadt wegen ihres roten Backsteins, sie wird deshalb auch »Ville rose« genannt. Im 15. und 16. Jahrhundert, also zu Fausts Zeiten, war die Stadt sehr reich, vor allem durch den Handel mit Pastel, einem wichtigen Farbstoff, der in der Region hergestellt wurde.

Durch Toulouse führte schon damals der berühmte Pilgerweg nach Santiago de Compostela. Die **Basilika Saint-Sernin** erinnert daran, mit einer Länge von hundertfünfzehn Metern und einer Breite von fünfundsechzig Metern ist sie eines der größten romanischen Gotteshäuser Europas. Besuchen Sie unbedingt den Chorgang, den die Pilger damals durchschritten, vorbei am zweitgrößten Reliquienschatz der christlichen Welt – mit den Gebeinen von hundertdreißig Heiligen, darunter sechs Aposteln! In meinem Roman begegnen sich Faust und Karl Wagner am Platz vor der Basilika, eine wilde Verfolgungsjagd durch die engen Gassen nimmt hier ihren Ausgangspunkt. Aber auch viele andere Bauwerke in der Stadt sind lohnenswert: Der große **Place du Capitole** mit dem Rathaus (das es zu Fausts Zeiten in dieser Form allerdings noch nicht gab), die **Cathédrale Saint-Étienne**, die ein wundersames architektonisches Mischmasch darstellt (achten Sie auf die gigantische Orgel!), vor allem aber das **Dominikanerkloster Les Jacobines** mit seinen illuminierten Kirchenfenstern und dem wunderschönen Kreuzgang. In der Nähe des Klosters lasse ich Karl zum ersten Mal nach langer Zeit wieder auftreten. Mein Hotel auf der Rechercherereise befand sich an der **Garonne**, dem Fluss, der sich durch Toulouse zieht und der sich am schönsten von der **Brücke Pont-Neuf** aus betrachten lässt. Am Horizont sind bei gutem Wetter die Pyrenäen zu sehen, und am Abend ist hier immer einiges los. Auf der anderen Seite des Pont-Neuf liegt das **Hôtel-Dieu**, ein altes Pilgerspital, das es schon zu Fausts Zeiten gab. Auf dieser Flussseite sitzen Faust und Karl bei einigen Gläsern Wein und überlegen, wie es weitergeht. Tun Sie es ihnen nach!

Die darauffolgende Reise nach Rom führt an der legendären mittelalterlichen Festungsanlage **Carcassonne** vorbei, die als die größte und besterhaltene Europas gilt. 1997 zum UNESCO-Weltkulturerbe ernannt, hat hier unter anderem Kevin Costner seinen Film *Robin Hood* gedreht, ein Muss für alle Ritter-Fans! Auch schon Walt Disney ließ sich von den Zinnen und Türmen inspirieren. Die Festung mit der darin befindlichen Altstadt wurde gleich zu Beginn der Katharer-Kreuzzüge im Jahre 1209 erobert und verkam später zu einer königlichen Militärgarnison, im 19. Jahrhundert sollte sie sogar völlig abgerissen werden. Glücklicherweise entschied man sich stattdessen dafür, die Cité zu restaurieren, allerdings nicht immer ganz stilecht. Das heutige Carcassonne und damit unsere Vorstellung vom Mittelalter entspringt deshalb, zumindest teilweise, einer romantischen Fantasie.

Dass Carcassonne nicht nur für Burgenliebhaber sehenswert ist, hat sich mittlerweile, nun ja … herumgesprochen. Fast drei Millionen Besucher jährlich tummeln sich vor allem im Sommer in der winzigen Altstadt und auf dem Wehrgang. Statt Schmieden, Kerkern und Ställen gibt es nun Dutzende Souvenirläden mit Plastikschwertern, Billigwein und Gipsrittern. Und die Raubritter ziehen einem heutzutage wesentlich geschickter das Geld aus der Tasche als damals … Ich will Ihnen auf keinen Fall von Carcassonne abraten, aber sagen Sie nicht, ich hätte Sie nicht gewarnt!

Für alle, die eine Landschaft suchen, wie sie auch Faust und Karl erlebt haben könnten, habe ich hier eine traumhafte Alternative: **Lastours** in den südlichen Ausläufern der Montagne Noir, nur zwanzig Kilometer von Carcassonne entfernt. Eine etwa zweistündige Wanderung bringt Sie zu gleich vier Burgruinen, die umgeben von Zypressen in einer atemberaubenden Berglandschaft liegen. Ich fand es hier, ehrlich gesagt, viel stimmungsvoller als in Carcassonne. Aber dann können Sie natürlich nicht sagen, dass Sie in der weltberühmten Festungsanlage gewesen sind, und die Kinder bekommen auch keine Plastikschwerter und Gipsritter …

Wenn Sie noch ein, zwei Tage Zeit haben, dann sollten Sie unbedingt noch **Albi** mit seinem gigantischen Dom besuchen oder **Mirepoix** mit dem schönsten Marktplatz in Südfrankreich. Und natürlich den Burgberg **Montségur**, wo das geistige Zentrum der Katharer war, einer meiner Lieblingsausflüge in Okzitanien. Im Jahre 1244 wurde die Burg, die sich majestätisch auf einem Hügel am Rande der Pyrenäen erhebt, nach fast einem Jahr Belagerung von den Kreuzrittern erobert. Mehr als zweihundertfünfundzwanzig Katharer wurden damals am Fuß des Berges auf dem Scheiterhaufen verbrannt, ein Gedenkstein erinnert daran. Gerüchte besagen, dass die Katharer den Heiligen Gral besaßen, den sie noch aus der Burg bringen konnten. Wo er jetzt ist? Nun, das ist eine andere Geschichte … Ich bin auf Montségur das erste Mal in Peter Berlings historischem Roman *Die Kinder des Gral* gestoßen, einem dicken Wälzer, den ich hier ausdrücklich empfehle.

Von Carcassonne aus reisen Faust und Karl weiter ans Meer, nach Montpellier, Arles und schließlich nach Rom. Aber dahin führen ja, wie Sie wissen, alle Wege …

Es ist unmöglich, all die Sehenswürdigkeiten Roms auf ein paar Seiten zusammenzufassen. Ich konzentriere mich deshalb allein auf die Orte, die im Roman eine größere Rolle spielen. Interessanterweise sind es teilweise solche, die im touristischen Trubel oft links liegen gelassen werden. Überhaupt war die Recherchereise nach Rom für mich ein wahrer Genuss. Da ich auf früheren Reisen das obligatorische Kulturpensum schon abgearbeitet hatte, konnte ich mich diesmal auf die abseitigen Orte konzentrieren. Und das empfehle ich Ihnen ebenso: Lassen Sie das Colosseum und den Petersdom doch einfach mal weg, es gibt noch so viel mehr zu sehen, und das fast ohne Menschenmassen …

Das gilt allerdings nicht für die **Piazza Navona**, das Zentrum der Altstadt. Zu Fausts Zeiten war dies der größte Platz der Stadt, hier wurde der Markt abgehalten. Und so wie damals tummeln sich auch heute die Menschen, flanieren, kaufen ein. An der Ecke gibt es einen hübschen Lederladen, der vielleicht mal ein anderes Souvenir bereithält als das übliche T-Shirt oder Rom-Magneten (unser Kühlschrank zu Hause ist voll mit diesen Dingern!). Der Brunnen Fontana dei Quattro Fiumi – vielleicht kennen Sie ihn ja aus Dan Browns *Illuminati* – wurde von dem Barockbildhauer Bernini gestaltet, es gab ihn zu Fausts Zeiten noch nicht.

Westlich des Platzes liegt die Kirche **Santa Maria dell'Anima**, die Kirche der Deutsch sprechenden Katholiken in Rom. Zur deutschen Bruderschaft gehörten damals Menschen aus dem gesamten Gebiet des Heiligen Römischen Reiches, von den Niederlanden bis Österreich. Rund um die Piazza Navona ließen sich viele Deutsche nieder, Handwerker, Wirte, Händler …

Auch Faust und Karl Wagner finden in dieser Gegend Unterkunft. In Santa Maria dell'Anima geht Faust zur Beichte, was schrecklich misslingt – und den Gesandten Viktor von Lahnstein erst auf seine Spur führt.

Wenn Sie dem belebten Corso Vittorio Emanuele in Richtung Westen folgen, kommen Sie zu einem kleinen Museum, das ein wenig mehr Aufmerksamkeit verdient. Es ist das »**Welcome to Rome**«, in dem in toll gemachten Video-Installationen 2700 Jahre römische Geschichte gezeigt werden. Ich finde, das Museum gibt einen hervorragenden Überblick über die Entwicklung der Stadt – und das ganz ohne Menschenmassen.

Ich habe diese Tour übrigens mit dem Fahrrad gemacht. Rom mit dem Rad, das klingt nicht ganz zu unrecht fürchterlich bis lebensgefährlich, die Autofahrer nehmen wirklich keine Rücksicht. Aber es gibt eine Möglichkeit, die kaum einer nutzt, nicht mal die Römer: Sie fahren einfach unten am **Tiber-Ufer** entlang. Noch bis ins vorletzte Jahrhundert war der Tiber ein unberechenbarer Fluss, der gelegentlich über die Ufer trat. Dann zähmte man ihn, indem man ihn mit hohen Mauern umgab. Das hatte zur Folge, dass die Römer ihren Fluss vergaßen – bis heute. In regelmäßigen Abständen führen Treppen hinunter zum Ufer, wo auch ein Rad- und ein Fußgängerweg verlaufen. Auf diese Weise kann man sich durch Rom bewegen, ohne ein einziges Auto zu sehen. Probieren Sie es, es funktioniert!

So oder auf andere Weise gelangen Sie schließlich zum Ponte Vittorio Emanuele, jener Brücke, die zum Petersdom führt. Ein wenig rechts davon erhebt sich ein verschachteltes Gebäude, das Krankenhaus **Santo Spirito in Sassia**. Es ist vermutlich eines der ältesten Krankenhäuser weltweit, das nach wie vor in Betrieb ist. Zu Fausts Zeiten war es eines der größten und bedeutendsten Hospitale in ganz Europa. Als ich beschloss, dass Greta hier als Ordensschwester unterkommen sollte, war mir nicht klar, wie schwierig die Recherche werden würde. Es gibt ein kleines Museum, aber das hatte wegen einer Privatveranstaltung geschlossen. Der Sicherheitsmann vor der Tür war ebenso freundlich wie verschlossen, keiner konnte mir helfen. Ich irrte durch den Krankenhauskomplex und stieß auf ein Mischmasch aus modernem Hospital und verblasster Renaissance, mit ausgebleichten Fresken, Innenhöfen und einer uralten Apotheke. Es war wie in einem Traum! Nachdem ich in der Krankenhauskantine noch mit einer älteren Patientin ins Gespräch gekommen war, die mir die Bilder ihrer vielen Enkel zeigte, kam ich schließlich zur Krankenhauspforte. Mit Händen und Füßen machte ich dem Pförtner klar, dass ich nicht krank war, sondern nur neugierig, ein herumirrender Schriftsteller. Es war jener Pförtner, der mir schließlich die nötigen Hinweise gab und mir einige versteckte Seiten im Internet zeigte. Eine historische Recherche neben Weißkitteln in einer mit Neonlicht erhellten Krankenhauspforte ... Es sind Momente wie diese, die ich auf meinen Reisen am meisten liebe!

Neben dem Krankenhaus befindet sich die **Kirche Santo Spirito in Sassia**, in der Karl auf Greta trifft und ihr von den Machenschaften Lahnsteins erzählt. Als ich dort ankam, tauchte eben eine polnische Pilgergruppe zum Gebet auf. Man muss kein gläubiger Christ sein, um an solchen Orten aufrichtigen Glauben zu erleben.

Nun kommen wir zum einzigen Ort unserer Tour, wo es ein wenig voller werden könnte. Ein Stück weiter nördlich am Tiber liegt die **Engelsburg**, die in meinem Roman eine zentrale Rolle spielt. Ich liebe diesen Bau! Wenn es ihn nicht schon gäbe, müsste man ihn erfinden, damit wir Schriftsteller spannende Showdowns schreiben können. Einst ein Mausoleum römischer Kaiser, diente das seltsam anmutende runde Gebäude den Päpsten später als Fluchtburg. Den sechshundertfünfzig Meter langen **Passetto di Borgo**, über den Papst Clemens VII. beim berüchtigten Sacco di Roma 1527 vom Vatikan in die Engelsburg floh, kann man mit einer Führung noch heute besichtigen. Außerdem die Kerker, in denen viele bekannte Gefangene schmachteten, Falltüren, Zugbrücken, labyrinthische Gänge, eine Schatzkammer und ein echtes Wellnessbad für Papst Leo X. mit Hähnen für heißes und kaltes Wasser, damals die pure Dekadenz!

Wenn es nicht zu voll ist, empfehle ich Ihnen das Café auf der unteren Terrasse. Von hier aus hat man einen spektakulären Blick über Rom und die Peterskirche. Einen ganzen Nachmittag habe ich hier zugebracht, um mir den Showdown auszudenken. Tatsächlich fanden auf der oberen Terrasse damals Feuerwerke statt, wenn auch meines Wissens nicht mithilfe des Teufels …

Die Engelsburg wurde so oft umgebaut und verändert, dass man sich beim Schreiben einige Freiheiten herausnehmen kann. Dennoch habe ich versucht, so nahe wie möglich an der Wirklichkeit zu bleiben. Der berühmte Engel oben über der Terrasse war zur Zeit Fausts übrigens nicht vorhanden. Bei einem Unfall mit Schießpulver war er versehentlich in die Luft gesprengt worden. Sie sehen: Geschichte schreibt immer noch die besten Geschichten …

Der eigentliche Showdown findet nicht auf der Engelsburg statt, sondern in der sogenannten **Lupercale**, der Wolfshöhle in den Tiefen des Palatins, etwa zwischen Colosseum und Circus Maximus. 2007 entdeckten Archäologen in sechzehn Meter Tiefe eine Grotte, in der die alten Römer vermutlich ihre Gründungsväter Romulus und Remus verehrten, weil dort eine Wölfin die beiden Zwillinge gesäugt haben soll. Die Höhle ist nicht begehbar, bislang wurde sie nur mithilfe einer Sonde fotografiert. Was für ein wunderbarer Ort, um die Faustus-Saga abzuschließen!

Am Ende noch ein Tipp, der nicht auf der Faust-Tour liegt: Zu Beginn meiner Recherche spielte ich mit dem Gedanken, den Showdown in die römischen **Katakomben** zu legen, wo viele der frühen Christen beerdigt wurden. Die Katakomben befinden sich ein wenig außerhalb an der **Via Appia**, Sie erreichen sie am besten öffentlich mit U-Bahn und Bus. An der Kirche Quo Vadis gibt es einen kleinen Fahrradverleih. Nehmen Sie sich ein Rad und fahren Sie ein paar Kilometer die alte Via Appia entlang übers Land. Es gibt dort keine Autos, der Weg ist teils noch genauso gepflastert wie vor zweitausend Jahren, an den Wegrändern stehen verfallene Grabmäler, Villen, Aquädukte und Mausoleen, es ist ein wahrhaft verwunschener Ort. Die erste Katakombe auf dem Weg ist die **Catacombe di San Callisto**, die aber oft überlaufen ist. Fahren Sie einfach zwei, drei Kilometer weiter bis zu den **Katakomben des Heiligen Sebastian**, die ebenso schön sind. Vielleicht fällt Ihnen dort ja ein anderer Schluss für meinen Roman ein.

Auf dem Rückweg bin ich übrigens in den schlimmsten Regenguss meines Lebens gekommen. Wie ich bibbernd und mit klatschnassen Klamotten in den düsteren Katakomben Zuflucht gesucht habe, ist eine Geschichte, die ich mir für einen meiner kommenden Romane aufhebe.

Bis dahin viel Spaß beim Lesen wünscht Ihr

Oliver Pötzsch

Faust für Besserwisser

Wie schon im *Spielmann* verbergen sich auch im *Lehrmeister* zahlreiche Goethe-Zitate, diesmal natürlich aus allen zwei *Faust*-Dramen. Hier können Sie überprüfen, ob Sie alle gefunden haben!

S. 33 und 261: Bewundert viel und viel gescholten, Faust II, Vers 8488 (Helena)
S. 43f: Das Schaudern ist der Menschheit bestes Teil, Faust II, Vers 6272 (Faust)
S. 71: Dem Volke hier wird jeder Tag ein Fest, Faust I, Vers 2161 (Mephistopheles)
S. 72 und 746: Daran erkenn ich den gelehrten Herrn, Faust II, Vers 4917 (Mephistopheles)
S. 75, 314 und 565: (Heiße) Magister, (heiße) Doktor gar, Faust I, Vers 360 (Faust)
S. 111, 544, 719 und 742: Denn alles, was entsteht/Ist wert, dass es zugrunde geht, Faust I, Vers 1340 (Mephistopheles)
S. 136: Heinrich, es graut mir (Eigentlich: Heinrich, mir graut's vor dir), Faust I, Vers 4610 (Gretchen)
S. 174: Den Teufel spürt das Völkchen nie, und wenn er sie am Kragen hätte, Faust I, Vers 2181 f. (Mephistopheles)
S. 230: Die Kunst ist lang, und kurz ist unser Leben, Faust I, Vers 558 f. (Wagner)
S. 294: Wenn ihr's nicht fühlt, ihr werdet's nicht erjagen, Faust I, Vers 534 (Faust)

S. 296: Mein schönes Fräulein, darf ich wagen (Meinen Arm und Geleit ihr anzutragen), Faust I, Vers 2605 f. (Faust)

S. 315: Den lieb' ich, der Unmögliches begehrt, Faust II, Vers 6272 (Faust)

S. 342: Kennst du den Faust? … Den Doktor? … Meinen Knecht!, Faust I, Vers 389 (Der Herr und Mephistopheles)

S. 383: Ein echter (deutscher) Mann mag keinen Franzen leiden, doch ihre Weine trinkt er gern, Faust I, Vers 2272 f. (Brander)

S. 573: … studiert, durchaus mit heißem Bemühen, Faust I, Vers 357 (Faust)

S. 633: Blut ist ein ganz besonderer Saft, Faust I, Vers 1740 (Mephistopheles)

S. 667: Am (eigentlich: nach) Golde hängt, zum Golde drängt doch alles, Faust I, Vers 2802 ff. (Gretchen)

S. 741: Name ist Schall und Rauch, Faust I, Vers 3457 (Faust)

S. 746: Krieg, Handel und Piraterie/Dreieinig sind sie, nicht zu trennen, Faust II, Vers 11187 f. (Mephistopheles)

S. 752: Es irrt der Mensch, solang er strebt, Faust I, Vers 313 (Der Herr)

Weiterer Zitathinweis:

S. 723/725: Die Zitate aus Dantes *Inferno* stammen aus der Übersetzung von Karl Witte aus dem Jahr 1865.

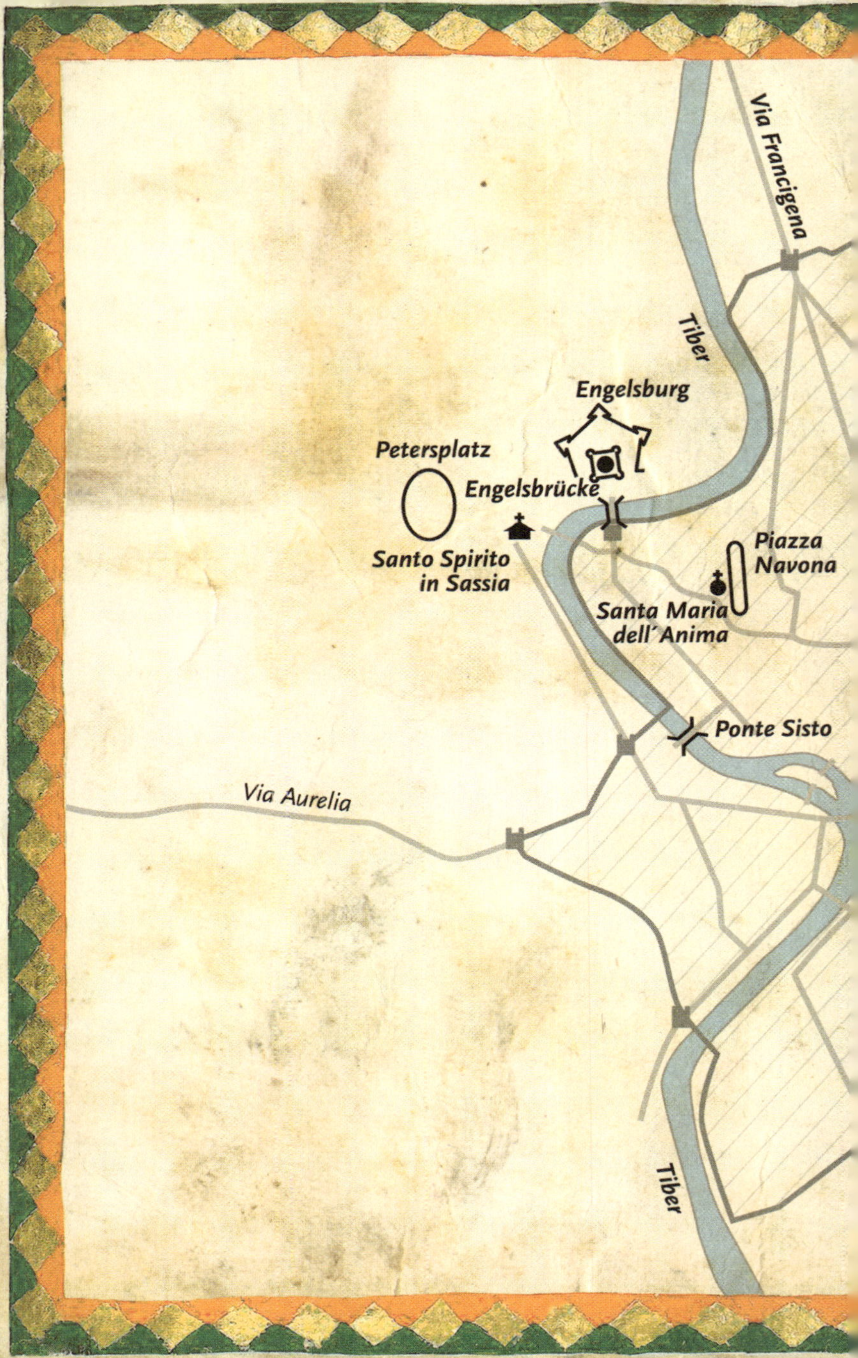

Via Francigena
Tiber
Engelsburg
Petersplatz
Engelsbrücke
Santo Spirito
in Sassia
Piazza
Navona
Santa Maria
dell´Anima
Ponte Sisto
Via Aurelia
Tiber